सोमतीर्थ

[उपन्यास]

सोमतीर्थ

(सोमनाथ मन्दिर पर केन्द्रित उपन्यास)

रघुवीर चौधरी

राधाकृष्ण प्रकाशन

ISBN : 978-81-7119-875-7

सोमतीर्थ

पहला संस्करण : 2004
दूसरा संस्करण : 2015
पहली आवृत्ति : 2024

मूल्य : ₹895

प्रकाशक
राधाकृष्ण प्रकाशन प्राइवेट लिमिटेड
जी-17, जगतपुरी, दिल्ली-110 051

शाखाएँ : अशोक राजपथ, साइंस कॉलेज के सामने, पटना-800 006
पहली मंजिल, दरबारी बिल्डिंग, महात्मा गांधी मार्ग, प्रयागराज-211 001
1, अनमोल सोराबजी संतुक लेन, धोबी तलाव, मरीन लाइंस, मुम्बई-400 002
वेबसाइट : www.radhakrishnaprakashan.com
ई-मेल : info@radhakrishnaprakashan.com

मुद्रक
राजकमल प्रकाशन प्रा. लि.
नई दिल्ली-110 002

SOMTIRTH
Novel by Raghuveer Chaudhary

सोमतीर्थ किसलिए ?

गुजराती दैनिक पत्र 'फूलछाब' के सम्पादक श्री हरसुखभाई संघाणी ने जब धारावाहिक उपन्यास के लिए आमन्त्रण दिया उस समय मेरे पास दो कथानक शेष थे—बाहुबलि और सोमतीर्थ। अपने पाठकों को ध्यान में रखकर उन्होंने दूसरे को पसन्द किया। उनका, मनसुखभाई जोशी और 'फूलछाब' के सम्पादक मंडल का स्नेह पहले भी अनुभव किया था। 1995 में यह कथा लिखी गई उसमें 'फूलछाब' निमित्त बना। शोध-सर्वे के दिनों मेरा आतिथ्य किया। एक अध्ययन-प्रवास में कविश्री राजेन्द्र शुक्ल साथ थे।

उसके पूर्व इतिहास और साहित्य के विद्वान मित्र आचार्य नरोत्तम पलान और बाबूभाई जोशी के साथ हुई बातचीत में फरीद के स्मारक के विषय में जाना था। जो नागरिकता पूर्ण रूप से 1947 में मिली उसकी झलक इतिहास में भी सुलभ है। धार्मिक जुनून में न खिंचते हुए हमें नागरिकता के रूप में स्थानीय दायित्व के निर्वाह में अडिग रहना चाहिए।

महमूद गजनवी ने सोमनाथ लूटा, उसके बाद भारत के हिन्दुओं में मुस्लिमों के प्रति अरुचि जागी, जो और दृढ़ होती गई। ऐसा होना नहीं चाहिए था। महमूद के दो मुख्य सेनापति हिन्दू थे और महमूद धर्म के अगुआ के रूप में नहीं आया था। उसकी भूख सत्ता और सम्पत्ति की थी। उसके धर्माध्यक्ष भी उससे सावधान रहते थे। अन्त में वह भाग निकला, उस समय भारत में बचे हुए उसके साथी शादी कर यहाँ के समाज में मिल गए—जिनसे बाढेल और शेखावत हुए, इसका निर्देश 'तारीख-ई-सोरठ' नामक ग्रन्थ में है। 'दि ग्लोरी दैट वाज गुर्जर देश' नामक क.मा. मुंशी के ग्रन्थ में से वह उद्धरण जवाहरलाल नेहरू ने उतारा है, उपरान्त लिखा है कि महमूद ने धर्म के नाम का दुरुपयोग किया था। उसके मन में हिन्द केवल धन-दौलत और अन्य वस्तुएँ प्राप्त कर अपने देश में ले जाने का स्थान था। हिन्द में भी उसने सेना की भर्ती की और तिलक नामक अपने जाने-माने सेनापति की सरदारी में उसे रखा (पृ. 312-13 मारुं हिन्दनुं दर्शन)।

इतिहास के अध्ययन ने महमूद के अन्त का अर्थघटन मुझे सुलभ कर दिया है। उसकी विजय के रौब की तुलना में उसका अन्त अधिक कारुणिक है। मानवीय नियति को समझने में वह निमित्त बन सके, ऐसा है। धर्मस्थल को खंडित करने से धर्मश्रद्धा नष्ट नहीं होती, कभी दोगुनी हो जाती है। कितने-कितने आघात झेलकर भी प्रभासतीर्थ ने अपना मस्तक ऊँचा रखा है !

प्रो. झुबेर कुरेशी ने मूल ग्रन्थों से अंश निकालकर पढ़कर मुझे बताया था इसलिए

महमूद के पात्र का प्रत्यक्षीकरण करने में सुविधा रही। 'गजनी' को वे 'गजना' कहते हैं। अलबरूनी के विषय में मैं जानता था। फकीर का पात्र काल्पनिक होने पर भी तथ्यसम्मत बन सके, ऐसा है। व्यापार और धर्मभाव के निमित्त इस प्रकार के सम्पर्क दो-एक सदी पहले से थे ही।

इतिहासकार श्री शम्भुप्रसाद देसाई (जन्म तिथि 6-8-1908) से कविश्री मनोज खंडेरिया के साथ मिल सका यह इस लेखन का पार्श्वलाभ। उन्होंने अपनी कविता गाकर सुनाई। उनके करीब सभी ग्रन्थों को मैंने पढ़ा है। इसी तरह गुजरात के राजकीय और सांस्कृतिक इतिहास के भो.जे. विद्याभवन द्वारा प्रकाशित विविध खंड महत्त्वपूर्ण सन्दर्भग्रन्थ के रूप में सिद्ध हैं। शैवदर्शन के विषय में पूर्व परिचय से काम न चलाकर फिर से अध्ययन किया है। श्री सुरेश सोमपुरा कृत कापालिक विषयक कथा-साहित्य पढ़ा है। डॉक्टर काबरा के साथ चर्चा की है। अन्तिम तीनेक दशकों में सोमनाथ जाने का एक भी मौका मैंने नहीं खोया। मेरे पिताजी महादेवजी विषयक स्वरचित भजन गाते थे। गाँव का शिव मन्दिर मुझे खेत के समान ही प्रिय है। मैं संस्कार और संकल्प से हिन्दू हूँ सही, किन्तु मुझे जगत के धर्मों के तुलनात्मक अध्ययन में सहज रुचि है। इसलिए 'सोमतीर्थ' लिखते-लिखते विनोबाजी कृत 'कुरानसार' ध्यान से पढ़ गया। उमाशंकर जोशी की 'पुराणोमां गुजरात' जैसी ही महत्त्वपूर्ण पुस्तक लगी—'यत्किंचित्' जिसके लेखक हैं—प्रभासपाटण के मूल निवासी शास्त्री हरिशंकर प्रभाशंकर द्विवेदी। वहाँ के पुरातत्त्व संग्रहालय के अधिकारियों ने भी हर समय सद्भाव दिखाया है।

यहाँ मुझे दो कर्तव्यों का पालन करना था—(1) सत्ता और सम्पत्ति के लोभी राजपुरुषों द्वारा धार्मिक प्रजाजनों के बीच खड़ी की गई गलतफहमी दूर करना और (2) सृष्टि में व्याप्त कल्याणकारी सौन्दर्य को शिवतत्त्व के रूप में निरूपित करना।

त्रिपुरसुन्दरी मात्र नारी का ही नहीं, कलाकृति का भी आदर्श है। प्रथम प्रकरण में चौला का पात्र देखकर श्री शम्भुप्रसादजी को प्रश्न हुआ था—यह लेखक भी इतिहास के बदले कथा लिखता है ? गुजरात के समर्थ और संस्कारी राजा कुमारपाल के पिता त्रिभुवनपाल, उसके पिता देवप्रसाद के पिता क्षेमराज। भीमदेव-चौला के पुत्र क्षेमराज के शैशव की यहाँ झाँकी कराई है। क्योंकि भीमदेव की महारानी बनने से चौला के मूल धार्मिक संस्कार क्षेमराज की विरासत बनते हैं। पूर्वसूरियों की तरह चौला को ऐतिहासिक पात्र के रूप में चित्रित करना मेरा हक़ था, किन्तु मडिया और धूमकेतु की अपेक्षा क.मा. मुंशी के हम सब अधिक ऋणी हैं। उन्होंने गुजरात की चौला की एक छवि दी। उसमें बिजली की कौंध है। लेकिन सगर्भा होने पर भीमदेव के विषय में निर्भ्रान्त होती चौला का सन्तान के प्रति भारी अरुचि पालना—यह निरूपण मातृत्व की भावना के प्रति अन्यायपूर्ण है। समर्पण के रूप में सूचित अकाल अवसान भी नाटकीय लगता है। विलास के अतिरेक से चौला पतिविमुख हुई और पुत्रप्राप्ति के बाद दाम्पत्य की प्रसन्नता अनुभव की—ऐसा निरूपण करना मुझे उचित लगा है। मुंशीजी द्वारा निरूपित चौला को अनुगामी आधी सदी में विकसित नारी-चेतना को व्यक्त करने के लिए मैंने कलाविद्

नर्तकी को निर्भय और सचेत माना है। वृन्दाबा और उदयमति के पात्रों को भी इस सन्दर्भ में देखना चाहिए। अन्य लेखकों ने नवघण की उपेक्षा की है। इस पात्र के लिए मुझे गिरभूमि में घूमने-फिरने तक का मौका मिला। देवायत के साथ जुड़ी कथाएँ प्रजा की समूहचेतना का अंश मानी जा सकती हैं।

सदाशिव का चरित्र विशुद्ध कल्पना और इस कथा का परम सत्य है। अलबरूनी जैसे विद्वान भी जिनके समक्ष जिज्ञासु की विनम्रता से वर्ताव करते, ऐसे धर्मपुरुष उस समय भारत में थे। उन सबका प्रतिनिधित्व करते हैं, सदाशिव। कथा के अधिकांश भाग के पात्रों और कथाघटकों के संकलन-सूत्र भी ये ही हैं। वाजा ठाकुर आदि का उल्लेख बाद की सदियों में मिलता है। ये गौण पात्र उनके पूर्वजों का निर्देश करने के लिए हैं। विल्हण को भी उनके समय से पूर्व स्मरण किया है। इस कश्मीरी पंडित के पूर्वज भी कवि थे और प्रत्यभिज्ञा की महिमा करते थे, इसलिए कालव्युत्क्रम होने के बावजूद तत्त्वतः दोष नहीं है ऐसा मानकर मैंने छूट ली है। इतिहास के तथ्यों के प्रति वफादार रहना चाहिए, किन्तु दो में से पसन्द करनी पड़े तो ऐसा करना चाहिए जो कथासृष्टि के वातावरण के लिए उपकारक सिद्ध हो। वैसे भी लेखन के दरम्यान इतिहास के तथ्यों के प्रति सभानता घट जाती है।

फिर भी हेमचन्द्राचार्य के श्लोक पर मैं चौला का नृत्य वर्णित नहीं कर सका। एक युग पूरा हो चुका है। दो वर्ष पूर्व गुजरात साहित्य अकादमी के उपक्रम में सोमनाथ में इस श्लोक पर डोली देसाई (हिरण्याक्षी भार्गव) का नृत्य देखकर शिवतत्त्व को समर्पित सौन्दर्य की अनुभूति हुई। इतिहास अन्तराय के स्थान पर अन्वय बन सकता है :

'भवबीज' के अंकुर को उत्पन्न करनेवाले रागावेग जिनके विलय हुए हैं, वे ब्रह्मा हों, विष्णु हों, हर हों या जिन्न हों—उन्हें मैं नमस्कार करता हूँ :

भवबीजांकुर जनना रागाद्या क्षयमुपागतास्य
ब्रह्मा वा विष्णुर्वा हर जिनो वा नमस्तस्मै।

कलिकालसर्वज्ञ द्वारा सोमतीर्थ में उच्चरित यह श्लोक अनासक्त कर्म और निर्हेतुक प्रेम की महिमा स्थापित करता है। इस तत्त्वविरासत के साथ स्वाध्याय और कल्पना का संयोजन होने पर 'ऐतिहासिक कल्पना' का सृजन हो, जिसका वर्तमान युगचेतना के साथ संवाद सम्भव हो।

कथा के पूर्वलेखन से लेकर पुनर्लेखन तक श्री भोलाभाई पटेल के साथ विचार-विमर्श होता रहा है। 'विदिशा' के कुछ लेखों का वाचन यहाँ उपकारक बना है। प्रभास के बालूभाई प्रकाशन से पूर्व इस कथा को सूक्ष्मता से पढ़ गए थे। असल ब्राह्मण, सदाशिव के वारिस। हिन्दी रूपान्तर के लिए पहल की डॉ. जगन्नाथ पंडित ने। बेटी दृष्टि भरत पटेल के घर (न्यूजर्सी में) मैं इस अनुवाद कार्य में मग्न था उन दिनों का स्मरण होता है। शिवतत्त्व वैश्विक है, इसका अनुभव सहृदय पाठकों को भी होगा।

—रघुवीर चौधरी

अहमदाबाद—380015

सोमतीर्थ

1

चौला कहाँ ?—त्र्यंबक खोजने निकला है।

युवाचार्य सदाशिव ने कल चौला को ज्योतिर्लिंग का रहस्य समझाया, उस समय उसके मुख पर पड़ती सूर्य की प्रथम किरण का परावर्तन हो रहा था। उस रूप में चौला का अपार्थिव शरीर इष्टदेव को समर्पित होता लगा। इससे धन्य होकर सदाशिव ने कहा—देखो, दक्षिण ध्रुव के अन्त तक यह प्रकाशमार्ग अबाधित है।

'आसमुद्रान्त दक्षिण ध्रुवपर्यन्त अबाधित ज्योतिः मार्ग।'

लिंग-स्थान से ध्रुव तक आत्मज्योति की सीधी रेखा एक दृष्टिपात से खींचने में मग्न चौला ने आगे पूछा नहीं इसलिए सदाशिव के साथ बैठे दूसरे युवक त्र्यंबक ने विचार किया—निश्चय ही यह लड़की ज्योतिमार्ग का पता पाने आज-कल में निकल पड़ेगी। इसका ध्यान रखना होगा। मन्दिर के आचार्य व्योम वृहस्पति ने उसे जो-जो कार्य सौंपा है उसमें एक यह भी है—चौला की सुरक्षा का ध्यान रखना।

चौला के अपहरण की आशंका सबसे अधिक त्र्यंबक को है। उसकी धारणा के अनुसार चौला को त्रिपुर सुन्दरी मानने वालों के मन में समादर नहीं, मोह है।

आजकल चौला को नौकाविहार का व्यसन लग गया है। आचार्य कहते हैं—प्रत्येक कला, प्रत्येक शास्त्र, प्रत्येक कर्म में वह प्रवीण हो यह अच्छा है। चौला ने भगवान सोमेश्वर को समर्पित होने की अभीप्सा पाल रखी है। वह मुख्य देवदासी हो सके इस हेतु कलाशिक्षण उसके व्यक्तित्व का अंग बन गया है। नृत्य और संगीत दोनों कलाओं में उसकी नैसर्गिक गति है। घुड़सवारी करना उसने किशोरावस्था में ही सीखा। एक दिन त्र्यंबक द्वारा त्रिशूल धारण करने की मुद्रा सीख रही थी। बगल में चौकी पर सिंहवाहिनी का खड्ग पड़ा था। उसे देख चौला की माँ गौरा घबरा गई—'यह सब क्या खेल मचा रखा है ?' पण्यांगना का जीवन बिता चुकी गौरा को पुत्री ने बड़ी अनिश्चितता में डाल दिया है।

'खेल नहीं, आत्मरक्षण का प्रशिक्षण है, माँ !' त्र्यंबक भी गौरा को माँ कहता है। गौरा उसके साथ सहमत नहीं। वह कहती है—'इस सोमतीर्थ में रक्षा करते हैं भगवान सोमेश्वर। हम कौन हैं अपनी रक्षा करनेवाले ? देखो भाई, मेरी बेटी को यूँ ही अभिमानी न बना देना।'

'अभिमान रखने के लिए तो उसके पास क्या कम कारण हैं ? रूप, गुण, नृत्य, संगीत...किन्तु इस शस्त्र-संचालन की प्रेरणा तो मुझे मन्दिर के प्रांगण में ही हुई थी। भगवान शम्भु की इच्छा होगी।'

'तुम्हारा यह दावा भी सही नहीं। तुम्हें आचार्य की सम्मति लेनी चाहिए। परन्तु तुम एक ही दिशा में विचार करनेवाले व्यक्ति हो। शस्त्र-संचालन में निष्णात होने के बाद चौला इतनी सुकुमार रह सकेगी ?'

'माँ, तुम अपनी ही दृष्टि से सबका मूल्यांकन करती हो,' कहती चौला ने खड्ग हाथ में लिया। पल-भर रौद्रभाव धारण किया, नृत्य की मुद्रा बदलकर तुरन्त आँखों में निरी मुग्धता दिखाई। यह भाव-परिवर्तन देखकर माँ चकित रह गई। प्रभु की कृपा उतरी है इस लड़की पर। अन्त में महाराज भीमदेव पधारे तब चौला मेरे साथ नृत्यशाला में आई थी। महाराज ने उसके विषय में पूछताछ की थी, आभूषण भेजा था। भगवान शम्भु के समक्ष नृत्य करती इस कन्या को कभी नकली आभूषण पहनना न पड़े।

त्र्यंबक महाराज भीमदेव के बड़े प्रशंसक हैं। कैसा शौर्य, कैसी उदारता ! इस सोमतीर्थ के सम्पूर्ण परिसर में कोई अपूर्णता नहीं रहनी चाहिए। गत वर्ष आचार्य की आज्ञा से सदाशिव काशी-विश्वनाथ के दर्शन के लिए गए थे। वहाँ उन्होंने युवाचार्य को प्रभास तक पहुँचाने के लिए रथ तैयार किया था। उसमें बैठें तो सदाशिव कैसे ? रथ के पालने के संगीत में सो जाएँ या चलते-चलते पुरुष और प्रकृति की लीला समझने का प्रयत्न करें ? पदयात्रा कर प्रभास आए। उनकी प्रशंसा सुनकर महाराज भीमदेव ने देवदर्शन के बाद उनसे मिलने की इच्छा व्यक्त की। वापस आकर दूत ने संकोच के साथ बात की। महाराज भीमदेव जिनका नाम ! ऐसे राजी हुए कि अश्वगति से चले। ध्यानस्थ युवाचार्य के दर्शन कर स्तब्ध हो गए। स्वयं भी स्थाणु बने रहे। सेवक के पीछे से आ पहुँचने पर महाराज मन्दिर की ओर मुड़े तो सामने चौला मिली। महाराज का वन्दन करूँ या खिसक जाऊँ—ऐसा कुछ निश्चित करे उससे पहले फासला कम हो गया। न ययौ न तस्थौ। काव्यरसिक महाराज को 'कुमारसम्भव' की पार्वती स्मरण हो आई। हाँ, गणिका की पुत्री कहलानेवाली होकर भी इस तपोवन में उषा जैसी ही पवित्र है। पवित्रता उसका अभिनय नहीं, भाव है, स्वभाव है।

चौला को कुछ न कुछ सिखाना, साहस में साथ देना त्र्यंबक को अच्छा लगता है। सदाशिव चौला को जब भी देखते, देखते ही रह जाते। हर समय उन्हें पहली बार देखने जैसा आश्चर्य होता। उससे भी अधिक आश्चर्य उसका प्रश्न सुनकर होता। फिर स्वयं से पूछते ही उसे उत्तर मिल जाता। प्रत्येक मनुष्य में शिव का अंश रहता है, सम्भव है कि वह व्यक्त हो।

गिरिराज कन्या महादेव शम्भु को समर्पित है, देवर्षि नारद को किस तरह संकेत मिल गया ? सदाशिव समझाते हैं। पार्वती के पिता हिमालय के पास नारदजी लग्न का प्रस्ताव लेकर गए थे। कोई भी पिता विश्वास किए बिना पुत्री का विवाह कर सकता है भला ? इसलिए नारदजी शिव की प्रशंसा कर भूमिका बाँध रहे थे। मूल बात तक आ गए तब नतनेत्र पार्वती हाथ में रखे लीलाकमल के पत्रों को गिनने लगी। नारदजी को उत्तर मिल गया :

एवं वादिनी देवर्षौः पार्श्वे पितोः अधोमुखी
लीलाकमलपत्राणि गणयामास पार्वती !

ऐसा प्रासादिक संस्कृत चौला को तत्क्षण समझ में आता है। ऐसा लगता था जैसे अबाधित ज्योतिमार्ग का निर्देश करती उक्ति भी समझ में आ गई हो, इसलिए त्र्यंबक को चौला के पक्षधर के रूप में राजी होना चाहिए था, किन्तु उसकी मुखमुद्रा देख त्र्यंबक ने आनेवाले कल के सूर्योदय से पहले ही गौरा के भवन में पहुँच जाना निश्चित किया।

गौरा के भवन के प्रवेशद्वार की सीढ़ी संगमरमर की है, त्र्यंबक वहाँ बैठ गया। उसने अनुमान किया कि गौरा मंगला आरती के लिए निकलेगी तब चौला ज्योतिमार्ग की थाह लेने निकलेगी, किन्तु गौरा अपने बन्द भवन में पुत्री को खोजती थी। उसका स्वर सुनकर त्र्यंबक ने द्वार को सहज ठेला कि खुल गया। चौला निश्चित निकल गई है। मन्दिर की पूर्व दिशा के घाट पर एक रत्नजड़ित नौका बँधी रहती थी। त्र्यंबक दौड़ा। जिसमें विहार करना चौला का व्यसन था, वह नौका नहीं थी। समुद्र के जल में कुछ पाने के संकेत करती सुनहरी आभा मात्र थी। त्र्यंबक ने सामनेवाले अर्धवर्तुल के क्षितिज पर दृष्टि डाली।

घाट और मन्दिर के बीच एक शिला पर बैठे हुए ध्यानस्थ पुरुष का भाल अभी भी अनुदित सूरज जैसा देदीप्यमान था। कौन होंगे ? आचार्य या युवाचार्य ? आचार्य व्योम वृहस्पति आरती के मौके पर शिवालय के प्रांगण के बाहर नहीं निकलते। निश्चित ये सदाशिव होंगे। हाँ, अब उनका कन्धा भी अपनी आकृति प्रकाशित कर रहा है। त्र्यंबक प्रणाम करके उनसे दूर खड़ा रहा। उन्हें चौला के बारे में पूछते हुए त्र्यंबक को संकोच हुआ।

शिवालय के शिखर पर चढ़कर देखा जाए तो ? मंडोवर का एक पक्षी पाँच मंजिल चढ़कर खुद श्वास लेने के लिए खड़ा रहेगा। किन्तु दूर से चौला की नौका पहचानी जाएगी भला ? उसने नौका और चौला को भी दूर से पहचानने की क्षमता विकसित नहीं की। रक्षक के रूप में उसका वह दायित्व नहीं होता ? वह सदाशिव के आगे से दौड़ता जाए तो उनकी शान्ति में विक्षेप होगा। इसलिए उनकी पीठ के पीछे से थोड़ा लम्बा रास्ता चुनने में अधिक समझदारी थी।

किन्तु सदाशिव से कुछ अज्ञात नहीं रहता। त्रयंबक कुछ पूछे इससे पहले ही वे बोले : 'क्यों भाई इतने व्यग्र और त्रस्त हो ? मानो लुट जाने की आशंका से हाँफते हुए दौड़ रहे थे ?'

'मुझे अपने लुटने का भय नहीं गुरुवर ! भगवान सोमेश्वर की वस्तु लुट जाने का भय है। आप जानते हैं कि आचार्यप्रवर ने उसकी रक्षा का बड़ा दायित्व मेरे सिर पर डाला है।'

'किसकी रक्षा का दायित्व ? चौला की ? चौला एक मुग्ध कन्या है। वह कोई वस्तु नहीं है। तुम्हारे इस दायित्व में मोह कितना है और कर्तव्य कितना—यह पहले समझ लो। आओ, यहाँ आओ।'

'आरती लेने जाऊँ ?'

'आरती चौला का विकल्प नहीं। हमारा मन व्यक्ति में हो तो शिवालय में भीड़

करना निरर्थक है।'

'आप जानते हैं कि आगामी शिवरात्रि को चौला भगवान सोमेश्वर को समर्पित होगी। उससे पहले यदि उसका अपहरण हो गया तो लोगों की श्रद्धा डिग नहीं जाएगी ?'

'तुम्हें लोगों की श्रद्धा की अपेक्षा चौला के प्रति माया अधिक है। तुममें और सामन्तों या श्रेष्ठियों में मनोदशा का साम्य है। वे लोग द्रव्य धर चौला को लुभाने का प्रयत्न कर रहे हैं, तुम रक्षा का कवच प्रस्तुत करके। समझ में आती है मेरी बात ?'

त्र्यंबक को सचमुच ही भगिनी चौला विषयक सदाशिव की बात समझ में नहीं आई थी किन्तु सामन्तों और श्रेष्ठियों के साथ तुलना हुई इसलिए बुरा नहीं लगा। उसने सुना था कि परभव के पुण्य से सामन्त या श्रेष्ठी के वहाँ जन्म मिलता है। उसने तो एक श्रमिक के यहाँ जन्म लिया था। आचार्य देव ने कृपा कर शिक्षण देकर उसे अन्तेवासी बनाया। ऐसे महत्त्व का काम सौंपा। कुछ समर्पित सेवकों को द्वार रक्षा की आज्ञा प्राप्त होती है। जबकि मुझे ? कितना बड़ा दायित्व सौंपा है ? क्या यह मेरी योग्यता की कद्र नहीं है ? उसने नम्रता से सदाशिव से पूछा :

'क्या रक्षाकवच बने रहने में मेरा कोई लोभ है ?'

'होना नहीं चाहिए। किन्तु तुम जिसके रक्षण के लिए कृतसंकल्प हो, उसके विषय में सभी सचेत हैं। विचार की अपेक्षा वस्तु अधिक महत्त्व की बात बन गई है। पूजाभाव की अपेक्षा पूजापा अधिक महत्त्व का बन जाए तब आत्मनिरीक्षण करना चाहिए। क्या मानसिक पूजा करने की हमारी शक्ति क्षीण हो गई ? त्र्यंबक, रूप महत्त्वपूर्ण है या रूप को व्यक्त करनेवाला तत्त्व ? कुछ दिन पहले तुम वामनस्थली के एक सेठ के यहाँ से एक गाड़ी भरकर द्रव्य ले आए उस समय तुम्हारे मुख पर विजय का भाव था। शिवभक्त को गिरनार चढ़कर जो आनन्द होता है वैसा ही सन्तोष तुम्हें द्रव्यप्राप्ति से हुआ था !'

'तो क्या दान के रूप में द्रव्य नहीं लेना चाहिए ?'

'लेना चाहिए, परन्तु शिवनिर्माल्य मानकर। तू चौला को शिवनिर्माल्य मानता है ?'

'मैं तो मानता ही हूँ, परन्तु कुछ लोग उसे महादेव शम्भु के चरण तक पहुँचने देना नहीं चाहते। कोई उसे गणिका बनाना चाहता है, तो कोई उसे अपने अन्तःपुर में ढकेल देना चाहता है। अपहरण करके विदेश भेजने को उत्सुक लोग भी होंगे'—त्र्यंबक बोलता जा रहा था।

'उनकी मनमानी होगी ?'

'हो सकती है।'

'तो, तेरी श्रद्धा इतनी कच्ची है। परमतत्त्व का अनुग्रह चौला पर उतरेगा तो उसका जीवन धन्य हो जाएगा। हाँ, उसे अपनी सज्जता बल्कि तपस्या सतत बढ़ानी चाहिए।'

त्र्यंबक युवाचार्य को सादर देखता रहा।

'मेरे सामने नहीं, तुम अपनी पीठ पीछे देखो, सूर्यमुखी बनकर—'

त्र्यंबक को समुद्र दीखा, समुद्र की लहरें दीखीं, प्रकाश उछलता था, चील के पंख

जैसी पालधारी छोटी-छोटी दो नौकाएँ दीखती थीं, जो लहरों की ओट में चली गईं, क्षण-भर में प्रकट हुईं...।

तो क्या चौला की नौका उससे भी आगे निकल गई होगी ? रत्नजड़ित होने से वह आकाश के प्रकाश को परावर्तन द्वारा जल की गहराई में अतल सीमा तक पहुँचाती है।

त्र्यंबक को उलझा देख सदाशिव के मुख पर मुस्कान उभर आई। त्र्यंबक बिना बोले रह नहीं पाया :

'युवाचार्य, मुझे सचमुच ही चौला की चिन्ता होती है। आपने कल दक्षिण ध्रुव तक के अबाधित ज्योतिमार्ग की बात की, तब मैंने उसके मुख पर एक निश्चय देखा था। यदि वह दक्षिण ध्रुव का छोर खोजने जाएगी तो वह अपने ही प्रकाश में ढक नहीं जाएगी ?'

'प्रकाश में कोई ढकता नहीं, उघड़ता और ज्योतिर्मय बन जाता है,' कहते हुए सदाशिव सागर की उछलती लहरों की ओर बढ़े। चाल में स्फूर्ति आई। 'त्र्यंबक, तू एक नौका लेकर मेरे साथ चल, प्रकाश की दिशा में, मुझे वे नौकाएँ आगन्तुक लगती हैं। उन्हें भान नहीं कि इस प्रभासक्षेत्र में भगवान सोमनाथ के सिवा कोई शासन नहीं करता।' चलते-चलते सदाशिव कब तैरने लगे—त्र्यंबक को इसका ध्यान नहीं रहा। वह घाट की ओर दौड़ा। दो हाथों में दो नौकाओं को उठाया, फिर याद आया—'युवाचार्य ने एक ही नौका लाने को कहा है।' दूसरी नौका रखी तब त्र्यंबक को खयाल आया, उसने कितना वजन उठाया था...।

लहरों के आश्लेष में आते ही त्र्यंबक की नौका सजीव हो उठी। परन्तु युवाचार्य कहाँ ? ये अच्छे तैराक हैं सही, किन्तु पल-भर में दृष्टि की सीमा को पार कर जाएँ ऐसा हो सकता है ?

त्र्यंबक को लगा कि आज उसके बाजुओं का बल दोगुना हो गया है। पतवार ऊँचे भँवर मारकर सागर का स्पर्श करे उससे पहले ही उसका असर दीखता है। किन्तु सदाशिव कहाँ ? और ये नौकाएँ मुझे घेरने आ रही हैं या मैं उनके बीच जाता हूँ ? कौन हैं ये लोग ?—त्र्यंबक शान्ति से पूछता है।

'कौन हैं आप ?'

'तुम्हारा काल। पीछे मुड़ो वरना मारे जाओगे।'

'भगवान शम्भु के लिए मरने में मुझे आपत्ति नहीं।'

'जरूर मरो किन्तु भोलानाथ मात्र तुम्हारे नहीं।'

'कहाँ से आए हैं आप ?'—अब त्र्यंबक के सामने आकर उसे घेरना चाहते व्यक्तियों की मुखमुद्रा स्पष्ट दीखती थी। इन लोगों को कहाँ देखा है ? ये लोग कुशल नाविक लगते नहीं। उनके पास शस्त्र होगा ऐसा लगता है किन्तु वे पतवार सँभालेंगे या मेरे ऊपर शस्त्र का प्रहार करेंगे ?

फिर भी त्र्यंबक को आश्चर्य हुआ। उसकी नौका की गति मन्द क्यों पड़ रही है ? अरे ! जल में क्या खिसकता जाता है ? एक क्षण और दूसरे क्षण में तो आगन्तुक नौका

उलट पड़ी। शस्त्र दुर्गा माँ के कंगन की तरह सहज झनका और समुद्र के पेट में विलीन हो गया। डूबते हुए नाविक ने दूसरे की मदद माँगी, वहाँ उसकी नौका भी झुकी, झुकी और उलट पड़ी।

साम्ब धारण किया हुआ एक हाथ जल के बाहर दीखा, फिर दिखाई दिया, युवाचार्य का ताम्रवर्ण बना हुआ उज्ज्वल मुख।

'यह अभयदान प्राप्त सोमेश्वर का जलविस्तार है। यहाँ मछुआरे भी दिखते नहीं। तुम्हारी धृष्टता को प्रभु बार-बार क्षमा नहीं करेंगे,' इतना कहते सदाशिव ने एक नौका को उनकी ओर गति दी। नाविक को लगा कि यह किसी सामान्य पुरुष के हाथ का धक्का नहीं है। उसने पलायन में समझदारी मानी।

'युवाचार्य, आप आज्ञा दें तो मैं उसे पकड़कर आचार्यप्रवर के पास ले जाऊँ।'

'नहीं, तू इस क्षेत्र में रुक जा। मैं आचार्य महाराज को बताता हूँ। मैं मानता हूँ कि चौला दूर निकल गई है। प्रार्थना द्वारा उसे चैतसिक सन्देश मिले तो वह पीछे मुड़ेगी। मैं मन्दिर की ओर जाता हूँ, तुम चौला की प्रतीक्षा करो।'

'आपको क्या लगता है ? वे अपहरण के लिए ही आए थे न ?'

'मैं उनका पता लगाने पश्चिम घाट जाता हूँ। तुम शान्त रहना। चौला को आवाज़ भी न देना। तुम्हारे गर्जन से समुद्र के नाना जीव काँप उठेंगे।'

'और आपके गर्जन से बड़े जीव—'

सदाशिव लहरों की लय में शरीर को बहता हुआ छोड़कर किनारे पहुँच गए। इस ओर पूर्ण सूर्योदय हुआ। त्र्यंबक को एक तेज बिन्दु दिखाई दिया। धीरे-धीरे उसका आकार सुडौल बनता गया। शतदल पद्म, पद्मासना श्री—

हाँ, वह चौला की नौका है। वहाँ से तेज का अम्बार जल में व्याप्त हो रहा है।

सोमेश्वर का पंचांगी मन्दिर दृष्टि के सामने उभरते ही चौला खड़ी हो जाती है। परम आश्चर्य ! ज्योतिर्लिंग पर सूर्य की किरणें उतर रही हैं। निश्चित, वहाँ से सर्पाकार गर्भगृह में व्याप्त हो जाएँगी। मानो सम्पूर्ण शिवालय की कुंडलिनी जागृत हो जाती है। चौला में नृत्य करने की इच्छा जगी। वहाँ उसे अपनी महेच्छा पर हँसी आई। नौका स्वतः लहर-लहर पर नृत्य कर रही है वहाँ मुझे उसके साथ संवाद साधना होगा या जो कला अभी मैं सीख रही हूँ उसे प्रस्तुत करने की अधीरता दिखानी होगी ? फिर भी सन्तुलन बनाने के लिए उसने अंगों को नियन्त्रित किया जिसमें मुद्राएँ तो नृत्य की ही व्यक्त हुईं।

त्र्यंबक सतर्क था। चौला को माया या ममता से नहीं, कर्तव्यभाव से देखना था। सदाशिव ने उसे योग्य समय पर सावधान किया था।

चौला कभी बैठकर पतवार चलाती तो कभी खड़ी हो जाती। मानो सूर्योदय से पहले पूर्व दिशा में जाकर प्रकाश लेकर ज्योतिर्लिंग को उसका अर्घ्य देने आ रही थी। कुछ क्षण पहले रक्षा करने की अनिवार्यता खड़ी हुई थी, उस विषय में वह पूर्णतः अनजान लगती है। त्र्यंबक उससे बात करने को प्रेरित हुआ और पुनर्विचार कर रुक गया। स्वयं

अल्पबुद्धि होने में उसे शंका नहीं रही।

घाट तक चौला के पहुँचने पर त्र्यंबक ने उसकी इच्छानुसार उसके निवास तक जाने दिया। सामान्य रूप से प्रदक्षिणापथ को भेदकर वह गर्भगृह में जाकर दर्शन करता, किन्तु आज प्रवेशद्वार के तोरण के नीचे खड़े होकर गर्भगृह के अन्त तक दृष्टि डाली। शृंगार चौकी, गूढ़ मंडप, अन्तराल—प्रत्येक अंग आज उसे देखने को प्रेरित करता है। चौला के रक्षण के उपरान्त शिल्प का सौन्दर्य देखते-देखते शिवालय के स्थापत्य को प्रत्येक कदम पर अनुभव करना—यह सब उसे पहली बार क्यों सूझ रहा है ? युवाचार्य ने आज उसे आसक्ति से मुक्त कर्तव्य का बोध कराया था और वास्तव में चौला की रक्षा उन्होंने ही की थी। इस बारे में चौला कभी जान नहीं पाई, शायद आचार्य व्योम वृहस्पति भी इस घटना से अपरिचित होंगे।

आचार्यश्री अन्तराल में विराजमान थे। सामने जूनागढ़ का नगरश्रेष्ठी श्रीधर खड़ा था। उसके हाथ में स्वर्णमुहरों से भरा थाल था।

श्रीधर इस पंचांगी शिवालय को स्वर्णखचित कराने हेतु दान देना चाहता था। युवाचार्य की सलाह के कारण कोठारी शर्ती दान लेने में संकोच कर रहा था। उन्होंने कहा कि भगवान सोमेश्वर के प्रांगण में चलते अन्नक्षेत्र में यह खर्च किया जाए तो ?

श्रीधर जानता था कि कश्मीर, पूर्वांचल और रागेश्वर जैसे दूर-दूर के क्षेत्रों से यात्री सैकड़ों की संख्या में प्रतिदिन आते हैं। प्रत्येक पूर्णिमा को मेला लगता है, उस समय तो अमावस्या के आकाश के सारे तारे प्रभासपाटण में उतर आए हों, ऐसा दृश्य बनता है।

श्रीधर का दान अहेतुक नहीं था। चुडासमा वंश का राजकुमार जंगल में पल रहा था, छद्मवेश में देवायत अहीर के यहाँ...रा'नवघण उसका नाम। उसे गद्दी पर बैठाने की पूर्व तैयारी हो चुकी है। अणहिलवाड पाटण के राजा भीमदेव शैव हैं। आचार्यदेव जो चाहते हैं वही होता है। यदि वे भीमदेव को आज्ञा दें तो नवघण सुरक्षित रहेंगे। ऐसे भी पाटण और वन्थली के बीच प्रकट की अपेक्षा गुप्त वैर अधिक रहा है। भीमदेव के चाचा दुर्लभसेन सन् 1010 में गद्दी पर बैठे थे। उनकी रानी और बहन यात्रा पर आईं, उस समय वन्थली की गद्दी पर राजा दयास थे। उन्होंने दामोदर कुंड में नहाने के लिए दुर्लभसेन की रानी और बहन से कर वसूल कर ही उन्हें आगे यात्रा करने की अनुमति देने के लिए अधिकारियों से कहा। यह कार्यवाही अनचीती और आघातजनक थी। पाटण वापस जाकर रानी और राजकुमारी ने दयास पर चढ़ाई करने के लिए दुर्लभसेन से आग्रह किया। राजा ने चारण बीजल द्वारा दयास का सिर माँगकर सोरठ जीता था...आचार्य व्योम वृहस्पति अवगत थे। उन्होंने श्रीधर से कहा—सोमेश्वर की कृपा से सबका कल्याण होगा। अन्नक्षेत्र हेतु दान स्वीकारने के लिए सदाशिव को सूचित करना उचित है। आप भी जानते ही हैं—श्रेष्ठ दान अन्नदान।

मन्दिर से निकलकर श्रीधर गणिका गौरा के भवन की ओर गए। यह देखकर

त्र्यंबक को आश्चर्य हुआ। युवाचार्य अभी भी पश्चिम घाट से आए नहीं थे। त्र्यंबक ने मन्दिर के एक रक्षक को सदाशिव की खबर लेने को भेजा। प्रातःकाल में जो कुछ हुआ था उस विषय में आचार्यप्रवर से बात करनी चाहिए या नहीं इस विषय में त्र्यंबक अभी भी दुविधा में है।

सिंहद्वार के आगे होकर मन्दिर के दो घुड़सवार रक्षक तीर-वेग से निकल गए। वे किसी का पीछा कर रहे थे या कोई उनका पीछा कर रहा था, यह भी त्र्यंबक से निश्चित नहीं हो सका। मन्दिर का एक अन्य रक्षक वापस आ रहा था। घबराया हुआ लगता था।

तभी राजवंशीय दीखती दो कन्याएँ त्र्यंबक के सम्मुख आईं, एक ने पूछा :

'चौलादेवी कहाँ हैं ?'

चौला को देवी कहनेवाली यह कौन ? परन्तु इस विषय में कुछ भी पूछने की त्र्यंबक की मनःस्थिति न थी। उसने कर्तव्यपालन की दृष्टि से पूछा :

'क्या काम है चौला का ?'

'वह आपको न बताएँ तो कोई आपत्ति है ब्रह्मदेव ? हम त्रिपुरसुन्दरी के लिए पत्रम्-पुष्पम् लाई हैं। यदि आप अनुमति दें तो...'

'अनुमति देनेवाला मैं कौन होता हूँ ?'

'रक्षक समग्र देवपाटन के; हमें कभी आप से प्रशिक्षण पाना है।'

'मैं नृत्य नहीं जानता, चौला सिखाएगी, जाइए,' कहते हुए त्र्यंबक ने दिशानिर्देश किया, स्वयं युवाचार्य की खोज में निकला।

2

सोमनाथ के समुद्र में चौला का सम्पर्क करने आए हुए नाविक स्थानीय थे। उन्हें उसे विश्वास में लेकर, लुभाकर मन्दिर के परिसर के बाहर ले जाना था। जहाँ उनका काम पूरा होता था, महमूद के हिन्दू सरदारों का काम शुरू होता था। गजना में हिन्दुओं की बस्ती थी। उसमें तिलक और सुन्दर महमूद के सबसे अधिक वफादार सरदार थे। तिलक को अपने महल पर प्रहर के अनुसार संगीत बजवाने की अनुज्ञा मिली थी, तिलक के विश्वासभाजन के रूप में सुन्दर आगे बढ़ा था। महमूद द्वारा सौंपे गए उत्तरदायित्व को निभाकर दोनों ने अनेक प्रसंगों में अपनी वफादारी सिद्ध की थी। पहले महमूद का एक शक्तिशाली सरदार था—अहमद न्यालतीनगीन। एक बार उसने महमूद के सामने बलवा किया। उसके सामने लड़ने के लिए किसी दूसरे मुस्लिम सरदार को न भेजकर महमूद ने तिलक को भेजा था। तिलक की हिन्दू सेना देखकर अहमद न्यालतीनगीन भाग निकला। किन्तु जाटों ने उसे पकड़ा और उनके पास से न्यालतीनगीन का सिर तिलक ने एक लाख दोरम में खरीदा। साथ-साथ उस विद्रोही

के मुस्लिम साथियों के हाथ कटवा डाले।

तिलक हजाम का पुत्र है यह अब किसी को याद नहीं आता था। उसमें बुद्धि और शौर्य का अद्‌भुत मेल था। कश्मीर में रहकर वह तन्त्रविद्या में निष्णात हुआ था। पश्चिम हिन्द की भाषाओं की तरह वह फारसी का भी जानकार था। पहले दुभाषिया बना, फिर कूटनीतिज्ञ। काटोर के राजा के सैनिकों को महमूद की सेना में शामिल करने में तिलक का महत्त्वपूर्ण योगदान था।

सातवीं सदी तक काबुल में हिन्दू राजाओं का शासन था। उस समय काबुल हिन्दुस्तान का एक अंग था। वही महाभारत काल का गान्धार, वहाँ की राजकुमारी गान्धारी। शकुनी राजकुमार...आठवीं सदी में हिन्दुओं और मुसलमानों के बीच सत्ता की लड़ाई चली। नवीं सदी में याकुब लेस नाम के ईरानी सरदार ने काबुल पर कब्जा किया। उसने हिन्दू-मन्दिरों और बौद्ध-मठों को तोड़ डाला तथा पराजित राजाओं के मस्तक खलीफा को भेजे। काबुल के पास गजना में सन्‌ 955 में अनूप नामक हिन्दू राजा था। उसने अनेक उतार-चढ़ाव देखे। दसवीं सदी के अन्तिम चरण में सबक्तगीन ने गजनी पर कब्जा कर स्वयं खलीफा के वफादार अमीर के रूप में प्रबन्ध सँभाला।

सबक्तगीन पहले बौद्ध था। गरीब होकर गुलाम के रूप में बेचा गया था। बुखारी के व्यापारी नासर हाजी ने उसे खरीदकर उसका धर्मान्तरण कराया। सबक्तगीन का पिता सारंग यादव था किन्तु गुलाम होने के कारण उसने जाबुलि नामक दासी से विवाह किया था। जाबुलि ने महमूद को जन्म दिया। उसकी दूसरी माँ उच्च कुल की गिनी जाती; इसलिए उसके पुत्र इस्माइल को गजना की गद्‌दी मिली। दो वर्षों में ही महमूद ने इस्माइल को हराकर क़ैद किया। फिर उसे विश्वासघाती करार देकर मार डाला और बाप को क़ैद कर लिया।

महमूद के चेहरे पर शीतला के गहरे दाग थे। उसका कद्‌दावर शरीर बेडौल लगता था। सुन्दर दीखने की उसकी प्रबल इच्छा थी, उसका आन्तरिक सौन्दर्य खिल नहीं सका और वह क्रूर बनता गया। थोड़े समय में वह दन्तकथाओं का विषय बन गया। उसमें वास्तविकता भी मिल गई। उसके जन्म से पहले उसके बाप को स्वप्न आया था—उसके चूल्हे में एक झाड़ उगा जिसने बढ़ते-बढ़ते सारी पृथ्वी को आवृत्त कर लिया...महमूद के जन्म के समय पेशावर में सिन्धु नदी के किनारे एक मन्दिर गिर पड़ा।

एक बार झेलम नदी में उसने सारा दारू ढरका दिया। फिर भी महमूद की शराब की लत बढ़ती गई। सत्ताईस जाम पीने के बाद भी वजू करके वह नमाज़ पढ़ सकता था। उसमें संगीत का शौक जाग उठा। उस समय गजना में गायक न मिलता तो हिन्द से पकड़वाकर मँगाता। उसकी धनलिप्सा असीम थी इसलिए वह हमला करता गया और सेना बढ़ाता गया। हिन्द के प्रत्येक हमले की वह जेहाद (धर्मयुद्ध) के रूप में पहचान कराता। लूट और बलात्कार के बाद युवा स्त्री-पुरुषों को वह गुलाम के रूप में पकड़कर ले जाता, कुल आय का पाँचवाँ भाग ही वह गान्धार प्रदेश में ले जाता, बाकी चार भाग अपने सरदारों और सैनिकों के बीच योग्यता के अनुसार बाँट देता।

इस तरह अपनी लालसा में उसने लाखों लोगों को भागीदार बनाया था। सामनेवाले पक्ष को कूटनीति से जीतने में वह शकुनी से बढ़कर था। गान्धार में जन्मे शकुनी ने अपने भानजे के लिए महाभारत का सृजन किया। महमूद ने अपने लिए महासंहार किया। महमूद अपने हिन्दू सरदारों को गजना के प्रबन्ध में रोकता, उसी तरह हिन्द से समाचार पाने में उनकी मदद लेता। सन् 1022 में पन्द्रहवीं चढ़ाई के समय वह मध्यदेश तक पहुँच गया था। अब उसे जगत का सबसे अमीर सुल्तान बनना था। उसकी इस महत्त्वाकांक्षा को सन्तुष्ट करने के लिए उसके गुप्तचर हिन्दू धर्मस्थानों की टोह लेने चले थे। उसमें तिलक का वफादार मित्र और महमूद का होशियार सरदार सुन्दर यात्री वेश में साथियों को लेकर प्रभासपाटण आ पहुँचा था। जिन दो नाविकों को सदाशिव ने समुद्र से भगाया था वे स्थानीय तटवासी व्यक्ति थे, दूसरा कुछ भी नहीं जानते थे। उन्हें चौला को विनती कर पश्चिम घाट की ओर ले जाना था। फिर चतुर पुरुष द्वारा उसे समझाना था—दासी नहीं, रानी बनने के लिए तुम्हारी सर्जना हुई है। ऐसा करने में उनको कुछ भी अनुचित नहीं लगा था। क्योंकि लोकधारणा के अनुसार चौला गणिका की पुत्री थी और उसके साथ प्रवासी बात कर सकता है, उसके यहाँ जा सकता है, रह सकता है। यद्यपि यह भी सुविदित था कि गौरा ने अपना व्यवसाय कब का छोड़ दिया था और भगवान सोमेश्वर की सेवा में तन-मन-धन से रत रहती थी। वह धर्मजिज्ञासा से कभी आचार्य व्योम वृहस्पति से प्रश्न करती। आचार्यदेव उसके प्रश्न की कदापि उपेक्षा नहीं करते और चौला तो अपने शैशव से ही मन्दिर के वातावरण में पली थी। उसकी समझदारी की, उसके सौन्दर्य और गान-नर्तन की ख्याति प्रभास के बाहर भी फैलती जा रही थी। महमूद के सरदार सुन्दर की इच्छा उसके द्वारा यहाँ के जीवन में हिल-मिलकर एक-एक वस्तु की थाह लेनी थी। लेकिन वह नेपथ्य में ही रहा। युवाचार्य सदाशिव को भी उसकी उपस्थिति का संकेत नहीं मिला था। उन्हें तो चौला के ज्योतिमार्ग में बाधा बननेवाले नाविकों के सरदार का पता पाना था। प्रभास में उनका सर्वत्र भारी समादर था। आचार्य व्योम वृहस्पति के दर्शन मन्दिर के बाहर दुर्लभ थे। प्रसंग विशेष में यजमान के यहाँ उनका आगमन होता, जबकि सदाशिव तो जितने मन्दिर के थे उतने ही नगर के। उनकी दृष्टि में शिवतत्त्व सर्वत्र व्याप्त है। उसके आड़े आनेवाले आवरण को दूर करने का कर्तव्य सूझने के क्षण ही वह सक्रिय होता है। आचार्य व्योम वृहस्पति के जैसे उनके पद की मान-मार्यादा नहीं थी। वास्तव में उन्हें युवाचार्य कहना भी लोगों ने ही आरम्भ किया था। नगर में बसनेवाली प्रत्येक जाति के युवकों और मन्दिर के रक्षकों के वे प्रेरणास्रोत थे। उनकी निर्भीकता कालभैरव के समान थी तो उनकी देहकान्ति देखकर श्रद्धालुओं को कार्तिकेय का स्मरण होता था। ऐसे युवाचार्य के मस्तक पर एक व्यक्ति ने पीछे से दंडप्रहार किया है, यह जानकर दो रक्षक घुड़सवारों ने उनका पीछा किया। त्र्यंबक ने वह गतिशील दृश्य देखा किन्तु समझ नहीं सका। उसका दायित्व चौला का रक्षण था इसलिए घुड़सवार रक्षकों को अपना काम करने देकर वह गौरा के भवन की

ओर गया। प्रांगण में प्रवेश कर बेचैन हुआ। अतिथिकक्ष में श्रीधर विराजमान थे। चौला के कक्ष में सखियों की कुलबुलाहट थी। कलाकक्ष में वादक तन्तुवाद्यों और चर्मवाद्यों को सुर में लाने में व्यस्त थे। चौला प्रातःकाल के नौकाविहार से भीग गई थी इसलिए वह सुगन्धित द्रव्यों से युक्त जल में स्नान कर रही थी। सखियाँ विनोदवार्ता द्वारा दूर से उसे शब्दस्नान करा रही थीं। त्र्यंबक को लगा कि ऐसे शृंगारिक वातावरण में ब्रह्मचारी को रुकना नहीं चाहिए। आचार्यदेव से मिलकर गौरा के यहाँ श्रीधर नागर की उपस्थिति की जानकारी लेकर स्वयं सदाशिव के पास जाएगा।

गौरा जानती थी कि श्रीधर सुशील और विद्वान नागर हैं। जूनागढ़ में उनकी प्रतिष्ठा है। लेकिन यहाँ उनका स्वयं का आगमन लोगों के लिए कौतूहल का विषय बनेगा।

महाराज दयास के दरबार में गौरा ने नृत्य किया तब उसे पुरस्कार से सम्मानित किया गया था। श्रीधर ने उसे नज़र से सम्मानित किया था। उस प्रसंग के उल्लेख से गौरा भावुक बन गई।

राजकुमार नवघण भी उसे याद आया।

'कौन जाने कहाँ होगा !'

—श्रीधर गौरा के प्रश्न का भावार्थ समझने का प्रयत्न करता रहा।

'भयमुक्त हो तो वह प्रकट होने के लिए सोचे।'

'भय किसका ?'

'तुमसे क्या अज्ञात है ?'

गौरा विचार में पड़ गई। उसने श्रीधर के सामने देखा। शायद अब वह उनके आगमन का प्रयोजन भाँप गई थी।

महाराजाधिराज दुर्लभसेन और भीमदेव की मन ही मन तुलना करके गौरा ने कहा :

'आप इस दासी को कोई काम बताएँ तो वह धन्य होगी।'

'उस तरफ यात्रा पर जाना हो और महाराज भीमदेव का मन जाना जा सके तो नवघण को सन्देश भेजा जा सकता है। कहाँ पाटण और कहाँ वन्थली ! दोनों के बीच स्पर्धा न हो। आज तो यहाँ अराजकता जैसी स्थिति है। राजतन्त्र खड़ा हो और महाराजाधिराज भीमदेव की शुभेच्छा प्राप्त हो तो इससे सबकी शोभा बढ़ेगी।'

'मेरी अल्पबुद्धि राजनीति तो क्या समझे ? लेकिन अवसर मिले तो महाराज से मैं अपने लिए कुछ नहीं माँगूँगी, रा'नवघण के लिए मागूँगी।'

'चौला साथ आएगी ?'

'उसे यात्रा की अनुमति मिलेगी ?'

'अनुमति किसे देनी है ? आचार्य व्योम वृहस्पति को ?'

'हाँ, यदि चौला स्वेच्छा से देवदासी बने तो आचार्य की शुभाशीष उसे मिलेगी।'

'और संसार को स्वीकार करे तो ?'

'संसार ? मेरी पुत्री को क्यों कोई संसारी स्वीकारेगा ?'

'जाननेवाले जानते हैं कि यह तुम्हारी पालित पुत्री है और तुम्हारी सन्तान हो तो भी उत्तरजीवन में तो दानपुण्य की तपस्या से तुम यशस्वी बनी हो।'

गौरा को अपनी प्रशंसा में अतिशयोक्ति लगी सही किन्तु असत्य नहीं लगा। श्रीधर की गुणदर्शिता से वह सहमत हुई। भेंट–सौगात स्वीकारने में उसे संकोच हुआ। किन्तु यात्रा में दान देने में यह काम आएगा, यह कहकर स्वीकार किया।

श्रीधर जूनागढ़ के लिए रवाना हुआ।

वहाँ मन्दिर में गर्भगृह के चौखट पर बैठे सदाशिव विचारमग्न मुद्रा में थे। अहंकार ने मुझे असावधान बनाया ? प्रहार झेलना पड़ा।

त्र्यंबक चाहता था कि सदाशिव उसके कुटीर में आकर विश्राम करें। उनकी जगह किसी दूसरे के गले पर ऐसा प्रहार हुआ होता तो अभी भी वह अचेत होता और वैद्यराज उपाय ढूँढ़ते होते।

'तू आराम कर, आज तू मुझसे ज्यादा थका होगा !'

'नहीं-नहीं, मैं स्वस्थ हूँ। चौला सुरक्षित रहे, बस।'

'उसे सुरक्षित रखने का तुम्हारा विशेष उत्साह था, वह आज पहचान गया। उसे रोकनेवालों को मैं अब तक पहचान नहीं सका, किन्तु वे लोग हम सबको पहचान गए लगते हैं।'

'जूनागढ़ के श्रेष्ठी श्रीधर आए थे। उनकी इच्छा मन्दिर को रत्नजड़ित करवाने की है। अब नए रत्न जड़ने के लिए जगह कहाँ है ?' ऐसा सुनकर श्रीधर ने दान देने का दूसरा उपाय ढूँढ़ा। उन्हें आचार्यदेव का आशीर्वाद चाहिए। अन्नक्षेत्र के लिए एक हज़ार स्वर्ण मुहर दे गए हैं।

'तब तो जितनी बार आएँगे उतनी बार स्वर्णमुहर लाएँगे,' कहते हुए सदाशिव हँस पड़े। त्र्यंबक ने कहा, आचार्यदेव पहले तो ना कहते हैं किन्तु बाद में स्वीकार कर लेते हैं। उन्हें लोभ होगा भला ?'

'लोभ नहीं, किन्तु आवश्यकता। मन्दिर का वैभव बढ़ता जा रहा है, प्रबन्ध विस्तृत होता जा रहा है। हम अपनी आवश्यकता को बढ़ाकर पराधीनता स्वीकार नहीं कर लेते ? त्र्यंबक, जैसी पराधीनता सत्ता की होती है वैसे ही सम्पत्ति की भी। मैंने एक दिन आचार्यदेव से कहा कि हमें श्रद्धालुओं को ज्योतिर्लिंग के दर्शन कराने हैं या बाह्य वैभव के ? उन्होंने कहा कि शृंगार चौकी से आकर्षित होकर यात्री अन्दर प्रवेश करेंगे और ज्योतिर्लिंग तक पहुँचकर आत्मज्योति पाएँगे। यह असम्भव नहीं। किन्तु त्र्यंबक, मैंने देखा शृंगार चौकी ने कितने को वहीं रोक रखा है। बस, वे वहाँ खड़े-खड़े सभामंडप में नृत्य निहारेंगे।'

'आप नृत्य क्यों नहीं निहारते ?'

'मैं अपने अन्दर तांडव और लास्य दोनों निहारता हूँ। नन्ही बालिकाओं का

रासगरबा भी मुझे आनन्द देता है, किन्तु विवश दासियों के नृत्य देख मैं प्रेरित नहीं होता हूँ।'

'दासी नहीं युवाचार्य, देवदासी, आपने क्यों ऐसी भूल की ?'

'भूल की हो तो अच्छा।'

'आप माया का तिरस्कार करते हैं।'

'नहीं, मैं महामाया की वन्दना करता हूँ। मैं शैव हूँ तो शाक्त भी हूँ। मेरा वैराग्य आनन्द का विरोधी नहीं।'

'चौला के विषय में आपकी क्या भविष्यवाणी है ?'

'मैंने कभी भी भविष्यवाणी की है ? मैं समग्र भविष्य को कल्याणकारी मानता हूँ।'

'किन्तु आप ज्योतिषशास्त्र तो जानते हैं।'

'जानता हूँ वह सब मानना आवश्यक है सही ? कितने ज्ञान भाररूप बन जाते हैं। प्रत्यभिज्ञा तक पहुँच नहीं पाते।'

'प्रत्यभिज्ञा तक पहुँचते नहीं, माने ?'

'कभी पूरा अवकाश मिलने पर बात होगी। जबकि यह बात का नहीं अनुभव का विषय है।'

तभी तीनेक यात्री सभामंडप में कुछ समय तक रुककर अन्तराल की ओर आने लगे।

'त्र्यंबक देखो, वे यात्री शिल्पों का सौन्दर्य नहीं देखते, स्तम्भों पर सोना और रत्न जहाँ जड़े हुए हैं वहाँ उनकी दृष्टि गड़ जाती है। देखना वे ज्योतिर्लिंग के दर्शन करते हैं या मात्र निरीक्षण ? उपनिषदवाणी तुमने नहीं सुनी—'हिरण्यमयेन पात्रेण सत्यस्यापिहितम् मुखम्'—सत्य का मुख स्वर्ण के पात्र से ढका हो तभी वह सुन्दर लगता है। उसे उघाड़ने का मन नहीं होता। ऐसी माया होती है स्वर्ण की। इसलिए सूर्य की प्रार्थना करनी पड़ती है—हे सूर्य, तू यह पात्र उघाड़ दे, जिससे हमें सत्यधर्म की दृष्टि मिले। इस मन्दिर में प्रतिदिन प्रातःकाल सूर्य स्वयं ज्योतिर्लिंग को देदीप्यमान कर जाता है फिर इस स्वर्ण और रत्नों से प्राप्त होनेवाले जुगनू के उजाले का क्या लोभ ?'

त्र्यंबक समझने का प्रयत्न करता है। अपने से प्रश्न करता है—यदि स्वर्ण और रत्न की आवश्यकता नहीं तो चौला के समर्पण की भी आवश्यकता क्या ? आचार्यदेव से पूछूँ ? और यदि वे कह देंगे कि चौला के नृत्य की आवश्यकता नहीं है तो ? स्वयं इस पंचांगी मन्दिर के नृत्यमंडप में चौला की नृत्यमयी मुद्राओं की कल्पना करते हैं। इस कल्पना को वे अपनी भक्ति मानते हैं। उपास्यदेव की भक्ति का प्रचार कर अनेक के पास पूजार्चना करवाना भी भक्ति का ही एक प्रकार है। चौला किसी राजाधिराज के समक्ष नृत्य करे वह अच्छा या भगवान सोमेश्वर के सम्मुख नृत्य करे यह अच्छा ? उसे राजसी होने से रोककर सात्त्विक बनाना आचार्यदेव का उपक्रम लगता है। मैं स्वयं उस दिन की प्रतीक्षा करूँगा। उस दिन तक चौला की रक्षा करूँगा।

त्र्यंबक को चौला के मुख की आकृति और देहयष्टि का स्मरण हुआ। यदि वह

गौरा की पुत्री है तो आकृति इतनी भिन्न क्यों ? वह बेचैन हुआ, किससे पूछूँ। चौला या गौरा के साथ बात करने की आचार्यदेव ने मनाही की है। युवाचार्य से पूछेंगे तो वे प्रतिप्रश्न करेंगे—आजकल तुम्हारे सभी प्रश्नों का केन्द्र चौला क्यों है ? निरुपाय होकर वह आचार्य व्योम वृहस्पति के पास गया। वे विश्राम में थे। सोए-सोए ही पूछा—'कैसे आना हुआ वत्स ?' प्रश्न जरा विचित्र है, पूछूँ ? पहले अनुमति माँग लेना अच्छा है। ऐसा ही किया। क्षमा माँगी, हाथ जोड़ जिज्ञासा व्यक्त की। वृहस्पति ने मस्तक सहज ऊँचा किया—'मेरे पास जो उत्तर है वह युवाचार्य द्वारा मुझे प्राप्त हुआ है। तुम उनसे पूछ नहीं सकते ? उन्हें योग्य लगेगा तो तुम्हें बताएँगे। तुम हठ नहीं करते।'

'वे बुजुर्ग बन्धु मेरे हठ को बालहठ मानते हैं। मैं पच्चीस वर्ष का युवक हूँ, यह उन्हें दीखता ही नहीं।'

'और वे ? सोलह वर्ष की अवस्था में ही बत्तीस लक्षण युक्त,' कहते हुए आचार्य बैठ गए—'त्र्यंबक तुम जानते हो मैं यहाँ किस तरह स्थायी हुआ ?' पल-भर स्मरण कर आचार्य व्योम बोले, 'मैं प्राची तीर्थ के दर्शनार्थ आया था। तुम वहाँ गए हो न ?'

'अनेक बार। जैसे यहाँ के त्रिवेणी संगम में सरस्वती विलीन होती है वैसे ही प्राची में वह अलग स्वरूप धारण करती है। वह सरस्वती विलीन होती है वैसे ही प्राची में वह अलग स्वरूप धारण करती है। वह सरस्वती पूर्व दिशा की ओर बहती है इसलिए प्राची तीर्थ की सर्वाधिक महिमा है,' त्र्यंबक ने गहरे विश्वास के साथ कहा।

इतने ही विश्वास से उस दिन बटुक सदाशिव ने मुझसे कहा था, 'कर्मकांडी ब्राह्मणों ने इतना भाग खोद निकालकर नदी को पूर्व दिशा में बहाया नहीं होगा ?'

त्र्यंबक हँस पड़ा—सदाशिव बड़े विनोदी हैं। उन्हें सबकी अपेक्षा उल्टा ही सूझता है। मैंने उनसे पूछा, 'यह सच है कि श्रीकृष्ण भगवान को तीर प्राची के अश्वत्थ के नीचे लगा था ? और दारुक उन्हें वहाँ से भालका तक ले गए ?' तो मुझसे कहा, 'ऐसा भी क्यों न हुआ कि भालका में श्रीकृष्ण को तीर लगा हो और वहाँ से उन्हें त्रिवेणी किनारे देहोत्सर्ग की जगह पर लाया गया हो। मुझे तो प्राची और भालका की अपेक्षा देहोत्सर्ग के स्थान पर विशेष शान्ति की अनुभूति होती है। विसर्जन, परम विश्रान्ति, लयविलय का संगीत, मैं समुद्र को चाहता हूँ किन्तु पूजा करता हूँ नदी के जल की...त्रिवेणी तीर्थ का संगम मुझे जीवन और मृत्यु दोनों का अवबोध कराता है।'

—सुनते हुए आचार्य व्योम वृहस्पति धन्यता अनुभव करते रहे।

वहाँ करीब तीन वर्ष का कुमार भाव वृहस्पति एक हाथ में सीप और दूसरे हाथ में स्वर्णमुहर लेकर आ पहुँचा। कुमार भाव मुट्ठी खोलकर झुककर स्वर्णमुहरों और सीपों को समान भाव से त्र्यंबक के पाँव के पास बिखेरता हुआ खड़ा रहा। उससे हुई ध्वनि ने आचार्य और शिष्य दोनों का ध्यान खींचा। त्र्यंबक नीचे बैठा, भाव को गोद में लिया। भाव तुरन्त गोद से उतरकर नीचे बैठा—'चलो खेलते हैं।'

'दो में से एक ढेर मुझे दे दो। जो तुम्हें अच्छा लगे उसे रखो।'

'भाव ने स्वर्णमुहरों को पिताजी की ओर खिसका दिया।'

‘तुम्हें सीप और स्वर्णमुहर में अन्तर नहीं लगता ?’

बालक ने इस तरह तुलना की, उसने स्पष्ट देखा कि ‘अन्तर है वर्ण और वजन का, उसे हलके फूल जैसी वस्तु से खेलना पसन्द है...’ तीन वर्ष के बालक की ऐसी समझदारी और रुचि से त्र्यंबक की प्रसन्नता झलक उठी। वह उसे उठाकर नाचने लगा।

वहाँ सदाशिव यह दृश्य देखने आ पहुँचे थे। उन्हें देखते ही भाव दौड़कर उनके पैरों में पड़ गया। सदाशिव ने उसे उठाकर अपने कन्धे पर बैठाया और विनती की—मेरी गर्दन पर पल-भर मुष्टिप्रहार करोगे ? सूक्ष्म व्यायाम करने पर भी पूर्ण आराम हुआ नहीं। आपके स्पर्श से हो जाएगा !

मुष्टिप्रहार करने के बदले सदाशिव की पीठ से उतरकर भाव ने उनकी गर्दन के भाग में अपना कपाल घिसा, गाल चाँपा।

‘वाह आराम हो गया। अब एक काम करो। अपने पिताश्री से पूछो कि इन सीपों और स्वर्णमुहरों में क्या अन्तर लगता है ?’

भाव बेचैन हुआ, त्र्यंबक उत्तर की अपेक्षा से खड़ा रहा। आचार्य ने उसे कहा, ‘तुम कुमार को भवन तक पहुँचा आओ। बाद में तुमसे सदाशिव, चौला और गौरा के विषय में बात करेंगे। तब तक मैं उन्हें इन दो पदार्थों का भेद समझाता हूँ। अथवा उनसे समझता हूँ।’

3

त्र्यंबक को चौला के विषय में ही नहीं, आचार्य व्योम वृहस्पति के बारे में भी थोड़ी नई जानकारी मिली। इस देवपाटन में, इस प्रभास में ये दोनों स्थायी हुए इसमें सदाशिव निमित्त हुए हैं।

गौरा चौला की जननी नहीं, पालक माता थी। गौरा गणिका के रूप में सबसे अधिक ख्यात थी गिरनार में। अनेक सेठों और सामन्तों की कृपादृष्टि उस पर उतरी थी। इसलिए वह जितनी कलाविद् थी उतनी ही सम्पन्न भी। वह प्रत्येक पूर्णिमा को प्रभास आती थी। प्रभास में उसके लिए एक भवन निर्मित था। वहाँ आने पर वह तीन से पाँच दिन रुकती थी।

एक बार प्रभास में वह कुछ अधिक रुकी। किसी को ऐसा लगा कि गिरनार में फैली महामारी के कारण यहाँ देवभूमि में रुक गई है किन्तु सदाशिव सही कारण जानते थे। त्रिवेणी के ठीक आगे जाते एक झरने के नजदीक खाली हुए आश्रम के प्रांगण में बकुल वृक्ष के नीचे उसे एक बालिका मिली थी। बालिका रोने के बदले खेलती थी। प्रकृति के उस खुले वातावरण में उसे खेलने के लिए किसी खिलौने की आवश्यकता नहीं थी। वह स्वयं मानो प्रकृति के लिए लीलाकमल थी। यह देख धन्य दासी गौरा को उसके पास ले आई।

कौन होगी यह बालिका ? किस विवशता ने ऐसी प्रसन्न सुन्दर बालिका का त्याग कराया है ? क्या यह अवैध सन्तान होगी ? क्या इसके माता-पिता लुट गए होंगे ? या विभु की कृपा ने ऐसा स्वरूप धारण किया होगा ?

गौरा ने उसे उठाया। उठाते ही बालिका की आँखों ने उसे जीत लिया। एक क्षण में उसने निर्णय कर लिया कि अब गिरनार नहीं जाना है। मनुष्यों के मन की आराधना बहुत वर्षों तक की। अब भगवान भोलानाथ को रिझाने के लिए जीऊँगी। इस बालिका का नाम रखा बकुला। किसी ने बहुला सुना, कोई चौला कहने लगा। बाद में तो गौरा को चौला कहना अधिक अनुकूल लगा।

गिरनार से अपनी साधन-सामग्री और चल सम्पत्ति का स्थानान्तरण करने और चौला का संस्कार करने में गौरा थक गई थी। उसने जाना कि उस समय इस देवभूमि प्रभास में भी महामारी फैलने लगी है। नगर में चोरी के उपद्रव न बढ़े, कमजोर और रोगी व्यक्तियों को चिकित्सा-सुविधा मिले इसका दायित्व सदाशिव ने लिया था। गौरा को लगा कि उसके पूर्वजीवन के फल को भोगने का समय आ गया है। खुद भले न बचे, किन्तु यह बालिका बचनी चाहिए। कौन कर सकेगा उसका उद्धार ? उसने सदाशिव को देखा था। मेरु जैसा अचल और कैलास जैसा धवलोज्ज्वल था वह पुरुष। प्रत्येक जन्म में दूर से जिनकी आरती उतारने का मन हो ऐसा।

सदाशिव अलख पुकारते हों, ऐसे सबको सावधान करते। ऐसा मत मानना कि भगवान सोमेश्वर आपका उद्धार करने आएँगे। वे आपके अन्तःकरण को निर्मल करने की कृपा कर सकते हैं, शरीर का शोधन आपका दायित्व है। स्वयं अपनी देखभाल करें। मन्दिर के रक्षक आपसे पूछें तब छुपाना नहीं।

आयुर्वेद और कुदरती इलाज के विशेषज्ञों को सदाशिव ने काम में लगाया था। कुछ क्षेत्रों से अभावग्रस्त लोगों को अन्यत्र हटाया था। सभी सुरक्षित क्षेत्रों में रहनेवाले लोग भी डर गए थे। गौरा के भवन के आसपास के लोग एक अफवाह के शिकार हो गए थे—गौरा ने अपनी मंडली के साथ नृत्य प्रस्तुत किया इसलिए भगवान शंकर का तीसरा नेत्र खुला है। देवदासी कोई पतित स्त्री नहीं बन सकती, कुमारिका बन सकती है...।

यह अपवाद कान में पड़ते ही गौरा के दास-दासी भाग गए। गौरा को भारी आघात लगा। वह भय से काँप उठी। मैं न बचूँ इसका दुःख नहीं, किन्तु मेरा रोग इस बालिका को लगेगा और...

तभी सदाशिव के शब्द कान में पड़े, 'भय रोग से भी अधिक भयानक है। जीवन-मरण प्रभु के हाथ में है किन्तु डरकर मरने की शीघ्रता मत करो। यह विषम समय भी निकल जाएगा। सूर्योदय होगा प्रभास की सूनी गलियों में...'

गौरा बड़े प्रयत्न से गवाक्ष तक आई—प्रभु, युवाचार्य, मेरी यह पुत्री—कैसी मर्मस्पर्शी याचना !

सदाशिव बिना संकोच के गणिका भवन में उसके कक्ष में गए। उसकी प्रार्थना सुन

गौरा का वृत्तान्त सुना, 'मुझे मरने दें पर इसे जिलाएँ।'

राजमार्ग से गुज़र रहे एक सेवक को भेजकर वैद्यराज को बुलाया। वैद्यराज ने देखा कि गौरा की नाड़ी ठीक चलती है। उसके नख में भी कोई रोग नहीं फिर भी सावधानी के तौर पर दवा देते गए। यदि शरीर बहुत कमजोर बन जाए तो मृतसंजीवनी सुरा का सेवन करने को कहा। सदाशिव ने आश्वासन दिया—'आपके दास-दासी इस तरह छोड़कर भाग जाएँगे, ऐसा आपने सोचा नहीं होगा। कृतघ्नता के अकल्पनीय अनुभव ने आपको व्यग्र बनाया होगा। आपने भोजन भी नहीं लिया होगा। आसक्ति को रोग मानकर बैठी हो। पहले मन को स्वस्थ करो। जिसके सैनिक युद्धभूमि में नष्ट हो गए हों वह सेनापति अपना व्यवसाय छोड़ नहीं देता। भागे हुए दास-दासी वापस आएँ तो उन्हें क्षमा कर आश्रय देना।'

'क्या मैं तब तक जीऊँगी प्रभु ?'

'आप जीने के लिए ही प्रभास में आई हैं। आप अभी भी नहीं जान पाईं कि आप निरोगी हैं ? दुहरे श्रम से त्रस्त हैं।'

सदाशिव की वाणी संजीवनी बन रही है। सदाशिव का चरणस्पर्श करने के लिए गौरा हाथ बढ़ाती है। रुक जाती है। होश में आ गई है—मैं पतिता, ऐसे दिव्य पुरुष का स्पर्श कर बैठती...वह हाथ जोड़कर कहती है :

'क्षमा करें युवाचार्य, मैं इस जीवन में आपके चरणस्पर्श की पात्रता गँवा बैठी हूँ।'

सदाशिव सामने से हाथ जोड़ते हैं, 'देवी, आपके हाथ रुक गए, यह अच्छा ही हुआ क्योंकि मैं चरणस्पर्श का अधिकारी नहीं। यदि आपको विश्वास है कि सामने जागृत आत्मा है तो वन्दन अवश्य कीजिए। प्रत्येक जागृत मनुष्य के दृश्य में बसता परमेश्वर वन्दनीय है। आप अपने पूर्व जीवन को यादकर लघुताग्रन्थि से दुःखी मत होइए। आचार्यदेव कहते हैं कि ईश्वर का अनुग्रह सांसारिक बन्धन को एक साथ दूर कर सकता है। आपने इस बालिका को दत्तक लिया उसके साथ सुषुप्त उच्चाशय व्यक्त हुआ। आपके बाह्य सौन्दर्य की तुलना में आन्तरिक सौन्दर्य बढ़ गया। चौला ने आपको जीवन की प्रेरणा दी है। कल शाम को मैं यहाँ से गुजरूँगा, उस समय आप चौला को उठाकर गवाक्ष में खड़ी रहना।'

वैसा ही हुआ।

उस समय भगवान सोमेश्वर के प्रधान आचार्य का अत्यधिक भार सदाशिव वहन करते। उस समय के आचार्य अपुत्र थे। उनकी प्रबल इच्छा थी कि सदाशिव उनकी ज़िन्दगी में ही आचार्य पद पर नियुक्त हो जाएँ और स्वयं शेष जीवन शिवतत्त्व को पाने में बिताएँ। वैसे भी लोग उन्हें युवाचार्य तो कहते ही हैं, कहने का प्रारम्भ पाठशाला के छात्रों ने किया था।

मन्दिर के आचार्य गृहस्थ हों, ऐसी प्रणाली थी। सदाशिव ने कहा कि स्वयं यह

प्रणाली तोड़ने को तैयार नहीं। अभी स्वयं कैलास मानसरोवर की यात्रा भी नहीं की थी, बाद में चार धामों के दर्शनार्थ जाएँगे। संसार में प्रवृत्त होने की मेरी प्रकृति नहीं। मैं संसारी को साधु की तुलना में कम नहीं मानता पर मुझे अपना घर छोटा नहीं रखना है। विश्वनीड़ में जीना है मुझे। इसलिए आप दूसरे उत्तराधिकारी का चयन कीजिए।

आचार्य पारखी व्यक्ति थे। वे उतावले भी नहीं थे। वे जानते थे कि उनका अकाल अवसान होगा तो सदाशिव अपने-आप सब सँभाल लेंगे। इसलिए एक भी कसौटी पर खरे न उतरनेवाले को वे उत्तराधिकारी नहीं बनाते। शुकपाठी विद्वान को नहीं किन्तु प्रज्ञावान की वे वन्दना करते हैं। अपना प्रिय सुभाषित कहते :

यस्य नास्ति स्वयं प्रज्ञा शास्त्रं तस्य करोति किम्,
लोचनाभ्याम् विहीनस्य दर्पणः किम् करिष्यति ?

हँसकर भावार्थ समझाते—जिसमें अपनी प्रज्ञा नहीं, उसके निपट शास्त्रज्ञान से क्या लाभ ? जिसे अपनी आँख नहीं, उसे दर्पण क्या दिखाएगा ? सदाशिव सहमत थे, किन्तु स्वयं पिघलते नहीं थे। आचार्य के बारम्बार आग्रह के वश होकर वचन दिया, 'मैं तो यायावर हूँ, मुझे भारतवर्ष के किसी तीर्थक्षेत्र में तो योग्य व्यक्ति मिल जाएगा और नहीं मिलेगा तो मैं यहाँ का अनुशासन सिर पर धारण कर लूँगा। उन्नयन के लिए मुझे स्वतन्त्रता चाहिए, दायित्वहीन मुक्ति नहीं चाहता।'

सदाशिव का शोध जारी था। विद्वता देखने को मिलती तो उसके साथ अकर्मण्यता देख निराशा होती, तत्त्वचर्चा की क्षमता देखने को मिलती तो कला के प्रति असहिष्णुता देख आघात लगता, वैराग्यवृत्ति देखने को मिलती तो कला और साहित्य की उपेक्षा देखकर दुःख होता। जीवन की समग्रता का बोध भगवान शम्भु ने दिया है। कैलास जैसा ऊँचा और महासागर जैसा गहरा होने की अभीप्सा धारण करनेवाले महानुभाव उन्हें देखने को नहीं मिले।

वहाँ काशी के पंडित आचार्य व्योम वृहस्पति भगवान सोमेश्वर के दर्शन के लिए आए। वे कान्यकुब्ज ब्राह्मण थे। बारह ज्योतिर्लिंग की यात्रा पर निकले थे। यहाँ यात्रा पूरी होती थी। साथ में उनकी पत्नी शारदादेवी भी थीं। प्रभास क्षेत्र और द्वारका विषयक सभी पौराणिक उल्लेख उन्हें कंठस्थ थे। आचार्य उनका आतिथ्य करते हुए धन्यता का अनुभव कर रहे थे। सदाशिव को एक ही क्षति ज्ञात हुई थी—सोने की जंजीर से बँधे घंटे को देखकर व्योम कभी-कभी मुग्धता दिखा रहे थे किन्तु बाद में तो आचार्य की आज्ञा से वे व्योम वृहस्पति और शारदादेवी के साथ प्राची गए थे। उन्हें कोई असुविधा न हो इसका ध्यान रखते थे। इस दम्पति में खुद उच्च होने या ज्ञानी होने का दम्भ नहीं था। दूसरे की कद्र करने की गुणग्राहिता थी।

विमर्श के अन्त में आचार्य और सदाशिव ने व्योम वृहस्पति को आचार्यपद स्वीकारने के लिए निवेदन किया। व्योम स्तब्ध हो गए। एक आगन्तुक पर इतना बड़ा विश्वास रख देना ? उन्होंने एक शर्त पर हाँ कहा—''यदि एक वर्ष में मैं अपनी पात्रता सिद्ध न कर सकूँ तो मुझे यहाँ से मुक्त होकर काशी चले जाने का आदेश मिलना

चाहिए। यहाँ का प्रबन्ध बहुत बड़ा है। एक पलड़े में दूसरे ग्यारह ज्योतिर्लिंग का प्रबन्ध रखो और दूसरे पलड़े में भगवान सोमेश्वर के इस पंचांगी मन्दिर का प्रबन्ध रखो, फिर देखो कि कौन पलड़ा झुकता है ? फिर भी प्रभास क्षेत्र एक स्वायत्त धर्मराज्य है। राजे यहाँ विनीत वेश में प्रवेश करते हैं।''

देवपोढ़ी एकादशी को आचार्य कैलासवासी हुए थे। अब नए आचार्य व्योम वृहस्पति का यह आजीवन कार्यक्षेत्र रहेगा। पुत्र भाव के जन्म होते शारदादेवी को लगा कि भगवान सोमेश्वर की कृपा अवतरित हुई। अब तो यही काशी, यही कैलास...।

भीमदेव युवराज से महाराज बनकर सन् 1022 में दर्शन के लिए आए तब भाव वृहस्पति कदम रखना सीख रहे थे। चौला की इच्छा थी कि भाव चलने के बदले सीधे नृत्य शुरू करे। गौरा दर्शन के लिए आती और बालक भाव को देखती तो उसे वन्दना करती—'मुझे दैवी अंश दीखता है—आपके लाल में।'

'क्यों न दीखे ? बहुत वर्ष पहले चौला ने आपको शिशु में शिवशक्ति के दर्शन करना सिखाया है,' सदाशिव कहते।

यह सब सुनकर त्र्यंबक को आख्यान का आनन्द मिला।

वह प्रभास की पाठशाला में पढ़ा था। उसका मूल वतन वलभीपुर था। एक बार वह गोपनाथ महादेव के दर्शनार्थ गया तब वलभी के खंडहर देखता था। गुप्तकाल के अन्तिम विद्याधाम के रूप में वलभी की ख्याति थी। चन्द्रगुप्त विक्रमादित्य के धर्माध्यक्ष हरिस्वामी के गुरु स्कन्दस्वामी वलभी के मूल निवासी थे। कथासरित्सागर में विष्णुदत्त और सात ब्राह्मणपुत्रों की कथा त्र्यंबक ने पढ़ी है। सोलह वर्ष की अवस्था में विष्णुदत्त वलभी आए थे। कवि भट्टि ने 'रावणवध' महाकाव्य वलभी में रचा। भट्टि मैत्रक वंश के राजा धरसेन के समय में हुए थे। समग्र आर्यावर्त में वलभी की कीर्ति थी किन्तु आज ? खंडहर इस प्रजा के आन्तरिक कलह का स्मरण दिलाते हुए खड़े हैं। जैन प्रबन्धों में वर्णित एक प्रसंग को सदाशिव तो मात्र जनश्रुति मानते हैं किन्तु त्र्यंबक मानता है कि ऐसा ही हुआ होगा। अन्यायी राजा के सामने असहाय बने काकु सेठ म्लेच्छमंडल सिन्ध गए थे, वहाँ के अरब शासक को बुला लाए थे। म्लेच्छपति ने राजा को मारकर वलभी का नाश किया था। द्रव्य लुट गए। विद्या और धार्मिक संस्थाएँ नष्ट हुईं। एक सदी की पुरानी परम्परा लुप्त हो गई। त्र्यंबक को जितना क्रोध विधर्मी आक्रमणकारियों पर आता है उतना ही काकु सेठ जैसे घरफोडुए पर भी...।

दो-एक दिन में ही सदाशिव की गर्दन पर प्रहार करनेवाला पकड़ा गया। वह वर्षों से प्रभास में आकर बस गया था। द्रव्य के लिए वह कुछ भी कर देता। उसने रहस्य बता देने के बदले त्र्यंबक से स्पष्ट कह दिया—'जानकारी प्राप्त करनी हो तो द्रव्य दो।' त्र्यंबक ने हाथ उठाया। उसने हवा में ही उसका हाथ पकड़ लिया। 'मैं आपका लिहाज रखता हूँ। इसका ऐसा अर्थ मत कीजिए कि मैं आपके हाथ से मार खाऊँगा। मैं सामने से प्रहार करूँगा उसके साथ मेरे आदमी संकेत पाकर आपको घेर लेंगे। आप सुरक्षित वापस नहीं जा सकेंगे।'

'और सदाशिव आ पहुँचे तो ?'

'उन पर प्रहार हो चुका है। वे समझदार होंगे तो इस ओर नहीं दीखेंगे।'

'उन्हें यहीं होना चाहिए क्योंकि मैं उनकी आज्ञा लेकर ही निकला था। चलो आगे हो जाओ। तुम्हें जो कुछ भी कहना हो, आचार्यदेव से कहो। वे तुम्हें अपनी भूल के अनुसार ही दंड देंगे।'

'और मैं न आऊँ तो ?'

'मैं तुम्हें जीवित या मृत उठा ले जाऊँगा,' कहते हुए त्र्यंबक आगे बढ़ा, उसने हाथ बढ़ाया तभी एक व्यक्ति ने पीछे से वेग से आकर दंड उठाया :

'सावधान !' कैलासपति नामक फूल की शोभा धारण करनेवाले वृक्ष के नीचे खड़े सदाशिव की बुलन्द चुनौती सबको कँपा गई।

'किसलिए परस्पर लड़ रहे हैं ? संघर्ष के लिए आपके बीच कोई स्वार्थ भी नहीं। न आपके बीच अनुवांशिक दुश्मनी। बैठिए। अपना हित समझिए'—सदाशिव एकदम पास आ गए थे। उनकी उपस्थिति ने सबका श्वासोच्छ्वास नियमित कर दिया।

'आपके कर्म ने आपका परिचय दिया है। किन्तु यह पर्याप्त नहीं। विस्तार से बात करें,' भूमि पर पद्मासन मारकर बैठते हुए सदाशिव ने कहा। त्र्यंबक को आश्चर्य हुआ क्योंकि इस स्थिति में उठकर तुरन्त दौड़ना अनुकूल नहीं। वास्तव में निर्भय हैं युवाचार्य।

उसने अपना नाम सैन्धव बताया। वह प्रभास के पूर्व में बसे दीव द्वीप का मूल निवासी था। अनुभवी जहाजरान था। महमूद गजनवी के सुन्दर नामक सरदार ने प्रभास पहुँचकर उसके साथ सम्पर्क साधा था। सैन्धव सिन्ध और सोमनाथ के बीच अपना जलदस्यु जहाज चलाता। बड़े प्रतिष्ठित लोगों को लूट सकता था। सुन्दर की इच्छा चौला को ले जाकर सुलतान को भेंट देकर उससे शाबासी प्राप्त करने की थी। उससे इस भूमि विषयक रहस्य अपने-आप ज्ञात होनेवाला था। कितना सुन्दर रहस्य !

सैन्धव स्त्रियों का अपहरण नहीं करता। मन्दिर क्षेत्र में चोरी नहीं करता। इसलिए पहले तो उसने सुन्दर की बात पर ध्यान नहीं दिया किन्तु यदि सुन्दर समझदारी से काम ले सका होता तो उसे एतराज नहीं होता। गणिका की पुत्री के रूप में परिचित चौला दासी या गणिका बनने की बजाय मलिका बने उसमें उसका भी हित दीखता था। अन्ततः वह सुन्दर के जाल में फँस गया।

सदाशिव ने पूछा—'सैन्धव, तुम कोई धर्म पालते हो ?'

'नहीं, किन्तु एक कापालिक मेरे गुरु हैं। मैं उलझ जाता हूँ तो उनकी सलाह लेता हूँ।'

'उनका नाम ?'

'जानता नहीं, दृष्टि से पहचानता हूँ ?'

'यह तुम जानते हो कि कापालिकों के इष्टदेव कौन हैं ?'

'इष्टदेव तो सम्पूर्ण देश के एक ही हैं न ! बम-बम भोला ! भूतनाथ !'

'इसका अर्थ यह है कि तुम्हारा भी भगवान सोमेश्वर के साथ कुछ सम्बन्ध है

सही।'

'हाँ, लेकिन जब मैं जलदस्यु नहीं था, सीधा-सादा खलासी था उस समय पुजारी ने मुझे गर्भगृह में जाने नहीं दिया था और कहा था–'तुम्हारा पसीना गन्ध देता है।' '

'तुम स्नान किए बिना आए होगे।'

'कापालिक कभी स्नान करते हैं ?'

'वे मन्दिर में आते नहीं। उन्हें प्रसाद की कमी नहीं। स्वयं पंचमकार की उपासना करके उन्होंने शैव धर्म को लज्जित किया है। तुम लुटेरे होकर भी स्त्रियों को परेशान नहीं करते जबकि वह तो सबसे सुन्दर स्त्री का बलिदान देने में भी नहीं हिचकते वह सम्प्रदाय समाजविरोधी बन गया है।'

'मैं भी समाजविरोधी हूँ, चोर हूँ, सम्पत्ति इकट्ठा करता हूँ। फिर उसमें से सैन्य खड़ा करूँगा।'

'और महमूद गजनवी के सैन्य का सरदार बनोगे, सही है न ?'

'नहीं रे, उस म्लेच्छ से मेरा क्या काम ?'

'सुन्दर महमूद का सरदार है यह तो तुम जानते ही हो।'

'हाँ लेकिन–' सैन्धव उलझन में पड़ा। वह कुछ बुरा करता है, ऐसा उसे कभी-कभी लगता किन्तु आज तो वह खुल्ला पड़ गया था।

'तुम विचार करना। तुम्हें भगवान सोमेश्वर के दर्शन के लिए आना हो तो अवश्य आना। तुम्हें कोई नहीं रोकेगा। कुछ दिन पहले सुन्दर के गुप्तचर मन्दिर का स्थापत्य देख गए हैं। मैंने उन्हें पहचाना था फिर भी रोका नहीं था। भगवान के पास जानेवाले को मैं रोकनेवाला कौन ? किन्तु चौला अभी मुग्ध कन्या है। वह स्वयं की रक्षा करने में समर्थ नहीं, फिर भी तुम्हारे आदमी उसे घेरने आए थे। मैंने उन्हें निःशस्त्र कर आगे बढ़ने से रोका था। तुम विचार करके कहो कि मैंने गलत किया था ? फिर भी उस दिन मुझे सही उत्तर देने की बजाय मेरी गर्दन पर प्रहार किया। उसी तरह आज त्र्यंबक को तुम्हारे पीछे लगाया था,' कहते हुए सदाशिव खड़े हुए।

'एक प्रश्न का उत्तर देते जाएँ युवाचार्य, चौला देवदासी होकर मन्दिर में नाचा करेगी यह ठीक होगा ?'

'मनुष्य जाति अपनी साधना का सर्वोत्तम फल अपने इष्टदेव को समर्पित करती है।'

'लेकिन बीच के मनुष्यों का क्या ? ऐसी देवदासियों से मन्दिर में एकदम विलास नहीं बढ़ेगा ?'

'आचार्य अनधिकारी हो तो वैसा भी हो सकता है किन्तु तुम एक बार आचार्य व्योम वृहस्पति से मिल तो लो, उनसे पूछ लो। वे कहेंगे कि चौला ने स्वयं समर्पित होने की अभीप्सा पाल रखी है, वह निर्णय बदला जा सकता है। इससे उसे विमुख मानने की शिक्षा नहीं होगी। क्योंकि चौला को दीक्षा देने के लिए आचार्यदेव या मैंने प्रोत्साहन नहीं दिया था। इस विषय में चौला से अधिक गौरा का उत्साह है। बन्धु सैन्धव, तुम

डाकू और लड़ाकू हो, ब्रह्मविहारियों की प्रार्थना के संगीत को तुम न मान सको इसमें तुम्हारा क्या दोष ? समुद्र के गर्जन-बीच आत्मा का संगीत सुनना बड़ा विकट काम है।'

सैन्धव की समझ में नहीं आता था किन्तु सुनना अच्छा लगता था।

'जाएँ ब्रह्मदेव, मेरे आदमी अब से धर्मक्षेत्र में प्रवेश नहीं करेंगे। चौला मेरी ओर से निर्भय है। किन्तु सागर की गन्ध मेरी देह से जाएगी नहीं इसलिए मन्दिर में तो मैं नहीं आऊँगा। भक्ति-भाव जगेगा तो सागर की रेती का लिंग बनाकर पूजा करूँगा।'

4

देवायत अहीर के साथ आचार्य व्योम से मिलने आया हुआ युवक पल-भर भी अनजान नहीं रह सका। उसकी सिंह जैसी कमर और चीता जैसी आँखें उसके अनुवांशिक लक्षणों की सूचना दे रही थीं। उसने जब आचार्य को साष्टांग दण्डवत् प्रणाम किया उस क्षण की नम्रता में भी राजवंशीय दृढ़ता थी। जो पुरुष श्रद्धा से झुकता है वह बौना नहीं लगता।

दोनों मन्दिर में दर्शन करने आए थे। उन्होंने आसन ग्रहण किया उस समय पूर्वांचल के यात्री रत्नजड़ित स्तम्भों और स्वर्णमेखलाधारी घंट की प्रशंसा कर रहे थे। आचार्य के प्रबन्ध में समग्र आर्यावर्त के भावुकजनों की अनन्य श्रद्धा थी। द्रव्य का प्रवाह अनवरत बहता रहता। सदाशिव ने एक-दो बार सूचना दी थी—यहाँ वलभी जैसा विद्यापीठ खड़ा हो सकता है, यहाँ के 'सोमेश्वर अन्नक्षेत्र' जैसा क्षेत्र अन्य तीर्थों में भी स्थापित किया जा सकता है। नई पीढ़ी को शस्त्र-शास्त्र की शिक्षा दी जा सकती है। सदाशिव ने देखा था कि कितने दर्शनार्थियों की आँखें ज्योतिर्लिंग के तेज का वन्दन करने से पहले ही स्वर्णमुहरों और रत्नों के तेज से चौंधिया जाती हैं। ज्योतिर्लिंग से प्रभावित होने से पहले ही वे वापस मुड़ जाते हैं।

सत्र बुलाकर निर्णय करें तो हम किसी को मनस्वी नहीं लगेंगे। फिर भी अणहिलवाड पाटण से धर्माध्यक्ष को भी विमर्श के लिए आमन्त्रित किया जा सकता है।

'वह आवश्यक है भला ?'—सदाशिव का यह प्रश्न आचार्य व्योम वृहस्पति को उलझन में डाल देता है। क्योंकि सदाशिव मानते थे कि राजपुरुषों को उनकी अनुकूलता से ही वहाँ आने देना है, हमें उन्हें निमन्त्रित कर हस्तक्षेप करने को प्रेरित करना नहीं चाहिए। आचार्य क्षण-भर विचार कर पूछते हैं, 'प्रभासक्षेत्र का राजा कौन ?'

युवाचार्य प्रतिप्रश्न करते हैं, 'आप किसे स्वीकार करते हैं।' युवाचार्य निकट के इतिहास के विषय में पहले भी आचार्य से बात कर चुके हैं। वन्थली में जो पाटण के मंडलेश्वर थे वे चले गए हैं। इस समय का दंडनायक निर्बल है। प्रजागण ने उसका विरोध किए बिना ही सहयोग देना बन्द कर दिया है। युवराज नवघण जहाँ जाते हैं वहीं उनका सत्कार होता है। अहीर और क्षत्रिय मिलकर अराजकता के भय से प्रजा को मुक्त

करते हैं। बिना राज्यारोहण के नवघण को राजा का मान मिलने लगा है। देवायत का त्याग और बलिदान प्रजा के हृदय में बसा है।

'किन्तु फिर से वन्थली और पाटण के बीच स्पर्धा का भाव जगेगा तो उससे प्रजा का अकल्याण नहीं होगा ?' आचार्य चिन्ता से मन्दिर के ध्वज की ओर देखते हैं।

'स्पर्धा का भाव पैदा न हो इसकी सम्भावना ढूँढ़ने जूनागढ़ के नागर श्रीधर पाटण गए हैं,' सदाशिव ने कहा।

'तो गौरा, चौला और त्र्यंबक ?' देवायत ने पूछा।

'वे भी पाटण अवश्य जाएँगे किन्तु चौला और गौरा महाकालेश्वर के दर्शन करने उज्जयिनी भी जाएँगी। महाराज भीमदेव ने आमन्त्रण दिया है तो गौरा का कर्तव्य था पाटण की राजसभा में चौला का नृत्य प्रस्तुत कराना। प्रभु को समर्पित होने के बाद वह मनुष्य के सामने नृत्य नहीं कर सकती ऐसा श्रीधर का अभिप्राय था,' व्योम ने कहा।

'समर्पित होने से पहले राजा के समक्ष नृत्य किसलिए ?' शारदादेवी ऐसे सांसारिक आयोजनों का जोखिम जानती हैं।

'यह श्रीधर का आयोजन लगता है। क्या वह इसके निमित्त आपसे मिला नहीं था ?'

'सदाशिव, मैं गुर्जरदेश की राजनीति से पूर्णरूपेण अवगत नहीं हूँ। चतुर मनुष्य आशीर्वाद माँगने आकर मेरे पास से क्या-क्या ले जाते हैं,' आचार्यदेव जानते थे कि श्रीधर नवघण के पक्ष में सक्रिय हैं, फिर भी वे अपनी अरुचि व्यक्त किए बिना रह नहीं सके।

'क्या आपको लगता है कि चौला वापस नहीं आएगी ?' देवायत ने पूछा।

'आएगी, त्र्यंबक ले आएगा। साथ में भगवान सोमेश्वर के रक्षक भी हैं ही। प्रश्न एक ही है—श्रीधर और गौरा के प्रयत्नों में विरोधाभास पैदा न हो।'

'नहीं होगा, नहीं होगा, इसका ध्यान श्रीधर रखेंगे,' सदाशिव मानते थे कि पाटण के साथ विग्रह में उतरे बिना वन्थली अपना तन्त्र व्यवस्थित कर सकेगी। रा'नवघण के लिए पाटण के खंडिया राजा या मांडलिक होना अनिवार्य नहीं। स्पर्धा के अहंकार से मुक्त होना अनिवार्य है।'

सुविदित है कि वन्थली के चूड़ासमाओं जैसे ही कितने वीर थे जो द्रव्य का प्रजा के सर्वांगीण विकास में उपयोग करते थे। राजा चूड़ाचन्द्र पाशुपत लकुलीश के दर्शन से प्रभावित थे। उन्होंने वामनस्थली—वन्थली में गंगनाथ महादेव का भव्य मन्दिर स्थापित किया था। इस वंश में ग्रहरिपु नामक प्रतापी राजा हुए। उन्हें अपने राज्य में वलभी के आदर्शों को सिद्ध करना था। उन्होंने वन्थली का किला और जूनागढ़ का परकोटा बनवाया। प्रजा की ज़रूरत के मुताबिक बावड़ी और कुएँ खुदवाए। उनके पुत्र राह क्वाट ने राज्य को सौराष्ट्र के बाहर भी विस्तृत किया। उसके बाद सत्ता पर आनेवाले दयास ने कलाकारों और साक्षरों को राज्याश्रय दिया था। कविता का वह ऐसा

चाहक था कि गिरनार के जंगलों में कवि-गोष्ठियों का आयोजन करता था। रानी और बहन के कथित अपमान का बदला लेने के लिए दुर्लभसेन ने आक्रमण किया। कई दिनों तक घेरा डालने के बावजूद विजय नहीं मिली। दयास के काव्य-प्रेम का दुरुपयोग कर चारण बीजल ने उसका सिर माँग लिया। 'हे राजा दयास, माथा माँगनेवाले को यदि तुम माथा नहीं दोगे तो बाद के कवि किसकी विरुदावली गाएँगे ?' यह दोहा कच्छ की ओर प्रसिद्ध है :

मथो मगाणी हार के, जो डियास तू न दे,
तो केडे बन्दगी कीनी, कविया केर करे।

दयास ने अपने हाथ से सिर उतारकर दे दिया। फिर बाल राजकुमार की जान बचाने के लिए देवायत ने राज्य के अहीरों के नेतृत्व का बीड़ा उठाया। पाटण द्वारा नियुक्त किए गए मंडलेश्वर का कुछ उपजा नहीं और कुमार नवघण जंगल, नदियों और समुद्र की साक्षी में पलता रहा। आज निश्चित संकल्प के साथ देवायत अहीर नवघण को भगवान सोमेश्वर के चरण में ले आया है। अहीर का हृदय कहता है कि आचार्य आशीर्वाद देंगे।

'कैसा आशीर्वाद चाहिए देवायत ? राजा होने का या मांडलिक होने का ?'

'आशीर्वाद ऐसा चाहिए कि आपके इस अनुयायी के हाथ से कुछ गलत न हो। प्रजा का कल्याण हो। अधर्मी के सामने सिर न झुके। फिर राजा कहवाये या मांडलिक, इससे क्या फर्क पड़ता है ?'

'धन्य युवराज ! भगवान सोमेश्वर का अनुग्रह उतरे आपके ऊपर। सदाशिव को आपके साथ भेजता हूँ। वे आपका अधूरा शिक्षण पूरा करेंगे और योग्य क्षण में आपके अभिषेक के लिए उद्घोषणा करेंगे।'

नवघण ने धन्यता अनुभव की। प्रणाम कर खड़ा हुआ।

'किन्तु आचार्यदेव, हम तो ऐसी कठिनाइयों के बीच रहते हैं कि...'

'असुविधाओं को सहने की कला आपको सिखाएँगे युवाचार्य। वैसे, आपका आज तक का स्वयंशिक्षण पर्याप्त है, किन्तु आपके वंश की परम्परा को जानते हैं युवाचार्य। उनके साथ के कारण आपको अभय प्राप्त होगा। महाराज भीमदेव के मंडलेश्वर और दंडनायक समझ जाएँगे कि युवराज अवध्य हैं। सोरठ का भविष्य आपके चलते उज्ज्वल है। श्रीधर के वापस आने तक युवाचार्य भले आपके साथ रहें।'

युवाचार्य और देवायत ने आचार्य व्योम की आज्ञा को शिरोधार्य माना। शारदादेवी ने अतिथियों को भोजन के लिए निमन्त्रण भेजा था। बालक भाव को देखकर देवायत उसे उठाए बिना नहीं रह सका। उसकी आँखें छलक उठीं। वन्थली के यात्रियों के साथ खड़ी एक क्षत्रिय कन्या की आँखें भ्रातृभाव से नवघण की दुआएँ ले रही थीं, वह मिलने आने की इच्छा को नियन्त्रित रखकर दीपस्तम्भ पकड़कर खड़ी रही। उसका नाम है उदयमति।

सुबह में सदाशिव ने अश्व पर पलान कसा। उनके पीछे नवघण थे, बीच में सादे

वेश में सैनिक थे, अन्त में देवायत। ऐसा लगा कि प्रभास क्षेत्र के तीर्थस्थानों को देखने निकलनेवाले शूरवीरों का संघ हो। राजा होनेवाले को सत्तासूत्र सँभालने से पहले यह जान लेना चाहिए कि स्वयं को किस-किसकी रक्षा करनी है। जो धर्म की रक्षा करता है उसकी रक्षा धर्म करता है। जो प्रजा को चाहता है प्रजा उसे चाहती है।

भालका से निकलकर सैन्धव सामने मिला। वह बीच में खड़ा रहा।

'कौन जाने किस तरह सुन्दर जान गया था कि चौला और गौरा आनर्त की यात्रा पर निकली हैं। वह उनके पीछे-पीछे गया है।'

'ऐसा भी हो कि चौला का अपहरण दिखावा हो, मूल कारण राजतन्त्र की, अर्थतन्त्र की जासूसी करना हो। अब तुम स्वयं की चिन्ता न करो अन्यथा विलम्ब हो जाएगा सैन्धव, चोरी छोड़कर परिश्रम करो। सागर का गर्जन छोड़ हरे तिनके का संगीत सुनो। फिर तुम्हारे पसीने की गन्ध सबको प्रिय लगेगी। वन्थली की अराजकता दूर करने में मदद करो।'

'किसकी ? पाटणवाले की मदद करूँ ?'

'वन्थलीवाले की मदद कर सकते हैं क्या ?'

'हाँ, प्रतिज्ञा-पालन के लिए जिसने माथा उतार दिया उसके पुत्र की कौन मदद नहीं करेगा ? जरूरत पड़े तो मुझे कहलवाना,' इतना कहकर सैन्धव अपने रास्ते पर मुड़ गया। सैन्धव के उद्गार द्वारा सूचित लोकभावना से सर्वाधिक आनन्द देवायत अहीर को हुआ।

कुछ आगे बढ़ते दरवेश की झोंपड़ी आई। झोंपड़ी के आगे नीम के नीचे बैठकर दरवेश कबूतर के पग का इलाज कर रहा था। सदाशिव ने नवघण का ध्यान खींचा, 'देखो, वह फकीर क्या कर रहा है ? वह मूलतः ईरान का है। इस्लाम का प्रचार करने यहाँ आया था। मुझे लगता है कि धर्मप्रचार करने का यह सर्वोत्तम तरीका है। जो अपनी पीड़ा को वाणी नहीं दे सकता उसकी सेवा करना। वह फकीर कोई सामान्य पुरुष नहीं। किस विश्वास के बल पर वह यहाँ आया होगा ?'

वहाँ से सदाशिव नवघण को जहाज पर ले गए और कहा, 'जानते हो, पश्चिम भारत जहाज द्वारा विदेशों के साथ कहाँ-कहाँ व्यापार करता है ?'

नवघण सोच में पड़ा। स्वाभाविक था। अब तक प्रजा के विविध वर्गों को साथ मिलाने और रणकौशल विकसित करने में ही देवायत ने नवघण का ध्यान केन्द्रित किया था। कुछ महीने उन्होंने गुप्त वेश में द्वीप में बिताए थे। एक बार खम्भात गए थे बस ! इसलिए सदाशिव ने कहा—'भृगुकच्छ, स्तम्भतीर्थ और अपना यह वेलाकुल। इन तीनों बन्दरगाहों से सूत और रेशमी कपड़ा, चमड़ा, काली मिर्च, सोंठ, रंग, गरी, गूगुल, कपास, गुड़, सुगन्धित पदार्थ, लाह, इमली जैसी वस्तुओं का ईरान, अरबस्तान और अन्य देशों में निर्यात होता है तो सोना, रूपा, सूरमा और घोड़ों का आयात होता है। हमारे बहुत से प्रजाजन ईरान के खाड़ी-क्षेत्र में बसते हैं। वे अच्छा कमाते हैं तो अपनी प्रजा के कल्याण के लिए क्यों नहीं दे सकते ? लोग मन्दिर में द्रव्य देते हैं किन्तु राज्य के खाली

कोष की चिन्ता कोई नहीं करता।'

'युवाचार्य युवराज के खजाने में तो रा'दयास के गुणों की विरासत के सिवा कुछ नहीं।'

'गुणों के साथ शक्ति और सम्पत्ति भी राज्य के पास होनी चाहिए। आप न्यायोचित ढंग से द्रव्य एकत्रित कर सकते हैं। सौराष्ट्र के इन बन्दरगाहों में द्वारका, अपना वेलाकुल, द्वीप, महुवा और गोपनाथ मुख्य हैं। प्रत्येक शासक एक समान नियम रखे तो वेलाकुल की आय राज्य के रक्षक-सैनिकों का आधा खर्च पूरा कर सकती है। इस समय तो जिसका प्रहार उसी की तलवार। जिसका जहाँ से चाहें वहीं से अपहरण हो सकता है। आप प्रजा को निश्चिन्त कर सकें तो वह आपको कर देने में पीछे नहीं हटेगी।'

देवायत और नवघण ने इस विषय में विचार नहीं किया था। दूसरे दिन सदाशिव के अश्व ने भूमली राज्य की सीमा में प्रवेश किया।

देवायत ने युवाचार्य से रुकने की विनती की। सदाशिव ने निश्चिन्त होकर कहा, 'हम भूमली जाते हैं।'

किन्तु परराज्य में प्रवेश करने से पहले नवघण अपने घोड़े से उतरा।

'वैसे तो वन्थली भी आपके लिए अभी भी परराज्य है,' युवाचार्य हँसे। उनकी बात औपचारिक रूप में सही है। युवाचार्य और देवायत भी घोड़े से उतरे। बरगद के नीचे विश्राम की व्यवस्था हुई। सेवक घोड़ों को पानी पिलाने ले गए। युवाचार्य ने कहा— 'स्कन्दपुराण के प्रभासखंड के अनुसार पूर्व में ऊना, पश्चिम में माधवपुर, उत्तर में भादर नदी तक का प्रदेश प्रभासक्षेत्र है :

पूर्वे तप्तोदकास्वामी पश्चिमे माधवः स्मृतः
दक्षिणे सागरस्तस्य भद्रा नद्युत्तरादतः।

यह भावना स्वीकार करनेवाले भूमली के जेठवा राजा संगसिंह भगवान सोमेश्वर के दर्शन को आए तब उन्होंने मुझे निमन्त्रण दिया था। वहाँ का नवलखा मन्दिर भी भगवान सोमेश्वर के मन्दिर जैसा पंचांगी है। कहते हैं कि उसकी जगती विशाल है। इससे स्थापत्य की शोभा किस तरह बढ़ती है, यह मुझे समझना है। आपको आपत्ति न हो तो मेरे साथ आएँ।'

देवायत ने नवघण के सामने देखा। नवघण ने युवाचार्य से कहा, 'आप हमें वन्थली राज्य के बाहर जेठवा के आश्रय में रखने का विचार करते हों, तो यह आवश्यक नहीं। भगवान सोमनाथ की कृपा से वन्थली क्षेत्र में मैं अब निर्भय हूँ।'

'मैं इस विषय में आप से बात करना नहीं चाहता था। मुझे आपके शौर्य-पराक्रम के विषय में सन्देह नहीं, किन्तु जब तक श्रीधर पाटण से वापस न आए तब तक सावधान रहने में राजनीतिक समझदारी है। उस सम्भावना पर भी विचार करना चाहिए कि श्रीधर नितान्त असफल रहें। दूसरे, बड़े शक्तिशाली मंडलेश्वर को जूनागढ़ भेजा जाए। उस स्थिति में क्या होगा ?'

'मुझे प्रजा का साथ मिलेगा।'

'हाँ, सही है प्रजा आपकी जय बोलेगी किन्तु आपके पक्ष में लड़ नहीं सकती। लड़ना तो आपको ही होगा। आपके पास शस्त्रसज्जित सैनिक नहीं हैं। बड़ी सेना खड़ी करें तो उसके वेतन-भुगतान की व्यवस्था नहीं। आपका बल नैतिक है। उसे काम करने दें। तब तक जिनके साथ आपकी दुश्मनी नहीं है उन पड़ोसियों के साथ मैत्री दृढ़ करें। मैं आपकी योग्यता को तनिक भी कम करके नहीं आँक सकता। किन्तु क्षमा करें, इस क्षण मैं आपको भीमदेव के सैनिक के सामने लड़ने की राय भी नहीं देता। धैर्य, योग्य समय की प्रतीक्षा—ये राजनीति के लक्षण हैं। मैं चाहता हूँ कि आप राजा बनने के साथ राजनीतिज्ञ भी बनें।'

खड़े होकर नवघण ने सदाशिव का चरणरज लिया।

भोजन के बाद प्रवास शुरू हुआ। कुतियाणा के पास भादर पार किया। देवडा के पास मिनसर लाँघकर भूमली पहुँचे उस समय रात का तीसरा पहर शुरू हो गया था। सोने से पहले युवाचार्य ध्यान में बैठे थे। वे सोने के लिए उठे फिर राणाजी गए—'सबेरे मिलता हूँ, राजसभा में पधारने हेतु आमन्त्रण देने के लिए।'

युवाचार्य ने आशीर्वाद दिया।

मंगला आरती के बाद युवाचार्य के पाँव लगकर नवघण ने संग सिंह के समक्ष भी हाथ जोड़े।

'इस युवक को देख मुझे रा'दयास की आँखों की चमक याद आ गई।'

'विरासत में इस चमक के सिवा भी बहुत मिला है, मात्र राज्य मिलना बाकी है,' युवाचार्य ने कहा।

'उनकी मुखमुद्रा देख ऐसा लगता है कि उन्हें कुछ कमी नहीं।'

'जो कमी थी आपकी मैत्री के बाद तो वह भी पूरी हो गई है,' नवघण के इस उद्‌गार से राणाजी प्रसन्न हुए। आगे बढ़कर गले मिले।

पुरोहित और धर्माध्यक्ष के साथ सदाशिव मन्दिर की तरफ गए। महामात्य के साथ नवघण और देवायत मन्त्रणाकक्ष में गए।

वहाँ अणहिलवाड़ पाटण में मन्त्री विमल के निवास पर श्रीधर मन्त्रणा कर रहे थे। राजप्रासाद में भीमदेव के इष्टदेव के समक्ष चौला नृत्य कर रही थी। नृत्य देखते-देखते महाराज भीमदेव ऐसे तन्मय हो गए थे कि गौरा को वे ध्यानस्थ लगे।

अणहिलवाड़ में बसनेवाले संगीत और नृत्य विशेषज्ञों का ऐसा मानना था कि उनसे चौला को बहुत कुछ सीखना था। गौरा की चिन्ता थी—इस विषय में महाराज भीमदेव सहमत हो गए तो ? उसे अवन्ती की यात्रा की तैयारी करनी थी किन्तु श्रेष्ठी श्रीधर की तरफ से कोई संकेत मिलता नहीं था। इस ओर राजप्रासाद में जब भी चौला का नृत्य होता, महाराज किसी दूसरी ही मनोदशा में प्रवेश करते। नृत्य पर प्रसन्न हो वे

चौला को पुरस्कृत करने को प्रेरित हों, ऐसा बनता ही नहीं था।

अन्त में निराश होकर गौरा ने बड़ी दासी दाई माता के कान में बात रखी, 'क्या महाराज को चौला का नृत्य कच्चा लगता होगा ? एक बार भी प्रसन्न होकर उन्होंने प्रशंसा के दो शब्द नहीं कहे। न पुरस्कार दिया।'

शाम को राजसभा से निपटकर भीमदेव गौरा के निवास की ओर आए। सन्देश भेजा। गौरा के बदले चौला दौड़ी आई। सादे वस्त्रों में वह कहीं अधिक रमणीय और दिव्य लगी।

'माँ अवन्ती की यात्रा की तैयारी करती हैं।'

चौला को सामने देखते ही उसकी सुन्दरता के सामने नज़र झुक गई।

'महाराज ! क्यों कुछ बोले नहीं ?'

'क्या बोलूँ ? आपका नृत्य देखकर लगता था कि मैं कलाविद् होता तो आपकी कद्र करने के लिए मेरे पास योग्य शब्द होते। आज आप सादे वेश में हैं, तब भी आपका वर्णन करने के लिए मुझे शब्द सूझते नहीं। भोलानाथ ने मुझे शक्ति दी किन्तु सौन्दर्य को परखने की सूझ नहीं दी।'

'आपको लौकिक बाधा रोकती नहीं और नृत्य संगीत शुरू होते ही आप अलौकिक अनुभूति में चले जाते हैं। आपकी वृत्तियों का यह उन्नयन बताता है कि आप सच्चे शैव हैं।'

'अभीप्सा तो सच्चा शैव होने की ही है, परन्तु आपके जैसा समर्पणभाव, दास्यभाव का अभ्यास हमारे जैसे योद्धा नहीं कर सकते। आप कल ही महाकालेश्वर के दर्शन के लिए प्रस्थान करती हैं ?'

'जी महाराज, आपने तो दर्शन किया होगा ?'

'नहीं, आगे भाग्य में होगा तो करूँगा। वापसी में आप इस मार्ग से निकलेंगी तो आपकी धन्यता देख कृतार्थ होऊँगा। आपको प्राप्त अनुग्रह आपकी सात्त्विकता में अवश्य वृद्धि करेगा।'

'अब आप प्रभास कब पधारेंगे ?'

'वन्थली को पाठ पढ़ाने के बाद।'

'तो क्या सचमुच में आप,' कहते चौला को संकोच हुआ, 'क्षमा करें महाराज, यह हमारा विषय नहीं।'

'हाँ, यह विषय श्रीधर और गौरा का है, सही ?' कहते महाराज भीमदेव हँस पड़े। उनका हास्य सुनकर सेवक सावधान हो गए। घबराकर बिदा होने से पूर्व चौला महाराज के समक्ष झुक गई। उनके दाहिने पाँव के अँगूठे को उसकी उँगलियों का स्पर्श हुआ। पहले ध्यान की शान्ति अनुभव होती, आज देह की रीढ़ की हड्डी-रूपी प्रत्यंचा विद्युत का प्रज्वलित कम्पन पा उठी। महाराज तुरन्त होश में आ गए, यह कोई सामान्य सुन्दरी नहीं, यह भगवान सोमेश्वर को समर्पित होने के लिए उत्सुक दिव्यांगना है। कैसा अलौकिक है इसका स्पर्श ?'

चौला अभी भी क्षमा माँगने की मुद्रा में हाथ जोड़े खड़ी थी। वहाँ गौरा आई, त्र्यंबक आया। उन सबसे विदा होने से पहले मिलते जाना कहकर महाराज अपने महल में पधारे। अतिथिगृह के अपने कक्ष में जाकर चौला माँ के सामने रूठी-सी देखती रही।

'हमारे बात करने से पहले ही महाराज जान गए कि—'

'नहीं जानेंगे तो महाराज कैसे ? और उनका मन्त्री विमल बत्तीस लक्षण-युक्त पुरुष है। उन्होंने तन्त्र ऐसा व्यवस्थित किया कि हम देवपाटण से निकले, उससे पहले ही वे सब भाँप जाएँ और हमें तो कुछ छुपाना है ही नहीं। यह शुभेच्छा यात्रा है। हमारी इस यात्रा को योग्य मानकर अवन्तीनाथ भी प्रभासक्षेत्र के लिए प्रेमादर दिखाएँगे। यदि वन्थली प्रभासक्षेत्र में नहीं होता, महाराज और नवघण एक धर्म और एक आचार्य के अनुयायी नहीं होते तो महाराज आक्रमण करने के बारे में द्विधा अनुभव न करते। सेना के साथ दूसरे दंडनायक को उन्होंने भेजा होता। श्रेष्ठी श्रीधर को इसमें राजकीय अनिश्चितता लगती है, मुझे भीमदेव की उदारता लगती है। रा'दयास का मस्तक भीख में माँगकर चारण बीजल ने दुर्लभसेन को विजय दिलाई थी। धनुर्धर भीमदेव को उस विजय का गौरव नहीं है।' गौरा की बात चौला की समझ में आई। त्र्यंबक को समझते देर हुई।

5

श्रीधर अणहिलवाड़ पाटण से इच्छित उत्तर नहीं पा सका। छलकपट से रा'दयास का मस्तक काट लेने सम्बन्धी किंवदन्ती के साथ मन्त्री विमल सहमत नहीं थे। महाराज दुर्लभसेन की सेना ने घेरा डाला था। आमने-सामने होकर लड़ने की राजा दयास की क्षमता नहीं थी। वह वन्थली छोड़ जूनागढ़ के ऊपरकोट में जा छिपा था। दिन बीतते जा रहे थे। प्रजा त्राहिमाम पुकार रही थी। बीजल ने हमारे सरदार के साथ स्पर्धा में हारने के कारण राजा का मस्तक माँगा था। अणहिलवाड़ की सेना दयास को घड़ी के छठे भाग में मसल डालने में समर्थ थी। महाराज दुर्लभसेन ने कीर्तिराज को हराकर लाट प्रदेश जीता था। अनेकान्तमत के प्रति आदर रखनेवाले इस राजेश्वर की ख्याति को कलंकित करने के लिए ही छलकपट के साथ उनका नाम जोड़ा लगता है। वे स्वयं इस युद्ध में शामिल नहीं थे और उनके सरदार ने भी रा'दयास का मस्तक देखकर बीजल को इनाम में मृत्युदंड दिया था।

श्रीधर ने देखा कि अपने शुभचिन्तक जैसे विमल मन्त्री सहमत नहीं हैं तो महाराज भीमदेव किस तरह वन्थली के उत्तराधिकारी के रूप में नवघण को स्वीकारें ?

'परन्तु इस समय अराजकता है इसका क्या ?'

'असन्तोष होगा, अराजकता नहीं। वहाँ का राजतन्त्र अणहिलवाड़ के अधीन है।'

'तो वन्थली में महाराज भीमदेव के प्रतिनिधि कौन हैं ?'

'क्या श्रीधर महाराज के प्रतिनिधि नहीं हैं ?' विमल मन्त्री की राजनीतिज्ञता ने श्रीधर को गूँगा कर दिया। 'आप यहाँ महाराज के प्रजाजन के रूप में नहीं आए ? आप ऐसा मानते हैं कि शत्रुराज्य के प्रजाजन को मैं अपना अतिथि बनाऊँ ?'

सुनकर श्रीधर नीचे देख गया।

'आप फिर मेरे अतिथि होंगे तब मैं महाराज भीमदेव के साथ आपको मिलने दूँगा, मेरा वचन है, किन्तु इसके बदले में आपको मुझे दो वचन देने पड़ेंगे।'

'मुझे आपमें विश्वास है मन्त्रीश्वर ! आज्ञा दें।'

'एक तो वन्थली और जूनागढ़ में से सोलंकी वंश के प्रति तिरस्कार दूर करें। महाराज भीमदेव के प्रति समादर भाव बढ़ाएँ। दूसरे, गणिका और उसकी पुत्री को महाराज को लुभाने के लिए मत भेजें। क्या यह आपका कर्म नहीं था ?'

'था, किन्तु कुशल गणिका को शुभेच्छा के साथ भेजना शास्त्रसम्मत है।'

'उसका एक बुरा परिणाम आया है। चौला के नृत्य को महाराज मात्र मनोरंजन के रूप में नहीं देखते। उनकी दृष्टि चौला के व्यक्तित्व को पाने का प्रयत्न कर रही है। किसी क्षण तो ऐसा ही लगता है कि वे सम्मोहन अनुभव कर रहे हैं। क्या आपको चौला और महाराज दोनों के पास धर्मविरुद्ध आचरण कराना है ?'

'ऐसा डर है आपको ? इस विषय में तो मैंने विचार ही नहीं किया था।'

'यह प्रश्न महाराज तक ही सीमित नहीं रहा। स्वयं चौला उनके व्यक्तित्व से प्रभावित है। इसलिए तो अवन्ती जाने में माँ-बेटी ने विलम्ब किया।'

'क्षमा करें मन्त्रीश्वर, उस विलम्ब के लिए तो दोषी मैं हूँ। मेरे संकेत के अनुसार निर्णय बदलते रहते थे।'

'अब समझा, वह ब्राह्मण मात्र पोथीपंडित नहीं, आपका गुप्तचर भी है।'

'नहीं जी, वह भगवान सोमेश्वर का सेवक है। आचार्य व्योम वृहस्पति के निजी रक्षकों में एक है। उसे युवाचार्य सदाशिव ने शिक्षा दी है।'

'मैंने उनकी प्रशंसा सुनी है। वे क्या सोचते हैं नवघण के भविष्य के विषय में ?'

'उन्हें भेजूँ यहाँ ?'

'वे आएँगे तो पूजा करूँगा, किन्तु सन्त-पुरुषों की वन्दना के लिए सबको सामने चलकर जाना चाहिए, ऐसी मेरी समझ है। देश के सबसे अधिक भव्य और वैभवशाली मन्दिर का आचार्यपद छोड़नेवाले पुरुष की विरक्ति एक जैन के रूप में मुझे बहुत स्पर्श करती है।'

'कौन जाने क्यों, सदाशिव वैभव और शृंगार से दूर भागते हैं। वे कब से सूचित कर रहे हैं कि श्रद्धालुओं द्वारा मन्दिर के चरण में धरे हुए द्रव्य का उपयोग प्रजा के सर्वांगीण विकास के लिए किया जा सकता है। विकल्प विचारने के लिए वे पंडितों के सत्र के आयोजन के विषय में सहमत हैं किन्तु आचार्यदेव चाहते हैं कि एक बार वन्थली का राजतन्त्र व्यवस्थित होने के बाद समग्र आर्यावर्त में से शिवतत्त्व के जानकार ब्राह्मणों को निमन्त्रित करना चाहिए क्योंकि निमन्त्रण में शासक का उल्लेख हो तो यात्रा में

विद्वानों को सुविधा रहेगी।'

'शासक का उल्लेख करने से कौन रोकता है ? इसके लिए महाराज और धर्माध्यक्ष किस शासक की मुद्रा को निमन्त्रण के उपयोग में लेना चाहते हैं, यह उनसे पूछे बिना मैं किस तरह जान सकूँ ?'

'पूछना आचार्यदेव से है या—'

'अर्थात् ? रा'नवघण और भीमदेव सोलंकी के बीच चयन आपके आचार्य करेंगे ? एक धर्मपुरुष को ऐसी आकांक्षा शोभा देगी ?'

'मन्त्रीश्वर आप एक बार देवपाटण आकर वहाँ की व्यवस्था देखें। वहाँ शासक भी विनीत वेश में प्रवेश करते हैं। वह धर्मराज्य है, उसके प्रधान हैं आचार्यदेव, और यह चीज़ महाराज भीमदेव को भी मान्य है। फिर भी गौरा और चौला को अणहिलवाड़ आने का निमन्त्रण उन्होंने ही दिया। यह तो अपने आचार्यदेव की विलक्षण बुद्धि का चमत्कार है कि उन्होंने गौरा-चौला के प्रवास को धर्मयात्रा का रूप दिया। अब वे उज्जयिनी में भी भगवान सोमेश्वर की कृपा के याचक के रूप में प्रवेश करेंगे। आप जानते हैं कि महाराज भोज परम माहेश्वर हैं।'

'मेरे हृदय में मान जगता है, मित्र श्रीधर आपकी दूरदर्शिता के लिए। मेरी धारणा है कि आपका यह प्रयत्न व्यर्थ नहीं जाएगा। किन्तु मुझे समय दें। अणहिलवाड़ के अन्य मंडलों पर पड़नेवाले प्रभाव पर भी मुझे विचार करना पड़ेगा। आबू-चन्द्रावती के सामन्त और चेदिराज की बढ़ रही महत्त्वाकांक्षा के विषय में मुझे सूचना मिली है। यदि रा'नवघण स्वतन्त्र राजा के रूप में वन्थली की गद्दी पर बैठें तो परमार धंधुक किसलिए मंडलेश्वर में से महाराजा न बने ?'

'इस समस्या के बारे में दूसरी दृष्टि से भी विचार किया जा सकता है। अणहिलवाड़ की सेना लेकर मन्त्री विमल वन्थली पर चढ़ाई करने आएँगे तो चन्द्रावती कौन जाएगा ?'

'मैं दोनों मंडलों को अपने प्रभाव में रख सकूँ ऐसा हूँ।'

'अवश्य, किन्तु अपने से आधी शक्ति तो नवघण की स्वीकारेंगे या नहीं ?'

'स्वीकार-अस्वीकार में शीघ्रता न करें, श्रीधर। मेरा वचन है, मैं अकारण विग्रह नहीं होने दूँगा। उसी तरह महाराजा की सत्ता भी कम नहीं होने दूँगा। मुझे समय दीजिए।'

बात वहाँ पूरी हुई थी। उसके बाद श्रीधर ने मित्र से एक विनती की थी कि राजसभा में उपस्थित होकर महाराज के चरणों में उपहार रखने के लिए सम्मति दें। इसके लिए मुझे अपने साथ ले चलें।

उस प्रस्ताव को विमल मन्त्री ने स्वीकारा था। दामोदर मेहता आदि अन्य मन्त्री जानते थे कि श्रीधर विमल का मित्र है। महाराज भले जाने। कभी भी मेरी अनुपस्थिति में उन्हें यहाँ आना पड़े तो सुगमता रहेगी।

श्रीधर जूनागढ़ पहुँचकर परिवार के साथ दो दिन रुककर प्रभास गया। वहाँ सदाशिव की अस्वस्थता के विषय में जानकर उनकी कुटी में गया। आचार्यदेव भी वहीं थे। दोनों को प्रणाम कर श्रीधर चिन्तातुर मुद्रा में बैठा। उसकी मुखमुद्रा देखकर युवाचार्य स्वस्थ हो गए।

'चिन्ता करने का कारण नहीं। त्रिशूल का घाव लगा है। अपने इष्टदेव के आयुध का घाव !' कहते हुए उन्होंने हँसने का प्रयत्न किया किन्तु उनकी सदा की प्रसन्नता आ नहीं पाई। उन्होंने भोजन या पेय कुछ लिया नहीं था। जाते ही घाव साफ कर पट्टी बाँधी थी और वैद्यराज की दी हुई दवा ली थी। उनके मानने के अनुसार उपवास भी उपचार है।

किन्तु ऐसा हुआ ही क्यों ? युवाचार्य सदाशिव पर तो कापालिक भी हाथ नहीं उठाते। सभी जानते हैं कि गंगेश्वर के शिष्य धूर्जटि सदाशिव के बालसखा हैं। तो त्रिशूल का घाव कापालिक के सिवा दूसरा कौन करे ?

देवायत और नवघण को भूमली में रखकर सदाशिव ने प्रभासपाटण के लिए प्रस्थान किया। माधवपुर के सागर-किनारे पूर्व अनुभूत विश्रान्ति का उन्हें स्मरण हुआ। पद्मासन मारकर बैठते ही ब्रह्मविहार का अनुभव हुआ। धवलोज्ज्वल लहरों की गति और कैलास की हिमधवल स्थिति का कैसा दुर्लभ संयोग ! लहरों की गति आँख में और कैलास की शीतलता श्वास में। संन्यासी भी ऐसे सुख की अपेक्षा रखते हैं, जो वैराग्य में बाधक नहीं। भर्तृहरि ने 'गंगातीरे हिमगिरिशिला बद्ध पद्मासनस्य' की माया क्या वर्णित नहीं की ?

वे माधवपुर की पाठशाला के प्रांगण में घोड़ा बाँधकर निकल रहे थे तभी भोजनालय की ओर हास्य और किलकारी जैसी ध्वनि सुनाई पड़ी। एक गृहस्थ उनके सामने आया। भोजन करने के लिए हाथ जोड़ विनती की। लम्बी यात्रा में वे मात्र रात में भोजन लेते इसलिए गृहस्थ की भावना की सन्तुष्टि के लिए उन्होंने साथ जाकर हथेली में प्रसाद लिया। आशीर्वाद दिया। मुड़ने लगे तो वहाँ तालियों की आवाज ने रोका। भोजनालय में सबसे अधिक लड्डू खानेवाले छात्र का बहुत सम्मान हो रहा था। इक्कीस लड्डू अपने पेट में डाल दिए थे ! क्या वह पचा सकेगा ? पूछने का मन हुआ किन्तु उन्हें समुद्र किनारे जाना ही था। इसी पाठशाला के दो छात्र नारियल के पेड़ के नीचे बैठकर ज्ञानगोष्ठी कर रहे थे—'अपने देश को समृद्ध करने के लिए राजा को क्या करना चाहिए ?' दूसरे छात्र को जैसे उत्तर कंठस्थ हो, उसने ऐसा कह दिया, 'पड़ोसी राज्य पर आक्रमण करना चाहिए।'

—बस यही आज आर्यावर्त में चला करता है। प्रतापी लोकनायकों के अभाव में ईर्ष्या, आलस्य और स्वार्थ का चलन बढ़ रहा है। उस छात्र को नहीं सूझा कि राजा को अपनी प्रजा को उद्यमी बनाना चाहिए। कृषि, उद्योग, वाणिज्य का गुप्तकाल में कैसा विकास हुआ था ? यहाँ के कला-कौशल की कैसी ख्याति थी। आज इन सबकी कमी छात्रों को सालती नहीं, उन्हें आनन्द आता है वृकोदर बनने में।

सदाशिव माधवपुर के सघन कुंजों के चाहक थे। बिना पगडंडी की जमीन पर

चलना उन्हें अनुकूल था। वनश्री के साहचर्य-स्पर्श का अनुभव उन्हें श्वास द्वारा होता। पक्षियों की भाषा का भाव उन्हें समझ में आता। अचानक कोई मनुष्य सामने आता तो उन्हें आश्चर्य होता। ऐसा ही आश्चर्य हुआ एक नग्न पुरुष की भस्मावृत पीठ देखकर। उसके पीछे-पीछे एक युवती माथे पर टोकरी लिये जाती थी। उसमें फलाहार या अन्य खाद्य सामग्री होगी। जो भी हो, उन्होंने कौतूहल समा दिया। समुद्रतट का रास्ता लिया।

दृश्य विराट था, लहरों की उज्ज्वलता कम नहीं थी, लहरों का स्पर्श कर आता पवन होंठ को मानो परिचित स्वाद का अनुभव कराता था, किन्तु हृदय को पहले वहाँ जो आनन्द मिला था वह दुर्लभ क्यों है ? क्या वह नग्न पुरुष और उसका अनुसरण कर रही युवती का जोड़ा आँख की किरकिरी बनकर खटक रहा है ? अपनी स्वस्थता इस तरह विचलित हो उठे, यह ठीक है क्या ?

उन्होंने सौराष्ट्र के अनेक शिवमन्दिरों में लकुलीश की मूर्तियाँ देखी थीं। उर्ध्वरेतस शिल्प द्वारा जागृत चेतना की बात समझ में आती है किन्तु कापालिकों का अमानुषिक आचार वितृष्णा जगाता है। शायद इस क्षेत्र में ही एक शिल्प देखा था। रजस्वला स्त्री का स्राव अपने कपाल में धारण करता और पीता कापालिक अपनी वृत्तियों का किस तरह उन्नयन कर सकता है, यह बात गले नहीं उतरती। मांस, मदिरा, मैथुन आदि पंचमकार के स्थूल सेवन में विकृति है, यह शैव मत नहीं...

वापस होते समय दूसरा रास्ता लेने का विचार आया। निश्चित यहाँ इतने में कहीं कापालिकों का मुख्य स्थान होगा। जिनकी साधना के प्रति वितृष्णा है उनसे दूर रहना अच्छा। लोग कापालिकों में अलौकिक शक्तियों की कल्पना कर उनसे डरते हैं। उनके अमानुषिक कर्मों का विरोध नहीं करते। उनकी माँगों को सन्तुष्ट करने की अपनी क्षमता न हो तो भी वशीभूत होते हैं। फिर इतना तो अच्छा है कि ऐसे साधकों की संख्या बहुत कम है। इसलिए प्रजा को ज्यादा सहना नहीं पड़ता।

एक भयानक आवाज के झोंके से सदाशिव खड़े रह गए। विलक्षण थी वह आवाज। गिरनार पर एक विशाल फल जैसा फूल था। एक पथिक ने उसके ऊपर छुरे से प्रहार किया और हरे रंग का वह फूल चीख पड़ा। आसपास की सृष्टि मानो काँप उठी। किन्तु वह चीख दुःख की थी या भय की ? घाव हुआ हो तो चीख के बाद रुदन सुनाई देगा। दबाव के साथ बिंधे हुए अस्तित्व की पीड़ा का स्फोट समग्र वनश्री को स्तब्ध कर गया था।

सदाशिव आगे बढ़े। किन्तु यह उनकी लक्षित दिशा थी या किसी गूढ़ तत्त्व ने उन्हें प्रेरित किया था ? घ्राणेन्द्रिय में सड़ी हवा जैसी वह क्या घुस गई थी ? यह निम्न प्रकार के मद्य की दुर्गन्ध होगी या प्रकाश के अभाव में इमली-पीपली और दूसरे वृक्षों के नीचे ऐसा वातावरण बनता होगा ? यह वही आकृति ? क्या वे मनुष्य हैं या शिल्प होगा ? लेकिन ऐसे रंग का पत्थर तो देखा नहीं। क्या जिसे भगासन कहते हैं वही है यह ? वे पीठ फेरकर कौन जाने किस दिशा में चलने लगे। किस क्षण उनके ऊपर त्रिशूल का प्रहार हुआ उसका खयाल नहीं रहा। पल-भर बाद कापालिक जैसा ही एक नागा बाबा

कुछ पत्तियाँ मसलकर घाव पर लगाता था, किन्तु सदाशिव खड़े नहीं रहते थे। उन्होंने उपचार करनेवाले के सामने भी नहीं देखा, जैसे प्रहार करनेवाले के सामने भी देखा नहीं था। शायद दोनों एक हों या भिन्न हों। क्या फर्क पड़ता है ? वे मन्थर गति से छात्रावास तक पहुँचे।

उनका घाव देखकर अश्व हिनहिना उठा था, ऐसे घायल युवाचार्य को ले जाने की मानो उसकी तैयारी नहीं थी। सदाशिव ने घाव पर पट्टी बाँधी। अश्व के कपाल पर हाथ फेरा और उसे निश्चिन्त किया। परिसर में समाचार विद्युत वेग से फैल गया। मन्दिर के रक्षकदल के नायक इकट्ठे हो गए। सदाशिव ने किसी को उत्तेजित नहीं होने दिया। त्रिशूल का घाव है इतना कहा, किसके द्वारा लगा उस विषय में निश्चित रूप से कह नहीं सकते थे। किसी व्यक्ति या समूह के सामने अपनी तरफ से समूह को उकसाना युवाचार्य को उचित नहीं लगता था। यदि अन्याय की भावना जगे तो प्रतिकार स्वयं ही करना चाहिए।

विचार करने पर उन्हें अपनी असावधानी की अपेक्षा अविवेक अधिक लगा। जो चीख सुनने को मिली वह फरियाद नहीं थी, बचाव के लिए मदद की माँग नहीं थी, तो फिर ? क्या मेरे ब्रह्मचर्य में इतनी कमी रह गई ?

तीसरे दिन दरवेश आया। उसके साथ फरीद नामक एक युवक भी था। जहाज पर जब वह श्रमिक के रूप में काम करता था उस समय सदाशिव के साथ उसका परिचय हुआ था। समुद्र के जल पर चित्त सोया हो, इस रूप में युवाचार्य ने उसे तैरते हुए देखा था। फिर तो अनेक तरह से तैरना उसने उनसे सीखा। व्यायाम भी सीखा। रक्षक बना। समय बीतने पर रक्षक दल का नायक बना। आज वह सैकड़ों सैनिकों की पगार चुकाता है। पहरेदार के रूप में, मार्गदर्शक के रूप में या बड़े उत्सव के सेवक के रूप में फरीद के शिक्षाप्राप्त व्यक्ति सेवा देते हैं। बिना पूछे वह सबसे कहता—युवाचार्य महाराज ने मुझे तैरना सिखाया, फिर तो मुझे बहुत कुछ सीखने को मिलता गया। इस दरवेश की छत्रछया में आराम करना भी आ गया...काम-काज का समय होने पर फरीद चला गया।

दरवेश ने खुदा से बन्दगी कर दुआ माँगी।

सदाशिव की आँखों के कोर भीग गए।

वैभव के शिखर की बगल में विराजमान आचार्य व्योम वृहस्पति और रास्ते के किनारे, झोंपड़ी जैसे घर में रहनेवाले पथिकों का शुभेच्छुक यह फकीर, मेरा अन्तःकरण किस तरफ अधिक ढलता है ? आचार्य श्रद्धेय हैं। भारतीय संस्कृति की सिद्धियों के वे वाहक हैं। किन्तु वह फकीर तो फिर अपने पीछे के तपोवनकाल में गर्दन ऊँची करके देखता है :

न त्वहं कामये राज्यं न स्वर्गं न पुनर्भवम्।
कामये दुःखतप्तानाम् प्राणिनाम् आर्तिनाशनम् ॥

दो दिन बाद फकीर फिर से आया। सदाशिव को अब सोना जरूरी नहीं लगता

था। उन्होंने खुराक देना शुरू किया था। दरवेश की इच्छा तो थी कापालिकों को धर्म समझाने की किन्तु बात महमूद गजनवी के विषय में निकली। दरवेश ने कहा, 'एक पखवारा पहले वह सैन्धव महमूद के हमलों का बखान करते नहीं थकता था, मगर जब से महमूद के सरदार सुन्दर ने जासूसी के लिए उसकी मदद माँगी, उसमें फँसकर उसने आपके ऊपर हाथ उठाया, तब से वह बदलने लगा है। अगर महमूद अपने धर्म का प्रसार करने आता हो, अगर कुर्बान होने की उसकी तैयारी हो तो यह जासूसी किसलिए ? क्या जासूसी खुदा से छुपाई जा सकती है ? और वह सुन्दर तो अपने आपको हिन्दू के रूप में पहचान कराता था ? वह कैसा हिन्दू जो अपने धर्मबन्धुओं पर आफत न्योत लाए ? सैन्धव को तो धर्म की कुछ भी खबर नहीं होती। उसकी तो दो ही टेक थीं—जो कुछ लेना, छाती के सामने बाहुबल से लेना, और स्त्रियों को माँ-बहन मानना। जबकि सरदार सुन्दर अपने को धार्मिक गिनता है फिर भी दो में से एक भी टेक नहीं पालता। सैन्धव आजकल आपका ही विचार करता है। कहता है—सदाशिव के पास दो हथियार हैं—आँखें और वाणी। प्रेम टपकाती आँखें और नींद उड़ाती वाणी...।'

सदाशिव जानते हैं कि तीन-तीन शताब्दियों से ऐसे फकीर इस्लाम की समता और बन्धुता की भावना का प्रचार अपने व्यवहार से करते आए हैं। यहाँ की प्रजा उनकी आध्यात्मिक सम्पदा को आदरभाव से देखती है। दुआ के लिए हिन्दू भी अपने बालकों को उनके पास ले जाते हैं। जितनी बार महमूद आता है उतनी बार सब उलटफेर कर जाता है। नन्दनवन को नरक में बदल जाता है। सुन्दर यहाँ आया, उसका अर्थ ?

सदाशिव के ललाट पर झुर्रियाँ पड़ती हैं, भ्रमर खिंच आती हैं।

'आपको क्या लगता है दरवेश ? सुन्दर यहाँ क्यों आया ?'

'यात्रा करने तो नहीं ही। वह यहाँ से कहाँ गया है इसकी खबर सैन्धव को है। शायद आपको भी खबर होगी।'

सदाशिव बोले नहीं। वह चौला का अनुसरण करे, ऐसा खतरा समझकर उन्होंने त्र्यंबक के साथ दूसरा रक्षक भेजा था। सम्भव है कि श्रीधर ने विमल मन्त्री को सुन्दर की कार्रवाई के विषय में सावधान किया हो।

क्षण-भर के लिए आँखों में दहशत का भाव छा गया।

'क्या विचार करते हैं युवाचार्य ?' गले में माला पहनते हुए दरवेश ने पूछा।

मैं ऐसा सोचता था बाबा कि यह राज्य कैसा, जिसे गणिका की बुद्धि की मदद लेनी पड़े ? यह धर्म कैसा जिसे राज्य की मदद लेनी पड़े ? और वह आत्मज्ञान कैसा जिसे धर्म-सम्प्रदायों का आश्रय लेना पड़े ? हमारे ऋषि-मुनि तो आरण्यक थे। वृक्ष और झरने उनके स्वजन थे, पर्वत उनके पूर्वज ?

'ऐसा सुनकर ही मैं यहाँ आया था लेकिन समुद्र के पास ही रुक गया, पर्वत तक पहुँच नहीं सका।'

'समुद्र की गहराई माप सकनेवाले पर्वत की ऊँचाई की महिमा क्या बढ़ा नहीं

सकते ? गिरनार गए हो कभी ?'

'जाना है। कोई 'पथप्रदर्शक' मिले तो।'

हम आप एक-दूसरे के पथप्रदर्शक, जाएँगे कभी ! आपको उस कापालिक के विषय में जिज्ञासा थी न ? वह अघोर साधना संस्कृति को अलग कर प्रकृति को विकृति की ओर ले जाती है। जबकि गिरनार पर आपको भगवान शम्भु के सच्चे अनुयायी देखने को मिलेंगे। उनका वैराग्य भी नीलगगन जैसा अनन्त होता है, उसमें माया की बदली नहीं दीखती। दीखे तो भी बदली के उस पार के गगन का वह स्पर्श कर सकता है।

गोष्ठी चल रही थी तभी आचार्य व्योम वृहस्पति पधारे। वे सदाशिव की क्षेमकुशल पूछने के लिए पधारे थे। दरवेश को देखकर वे सहज सकुचाए। फिर अपनी अरुचि को शान्त कर बैठे। प्रौढ़ दरवेश की चकोर नज़र से वे बच नहीं पाए। उन्होंने जाने की अनुमति माँगी। 'मैं घूमते-घूमते आ जाऊँगा कभी भी,' खड़े होकर युवाचार्य ने विदा दी। कुछ दूर पहुँचकर दरवेश कुछ गाने लगा।

'चौला और गौरा उज्जयिनी पहुँच गईं। उन्हें स्वागत-सत्कार मिला किन्तु त्र्यंबक को उनके साथ रहने की अनुमति नहीं मिली,' कहकर आचार व्योम सदाशिव के मुँह की ओर ताकते रहे।

6

उज्जयिनी पहुँचकर त्र्यंबक ने आचार्य को पत्र भेजा था। ज्योतिर्लिंग की यात्रा पर निकले श्रद्धालु देवपाटण आ रहे हैं, इसकी जानकारी उन्हें महाकालेश्वर के मन्दिर में प्राप्त हुई। वहीं एक अश्वत्थ के नीचे बैठकर उसने लेखनकार्य पूरा किया था। तीनेक दिन के ठहराव में त्र्यंबक ने जो कुछ जाना वह बताए बिना उसे चैन नहीं मिला।

उज्जयिनी में चौला और गौरा को त्र्यंबक की मदद के बिना ही अपना कार्य पूरा करना था। आचार्य व्योम वृहस्पति ने माँ-बेटी को अणहिलवाड़ भेजा, उसका प्रयोजन राजकीय था, किन्तु वह प्रकट न हो जाए इसलिए उन्हें महाकालेश्वर की यात्रा करनी थी। क्या मात्र इतना ही कारण होगा ? आचार्यदेव भविष्य में दूर तक अवश्य देखते होंगे। महाराज भोज परमार को उन्होंने प्रसादी की वस्तुएँ भेजी थीं। भोज उन्हें कदापि नहीं भूल सकते।

गौरा प्रतिदिन प्रातःकाल अपनी मनौती के अनुसार महाकालेश्वर के मन्दिर में पहुँच जाती। चौला को साथ लेना तो मानो बहाना था। दर्शन के लिए राजयात्री का दर्जा मिला इसलिए वह धन्य थी। यदि आचार्यदेव और श्रीधर श्रेष्ठी ने यह सुविधा न कर दी होती तो वह बहाना खड़ा करके भी उज्जयिनी आती। कह देती—एक बार चौला अस्वस्थ थी तब मैंने उसे महाकालेश्वर के दर्शन कराने की मन्नत रखी थी...वास्तव में

उसे चौला मिलने के बाद दोनों के स्वास्थ्य में अभिवृद्धि होती रही है। और, उज्जयिनी पहुँचने पर तो किसी के पग धरती पर टिकते ही नहीं थे।

भोज के चाचा मालवपति मुंज के विषय में त्र्यंबक ने जनश्रुति के रूप में बहुत सुना था, कुछ पोथियों में पढ़ा था। यहाँ आने पर प्रजा के चारों वर्णों पर उसने भोज का व्यापक प्रभाव देखा। ब्राह्मणों के लिए बनी अतिथिशाला में जब उसे अलग पड़ाव मिला तब उसके मन में प्रश्न उठा था—पूर्वाश्रम की गणिका गौरा और उसकी पुत्री को मुझसे अधिक सम्मान ? किन्तु बाद में उसे पसन्द आया था, चौला को भले उससे अधिक राजकीय सम्मान मिले। उसके हृदय में इस कन्या के लिए अकारण पक्षपात का भाव पैदा होता है। निश्चित हुए कार्यक्रम के अनुसार यात्रा-स्थल पर मिलना होता, आयोजन आगे बढ़ता। भोजराज और उनके साम्राज्य के विषय में विस्तृत जानकारी का आदान-प्रदान होता। चौला की रक्षा के लिए पराक्रम दिखाने तक का मौका न मिलेगा, ऐसा विश्वास त्र्यंबक को हो चुका था। यहाँ सुराज्य था। वह राजा का आभारी था या प्रजा का यह निश्चित नहीं हो सकता था।

फिर भी कुछ सूचनाएँ त्र्यंबक को व्याकुल कर डालतीं। पहले महाराज भीमदेव ने गुर्जर प्रजा की चतुराई बताने के लिए भोजराज की सभा में एक पंडित और एक गणिका को भेजा था। यह मात्र जनश्रुति नहीं थी, पंडित और गणिका ने अपनी विदग्धता से भोजराज को मुग्ध किया था, इसका स्वीकार उन्होंने स्वयं किया।

एक तथ्य कौतुक पैदा करता था। भोजराज का सेनापति फूलचन्द्र पहले दिगम्बर साधु था। महाराज ने एक सुन्दर वारांगना भेंट देकर उस सेनापति की स्वामिभक्ति का सम्मान किया था। इससे भी आश्चर्यजनक विषय दूसरा है। विजया पंडिता की विद्वता और काव्यचातुर्य से प्रसन्न होकर भोजराज ने उसे बहन का सम्मान दिया था।

भोजराज में रसिकता भरपूर है किन्तु लोभ नहीं। चौला ने यहाँ अणहिलवाड़ की तरह नृत्य नहीं किया, मात्र गाया। आज तक भोजराज ने नृत्य की माँग भी नहीं की थी। चौला के कंठ से शिवस्तुति सुनकर राजा कैसी तन्मयता का अनुभव करते थे ! शायद उन्हें ऐसी इच्छा होगी कि चौला का नृत्य देखने खुद प्रभास आएँगे। यदि उसने समर्पण का संकल्प किया है तो सोमेश्वर के नृत्य मंडल में ही उसे नृत्य करना चाहिए।

त्र्यंबक अपने विचार-तरंगों से भोजराज के चित्त की कल्पना कर रहे थे। चौला भीमदेव के प्रासाद में नृत्य करती वह उसे समुचित नहीं लगता था। अलबत्ता उस विषय में प्रश्न अब हुआ।

त्र्यंबक को अब चौला की सुरक्षा की इतनी चिन्ता नहीं थी। उसके संघ के पीछे आती महमूद के सरदार सुन्दर की गुप्तचर टुकड़ी दूसरे ही दिन आगे हो गई थी। मन्त्री विमल की भेजी गई सैनिक-टुकड़ी पीछे-पीछे बिल्कुल मालवा की सीमा तक आ गई थी। अब कोई भय नहीं था, किन्तु ब्राह्मणों की अतिथिशाला में सुन्दर के एक साथी को देखकर त्र्यंबक सावधान हो गया था। यदि उसे प्रभास की घटनाओं से संकेत नहीं मिला

होता तो वह सुन्दर के साथियों को सच्चा तपोनिधि मान बैठा होता। उसका पूजापाठ और उच्चारण सभी शास्त्रसम्मत था। एकान्त में मिलकर त्र्यंबक ने उससे कहा, 'मैं तुम्हें पहचानता हूँ। तुम्हारे इस प्रवास के कारण के बारे में मैं निश्चित निष्कर्ष पर आया हूँ।'

'कहो तो !'

'तुमने चौला के अपहरण का विचार छोड़ दिया है। तुम अभी गुजरात और मालवा के राज्यों की शक्ति और सीमा का अध्ययन कर रहे हो।'

'दूसरा विधान सही है, किन्तु मेरे सरदार ने चौला के अपहरण की योजना की ही नहीं थी। उन्हें तो चौला की कीमत चुकाकर उसे गजना ले जाना था।'

'लालच देकर खरीदना एक प्रकार का अपहरण नहीं है ?'

'इतनी सूक्ष्मता से कौन विचार करता है त्र्यंबक ! सरदार सुन्दर को एक प्रयत्न में दो कार्य करने थे। वह मानता है कि जिन-जिन मन्दिरों में देवदासियाँ हैं वहाँ-वहाँ विलास नियन्त्रण के बाहर है। चौला भगवान सोमेश्वर की नहीं बनेगी तो इससे कुछ अधर्म नहीं होगा, दूसरी तरफ सुलतान खुश होंगे।'

'भगवान को खुश करने के बदले तुम्हारा सरदार सुल्तान को खुश करना चाहता है, यह तो सही है न ! क्या नाम है तुम्हारा ?'

'अनेक हैं, उनमें से एक है शक्तिसिंह।'

त्र्यंबक की आँखें फैल गईं। शक्तिसिंह ! जिसके नाम में शक्ति का समावेश है वह शिवतत्त्व के विरुद्ध षड्यन्त्र करने निकला है !'

'तुम्हें नहीं लगता कि यह कुकर्म है ? जो राज्य शैव धर्म पालते हैं उनकी कमजोरियों को जानकर तुम अपने सरदार और सुलतान को खुश कर ऊँचे ओहदे पाओगे, सही है न ?'

'इस समय तो कर्तव्य निभाता हूँ।'

'कर्तव्य ? धर्मविरुद्ध हो सकता है ?'

'क्या करूँ ? विवश हूँ। सुलतान ने मुझे धर्मान्तर के लिए बाध्य नहीं किया और सुन्दर की सेना में शामिल होने की अनुमति दी यह कोई छोटा उपकार है ? पहले मैं दिल्ली के तुवर राजा अनंगपाल का सैनिक था। सुलतान महमूद ने अनंगपाल को हराकर खिराज निश्चित किया था। पचास हाथियों पर लदा हुआ द्रव्य और दो हज़ार सैनिक प्रतिवर्ष सुलतान को देना अनंगपाल ने कबूल किया था। करीब नौ वर्ष पहले अनंगपाल का देहान्त हुआ। उसके पुत्र पुरु जयपाल ने खिराज देना बन्द कर दिया। इसलिए सुलतान महमूद ने भारी आक्रमण किया। जो सैनिक पकड़े गए उनमें मैं भी था। जानते हो आज भी इस देश से प्रति वर्ष कितने हिन्दुओं को गजना भेजा जाता है ? या तो हिन्दू रहकर गुलामी करो या धर्मान्तर स्वीकार कर मौज मनाओ। मुझे सुन्दर की सेना में रखा गया यह उपकार है, मेरा ऐसा कहना अब समझ में आता है ?'

त्र्यंबक ने शक्तिसिंह को सहानुभूतिपूर्वक देखा। थोड़ी देर बाद पूछा, 'इस प्रवास में तुम्हें कहने योग्य क्या प्राप्त हुआ है ?'

'वह आपसे छिपा तो नहीं होगा। सद्गुणों का अतिरेक ! विदेशी गुप्तचरों को भी अतिथिशाला में रखने की उदारता ! अपने छोटे-छोटे राज्यों को साम्राज्य मानकर पड़ोसी राज्य के प्रति ईर्ष्यावृत्ति, संगठन का अभाव, समस्त प्रजा में एक ही वर्ग क्षत्रिय युद्ध में प्रवृत्त हो और अन्य सभी वर्ग देखा करें, निवृत्ति को आदर्श मानें, धार्मिक जुनून के बदले सहिष्णुता दिखाएँ...'

'आप महमूद के धार्मिक जुनून की प्रशंसा करते लगते हैं !'

'शायद हाँ, शायद ना, किन्तु सुलतान विजय से प्राप्त द्रव्य का पाँचवाँ भाग खुद रखते हैं, बाकी सरदारों और सैनिकों में बाँट देते हैं। आप गजना में मेरा भवन देखें तो आश्चर्य होगा। मैं वफादार हूँ तब तक यह वैभव है। यदि आपके प्रभाव में आ जाऊँ तो अपने लोगों के विनाश का कारण बनूँ ! मैं अकेला होता तो शायद ही हिम्मत करता—' वहाँ दूर से कुछ देखता शक्तिसिंह खड़ा होकर चला गया फिर वह अतिथिगृह में दिखा नहीं। कोतवाल ने दूसरे दिन सैनिक भेजकर त्र्यंबक को सम्मान के साथ बुलाया था। पूछताछ की थी। शक्तिसिंह का एक साथी राज्य के शस्त्रागार के निकट पकड़ा गया था। उसके बचाव में जाकर शक्तिसिंह भी पकड़ा गया था। क्या होगा शक्तिसिंह का ? शक्तिसिंह की निखालिस बातों के कारण त्र्यंबक को सहानुभूति हुई थी। खुद मन्दिर का व्यक्ति है, राजसत्ता के साथ कुछ भी लेना-देना नहीं है इसलिए एक धर्मबन्धु के रूप में शक्तिसिंह ने इत्मीनान से बात की थी। मानो भूल ही गया था कि खुद गुप्तचर है। उसके अन्य साथी कहाँ ठहरे होंगे ? शायद कोई वारांगना के यहाँ होगा, कोई सौदागर के यहाँ, किसी को यहाँ के सेनानायक के यहाँ पड़ाव मिला हो तो भी आश्चर्य नहीं। एक माली ने उसे कहा कि इस समय युद्ध न होने से आपको सैनिकों और छबीलों में अन्तर नहीं लगता। मालवपति मुंज तैलप की नगरी में मारे गए उसके बाद भी यहाँ वीर-विलास को भूषण मानते हैं। यद्यपि उसने अणहिलवाड़ में भी ऐसा पुरुष देखा था जो कुलवधू को कैद कर वारांगना की मनुहार करता हो...।

करीब तीन दिन के बाद कोतवाल के सैनिक द्वारा त्र्यंबक को जानकारी मिली कि शक्तिसिंह और उसके साथी चौकी से भाग गए हैं। किसी की हत्या नहीं हुई। तो क्या वे रिश्वत देकर भाग गए होंगे ? या यहाँ के चौकीदार सोते होंगे ? त्र्यंबक किससे पूछे ?

पहले से जिद पर अड़े तैलब के साथ मालवा के युद्ध होते रहते थे। भोज के समय में लाट और कोंकण के राजाओं को जीतने के बाद मालवा को किसका डर था ? सुलतान महमूद के जासूस क्या लूटकर ले जाते ? वे विधर्मी यहाँ चढ़ आएँगे तो महाकालेश्वर का तीसरा नेत्र खुलेगा। भस्मीभूत हो जाएँगे उनके सैनिक।

ऐसा मानने में सैनिक उज्जयिनी के ब्राह्मणों का साथ दे रहे थे। त्र्यंबक भी निःशंक था। इस विषय में उसे सदाशिव से पूछना नहीं पड़ेगा ? इस यात्रा ने उनका आत्मविश्वास बढ़ाया।

प्रवास के अन्त में चौला बहुत नम्र बनी थी। गौरा को दर्पण में दीखा था कि उसकी उम्र बढ़ रही है। पुत्री वयस्क हो रही है। उसका आलस्य भी लास्य लगता है।

महाराज भोज भीमदेव से दस-बारह वर्ष तो बड़े होंगे ही। मात्र विद्वता से नहीं, कलाविवेक से भी सही। जिनकी सादर सेवा करने का मन हो, ऐसे लगे भोजराज। उन्होंने अपने हाथ से माँ-पुत्री को भेंट-सौगात दी। फिर सस्मित पूछा, 'देवी, आपकी पुत्री कहीं खोई हुई लगती है।'

'भगवान सोमेश्वर से इतने समय दूर रहना पड़ा, इसलिए ! आप प्रभास कब पधारेंगे ?'

'भगवान सोमेश्वर की आज्ञा होने पर आऊँगा। आपके महाराज का आमन्त्रण तो मिला ही है। आप भीमदेव को राजा मानती हैं या रा'नवघण को ?'

—सुनते ही गौरा चकित हो गई।

'हम तो राजा के राजा रुद्र के अनुचर,' कहती गौरा ने हाथ जोड़े।

'यह चतुराई आपकी शोभा में अभिवृद्धि करती है। चौला को सँभालना। वह त्रिपुरसुन्दरी के शिल्प जैसी कमनीय है। उसे मेरा शुभाशीष है। आचार्य व्योम वृहस्पति तथा युवाचार्य को मेरा प्रणाम पहुँचाना।'

त्र्यंबक को यह जानकर आनन्द हुआ कि सदाशिव की ख्याति भोजराज तक पहुँची है, किन्तु महाराज के साथ उसका परिचय नहीं हुआ इसलिए अफसोस रह गया। गौरा के सामने इस बात का उल्लेख हो गया। पहले तो गौरा ने ऐसा समझा कि स्वयं कर्तव्य-पालन चुक गई है लेकिन बाद में उसे विनोद करने का मन हुआ, 'महाराज भोज के साथ आपका परिचय नहीं हुआ उससे कमी किसकी रह गई ? आपकी या भोजराज की ?'

'आपका विनोद मैं समझता हूँ माँ, किन्तु महाराज भोज को मुझसे भी कुछ जानना है। मैं कोई शुकपाठी ब्राह्मण नहीं हूँ, योद्धा हूँ। और मैं ऐसे निर्णय पर आया हूँ कि युद्धविराम के समय में भी योद्धाओं की आवश्यकता है। भोजराज के कारागार से महमूद के गुप्तचर भाग जाते हैं, यह उनके यश के प्रतिकूल है।'

'यह सही है किन्तु भाई त्र्यंबक, ऐसा न हो कि महमूद के असल गुप्तचर दूसरे ही हों ? आपने जिन्हें देखा और जो पकड़े गए, वे मात्र सहायक हों। जाने के विपरीत दिशा में शत्रु का ध्यान खींचना चाहिए ऐसा राजनीति मानती है।'—गौरा त्र्यंबक के साथ पुत्री का भी व्यवहारज्ञान बढ़ा रही है।

गौरा की एक दासी की पुत्री थी—कनकलता। वह अपनी वयःसन्धि में ही मुक्त होकर उज्जयिनी आई थी। प्रासाद, उपवन, दास-दासियों और वादक कलाकारों के लिए निवास, वह सब देख गौरा बोल उठी थी : 'कनकलता, यह तेरा भवन है या कामदेव की राजधानी ?' माँ को ऐसी प्रशंसा करती देख चौला चौंक उठी थी। फिर तो गौरा भी सतर्क हो गई थी। वास्तव में वह चौला को वहाँ लाना नहीं चाहती थी। किन्तु लेने आई कनकलता के सुनते किस तरह मना करे ? क्या कारण दे ? और कनकलता गणिका है, वारवनिता नहीं...उसके यहाँ ग्रन्थ भी थे। धीरे-धीरे उपेक्षा भूलकर चौला आश्चर्य से देखने लगी थी। काम को चार पुरुषार्थों में स्थान देनेवाली संस्कृति के विषय

में कनकलता के यहाँ चौला की समझ बढ़ी थी। प्रश्न उठा था—देवदासी होने के लिए संकल्प करने में मैंने शीघ्रता तो नहीं की न ?

चौला कभी बातचीत में रुचि लेती, कभी उदास हो जाती।

वापस मुड़ते डभोई और खम्भात के रास्ते पर पड़नेवाले एक शैव तीर्थ—कायावरोहण का मार्ग पसन्द किया था।

यहाँ त्र्यंबक का विश्वरूप नामक विद्वान से परिचय हुआ। वह लकुलीश के शैव सिद्धान्तों को सहजता से समझते थे। उन्होंने अपने विवरण सहित कौडिन्य सम्पादित 'पाशुपतसूत्र' की प्रति भेंट की। प्रभास के ग्रन्थालय में इसकी प्रति होगी ऐसा उसका अनुमान था, किन्तु विश्वरूप की ऐसी सुबोध टीका वहाँ होने की सम्भावना नहीं थी।

दाहिने हाथ में डमरू और बाएँ हाथ में त्रिशूल धारण करते भगवान लकुलीश कायावरोहण में शिव के अवतार के रूप में पूजे जाते हैं। गौरा और चौला ने भावविभोर होकर स्तुति की।

मार्ग में त्र्यंबक ने शैव, पाशुपत, महाव्रतधर और कालमुख—इन चार प्रकार के शैवों के विषय में अपनी स्मृति में रही जानकारी चौला को दी। साथ-साथ ऐसी सलाह भी दी कि बदरिकाश्रम, नेपाल के पशुपतिनाथ, काशी के विश्वनाथ, कलकत्ता के नकुलीश्वर और दक्षिण के रामेश्वर के दर्शन के बाद ही उसे दीक्षा लेनी चाहिए।

'जिससे प्रत्येक यात्रा में आप साथ दे सकें—' चौला का यह विनोद त्र्यंबक को पसन्द नहीं आया। क्योंकि आचार्यदेव उसे रक्षक के रूप में साथ न भेजें तो वह किस तरह जा सकता था ? जबकि चौला तो स्वतन्त्र है। समर्पित होने के बाद ही वह आचार्यदेव के अनुशासन में रखी जाएगी।

वह स्वयं चौला का सतत विचार करता रहे यह ठीक नहीं कहा जाएगा, ऐसा समझकर त्र्यंबक ग्रन्थ का पाठ करने लगता है। कौडिन्य का भाष्य तो मूल के भाग जैसा ही है। उनके उद्धृत हुए सूत्र को त्र्यंबक पढ़ता है—'अथातः पशुपतेः पशुपतं योगविधिम् व्याख्यास्यामः।'

चौला ने पूजा पूरी कर ली है। उसके कान तेज हैं। पूछती है, 'बन्धुवर त्र्यंबक, कृपया कहेंगे कि 'योगविधि' अभिधान किसके लिए है ? भगवान शिव के लिए या उनके उपासक के लिए ?'

त्र्यंबक सोच में पड़ गया। श्वेताश्वतर उपनिषद, महाभारत, पुराण आदि में निरूपित शैवमत का ज्ञान उसने युवाचार्य और अन्य शिक्षकों से प्राप्त किया है। उसे लगा है कि शिव को उनके उपासक ऐसे प्रिय हैं कि उपासक-उपास्य का भेद रह नहीं पाता। शिव भी योगी, उनके अनुयायी भी योगी। सिर पर जटा, हाथ में त्रिशूल और कौपीनधारी भस्मावृत काया, अरे हाँ, गंगा को तो साक्षात् शिव ही धारण कर सकते हैं। यह रूप ऐसा मनोहारी है कि वैशेषिक दर्शन के अध्येताओं और नैयायिकों में से

बड़ा हिस्सा शैव हुआ है !–त्र्यंबक स्वयं लम्बा उत्तर देकर चौला को व्याकुल कर सकता था। इससे वाद-विवाद करने का उसका उत्साह बढ़ा।

'देव यानी क्या ? वेदकालीन देवों में अपने इष्टदेव किस रूप में पहचाने जाते हैं ?' चौला ने कहा, 'वाणी से उत्तर दूँ या नृत्य से ? हे जिज्ञासु बन्धु, देव शब्द 'दिव' से बना है। जो स्वयं दीपे–दीप्त हो वह देव, इन्द्र, वरुण, सूर्य, विष्णु, अग्नि, यम-इन सभी देवों की तुलना में रुद्र की स्तुति करती हुई मैं सबसे अधिक रोमांच अनुभव करती हूँ। तीव्र वेग से बहते पवन और प्रज्वलित अग्नि में मुझे रुद्र का स्वरूप दीखता है। वह है परमेश्वर का क्रोध रूपी रागावेग। त्र्यंबक, आज आर्यावर्त में सुलतान महमूद के गुप्तचर इच्छानुसार घूम सकते हैं, क्योंकि उन्हें हमारे परमेश्वर का भय नहीं। हम लोग अकर्मण्यता को उदारता मानते हैं ऐसा आपको नहीं लगता ?'

'युवाचार्य यही तो कहते हैं।'

'त्र्यंबक बन्धु, मुझे ऐसा लगता है कि युवाचार्य मुझे रोकते हैं। क्या वे मुझे सम्पूर्ण समर्पण के लिए अनधिकारी मानते होंगे ?'

'युवाचार्य किसी को रोकते नहीं देवी, बल्कि उनका स्वभाव है निस्संग रहना। हमारा तन्त्र सही ढंग से चले तो वे वन में रहें, ऐसे हैं। किन्तु देखो न नवघण और भीमदेव के बीच संवाद नहीं हो पाता। चेदिराज को भीमदेव का भय है तो भीमदेव को अजमेर के विशलदेव चौहान का। भोजराज उनके सामन्तों को नियन्त्रित रखने की राजनीति में व्यस्त हैं। युवाचार्य के पास प्रत्येक राजा के विषय में पूर्ण जानकारी है। उन सबको अपने धर्म और जन्मभूमि के लिए कुछ न कुछ कर गुज़रने की इच्छा है, किन्तु वे इच्छाएँ संकलित होकर महेच्छा का रूप धारण नहीं कर सकतीं।'

'आचार्यदेव इस विषय में क्या कहते हैं ?'

'उन्हें भगवान सोमेश्वर में ऐसी श्रद्धा है कि वे विवादों में नहीं पड़ते। किसी की प्रार्थना स्वीकार्य लगे तो प्रवृत्त होंगे। हमको आदेश देंगे।'

'चौला सच कहना, श्रीधर की योजना के अनुसार आचार्यदेव ने आदेश न दिया होता तो तुम्हें अणहिलवाड जाने की इच्छा न होती ? तुम जितनी प्रसन्न महाराज भीमदेव के राजमहल में थी, उतनी कहीं भी नहीं लगी, महाकालेश्वर के मन्दिर में भी नहीं।'

चौला निरुत्तर, बल्कि मौन बनी रही। महाकालेश्वर मन्दिर के कामेश्वर राशि नामक साधक ने चौला को प्रसाद और भस्म देने के बाद कहा था–'तुम जिसका सतत चिन्तन करती हो उसे भूल जाओ, तुम सामान्य कन्या नहीं, त्रिपुरसुन्दरी हो...'

खड़ा होकर त्र्यंबक अगले प्रवास की तैयारी में लगा। क्योंकि चौला को उदास देखकर वह अधिक व्यथित हो जाते।

इस मनःस्थिति से चौला को शिव अवश्य उबारेंगे।

झंझावात शान्त होने पर जो परमतत्त्व रहता है वह है शिव। हाँ, वे शिव बचाएँगे सबको।

वेद में अग्नि को शिव का ऊँचा दर्जा दिया गया है। वे जठराग्नि बन सुख का कारण बनते हैं।

अग्नि की उर्ध्वज्वाला वही शिवलिंग। यज्ञवेदी जहाँ हो वहाँ भस्म होगा ही। इसलिए तो शैवों में भस्म की महिमा है।

शिव का एक दूसरा रूप है—आशुतोष, वरदाता। स्वयं संकट में पड़ें वहाँ तक वरदान देने की उदारता दिखाते हैं। चौला को उसका लाभ मिलेगा। प्रभास आकर उसने इष्टदेव की प्रार्थना से अधिक चौला के कल्याण की कामना की। यह अनन्य रूप, बन्धन तो नहीं बन जाएगा ?

त्र्यंबक पाठशाला में युवाचार्य से मिलने गया, उस समय वे ग्रन्थालय में कापालिकों के उल्लेख से सम्बन्धित ग्रन्थों को एकत्र कर बैठे थे। पहले सदाशिव की ऐसी धारणा थी कि वेदविरोधी होना कापालिकों का मुख्य लक्षण है किन्तु अब समस्त परम्परा की खोज से यह स्पष्ट हुआ कि कापालिकों के दो सम्प्रदाय हैं—ब्राह्मणीय और अब्राह्मणीय। ये लोग जातिनियम को नहीं मानते, यह सदाशिव को अच्छा लगता है। अथर्ववेद में व्रात्य का उल्लेख है, वे भी जातिनियम को नहीं मानते।

कहीं-कहीं कापालिकों द्वारा उनकी साधना को व्यवस्थित रूप दिया हुआ लगता है। शंकराचार्य के समय में उज्जयिनी में उन्होंने शक्तिशाली केन्द्र विकसित किया था। उस समय उनके द्वारा समाज को हानि पहुँचाने की जानकारी नहीं मिली थी। नासिक के पास के कापालेश्वर मन्दिर में रहनेवाले महाव्रतियों के विषय में भी अपवाद सुनने में नहीं आया। वरना श्मशान की देवी की स्तुति करनेवाले, चिता की भस्म फाँकनेवाले, मद्यपान और कामवासना को सन्तुष्टि देनेवाली क्रियाओं में लिप्त रहनेवाले, अनुष्ठान करते समय परस्पर घायल कर देनेवाले सभी कापालिकों को सदाशिव सच्चा शैव मानने को तैयार नहीं। आचार्य व्योम बृहस्पति और अन्य विद्वानों को कंठस्थ शास्त्र भले ही उन्हें पाशुपतों के चार प्रकारों में समाविष्ट करें।

त्र्यंबक ने युवाचार्य को 'पाशुपतसूत्र' की प्रति भेंट की है। सदाशिव के लिए यह ग्रन्थ अपरिचित नहीं है। पूछते हैं—'पशु', 'पाश', 'पश्यति' के विषय में विचारा है ?

'विशेष नहीं, किन्तु इतना जानता हूँ कि सभी सचेतन प्राणियों का पर्याय है 'पशु'। पशु-मात्र निर्बल है, निर्बलता उसके लिए बन्धन है। पशु का बन्धन के साथ सम्बन्ध है। उसमें कारण और कार्य दोनों के संकेत हैं। पशु चेतनस्वरूप होने पर भी इन्द्रिय के विषय से बँधा हुआ है, इसी से वह अपने शरीर को ही प्रत्यक्ष कर सकता है। वे कारण-कार्य से परे नहीं जा सकते, पशुपति का—भगवान शम्भु का अनुग्रह उन्हें इन दुःखों से मुक्ति दिला सकता है।'

त्र्यंबक को सुनकर सदाशिव को सन्तोष हुआ। आगे पूछने को प्रेरित हुए : ज्ञान, वैराग्य, धर्म, ऐश्वर्य, त्याग—इन सबकी अपेक्षा पशुपति का प्रसाद दुःखों से मुक्ति के लिए अधिक उपकारक है, ऐसा तुम्हें लगता है ? इन सूत्रों के सम्पादक कौडिन्य तो मानते हैं कि ज्ञान, वैराग्य आदि नहीं, बल्कि मात्र प्रसाद—मात्र अनुग्रह मुक्तिदाता है।

'मैं जानता हूँ कि आप शिव के अनुग्रह को मानते हैं, किन्तु केवल इसे ही एकमात्र दुःख से मुक्ति का उपाय नहीं मानते। उस अनुग्रह का अधिकारी होने के लिए मनुष्य को तपस्या करनी पड़ती है। अपने साथ सभी जीवों के कल्याण की इच्छा से पूर्ण तपस्या। हमारी वर्णव्यवस्था, श्रमिकों को ऐसी तपस्या का अधिकारी नहीं मानती, इसलिए आप इसकी टीका करते हैं। आप चाहते हैं कि रक्षक शास्त्रप्रिय हों और शास्त्रज्ञ कायर न हों। शस्त्र और शास्त्र का सुयोग साधता आपका शैव धर्म मेरी समझ में आता है युवाचार्य ! किन्तु आचार्यदेव तो शास्त्र के ही अनुसरण के लिए कहते हैं।'

'हाँ और इसलिए देवद्रव्य का श्रमिकों के लिए उपयोग करने के विषय में वे सम्मति नहीं दे सकते। मैंने ब्रह्मसत्र के आयोजन के लिए विनती की। उन्होंने पत्र लिखे हैं। उत्तर नहीं। सुलतान महमूद के पन्द्रह आक्रमणों ने जागृत और संगठित होने के लिए चेतावनी दे दी है किन्तु यहाँ देवद्रव्य के सदुपयोग सम्बन्धी शंका विद्यमान है। जो शिवनिर्माल्य हुआ उसका लोकसंग्रह के लिए क्यों उपयोग न हो त्र्यंबक ? इस यात्रा ने तुम्हें क्या सिखाया ? शास्त्र की सीमा को लाँघने की नई दृष्टि दी या नहीं ?'

'मैं तो अपनी परम्पराओं का पालन करने का धर्म जानता हूँ।'

'परम्पराएँ समझने के लिए होती हैं त्र्यंबक, बिना बिचारे पालन करने के लिए नहीं।'

7

'सदाशिव, आपने त्र्यंबक को भारी सोच में डाल दिया है। क्या आपने उसे परम्पराओं को तोड़ने का आदेश दिया है ?'

'मैं किसी को आदेश नहीं देता आचार्यदेव ? हमारी चर्चा हुई थी उसमें मुद्दे की बात इतनी ही थी कि परम्पराएँ समझने के लिए होती हैं, बिना विचारे पालन करने के लिए नहीं–' सदाशिव आचार्य के सामने बताए हुए आसन पर बैठे।

'उसने ऐसा अर्थ निकाला है कि जो परम्पराएँ समझ में नहीं आएँ उन्हें तोड़ना चाहिए–' आचार्य व्योम वृहस्पति गम्भीरता से बोले किन्तु युवाचार्य हँस पड़े। कहा, 'मैंने तो उस महाब्राह्मण को इतना ही कहा था कि महत्त्व की है समझदारी। जो समझ में न आए वह किस तरह तोड़ी जा सकती है ? तोड़ी तो वह जा सकती है जो आप जैसे ज्ञानियों को व्यर्थ लगती हों। जो आज के युग में अप्रासंगिक बन गई हों। जैसा कि देवद्रव्य का देवसेवा के अतिरिक्त अन्य उपयोग न हो वैसी मान्यता–'

'अन्य उपयोग न हो ऐसा नहीं है, किन्तु लौकिक उपयोग के विषय में प्रश्न है। जिन आचार्यों से मुझे तुरन्त उत्तर मिलना चाहिए वे भी मौन साध रहे हैं। इसलिए तो ब्रह्मसत्र के आयोजन के विषय में मैं बहुत आशावादी नहीं हूँ। हम जिनका मार्गदर्शन चाहते हैं वे या तो आएँगे ही नहीं, आएँगे तो मौन बने रहेंगे। मौनम् सर्वार्थ साधनम्।

सदाशिव, आप जानते हैं कि कितने धर्माचार्य अपने मन्दिरों की आय को अपनी निजी सम्पत्ति मानते हैं। यदि वे सारी आय लोकहित में खर्च करने को तैयार हों तो उन्हें दारिद्र का आदर्श अपनाना पड़ेगा। यदि यहाँ लोकसंग्रह में देवद्रव्य का उपयोग करने का निर्णय हो तो उन्हें भी अनुसरण करना पड़ेगा। यह सब उनके स्थापित हितों के विरुद्ध जाएगा, सदाशिव, आपने इस सोमतीर्थ के शासन के लिए संसारी आचार्य की खोज किसलिए की ?'

'मैंने संसारी और संन्यासी में भेद नहीं किया। महत्त्व के हैं ज्ञान और अनासक्ति। आप में ये दोनों मैंने देखे हैं, गुरुदेव ने देखे थे। आपने आचार्यपद सँभाला इसलिए इस तीर्थ की प्रतिष्ठा बढ़ी है, प्रबन्ध सुधरा है।'

'इसलिए ही तो दायित्व बढ़ा है। सम्पूर्ण भारतवर्ष के धर्माचार्यों की सम्मति पाना आवश्यक बन गया है, कोई भी नया काम करने से पहले, पुराना चलन बन्द करने से पहले...रक्षक कहते हैं कि थोड़े दिन पहले एक दिगम्बर साधु देहोत्सर्ग करने इस तरफ आया था। एक नर्तकी की प्रार्थना के बावजूद उन्होंने नगर में प्रवेश करने को मना किया। कहा—यह सब हवा है।'

सदाशिव हँसे, 'उन्होंने नया क्या कहा ? और नर्तकी के निमन्त्रण को स्वीकारे वह साधु कैसा ?'

'मुझे कभी इन नर्तकियों और गायकों को अनुशासन में रखते हुए कष्ट का अनुभव होता है। गौरा गृहमाता के पद से निवृत्त होना चाहती है। उसका दायित्व आप सँभाल लें तो—'

'यदि आपको कष्ट का अनुभव हो तो मुझे तो वैराग्य की प्रेरणा मिलेगी। क्या आप ऐसा चाहते हैं कि मैं गिरनार के जंगल में खो जाऊँ...?'

'आपको गिरनार पर जाकर रुकना नहीं है। कैलास-मानसरोवर की यात्रा करनी है।'—आचार्यदेव ने स्नेहादर से कहा।

'आपका आशीष होगा तो इसके लिए उत्सुक हूँ। किन्तु जब से महमूद के गुप्तचर भारत में सक्रिय हुए हैं तब से मुझे एक अभेद्य दुर्ग रचने की कल्पना सता रही है। आचार्यदेव, देवद्रव्य लोकहित में खर्च हो, इससे पहले दुर्ग के लिए खर्च न हो ?'

'यह दुर्ग आपको पर्याप्त नहीं लगता ?'

'यह तो जलदस्युओं से मन्दिर की पवित्रता की रक्षा के लिए बनाया गया है। महमूद की सेना के सामने—'

'सैन्य ? कैसा होगा उसका सैन्य ? वह लुटेरों के साथ आएगा या शूर-वीरों के साथ ?'

'मैंने सैन्धव से कहा है, सूचना प्राप्त करे। किन्तु मैं जानता हूँ कि महमूद के सैनिकों को कोटकिल्ले तोड़ने का अनुभव है और वह हमारे ऊपर आक्रमण करके दो हेतु सिद्ध कर सकता है। यह सब देवद्रव्य लूटकर अपने गजना को गान्धार का एक समृद्ध नगर बना सके और मन्दिर तोड़कर हमारी उपासना-पद्धति पर प्रहार कर सके।

आर्थिक स्वार्थ साधकर यश प्राप्त कर सके।'

'मैं मानता हूँ कि यहाँ महादेव शम्भु के निवास पर महमूद आक्रमण करेगा तो वह अपना विनाश न्योतेगा। शिव के तीसरे नेत्र से कौन बचा है ? फिर भी आपकी दूरदृष्टि और कल्पनाशीलता के प्रति मैं आदरभाव रखता हूँ। यदि मन्दिर के चारों ओर ऊँचा दुर्ग आवश्यक हो तो वह देवद्रव्य से ही खड़ा हो सकेगा। किन्तु समग्र नगर के चारों ओर दुर्ग बाँधने में देवद्रव्य खर्च हो या नहीं, यह प्रश्न है। फिर इसके लिए राज्यादेश चाहिए या नहीं, यह भी प्रश्न है। हमें किसकी सम्मति प्राप्त करनी चाहिए ? नवघण की या भीमदेव की ?'

'नवघण आजकल गिर के जंगलों में हैं और भीमदेव आबू की तरफ सत्ता बढ़ाने में लगे हैं। आप उनकी सम्मति माँगेंगे तो वे बेचैन होंगे। वे ऐसा मानेंगे कि सम्मति के साथ दुर्ग के खर्च का द्रव्य भी देना पड़ेगा। जब आप स्वयं निर्णय करेंगे तो आपका विरोध करने का साहस कोई धर्माचार्य या राजा नहीं कर सकेगा।'

'हम निर्णय कर नगर के चारों ओर दुर्ग बँधवाएँ, इससे लोगों में भय नहीं फैलेगा ? शंकर के तीसरे नेत्र की महिमा नहीं घटेगी ?'

आचार्य के इन प्रश्नों के उत्तर सदाशिव के पास नहीं थे। श्रद्धा स्वयंभू हो, किन्तु ऐसा तो किसी वीर पुरुष में ही होता है। अधिकांश लोग तो परिबलों से प्रेरित होते हैं। 'सम्भवामि युगे युगे' इस वचन के विश्वास से वे आशावादी रहते हैं। हम यहाँ दुर्ग बनाएँ इसके साथ अवतारवादियों को प्रश्न होगा, 'भगवान सोमेश्वर सबके रक्षक और दुष्टों के संहारक हैं, प्रलयकाल में तांडव करते नटराज स्वयं ही असुरक्षित ? जिन्हें आत्मज्ञान है वे ही समझ सकेंगे कि यह व्यक्ति मध्य क्षणिक है, मिथ्या नहीं, किन्तु क्षणिक है ही। शाश्वत तो है ज्योतिर्लिंग। यहाँ आकर दर्शन तो उनका करना है। किन्तु लोग सोने की जंजीरवाला घंट, स्तम्भों पर जड़े हुए रत्न और सुन्दरियों के नृत्य देखकर उनकी महिमा बखानते हैं। जिन आचार्यों ने ज्योतिर्लिंग के आसपास यह माया खड़ी की होगी, उन्होंने वनवासी शिव का विचार ही नहीं किया होगा। कालिदास शिव के उपासक हैं, क्योंकि वे राग और त्याग दोनों में विजयी हैं,' व्योम वृहस्पति अपना पद भूलकर बोल रहे थे।

'इस वैभव ने शिवभक्तों को एकांगी नहीं बना दिया है, आचार्य ?'

आचार्य सदाशिव के प्रश्न से फिर सचेत हो गए। उनका मन अभी उत्तर नहीं पा रहा था : 'मन्दिर के चारों ओर दुर्ग या नगर के चारों ओर दुर्ग ? फिर लोकश्रद्धा का क्या ?' जैसे विकल्पों में उलझा हुआ था, वे सदाशिव के विचारों का मर्म समझते थे। किन्तु सोमतीर्थ की महिमा नहीं घटे, इस रूप में उनके विचारों का कार्यान्वयन सम्भव नहीं लगता। वे पलकें झुकाकर बैठे रहे। आचार्यदेव के मुख की कान्ति आज पहली बार सदाशिव को धुँधली लगी।

'पिताजी, प्रणाम !' बालक भाव वृहस्पति का आगमन होते ही वातावरण में परिवर्तन आया। सदाशिव को लगा कि कुछ अलौकिक है इस बालक की उपस्थिति

में...पीछे कोठारी खड़ा था। उसने आचार्य का चरणरज लिया। युवाचार्य के सामने हाथ जोड़ सिर झुकाया। वह मार्गदर्शन के लिए आया था। दो श्रेष्ठी इस पूर्णिमा को पूजा, आराधना और भोजन का खर्च देने की स्पर्धा में उतरे थे। एक था अणहिलवाड़ का और दूसरा था उज्जयिनी का। दोनों की भावना ऐसी थी कि आरती के समय चौला नृत्य करे।

आचार्यदेव की भृकुटि खिंच गई, 'यह मन्दिर है, रंगभवन नहीं।'

'गुरुदेव, मन्दिर और रंगभवन के बीच विवेकपूर्ण अन्तर करने की शक्ति उन श्रेष्ठियों में नहीं है। मैंने उन्हें कहा था कि आप स्पर्धा का भाव छोड़कर संयुक्त रूप से भक्तिभाव दिखाएँ। वे सहमत नहीं थे। उनका कहना था कि 'जो अधिक द्रव्य देगा वह पूजा-आराधना का अधिकार पाएगा' कोठारी उन्हें कह चुके थे कि यहाँ प्रतियोगिता का स्थान नहीं है। जो भक्त प्रभु की शरण में आता है वह बिना शर्त के ही अपना उत्तम अर्पण करता है। इसे ही यज्ञभाव कहते हैं।'

आचार्यदेव इस प्रश्न को महत्त्व देना नहीं चाहते हों, ऐसा निर्णय उन्होंने दे दिया। 'वे भले स्पर्धा करें। अधिक द्रव्य धरनेवाले को पूजा-आराधना के पुण्य का लाभ दो।'

कोठारी पल-भर खड़ा रहा। एक बार ऐसा ही प्रश्न उसने सदाशिव के समक्ष प्रस्तुत किया था। उन्होंने कहा था कि जिनमें शिवतत्त्व की समझ अधिक हो उन्हें, जो दूर से बहुत दुर्गम मार्ग पार कर आए हों उन्हें, जिन्हें आराधना के बदले में कुछ नहीं चाहिए उन्हें विशेष अधिकारी माना जाए। किन्तु अब उस अभिप्राय को याद करके विवाद नहीं किया जा सकता क्योंकि आचार्यदेव ने निर्णय दे दिया है। शायद वे बेचैन लगते हैं। शीघ्रता में बोल गए लगते हैं। किन्तु अब ? आज्ञा का पालन। कोठारी असन्तुष्ट हो गए हैं यह सदाशिव से छिपा नहीं रहा।

'आचार्य एक दूसरे विचार में उलझे थे। क्या अब सोमतीर्थ चौला के नृत्य से पहचाना जाएगा युवाचार्य ? उन दोनों श्रेष्ठियों ने क्यों आग्रह रखा कि आरती के समय चौला नृत्य करे ? क्या गौरा और चौला को अणहिलवाड़ और उज्जयिनी प्रवास के लिए प्रेरित कर मैंने भूल की है ?'

'त्र्यंबक ने मुझे कहा कि चौला को लेकर भगवान महाकालेश्वर के दर्शन करना गौरा की मन्नत थी। उसने तो चौला को अन्य ज्योतिर्लिंग की यात्रा करने की सलाह दी है। वह सम्मति माँगेगी तो आप मना नहीं कर सकते, क्योंकि...'

'हाँ, मैं ग्यारह ज्योतिर्लिंग की यात्रा पूरी कर यहाँ आया था। वह मेरे जीवन का सर्वोत्तम समय था। सदाशिव, शारदादेवी भी ऐसा ही कहेंगी।'

'पिताजी, माँ ने मुझे कहा—आचार्य होने की अपेक्षा यात्री होना अच्छा। आप मुझे आचार्य बनाएँगे या यात्री ?'

आचार्यदेव सस्मित ताकते रहे। सदाशिव ने कहा, 'आचार्य होने के बाद यात्रा रुकती नहीं, बाहर की यात्रा अन्दर चलती है।'

भाव ने अपनी छाती पर हाथ रखा। 'यह धड़कन ही वह यात्रा है ?' खड़े होकर

सदाशिव ने उसे गोद में उठा लिया। गोल-गोल घूम गए। समाधिमग्न शिव प्रशान्त मुद्रा में हो तब किसे कल्पना आएगी कि यही है वह महान नर्तक–नटराज !

'एक काम करोगे युवाचार्य ? देवी की इच्छा है कि प्रयाग और काशी जाकर स्वजनों से मिल आऊँ। उन्होंने भाव को देखा नहीं। हमने सभी स्वजनों को यहाँ पधारने का निमन्त्रण भेजा था। पिछली प्रबोधिनी एकादशी को वे आएँगे, ऐसी आशा थी। प्रतीक्षा की थी किन्तु पत्र आया कि पश्चिम भारत के प्रदेश महमूद गजनवी के आक्रमणों से असुरक्षित बन गए हैं। हमें देवपाटण आने के लिए मालवा का लम्बा रास्ता लेना पड़ेगा। पहुँच नहीं सकेंगे। उन्होंने शारदादेवी और भाव को वहाँ आकर मिल जाने का आग्रह किया है। मुझे एक दूसरा विचार आया है कि भाव की शिक्षा का दायित्व आप सँभाल सकें तो सर्वोत्तम, किन्तु आगामी वर्षों में आप बहुत व्यस्त रहेंगे, ऐसी मेरी धारणा है। इसलिए मन होता है कि यदि काशी की पाठशाला में–'

यहाँ रुककर आचार्यदेव ने पुत्र के सामने देखा। भाव के चेहरे पर उमंग था। उसे काशी जाने का मन था, यह देख दोनों महानुभावों को आनन्द हुआ। शारदादेवी ने भाव को बुलाने के लिए सेविका भेजी थी। उसके साथ जाते भाव ने पूछा, 'कब जाना है काशी ?' फिर उसने ही उसमें जोड़ा, 'कल ?'

सदाशिव हँस पड़े। आनेवाले समय को भाव कल कहकर पहचान करता है। समय सम्बन्धी यह बालसुलभ समझ गले उतर जाए ऐसी थी।

वहाँ मन्दिर के सभामंडप की बगल से आनन्द की किलकारियाँ, धन्य है, वाह-वाह और तालियों की आवाज आने लगी। सदाशिव ने अनुमान किया–स्पर्धा शुरू हुई लगती है।

वे पहुँचे तब अणहिलवाड़ पाटण के श्रेष्ठी के साथी नाचने लगे थे। भाँग पीकर नाचनेवाले दल का प्रदर्शन था। श्रेष्ठी के मुख पर विजय का दर्प था। सदाशिव को प्रश्न हुआ–क्या यह पवित्र स्थल भी किसी के अहंकार को भड़काने में निमित्त बन सकता है ?

उज्जयिनी के पराजित श्रेष्ठी गुस्से से कन्धे पर दुपट्टा उछालकर वहाँ से निकल पड़े थे। वे भूल गए थे कि जुआखाने से नहीं, मन्दिर से नाराज होकर निकल गए हैं। वह दृश्य देख सदाशिव दुःखी हुए। मन्दिर के समुद्र की ओरवाले द्वार से वे पूर्व दिशा में चलने लगे। समुद्र के साहचर्य में शान्ति पाने का उन्हें अनुभव है। पदचिह्नों-रहित रेत पर सदाशिव बैठे।

श्रेष्ठियों के बीच की स्पर्धा का प्रसंग सागर की गर्जना में लुप्त हो गया। वहाँ उन्हें काशी जाने सम्बन्धी प्रश्न हुआ।

शारदादेवी और भाव को पहुँचाने जाने के लिए आचार्यदेव कह रहे थे। वह सूचना सदाशिव को तुरन्त अच्छी लगी थी, किन्तु इस क्षण उन्हें लगा–वर्तमान परिस्थिति में वह इष्ट होगा ? दुर्ग का काम पूरा होने के बाद निश्चिन्त होकर जा सकते हैं। यदि महमूद बड़ी सेना के साथ आक्रमण करनेवाला हो तो पश्चिम आर्यावर्त के शैव शासकों

को भी सावधान करना होगा। वह काम या तो आचार्यदेव कर सकते हैं या वे स्वयं। मैं यहाँ न रहूँ तो आचार्यदेव प्रभास छोड़ नहीं सकते। क्या करना ? त्र्यंबक को काशी भेजने को सूचित करूँ ?

त्र्यंबक धूल उड़ाता वहाँ स्वयं आ पहुँचा। सामने आए बिना बगल से ही वन्दन करके युवाचार्य को सम्बोधित किया—उसकी व्यग्रता में क्रोध के छींटे हैं। युवाचार्य ने पहले तो उसे शान्त होने को कहा। फिर बैठाया। नज़र मिलने के बाद त्र्यंबक की व्यग्रता में कमी होने लगी। प्रकाश के परावर्तन को देखकर ऐसा लगता था कि वह ऊपर से नीचे आने के बदले नीचे से ऊपर जा रहा था। तेज और जल का यह सादृश्य देखने के लिए उन्होंने त्र्यंबक से अनुरोध किया।

'किन्तु मेरी बात तो सुनिए !'

'तुम गौरा के भवन से आए ?'

त्र्यंबक को आश्चर्य हुआ। युवाचार्य किस तरह जान गए ? किन्तु वह मूल बात पर आया। वह मन्दिर के सभामंडप में से उज्जयिनी के श्रेष्ठी श्रेणिक के पीछे-पीछे गौरा के भवन में गया था। क्योंकि उसने अनुमान किया कि यह व्यक्ति अपनी हार को जीत में बदलने के लिए कुछ भी करेगा। वह क्या करता है, यह जानने का उसे कौतूहल था।

गौरा ने श्रेष्ठी श्रेणिक का स्वागत किया। त्र्यंबक घर का सदस्य हो, इस तरह उसे भी स्वागतकार्य में लगाया। चौला और सखियाँ संगीतकक्ष में थीं। अन्य युवतियों की उपस्थिति में चौला के साथ बात करते उसे संकोच होता। उसके भगिनीभाव की कद्र करने के बदले उपहास करने की धृष्टता करनेवाली युवतियाँ भी इस देवपाटण में थीं ही।

त्र्यंबक ने अनुमान कर लिया। निश्चित यह श्रेष्ठी उस अणहिलवाड़ के श्रेष्ठी के विरुद्ध कुछ कहेगा। फिर चौला को नृत्य के लिए जाने से रोकने का उपाय करेगा।

उसका अनुमान सही नहीं था। भगवान सोमेश्वर के पश्चिम में 'शशिभूषण' मन्दिर में समानान्तर पूजा-आराधना करवाने के संकल्प के साथ ये महानुभाव गौरा के यहाँ आ पहुँचे थे। चौला यदि शशिभूषण के मन्दिर में महादेव शम्भु को रिझाने आए तो श्रेणिक मुँहमाँगा द्रव्य देने को तैयार था।

बात जानकर गौरा ने हाँ या ना कहने के बदले प्रश्न किया, 'आप किसका व्यापार करते हैं ? कहाँ से कहाँ आपका माल जाता है ?' श्रेष्ठी तीसरे ही प्रश्न में पकड़ा गया। वह वेरावल बन्दरगाह से निकलने का विचार कर रहा था। खम्भात के साथ भी उसका सम्बन्ध था। मुख्य स्पर्धा व्यापार में थी। वह धर्मक्षेत्र में प्रकट हो रही थी। शम्भु आशुतोष हैं। वे किसी व्यापारी के छलकपट के विषय में विचार कर सकते हैं भला ? और प्रजा तो इतना ही देखती है कि किस व्यापारी ने कैसी उदारता दिखाई !

अभी भी चौला अपने कक्ष में ही थी। उज्जयिनी की यात्रा की बात चली। इस

श्रेष्ठी के साथ प्रवृत्त सार्थवाह स्थल और जलमार्ग से कहाँ-कहाँ फिरते हैं उस ब्योरे को जानने में गौरा के साथ त्र्यंबक की भी रुचि जगी।

वहाँ चौला ने प्रवेश किया। हवा सुगन्धित बनी, द्वार अलंकृत हुआ, श्रेष्ठी की आँखें विस्मय से विस्फारित ! उसने चौला के नृत्य की प्रशंसा सुनी थी किन्तु देखी हुई सुन्दरियों से ही उसने इस कन्या के सौन्दर्य के विषय में अनुमान किया था। जबकि चौला तो कल्पना थी ऐसा कहना भी अपर्याप्त था, केवल कल्पनातीत लगा यह अस्तित्व...उसका प्रस्ताव तो मात्र नृत्य के लिए था। किन्तु इस क्षण तो अपना सर्वस्व समर्पित कर देने का भाव उसकी आँखों में दिखाई दिया। यह देख त्र्यंबक विचलित हो उठा। वैसे लालची व्यक्तियों के समक्ष इस तरह उपस्थित कर देना क्या चौला को अच्छा लगेगा ? सच्ची बात यह थी कि चौला बिना बुलाए ही आई थी, अतिथि को देख उसने आदर के साथ प्रसन्नता व्यक्त की थी। अभी भी बन्धु त्र्यंबक के दर्शन उसे हुए नहीं थे।

फिर तो शशिभूषण के मन्दिर में चौला के नृत्य का दोबारा प्रस्ताव आया। गौरा अपना प्रतिभाव दे उससे पहले ही त्र्यंबक वहाँ से खड़ा हो गया और शीघ्र ही युवाचार्य को ढूँढ़ निकालने में सफल हुआ। बोला।

'तुम कुछ क्षण वहाँ रुके होते तो फिर मुझ तक आना नहीं पड़ा होता। जाओ एक बार हो आओ। गौरा द्वारा दिए हुए उत्तर जानकर तुम्हें सन्तोष होगा।'

'किन्तु कोई श्रेष्ठी अपने अहंकार को सन्तुष्ट करने के लिए हमारे मन्दिर के सामने शशिभूषण के मन्दिर में चौला को ले जाने के लिए आए वह...'

'शशिभूषण मन्दिर में तुम गए नहीं ?'

'नहीं।'

'मुझे आश्चर्य होता है। तुम इतने वर्ष से यहाँ हो और उस रमणीय स्थल पर गए नहीं ? तुम्हारे इस संयम से मुझे ईर्ष्या होती है। तुम भले वहाँ नहीं गए हो, किन्तु शशिभूषण समास का अर्थ तो जानते हो न ! चन्द्र जिनका भूषण है ऐसे भगवान शंकर ! वह मन्दिर तुम्हें पराया क्यों लगा ?'

त्र्यंबक नीचे देखने लगा।

'अधिकांश तो अज्ञान के कारण अपने-पराए का भेद करते हैं। अब तुम शीघ्र गौरा के भवन जाओ। तुम्हें गौरा और चौला के विवेक के लिए मान होगा।'

'क्या हुआ वह आपको कह जाऊँ ?'

'उस जानकारी से मेरा ज्ञान बढ़ेगा नहीं।'

त्र्यंबक को आज युवाचार्य की उदासीनता में उपेक्षा दीखी। वे जब कभी गिर के जंगल में घुस जाएँगे और बाघ-भेड़िए के बीच घूमते-फिरते गिरनार के किसी शिखर पर चढ़कर अलख की पुकार लगाएँगे !

त्र्यंबक पहुँचा उस समय श्रेष्ठी की विदाई की प्रक्रिया चल रही थी। चौला ने उन्हें सौराष्ट्र में बुना हुआ एक दुपट्टा भेंट में दिया था। उनसे कुछ स्वीकार नहीं किया था।

अतिथियों को देना है, ऋषियों ने अतिथियों को देवतुल्य माना है इसलिए हमारा यह उपहार स्वीकार करें !

त्र्यंबक के पहुँचने से पहले गौरा ने उन्हें समझाया था कि इस देवपाटण में मात्र भगवान सोमनाथ के मन्दिर में ही पूजानृत्य की परम्परा है। शशिभूषण मन्दिर भी अपने इष्टदेव का है। किन्तु हाँ, नृत्य आरम्भ करने के बाद दूसरे ही दिन बन्द पड़ जाए यह उचित होगा ? आप स्पर्धा के भाव को समर्पण में बदल डालेंगे तो आनन्द पाएँगे। जो द्रव्य खर्च करना है उसके उपयोग के विषय में मार्गदर्शन चाहते हों तो युवाचार्य सदाशिव से मिलिए।

यह सब जानकर त्र्यंबक सन्तुष्ट हुआ।

शाम को सदाशिव उसे लेकर श्रेष्ठी के पड़ाव पर गए। उन्होंने कहा कि आपकी भावना हम स्वीकारते हैं। द्रव्य की आवश्यकता खड़ी होने पर मैं आपसे निवेदन करूँगा। आज तो इतनी ही माँग है कि इस उत्सव में साझीदार बनें, अकेले-अटूले न रहें।'

श्रेष्ठी ने दुर्ग की योजना में रुचि दिखाई। कहा कि महमूद गजनवी देवद्रव्य लूटने न आए तो भी कोई राजा चौला के अपहरण के लिए अवश्य आक्रमण करेगा।

सदाशिव इस श्रेष्ठी की मानसिकता के विषय में विचार में पड़ गए। महाराज भीमदेव ने चौला में रुचि दिखाई है ऐसी ही रुचि यह श्रेष्ठी श्रेणिक क्या नहीं दिखा रहा है ? क्या सौन्दर्य के प्रति सत्ता और सम्पत्ति दोनों की दृष्टि समान है ?

श्रेष्ठी श्रेणिक ने दुर्ग-रक्षा के लिए सीमित द्रव्य दिया। 'अधार्मिक' लगते काम में अधिक देने की इच्छा नहीं होती थी; तो दूसरी ओर साथ लाया हुआ द्रव्य शिवनिर्माल्य माना गया था इसलिए वापस नहीं ले जाया जा सकता था। वर्षों से सेवित महोत्सव की उनकी अभिलाषा द्रव्य के होते हुए भी अधूरी रहती थी। उनकी इस मनोदशा को जानकर त्र्यंबक गौरा के भवन गया। उसकी मुखमुद्रा देख चौला मुस्कुराई। निश्चित, बन्धुवर परोपकार की वृत्ति से प्रेरित होकर आए हैं। अनुमान सही निकला। त्र्यंबक ने कहा :

'युवाचार्य ने रसोत्सव की मनाही कर दीवार के पीछे खर्च करने की राय दी इससे श्रेष्ठी श्रेणिक की तीर्थयात्रा की सन्तुष्टि नहीं हुई। युवाचार्य आनन्द के विरोधी होते जाएँगे तो फिर यात्री सोमनाथ आने के बदले गिरनार नहीं जाएँगे ?'

'जाएँगे तो उनका कल्याण होगा,' गौरा ने कहा।

'आप भी ऐसा बोलती हैं, माँ ? और आप तो स्वयं कलाविद् हैं।'

'तो क्या मेरी चौला को लोकरंजन हेतु नृत्य के लिए आज्ञा देनी पड़ेगी ? सौन्दर्य और कला की उपासना के नाम पर कितने लोग चौला पर हक जमा रहे हैं। कापालिकों के आचार्य गंगेश्वर ने सर्वप्रथम चौला में त्रिपुरसन्दरी के लक्षण देखे इसलिए वे अधिकार दिखाने लगे। महाराज भीमदेव ने मान लिया कि ऐसी सुन्दरी श्मशान की साधना में नहीं, राजमहल के अन्तःपुर में शोभा देगी और स्वयं को परम शैव मानता यह श्रेष्ठी तो मानो यहाँ पार्वती का लास्य देखने पधारा हो।'

'गौरा माँ, आप भी गुरुदेव सदाशिव की भाषा में बात करने लगीं,' त्र्यंबक प्रशंसा करते हुए बोला या टीका करते हुए—स्पष्ट हुआ नहीं, किन्तु गौरा ने अनुकूल अर्थ निकाला।

'कहाँ वे ज्ञानी साधक और कहाँ मैं संसारी जीव ! बोलो बन्धु, आपका प्रस्ताव क्या है ?'

'प्रस्ताव मेरा नहीं, श्रेष्ठी का ही है। महाभोज के भूखे ब्राह्मणों ने श्रेष्ठी को एक बड़ा उपकार करने को सुझाया है। आपके निर्देशन में चलती नृत्य-शाला में जो युवतियाँ देवदासी की दीक्षा लेना चाहती हों, उनके नामकरण के उत्सव का आयोजन करना पड़ेगा जिससे धर्माभिमुख युवतियाँ फिर संसार की माया में फँसे नहीं।'

'संसार के बारे में अनुचित बात न करो बन्धु ! युवाचार्य का आदेश क्यों भूल जाते हो ?' चौला बोली। गौरा ने पुष्टि की :

'भगवान सोमनाथ की आराधना के लिए कितनी देवदासियाँ चाहिए ? शताधिक प्रौढ़ नर्तकियाँ हैं, शताधिक नवयौवनाएँ हैं, दूसरी इतनी संगीत का प्रशिक्षण ले रही हैं। इसमें वृद्धि हो यह आपको आवश्यक लगता है ? देवदासी होने के बाद उसका मन सांसारिक सुखों के लिए बेचैन हो, इसके बदले संसार में रहकर दैवी अभीप्सा से जीए उसे मैं इष्ट मानती हूँ। फिर भी जब तक मैं चौला को दीक्षा लेने को न बताऊँ, तब तक प्रशिक्षण ले रही उन पचासेक युवतियों को किस तरह आज्ञा दूँ ?'

'चौला विषयक निर्णय आचार्यदेव को लेना है जबकि इन युवतियों के विषय में निर्णय आपको लेना है।'

तभी पाँच वरिष्ठ नर्तकी आ पहुँचीं। वे दीक्षार्थी युवतियों की मनोकामना जताने आई थीं। कुमार भाव काशी जा रहे हैं। वे शिक्षण पूरा कर वापस आएँगे तब तक उनसे मिलने का आनन्द मिलेगा नहीं। तो उनके द्वारा हम सबका नामकरण क्यों न हो ?

प्रस्ताव टाला नहीं जा सका।

—सारा वृतान्त सुनकर सदाशिव बोल उठे थे—कुछ मनुष्य धार्मिक होते हैं, किन्तु उत्सवप्रिय तो सभी होते हैं।

फिर तो उन्होंने आचार्यदेव की सम्मति दिलाई थी। कुमार भाव प्रत्येक को देवदासी के अनुरूप नया नाम देते थे। उनके पार्श्व में त्र्यंबक खड़ा था। बाद में सदाशिव ग्रन्थ अर्पण करते थे। सोमनाथ के लिक्खाड़ों ने ही 'शिवमहिमा' की वह हस्तलिखित प्रतियाँ तैयार की थीं। शैवधर्मी के लिए वह सर्वसंग्रह है। ग्रन्थ लेकर सदाशिव का वन्दन कर नर्तकी आचार्यदेव के पास जाती। प्रत्येक को अपनी योग्यतानुसार इष्टमन्त्र मिलता। फिर शारदादेवी माला अर्पण करतीं और अन्त में आचार्य गंगेश्वर भस्म अर्पण करते। पहले ऐसे उत्सव में कापालिक गुरु का समावेश होता नहीं था, किन्तु सदाशिव के अनुरोध को सभी ने निर्विवाद रूप से स्वीकारा था। निकट भविष्य में विषम संयोग खड़ा हो तो एक ही धर्म की दो उपासना पद्धतियों के बीच संवाद रहे, यही इष्ट था।

नामकरण के बाद समूह-दीक्षानृत्य का आयोजन था। चन्दोवा बँधाकर नृत्यमंडप की सीमा विस्तृत की गई थी। नवदीक्षित युवतियाँ भाव को घेरकर हास्यविनोद करती थीं। वह सब परिचित थीं कि सदाशिव द्वारा निश्चित किए हुए नाम भाव ने दिए थे। अब उन्हें याद नहीं आएँगे। परीक्षा लेकर देखें। भाव प्रत्येक युवती का नया नाम तत्क्षण कह देते थे।

मैं कौन ? 'रोहिणी'। मैं ? 'सोहिणी'

प्रत्येक के व्यक्तित्व का कोई न कोई लक्षण बालक भाव सदाशिव और चौला द्वारा भाँप गए थे। इसलिए वे भूले बिना प्रत्येक का नाम बता सके—कामिनी, चपला, ज्योति, येशा, दामिनी, कमलिनी, धारिणी, केशा, हरिणी, श्यामा, सरला, महाश्वेता, कोकिला, अल्पा, चन्द्रिका, कावेरी, दमयन्ती, तरंगिणी, ईशिता, तरला, नलिनी, नर्मदा, कविता, गोदावरी, जया, अनसूया, सुन्दरी, रेवती, भूमा, मुद्रा, अलका, नम्रता, किन्नरी, गुणवन्ती, मयूरी, यामिनी, मन्दाकिनी, योगिनी, पृथा, रसिका, प्रियंवदा—

और प्रियंवदा ने मधुर वचन बोलकर ही सन्तुष्ट न होकर भाव को उठा लिया।

ये सभी युवतियाँ आज प्रभासपाटण के नागरिकों के लिए आदरणीया ठहरीं। उन्हें वस्त्राभूषण से सम्मानित किया गया। यज्ञशाला के पास के उनके निवास को सुशोभित करने के लिए भी श्रेष्ठी श्रेणिक ने दान दिया।

8

भगवान सोमेश्वर के मन्दिर के समुद्रवर्ती द्वार के पास के क्षेत्र को सदाशिव ने संवर्धन के लिए पसन्द किया था। दक्षिण दुर्ग, मन्दिर और नगर दोनों के लिए एक था, वह बाँधने के लिए भी प्रभास के श्रेष्ठियों से लेकर सामान्य श्रमिकों तक, सबने योगदान किया था। आचार्य व्योम स्वीकारते हैं कि यह मन्दिर का दुर्ग माना जाता है इसलिए इसके संवर्धन के लिए आवश्यक द्रव्य खर्च करने के लिए वे कोठारी को सूचना देंगे।

सदाशिव को एक दूसरा उपाय सूझा था। देवायत की पुत्री जासल व्रत पूरा कर शिव-पार्वती के दर्शन के लिए आई थी। साथ में पूरा परिवार था। छद्म वेश में नवघण भी मन्दिर की प्रदक्षिणा करता होगा—ऐसा विचार करते घूमते थे। जासल आचार्यदेव के पुत्र भाव के लिए कशीदे और गुँथावट से शोभती एक टोपी लाई थी। सदाशिव ने सेवक को भेजकर भाव को बुलाया। टोपी पहने हुए भाव जासल की गोद से जासल की माँ की गोद में गया। पल-भर में उसकी आँखों में गंगा-यमुना उमड़ पड़ीं। भाव हतप्रभ होकर सदाशिव के पास दौड़ आया और उनके कन्धे पर हाथ रख खड़ा रहा।

'क्या याद आया माँ ?' सदाशिव ने पूछा। देवायत ने पत्नी की तरफ देखा। आँसू पोंछे थे इसलिए ज्यादा बहते थे।

'जानता हूँ माँ, जानता हूँ तुम्हारे हृदय को। पाटण के सूबा ने नवघण का पता

प्राप्त कर तुम्हारी कोठरी को घेर लिया। देवायत भाई ने कहा कि नवघण को भेज किन्तु राह रखकर,' तुमने अपनी कोख से जन्मे वासण को कुँवर की तरह सजाकर भेजा। देवायत ने लड़के को सूबा के आदमी के हवाले किया। क्या होगा इसकी तुम सबको जानकारी थी। किन्तु तुम्हारा बलिदान व्यर्थ नहीं जाएगा माँ...

देवायत भी बात को समेटने का प्रयत्न करने लगे। नवघण को गोद में लिया उस समय वह मात्र नौ मास का था और यह जासल थी छह मास की...उन्हें एक राजभक्त का स्मरण हुआ। महल के चारों ओर पाटण की सेना का सख्त पहरा था। भंगी देवू द्वारा कूड़े की टोकरी में बालक नवघण को छुपाकर बाहर ले जाने में इच्छित सफलता मिली। लम्बा सफर काटकर वह देवायत के पास आ पहुँचा। धन्य होकर देवायत ने अपनी अँगूठी निकालकर देवू को देने के लिए हाथ बढ़ाया। 'इनाम देना हो तो कटारी दो।' और कटारी मिलते ही भंगी देवू ने अपनी छाती में भोंक ली। क्यों ? किसी समय बात-बात में बोल जाऊँ तो ? इससे भी बड़ा कारण यह है कि उसके वंशज अपने को नवघण का तारणहार जानकर बदला माँगे तो ? ऐसा कुछ न हो इसके लिए सम्पूर्ण बलिदान ! देवायत मन ही मन सेवक की वन्दना कर रहे हैं।

तभी नवघण आ पहुँचा, उसे देखते ही माँ ने आँचल के छोर में आँसू बाँध लिये। जासल ने खिसककर जगह दी। भाव को भी अहीर के वेश में शोभते राजवंशी रूप में रुचि जगी। 'कौन है यह'—

'हमारे...'

'...सेवक !' नवघण ने सदाशिव द्वारा शुरू किया वाक्य इस तरह पूरा किया और दूसरे ही क्षण उसके अनुरूप मनोभाव दिखाया। उसके पास प्रस्ताव था :

'युवाचार्य ! मुझे एक सप्ताह तक दुर्ग के काम में श्रम करने की अनुमति दें। मेरे पास द्रव्य नहीं है। किन्तु बाहुओं का बल है। और, मुझे मिली सूचना सच्ची हो तो आणहिलवाड़ के राजपुरुष लाट के खम्भात बन्दरगाह से जहाज में बैठकर यहीं उतरनेवाले हैं। मुझे उन्हें देखना है, समझना है।'

'वे राजपुरुष देखने जैसे अवश्य होंगे। समझने जैसे हैं या नहीं, यह मैं कह नहीं सकता, किन्तु श्रमकार्य में सोरठ के भावी राजा शामिल हों, इस संकल्प का मैं स्वागत करता हूँ। चलो, इसी क्षण हम लोग सभी जुड़ें। चुनाई पर पत्थर चढ़ाने का समय हो गया है।'

'मुझे चुनाई पर चढ़ना है,' भाव ने हठपूर्वक कहा।

'चलो, मैं उठाकर ले जाऊँ—भाव के दोगुने वजन के दो पत्थर माथे पर लिये और फिर कमर पर बैठाया भाव को। धीरे-धीरे लेकिन स्फूर्ति से जासल चुनाई पर चढ़ गई। ऊपर आकाश था और दक्षिण में आकाश जैसा ही अनन्त समुद्र।'

पास की ऊँचाई पर पत्थर चढ़ाने के लिए देवायत और नवघण ने दूसरी युक्ति की थी। देवायत चुनाई पर चढ़कर बैठे थे और नवघण नीचे से पत्थर लेकर, दोनों हाथों से बराबर पकड़कर पहले अपने पैर की ओर झुलाकर फिर ऊँचे उछालता था। पत्थर

देवायत के हाथों के बीच जाकर मानो स्थिर होता था। मन्दिर क्षेत्र में रहनेवाले और पूजा-आराधना करनेवाले आबालवृद्ध यह चमत्कार देखने को एकत्र हो गए थे। जासल की कमर पर बैठकर समुद्र देखते भाव को वापस लेने नहीं, किन्तु धन्यवाद देने शारदादेवी भी आ पहुँची थीं और नृत्य के बाद नूपुर खोलना भूलकर चौला भी आ पहुँची थी। उसने युवाचार्य को प्रणाम किया।

'मैं तुम्हें आशीर्वाद देता हूँ कि तुम भी जासल के जैसा दोगुना भार उठा सको।'

'तो शुभ कार्य में विलम्ब क्यों ?' चौला ने एक पत्थर माथे पर चढ़ाया। दूसरे के लिए जासल की सहायता माँगी। तीसरे के लिए स्वयं सदाशिव को सहारा देना पड़ा और वह सावधानी से पैर उठाती चुनाई की ऊँचाई पर पहुँच गई। पत्थर नीचे रखने में देवायत ने मदद की।

चौला को देख भाव उससे पत्थर माँगने लगा।

'अभी सीप ला देती हूँ,' कहकर भाव को उठाकर उसके गाल पर चुम्बन किया। श्रम के कारण मुख पर पसीना हुआ था। उसमें प्रसन्नता की लाली मिल गई थी, वह सूर्य की धूप में दूर खड़े हुओं को भी दीखी। सदाशिव का ध्यान चौला पर से खिसककर जासल की ओर गया था।

चौला ने जो कार्य सचेत रूप से किया वह जासल के लिए कैसा सहज था ! चौला के व्यक्तित्व में कलाकार की शक्ति है, जब कि जासल के व्यक्तित्व में शक्तिवन्त की दीप्ति है, मानो सोलह कलाओं की एकत्रित आभा।

वहाँ रक्षक ने ध्यान खींचा। दो महानुभाव सदाशिव के पीछे थोड़ी दूर पर खड़े हैं। उनका ध्यान सदाशिव की ओर नहीं, चुनाई पर की युवतियों पर है। दो पुरुष मुझे देख रहे हैं, इसका संकेत पाते ही जासल ने अपना मुख समुद्र की ओर फेर लिया जबकि चौला छद्म वेश में रहे महाराज भीमदेव को देखते ही चुनाई पर से उतरने लगी। उसके भावपरिवर्तन को भाँपकर सदाशिव ने उसे संकेत से अपने पास बुलाया। निश्चय कर लिया कि वे राजपुरुष कौन हैं ? 'तुम उनके प्रति खिंचने के बदले उन्हें अपने भवन में खींच ले जाओ। मैं नहीं मानता कि वह तुम्हें लेने आए होंगे, किन्तु ऐसा हो तो मुझे पूछे बिना उत्तर देना नहीं।' चौला को इस तरह सम्बोधित कर युवाचार्य पहली बार महत्त्व की कार्रवाई सौंपते थे। उसने धन्यता अनुभव की। फिर भी अणहिलवाड़ में उसे माता के साथ महाराज भीमदेव के प्रासाद में दुर्लभ आतिथ्य मिला था। हृदय का भाव भी अनियन्त्रित हो गया था। वह ऋण चुकाने का आज मौका मिला था। वह महाराज भीमदेव जैसे लगते राजपुरुष के सन्निकट जाकर पाँव लगी, पत्थर पकड़ने का काम करते देवायत से यह अज्ञात नहीं रहा। 'आखिर बेटी तो नाचनेवाली की है न !' ऐसा कहकर मन को मनाया। नवघण को परिस्थिति के विषय में सचेत करना देवायत को आवश्यक नहीं लगा। यदि उसके ऊपर आक्रमण होगा तो चुनाई पर चढ़ाए हुए पत्थरों का उपयोग करने में प्रभु मुझे रोकेंगे नहीं...

पानी के रेले के पीछे बड़ा प्रवाह जैसे खिंचता चला आता है ऐसे ही चौला के पीछे

महाराज भीमदेव और मन्त्री विमल गए।

वे भृगुकच्छ और स्तम्भतीर्थ जाकर आ रहे थे। इस प्रवास में एकाधिक हेतु शामिल थे। परमार भोजराज लाट को अपने साम्राज्य में मिलाने के लिए पैरवी कर रहे हैं, उस सूचना का तथ्य पता करना था। प्रकट कारण यह था कि भीमदेव के राज्याभिषेक के बाद महाराज दुर्लभसेन और उनके छोटे भाई—भीमदेव के पिता दोनों का निधन हुआ था। माता लक्ष्मीदेवी का भृगु कच्छ-स्तम्भ तीर्थ के शैवब्राह्मणों को भोजन और दानदक्षिणा देने का आग्रह था। मन्त्री विमल ने महाराज दुर्लभसेन के जैनधर्म के प्रति आदर का उल्लेख किया। राजमाता ने उसे भी साथ ले जाकर राजकोश में से खर्च करने का अनुरोध किया था। भृगुकच्छ से स्तम्भतीर्थ आनेवाले वहाँ के दुर्गपाल ने महाराज के सामने एक विवाद के समाधान के लिए निवेदन किया। अग्निपूजकों और मुस्लिमों की बस्ती के बीच एक खुली जगह थी। उसके अधिकार सम्बन्धी धार्मिक उपयोग के विषय में विवाद था। मन्त्री ने स्थल तलाशकर अग्निपूजकों को जैन बस्ती की दिशा में जगह वितरित कर दी। इस कारण विवाद थम गया और महाराज तथा उनके मन्त्री का यश बढ़ा। स्तम्भतीर्थ से प्रभास होकर अणहिलवाड़ जाने का मार्ग महाराज ने निश्चित किया है और वे अकेले ही उस मार्ग से जाना चाहते हैं, यह जानकर विमल को आश्चर्य हुआ था। फिर अनुमान किया था। महाराज के आराम में खलल डालकर पूछा था :

'देवपाटण का मार्ग तो लम्बा है महाराज।'

'यह मात्र मनोविनोद का विषय नहीं है मन्त्री, और आप तो मेरे विदूषक नहीं, सेनापति हैं।'

'उस दायित्व का स्मरण होने से यह अनधिकार चेष्टा करता हूँ। आप कब तक राजधानी सूनी रखना चाहते हैं ?'

'राजधानी में तुरन्त पहुँचकर भी यदि हृदय सूना रहना हो तो...'

'तो क्या उस शून्यता को दूर करनेवाले को साथ ले जाना चाहते हैं ?'

'तुम्हें सब जान लेना आवश्यक है, मन्त्रीश्वर ?'

'मैं पहले अणहिलवाड़ पहुँचूँ तो राजमाता अवश्य पूछेंगी और उनके समक्ष मुझसे सत्य नहीं छुपाया जा सकता, महाराज !'

'कहना कि भगवान सोमेश्वर के दर्शन करके महाराज आते हैं।'

'नहीं, मैं यह भी कहूँगा कि एक चन्द्रमुखी उन्हें भगवान सोमेश्वर के दर्शन के लिए प्रेरित कर रही थी !' विमल का यह उद्गार सुनकर महाराज हल्के हुए। उनके मुख पर पश्चात्ताप की जगह प्रसन्नता प्रकट हुई। वे मन ही मन चौला की छवि देखने लगे। उनकी इस तन्मयता का मर्म भाँपकर मन्त्री को चिन्ता हुई। यदि महाराज एक गणिका की पुत्री को अर्धांगिनी के रूप में स्वीकार कर पालकी के साथ पाटण में प्रवेश करेंगे तो वे स्वयं प्रजा के विविध वर्गों को क्या उत्तर देंगे ? सचिव और मन्त्री मेरी योग्यता का उपहास नहीं करेंगे ? शायद वह गौण वस्तु है। किन्तु प्रजा राजा के किसी कदम

से विमुख हो तो राज्य मात्र सैनिकों से सुरक्षित नहीं रहेगा...विमल मन्त्री ने निश्चित किया कि किसी भी परिस्थिति में महाराज के साथ ही रहूँ। उन्हें चौला के प्रति अधिक खिंचने से रोकना चाहिए। लग्न तक तो आगे बढ़ने ही नहीं देना। वे अकेले होंगे तो साहस कर बैठेंगे।...

विमल ने देखा कि चौला सदाशिव के पास होकर आ रही है। महाराज युवाचार्य को प्रणाम करने नहीं गए क्योंकि युवाचार्य इस ओर आए नहीं। क्या यह उचित माना जाए ? सदाशिव की चिन्ता थी : नवघण-देवायत से महाराज और मन्त्री को कैसे दूर हटाना, इस विषय में चौला को भी संकेत नहीं हुआ था। जल पर हंस की गति से वह आगे-आगे चलती थी। कभी उसकी ग्रीवा मोरनी की मुद्रा व्यक्त करती थी...

चौला इन महामूला अतिथियों को लेकर पहुँचे उससे पहले ही गौरा के भवन में सन्देश पहुँच गया था। चौला की सखियाँ स्वागत की तैयारी में व्यस्त थीं।

चौला ने चरण पखारकर आरती उतारकर दोनों अतिथियों का स्वागत किया। दोनों ने आसन ग्रहण किया। थकान दूर करनेवाले पेय और पान ग्रहण करने के बाद दुर्ग के स्थापत्यकार्य के विषय में पूछा। गौरा ने सदाशिव की प्रशंसा की। मन्त्री ने कहा कि वे वहीं खड़े थे, आपने देखा नहीं।

'तो वे मुझसे मिलने क्यों नहीं आए ?'

'मुझे लगा कि आप उनकी वन्दना करने क्यों नहीं गए ?' चौला के हास्य से निकली प्रसन्नता ने विमल के इस प्रश्न की नाराज़गी को ढक लिया।'

'वह मिलते तो दुर्ग के संवर्धन के लिए सहायता माँग सकते।'

'युवाचार्य अयाचक व्रत पालते हैं।' चौला ने सिंजारव किया, इससे उसके सामने पल-भर ताकते रहने का अधिकार मिला, साथ-साथ उलझन का भी अनुभव किया।

अपना यहाँ आना किस तरह प्रासंगिक बनाएँ ? भीमदेव ने गौरा को सामने देखकर पूछा, 'आप भृगुकच्छ गई थीं ?'

'नहीं जी, स्तम्भतीर्थ से ही यात्रा मुड़ गई। बहुत सुना है भृगकच्छ के विषय में। राष्ट्रकूट राजाओं के शासनकाल में अरबियों ने उसे तीन-चार बार लूटा था, फिर भी उसकी शान-शौकत पर बहुत कम आँच आई। एक समय उज्जयिनी और पाटलिपुत्र जैसे महानगरों के साथ लाट का यह बन्दरगाह मुख्य मार्ग से जुड़ा था। आपके मन्त्री स्तम्भतीर्थ के विकास में विशेष रुचि ले रहे हैं यह अच्छा है, किन्तु भृगुकच्छ की उपेक्षा न हो इसके प्रति वे सजग हैं, यह और भी अच्छा है।'

आजकल भृगुकच्छ बन्दरगाह से कई वस्तुओं का आयात-निर्यात होता है, इसकी भी बात निकली। चौला ने त्र्यंबक द्वारा जाना था कि युवाचार्य देवपाटण और दीव बन्दरगाहों से भविष्य में व्यापार बढ़ाने की सम्भावना देख रहे हैं। उन्होंने एक दासी को भेजकर त्र्यंबक को खोज लाने को कहा। जानने को मिला कि त्र्यंबक स्वयं ही यहाँ आने का निमित्त ढूँढ़ रहा था। सन्देश मिला उस समय वह आचार्यदेव के पास बैठा था। कढ़ाई और गूँथनेवाली टोपी पहने भाव को जासल रखने आई उस समय त्र्यंबक एक

यात्री का प्रस्ताव लेकर बैठा था। उसने संकल्प किया था कि सोमेश्वर के आचार्यदेव की स्वर्णतुला कर स्वयं व्रत छोड़ेंगे। यहाँ आकर देखते हैं तो आचार्य व्योम वृहस्पति तो कद्दावर और सुपुष्ट हैं; अब करना क्या ?

'सदाशिव को बुलाओ। ऐसे कूटप्रश्न के समाधान में वे कुशल हैं।'

त्र्यंबक पहुँचा उस समय नवघण को पल-भर विश्राम देने के लिए सदाशिव पत्थर देने का काम करते थे। राजगीर आ गए थे। वे अब काम शुरू करेंगे। निजी कुटीर में देवायत के परिवार को विश्राम करने को कहा, उनके लिए जलपान की व्यवस्था कर सदाशिव आ पहुँचे। इस बीच उस भाविक यात्री को त्र्यंबक बुला लाया। आचार्यदेव ने विनोद के स्वर में कहा, 'आयार्च के बदले युवाचार्य की स्वर्णतुला करो तो भी तुम्हारा संकल्प फलेगा किन्तु तुम देख सकते हो कि सदाशिव तो मुझसे भी ऊँचे और...'

दोष युवाचार्य का नहीं है, उनका आहार मुझसे कम है फिर भी उनकी देह को बहुत पोषण मिलता है—त्र्यंबक ने कहा। युवाचार्य के प्रति उसका भक्तिभाव देख सभी प्रसन्न हुए। युवाचार्य ने इस समस्या का समाधान ढूँढ़ने के लिए एक पौराणिक प्रसंग सुनाया। वरतन्तु ऋषि के शिष्य कौत्स्य ने विद्याध्ययन पूरा कर गुरुदक्षिणा देने की इच्छा दिखाई। गुरु ने कहा कि तुम्हारी तेजस्विता ही मुझे मिली हुई गुरुदक्षिणा है। किन्तु कौत्स्य अपना शिष्यधर्म अदा किए बिना जाना नहीं चाहता था ! उसने आग्रह किया, गुरु ने रोका, उसने हठाग्रह किया, गुरु ने क्रोधित होकर कहा, 'जाओ चौदह करोड़ स्वर्णमुहर ले आओ ! कौत्स्य कहाँ से लाए चौदह करोड़ स्वर्णमुहर ?' किन्तु वह कहीं घबराए, ऐसा नहीं था। उसने उदारचरित राजाओं की दानवीरता के विषय में सुना था। सूर्यवंशी महाराज रघु के पास वह गया। उसका सत्कार कर राजा ने आने का प्रयोजन पूछा। जान-बूझकर राजा ने भारी व्यथा का अनुभव किया, उन्होंने यज्ञ में सकल द्रव्य का दान कर दिया था। राजकोष खाली था। किन्तु अतिथि विद्वान को खाली हाथ वापस जाने दें ? उन्होंने थोड़े दिन के लिए रुकने की विनती की और धनपति कुबेर पर आक्रमण कर आवश्यक द्रव्य दिलाने का संकल्प किया। राजा के आक्रमण के पूर्व ही देव ने यज्ञशाला में सुवर्ण की वृष्टि की। प्रश्न का समाधान हो गया। महाराज ने कहा, 'यह सारा द्रव्य आपके लिए है, ले जाओ।' कौत्स्य मुनि ने कहा—मुझे तो मात्र चौदह करोड़ स्वर्णमुहर चाहिए, जो मुझे गुरुदक्षिणा के रूप में देनी हैं। इसके अतिरिक्त द्रव्य ले जाकर मैं क्या करूँ ? राजा ने कहा—यह द्रव्य आपके लिए आया है इसका एक अंश भी मैं राजकोष में किस तरह रख सकूँ ?—यहाँ रुककर सदाशिव ने उस भाविक यात्री के सामने देखा—ऐसा विवाद आजकल के राजाओं और विद्वानों के बीच हुआ सुना है ? मैं तुम्हें किसी राजा के पास भेजूँ तो किसके पास भेजूँ ? जो उदार हैं उनके पास द्रव्य नहीं है, जिनके पास द्रव्य है वे धर्म की अपेक्षा नृत्य-संगीत के अधिक चाहक हैं। और धर्मभाव जागे तो भी वह तुम्हें दे या अपनी स्वर्णतुला कराएँ ? इसलिए तुम अपने संकल्प को सौम्य रूप दो, थोड़ा मोल-तौल करो—आचार्य व्योम वृहस्पति के स्थान पर भावी आचार्य भाव वृहस्पति की स्वर्णतुला करके, भगवान सोमेश्वर को अर्पण करके, भूलचूक

के बदले आशुतोष से क्षमा माँगकर संकल्प पूरा करो।'

त्र्यंबक ने सदाशिव का समर्थन किया। यात्री निःशंक होकर उमंग से गया। उसके बाद त्र्यंबक को जो विचार आया उसे भी वह कहे बिना नहीं रह सका। 'मुझे ऐसा विचार आया था कि उस गृहस्थ को गौरा के भवन में भेजेंगे। महाराज भीमदेव के पास।'

'वह ऐसे अन्य प्रदेश के यात्री को इतना द्रव्य दें ? और अभी तो वे खाली हाथ निकले हैं।'

'उनके कहने से प्रभास का कोई भी श्रेष्ठी देगा !'

'श्रेष्ठी क्यों देगा ?' आचार्यदेव ने कठोर स्वर में कहा। जिन श्रेष्ठियों ने देवायत की बारम्बार विनती पर भी नवघण के सैन्य के लिए एक रूपामुहर भी नहीं दी वे...

'इसलिए ही दें,' कहते सदाशिव ने आचार्यदेव के सामने भावहीन मुद्रा में देखा। 'उन्हीं श्रेष्ठियों के पास हम लोग त्र्यंबक को भेजें। त्र्यंबक को उन्हें इतना ही कहना है—महाराज भीमदेव और मन्त्री विमल पधारे हैं। वे चौला की स्वर्णतुला कराने को तैयार हो जाएँगे। ऐसा जानने के बावजूद कि चौला प्रभु को समर्पित होना चाहती है और चौला के प्रति महाराज का रागावेग धर्म-भावनाओं का पोषक नहीं...'

सदाशिव का यह वचन आचार्यदेव को अच्छा नहीं लगा था, किन्तु वे विरोध नहीं कर सके। उन्होंने सदाशिव को शान्त होने दिया, फिर कहा :

'हम चाहते हैं कि राज्यकर्ताओं का कल्याण हो। वे आनन्द से रहें और प्रजा का रक्षण करें। इसलिए ही मैंने श्रीधर की विनती को सोच नवघण और भीमदेव के बीच सम्बन्ध स्थापित हो इस कारण से गौरा और चौला को आनर्त और मालवा की यात्रा के लिए सम्मति दी थी। सोमनाथ की कृपा से वह यात्रा सफल हुई।'

'किन्तु महाराज स्वयं कृपा करने आए हैं उसका क्या ? उन्होंने प्रांगण में प्रवेश कर दुर्ग का संवर्धन-कार्य देखा था। किन्तु उपयोगी होने की वृत्ति उनमें जागी नहीं थी। उनकी दृष्टि चौला पर केन्द्रित हो गई। अच्छा हुआ कि देवायत और नवघण को उन्होंने ध्यान से देखा ही नहीं। मानो कि संघर्ष की स्थिति खड़ी हुई होती तो आप क्या करते आचार्यदेव ?'

'मैं देखता रहता कि सदाशिव और त्र्यंबक क्या करते हैं ? बीच में पड़ने का प्रसंग मेरे लिए खड़ा ही न होता।'

'किन्तु मैं आपको कह रखता हूँ कि नवघण और भीमदेव के बीच सीधा संघर्ष होगा तो आप मुझे नवघण के पक्ष में देखेंगे। मैं मानता हूँ कि धर्म तटस्थ नहीं रह सकेगा।'

'श्रीकृष्ण तो तटस्थ रहे थे।'

'नहीं जी, वे तटस्थ नहीं थे, अनासक्त थे। उन्होंने पांडवों को सतत मार्गदर्शन दिया है। उन्होंने भीष्म के सामने सुदर्शन उठाने के लिए रथ से भूमि पर पाँव रखा था, उन्होंने पांडवों पर उतरनेवाले गान्धारी के शाप को अपने सिर लिया था। श्रीकृष्ण सच्चे शैव थे, वे निष्क्रिय रह ही नहीं सके।'

आचार्यदेव सदाशिव की सजीव वाणी सुनकर प्रसन्न हुए। कहा, 'आनेवाले संकट को देखते हुए यहाँ का सारा प्रबन्ध आपको सौंपकर मैं देवी और भाव के साथ काशी हो आऊँ।'

'नहीं, अब तो मैं मन से तैयार हूँ। दुर्ग के संवर्धन का कार्य पूरा करके मैं तुरन्त निकलूँगा। सैन्धव द्वारा मिली सूचना के अनुसार गजनवी यहाँ आएगा तो भी बीच में बहुत समय है। मैं उससे पहले वापस आ जाऊँगा। मुझे यात्रा के साथ-साथ प्रतिकार के लिए शासकों और प्रजा के विविध वर्गों को जागृत करना है। जाते समय जागृति का काम करूँगा, लौटते समय संगठित करूँगा। इसलिए मुझे भेजने का निर्णय आप बदलेंगे नहीं, आगे आप अपनी तरह से इतना ध्यान रखें कि चौला के साथ कुछ अघटित व्यवहार न हो। वह देवदासी न बने इसका दुःख नहीं, किन्तु वह राजा की दासी बने, यह आपत्तिजनक अवश्य है। धर्मविधि के अनुसार राजा चौला का पाणिग्रहण कर सकता है। उसके कौमार्य के प्रति कामासक्त हो तो इससे अनिष्ट होगा। आप क्या कहते हैं आचार्यदेव ?'

'मुझे तो चौला की आन्तरिक विशुद्धि में श्रद्धा है। उसके हृदय का तार भगवान सोमनाथ के साथ बँधा है, इसलिए मुझे नहीं लगता कि वह धर्मच्युत होगी।'

'फिर भी सावधान रहने में बुरा क्या है ?'

'सावधान अवश्य रहें। मेरी सम्मति है किन्तु किसी की मानहानि न हो यह हमें देखना है,' त्र्यंबक को पहली बार लगा कि स्वयं विकट कार्य करने जा रहा है। किन्तु इस क्षण तो विकट लगा वहाँ पहुँचने का कारण ढूँढ़ना। क्या करना ?

सोमेश्वर की स्तुति कर वह गन्तव्य पर जाने को निकला। उसके सौभाग्य से गौरा की दासी सामने मिली। प्रणाम कर उसने निमन्त्रण भेजा। त्र्यंबक आगे हुआ। रास्ते में उसने अपनी शंका बताकर दासी से निवेदन किया, 'तुम्हें और तुम्हारी सखियों को ध्यान में रखना है कि महाराज भीमदेव का कोई गुप्त सन्देश चौला को मिले ही नहीं। लम्बे समय तक वह एकान्त परिस्थितियों में न रहे।'

दासी ने नम्रता के साथ त्र्यंबक की बात सुनी। मन ही मन प्रसन्न हुई। देवतालार दो हृदय की चौकी करने निकले हैं। तनिक आगे जाकर उसने वक्रदृष्टि से त्र्यंबक के सामने देखा। ब्रह्मदेव उसे बहुत भोले लगे। क्या दो हृदयों के बीच का गुप्त सन्देश एकान्त में ही मिलता है ?

9

त्र्यंबक ने महाराज भीमदेव की प्रशंसा कर स्थान ग्रहण किया था। मान लिया था कि अतिथि यहाँ विराजमान होंगे तब तक उसे दूर का कोई काम सौंपा नहीं जाएगा। किन्तु विमल मन्त्री ही उसका शत्रु निकला। कहा, 'ब्रह्मदेव मुझे दुर्ग के संवर्धन का काम

बताएँगे ?'

त्र्यंबक ने उठने में विलम्ब किया यह देखकर गौरा ने आश्चर्य व्यक्त किया, 'त्र्यंबक, मन्त्रीश्वर ने आपसे कहा, बन्धु !'

त्र्यंबक ने उत्तर विचार रखा था, 'दुर्ग के कार्य के विषय में युवाचार्य सदाशिव को साथ लिया हो तो ?'

'जो आवश्यक होगा वह सब करेंगे, चलो,' विमल की मुस्कान विलक्षण थी, वह किसी ने नहीं समझा। त्र्यंबक को अनिच्छा से आगे होना पड़ा। मध्याह्नकाल में मन्दिर के प्रांगण का अवकाश बहुत विस्तृत लगता था। एक श्वेत कपोत उड़ता हुआ इस तरफ आ रहा था, उसके पंखों ने विस्तार की रेखा खींच दी। विमल मन्त्री को पलभर के लिए ऐसा लगा कि यह पक्षी मेरे लिए कुछ सन्देश तो नहीं लाया न ? किन्तु वह तो त्र्यंबक के स्थिर कन्धे पर बैठा और मात्र आँखों से कुछ कहता रहा...

'हम दुर्ग से दूर क्यों खड़े हैं ?'

'एक अत्यन्त गुप्त सन्देश आपको देना है। महाराज के लिए पड़ाव का स्थान पसन्द करना है। वह गौरा के भवन से दूर होना चाहिए। यात्रा में रक्षक के रूप में आप इन माँ-बेटी के साथ थे, आपके कर्तव्य से मैं अवगत हूँ इसलिए यह दायित्व आपको सौंपता हूँ। इस विषय में किसी के साथ स्पष्टता करना आवश्यक नहीं। हम दोनों की चिन्ता समान है,' विमल को सुनते त्र्यंबक के हाथ जुड़ गए, 'अरे यह क्या करते हैं, ब्रह्मदेव ! मुझ वणिक को पाप में डालते हैं ?'

'नहीं, आप कर्म से क्षत्रिय और धर्म से जिन्न हैं। कौन नहीं जानता है आपके द्विजोत्तम व्यक्तित्व को ? मैं इस क्षण वेलाकुल जाता हूँ। सागर पार के व्यापार से समृद्ध हुए श्रेष्ठी शीलभद्र को महाराज की अगवानी करने भेजता हूँ। आप अविलम्ब गौरा के भवन वापस जाएँ, जिससे...'

उत्तर में मन्त्री मात्र मुस्कुराए। उन्होंने वापस लौटने में शीघ्रता नहीं की। वह जानते थे कि गौरा पुत्री को एक क्षण के लिए भी विकट परिस्थिति में पड़ने न देगी। वह दुर्ग की ओर गया। चुनाई पर चढ़ा। दक्षिण ध्रुव की ओर दृष्टि की। मन्दिर की ध्वजा को धीरे-धीरे फड़काती हवा शीतल लगी। वह शीतलता मानो लहरों के संगीत की भी वाहक थी।

वहाँ गौरा के भवन में चौला के संगीतकक्ष में महाराज भीमदेव ने एकान्त गोष्ठी की अनुकूलता प्राप्त कर ली थी।

'मैं सोमतीर्थ के दर्शन को निमित्त बनाकर यहाँ आया हूँ। किन्तु अभी भी सोमेश्वर के सम्मुख जा नहीं सका। मुझे ऐसा लगा कि जिसके मुख के दर्शन से इष्टदेव की भक्ति की महिमा समझ में आती है, उस चन्द्रमुखी से पहले पूछ लूँ कि प्रभु से क्या माँगूँ ?'

'भक्ति,' कहती हुई चौला हँस पड़ी।

'दास्य-भक्ति या प्रेमलक्षणा भक्ति ?' महाराज की चतुराई खिल रही थी।

'भोलानाथ ऐसा भेद समझते होंगे ? आपको शैव नहीं किन्तु वैष्णव होना पड़ेगा।'

'क्यों ?' शैवों की अनासक्ति के लिए वैष्णवों की रसिकता बाधक है ? और नृत्य करते समय तुम जो भावानुप्रवेश कर सकती हो वह रसिकता बिना सम्भव है ? उस समय तुम्हारे सामने निराकार शम्भु होते हैं, या साकार कैलासपति ?'

'महाराज मुझ जैसी तुच्छ कन्या को आप बड़े-बड़े स्वप्न देखने को प्रेरित कर रहे हैं। जिस दिन मेरे नृत्य पर प्रसन्न होकर आचार्यदेव साधु-साधु बोल उठे थे, उस दिन इस देवपाटण की सभी कलाविद् रमणियों को मुझसे ईर्ष्या हुई थी। आज इस संगीतकक्ष में आपने विश्रम्भकथा के लिए मुझ पर कृपा की है, यह जानकर तो मैं स्वयं ही अपने से ईर्ष्या करने लगी हूँ।'

दासी भद्रा पंखा लेकर आई। चौला ने छीन लिया। 'तुम क्या महाराज को पंखा झलनेवाली थी लाओ, इष्टदेव को पंखा झलना सीखी हूँ, वह आज उपयोगी होगा।'

महाराज को पंखे की हवा की अपेक्षा चौला के कंगन की ध्वनि, उठे हुए हाथ का मोड़ विरुद्ध दिशा की हवा से कंपित होते चौला के कर्णफूल देखने में अधिक आनन्द मिला।

'चौला !'

'जी महाराज।'

'अणहिलवाड़ पाटण रहकर प्रभु की भक्ति नहीं हो सकती ?'

'प्रभु की या प्रभुता की ?'

'तुम्हारी तैयारी हो तो दोनों की। क्या देवदासी होने का तुम्हारा संकल्प अटल है ?'

'मेरी योग्यता का, प्रधान नर्तकी के लिए आवश्यक मेरी सज्जता का स्वीकार हुआ है। आचार्यदेव और युवाचार्य ने मेरे ऊपर कृपा बरसाई है, बन्धन नहीं डाले।'

'तो मेरे पाटण के पुरोहित तुम्हारी मँगनी लेकर आ जाएँ ?'

'मैं महारानी-पद की पात्र नहीं मानी जा सकती।'

'किसने कहा ?'

'मैं कहती हूँ। मैं विवेकशून्य नहीं हूँ। आपकी कीर्ति कलंकित हो, ऐसा मैं कदापि नहीं चाहती।'

'प्रेम की प्राप्ति से वंचित कीर्ति के लिए मुझे नहीं जीना है। आप मेरी कीर्ति की चिन्ता कर मेरे रागावेग को, मेरी रसिकता के साथ अन्याय करना चाहती हैं ?'

'इस विषय में आप माँ के साथ बात करें। यद्यपि वह उत्तर नहीं दे सकेंगी। क्योंकि प्रधान नर्तकी के रूप में मेरे स्वीकार से उसका जीवन सार्थक हो गया है। औचित्य की दृष्टि से आपको युवाचार्य के साथ बात करनी पड़ेगी।'

'और युवाचार्य तुम्हें शिवनिर्माल्य मानकर मुझे स्पष्टतः ना कह दें तो ? मैं मानता हूँ कि मुझे आघात पहुँचाना उन्हें अनुकूल रहेगा।'

'पूज्य हैं वे, मेरे और त्र्यंबक के गुरु हैं। सकल जीवों का हित उनके हृदय में बसता है। मेरी देहात्मा के कल्याण के बिना उन्हें दूसरा कोई विचार नहीं आएगा।'

'मेरे जानने के अनुसार तो अपना राजा कौन हो, इस सम्बन्धी विचार भी उन्हें

सताता है।'

'प्रजा के कल्याण की दृष्टि से राजा कैसा होना चाहिए इस विषय में विचारने का काम उनके जैसे प्रज्ञ पुरुषों का ही माना जाएगा न !'

'मैं दूसरी बात करता था। वह वन्थली की गद्दी पर किसका अधिकार चाहते हैं जानती हो ?'

'चलें, उनसे ही पूछें। जहाँ तक मैं मानती हूँ, युवाचार्य के समक्ष सारा आर्यावर्त है। वे वन्थली और पाटण के बीच संवाद चाहेंगे, विरोध नहीं। क्या आप निर्बल राज्यों की नींव पर सशक्त साम्राज्य खड़ा करना चाहते हैं ?' महाराज चौला की वाणी से प्रभावित होकर उसके सन्निकट आने को प्रेरित हुए थे, उसी क्षण गवाक्ष के बाहर दीखती गौरा की आँखें देखकर चौला को कक्ष के बाहर निकलने की प्रेरणा मिली थी।'

चौला और चार सखियाँ आगे हुईं मानो पुष्पधन्वा के पाँच पुष्प। महाराज रूप का अनुसरण कर रहे हैं ऐसा कहना ठीक नहीं, क्योंकि उनकी दृष्टि संयत थी। किन्तु वे सौरभ का अनुसरण न कर रहे हों तो इतनी प्रसन्नता क्यों ? मैत्री के पूर्व सद्भाव से सन्तुष्ट हैं ?

मन्दिर के निकटवर्ती प्रांगण में अन्तर बढ़ गया। चौला सखियों के साथ सभामंडप की ओर गई। श्रेष्ठी शीलभद्र महाराज के सम्मुख आए। वन्दन किया, आतिथ्य स्वीकारने का निवेदन किया।

विमल को बात करने के लिए सूचित कर महाराज आगे बढ़े, किन्तु वहाँ तो अकल्पनीय दृश्य सर्जित हुआ था। चुनाई के खम्भे के पास मन्त्री विमल ने अपनी तलवार म्यान से बाहर निकालकर नवघण को आगे होने का आदेश दिया था। देवायत हाथ जोड़कर विनती कर रहे थे। धर्मकार्य में व्यस्त मनुष्य को अन्य पहचान के बदले भक्त के रूप में पहचानने में औचित्य है, यह समझने के बावजूद विमल मन्त्री नवघण को महाराज भीमदेव के समक्ष उपस्थित करके उनका चित्त राज्यकार्य की ओर मोड़ना चाहते थे। सम्भव है इससे चौला के प्रति आसक्ति घटे, मन्त्री की यह युक्ति अव्यक्त रहनी थी, इससे सगे भाई को खो चुकी जासल नवघण पर उतरनेवाली आपत्ति के भय से दौड़ती हुई युवाचार्य के पास पहुँच गई थी। विमल के हाथ में खुली तलवार देख सदाशिव ने दूर से ही सिंह गर्जना की–'मन्त्री !' प्रांगण काँप उठा। आकाश गूँज उठा।

तत्क्षण विमल के हाथ से तलवार नीचे गिर पड़ी। उचककर लेने के लिए देवायत ने छलाँग मारी किन्तु मन्त्री सावधान था। उसने बाएँ हाथ से देवायत की बाँह पकड़कर नवघण की तरफ धकेला। नवघण ने उन्हें न सँभाला होता तो वह भूमि पर पटकाए होते।

सदाशिव के सामने दो कदम चलकर विमलमन्त्री ने वन्दन किया। 'अपराध क्षमा हो, युवाचार्य !' कहते हुए विमल ने भीमदेव का स्वागत करने आते हुए शीलभद्र की ओर ध्यान आकृष्ट किया।

'अब यह स्पष्ट हो चुका है कि आपको अपराध नहीं, अभिनय करना था।'

'महाराज की उदारता की जाँच भी करनी थी। वे युवराज नवघण को बन्दी बनाते हैं या धर्मक्षेत्र में विनीत होकर आचरण करते हैं।'

'युवाचार्य अनुमति दें तो मैं मन्त्रीश्वर या महाराज किसी के साथ द्वन्द्वयुद्ध का आह्वान स्वीकारने को तत्पर हूँ,' सदाशिव के सान्निध्य से नवघण में अपूर्व शक्ति का संचार हुआ था।

'मैं अनुज्ञा नहीं दूँगा क्योंकि इन दो वीर पुरुषों पर विजयी हो ऐसा तीसरा पुरुष इस पश्चिम आर्यावर्त में नहीं है,' कहते हुए सदाशिव ने दुर्ग का कार्य आरम्भ होने की जानकारी दी। दाईं तरफ फरीद अपनी मंडली के साथ काम शुरू कर चुका था। एक श्रमिक को वह कम श्रम में पत्थर उछालने की कला सिखा रहा था। महाराज भीमदेव उस ओर जा रहे थे। सबको आश्चर्य हुआ। उन्होंने फरीद की क्षमता दूर से ही माप ली थी। उसे चुनाई पर चढ़ जाने को कहा। फरीद फटाफट चढ़ गया। फिर भीमदेव ने एक पत्थर पर चार पत्थर रखे। अब वह क्या करेंगे, यह देखने को एकत्रित हुए दर्शकों में चौला भी थी, सखियों के पीछे, किन्तु कौतूहलपूर्ण अधीरता में सबसे आगे।

महाराज ने दो हाथों की उँगलियों के बीच चारों पत्थर इस तरह उठाए कि दूर से वह बड़ी शिला लगे। धीरे से घुमावदार गति दी। उठाए हुए पत्थर लय में एकाकार होकर उछले। चुनाई पर निश्चिन्त खड़े फरीद ने मानो हाथ की तर्जनी से चारों पत्थरों को उसी स्थिति में चुनाई पर बैठा दिया। अत्यल्प ध्वनि हुई। यदि वे पत्थर अलग पड़ गए होते तो समग्र प्रांगण का वातावरण उलट-पलट हो गया होता...उसमें सदाशिव की दहाड़ की बुलन्दी के बदले शिखर टूटने का विक्षेप होता...

चौला ताली बजाती गोल-गोल घूम गई। यह देख जिन्हें आश्चर्य हुआ उनमें महाराज भीमदेव भी शामिल थे। मन्त्री विमल को लगा कि चौला अभी भी मुग्धावस्था में ही है। महाराज पर वशीकरण की चाल चलने की वय उसे प्राप्त हुआ नहीं, और वृत्ति तो विराग की लगती है।

शीलभद्र अब महाराज और मन्त्री के बीच खड़े थे। महाराज और मन्त्रीश्वर का आकस्मिक आगमन होने से राजवसहिका स्वागत के लिए तैयार नहीं है इसलिए वह आतिथ्य का निमन्त्रण लेकर आया है, विमल से कुछ भी अज्ञात नहीं फिर भी वह उलट-उलटकर पूछते हैं। किसलिए इतना अधिक आग्रह ? शीलभद्र कहते हैं कि गौरा आज पवित्र जीवन जीती है किन्तु लोगों की धारणा तो उसके पूर्व जीवन से बँधी हुई है। इसलिए आपको लोकापवाद का विचार करना पड़ेगा। इसके अतिरिक्त आप प्रभास में हैं ऐसा जानने के बावजूद हम आपके आतिथ्य से वंचित रहें तो हमको श्रीधर की डाँट सुननी पड़ेगी। इस धर्मस्थान से ही श्रेष्ठियों का धर्म लुप्त हुआ ?

भीमदेव ने देखा कि चौला चुपचाप वहाँ से सरक गई है। क्या गौरा सम्बन्धी उद्गार उसके कानों में पड़ा होगा ? या अतिथि अन्यत्र जाएँगे वह अनुकूल नहीं लगा होगा ? आमन्त्रण स्वीकार करने से पहले विमल ने आनाकानी कर अन्त में स्वीकार किया था, इसलिए अब उसमें अलग विचार की गुंजाइश नहीं थी।

महाराज ने पल-भर के लिए ग्लानि का अनुभव किया। मन्दिर में सान्ध्य आरती की तैयारी शुरू हो चुकी थी। दर्शनार्थी एकत्रित होने लगे थे। आचार्यदेव आगे चलकर महाराज को ले आए। 'भगवान शम्भु आपकी सकल शुभकामनाएँ पूर्ण करें,' आशीर्वाद माथे चढ़ाने के बाद भीमदेव के मन में प्रश्न उठा। शुभ न हो ऐसी कामनाएँ मैं करता हूँ, ऐसा सूचित कर रहे हैं आचार्यदेव ? यह आशीर्वाद हुआ या चेतावनी ? क्यों आज मुझे प्रभु की शरण भी प्रिय नहीं लगती ? क्या मेरा चित्त धर्मविमुख हुआ है ?

शीलभद्र का वैभव छोटे राज्य के ठाकुर से अधिक था। उसके परिवार के सभी सदस्यों के मुख पर धन्यता का भाव था। क्या करें तो महाराज राजी हों, इसकी चिन्ता थी।

अन्त में मन्त्री ने यजमान को विश्राम लेने को कहा। उनका कक्ष महाराज के कक्ष के पास ही था। 'अब आप भी विश्राम करें महाराज !'

'मन को तो विश्राम मिलना ही नहीं है। मुझे लगता है कि तुम्हें साथ लाकर मैंने भूल की है।'

'क्यों, मैं आपकी प्रतिष्ठा की चौकी करता हूँ इसलिए ?'

'उस प्रतिष्ठा का क्या करना जो भीतर से स्नेहरहित हो ? विमल, मुझे चौला को मेरी अर्धांगिनी बनने के लिए समझाना था। इसके लिए मुझे गौरा के यहाँ रुकना चाहिए था। यहाँ एक श्रेष्ठी का वैभव देखने मुझे नहीं आना चाहिए था। यह तो अपने पाटण में भी कहाँ नहीं है ?'

'वैसे तो पाटण में गणिकाओं की भी कहाँ कमी है ?' विमल के इस उद्गार ने महाराज को खड़ा कर दिया। उनकी मुखमुद्रा सूचित करती थी कि विमल के बदले किसी दूसरे ने यह वचन कहा होता तो वह दंडित हुए बिना नहीं रहता।

'तुम स्त्रीजाति के प्रति इतने निष्ठुर क्यों हो, विमल ?'

'निष्ठुर हूँ या अबाध स्त्रीदाक्षिण्य रखता हूँ...वह तो आप मेरे स्वजनों से पूछकर ही जान सकते हैं। मैंने गौरा को गणिका कहकर उसके ऊपर आक्षेप नहीं किया और वह पूर्व जीवन में गणिका थी, इसलिए निम्न वर्ग की स्त्री है ऐसा भी मुझे ध्यान पर नहीं लाना है। आज वह गणिका का व्यवसाय करती होती तो भी मैं उसका तिरस्कार नहीं करता। किन्तु आप गुर्जरनरेश हैं। आपका लग्न समस्त प्रजा को स्वागत योग्य लगना चाहिए। चौला में आपकी अर्धांगिनी बनने की योग्यता हो तो भी दो बाधाएँ हैं। वह गौरा की पुत्री है, यह तो सामाजिक अपवाद हुआ। वह देवनर्तकी के रूप में समर्पित होनेवाली है, यह धार्मिक अपवाद ऐसा है जो बहुत बड़ा अड़चन पैदा करेगा। आज से एक हजार वर्ष पहले मध्यदेश पर शक किस प्रकार चढ़ आए थे यह जानते हैं ? कालकाचार्य की पूर्वाश्रम की बहन थी सरस्वती, वह साध्वी थी, किन्तु उज्जयिनी के गर्दभिल राजा दर्पण ने सरस्वती का अपहरण कर अपने अन्तःपुर में रखा। उज्जयिनी के जैन संघों ने दर्पण को बहुत समझाया, किन्तु वह माना नहीं। अन्त में कालकाचार्य ईरान के किनारे जाकर शक राजाओं को बुला लाए। गर्दभिल राजा हार गया। शकों

ने उसे पदभ्रष्ट कर सरस्वती को छुड़ाया।'

'अर्थात् तुम्हारा ऐसा कहना है कि मैं चौला का अपहरण करने यहाँ आया था, और तुमने युक्तिपूर्वक चौला को बचा लिया ? तो तुम अभी भी मुझे पहचान नहीं सके— विमल ! मैं तो चौला के अव्यक्त प्रेम के विश्वास से आया था कि स्नेह के प्रतिदान से वह वंचित न रह जाए। वह चाहती हो तो ही मुझे उसकी मँगनी भेजनी है। किन्तु वह तो सांसारिक भाषा में समझती नहीं। मुझे लगता है कि मेरे खातिर वह योजनों का प्रवास करेगी, मर मिटेगी, किन्तु कुछ माँगेगी नहीं।'

'आपने स्वयं चौला से पूछ लिया ? या गौरा से ?'

'गौरा क्यों न चाहे कि उसकी पुत्री महारानी हो ?'

'शायद वह ऐसा समझती हो कि महारानी होने के बदले महादेव की शक्ति होने में पुत्री का आत्यन्तिक कल्याण है,' विमल के इस अनुमान के बाद महाराज मूक हो गए। समय बीत रहा था। विमल अपने कक्ष में जाने को खड़ा हुआ।

'यहाँ से किस तरह निकलना है ? इस विषय में सोचा है ?'

'हाँ, त्र्यंबक ने अश्व की व्यवस्था की है,' विमल ने पैर उठाया। रुक कर कहा :

'इसी समय निकल जाएँ तो ?'

'नहीं, प्रातःकाल में निकलूँगा। नींद भले न आए, विश्राम आवश्यक है।'

'अब मुझे आज्ञा दें और आप इष्टदेव की स्तुति करें।'

विमल के बताए उपाय से भीमदेव को पहले निद्रा आ गई। किन्तु उसे स्वयं प्रश्न हुआ था—चौला के महाराज के प्रति प्रेम को मैं जानता हूँ ? जाने बगैर न्यायाधीश होना उचित माना जाए ?

प्रातःकाल में उसे महाराज को जगाना पड़ा था। उसने त्र्यंबक को सन्देश भेजा, त्र्यंबक दो अश्वों के साथ उपस्थित हुआ।

'इस अश्व को चौला ने पाला है, महाराज। उसकी प्रार्थना है कि इस पर आप आरूढ़ हों।'

महाराज ने विमल के सामने देखा। विमल ने दृष्टि फेरकर अपना अश्व तैयार किया। चौला के भवन के आगे होकर ही रास्ता निकलता था। गवाक्ष में चौला का मुख दीखा नहीं। क्या वह अपने बन्द कक्ष में आँसू बहाती होगी ?

नगर-द्वार के बाहर निकलकर त्रिवेणीतीर्थ से प्राची के मार्ग के आगे बढ़ती चौला हाथ में आम्रमंजरी लेकर आ खड़ी हुई। महाराज रोकें, उससे पहले ही अश्व रुका। चौला ने उसके कपाल पर हाथ फेरा। उसकी आँखों पर बारी-बारी से मंजरी की सुगन्धयुक्त हथेली रखी। फिर अश्व के बिल्कुल पास खड़े महाराज के पाँव लगी। माथे पर चरणरज चढ़ाकर सिन्दूर धारण करती हो ऐसी मुद्रा के साथ खड़ी हो गई। महाराज का हाथ उसके कन्धे पर पड़ गया था। उचककर उसे आलिंगन में लेने को उनकी साँस उत्तप्त हो उठी थी, किन्तु मन्त्री विमल की उपस्थिति ने उनके रागावेग को संयत किया। साथ-साथ नदीतट के परिवेश में प्रभावक शीतल पावनता बहती थी।

‘फिर पूछता हूँ, मँगनी भेजूँ ?’

‘ऐसा नहीं पूछते कि साथ ले जाऊँ,’ कहती चौला हँस पड़ी। महाराज भीमदेव उसे साथ लेने को प्रेरित हुए। चौला छिटककर अश्व की दूसरी तरफ चली गई। कहा, ‘अब आप अश्वारूढ़ हों। देखिए, वह कृषककन्याएँ आ रही हैं। वे हमारा अन्तर्सम्बन्ध जान जाएँगी तो आपको घेर लेंगी। इस नगर की प्रत्येक कन्या मेरी सखी है और मेरी अभीप्सा को जानती है। मैं आज प्रभु से प्रार्थना करूँगी कि आपको उत्तमोत्तम कन्यारत्न महारानी के रूप में प्राप्त हो। इस भव में तो यह काया प्रभु की पूजा-आराधना में लगी रहेगी, ऐसा लगता है। आनेवाले जन्म में आप ही मेरे प्रभु ! अब विलम्ब न करें।’

विमल ने अपना अश्व आगे किया। महाराज का अश्व चौला के स्पर्श के बाद विदाई-मुद्रा देखकर चला। पीछे मुड़कर महाराज ने देखा, उस समय तक चौला प्रसन्न दीखी। उनके अदृश्य होने के बाद ही आँखें आर्द्र हुईं।

कृषक कन्याएँ अपने-अपने खेतों में मुड़ गई थीं। त्रिवेणी में स्नान कर मन्त्रोच्चार करते सदाशिव को सुनकर चौला अश्वत्थ के नीचे बैठ गईं।

‘तुम सबसे विकट समस्या में उत्तीर्ण हुई चौला !’ सदाशिव अभी भी सूर्याभिमुख थे। वे इस क्षण भूल गए कि उन्होंने चौला को कैसा दायित्व दिया था—शक्ति की तरह आकर्षित हुए बिना आकृष्ट करना था। कहा, ‘तुम्हारे स्थान पर मैं होऊँ तो हृदय पर ऐसा कठोर नियन्त्रण न रख सकूँ। आज से तुम मेरी गुरु।’ दृष्टि फेरी तो चौला के अश्रुसिक्त कपोल देख सदाशिव के हृदय में चिन्ता की चोट हुई। दौड़कर उसके पास जा बैठे। ‘तुम बेंत जैसी थी तब से तुम्हें पहचानता हूँ। अरे ! पगली उस धनुर्धर को चाहती थी तो उसके साथ क्यों न गई ?’

‘आपने मुझे कब अनुज्ञा दी ?’

‘अनुज्ञा लेती अपने हृदय से।’

‘तो आपने मुझसे क्या कहा था ? बन्धु त्र्यंबक को क्या कहा था ?’

‘कहा था कि तुम देवदासी भले न हो, राजा की दासी न होना, बस।’

‘महाराज तो मुझे महारानी के पद पर स्थापित करना चाहते थे।’

सदाशिव विचार में पड़ गए। ग्लानि दूर कर संकल्प के साथ बोले, ‘तुमने पद को जाने दिया और केवल प्रेम को स्वीकार किया। सच्चा प्रेम कदापि विफल नहीं जाता। वह प्रतीक्षा कराए तो इसमें कुछ खोना नहीं होता। तप्त सोने के समान विशुद्धि बढ़ती है। तुममें सूक्ष्म संवेदना है, किन्तु अधीरता नहीं। खड़ी हो। आगे चल। आज तो मुझे तुम्हारी शक्ति से चलना है।’

‘जानती हूँ निष्प्राण जैसी मुझे उठा लेनी न पड़े इसलिए आप प्रोत्साहन के ऐसे वचन बोलते हैं,’ कहती चौला युवाचार्य के आगे हुई। फिर पीछे पड़ गई। निश्चित गति से चलते सदाशिव के चित्त में शून्यता व्याप्त हो गई थी। क्या मनुष्य के प्रति प्रेम से मेरा विश्वास डिग गया है ? क्या मैं चौला के नैसर्गिक प्रेम में बाधा बना ?

इन थोड़े क्षणों में ही चौला ने संकल्प दृढ़ कर लिया था। ‘मुझे प्रिय लगता है

आपका उदार वचन। नहीं भाता स्थिर मौन। माँ को कहकर मैं दुर्ग के काम के लिए आती हूँ। जासल और उसकी माँ को मेरे यहाँ दावत है। वहाँ से बुलाकर ले जाऊँगी।'

10

समुद्रवर्ती रक्षा-दुर्ग का काम पूरा होने के बाद भी नवघण, देवायत और जासल प्रभास में रुके थे। उन्हें सदाशिव के सत्संग का लाभ मिलता था और त्र्यंबक नवघण के शस्त्रज्ञान की जाँच कर स्वयं गुरु के रूप में विकसित होने का प्रयास कर रहा था। किन्तु अब भी उसे इसमें भारी सफलता मिली नहीं थी। शस्त्रसंचालन की शास्त्रोक्त विधि और उसके नाम की जानकारी नवघण और देवायत को अल्प हो किन्तु उनके प्रयोग की क्षमता त्र्यंबक से बढ़कर थी। इस विषय में त्र्यंबक ने युवाचार्य के समक्ष आश्चर्य व्यक्त किया। युवाचार्य प्रश्नार्थदृष्टि से उसे पल-भर देखते रहे, कहा :

'तो तुम ऐसा मानते हो कि संसार शास्त्रों से चलता है ? और 'लोक' नामक शक्ति की तुम्हें जानकारी नहीं है ? शास्त्रों में विधि के अनुसार रखे गए ज्ञान भी तो मूलतः लोक में से ही आए हैं। सुविकसित नगरों में शास्त्र और लोक की सत्ता समान लगती है। इस भूमि में लोक परम्परा बहुत समृद्ध है। शास्त्रों और आत्मरक्षा के साधनों के बिना स्वाभिमानी और साहसिक प्रजा का निर्वाह हो सकता है ? दुश्मन भी जिसके प्रहार की दुहाई देते हैं ऐसी जोशीली इस प्रजा के प्रतिनिधि हैं नवघण। पहाड़ की पीठ पर चढ़कर वह खेला है और जंगल की छाँह में सरीसृप के बीच सोया है। अहीर देवायत जैसे जानकार ने उसे पाला-पोसा है। तुम्हारी अपेक्षा इसका प्रशिक्षण बड़े कठिन संयोगों में हुआ है, किन्तु उसकी खानदानी देखो। वह तुम्हारी अपेक्षा अधिक कुशल है फिर भी नम्रता से तुम्हें सुनता और नमन करता है।'

त्र्यंबक विमल मन्त्री के दुस्साहस के विषय में पूछता है। कई दिनों बाद भी वह घटना भुलाती नहीं थी। 'दुर्ग के पास उसने नवघण को सचमुच ही झुकाने का प्रयत्न किया था ? दोनों पक्षों ने यदि शस्त्र उठाया होता तो ?'

'तो आचार्यदेव बीच में जाकर खड़े रहे होते।'

'वैसे फिर भी द्वन्द्वयुद्ध हुआ होता तो ? कौन विजयी हुआ होता ?'

महाराज भीमदेव तो उस क्षण दूर थे, विमल ने उन्हें जानकारी दिए बिना ही नवघण की कसौटी की होगी। विलक्षण है यह मन्त्री। जूनागढ़ के श्रीधर का मित्र है। किन्तु अपना मन भाँपने नहीं देता। आमने-सामने आ जाने के बाद वह नवघण की मुखमुद्रा को मात्र कौतूहल से नहीं देखता था, सद्भाव से देखता था। मुझे लगता है कि अणहिलवाड़ को चुनौती दिए बिना नवघण जूनागढ़ का शासन सँभालेगा तो विमल महाराज भीमदेव को आक्रमण करने से रोकेगा।

'आचार्यदेव देवायत से कहते थे कि युवराज नवघण को गद्दी पर बैठाने की

शीघ्रता न करें, युवाचार्य के काशी जाकर वापस आने तक तो नहीं ही।'

'यह निर्णय देवायत और श्रीधर पर छोड़ना चाहिए। देवायत मात्र गठीले बदन का नहीं है, श्रीधर मात्र बुद्धिमान नहीं। दोनों में अन्तर्दृष्टि और शौर्य का विरल संयोग है। तुमने श्रीधर के भाई महीधर को देखा है ? मानो सेनानी बनने के लिए ही निर्मित हुए हों ? आज गाँव-गाँव और जंगल-जंगल नवघण के लिए अमृतवर्षा करती आँखें देखने को मिलती हैं। इसलिए अधिक विलम्ब करने की आवश्यकता नहीं रहेगी। तुम एक काम करना। चौला कभी नवघण को बहन के नाते सम्मानित करे। जासल की तो वह लगभग सहेली हो गई है।'

'उस फरीद ने मुझे कहा—युवाचार्य किसलिए भाव वृहस्पति और माँ शारदादेवी के साथ रक्षक की तरह जाते हैं ? मैं अपने साथियों के साथ जाऊँ। कहा कि भगवान सोमनाथ की पूजा के लिए नदी का जो पवित्र जल यहाँ आता है उस गंगा के प्रवाह को देखने का मन रहता है। पागल ! भीमदेव और विमल जिस रात को शीलभद्र के मेहमान थे उस रात देवायत के पास जाकर उसने कहा : 'छुट्टी दे तो पाटणपति को पकड़कर ला दूँ। मेरे आदमी जोंकों की तरह उन दो योद्धाओं से चिपक जाएँगे।' देवायत तो मूँछ में हँसकर चुप रहे किन्तु युवराज नवघण ने कहा, 'भाई फरीद, धोखा देकर मौके का लाभ उठाए वह दूसरा। हम तो रहे दान में मस्तक देनेवाले के वारिस ! भगवान सोमनाथ की कृपा से सब अच्छा होगा। महाराज भीमदेव और मन्त्री विमल भरूच और खम्भात में सत्कर्म करके आए हैं। उनकी हमें कद्र करनी चाहिए। यहाँ भी उन्होंने कुछ आश्चर्यजनक व्यवहार नहीं किया। उन्हें समादर के साथ जाने दें।' थोड़ी देर बाद देवायत ने कहा, 'उनके साथ नौका में से उतरे हुए व्यक्ति यात्रीवेश में यहाँ रहे और दूसरे दिन अन्तर पड़ने दिए बिना वापस रवाना हुए। तो क्या वे उनके अंगरक्षक थे ?' देवायत के पास उत्तर नहीं था।

युवाचार्य नवघण की चकोर-दृष्टि के विषय में जानकर प्रसन्न हुए। इस भूमि के भावी शासक की योग्यता उत्तरोत्तर बढ़ रही है। उन्होंने नवघण-देवायत को अपने प्रवास में जंगल की सीमा तक साथ आने की अनुमति दी। आज मन्दिर में उदयमति की ओर से पूजा-आरती थी। उसके कहने के अनुसार वह राजकुमार नवघण की बहन है और उसने आज तक जो व्रत किए हैं उनमें एक कुलदीपक नवघण की राज्यारोहण के लिए है। उसकी एक सहेली वृन्दाबा दीव के राजवंश की रूपकलगी जैसी है। उसे ललित कलाओं की अपेक्षा हिंस्र प्राणियों के शिकार का बहुत शौक है। वह वन में पुरुषवेश में विहार करती है और उसके मानने के अनुसार धनुर्धर भीम को हरा सके ऐसी है। भीमदेव का तीर दूर तक पहुँचता होगा परन्तु लक्ष्यवेध में वे इसकी बराबरी नहीं कर सकते। भीमदेव को हराकर अपनी सहेली उदयमति के साथ ब्याहने को बाध्य करने की उसकी अभिलाषा है। इन दो बड़े राजवंशों के बीच सम्बन्ध स्थापित हो तो प्रजा को छोटी-बड़ी लड़ाइयों का भय नहीं रहेगा। उदयमति ने भीमदेव को देखा नहीं है। उसके शौर्य की प्रशंसा सुनी है। वह वृन्दाबा को रोकती है—ऐसी अभिलाषा जगाकर तुम मुझे

कुँवारी सरस्वती जैसी बना दोगी।

त्र्यंबक ने इन दो राजकन्याओं की विनती युवाचार्य को पहुँचाई थी, आरती के समय उपस्थित रहिए और आशीर्वाद दीजिए। आप उत्तर भारत जाते हैं न ? कब वापस आएँगे इसकी जानकारी नहीं इसलिए इतनी प्रार्थना स्वीकार कीजिए। युवाचार्य को यह विधान चिन्तित कर गया। कब वापस आएँगे उसकी जानकारी नहीं—तो क्या मैं भविष्य को जानता हूँ। मैं तो भूतकाल के अनुभव से वर्तमान को आँकनेवाला एक शिक्षक मात्र हूँ...

उन्होंने अनन्य भक्तिभाव से मन्दिर के रत्नजड़ित स्तम्भ, स्वर्ण-मेखला में शोभित घंटे और ज्योतिर्लिंग के परिसर की शोभा देखी। पहले वे प्रश्न करने लगे थे—क्या यह समृद्धि अनिवार्य थी ? आज लगता है कि मनुष्य के भक्तिभाव में उसके दान और त्याग का भी समावेश होता है। मध्वाचार्य लक्ष्मी को भी चिरन्तन तत्त्व मानते हैं। मैं किसलिए लक्ष्मी की उपेक्षा करता हूँ ? उनके रक्षण का दायित्व स्वीकारना पड़ता है इसलिए ? नहीं। श्मशान के देव के लिए यह साहिबी अपेक्षित नहीं लगती। स्वयं आचार्यदेव एक बार बिना दीवार के देव की बात नहीं करते थे ? शंकराचार्य की जन्मभूमि के पास जहाँ पूर्णा नदी दो भागों में बँटती है वहाँ बिना दीवार या छत के शंकर कैसी श्रद्धा से पूजे जाते हैं। शिवलिंग की दो तरफ बहती नदी रूपी जलधारा, ऊँचे-ऊँचे वृक्षों की योजनलम्बी परिधि वही मानो मन्दिर का मंडोवर और आकाश—वही नीला वितान। शिव को तो ऐसा विराट मन्दिर ही बहुत अनुकूल होगा।

यहाँ भगवान सोमेश्वर को सिकुड़ना पड़े इस तरह समृद्धि बढ़ा रहे हैं। कोई षोडशी बहुत अधिक अलंकार धारण कर ग्रीवा का सहज सौन्दर्य ढक बैठे, उसके जैसा तो यह नहीं ? इन दो राजकन्याओं की ही बात करो न ! स्वर्ण अलंकार धारण कर आई उदयमति और गले में केवल मोती की एक माला पहनकर आई वृन्दाबा ने अन्य अलंकारों का स्थान पुष्पों को दिया है। वह देख चौला बोल उठी थी—निश्चित, पार्वती पुष्पों को ही अलंकारों का गौरव देती होगी !

कैसे-कैसे यात्री आते हैं यहाँ ! कोई देने, कोई लेने, कोई सम्बन्ध जोड़ने का सपना लेकर, कोई भवबन्धन तोड़ने का वरदान माँगने, कोई सागरतट का ज्वार-भाटा देखने तो कोई मन्दिर का शिल्प-स्थापत्य निहारने, कोई कथा-कीर्तन द्वारा मनोरंजन करने तो कोई पाठशाला के ग्रन्थालय में स्वाध्याय करने। सबको प्रिय है यह प्रांगण। प्रत्येक पूर्णिमा को यहाँ मनुष्यों का ज्वार आता है। पहले इस स्थान पर भिक्षुक भी विहार करते थे। कुछ ध्यान में होने का दम्भ कर दाता की राह देखते तो कितने सामने चलकर हाथ फैलाते। त्र्यंबक की मदद से याचकों को गृहस्थ के जैसा जीना सिखाया। यदि आपको सोमेश्वर में श्रद्धा हो तो इन कुटीरों में रहकर आपद्धर्म निभाएँ। यदि आपको प्रमाद पालकर भिक्षाटन करना हो तो अन्यत्र जाएँ। त्र्यंबक ने पूरी स्पष्टता के बाद कहा, ‘हमारे दूसरे काम की आचार्यदेव प्रशंसा करते, इस कार्य के विषय में कुछ भी कहने के बदले, उन्होंने शारदादेवी के सामने देखा। और मुझे उस क्षण याद आया : देवी माँ उपवास के बाद पारणा करने से पहले सभी भिक्षुओं को भाव के हाथ से अन्न और

द्रव्य का दान दिलातीं। अब वे किसे दान देंगे ?'

'हमको। हम अजाचक व्रत पालते हैं, किन्तु देवी माँ के सामने अवश्य हाथ बढ़ाएँगे। क्या तुम भगवान आशुतोष से कुछ माँगते नहीं ?'

त्र्यंबक खिसक गया था। शारदादेवी, भाव बृहस्पति और युवाचार्य तीनों के लिए प्रभासवासियों के हृदय में स्थान था। इसलिए यात्रा की पूर्वसन्ध्या में भेंट-सौगात लेकर आनेवाले स्वजनों और श्रद्धालुओं की कतार लगी थी। कार्तिक पूर्णिमा को ज्योतिर्लिंग को अर्घ्य चढ़ाने हेतु खड़े हुए भाविकों का त्र्यंबक को स्मरण हुआ। छोड़ने आने के लिए उन्हें मना किया था। तुम फिर लौटो नहीं तो ? तुम्हारे बिना यहाँ आचार्यदेव का ध्यान कौन रखेगा ? त्र्यंबक समझता था कि यह उपहास नहीं है। यद्यपि वह मानता था कि आचार्यदेव तो स्वयं शिव द्वारा रक्षित हैं। जो रक्षित नहीं है वह तो है चौला। उसे भीमदेव का भरोसा नहीं था। वे भले खाली हाथ सिधार गए, चौला के अपहरण की पैरवी नहीं करें, उसका क्या भरोसा ?

युवाचार्य देवायत और नवघण को एकाध प्रहर और साथ आने को मना नहीं कर सके। दो रक्षक और युवाचार्य अश्व पर, शारदादेवी और भाव रथ में, पीछे देवायत और नवघण अश्व पर। इस सप्तक ने उत्तर दिशा में यात्रा आरम्भ की। गिर के घने जंगल में होकर निकलनेवाला छोटा मार्ग पसन्द करने का एक दूसरा भी कारण था। युवाचार्य ने बालक भाव को वचन दिया था—योग्य समय में मैं आपको अवश्य अरण्यविहार कराऊँगा। अभी त्रिवेणी के नौकाविहार से प्रसन्न रहो।

प्रभासवासियों में से कुछेक ने देखा था कि देवायत और नवघण के पीछे दो अश्वारोही गए हैं। चौला ने उन्हें विदा दी थी, अतः वे भी रक्षक होंगे ऐसा मानकर लोगों ने अपना कौतूहल शान्त कर लिया था, किन्तु वे दोनों थीं राजकन्याएँ—उदयमति और वृन्दाबा। स्वभाव के अनुसार वृन्दाबा पुरुषवेश में थीं। उनकी इच्छा यात्रालुओं को विदाई देने के बाद युवराज नवघण को मिलकर शुभेच्छा देने की थी। अन्याय के प्रतिकार में वे साथ हैं इसकी जानकारी देनी थी।

अरण्य में खुला भाग आने के बाद, ढलान समीप की घनी वनस्पति का क्षेत्र आरम्भ होते ही वृन्दाबा उसके विषय में उदयमति से अचूक बात करती। दोनों के अश्व साथ हो जाएँगे। किन्तु स्वभाव के अनुसार वृन्दाबा सावधान रहतीं। कुछ अनचीता घटित न हो जाए।

झरना पार कर आगे बढ़े। वृक्ष की फुनगी पर घोंसले में बैठा काग चील के पीछे पड़ा। उदयमति का ध्यान उस ओर खिंचा, किन्तु वृन्दाबा ने सिंह की दहाड़ सुनी। युवराज नवघण और देवायत म्यान से तलवार खींचते हुए अश्व दौड़ाकर बल्कि उछलते हुए रथ के दो तरफ हो गए। किन्तु इससे सिंह की छलाँग रुकी नहीं। एक बार वृन्दाबा के अंगरक्षकों ने उन्हें अश्व का अस्थिपंजर इस क्षेत्र में बताया था। वह जानता था कि यहाँ प्रचंड शक्तिशाली नरभक्षी हिंस्र जानवर पल रहे हैं।

सिंह और रथ के बीच नवघण की तलवार चमक उठी। किन्तु सिंह की छलाँग ऊँची

थी। वह रथ का सुशोभित ऊपरी चन्दोवा देखकर कूदा था। किन्तु वृन्दाबा के तीर ने उसका बायाँ कन्धा बींध डाला। तीर की प्रतिरोधक गति के कारण सिंह रथ के गुज़रने के बाद नीचे गिरा। अश्व पर से कूदकर नवघण ने सिंह की गर्दन की बगल में प्रहार करने के लिए तलवार उठाई तब युवाचार्य ने उन्हें दूर से रोका। अश्व पर बैठे-बैठे ही उन्होंने गर्दन मोड़कर मना किया था। उन्होंने अश्व को पीछे मोड़ा। नीचे उतरना चाहते बालक भाव को माँ ने गोद में ले लिया था।

पुरुषवेश में रही वृन्दाबा को नवघण अहोभाग से देख रहा था। माथे से खिसकी हुई पाग को सीधा करने के लिए वृन्दाबा ने हाथ में लिया था। लम्बे काले केश गोरे मुख की कान्ति बढ़ा रहे थे। युवाचार्य दोनों राजकन्याओं को पहचान गए थे। उन्हें परिचय कराया। नवघण के मुख पर की मुग्धता वृन्दाबा की तुलना में अधिक थी। दोनों को लगता था कि पहले कहीं मिले हैं। मानो साथ खेले हैं। उदयमति और रक्षकों ने सिंह को धराशायी बनाए रखने में देवायत की मदद की थी। यदि युवाचार्य ने मना न किया होता तो नवघण के प्रहार के बाद बचे हुए काम को देवायत की लाठी के प्रहार ने पूरा किया होता...

देवी माँ की सम्मति पाकर युवाचार्य ने रथ में से औषधि लेकर सिंह के कन्धे में खुभे हुए तीर को खींच निकाला। रक्त की धारा कई तरफ उड़ेगी, इसका अनुमान कर उन्होंने सबको दूर खड़े रहने को कहा था।

रक्तस्राव नियन्त्रित हुआ। पट्टी बाँधकर रक्षकों ने सिंह को एक शिला के सहारे टिका दिया। पीछे छुटे हुए झरने में हाथ धोने जाते युवाचार्य कहते गए, 'सिंहनी यहीं कहीं होगी, सावधान रहना।'

नवघण ने प्रश्न किया, 'क्या ऐसे हिंस्र प्राणी भी दया के पात्र हैं ?'

युवाचार्य समग्र परिवेश की ओर ध्यान खींचकर बोले, 'दया करनेवाले हम कौन ? दयालु तो है यह समग्र सृष्टि...शक्ति का व्यक्त रूप जो हम सबको जिलाता है,' सुनकर नवघण या देवायत को सन्तोष नहीं हुआ था। युवाचार्य ने आगे कहा, 'किसी समय भोजन करते-करते दाँत से जीभ कुचल नहीं जाती ? तो क्या हम इसी कारण दाँत उखाड़ देते हैं भला ?'

सुनकर वृन्दाबा की मुखमुद्रा बदल गई। 'धन्य हैं गुरुदेव', कहकर उनका चरणरज लिया। यात्रा आगे बढ़ी।

वन-क्षेत्र पूरा होने पर युवाचार्य ने देवायत को उनका अश्व अपने समानान्तर रखने को कहा। उनके बीच देर तक हुई बातचीत रथ के पीछे चल रही राजकन्याओं और राजकुमार नवघण को सुनाई नहीं दी थी क्योंकि वे अपनी बातों में ही तन्मय थे।

अन्त में अलग होने का विकल्प रहा नहीं। वन्दन कर, आशीष पाकर नवघण ने दोनों हाथ जोड़कर प्रार्थना की, 'लौट आने में विलम्ब नहीं करना।'

पल-भर बाद वृन्दाबा को लगा कि युवराज की आँखों के कोने गीले हैं। पास जाकर उँगली से नवघण के आँसू पोंछने की चेष्टा की। यह मुद्रा देखते ही नवघण के मुख

पर मुस्कान फैली...

'चलिए !'—देवायत ने वत्सल स्वर में आज्ञा दी। स्वयं घोड़े पर न बैठना पसन्द किया। किन्तु अन्य सभी को यह छूट नहीं थी। दो योजन दूर देवायत के एक सम्बन्धी का घर था। हालचाल पूछे बिना आगे बढ़ा नहीं जा सकता। नवघण ने अनुमान किया कि वहाँ विश्राम करना अनिवार्य होगा। शायद विलम्ब भी हो। शाम से पहले इन दोनों युवतियों के लिए योग्य आतिथ्य की व्यवस्था हो सके तो अच्छा।

सभी के घर की माताओं और बहू-बेटियों ने उदयमति और वृन्दाबा को घेर लिया। रा'नवघण के सभी चचेरे भाई-बहनों के नाम एक वृद्धा की जीभ पर थे। यह सुनकर उदयमति को आनन्द हुआ। मानो अनायास तीर्थयात्रा हुई। यहाँ घर बैठे गिर के जंगल से घेड़ तक हरी नाघेर का इतिहास-भूगोल यह वृद्धा जानती थी। नवघण ने उनके पैर छुए। वृद्धा ने आशीर्वाद दिया। उसके पिता की दिलावरी की दुहाई देकर आँसू बहाए। राजा-प्रजा के बीच परिवार से भी घनिष्ठ सम्बन्ध हो सकता है, इसकी प्रतीति नवघण को यहाँ पहली बार हुई थी।

उदयमति और वृन्दाबा कशीदे-गूँथन की वस्तुएँ देखती रहीं तब तक बाजरे की गर्म-गर्म रोटियों से दौरी भर गई। मिर्च सेंकी गई। सुबह का ताजा मक्खन था। मट्ठा था। बैगन की महमहाती सब्जी थी। राजकन्याओं ने एक छोटे बरगद के नीचे बैठकर खाया। वृन्दाबा ने कहा, 'यह वनभोजन तो भगवान के प्रसाद जैसा मीठा लगा।'

देवायत आज की रात यहाँ रुकना चाहते थे। उदयमति की इच्छा के अनुसार शाम होने तक जूनागढ़ के इलाके में दाखिल हो जाएँ तो श्रीधर के निवास से तड़के-अँधेरे में निकल सकते हैं। श्रीधर-महीधर के यहाँ अश्वों को छोड़ने बाँधनेवाले सेवकों की कमी नहीं थी। उदयमति जानती है कि कुमार नवघण के गद्दी पर आने के लिए राजघराने की सभी स्त्रियों ने कुलदेवी की मन्नत मानी है और श्रीधर को जेवरात सौंपे हैं। वनभूमि के वफादार परिवार इस तरह संगठित हो रहे हैं कि अणहिलवाड़ पाटण के सूबा को संकेत भी न हो।

देवायत के मन में जो विचार मँडराता था वह नवघण की जीभ पर आया। 'इससे अच्छा क्या ? आप दोनों कुँवरियों को पहुँचाने जाइए। मैं अल्ल सुबह महीधर के घुड़साल में मिलूँगा। सूबा के चौकीदारों से सचेत होकर चलना। कुमारियों को सँभालना। भूलना नहीं कि वृन्दाबा को शिकार का व्यसन है। उसके तरकश से बाण बाहर न निकले यह देखना,' इस अन्तिम वचन का मर्म मात्र उदयमति की समझ में आया था। वह समझ गई थी कि वृन्दाबा कुमार को अचल दृष्टि से देख रही हैं। फिर झटके से दृष्टि फेर लेती हैं।

वृद्धा ने आग्रहपूर्वक भुने गेहूँ का आटा, गुड़ और घी मिलाकर बनाई हुई सुखड़ी का भोजन बँधवाया था।

उदयमति का अश्व आगे हुआ। बीच में वृन्दाबा और अन्त में नवघण। समतल मार्ग के आते ही तीनों एक साथ हो जाते। गिरनार से सोमनाथ के समुद्र तक के समग्र

पुरातन भू-भाग की बात हुई। देवायत ने युवराज को भूगोल बताया था, सदाशिव ने इतिहास कहा था, आज पहली बार नवघण को ऐसा लगा है—यहाँ एक व्यक्ति कम पड़ता है। युवाचार्य सदाशिव का होना यानी क्या, इसका अनुभव उनकी विदाई के बाद हुआ। उन्होंने देवायत को निश्चित कुछ गम्भीर सलाह दी है। योग्य समय पर वे कहेंगे।

'कुमार अपने पाग का आकार बदलने की अनुमति देंगे ?' वृन्दाबा निकट आकर हाथ बढ़ाती हैं।

'देवायत ने मुझे सिखाया उसी तरह बाँधता हूँ।'

'पल-भर मुझे देंगे ? मैं अपने माथे पर बाँधकर देखूँ।'

नवघण के अश्व का अयाल पकड़ता है। रोम-रोम में हिनहिनाहट धड़कने लगती है। वृन्दाबा को क्या सूझता है कि नवघण का पाग गोद में लेकर अपना पाग उनके मस्तक पर व्यवस्थित करती हैं। कुमार के ललाट पर हथेली का हल्का स्पर्श होता है। तुलसीवन की सुगन्ध की एक हल्की लहर आ जाती है। मंडिल के नीचे नियन्त्रित रहनेवाले सुदीर्घ केश खुलकर वृन्दाबा के कन्धे पर फैल गए थे...

'आपका मंडिल मेरे भाई साहब के माथे में थोड़ा छोटा तो पड़ता है किन्तु विशेष रूप में फबता है,' उदयमति को इतना प्रसन्न पहली बार देखा। नवघण की दृष्टि वृन्दाबा पर है। कहता है :

'यह वनवासी उनकी शोभा की अपेक्षा उनके शौर्य से अधिक प्रभावित है।'

राजकुमार नवघण के उद्गार ने वृन्दाबा का हाथ रोक दिया। उन्होंने अपने बाल खुले ही रहने दिए। कुमार का पाग भले पल-भर गोद में रहा, दूसरे ही क्षण उदयमति को लगा कि सामने से आते असवारों को देख वृन्दाबा सावधान हो गई हैं।

पाँच घुड़सवार थके-हारे आते हुए लगे। सबसे अन्त में जो था उसके हाथ में रस्सी का छोर था, दूसरे छोर पर एक प्रौढ़ और स्वाभिमानी पुरुष का हाथ बँधा था। उसका माथा खुला था। उसके पैर खाली थे। उसके भाल पर खरोंचें थीं। नवघण ने आँख से झटके का अनुभव किया। यह तो करमसिंह मुखिया ! देवायत के साथ खुद उन्होंने वहाँ पर दो बार रात बिताई है। सम्पूर्ण देश के सुख-दुःख की बात कही है। होंठ में से सम्बोधन सरक गया होता किन्तु सावधान रहने की बात याद आ गई। निश्चित ये सूबा के सैनिक हैं। करमसिंह काका बड़े पहुँचे हुए मुखिया हैं। सूबा के विरुद्ध होने की उनकी प्रतिज्ञा छिपी नहीं रही होगी। पहले के सूबे के कर उगाहने में ढीले पड़ने के बाद विमल ने दूसरा सूबा नियुक्त किया जिसकी पहचान इस प्रदेश के पूर्व के सूबे से भी कम है और ममता तो थोड़ी भी नहीं।

'सैनिको, इस बुजुर्ग के हाथ छोड़ दो'—नवघण ने धीमे किन्तु दृढ़ता से कहा, 'आपको यह शोभा नहीं देता। आपको उन्हें जहाँ ले जाना होगा, वहाँ वे खुले हाथ भी आएँगे।'

'हम पथिकों की नहीं, अपने नायक की सलाह मानते हैं,' पासवाले असवार ने कहा।

'कौन है आपका नायक ?'

'चौकी पर बैठा होगा।'

'तो उन्हें वहीं बैठा रहने दो और मेरा कहना मानकर इनके हाथ छोड़ दो।'

'आप कौन हैं हमारे काम में दखल करनेवाले ?'

'योग्य समय में वह भी जानने को मिलेगा, अभी आपकी भलाई के लिए कहता हूँ। मैं इस बुजुर्ग को पहचानता हूँ। उनके इस अपमान का बदला लिए बिना इस क्षेत्र के लोगों को चैन नहीं मिलेगा।'

'जो होगा वह देखा जाएगा। हम तो सिर उठानेवाले का, ऐसा ही हाल करनेवाले हैं, वे करमसिंह हों या नवघण।'

'वृन्दाबा ने तरकश से तीर लेने को हाथ उठाया। नवघण ने मना किया।'

असवार ने घोड़े को आगे लिया। करमसिंह खड़े थे। वे धक्के के साथ खिंचकर गिर पड़े। इसके बाद भी असवार ने उनकी परवाह नहीं की। 'दुष्ट, एक प्रौढ़ पुरुष को मृत-प्राणी जैसे घसीटते हो ?' नवघण ने तलवार की मूँठ पर हाथ रखा। तब वृन्दाबा ने आगे बढ़कर इस असवार के हाथ से रस्सी छीन ली। अश्व से नीचे उतरकर नवघण ने करमसिंह का हाथ छुड़ा डाला। 'जाइए बुजुर्ग अपने गाँव। आपका गाँव दूर हो तो आपको यह घोड़ा दे दूँ।'

'जिसके पिता ने मस्तक दिया हो वह घोड़ा दे तो उसमें अचरज क्या ?' करमसिंह ने भक्तिभाव से कहा। गद्गद भाव से खड़े रहे।

'आप देर न करें, जाएँ।'

करमसिंह जाते नहीं थे। उनके हाथ खुलते ही उन्होंने रस्सी को मोड़कर उसके चार हिस्सों के छोर पर गाँठ बाँधी। गाँठ पर दूसरी गाँठ डाली। वे पाँचों असवार अब नई व्यूहरचना में पड़ गए थे। वे जान गए थे कि यह युवक नवघण है। उसके साथ ये दो युवतियाँ भी पकड़ी जाएँ तो सूबा हम पर रीझे। उन्होंने व्यूहरचना विचार ली थी। दो व्यक्ति दोनों युवतियों को पकड़ें और तीनों लोग नवघण को घेर लें।

'अरे मूर्ख के सरदारो, तुम लोगों को मरना है क्या ?' करमसिंह आग-बबूला हो गया, 'मैंने अपने गाँव के युवकों को रोका न होता तो तुम कब के धूल चाटते होते। किन्तु यदि इस कुमार पर हाथ उठाया तो किसी की भी परवाह किए बिना तुम्हारा अस्तित्व मिटा दूँगा।' हथियार बन चुकी रस्सी को उन्होंने अपने मस्तक के चारों ओर घुमाया।

असवार ने तलवार उठाई। नवघण ने उसे पलाण के साथ नीचे गिराया। अन्य दो को वृन्दाबा ने भगाया। उदयमति ने सावधानी से देखा। वह अचम्भित थी कि मुड़ी हुई रस्सी का उस प्रौढ़ ने किस तरह हथियार के रूप में कुशलता के साथ उपयोग किया...। किन्तु पाँचों असवार करमसिंह का, गाँव लूटने की चेतावनी देकर चले गए।

करमसिंह कुमार और राजकन्याओं से विनती कर रहे थे—मेरा आँगन पवित्र करते जाइए।

वहाँ जाने के बाद समय से जूनागढ़ पहुँचेंगे नहीं, दूसरी तरफ अब करमसिंह के गाँव पर आफत उतरने की सूचना मिल गई थी। उन्हें रक्षण देने के लिए क्या करना चाहिए ? नवघण ऐसा विचार कर रहा था तभी धातुजड़ित लाठियाँ कन्धे पर रखे हुए पूरे इक्कीस युवक वहाँ आ पहुँचे। वे अपने मुखिया को छुड़ाने के लिए चौकी की तरफ निकले थे।

नवघण को देखकर भावी राजा देखने का उन्हें आनन्द हुआ। वृन्दाबा ने कहा, 'इन युवकों को देखकर अब लगता है कि वह धमकी देनेवाला इस तरफ नहीं दीखेगा। दूसरे किसी को पकड़कर करमसिंह के रूप में हाजिर करेगा।' सबके साथ करमसिंह भी हँस पड़े।

'अब झुकना नहीं है,' एक युवक ने कहा।

'किन्तु झुकाने में उतावलापन नहीं करना,' सबके बीच अश्व ले जाते हुए नवघण ने कहा, 'बुजुर्ग की सलाह के अनुसार वर्ताव करना।' अश्व को आगे किया। 'जय बुलवानी है मात्र भगवान सोमेश्वर की। भय से नहीं, श्रद्धा से कहता हूँ।'

11

जूनागढ़ की ओर जा रहे नवघण, उदयमति और वृन्दाबा को देवायत द्वारा भेजे गए ऊँटनीसवार ने रोका था। रास्ता अलग होने पर सभी देर रात सासतिया के घर में पहुँचे थे। यजमान को सगाई की मिश्री मिलने का आनन्द हुआ।

नवघण का सासतिया अहीर से परिचय सोमनाथ में हुआ था। इस युवक का विनय-विवेक, मेहमानों का अविरत आदर-सत्कार करने की तत्परता और जासल के प्रति आदरभरी माया इन सबसे नवघण अवगत था। सगाई और लग्नविधि के बीच ज्यादा अन्तर रखने के पक्ष में देवायत नहीं थे और यदि समूह-विवाह का आयोजन हो सके तो इससे अच्छा क्या ? उस वेरावल के दरवेश ने ऐसी आगाही की थी कि जासल का विवाह सोरठ के तिथिपत्र में अंकित होगा। जासल कोई सामान्य युवती नहीं, वह नवघण की बड़ी बहन है...

साँड़नी की चाल के साथ घोड़ों की चाल मिलाती जाती वृन्दाबा की आरम्भ हुई कुलकथा अधूरी रह गई थी। वह पर पहुँचने पर पूरी हुई। 'द्वीप पर अधिकार जमाकर पहले उनके पूर्वज शियालबेट के स्वामी होकर जीते थे। सौराष्ट्र के माधवपुर से सियालबेट तक के सागर किनारे चावड़ा ठाकोरों ने अपनी सत्ता खड़ी की थी। वे जहाज चलाते थे, उनके सामने पड़नेवाले को बीच समुद्र में रोकते थे। शत्रुओं के जहाज को डुबा सके ऐसी नौसेना वे रखते। द्वीप की तुलना में शियालबेट बहुत छोटा था, किन्तु अनन्तसेन चावड़ा को वहाँ के राजा के रूप में प्राप्त ख्याति के पीछे की शक्ति थी उनकी नौसेना।

'जिस पद्धति से अनन्तसेन समुद्र पर आधिपत्य बनाए रखते उसी तरीके के अनुसार उन्हें भूमि पर अधिकार पाने में बाधा हुई। उन्होंने प्रभास के पास के समुद्र में वन्थली के राजा, अपने पितामह राह कवाट को मिलने का निमन्त्रण देकर कैद रखा। जरासन्ध की तरह अनन्तसेन पर भी राजाओं और राजकुमारों को कैद करने का पागलपन सवार था, किन्तु जरासन्ध तो महाराजाधिराज था, जबकि हमारा अनन्तसेन तो था एक ठाकुर। राह कवाट को कैद करने का उसका षड्यन्त्र भारी पड़ गया। तलाजा का राजा उगलगवाला के रूप में प्रचलित उग्रसेन राह कवाट का मामा लगता था। वह सेना लेकर चढ़ आया और मेरे दादा अनन्तसेन ने सर्वस्व गँवा दिया। मेरे पिताजी उसमें से उपदेश पाकर अपने आराध्यदेव भगवान सोमनाथ के निकट रहने आए। उन्होंने अपने सैनिकों को स्वजन माना, संगठनशक्ति बढ़ती गई। देश-विदेश के व्यापारी मेरे पिताजी को ठाकुर कहकर मान देने लगे। आज वीरसेन चावड़ा का यश गाया जाता है। किन्तु मेरी माताश्री को पुत्र न होने का भारी दुःख है। पिताजी तो मुझे पुत्र-समान मानते हैं। कुमार एक बार द्वीप अवश्य पधारिए। आप अरण्य के पथदर्शक हैं, मैं आपको सागर खेते जहाजी बनाऊँगी।'

'और आपके पिताजी ने मेरे भाई को कैद कर लिया तो ?' उदयमति ने गम्भीर बात हल्के रूप में कही।

'पिताजी की तरफ से तो जोखिम नहीं है, किन्तु...' वृन्दाबा रुक गईं। देर रात सासतिया की माँ और बहन ने भोजन तैयार कर दिया था। हाथ धुलवाने के लिए कलशे लेकर सासतिया खड़े थे।

खाते-खाते नवघण ने वृन्दाबा से पूछा, 'माता-पिता आपको अकेली घूमने-फिरने देते हैं इसका मुझे भारी अचरज है।'

'गुरुदेव युवाचार्य का प्रताप, भगवान सोमनाथ की यात्रा के निमित्त ! वहाँ द्वीप में कौन जानता है कि कुंवरीबा प्रभास में है या अहीर के आँगन में ! अब आप कहिए। आपकी बहनश्री उदयमति अकेली घूमने की सम्मति किस तरह पाईं ? किसके पास से ?'

'अभावों के पास से। हमारी सत्ता छीन गई और हम भी सामान्य मनुष्य बन गए। सामान्य व्यक्तियों के सिर पर न हों ऐसे जोखिम हमने देखे हैं, ऐसी आपदाएँ सही हैं। किन्तु इसका अफसोस नहीं, आनन्द है। इस गिर के घने जंगल में एक किशोर या एक कन्या हिंस्र प्राणियों के सामने अपने ढोर-डाँगर की रक्षा मात्र आत्मबल से करती है, यह मैंने इन वर्षों में देखा। देवायत बापू जैसे मार्गदर्शक का मिलना राज्य मिलने की तुलना में भी बड़ा मूल्यवान है। भगवान सोमनाथ की कृपा, और क्या ?'

बातचीत चलती थी उस समय नवघण की दृष्टि वृन्दाबा के साथ मिलते ही इसकी चमक भृगुकच्छ के एक प्रसंग की स्मृति ताजा करा गई। आँखें, नाक, भ्रमर—कितना अधिक साम्य !

'आप भृगुकच्छ के राजा पद्मनाथ के साथ कुछ सम्बन्ध रखती हैं ?'

'हाँ क्यों ? वे मेरे मामा लगते हैं।'

'तो ठीक। मामा और फूफी की सन्तान की मुखमुद्रा इस तरह समान दिखे—सम्भव है।'

'मैंने समझा नहीं !' वृन्दाबा ताकती रहीं। नवघण के सामने ऐसे ताकते रहने से एक दृश्य उभरता हुआ लगा, तो क्या वही होगा यह राजकुमार जिसके सामने मामाश्री ने वचन हारा था ?

नवघण ने कहा—'दो-एक वर्ष पहले महीधर की सूचना से देवायत बापू के साथ मैं भृगुकच्छ गया था। हम एक गड़रिया-परिवार के साथ रहते थे। वहाँ मैं सबके लिए अनजान था इसलिए देवायतबापू मुझे आज़ादीपूर्वक खेलने देते। मैंने क्या जाना कि मेरे साथ एक राजकुमार गेंद खेलने आता है ? हम तो श्रीकृष्ण के वंशज, इसलिए गेंद खेले बिना चैन नहीं पड़ता। मेरा गेंद सबसे आगे जाता। सभी प्रतिस्पर्धी हार जाते। उस राजकुमार का गेंद मेरे बिल्कुल करीब रहता। किन्तु जीतता मैं। राजा पद्मनाभ को कौन जाने क्यों हमारे खेल में रुचि जगी। मुझे बुलाकर कहा—तुम जीतो तो जो वचन माँगो वह मैं दूँ। मैं जीतूँ तो तुम्हें मेरा कहना मानना होगा। खेल में तो तुम कुशल हो ही। तुम दुर्ग के कंगूरे पर से गेंद कुदा देना। मैंने कहा कि खोड़ियार माँ की कृपा होगी तो सबेरे आ पहुँचूँगा। बात जानकर देवायतबापू चिन्ता में पड़ गए। वे तो शिवशक्ति का स्मरण करने लगे। पल-भर में निर्भय होकर कहा—इसमें शत्रु का षड्यन्त्र नहीं लगता। राजा पद्मनाभ अपने राज्य के आश्रितों का अकल्याण करें ऐसे नहीं। वह तुमको पहचाने बिना ही मात्र कौतूहल से इस स्पर्धा में उतरने के लिए कहते हैं। मुझे लगता है कि वह नाजुक कुमार भी प्रयत्न करेगा, किन्तु वह अन्य दर्शकों में मुझसे थोड़ी दूर खड़ा था। उसकी चंचल आँखों में शुभेच्छा का भाव था। मैंने बल्ला उठाया तब देवायतबापू ने अपनी धातुजड़ित लाठी लेकर मेरे पक्ष में आ खड़े होकर कहा, 'खोड़ियार माँ का स्मरण कर उस बैठे कबूतर पर निशाना लगाकर हाथ उठाओ।'

ऐसा करते अंग-अंग में चेतना व्याप गई। बल्ला उठाकर निशाना लगाया। गेंद नर्मदा के प्रवाह में पड़ा। जय खोड़ियार माँ !

महाराज पद्मनाभ ने कहा—माँग-माँग, जो माँगे वह दूँ। मैंने कहा, 'महाराज आपका आश्रय मिला है वह मुँहमाँगा वरदान है। फिर भी विपत्ति पड़ने पर आपसे सहायता अवश्य माँगूँगा।'

देवायतबापू ने मेरी पीठ थपथपाकर शाबाशी दी ! उस कुमार ने कहा, 'न माँगने पर भी पहली जीत की तुलना में तुम्हें बड़ी जीत मिली।'

कैसा मीठा था उसका स्वर ! मानो वृन्दाजी !

प्रभु की प्रेरणा से ऐसा हुआ। वचन माँगने से मैं प्रकट होऊँ और संकट उतर आए वह असम्भव नहीं था। देवायतबापू को लगा कि कम उम्र में ही मुझमें राजनीतिक समझदारी आने लगी है। किन्तु आप ही कहिए वृन्दादी, गेंद दुर्ग को कूद गया उसका आनन्द पर्याप्त नहीं था कि फिर वचन माँगूँ ?

यह वृतान्त सुनकर वृन्दाबा को विनोद सूझा हो इस तरह नवघण का उत्तरीय खींच लिया। माथे पर पाग की तरह बाँधने लगीं।

'तो-तो' नवघण खड़ा हो गया। उदयमति की उपस्थिति भूलकर वृन्दाबा के गले लगने को प्रेरित हुआ। मस्तक पर पुरुष के परिधान के कारण वृन्दाबा के कपोल पर की लज्जा विलक्षण लगी।

'अब लगता है न कि वचन न माँगकर भूल की थी ?'

'वचन में आपको माँगना कहाँ से सूझे ? उस समय आप कुमारवेश में थीं...किन्तु वह वचन खड़ा ही है। आपके पिताजी मना करेंगे तो महाराज पद्मनाभ के पास देवायतबापू को भेजूँगा।'

'मेरे बापूजी के पास भी भेज सकते हैं।'

'वहाँ तो मैं खुद पहुँच जाऊँगा।'

अभिनन्दन देने के लिए उदयमति वृन्दाबा के गले लगी। नवघण बचपन की यादों में खो गए।

वृन्दाबा नवघण के शैशव की विपत्तियों के विचारों में डूबी थीं कहा, 'आप नौ माह के बाल-कुँवर थे उस समय सेवक देवायत काका के जिस निवास पर पहुँचा आया था वह मुझे देखना है—' वृन्दाबा ने कहा, 'यह कुतूहल नहीं, माया है, स्नेह है।' कुमार ने आदर से देखा, 'आपके द्वीप में वह निकट पड़ेगा।' कोडीनार के पास के बोड़ीदर गाँव का मार्ग बताकर नवघण ने आसपास देखकर कहा कि 'देवायत बापू का सही वतन तो यह समग्र भूमि है। प्रभास, प्राची, तुलसीश्याम, गिर, गिरनार, वन्थली, माधवपुर—सभी उनके स्वजन हैं जैसे—श्रीकृष्ण के समय में यादवों और अहीरों का गोकुल घूमता-फिरता रहता था वैसे...त्र्यंबक कहता है कि ब्रज इसलिए जाना है...'

'हम यदुवंशी,' उदयमति ने कहा। आकाश के नक्षत्रों के सामने देखा। सुबह-तड़के सबको अलग होना था। उदयमति, वन्थली जाएगी, वृन्दाबा द्वीप का मार्ग लेंगी और नवघण ? देवायत के आने पर बात होगी। उन्होंने सोलंकी सूबा की चौकियों के पास असन्तोष की चिनगारी रखी है। सीधे संघर्ष की कल्पना से नवघण की भृकुटी खिंच जाती है। इस पन्द्रह-सोलह वर्ष के शासन में सोलंकी सूबा ने प्रजा के कल्याण का एक भी काम किया नहीं। यहाँ के किसी भाट-चारण ने दुर्लभसेन या भीमदेव की स्तुति में कवित्त कहा नहीं...क्या प्रजा राजाओं की महत्त्वाकांक्षा को सन्तुष्ट करने का साधनमात्र है ? राजा प्रजा के लिए है, नहीं कि प्रजा राजा के लिए—नवघण को युवाचार्य की आवाज़ भीतर से सुनाई देती है। कहाँ तक पहुँचा होगा उनका प्रवास ?

एक सप्ताह बाद वन्थली के पास सैन्धव मिलता है तो वह भी पहला प्रश्न युवाचार्य के विषय में पूछता है। त्र्यंबक ने उसे जो बताया उसके अनुसार तो युवाचार्य के वापस आते वर्ष भी हो जाए। नवघण ने कहा कि सपादलक्ष, चेदि आदि राज्यों के कर्णधारों से जाते-आते मिलने की युवाचार्य की इच्छा है। इसलिए विलम्ब सम्भव है। यह सुनकर सैन्धव का मुँह लटक गया। उसे महमूद के आक्रमण के मार्ग और समय के विषय में

मिली सूचना गलत थी। महमूद के हिन्दू सरदार तिलक-सुन्दर के गुप्तचर ही हम लोगों को भ्रम में रखकर अपना काम निकाल लेते हैं। पहले उसे जान-बूझकर गलत सूचना दी गई थी, इसमें अब शंका नहीं रही। नवघण ने सैन्धव को निश्चिन्त होने को कहा कि आवश्यक होगा तो उसके साथ ही हम युवाचार्य को सन्देश भिजवाएँगे। महमूद देर-सवेर आवे इससे क्या अन्तर पड़ेगा ? सैन्धव के मानने के अनुसार युवाचार्य की उपस्थिति से बहुत अन्तर पड़ेगा किन्तु उसने बात का विषय बदला। नवघण से कहा : 'आप सोमतीर्थ की तरफ कब पधारेंगे ? फरीद कहता था कि वह अपनी वसाहत की ओर से आपका समारोहपूर्वक स्वागत करना चाहता है। उसके मन में तो आप ही इस भूमि के राजा हैं। आप सम्मति दें तो छोटे से सैन्य का सरदार होने की उसकी ख्वाहिश है जिससे वह आपके पक्ष में लड़ सके। मैंने कहा सैन्धव लूटपाट करनेवाला सरदार बन बैठा है, तो हम तो उद्यमी व्यक्ति हैं। वह मेरा भूतकाल नहीं जानता और मुझे युवाचार्य का आज्ञाकारी शिष्य मानता है।'

'उसकी मान्यता सही निकली है। मैं प्रभास में आने से पहले सूचित करूँगा। भूमली की ओर जा रहा हूँ। कोई विशेष सन्देश हो तो राणोजी के यहाँ पहुँचाना। इन दिनों सुन्दर का गुप्तचर शक्तिसिंह प्रभास आकर मन्दिर के परिसर में त्र्यंबक के अतिथि के रूप में रहा। नवघण के प्रभास आने पर सैन्धव ने पहला काम त्र्यंबक के विश्वास का अतिरेक रखते स्वभाव के विषय में चिन्ता व्यक्त करने का किया। उपाय न सूझने पर नवघण ने लाचारी अनुभव की। विद्वान ब्राह्मण की भूल के विषय में कौन बात करेगा ? एक युवाचार्य थे, जिनके साथ धरती के तिनके से लेकर नक्षत्रों की गति तक के प्रत्येक विषय पर बात हो सकती थी। आचार्यदेव के साथ अन्तर मालूम होता है और त्र्यंबक में नायक की अपेक्षा सेवक के गुण अधिक हैं। योद्धा के रूप में वह कुशल होने पर भी धैर्यहीन है। युवाचार्य का कथन देवायत बापू को आज सही लगा...'

नवघण ने अहीर के वेश में मन्दिर के प्रांगण में प्रवेश किया था। त्र्यंबक चौला और शक्तिसिंह दोनों को एक साथ संवर्धित दुर्ग की अभेद्य दृढ़ता समझा रहा था। दुर्ग की क्षमता दिखाने की अपेक्षा उसने अपनी वाग्मिता के प्रदर्शन में अधिक रुचि दिखाई। शक्तिसिंह के साथ युवराज की तमतमाती आँखें मिलते ही मानो बिजली गिरी। दृष्टि झुकाकर वह समुद्र की ओर ले जाते द्वार की ओर खिसका। 'बाद में आता हूँ,' ऐसा कह, चौला को विनयपूर्वक निहारकर उसने नवघण की ओर पीठ की। चलने लगा।

'ब्रह्मदेव, उस गुप्तचर को आपने क्या-क्या समझाया, वह मुझे कह सकेंगे ?'

चौला ने त्र्यंबक की अपेक्षा नवघण का स्वर पहले पहचाना। उसने अभिवादन किया। 'आचार्यदेव आपका स्मरण करते थे, बताऊँ। पधारते हैं न ?'—कह उत्तर मिल गया हो, ऐसे नर्तन की लय में चलती चौला आचार्य के निवास पर गई। सैन्धव त्र्यंबक को कल उपालम्भ दे गया था। जो व्यक्ति मन्दिर के प्रांगण में आता है, किन्तु ज्योतिर्लिंग के दर्शन करने गर्भगृह तक नहीं जाता वह मुझे अपने दायित्व के सम्बन्ध में चेतावनी देने की धृष्टता करता है। राजकुमार नवघण आया है तो सैन्धव-विरुद्ध बात कर हृदय

को हल्का करने को त्र्यंबक प्रेरित हुआ। नवघण शान्ति से सुनता रहा। फिर बोला—बन्धु त्र्यंबक आप ज्ञानी हैं, समर्थ योद्धा हैं, किन्तु सैन्धव की अन्तर्सूझ की कद्र नहीं कर सकते। उसे भय होगा कि संवर्धित दुर्ग को धराशायी करने की युक्ति वह हमारे पास से जान जाएगा। शक्तिसिंह किसका दूत है आपकी तरह सैन्धव भी जानता है।

‘किन्तु शक्तिसिंह इस मन्दिर में भक्तिभाव से आता है। सबकुछ अहोभाव से देखता है। वह कुछ अघटित नहीं करेगा। मुझे नहीं लगता कि उसके हाथ से इस तीर्थ को कुछ हानि होगी। हम उज्जयिनी में...’

‘वह भले मुझसे और आपसे अधिक धार्मिक हो, किन्तु इस देवभूमि के प्रति वह कैसा भाव रखता है ? समर्पण का या स्वार्थ का ? वह अपनी सांसारिक लिप्सा की सन्तुष्टि के लिए धनलोलुप महमूद का प्यादा बनकर नहीं आया ? आप उसे पहचानते होने के बावजूद उससे सावधान नहीं रहे। उसे जिज्ञासु मानकर सब कुछ बताते रहे।’

‘हमें कुछ छुपाना है ?’

‘छुपाना भले न हो, शत्रु को पहचानने के बदले अपनी दुर्बलताएँ बताने की शीघ्रता नहीं करनी है,’ नवघण ने दृढ़ता से कहा।

सुनकर त्र्यंबक का चेहरा खिल उठा।

‘आप बड़े चतुर हो गए हो कुमार ! युवाचार्य का सत्संग आपको बराबर फला है,’ कोठारी इस ओर आ रहे थे। त्र्यंबक संकेत समझ गया। आचार्यदेव बुलाते होंगे। उसने नवघण की विनती की, अग्रदूत भी नम्रता से चला। वाह ! कुमार नवघण तो तीक्ष्ण बुद्धि भी रखते हैं। भीमदेव में ऐसी गहरी सूझ नहीं होगी। प्रजा उन्हें भोला भीम कहती है। राजा होकर चौला को उठा ले जाना चाहे, वह भी भोलापन ! पाटण की प्रजा भी भोली। पेड़ का तना बींध डाला होगा या हिंस्र जानवर को बिंधा होगा। कह दिया धनुर्धर !

देवायत अकेले आचार्यदेव से मिल चुके थे। जासल के विवाह के लिए आशीर्वाद माँगा था। गिरनार की छाया में विवाह-प्रसंग आयोजित करने का रहस्य आचार्यदेव से छिपा नहीं रहा। उन्होंने सोलंकी सूबा के प्रति प्रजा की उपेक्षा और अरुचि के विषय में सुना था, किन्तु वह पूर्ण नहीं था। सामनेवाले पक्ष की शक्ति और सीमा की सम्पूर्ण जानकारी हमारे पास होनी चाहिए। देवायत ने सूक्ष्म से सूक्ष्म वस्तु की कितनी परवाह की है, यह देखकर आचार्यदेव ने विचक्षण राजपुरुष के रूप में उनका सम्मान किया। इसके उपरान्त श्रीधर-महीधर का साथ है...भगवान सोमेश्वर की प्रार्थना करके आगे बढ़ने की सम्मति दी थी। उनकी आत्मप्रतीति कहती थी, भले भीमदेव सोलंकी यहाँ के राजा के राजा कहलाते हों, वास्तविक स्थिति अराजकता की है...

सासतिया की बारात आई उसके साथ दूर-दूर से देवायत के निमन्त्रित आए। गिरतलहटी के लिए विशाल मानव-समूह नया नहीं था। पहनावे में आभूषण के बदले हथियार लेकर आने का अचरज अवश्य था। मंगलफेरा के बाद राजकुमार नवघण ने अपने

राजवंशी परिधान में खड़े होकर दोनों हाथ जोड़कर कहा, 'बहन जासल, तुम्हारे हक का आधा दूध छीनकर मैं पला हूँ। तुम्हारे भाई वाहण के बलिदान ने मुझे सुरक्षित रखा है। मैं तुम्हारे लिए मस्तक दूँ तो भी कम है। इसलिए माँग, कन्यादान में जो माँगना हो माँग।'

जासल ने आदर के साथ नवघण के सामने देखा।

'माँग बहन, माँग !'

'अभी तो वचन माँगती हूँ। विपत्ति पड़ेगी तब वस्तु माँगूगी। इस पानेतर को फैलाकर प्रभु से इतना ही माँगती हूँ कि अपने भाई को सोरठ का राजा बना देखकर ससुराल जाऊँ,' सुननेवालों को लगा कि यह जासल नहीं, साक्षात् माँ दुर्गा बोलती है।

उसी क्षण देवायत ने नवघण को एक विशाल नगाड़े की ओर संकेत किया।

डंका वाजा, दूसरा डंका बजा। तीसरे डंके पर गिरनार ने प्रतिध्वनि दी।

बाराती सैनिक बन गए थे। सोलंकी सूबा के सैनिक अचम्भित हो गए थे। एक प्रहर में श्रीधर-महीधर ने व्यवस्था सँभाल ली थी। जासल के विवाह के मान में किसी को मृत्युदंड नहीं दिया गया। दुष्ट आचरण करनेवाले को पहले विदा किया गया। कई को रक्षण दिया। जिन अधिकारियों ने कुछ अघटित नहीं किया था, उन्हें अतिथि की तरह रखा गया।

प्रभास से आचार्यदेव द्वारा भेजे गए प्रसाद को स्वीकारते हुए रा'नवघण त्र्यंबक के पाँव लगा। यह अभियान बिना रक्तपात के सफल हुआ, इसका देवायत को आनन्द था। श्रेष्ठियों से उधार लेकर दान दिए। भाट-चारणों की जीभ खुल गई।

त्र्यंबक को कुछ सप्ताह रोका गया था। देवायत की सलाह के अनुसार जूनागढ़ में नवदेवी दुर्गा की स्थापना करने का रा'नवघण ने संकल्प लिया था। उस प्रसंग में उपस्थित रहने के लिए दीव के ठाकुर वीरसेन और कुंवरी वृन्दाबा को निमन्त्रण भेजा। उसका उत्तर उदयमति के नाम आया। वृन्दाबा ने पत्र में लिखा था कि 'सोलंकी सूबा के साथ सीधे संघर्ष में उतरना होता तो मैं युद्ध में भाग लेने अवश्य आती। किन्तु ऐसी युक्ति से सत्ता हस्तगत करने में मुझे वीरता नहीं दीखती। इसलिए महाराज नवघण को सम्मानित करने आ नहीं सकती। वे मुझे क्षमा करें।'

'मैं यात्रा के निमित्त निकलकर गिर के जंगल का लम्बा प्रवास कर आई थी इससे पिताजी प्रसन्न नहीं थे। मैं अपना आग्रह भूलकर मात्र सद्भाव के लिए आई होती तो भी पिताजी को शंका होती। वे मान लेते कि मैं आपके भाई के प्रति आकर्षित हूँ। मूल बात हमारी मैत्री की है। माता पार्वती जानती हैं, गुरु युवाचार्य जानते हैं। हमारा व्रत वर्षों से साथ ही चला है। मेरा गौरीव्रत अभी भी चलेगा...'

'क्या आपके विवाह के विषय में बात निकलती है ? महारानी होने का आपका स्वप्न सिद्ध हो, ऐसी मेरी प्रार्थना है। मेरी अभिलाषा मात्र श्रद्धेय पुरुष पाने की है। जासल भाग्यशाली है कि उसे सासतिया जैसा प्रेमालु और खड़तल पुरुष का साथ मिला। अहीर स्त्री-पुरुष कन्धे से कन्धे मिलाकर जंगल में काम करते हैं। गोपालक के रूप में

अनजान भूमि को अपना बनाकर जीते हैं। कहीं भी कुछ परायापन नहीं...'

'मैं मानती हूँ कि जासल और सासतिया जूनागढ़ के महल में रहना पसन्द नहीं करेंगे...'

हुआ भी ऐसा ही। बाराती सासतिया के घर पहुँचकर छुहारे लेकर बिखराए। देवायत ने गाड़ी भरकर छुहारा, सुपारी और मिसरी भेजी थी, वह पास के गाँव में भी बाँटी गई। ग्रीष्म आनन्द में गया, चौमासे में इस तरफ समय से वर्षा हुई नहीं। घास-चारे की खोज में सासतिया का परिवार आगे से आगे बढ़ता रहा। वतन से दूर जाने में अब बाधा नहीं थी। कच्छ की सरहद के पास ऐसा घास-चारा था कि सभी पशु ताजा हो जाते। घूमना-फिरना पूरा हुआ। कुदरत की गोद में लग्नसुख लहराता था। जासल के चेहरे पर नई रौनक आई। दिवाली तक निश्चिन्त होकर मानसर रहा जा सकेगा। सीधी-सादी झोंपड़ियों और झाँखर का बाड़ा बाँधकर सभी ने पड़ाव डाला।

जासल के रूप की प्रशंसा सुनकर देखने आनेवाले स्तब्ध रह जाते। विवाह के बाद उसका यौवन सोलह कलाओं से खिला था। ऐसी सुन्दर स्त्री हो सकती है ? या वह शापित अप्सरा होगी ?

ठीक सही शाप तो कुछ दिन बाद आया। जन्माष्टमी का त्यौहार था। जासल बाड़े में पत्थर पर बैठकर स्नान कर रही थी। उसकी कंचनवर्णी त्वचा को पानी और प्रकाश ने अधिक मोहक बना दिया था। वहाँ अश्व पर बैठकर गुजर रहे हमीर सुमरो की आँख में एक स्वयंप्रकाशित दृश्य झलक गया। स्नान कर रही यह रूपगर्विता कौन है ? यह प्रश्न शायद अश्व की आँखों में भी था। उसकी वृत्ति भी युवती को अपनी पीठ पर बैठाकर राजमहल में ले जाने की थी। किन्तु हमीर सुमरो सिन्धु का शासक था। उसे अपनी मान-मर्यादा याद आई। दास-दासी भेजकर इस युवती को महल में बुलाकर वह अपने हृदय की बात करेगा। बलजोरी नहीं, विनय करेगा। अपना भविष्य उसके चरण में रखेगा।

बुलावा आने पर जासल गई तो सही, सासतिया को लेकर। कामान्ध हमीर ने वाणी पर काबू रखकर दासी द्वारा बात रखी। सासतिया को जितना चाहिए उतना द्रव्य देकर सम्मान-सहित विदा किया जाएगा। दूसरे किसी अहीर को भी हैरान नहीं किया जाएगा। जासल, तुम हमीर का अन्तःपुर सुशोभित करो नहीं तो उसका जीवन निष्फल जाएगा।

चतुर जासल जान गई थी। वह प्राण दे, इससे उसके सगे-सम्बन्धियों का उद्धार नहीं था। भाई नवघण की मदद लेनी पड़ेगी। भाई ने कन्यादान में कुछ भी देने का हठ किया था, उस समय माँगने को माँग लिया था—एक अनकहा वचन। वह याद आया। उसने हमीर सुमरो को कहवाया, 'तीन महीने की मुद्दत दो। मेरी लाश देखने की जल्दी हो तो आपकी मरजी।' सुमरो को जासल की मौत मंजूर नहीं थी। उसने सम्मति दी। जासल ने सन्देश के साथ सासतिया को जूनागढ़ रवाना किया।

वन्थली-जूनागढ़ का राज्य-प्रबन्ध व्यवस्थित हो गया था। अब नवघण की इच्छा

उदयमति का विवाह करने की थी। श्रीधर ने अपनी ओर से प्रस्ताव रखा था। अणहिलवाड़ का स्वामी क्या बुरा ?

'किन्तु उसका मन चौला में है, उसका क्या ?' देवायत ने श्रीधर को रोकने का प्रयत्न किया था। किन्तु नागर गृहिणियाँ जानती थीं कि उदयमति को पाटण की पटरानी बनने की अभिलाषा है। श्रीधर ने कहा कि हमारे अपने गौरव को शोभा दे उस तरह बात रखेंगे। ऐसा निश्चित हुआ कि राजपुरोहित के साथ श्रीधर भी पाटण जाए। ऐसा नहीं लगना चाहिए कि भय से प्रेरित होकर हम सोलंकी कुल से सम्बन्ध की आकांक्षा रखते हैं।

महाराज भीमदेव आबु के राजा धंधुक को वश में कर पाटण आकर विश्राम के दिन बिता रहे थे। उन्होंने जूनागढ़ से निष्कासित किए गए सूबा को सुनकर उसे आवश्यक मदद करने का दायित्व विमलमन्त्री को सौंपा। विमल ने कहा कि नवघण को हराने की ताकत मेरे पास नहीं, आप साथ आएँ तो मैं साहस करूँ। यह युद्ध आपके और राजकुमार नवघण के बीच का नहीं होगा, आपकी और सौराष्ट्र की प्रजा के बीच का होगा। आपके सूबा को नवघण ने नहीं, देवायत के यहाँ आए हुए बारातियों ने निकाल दिया है। नवघण को किसी पर भी प्रहार नहीं करना पड़ा...दानवीर राजा दयास के इस तेजस्वी कुमार को आपकी सत्ता की उपेक्षा किए बिना अपनी प्रभुता स्थापित करनी थी...

'किन्तु हम कुछ न करें तो जगह-जगह विद्रोह होगा। लोग क्या कहेंगे ? चौला क्या कहेगी ?'

'चौला का अभिप्राय ही आपके पराक्रम का प्रमाण है, महाराज ? तो चलें, पहले प्रभास चलें। चौला से पूछ लें। उसकी माँ गौरा के हृदय में जूनागढ़ की प्रजा के प्रति स्नेह है, तो चौला का भाव क्या अन्यथा होगा ? यह भी न भूलें महाराज कि उदयमति और वृन्दाबा की वह सखी है। आपने उस नर्तकी को आमन्त्रण दिया था। उसको स्मरण रहा नहीं लगता, आपको रहा है तो आपको प्रभास जाना चाहिए। एक पन्थ दो काज,' मन्त्री की धृष्टता को विनोद माने बिना चारा नहीं था।

महाराज भीमदेव ने व्यथित दृष्टि से विमल की ओर देखा था।

उसी क्षण जूनागढ़ के राजपुरोहित और मन्त्री श्रीधर ने खंड में प्रवेश करने के लिए प्रतिहार द्वारा अनुमति माँगी। भीमदेव स्वस्थ हुए। ब्राह्मण के स्वागत के लिए वे खड़े हुए। इस क्षण अतिथियों का आगमन उन्हें अच्छा नहीं लगा था। किन्तु कर्तव्य की उपेक्षा करना उचित नहीं। भीमदेव को योद्धाओं की अपेक्षा ब्राह्मणों का भय अधिक रहता।

राजपुरोहित ने प्रस्ताव प्रस्तुत किया। सुनकर विमलमन्त्री ने धन्यवाद दिया और अतिथिशाला में उनको सम्मान के साथ पहुँचाया। वह वापस आया उस समय भीमदेव गुस्से में थे और श्रीधर नीचे देखकर बैठ गया था।

'क्या कहा महाराज ने ?' आसन ग्रहण करते हुए विमल ने श्रीधर के सामने देखा।

'मैंने उनके विरुद्ध दोगुना षड्यन्त्र किया। जिस समय महाराज आबू के धंधुक के सामने व्यस्त थे उस समय मैंने जूनागढ़ से सूबा को भगाया और अब उस षड्यन्त्र की शिक्षा सहनी न पड़े इसलिए मैं उदयमति रूपी लालच लेकर आया हूँ,' श्रीधर ने रुककर विमल के सामने देखा। विमल का चेहरा कुछ भी सूचित करे तो उससे मार्गदर्शन मिले, किन्तु विमल चुपचाप भीमदेव के सामने ताकता रहा। आज उसके महाराज का भोलापन अपरिचित लगता था। क्या व्यथा के क्षण विचारशक्ति बढ़ती होगी ? झट-पटकर देनेवाला यह धनुर्धर आज मौन का पक्षधर बना है...शान्ति असह्य होते वह धीरे से बोला :

'विमल इस वन्थली की चुड़ासमा वंश में राजकुमारी एकाएक कहाँ से पैदा हुई ? और वह भी लग्नयोग्य ?'

'महाराज, इस विषय में आपको कुछ समय पहले वापस आए अपने सूबा से पूछना चाहिए। उनके मानने के अनुसार तो रा' दयास के अन्त के साथ उसका वंश नष्ट हुआ था। किन्तु आज रा'नवघण गद्दी पर बैठा है और आपके साथ सम्बन्ध की इच्छा रखता है। वाराणसी जा रही शारदादेवी को आपकी मातुश्री मिली थीं। उन्होंने उदयमति और वृन्दाबा नामक दो राजकन्याओं की भारी प्रशंसा की थी। राजमाता मुझे कहती थीं, 'विमल तुम्हारे महाराज को उस नर्तकी के मोह से मुक्त करना हो तो ऐसी किसी राजकन्या की मँगनी आए, ऐसी व्यवस्था करो।'

'यानी ? यह षड्यन्त्र मन्त्री का नहीं बल्कि तुम्हारा है ?'

'नहीं महाराज, यह षड्यन्त्र नहीं, व्रत है उदयमति का,' श्रीधर ने कहा।

'मैं नहीं मानता, तुम दोनों बड़े चतुर हो। कौटिल्य के वारिस हो। मैं आक्रमण न करूँ इसलिए...'

'आप अवश्य आक्रमण करें, हम आपका स्वागत करेंगे। राज्य आपका है, हम आपकी ओर से शासन करते हैं। हमारा राजकोष छलकेगा तो अतिरिक्त द्रव्य आपकी ओर बहेगा। किन्तु इस समय हम खिराज नहीं देंगे, उदयमति का दहेज देंगे।'

'उदयमति या दहेज, एक में भी मेरी रुचि नहीं है,' कहते एकाएक खड़े होकर भीमदेव ने मन्त्रणाकक्ष छोड़ा।

12

सासतिया को आया जानकर रा'नवघण सामने दौड़ा। सुदामा की ओर दौड़े हुए श्रीकृष्ण मान-मर्यादा भूल गए थे, ऐसा इस भूमि पर दूसरी बार हुआ। किन्तु डेढ़ पसली के सुदामा के मुख पर जो कान्ति छलक उठी थी, सासतिया के चेहरे पर इसका निरन्तर अभाव था।

दो-दो बार भेंटकर नवघण ने जीजाजी को निहारा। क्षेमकुशल पूछा। हाँ, हाँ करता

रहा, किन्तु सासतिया के मुख पर की ग्लानि घटी नहीं। कुछ अमंगल तो नहीं हुआ होगा ? जासल का सन्देश जानकर सासतिया के मुख पर छाई ग्लानि दोगुनी होकर नवघण को घेर लिया। 'बाबा कहाँ ?'

देवायत अभावग्रस्त क्षेत्र में लोगों की आपदाएँ कम करने गए थे। श्रीधर पाटण गया था। नवघण ने महीधर को बुलाकर जासल का सन्देश सुनाकर अपना संकल्प बताया, 'बहन को हमीर सुमरो के शिकंजे से छुड़ाने के बाद ही मैं अन्न का दाना मुँह में डालूँगा।'

महीधर ने सैनिकों में से चुनिन्दा सैनिकों को सौंपा। उनकी भी साथ आने की तैयारी थी। किन्तु देवायतबापू एवं मन्त्री श्रीधर की अनुपस्थिति में महीधर को तो यहाँ रुकना पड़ेगा।

जूनागढ़ से निकली सेना सुबह के उजाले की तरह बढ़ती गई। भूमली के राणोजी संगसिंह को एक अफसोस रह गया था कि रा'नवघण के राज्यारोहण प्रसंग में स्वयं कुछ भेंट-सौगात नहीं भेज सके। जासल की मुक्तिसेना में उन्होंने भी योगदान किया। और अन्त में चमत्कार किया खोड बन्दरगाह पर मिली चारणकन्या वरूअडी ने। नवघण के सैन्य को चोटीला होकर हलवद के मार्ग से आगे बढ़ कच्छ में प्रवेश करना था, वहाँ इस चारण कन्या ने सभी सैनिकों को भोजन कराया। किसी को समझ में नहीं आया कि यह शक्तिप्रद अन्न कहाँ से आया ? सबने देवी की कृपा का अनुभव किया। इससे भी बड़ी कृपा का क्षण विदाई के समय आया। लम्बा रास्ता तय करने के बदले वरूअडी ने लहराते जल के बीच का सीधा रास्ता बताया और नवघण ने अपने अश्व को आगे किया। अश्व को मानो जल-स्थल के भेद ने रुकावट ही नहीं डाली। प्रत्येक सैनिक चारणबाला का वन्दन करता आगे बढ़ा।

हमीर सुमरो अल्लसुबह घिर गया। राजधानी में रहनेवाले मर्यादित सैनिकों को बाहर की मदद मिल सके, ऐसा नहीं था। नवघण ने हमीर को शरण में आने के लिए मात्र एक प्रहर का समय दिया था और दूसरे प्रहर तो नवघण के सैनिक एक बराबर हजार की शक्ति से टूट पड़े। योद्धा का यशस्वी व्यतीत धारण करनेवाले हमीर की ढाल नवघण के पहले ही प्रहार से उछलकर महल के प्रांगण में पड़ी। भाई आकर मुक्त न कर सके तो जासल अपने अँगूठे पर आग रखने का प्रण ले चुकी थी। सुमरा ने इसका उल्लेख कर नवघण को चेतावनी दी—'थोड़ी देर में ही मेरे नगर के बाहर के सैनिक तुम्हें घेर लेंगे। तुममें से कोई नहीं बचेगा और जासल जलकर मर जाएगी। इसलिए उसे मेरे साथ विवाह कराकर वापस जाओ। उसे सुखी कर सुखी बनो।'

'सती ने एक जन्म में दो जन्म लिया है कभी ? नराधम, मैं तुम्हें जीवित नहीं छोड़ूँगा,' और उसने दहाड़ की। सैनिकों ने गर्जनाएँ कीं, 'जय सोमनाथ, जय शिवशक्ति...'

युद्ध देखने दासियों के साथ चली आई जासल दुर्ग के कंगूरे से बोल उठी, 'धन्य मेरे वीर जुग-जुग जीओ !'

और क्षणार्ध में हमीर सुमरा की तलवार उसके हाथ से उछलकर दूर जासल की दिशा में पड़ी थी। धातुजड़ित लाठी से अनेक असवारों को धराशायी कर चुका सासतिया अब अपनी मंजिल के नज़दीक था। उसने 'जय माँ वरूअडी' कहते लाठी घुमाकर सिंह की छलाँग भरी। किन्तु कौन जाने कहाँ से हमीर सुमरा की रानी वहाँ वेग से आ पहुँची।

एक तरफ नवघण की उठी हुई तलवार है, दूसरी तरफ पीठ पीछे आधा चक्कर पूरा कर चुकी सासतिया की धातुजड़ित लाठी है, सामने मूढ़ हमीर है और उसकी छाती के आगे अश्रुसिक्त चेहरा लेकर आई हुई रानी है। तलवार और लाठी स्थिर हो गईं।

'पहले मुझे मारो महाराज ! मेरे स्वामी जासल को वशीभूत करने को प्रेरित हुए उस दिन से मैं मरने का संकल्प कर चुकी हूँ,' रानी यहाँ तक बोली उससे पहले दासियों की पकड़ में से छूटकर तीनेक वर्ष का राजकुमार दौड़ आया। माँ का पैर पकड़ लिया। 'मुझे छोड़कर न जाओ माँ, मुझे लेती जाओ।'

रा'नवघण ने तलवार म्यान में रखी। नायकों ने युद्धविराम की घोषणा की। सुमरा के सैनिकों ने हथियार डाल दिए।

जासल आ पहुँची।

'धन्य हैं मेरे भाई...। महाराज तो बहुत पैदा होते हैं किन्तु बहन की लाज रखने रात-दिन एक कर दौड़ आता ऐसा वीर तो अपनी मातृभूमि ही पैदा कर सकती है। आज लगा कि इस सोने के पिंजरे में मेरा जीना निष्फल नहीं गया। इस रानी और कुँवर को अनाथ न करो भाई।' फिर सासतिया के सामने खुमारी से देखकर कहा, 'कसौटी के क्षण आपने लाठी पर काबू पा लिया। मुझे लगा कि इस कामान्ध राजा की खोपड़ी फूटी वहाँ यह पतिव्रता नारी प्रकट हुई और इस बालक को देख तो मैं अपनी जगह टिक नहीं सकी। इस दुष्ट को दूसरे रूप में दंडित करो किन्तु इस बालक...'

'पुत्र, जासल के पाँव छू,' और बालक को प्रेरणा देने के लिए रानी खुद ही जासल के पाँव लगी।

इन थोड़े क्षणों में हमीर सुमरो को जीवन का रहस्य समझ में आ गया था। यौवन धनसम्पत्ति प्रभुत्व और अविवेकता ने उसका सत्यनाश निश्चित कर रखा था। पत्नी और पुत्र को अपने वैभव के तुच्छ घटकों की तरह वह देखता था, किन्तु उन्होंने ही उसे बचाया। मोहमाया के सात रंगों में से सच्ची सगाई का प्रकाश उसे पहली बार दिखाई दिया।

'महाराज नवघणजी, आज तक खेले गए हरेक युद्ध में मेरी विजय हुई है। उस विजय ने मेरे अहंकार को पुष्ट किया था। किन्तु इस पराजय ने मुझे कुछ सयाना बनाया है। इसलिए प्राप्त सन्तोष के साथ मरूँगा। मेरा अपराध ऐसा है कि मृत्युदंड भी कम पड़े। इसलिए विनती है कि...वैसे, उसकी जरूरत नहीं। आप जैसे उदात्त पुरुष के हाथों मेरे परिवार का अहित नहीं होगा,' बोलते-बोलते हमीर के जकड़े हुए अंगों में चेतना आई।

नवघण ने जासल के सामने देखा। जासल ने नतनेत्र रानी के सामने देखा। कुछ

क्षण बाद सबने सासतिया की ओर देखा।

'न्याय करने में मैं क्या समझूँ ? किन्तु चारण बाला वरूअडी ने हम सबको भोजन कराया उस समय तक महाराज ने मुँह में अन्न का दाना नहीं डाला था। उनकी प्रतिज्ञा थी कि...'

'धन्यवाद ऐसे वीर को,' रानी ने सजल आँखों से कहा। हमीर सुमरो की आँख का कोना भीग गया।

'तुम्हारे इस आँसू ने तुम्हें बचाया हमीर ! जा, मैंने माफ किया। मैं अपने सेनानायक को कहता हूँ कि वरूअडी माता का मन्दिर बनाए, इसके लिए आवश्यक द्रव्य यहाँ से लेना है, अधिक नहीं। बस यही तुम्हारा दंड।'

'वह दंड नहीं, दया कही जाएगी। महाराज ! सत्कर्म में हमको भागीदार बनाने का उपकार करना कहा जाएगा। अब आपने हमें क्षमा किया है तब मैं कहूँगी कि मेरे पति ने इस अघटित कृत्य के बीच भी मर्यादा का पालन किया है। जासल बहन की सम्मति की राह देख रहे थे। दूसरी बार इनकी काया पर कुदृष्टि नहीं डाली। इनका अवरुद्ध धर्मभाव आपके उपकार से फिर जागृत होगा।'

'और मेरी जैसी भोली-भाली अहीरीनियाँ खुले बाड़े में नहाना बन्द करेंगी। चलो, मुझे रसद दो, मैं अपने भाई के लिए रसोई बनाऊँ।'

'रसोई तो वहाँ बाड़े में ही करेंगे न ? तो चलो मैं ईंधन इकट्ठा करूँ,' सासतिया का विनोद नवघण को छू गया...

जूनागढ़ पहुँचकर नवघण ने पहला काम बहन को जागीर देने का किया। 'तुम्हारे गुजारे के बाद जितना बचे उतना लोगों के कल्याण में उपयोग करना।' दूसरा काम किया वरूअडी का मन्दिर बनवाकर वहाँ सदाव्रत शुरू करवाने का। उसके सैन्य ने यहाँ भोजन किया, उसकी शक्ति से ही हमीर सुमरो को जीत सका। देवायत जासल से मिले, उस समय पुत्री के मुँह से सारा वृत्तान्त सुनकर बोल उठे, 'इसका नाम सत की शक्ति। कुछ वर्ष पहले की बात है। सोलंकी सूबा के सैनिकों ने हमें रोक लिया था। मैंने पहले तो अपने साथीदारों को खिसक जाने का रास्ता बताया। फिर बचे हम दो। उस समय तो कुँवर नवघण को मूँछ की रेखा भी नहीं फूटी थी। उनकी रक्षा का दायित्व मेरे ऊपर ही था। उस दिन मेरी लाठी ने बहुत काम दिया। पहले तो मैंने बीच में पकड़कर लाठी को चक्र की तरह घुमाया, फिर बिजली की तरह गरजकर सबके बीच कूदकर प्रहार करने लगा। उस समय कुमार तो अपनी तलवार की अपेक्षा सहज ही ऊँचा था। परिस्थिति की गम्भीरता समझ में आते हुए भी वह खेल निहारने की तरह खिल उठा। उसने तलवार उठाकर सूबा के सैनिकों को ललकारा। मेरा संघर्ष जारी था। कुमार की किलक के साथ वह पराकाष्ठा तक पहुँच गया। सूबा के सैनिकों के अधमरे होकर दुम दबाकर भागने के बाद कुमार ने कहा—देवायतबापू, आज आप कैसे दीखते हैं, कहूँ ? उस नाटक में देवदूत आया था न? ऐसे। मुझे ज्ञात नहीं था कि भगवान सोमनाथ ने आपमें इतनी अधिक शक्ति भरी है। मैंने कहा—कुमार, जो व्यक्ति अपने खातिर नहीं लड़ता उसकी

शक्ति भगवान बढ़ा देते हैं...तुम्हारी मदद को आए तीन-तीन दिन के उपवासी नवघण में जो शक्ति थी, वह परमार्थी मनुष्य की थी। युवाचार्य बार-बार कहते हैं—जो व्यक्ति आसक्ति को छोड़ता है उसकी शक्ति बढ़ जाती है। माया से बँधा व्यक्ति निर्बल पड़ जाता है और मन की सत्ता कभी-कभी शरीर को लाँघ जाती है...'

पिता को इस तरह बात करते-करते माथे पर हाथ फेरते देखकर जासल को लगा कि इन्हें जीने का अर्थ हाथ लगा है। अब इन्हें किसी के सामने फरियाद नहीं है...

'बापू उदयबा की सगाई का क्या हुआ ?'

'श्रीधर मन्त्री कोई भी उत्तर पाए बिना वापस आए हैं। महाराज भीमदेव को ऐसा लगता है कि जूनागढ़वाले सगाई स्थापित करके बाँध लेना चाहते हैं।'

'महाराज ने उदयबा को देखा नहीं होगा।'

'उदयमति क्षत्राणी है, ऐसे चलकर सामने पहुँच जाएगी ? यह कोई चौला है कि...'

'बापू चौला के विषय में कुछ भी गलत न बोलो। वह सरस्वती जैसी ही पवित्र है। उसने बड़े कौशल से महाराज को रोका है।'

'तो क्या तुम्हें ऐसा कहना है कि उसका मन महाराज में नहीं है ? भगवान शम्भु में है ?' देवायत ने अनजाने में ही संकोच छोड़ दिया। जासल विचार में पड़ गई। चौला भीमदेव से परिणीत होकर शिव की उपासिका नहीं रह सकती ? सभी कहते हैं कि महाराज की उपस्थिति में चौला द्वारा भगवान शम्भु के समक्ष किया गया नृत्य अपूर्व और अनन्य था...

यहाँ पिता-पुत्री की गोष्ठी चलती थी, वहाँ वरूअडी माता के मन्दिर की प्रतिष्ठा का काम पूरा करवाकर नवघण जूनागढ़ पहुँचे। उदयमति ने कुंकुम तिलक और पुष्प से महाराज का स्वागत किया।

'पीछे कौन खड़ा है प्रतिहारी के साथ ?'

'कौन वृन्दा ?' नवघण को हुआ कि उस व्यक्ति के निकट दौड़कर गले लग जाए। उसकी आँखों में आमन्त्रण है, किन्तु यह कौन तत्त्व है, जो रोकता है ? पद या मर्यादा ? समाज या धर्म द्वारा निश्चित की गई कोई अव्यक्त रेखा ?

महाराज नवघण विश्रामकक्ष में झूले पर बैठे। उदयमति और वृन्दाबा गवाक्ष के पास सुखासन पर बैठीं। उनके सामने गिरनार का शिखर था, नीचे की वनराजि और ऊपर का आकाश था। वृन्दाबा की दृष्टि वनराजि पर टिकी थी जबकि उदयमति की आँखें आकाश पर।

'आप पहले हमारा आमन्त्रण स्वीकार नहीं सकी थीं।'

'इसका कारण मैंने उदयबा को पत्र में लिखा था। किन्तु आप जासल बहन की मदद के लिए दौड़े, उसकी जानकारी मुझे तत्काल मिली होती तो मैं आपके सैनिक के रूप में साथ आई होती।'

'हमें आपको सेनापति मानकर आपके नेतृत्व में लड़ने की धन्यता मिली होती।

आपको लोक और शास्त्र दोनों की हमारी अपेक्षा अधिक जानकारी है। शायद वय में भी आप हमसे एकाध वसन्त बड़ी होंगी।'

उदयमति ने वृन्दाबा के सामने देखा। इसके पूर्व सखी के मुख पर लज्जा का ऐसा सौन्दर्य देखा नहीं था। प्रशंसा सुनते ही वृन्दाबा नवघण से एक वसन्त बड़ी नहीं, छोटी हो गईं।

नवघण अपने में ही खोए हों ऐसे आगे बोले, 'आपके पत्र के बाद इस संसार में आपसे मिलना नहीं होगा ऐसा तो हमने नहीं मान लिया था। अन्त में आपके लग्न-प्रसंग में पहनावा करने के बहाने भी आपके दर्शन होंगे, ऐसी अभिलाषा थी। पहले हममें अधीरता थी, देवायतबापू ने हमारा वह राजवंशी दोष कम कर डाला। पहले हमें मोह भी अधिक रहता। मोर की कला, हिरण की आँखें, झरने की कलकल नाद और उसकी निर्मल मिठास, जाड़े की रात में अरणी की सुगन्ध—इनमें से कोई भी पाकर हम भूल जाते थे कि शत्रु के जाल के बीच हमें अपना ध्यान रखना है। हमारी आँख का आश्चर्य देवायतबाबू जान जाते और वह कन्धे या माथे पर हाथ रखकर सावधान करते। किन्तु योग्य क्षण में जिन्होंने मुझे सावधान किया वे तो हम सबके गुरुदेव जैसे सदाशिव हैं। भगवान सोमनाथ की पूजा कर रही एक कन्या की पीठ देखकर, उस आकृति की रमणीयता ने हमको भुला दिया था कि हम अन्यत्र कहीं नहीं किन्तु कामदेव को भस्म करनेवाले भगवान शिव के सामने खड़े हैं। उस कन्या का मुख देखने की ऐसी उत्कंठा जगी कि वहाँ से खिसक ही नहीं सका। मानो स्थाणु बन गया। किसी ने कहा, 'इस युवक को समाधि लग गई है। आगे युवाचार्य के पास पहुँचे हुए देवायतबापू ने पूछा होगा—कुमार कहाँ ? इतने में तो नहीं है। अरे ! जहाँ है, वहाँ भी नहीं।' और वे खड़े होकर मेरे सामने आए। मेरा हाथ पकड़ा। कुछ भी बोले बिना मुझे पास बैठाया। मानो युवाचार्य स्वगत बोलते थे, 'आँख जो देखती है वह सब अन्तःकरण को भी देखना नहीं चाहिए। आत्मा ने जो नहीं देखा वह प्रत्येक दर्शन अधूरा है। इसलिए अन्त में तो आत्मा द्वारा ही अन्तःकरण और आँख दोनों को बताना है। शिव के तीसरे नेत्र को सौन्दर्य वर्ज्य नहीं, उसे बाधा है कामदेव के अधीर आक्रमण की। यही तो रहस्य है गौरीव्रत का, पार्वती के तप का। उसका मर्म समग्र मानवजाति को जानना है, मात्र उमंगभरी कन्याओं को नहीं। कुमार आपके अन्तरंग में उदित वसन्तपंचमी पूर्ण वसन्त बने, आपको जिस बीजलेखा का दर्शन करना है वह पूर्णिमा रूप में विकसित होकर प्रत्यक्ष हो...' और उस दिन मुझे प्रतीक्षा का वरदान मिला।'

उदयमति ने भाई के मुख से ऐसी भावपूर्ण वाणी पहली बार सुनी थी। नागर मन्त्री का साहचर्य उपकारक सिद्ध हुआ था। भोजन तैयार हो चुका था—यह जताने दासी आ चुकी थी। स्वयं मातुश्री पासवाले कक्ष तक आकर लौट गई थीं। फलित हुआ था। इस गोष्ठी में कोई खलल डालना नहीं चाहता था।

'बन्धुवर, कौन थी वह बीजलेखा ?'—उदयमति नवघण के पास झूले पर बैठी।

अभी राजप्रासाद की औपचारिकताओं ने बन्धन नहीं लादे थे, वनवासी की सहजता को इन व्यक्तियों के जीवन में से देशनिकाला मिला नहीं था, 'भाई, कहोगे वह परम सौभाग्यवती कन्या कौन थी ?'

'अनुमान कर सकता हूँ, किन्तु निश्चित रूप से नहीं कह सकता। युवाचार्य के उद्‌गारों को सुनने के बाद उस कन्या का मुख देखने की वृत्ति शान्त हो गई।'

'वह चौला तो नहीं थी ?' वृन्दाबा ने मात्र पूछने के लिए पूछा।

'ना, कदापि नहीं। चौला की पूजा तो कब की पूरी हो चुकी है। उसने मुझे बहन के स्नेह का अनुभव कराया है। कैसी सात्त्विकता है चौला के मुख पर, कैसी दिव्य है उसकी वाणी ? मानो भगवान सोमेश्वर की आराधिका के रूप में ही वह अवतरित है।'

'तो महाराज भीमदेव को क्यों ऐसा नहीं लगता ?' उदयमति ने पूछा।

'क्योंकि उन्होंने हमारी बहनबा को दूर से भी देखा नहीं। आगे यदि वह आक्रमण करें तो उदयबा को ही सेनापति नियुक्त कर उनके सामने भेजना है।'

'उन्हें हराने के लिए तो चौला ही चाहिए,' उदयमति ने कहा।

'श्रीधर यह युक्ति आजमा चुके हैं।'

'कहते हैं कि महाराज के निजी जीवन के प्रश्नों का भी मन्त्रीश्वर विमल समाधान करते हैं ?'

'कौन जाने ! श्रीधर के कहने के अनुसार तो विमल युवाचार्य जैसे ही महापुरुष हैं। वे सबका कल्याण चाहते हैं। उन्होंने एक बार मुझे वश में करने का नाटक किया। मेरी निर्भयता देखकर उन्होंने मेरे सामने आशीष-सूचक दृष्टिपात किया था। उस दिन विमल ने देखा था कि मैं मरूँगा तो भी शरण नहीं स्वीकारूँगा। उन्होंने युवाचार्य का आदेश सिर पर चढ़ाया था। उसी विमल ने आबू के धंधुक को झुकाया, दूसरी बार झुकाकर महाराज भीमदेव का यश बढ़ाया।'

'और आपको झुकाने का प्रयत्न न करके !' वृन्दाबा ने कहा।

'विमल की टक्कर झेल सके ऐसा सैन्य हमारे पास कहाँ है ? जो हैं वे सभी स्वयंसेवक हैं। विलक्षण बुद्धिवाले, अनावश्यक हिंसा टालने की इच्छा रखनेवाले। विमल ने देखा होगा कि वह युद्ध दो राजाओं के बीच न रहकर एक राजा और एक प्रजा के बीच का बना रहेगा, इसलिए यह धर्मयुद्ध बन जाएगा। देवायतबापू से पूछो तो वे कहेंगे—यहाँ प्रभुता प्रजा की है। प्रजा ही राजा है यहाँ। नवघण ने तो मात्र प्रजा की महेच्छा की गूँज व्यक्त की।'

'आपकी यह भावना जानकर मेरा हृदय हर्षित हो उठा है। चलिए महाराज, हमने भोजन में बहुत विलम्ब कराया।'

'अतिथि को भूखा रखकर मुझे भोजन करना है ?'

'अतिथि अपनी गरिमा के अनुसार भोजन करेंगे। यह किसी सासतिया की बस्ती नहीं कि सभी एक साथ खाट पर आमने-सामने बैठकर जिम सकें,' वृन्दाबा का पहले का वनविहारी स्वभाव मानो बदलने लगा था।

‘मैं नहीं चाहता कि राज्य की जिम्मेदारी मेरे और सासतिया के बीच भेद खड़ी करेगी। चलो, साथ ही भोजन करें। शारदादेवी को विदाई देने के निमित्त प्रवास में हम लोगों ने जो मैत्री अनुभव की वही इष्ट। कृपा करके उसमें कमी नहीं आने दें।’

‘हम बाद में खाएँगे। आज हमें परोसने का मौका दें,’ दोनों सखियों की इस इच्छा में माता का रुख शामिल था। वह मानती थीं कि उसकी सुपुत्री के भाग्य में पाटण की पटरानी होना लिखा हो तो उसे क्षत्राणी की सारी मान-मर्यादा का चुश्ती से पालन करना चाहिए।

पानी का पात्र रखती वृन्दाबा ने कहा, ‘महाराज, आपने तो सम्पूर्ण सोरठ का पानी पीया है। सबसे मीठा कहाँ का लगा ?’

‘प्यासे व्यक्ति को हर स्थान का निर्मल जल मीठा लगता है, किन्तु इस क्षण तो ऐसा ही लगता है कि आपके हाथ से भरे हुए इस पात्र का जल सबसे मीठा होगा।’

‘महाराज तो प्रगल्भ वचन उच्चारते हैं! यह सब कब सीखा ?’

‘भूल गईं ! आपके साथ हमारा प्रवास,’ क्षण-भर रुककर कहा, ‘कभी भगवान सोमनाथ के परिसर में, कभी गौरा के भवन के संगीतकक्ष में, कभी पाठशाला के ग्रन्थालय में, तो कभी गिरनार की ऊँची चोटी पर जो सुनने को मिला उनमें से कुछ न कुछ अनायास गाँठ गठिया लिया—झूठा बखान नहीं करता। आपके व्यक्तित्व में जो मिठास है वह शियालबेट के मीठे पानी की आभारी नहीं है ? मैं तो कुदरत की करामात पर स्तब्ध हूँ। मात्र एक योजन का क्षेत्र होगा शियालबेट का। चारों तरफ खारा समुद्र। किन्तु बेट के अन्दर कम से कम सौ जगह मीठा पानी मिल जाएगा ! आपके पितामह अनन्तसेन को छत्तीस कुल के राजाओं को कैद करने का शौक अभ्यस्त करने के बदले में मीठे जल के छत्तीस कुएँ बनवाने की आवश्यकता थी। तभी देशावर जाते जहाजियों ने उनका यश बढ़ाया होता।’

‘हाँ, आपके पितामह रा’क्वाट को कैद करने में मात खा गए।’

‘अब हमारे भाई के कैद होने की बारी है। अनन्तसेन के ही वंशज के हाथ,’ उदयमति ने कहा।

महाराज भोजन करके उठे, वहाँ प्रतिहारी ने सन्देश दिया। प्रभास से त्र्यंबक का दूत आया है, मन्त्रणाकक्ष में श्रीधर आपकी प्रतीक्षा करते हैं। यदि आप आज्ञा दें तो वे यहाँ आएँ।

भोजन के बाद नवघण को आराम की जरूरत नहीं थी। वे तुरन्त मन्त्रणाकक्ष में गए। अणहिलवाड़ पाटण से राजमाता लक्ष्मीदेवी प्रभास पधारी हैं। आचार्यदेव चाहते हैं कि हम सब उनसे आदरपूर्वक मिलें। इससे सबका श्रेय सधेगा। जहाँ वृन्दाबा का आतिथ्य करने का अवसर आया हो, वहाँ शत्रु की राजमाता को वन्दन करने की सलाह किसको प्रिय लगेगी ? किन्तु महाराज नवघण को जो प्रशिक्षण मिला था उसमें कर्तव्य को सबसे पहला स्थान मिलता रहा है। प्रभास जाने में उन्होंने एक ही दिन का विलम्ब किया। देवायतबापू को साथ लेने की सूचना श्रीधर को भी उचित लगी।

वृन्दाबा भी सोमनाथ साथ चलेंगी। भगवान सोमेश्वर की पूजा करने के बाद पितृगृह जाएँगी। उदयमति के अनुरोध पर वृन्दाबा सज्ज हुईं। इस वेशभूषा ने रा'नवघण को बीते समय की मनःस्थिति में रख दिया। पीठ की रमणीयता देखते ही उत्तर मिल गया—उस दिन की सौन्दर्यसमाधि में कौन निमित्त बना...

13

राजमाता लक्ष्मीदेवी सोलंकी राज्य की वसहिका में ठहरी होंगी ऐसा मानकर श्रीधर कुक्कुटध्वज से शोभते उस भवन तक रथ हाँककर ले गए। कुँवारी उदयमति वृन्दाबा के साथ भगवान सोमनाथ के सिंहद्वार पर उतर गई थीं। त्र्यंबक ने उनका समारोहपूर्वक स्वागत किया था। नगर के पंचकुल और मन्दिर के आचार्यदेव आजकल नियमित मिलते थे। सदाशिव यहाँ थे तब वे मन्दिर और नगर दोनों के प्रबन्ध में यथासमय रुचि दिखाते, वे सागर पर के पवन जैसे सहज सम्पर्कसूत्र बने रहते। किन्तु आचार्यदेव और पंचकुल के प्रधान को अपने पद की मर्यादा में काम करना होता इसलिए थोड़ी अधिक औपचारिकता आ जाती।

प्रभास को सीधे अणहिलवाड़ के शासन के अन्तार्गत गिने या वन्थली का वफादार मानें ऐसे प्रश्न अभी खड़े नहीं हुए थे। देवायत के साथ हुए नवघण के लम्बे भ्रमण के वर्षों में प्रभास के पंचकुल ने नवघण के प्रति सतत सहानुभूति दिखाई थी। इस चूड़ासमा वंश के शासकों के प्रति प्रभास के धर्मभीरु निवासियों को एक ही बार अरुचि हुई थी। आठेक दशक पहले मूलराज सोलंकी ने जब सारस्वत मंडल की स्थापना कर अणहिलवाड़ में सत्ता का सूत्र सँभाला उस समय वन्थली-जूनागढ़ में ग्राहरिपु का शासन था। प्रभास की यात्रा पर आनेवाले श्रद्धालु उनके राज्य से होकर गुजरते तब किसी-किसी समय अविचारी अधिकारियों द्वारा 'कर' के लिए उन्हें रोका-टोका जाता। फरियाद सुनते ही मूलराज ने ग्राहरिपु को चेतावनी दी, क्योंकि इस देवभूमि के प्रति मूलराज के भक्तिभाव के लिए व्यक्तिगत श्रद्धा के उपरान्त अनुवांशिक कारण भी थे। ग्राहरिपु ने मूलराज की चेतावनी की उपेक्षा की। फलतः बड़ी सेना के साथ मूलराज ने आक्रमण किया। जम्बुमाली नदी के किनारे हुए युद्ध में ग्राहरिपु बन्दी बना। भविष्य में यात्रियों को परेशान न करने की शर्त पर उसे मुक्त कर दिया गया। उसके बाद रा'क्वाट और रा'दयास सत्ता पर आए, जिन्होंने प्रभास को अपनी सत्ता का नहीं, श्रद्धा का मुख्यालय मानकर मन्दिर के आचार्य का गौरव बढ़ाया। इस बीच नगर के आन्तरिक संचालन के लिए नियुक्त हुए पंचकुल उसकी मर्यादा में काम करते रहे। पंचकुल के अधिकारियों में चार शैव और एक जैन थे। पद के कारण कोई तो अपने नाम के बदले पंचकुलिक—पंचोली के रूप में पहचाने जाते। वाजा ठाकुर भी उनमें से एक थे। किन्तु उनके पूर्वज देशठक्कुर रहे थे, अतः वे पंचोली के बदले विजल ठाकुर के रूप में अपनी पहचान देते। त्र्यंबक उन्हें

आदर से वाजा ठाकुर कहते। उनके छोटे भाई नगररक्षक का पद सुशोभित करते। उन्होंने त्र्यंबक के साथ पाठशाला में कौटिल्य का अर्थशास्त्र पढ़ा था। पंचकुल ने महाराज भीमदेव की सम्मति से त्र्यंबक को देवतालार का पद प्राप्त हुआ। इसलिए उनका अभिमान बढ़ने के बदले कार्यक्षेत्र बढ़ा। मन्दिर की भोजनशाला में प्रसाद स्वीकारने के लिए राजमाता को विनती किए बिना वे नहीं रह सके। उसमें लक्ष्मीदेवी ने शुभ संकेत देखा। पंचकुलिक बिजल ठाकुर की मातुश्री उनकी सेवा में उपस्थित थीं। वह भी मन्दिर में साथ आईं। श्रीधर मन्त्री सोलंकी राज्य की अतिथिशाला में गए उस समय राजमाता मन्दिर में थीं। उन्हें एक प्रहर वहाँ रुकना था, अतः सारथि वापस आ गया था। उसके द्वारा बात जानकर श्रीधर विचार में पड़ गए। इस समय आचार्यदेव के यहाँ जाऊँ या नहीं ?

गौरा के वहाँ जाकर चौला द्वारा जानकारी या सहायता प्राप्त करनी हो तो ? वहाँ जाने में श्रीधर के लिए औपचारिकता की जरूरत नहीं थी।

श्रीधर वहाँ पहुँचे उस समय गौरा शिवमहिम्न स्तोत्र का पाठ कर रही थीं और चौला चित्र बना रही थी। अतिथि को आया जानकर चौला ने चित्र को दीवार की ओर घुमा दिया। यह घटना मन्त्री की उपस्थिति में हुई इसलिए उनका ध्यान तुरन्त खींचा। किन्तु उन्होंने जिज्ञासा व्यक्त नहीं की। उन्होंने अभिवादन स्वीकारकर सस्मित शुभाशीष दिया।

'मन्त्रीश्री को हमारे अस्तित्व का ही विस्मरण हुआ होगा क्या, ऐसे प्रश्न इन दिनों हुआ करते थे, तभी आप पधारे। कल चौला कहती थी कि युवाचार्य शारदादेवी और भाव के साथ काशी गए हैं; तब से मानो जीवन का एक अंश कम हो गया है, चन्द्र की कला घटती है वैसा।'

'उन तीनों की कमी आचार्यदेव भी अनुभव करने लगे हैं। घी के दीपक की धर्मज्योति के समान, शारदादेवी, कुमार कार्तिकेय सदृश्य भाव और समग्र देवपाटण के वसन्त समान, युवाचार्य का स्मरण...'

'उन्होंने युवाचार्य को शीघ्रातिशीघ्र लौट आने के लिए पत्र लिखवाया है,' चौला ने कहा, 'आचार्यदेव बोलते नहीं, किन्तु उन्हें एक बात का दुःख रह गया है। युवाचार्य काशी गए इससे पहले ही देवद्रव्य के उपयोग विषयक मतभेद का निपटारा कर सके होते। देवद्रव्य में से यदि देवमन्दिर के चतुर्दिक दुर्ग हो सके तो देवनगर के चारों ओर क्यों नहीं ? श्रमिकों को पुरस्कृत करने के बदले भिक्षुओं को प्रसाद देने में न्याय है भला ?'

श्रीधर ने कहा, 'अब युवाचार्य काशी के पंडितों से मार्गदर्शन लेते आवेंगे।'

'तो आप उन्हें पहचानते नहीं। उन्हें किसी से मार्गदर्शन लेना नहीं रहता। वे शास्त्रों की सीमा को लाँघकर चलते हैं। इसलिए ही वे देवद्रव्य का लोकहित के लिए उपयोग करने के निर्णय पर आए थे...मेरे भीतर स्थित आत्मा की पवित्रता की प्रतीति उन्होंने कराई थी। मेरे ऊपर उनकी कृपा न हुई होती तो मैं आज तक पापग्रन्थि से पीड़ित

रही होती। मेरी और चौला की सात्त्विक रुचि भी उनके सत्संग का परिणाम है,' कहते हुए गौरा भावार्द्र हो गईं।

'मैं क्या नहीं जानता ? महाराज नवघण तो युवाचार्य द्वारा सिखाए श्लोक से ही प्रातःकाल की पूजा करते हैं। उनका नाम स्मरण कर मन-ही-मन वन्दन करते हैं। वे इस समय यहाँ होते तो उदयमति के प्रश्न का समाधान हो गया होता।'

'प्रश्नों के समाधान में युवाचार्य इतनी अधिक शीघ्रता नहीं करते,' चौला ने कहा।

'आप जानती हैं उदयमति का प्रश्न ?'

'यहाँ कौन नहीं जानता ?'

'तो आप सहायक नहीं हो सकतीं ?'

'किसे ? उदयमति को ? वन्थली के राजा को या अणहिलवाड़ के अधिपति को ?' चौला ने तटस्थता से कहा। मन्त्रीश्री ने चौला-भीमदेव के परस्पर अनुराग के विषय में जो सुना था उसे पहले स्वयं चाहा था, उपयोगी मानकर जबकि इस क्षण तो चौला पराई बात करती हो ऐसे बोल रही है। वे ऐसा विचार रहे थे तभी चौला आगे बोली, 'आप यदि मुझे राजमाता लक्ष्मीदेवी के पास उदयमति के विषय में अनुरोध करने भेजना चाहते हों तो मैं उस कार्य को माथे चढ़ाऊँगी। किन्तु उसमें जोखिम है मन्त्रीश्री। लक्ष्मीदेवी कहेंगी कि चौला, मैंने तो तुम्हारा ही चयन कर रखा है, तो ?'

सुनकर श्रीधर मन्त्री हँस पड़े। गाता-पुत्री गम्भीर रहीं। अच्छा है। चौला अपनी वेदना पर विनोद कर सकती है।

'यह विषय हास्य का नहीं मन्त्रीश्री, लक्ष्मीदेवी को चौला के लिए ममता है। क्योंकि मनुष्य के सत्त्व, रजस और तमस को परखने में स्त्री को देर नहीं लगती और लक्ष्मीदेवी तो स्वयं तपस्विनी हैं।'

'किन्तु भीमदेव राजसिक हैं उनका क्या ? इसलिए तो शिवनिर्माल्य होने का संकल्प कर चुकी कन्या पर उन्होंने कुदृष्टि की है,' मन्त्रीश्री वास्तव में भीमदेव पर नहीं, गौरा और चौला पर नाराज थे। उनके मानने के अनुसार जूनागढ़ का नमक खा चुकी यह माता और उनकी पुत्री को उनका प्रत्येक बोल ग्रहण करना चाहिए। उनकी ऐसी मानसिकता से गौरा को दुःख हुआ, उसने कहा :

'गणिका की पुत्री या गणिका के यहाँ पली कन्या पर कुदृष्टि करने में समर्थ पुरुष कभी पीछे नहीं रहे। और शिवनिर्माल्य हुई नर्तकियों पर कुदृष्टि करनेवाले महानुभावों की भी कमी नहीं पड़ी। दाम्पत्य को भगवान शिव वर्ज्य नहीं, उपास्य मानते हैं। यदि मेरे जैसी पूर्वाश्रम की गणिका भी उन्नत जीवन का मार्ग पसन्द कर ज्योतिर्लिंग का अनुग्रह पा सकती हो तो चौला तो कमलपत्र पर शोभित ओस जैसी पवित्र है। शायद आप जानते होंगे कि चौला मेरी कोख से नहीं जन्मी। मैं उसकी माता हूँ, पर जननी नहीं। वरदान की तरह वह नन्ही बालिका के रूप में मेरे रास्ते में आ पड़ी और सदाशिव ने महामारी के विषम काल में हम दोनों को जिलाया। तब तो वे त्र्यंबक जैसे नवयुवक थे। त्र्यंबक तो थोड़ा राजसी लग सकता है, वे तो देवदूत से थे...'

'माँ, युवाचार्य तो आज भी नवयुवक लगते हैं। तुम प्रभास की किसी भी कन्या से पूछना। उसकी कल्पना में शिव हैं तो दृष्टि में सदाशिव !'

'ऐसा मत बोल पुत्री, वह तुम्हारे या सदाशिव के लिए शोभास्पद नहीं।'

'क्यों नहीं शोभास्पद ? क्या तुम ऐसा मानती हो कि तुम्हारी माया और आचार्यदेव की आज्ञा मुझे यहाँ जकड़ रखती है ? मैं महाराज भीमदेव के प्रति अपार खिंचाव का अनुभव करती हूँ फिर भी यहाँ टिकी रहती हूँ क्योंकि मेरे आँसू पोंछनेवाला एक अनासक्त हाथ यहाँ है जिसके पोर पर मनुष्य का नहीं शिव का स्पर्श है। महाराज भीमदेव मेरा प्रेम जानते हैं, किन्तु पीड़ा तो जानते हैं मात्र सदाशिव।'

'तो भीमदेव के साथ तुम्हारा ब्याह कर उन्हें जाना चाहिए था।'

'उन्होंने मुझे अधीर होने से बचाया है, कहा है कि कर्मकांड नहीं, उसके मूल में रही भावना समझो, शरीर को सर्वस्व न मानकर देहात्मा की सहोपस्थिति स्वीकारो, कहा है कि...'

'बस-बस, वह सब मैं मानता हूँ। मैं यहाँ आध्यात्मिक चर्चा करने नहीं आया।'

'और फिर भी आपको अध्यात्म का लाभ मिलता है, इतने भाग्यशाली कहलाएँगे आप !'

गौरा बोल उठी। इस व्यंग्य में अविवेक हो रहा है, इस विषय में सचेत होने के बावजूद स्वयं पर अंकुश नहीं रख सकी।

'माँ, मन्त्रीश्री यहाँ निजी स्वार्थ के लिए नहीं आए। प्रजा की सुख-शान्ति के उच्च आशय से आए हैं।'

'तो क्या ? तुम्हारे द्वारा सोरठ की प्रजा की सुख-शान्ति की रक्षा होनेवाली नहीं ? तुम भीमदेव के अन्तःपुर में जाओ इसमें उनकी सम्मति है, ऐसा समझकर ही मैं तुम्हें यात्रा में साथ ले गई थी। वन्थली के मन्त्री होते ही श्रीधर श्रेष्ठी की मनोदशा बदल जाएगी ऐसा मैंने सोचा नहीं था,' गौरा ने कहा।

'अच्छा ! तो आपने अणहिलवाड़ के राजप्रासाद पर अधिकार जमाने का निर्णय कर लिया है ! और इसलिए ही चौला को गणिका की पुत्री के बदले पालित पुत्री ठहराकर उसके प्रचार की युक्ति की है !' श्रीधर का व्यंग्य क्रोध में परिणत हो गया। 'भीमदेव तो कामान्ध हैं, वे अपनी अनुकूलता के लिए मान लेंगे, किन्तु हम नहीं मानेंगे !'

'ऐसी प्रार्थना किसने की कि मानिए ? आप अपने को हमारे भाग्यविधाता मानते हों तो वह भ्रम छोड़ दें और उदयमति को राजमाता के समक्ष प्रस्तुत करें। मैं किसी की पक्षधर बनने की मनोदशा में नहीं हूँ,' बोलते-बोलते चौला खड़ी हो गई। विमुख किए हुए चित्र के पास गई।

'स्त्रीहठ का मुझे आज परिचय हुआ।'

'हमें राजहठ का,' चौला ने मुँह फेरकर कहा।

मन्त्रीश्री हँस पड़े। 'मैं माता-पुत्री की महत्त्वाकांक्षा की प्रशस्ति करता हूँ। आपने

वन्थली के बदले अणहिलवाड़ का स्वप्न सँजोया। मेरी तो इच्छा थी कि राज्य के उत्सव में उपरकोट में चौला का नृत्य रखूँ।'

'जो मनुष्य मेरे नृत्य में भक्ति के बदले मनोरंजन देखते हैं वे सहृदय नहीं। ऐसे मनुष्य के समक्ष मैं कभी भी नृत्य नहीं करती। मेरी प्रत्येक मुद्रा शिव को आराधती है। बन्धुवर नवघण यह जानते हैं।'

'ओहो ! महाराज नवघण को बन्धुवर कहने की धृष्टता भी आ गई।'

'जिसे भाई मान यहाँ आश्रय दिया है, जिसके पाँव का काँटा दूर किया है, अपना भोजन खिलाकर जिसे सुरक्षा के लिए तुरन्त विदा दी है, उसे भगिनी के स्नेह से वंचित करने में धृष्टता है, ऐसा मैं समझती हूँ। आपकी उदयमति तो वृन्दाबा की हिम्मत से चूडासमा वंश की राजकन्या के रूप में अभी-अभी प्रकट हुई। दो वर्ष पहले तो शायद आप भी जानते नहीं थे कि उदयमति भीमदेव की महारानी होने की पात्रता रखती हैं नहीं तो मेरे स्थान पर आपने उन्हें अणहिलवाड़ भेजा होता—'

'चौला !' श्रीधर का हाथ तलवार की मूँठ तक जाकर पछतावे से अशक्त हुआ।

'ओहो ! मैं उदयमति को अपने स्थान पर रखूँ इसमें भी मृत्युदंड का पात्र बन जाऊँ ? शायद आप नहीं जानते कि शस्त्रयुद्ध में, घुड़सवारी में, नौकाचालन में आप मुझे छू सकें यह सम्भव नहीं। दो ही पुरुषों की सामर्थ्य मैंने देखी है—आत्मस्वरूप सदाशिव की और धनुर्धर भीमदेव की। अन्य सभी की बलबुद्धि को माप लेने की योग्यता मैंने विकसित की है। माँ ने बहुत पहले मुझे सावधान कर दिया था। पुरुषों की पामरता को परखने की शक्ति विकसित कर ले पुत्री ! नहीं तो वे तुम्हें मनोरंजन और विलास की वस्तु मानकर बर्ताव करेंगे, इसलिए मैंने शस्त्र और शास्त्र में प्रवीण होने की साधना आरम्भ की।'

'यह अहंकार एक कन्या को शोभा नहीं देता।'

'अहंकार कन्या या मन्त्री किसी को शोभा नहीं देता। किन्तु मेरा अहंकार महादेव को समर्पित है और आपका (?) वन्थली की गद्‌दी को। शायद आपने मान लिया है कि आपकी बुद्धि ने कुमार नवघण को सत्ता दिलाई। हम जैसों को लगता है कि जागृत लोकचेतना संगठित हुई। इसलिए उदयमति के विवाह की चाल से बाजी जीतने का विचार छोड़ दें। यदि उदयमति मन से भीमदेव का वरण कर चुकी हो तो उन्हें योग्यता, भक्ति और नियति पर छोड़ दें। ऐसे प्रश्न में आपको एक बार भी सफलता नहीं मिली, आज भी नहीं मिलेगी। इसलिए इस विषय में आचार्यदेव से भी कुछ बात किए बिना भगवान सोमनाथ की पूजा कर जूनागढ़ चले जाएँ,' चौला को सुनकर श्रीधर ने विवशता अनुभव की। इस छोकरी ने नवघण को भाई और भीमदेव को प्रियजन मान कुछ महत्ता हासिल कर ली है और यह किसी ऐसी प्रमत्त मनोदशा का परिणाम नहीं लगता, शब्द-शब्द में इसकी सूक्ष्म बुद्धि झलकती है...फिर भी उसकी प्रशंसा कर जाने के बदले उलाहना देकर जाने का मन हुआ। निश्चित, यह उदयमति के प्रति सपत्नी की असूया अनुभव करने लगी है।

'गौरा मेरा एक प्रहर व्यर्थ गया। मेरा अनुमान ऐसा नहीं था कि देवदासी होने को निर्मित तुम्हारी पुत्री राजकुमारी उदयमति के प्रति ईर्ष्याभाव का अनुभव करती है।'

'मेरी पुत्री की आप चिन्ता न करें, उदयमति किसी के प्रति ईर्ष्याभाव नहीं अनुभव करें तो उनका कल्याण होगा। आज पहली बार आपकी आज्ञा का पालन नहीं हो सका। जाने-अनजाने अनादर भी हुआ है। क्षमा करें। आप उदार हैं,' कहकर गौरा ने वन्दन किया। अतिथि को जाते देखकर चौला की मनोदशा भी बदली। विदा देने के लिए वह भवन के प्रवेशद्वार तक आई। उसके मुख पर ग्लानि थी। श्रीधर का वन्दन कर चरणरज लेते उसकी आँख से एक बूँद आँसू टपककर उनकी मोजड़ी के किनारे पड़ा। वाणी ने जो अन्तर खड़ा किया था उसे आँसू ने मिटा डाला। श्रीधर की आँखों में जहाँ निष्फलता की थकान और अपमानित होने की उदासीनता थी, वहाँ वात्सल्य की छलक आ गई।

समुद्र की लहरें भगवान सोमनाथ के दक्षिण दुर्ग से धीरे-धीरे टकराती थीं। आचार्यदेव के निवास पर राजमाता लक्ष्मीदेवी विराजी थीं। उनकी दृष्टि चौला को शोध रही थी। किन्तु उन्हें उदयमति को सम्मति देने आना पड़ा। उनके राजवसहिका में पहुँचने के बाद जब चाहे तब वह राजकन्या मिल सकती है।

आचार्यदेव किसी अन्य चिन्ता में ही थे। वे लक्ष्मीदेवी, उदयमति या अन्य व्यक्तिविशेष यात्रियों के लिए अधिक समय दे नहीं सके। राजमाता की विदाई के बाद वे पंचकुलिक विजल ठाकुर, देवतालार त्र्यंबक, सार्थवाह सैन्धव और नायक फरीद के साथ नगरकोट के निरीक्षण के लिए निकले। सैन्धव की एकनिष्ठ सेवा देख त्र्यंबक के अनुरोध के बिना ही आचार्यदेव ने सैन्धव की काफिला के अधिपति के रूप में पहचान कराते हुए उसे सार्थवाह कहा था। उसके लिए मूल प्रेरणा वीरसेन चावड़ा की थी। जब सैन्धव रीति-नीति का विचार किए बिना मजबूत नाविकों के बल पर दीव के पश्चिम तट के समुद्र पर शासन करता था तब से ही वीरसेन के साथ उसकी मैत्री थी। और युवाचार्य के सम्पर्क के बाद सैन्धव की मन्दिर के प्रति अरुचि दूर हुई, बाद में यह मैत्री प्रगाढ़ बनी थी। उसकी पत्नी मानती थी कि पति पर भगवान सोमनाथ की कृपा उतर आई है। उसने पुत्र का नाम शिवदत्त रखाया है। शिवदत्त के छह मास होने पर आयोजित उत्सव में वीरसेन के साथ वृन्दाबा उपस्थित थीं। उन्होंने सैन्धव को साष्टांग दंडवत् प्रणाम करने का तरीका सिखाकर, रूपा की थाल में स्वर्णमुहर भरकर कढ़ाईवाले रूमाल से थाल ढककर आगे किया था। युवाचार्य के साहचर्य में शुरू हुई प्रक्रिया में अब नवचेतना आई थी और सैन्धव को समुद्र में दूर से भगवान सोमनाथ की ध्वजा देखकर स्त्रोत गाने का मन होता था। सागर की लहरों की लय हो और पतवार की ताल। सामनेवाले पक्ष को पीछे हटाने के आनन्द की तुलना में पुत्र के मुख के प्रति खिंचने का आनन्द अधिक और अलग था...

महमूद के सेनानी सुन्दर के गुप्तचर जैसे लगते एक-एक व्यक्ति को इस क्षेत्र से

काँटे की तरह सैन्धव ने उखाड़ डाला था। त्र्यंबक के मित्र बन बैठे शक्तिसिंह को पहले विदा करने में भी उसका योगदान था। उसके इरादे को फरीद सही रूप में परख गया था कि शक्तिसिंह अपने साथियों द्वारा सुन्दर को सूचनाएँ पहुँचाता रहेगा। स्वयं देवतालार के मित्र के रूप में ये गुप्तचर यहीं रहेंगे और अन्तिम क्षण में त्र्यंबक को विश्वासघात का अनुभव कराएँगे...

पहले सोमनाथ में लम्बे समय तक रुकना पसन्द करनेवाले यात्री दो-तीन दिन में विदा हो जाते थे। कौन जाने क्यों सबको महमूद के आक्रमण का भय सताता है। उस भय से मुक्त हैं आचार्यदेव और त्र्यंबक, ऐसे ही निर्भय हैं सैन्धव और फरीद। आचार्यदेव और त्र्यंबक शिव के स्वरूप को जानते हैं। इसलिए वे इस मन्दिर, इस देवनगर, इस भूमि की सुरक्षा के विषय में श्रद्धावान हैं। सैन्धव और फरीद निर्भय हैं क्योंकि उन्हें लड़ लेने का अदम्य उत्साह है।

दुर्ग के चारों ओर खाई थी। वीरसेन को वह अपूर्ण लगती थी। उन्होंने वृन्दाबा द्वारा युवाचार्य का ध्यान खिंचवाया। प्रभास के दुर्ग की खाई गहरी हो तो भरते समय समुद्र का पानी भी मोड़ने की सम्भावना बनेगी। खाई की गहराई के दोगुने प्रमाण में दुर्ग की ऊँचाई बढ़ जाए। सैन्धव के मानने के अनुसार इस कार्य को शुरू करने में विलम्ब नहीं होना चाहिए। आचार्यदेव सहमत थे, उनकी एक ही चिन्ता थी—लोग भयभीत होंगे। सैन्धव ने कहा—इससे उलटा भी बने। लोग लड़ने को तैयार भी हो सकें।

त्र्यंबक को युवाचार्य का उद्‍गार याद आता है—हमने पाठशाला के प्रत्येक छात्र को आत्मरक्षण की शिक्षा दी है, ऐसे वनवासी भी अपनी सन्तानों को तैयार करते हैं। किन्तु बाकी का एक विशाल समूह निःशस्त्र और निर्बल रह अन्य के लिए भाररूप बनता है। उनका भार कभी तैराकों को भी डुबाता है और इस भूमि पर महमूद गजनवी जैसे लुटेरे के दुःसाहस बढ़ते जाते हैं...

चलते-चलते सोलंकी राज्य का कुक्कुटध्वज दृष्टिगोचर होता है।

थोड़े क्षण पहले लक्ष्मीदेवी ने जपमाला मोड़कर, आँखों से लगाकर और रत्नजड़ित डिब्बी में रखी है। प्रसाद के अंशरूप मिली भस्म सोने की डिब्बी में रखी है। वह उनके पुत्र भीमदेव के लिए है। उनके मन इस भारतवर्ष के राजाओं में सबसे भला और सबसे भोला और सबसे बलवान है उनका पुत्र क्योंकि वह सच्चा शैव है। भीमदेव में तपस्वियों का संयम है। आज तक कोई पण्यांगना उसे लुभा नहीं सकी। उसे चौला के नृत्य में कुछ अलौकिक तत्त्व दीखा और संसार की अन्य अनेक युवतियों के प्रति उसका मन उचट गया। श्रीधर मन्त्री के मुख से उदयमति की प्रशंसा सुनी, उसके बाद विमल ने तलाश कर अभिप्राय दिया। किन्तु पुत्र का मौन टूटता नहीं। उदयमति ने मिलने की अनुमति माँगी है। चौला को इन्होंने स्वयं बुलाया था, किन्तु वह अभी भी आई नहीं। शायद न आए।

उदयमति आती है। उसकी चाल में सजगता है, अंगों पर अलंकारों का भार है। मुख पर यौवन की चमक है, किन्तु आँखों में याचना की दीनता है। चौला की आँखों

में हिरणी की चंचलता के साथ कुछ सात्त्विक अस्मिता है।

प्रणाम करती है उदयमति। नज़राना रखती है रा'नवघण के नाम, श्रीधर की सलाह के अनुसार...

मौन।

'जानती हूँ आपके व्रत के विषय में, आपके स्वजनों की इच्छा के विषय में। मेरा पुत्र मेरा वचन टालता नहीं, किन्तु आज तक मैंने उसकी ओर से किसी को वचन दिया नहीं। आप मेरे साथ आ सकती हैं।'

'किस अधिकार से ? मैं महाराज की वाग्दता के रूप में ही आ सकूँ। मुझे लेने उनका खड्ग भेजा जा सकेगा तो आऊँगी,' उदयमति ने धीमे और दृढ़ता से कहा।

'उनका मन,' राजमाता अटक गईं।

'जानती हूँ किन्तु चौला अलौकिक भावों में विहरनेवाली कन्या है। महाराज को पुरुष के रूप में नहीं, किन्तु इस गुर्जरभूमि के महाराज के रूप में धनुर्धर भीमदेव को वंश का सातत्य इष्ट होगा ही। चौला का स्नेह वैराग्य नहीं जगाएगा ? यह प्रश्न व्यक्ति का नहीं, शासन का है...आप सुज्ञ हैं, मुझे अधिक कहना न हो। आप जैसी तपस्विनी की सेवा करते-करते आपकी गोद में मैं अपनी सन्तान खेलती देखूँगी तो जीवन की सार्थकता अनुभव करूँगी...'

14

उदयमति के साथ महाराज भीमदेव का विवाह-प्रसंग मन्त्रियों और श्रेष्ठियों के प्रासादों में बड़ी धूमधाम से मनाया गया था। आम जनों को तो राजा निहाल कर देते। यहाँ तो राजमहल की शोभा में भी औपचारिकता अधिक थी। भीमदेव की उदासीनता के विषय में किंवदन्तियाँ शुरू हुई थीं। कृषक और श्रमिक महाराज के प्रशंसक बने थे। लग्न के निमित्त नए कर नहीं लगाए गए या महाराज रानी के साथ राग-रंग में डूबे नहीं। राजमहल के बाहर की कन्या में उनका मन लगा, इसका अभिजात रसिकजनों को आश्चर्य नहीं था। सामन्त और श्रेष्ठी भी सत्ता और सम्पत्ति के जोर से सामान्य परिवार की कन्या को झपट सकते थे। एक ऐसा राजा हुआ जिसने अपनी सत्ता का दुरुपयोग नहीं किया। गणिका की पुत्री को भोग्या के रूप में पसन्द करने के बदले प्रेयसी का सम्मान दिया। उसके विरह की वेदना का अनुभव किया। इस देश के राजाओं के इतिहास में ऐसा हुआ नहीं था।

लोगों को एक कौतूहल भी था। जिन्होंने पहले चौला को देखा था, उन्होंने मेनका और उसकी पुत्री शकुन्तला से भी अधिक रूपसी के रूप में उसका परिचय दिया था। देखनेवाले से सुननेवाले का कौतूहल द्विगुणित हो गया था...

किन्तु चौला नहीं आई, उदयमति आई। उसका रूप चौला के साथ तुलना करने

में ही लोगों को उपयोगी हुआ।

उदयमति ने वृन्दाबा की शुभेच्छा और उपहार के उत्तर में सन्देश भेजा था, 'महारानी बनकर एक स्नेह के सिवा सब कुछ पाई हूँ। लग्न के बाद भी स्नेह का अधिकार चौला का ही रहा है। महाराज भले-भोले और शूरवीर हैं। राजनीति में निष्णात हैं। विमल को वे बुजुर्ग मित्र मानते हैं, इसलिए उनके प्रभाव में हैं सही। किन्तु व्यक्तिगत सम्बन्धों में उनकी बुद्धि पर हृदय की सत्ता प्रवर्तमान है। कल सुबह मैं राजमाता को वन्दन करने जाती थी तब महाराज उनके कक्ष में थे। उनकी आँखें लाल देखकर मातुश्री ने प्रश्न किया। देखती हूँ तो दूसरे क्षण माँ पुत्र के आँसू पोंछती हैं। ऐसे प्रतापी पुरुष इतने अधिक भावुक ? मेरा हृदय द्रवित हो उठा। तभी उनके शब्द कान में पड़े, 'पहले मैंने चौला के साथ अन्याय किया, अब उदयमति के साथ अन्याय करता हूँ। चाहकर एक का अहित किया, न चाहकर अन्य को दुःखी करता हूँ। माँ मुझे क्षमा करो, मैं अपने आप को छल नहीं सकता।' '

'यह सुनते ही मेरी आँखें बहने लगीं। सामने का दृश्य फीका पड़ा। जानती नहीं, महाराज किस द्वार से निकल गए। सामने से या मेरी बगल से ? उन्होंने मुझे भावार्द्र दशा में न देखा हो तो अच्छा...राजमाता बहुत प्रेमालु हैं। उनके चलते यहाँ बराबर अच्छा लगता है और एक सखी जैसी है सरस्वती नदी, लोग उसे कुँवारका कहते हैं। सागर से मिलने के पूर्व ही वह धरती में रागा जाती है...'

वृन्दाबा चौला से मिलती हैं। चौला युवतियों को आत्मरक्षा की तालीम देने में व्यस्त है। वृन्दाबा का आगमन हुआ उस समय वह शक्ति के तीन रूपों के विषय में पुराणों से सन्दर्भ देकर बात कर रही थी।

'यह सब शुरू किया,' वृन्दाबा हँसकर भेंटती है, 'वास्तव में तो यह मेरा काम था; एक क्षत्राणी का।'

'क्षत्राणियों का काम मैं जानती हूँ। पुरुष केसरिया करने को तैयार हों उससे पहले क्षत्राणियाँ जल मरेंगी। सारे अन्तःपुर श्मशान बन जाएँगे। गुरु के प्रताप से मेरा ऐसा मत है कि श्मशान भी समराँगण बन सकता है। मरना ही हो तो चिता में जलकर मरने की अपेक्षा शत्रु के प्रहार से मरना क्या बुरा ?'

'जो मरती है, वह शीलरक्षा के लिए—'

'क्या शील उस अलंकार की तरह ऊपर से पहनी हुई वस्तु है कि पल-भर में छिन जाए ? हमारा शील हमारी आत्मशुद्धि पर निर्भर है।'

चौला के मुख से वृन्दाबा कुछ नई बात सुन रही थीं। फिर भी उन्हें अपनी बात करने की शीघ्रता थी। वह चौला को उसके कक्ष में खींच ले गईं। उदयमति की व्यथा की बात की।

'वृन्दाबा, आर्यावर्त के इस समग्र पश्चिम भाग की गृहिणियों पर बड़ी आपत्ति उतर आनेवाली है, तब मैं पाटण की महारानी के अकेलेपन की चिन्ता में किसलिए व्यर्थ समय बिताऊँ ? मैं इन देवदासियों, नर्तकियों और अन्य कन्याओं को इसलिए आत्मरक्षा की

शिक्षा देना चाहती हूँ कि महमूद के लाखों सैनिक मात्र धनलोलुपता को सन्तुष्ट कर आगे नहीं बढ़ जाएँगे। वे भूखे भेड़िए की तरह आबालवृद्ध स्त्रियों पर टूट पड़ेंगे। उसके पहले आक्रमणों की पद्धति के विषय में मुझे विवरण मिला है। हम सब मिलकर मन्दिर की रक्षा कर सकेंगे इसका मुझे विश्वास है, किन्तु उस संघर्ष के दरम्यान सत्त्वरक्षा किस तरह हो सके यह हमारी चिन्ता का विषय है। आप सहायक हो सकेंगी।'

'सहायक होंगे भगवान सोमनाथ। यहाँ पहुँचने से पहले ही गजना के वे अमीर अस्तित्वरहित हो जाएँगे। शिव का तीसरा नेत्र खुले उतनी देर...'

'कामदेव तो अब प्रत्येक नर-नारी में बसते हैं।'

'तो शिवतत्त्व भी सर्वव्यापी है, जो जानते हैं कि मुझमें शिव का वास है वे शिवतत्त्व को बहिरन्तर पा सकेंगे। यदि आपके भीतर कुछ नहीं तो जो बाहर है वह मात्र प्रतिमा है, देव नहीं।'

'अरे वाह चौला ! आप तो युवाचार्य की वाणी उच्चारने लगीं।'

'वे यहाँ उपस्थित नहीं तब हमें उनके शब्दों का ही आधार है वृन्दाबा ! उनकी अनुपस्थिति को लेकर विवशता अनुभव कर बैठे रहने के बदले मुझे विचार आया कि चल उनकी वाणी का आचरण करूँ। उदयमति भी महाराज भीमदेव के स्नेह के अभाव की फरियाद करने के बदले जागृत व्यक्तियों को संगठित करने के काम में लग जाए।'

'अब उससे हमारी तरह राजमहल के बाहर निकला नहीं जा सकता। महारानी के पद की वह बन्दी बन गई।'

'उसकी उन्हें शीघ्रता थी !' कहती चौला हँस पड़ी।

'यह निर्ममता...'

'लड़ना है न ! निर्मम हुए बिना कैसे चलेगा ? आपके पिताजी ठाकुर वीरसेन चावड़ा को क्या करना है ? दीव में बैठे रहना है या यहाँ आना है ?'

'जहाँ पुत्री वहाँ पिता !'

'वाह वृन्दाबा ! हमने जिनकी कभी-कभी एक साथ आराधना की है उस भगवान सोमनाथ के लिए साथ लड़ेंगे। हमारे बन्धुवर क्यों कुछ समय से इस तरफ दीखे नहीं ?'

'राज्य के कुछ क्षेत्रों में अभाव है और राजकोष लगभग खाली है। उन्हें दो काम साथ करने हैं।'

'जानती हूँ कि त्र्यंबक के कहने के अनुसार अभी रा'नवघण को किस मोर्चे से महमूद का सामना करना है, यह निश्चित नहीं किया। मुझे लगता है उन्हें यहाँ रहकर, दीव के निकट रहकर लड़ना चाहिए।'

चौला ने वृन्दाबा के प्रति नवघण के प्रेम का मधुर तरीके से निर्देश किया, इससे आनन्द का वातावरण बना। 'आपका दीव तो सुरक्षित रहेगा।'

'हाँ, लुटेरे ललचाएँ, ऐसी समृद्धि वहाँ नहीं।'

'और जो है वह लूटने से नहीं लुटाया जा सकता। किन्तु वृन्दाबा, भूलना नहीं, आप पुरुषों के वेश में लड़ेंगी अन्यथा आपको देख महमूद का लक्ष्य बदल जाएगा।'

'यह विनोद अन्त तक विनोद रहे तो कितना अच्छा !'—वृन्दाबा उठीं, 'मैं उदयमति को सन्देश भेजती हूँ कि अकेलेपन का उपाय है प्रजा के साथ एकरूप होकर आक्रमणकारी के सामने लड़ना। अणहिलवाड़ पाटण में से लड़ना न रुचे तो प्रभास पाटण में आकर लड़ें।'

चौला विदा देने के लिए खड़ी हुई थी। पल-भर के लिए भीमदेव का स्मरण होने पर उसने वृन्दाबा का अन्तिम वाक्य बराबर सुना नहीं।

थोड़ी दूर जाकर वृन्दाबा वापस आती हैं।

'चौला मेरे पिता ने देवतालार त्र्यंबक के लिए एक सन्देश भेजा था। लुटेरों से छुपाकर यदि कुछ सुरक्षित रखना हो तो उसे हमारे यहाँ समुद्रमार्ग से ले जा सकेंगे। आठ नाविकों के पतवार द्वारा हंसगति से चलती नौका तीन प्रहर में तो यहाँ से दीव पहुँच जाती है और हमारा ध्वज देख जलमार्ग में बाधा उपस्थित करने का कोई साहस नहीं करेगा।'

'आप आगामी एकादशी को आएँगी न ?'

'उससे पहले भी आ जाऊँ। मैंने पिताजी से कहा है कि भूमिसेना मुझे सौंप दें। उन्होंने भी महमूद का प्रतिकार करने का संकल्प किया है। जबकि उन्हें आशा है कि राजस्थान, मालवा और गुजरात के राजे संगठित होकर महमूद को रोकेंगे। बड़प्पन की निजी होड़ को भूलकर सभी भगवान शम्भु के प्रति भक्तिभाव से जुड़कर एक होंगे।'

'सेनापति कौन होंगे ?' चौला ने ऐसी अपेक्षा से पूछा था कि वृन्दाबा भीमदेव का नाम कहें। किन्तु उसके होंठ पर तुरन्त उत्तर नहीं आया। पश्चिम भारत के अनेक राजाओं के हृदय में स्थान पाए ऐसा शौर्य तो अभी भीमदेव ने भी दिखाया नहीं। आबू के धंधुक को हराया है, जो पहले उनके राज्य के अधीन था। अवन्तीनाथ भोजराज उज्जयिनी में बैठे-बैठे ही एकाध सेनानी भेजकर अणहिलवाड़ पर अधिकार करने का विचार करते हों तो आश्चर्य नहीं। बड़प्पन भूलकर इष्टदेव के लिए सिर दें ऐसे तो हैं एकमात्र नवघण। किन्तु उन्होंने अभी कोई बड़ा मोर्चा सँभाला नहीं। सुना है कि कच्छ, भूमली और वन्थली के राज्य महमूद के सामने की तरफ नाकाबन्दी करेंगे। अधिकांश राजपुरुषों का अनुमान ऐसा है कि भगवान सोमनाथ को लूटकर तुरन्त पीछे मुड़ने की धारणा होगी तो महमूद सिन्ध-कच्छ के मार्ग से आएगा। और यदि पश्चिम भारत के एक-एक राज्य को लूटने की उसकी महेच्छा होगी तो वह सपादलक्ष—अजमेर और आबू के रास्ते भीमदेव पर चढ़ आएगा और आज तक अविजेय रहनेवाला महमूद महाराज भीमदेव के हाथों ऐसी पराजय पाएगा कि 17वीं बार भारत पर आक्रमण नहीं कर सकेगा।—चौला को आन्तरप्रतीति है कि महमूद या तो धनुर्धर के सामने लड़ते हुए घायल होगा या तो ज्योतिर्लिंग के सामने अविवेक दिखाकर स्वत्व गँवाएगा...

त्र्यंबक सदाशिव की प्रतीक्षा करते-करते धर्मप्रिय राजाओं को आचार्यदेव के सन्देश भेजते हैं। कच्छ के लाखा फुलाणी के वंशजों को उनके महान पूर्वज की कीर्ति बढ़ाने के लिए लिखते हैं। जेठवा, झाला, राणा और वाजा ठाकुर भी विपत्ति पड़ने पर दौड़

आएँगे। लाट-शुक्लतीर्थ के राजाओं में से कीर्तिराज और उसके युवराज वत्सराज का औदार्य शैवों को अज्ञात नहीं था।

त्र्यंबक ने भगवान महाकालेश्वर के आचार्य को पत्र भेजा था। महाराज भोजराज का सन्देश लेकर, वहाँ के पाशुपत दर्शन के विद्वान सिद्धिवन्त साधक कामेश्वर पधारे हैं। वे आचार्यदेव के निवास पर रहते हैं। उनके मानने के अनुसार त्रिपुरसुन्दरी की पूजा करने से आदिशक्ति अनेक बाधाएँ दूर करेंगी। प्रभास का दुर्ग अभेद्य बन जाएगा। आचार्यदेव का उनके साथ मतभेद नहीं, किन्तु पूजा कब करानी है इस विषय में उन्होंने अभी निर्णय नहीं लिया। वे कहते नहीं, किन्तु मन-ही-मन युवाचार्य की प्रतीक्षा करने लगते हैं। अपने संकल्प के अनुसार युवाचार्य जागरूक शासकों को संगठित करने में व्यस्त होंगे। भीमदेव के हाथों पराजित होने के बाद धंधुक परमार को भगवान सोमनाथ के लिए लड़कर आत्मगौरव स्थापित करने के लिए समझा रहे होंगे। जालोर के वाकपतिराज तो स्वयं तैयार हैं, उस विधर्मी को कुचलने के लिए। शाकंभरी के चौहान, रणथम्भौर, कन्नौज के गुर्जर प्रतिहार समझते हैं कि एक बार गजनवी का खतरा टले तो उनके लिए सुख-शान्ति का समय आए। चेदि के लक्ष्मीकर्ण, भिन्नमाल के देवराज, नडूल के अहिल चौहाण—ये सब युवाचार्य के व्यक्तित्व से प्रभावित होकर उनकी आज्ञा को शिरोधार्य मानेंगे। महमूद इस वक्त अपना विनाश न्योतने आ रहा है इसमें त्र्यंबक को शंका नहीं। आज तक के पन्द्रह आक्रमणों में महमूद ने बेहिसाब अधर्म किया है।

आचार्यदेव के पत्र के उत्तर में महाराज भीमदेव ने सन्धिविग्राहक चतुरशिरोमणि दामोदर मेहता, दानशासन के दूत और महासन्धिविग्राहक चंड शर्मा तथा व्ययकरण के अमात्य जाहिल्ल को भेजा था। जाहिल्ल राजमाता और महारानी की तरफ से देवनर्तकियों के लिए दुपट्टे लाए थे। महाराज भीमदेव को श्रद्धा है कि निजी राज्य की सीमाओं में प्रवेश करते खुद महमूद को रोक सकेंगे, उसे ऐसा खोखला करेंगे कि वह फिर से आर्यावर्त पर आक्रमण के लिए शक्तिमान नहीं रहेगा।

आचार्यदेव के कक्ष में श्रीधर मन्त्री ने अणहिलवाड़ के महानुभावों का अभिवादन किया। मन्दिर और नगर के पक्ष से त्र्यंबक और विजल ने उपहार रखे। युवक-युवतियों को आत्मरक्षा का प्रशिक्षण दिलाने में व्यस्त चौला की ओर से गौरा ने आकर शिवस्तवन प्रस्तुत किया। नगर के श्रेष्ठी और प्रबुद्ध पुरुष दामोदर मेहता के आगमन के विषय में जानकर उन्हें सुनने आए थे। श्रीधर ने पूछा, 'क्या सुलतान महमूद गजनवी आज तक अपराजित रहा है ? कुदरत का उन्हें सदा साथ रहा है यह सच है ?'

'नहीं, आज से दसेक वर्ष पहले, सुलतान ने कश्मीर पर आक्रमण किया था। वह उनका ग्यारहवाँ आक्रमण था। लोहकोट-लोहवर तक पहुँचे, तभी ऐसी भारी हिमवर्षा हुई कि उन्होंने बड़ी संख्या में सैनिक गँवाए। अनेक बाधाएँ खड़ी हुईं। भारी कष्ट सहकर वे गजना वापस पहुँचे।'

'कश्मीर के शैवमत और प्रत्यभिज्ञा दर्शन के विषय में...'

इस विषय में फिर आचार्यदेव से पूछ लेना, वह मेरा विषय नहीं। किन्तु जैसे कुदरत

ने महमूद को कठिनाई में रखा है वैसे बचाया भी है। शायद वह उसका छठा आक्रमण था। करीब सोलह वर्ष होने को आए। अनंगपाल ने आयोजनपूर्वक प्रतिकार किया था। उज्जयिनी, ग्वालियर, कालिंजर, कन्नौज, दिल्ली और सपादलक्ष—उन सभी राज्यों का साथ माँगा। अनंगपाल का उच्च आशय सुविदित था। सभी राजाओं ने सैन्य भेजे। प्रजा में अपूर्व जागृति आई थी। स्त्रियों ने स्वर्ण के अलंकार धर दिए, सूत कातकर अपनी आय सुपुर्द की। पेशावर में हिन्दुओं का एक विराट सैन्य खड़ा हुआ था। महमूद के सैन्य पर नंगे सिर के तीस हजार जाट जवानों ने ऐसा हमला किया कि महमूद उनका धक्का नहीं झेल सका। वह अपने सैन्य के पीछे छिप गया। विजय हमारे पक्ष में निर्धारित हो चुकी थी, वहाँ अनंगपाल का हाथी भड़का, पीछे मुड़कर भागा। देखो दुर्भाग्य। हाथी इस तरह भागा कि इतने मात्र से सैन्य को लगा कि यह तो पराजय की पीछेहठ है। महमूद के दो सेनानियों ने यह मौका झपट लिया। हयदल के सेनानी अब्दुल ताई और पैदल सेनानी अरसलान जामील हिन्दू सैनिकों के पीछे पड़े। आठ हजार को कत्ल किया और फिर तो एक बड़े युद्ध के विजेता के रूप में महमूद विख्यात हुआ।'

'वह मुस्लिम शासकों पर तो आक्रमण नहीं करता होगा न ?' त्र्यंबक ने पूछा।

'करता है। मुलतान के कारमाती सम्प्रदाय पालते इस्माइली एक प्रकार के मुस्लिम ही हैं। उनके शासक अबु हल फताह को भी महमूद ने छोड़ा नहीं।'

'यह मुलतान सिन्ध गें है या पंजाब में ?' त्र्यंबक ने इस वक्त प्रश्न श्रीधर से पूछा। 'दोनों की सीमा पर' कहकर श्रीधर ने दामोदर के सामने देखा। वह बोल रहे थे, 'सुलतान प्रत्येक आक्रमण की धर्मयुद्ध के रूप में पहचान कराते हैं, किन्तु जब दूर का विकल्प विकट लगा है तब उन्होंने अपने आश्रित बने हुए, इस्लाम अंगीकार करनेवाले सुखपाल को घेरा है। चार लाख दीनार वसूलकर उसे बन्दी रखा है। मुझे लगता है कि महमूद मुख्य रूप से द्रव्यलोभी हैं। यदि उन्हें अपनी समझ के अनुसार का धर्मराज्य स्थापित करना होता तो दुराचारी राजाओं को हराकर वहाँ अपना सूबा रखा होता। किन्तु वे सदाचारी-दुराचारी का भेद करते नहीं। बालकों और स्त्रियों पर अत्याचार करते अपने सैनिकों को वे नहीं रोकते। हजारों-लाखों मनुष्यों को गुलाम के रूप में पकड़कर ले जाते हैं जिनके बड़े भाग को बेचकर अपनी वित्तेषणा सन्तुष्ट करते हैं। उन्होंने थाणेश्वर के राजा भरत द्वारा स्थापित जगसाम्ब का मन्दिर लूटकर, चक्रपाणि की अनन्य मूर्ति तोड़कर, बहुत देवद्रव्य लूटा था, दो लाख प्रजाजनों को बन्दी बनाकर साथ ले गए थे।'

'मथुरा-कन्नौज-वारणा-माहवान भी उनसे बच नहीं पाए।'

'कालिंजर और ग्वालियर भी। कभी-कभी तो महमूद का पूर्ण प्रतिकार नहीं हुआ। ग्वालियर के राजा नन्द ने तो स्वर्णमोहर और हाथी भेंट देने के बाद, महमूद की प्रशस्ति की कविताएँ भी रचकर भिजवाईं।'

'राज्यसत्ता सुरक्षित रहती है तो यह सब करने में आपत्ति नहीं ! हमारे राजाओं की कैसी मानसिकता हो गई है,' त्र्यंबक अकड़ उठता है। उसके उद्‌गार में से बात की डोर

पकड़कर चंड शर्मा कहते हैं, 'यदि सुलतान महमूद गजनवी अपना साम्राज्य स्थापित करने की मह त्वाकांक्षा पाल रहे होते तो उन्होंने इतने संहार नहीं किए होते। दूसरी ओर भारतवर्ष के शासक सर्वस्व गँवाने के भय से संगठित हुए होते। आज तो ऐसे व्यक्ति देखने को मिलते हैं कि नजराना लेकर महमूद के सैन्य वापस चले जाते हों तो उसका लोभ सन्तुष्ट कर वे सुरक्षित रहना चाहेंगे। एक तरह की कायरता है यह।'

'राजनीति भले इसमें समझदारी देखे, धर्म की दृष्टि से तो वे सब भयभीत हैं अधोलोक के अधिकारी। उन्हें आन्तरिक आनन्दरूपी मुक्ति सुलभ होगी नहीं,' आचार्यदेव बोले, 'आप तीनों महानुभाव यहाँ पधारे इसलिए प्रभास के नगरजन आपके ऋणी रहेंगे। महानुभावों का बल भी निर्भयता जगा सकता है। और इस भूमि पर भगवान सोमेश्वर का अनुग्रह तो है ही।'

गोष्ठी के सहज प्रवाह को प्रभावित करते एक व्यक्तित्व का वहाँ आगमन हुआ। वे थे कामेश्वर राशि। उज्जयिनी के भगवान महाकालेश्वर के आचार्य एवं भोजराज के प्रतिनिधि। उनकी प्रशस्ति सुन दामोदर मेहता ने चंड शर्मा के सामने देखा। त्र्यंबक को उसमें सन्देह हुआ। कौन जाने कामेश्वर राशि जबसे पधारे हैं तब से त्र्यंबक क्यों व्यग्र रहते हैं। ध्यान के वक्त बदन पर निर्मल शान्ति होती है तो उनका मन्त्रोच्चारण कान में पड़ते ही वातावरण में जो आन्दोलन पैदा होते हैं वे विह्वल करनेवाले होते हैं।

वे यकायक इस रहस्यमन्त्रणा में उपस्थित हुए, बिना पूर्व सूचना के ही आकर खड़े हुए।

आचार्यदेव ने उनका परिचय कराया। यह विधि पूरी होते चंड शर्मा ने उनसे पूछा, 'हम आपकी क्या सेवा कर सकते हैं ?'

'मेरी नहीं भगवान सोमेश्वर की।'

त्र्यंबक ने देखा कि इनकी संदिग्ध वाणी किसी की समझ में नहीं आई। 'वह दायित्व आचार्य व्योम वृहस्पति सँभालते ही हैं,' चंड शर्मा ने उन्हें सत्तावाही स्वर में कहा, 'आपको यदि कुछ चाहिए तो...'

'मैं अयाचक व्रत पालता हूँ। मुझे क्या चाहिए। मैं माँगने नहीं, देने आया हूँ।'

'यह मनुष्य कितने दिन से आया है ? देना हो तो दे दे। विलम्ब किसलिए करता होगा ?' त्र्यंबक ने पंचकुलिक विजल का ध्यान खींचा।

'आप परामर्श देने पधारे लगते हैं !' दामोदर मेहता ने नम्रतापूर्वक सस्मित कहा।

'परामर्श मानो या चेतावनी,' कामेश्वर राशि के इस उद्गार से आचार्यदेव व्यथित हुए। उनको अपने युवाचार्य याद आए। वह यहाँ होते तो यह व्यक्ति ऐसी धृष्टता कर सका होता ? उन्होंने प्रश्न को वाणी नहीं दी।

'आपकी चेतावनी में से हम शुभाशिष खोज लेंगे,' दामोदर ने कहा।

'यहाँ आपके संकल्प टूटते हैं !'

मेहता ने राशि के सामने देखा।

'जैसा कि शिवनिर्माल्य होने के लिए चौला द्वारा किया गया संकल्प।'

'वह संकल्प टूटा है ऐसा कैसे कहा जाए ? मुहूर्त तय नहीं हुआ है ऐसा कहा जा सकता है,' आचार्यदेव बोले, 'इस विषय में आपको पहले मेरा ध्यान खींचना चाहिए था—इन महानुभावों की उपस्थिति में...'

'अभी कहना सार्थक होगा यदि आपको यह भयंकर विपत्ति टालनी हो तो चौला को आज्ञा दें। वह त्रिपुरसुन्दरी की पूजा सम्पन्न कर, समर्पण नृत्य कर शिवनिर्माल्य बने। भीमदेव यहाँ आ पहुँचे उससे पहले।'

'महाराज को हम सम्मानपूर्वक याद करते हैं,' श्रीधर बोला। 'राशिजी पहले आप कहते थे कि महमूद गजनवी इस भूमि पर पैर रखे उसके पूर्व त्रिपुरसुन्दरी की पूजा होनी चाहिए, अब कहते हैं कि महाराज भीमदेव आए उसके पूर्व...'

'महमूद तो विधर्मी है, राजा भीमदेव अपने को शैव बताते हैं। फिर भी वे चौला के आड़े आते हैं। यह अक्षम्य है।'

आप यहाँ पधारे तब मुझे लगा था कि आप सहायक होने आए हैं। अब मुझे लगता है कि आप अपनी निजी सिद्धियों के लिए पधारे हैं। चौला के रक्षक के रूप में मैं उज्जयिनी आया था। आपने तब उसे देखा होगा। मैंने सुना था कि कोई साधक त्रिपुरसुन्दरी के शोध में है। वह साधक आप ही होंगे। युवाचार्य कहते हैं कि व्यक्तिगत सिद्धि के लिए श्रमरत तान्त्रिक और निजी स्वार्थ के लिए लड़ते राजे समान ही गिने जाते हैं। युवाचार्य वापस आएँ तब तक आप त्रिपुरसुन्दरी की साधना की बात भूल जाएँ। और चौला तो इस समय पुरुषवेश में युवतियों को दुर्गा बनने का प्रशिक्षण दे रही है,' सबको लगा कि त्र्यंबक को यह सब कह देने की शीघ्रता करनी नहीं चाहिए थी।

15

चौला सोच में पड़ गई थी।

त्रिपुरसुन्दरी ! क्या स्वयं त्रिपुरसुन्दरी का अवतार है ? अणहिलवाड़ जाना हुआ तब मोढ़ेरा पूर्व बहुचराजी माता का मन्दिर देखा था। वहाँ स्त्रीवेशधारी पुरुष थे। कितने तो आवाज से पहचान में आए कि वे पुरुष होंगे, अन्यथा आकृति में मार्दव दीखता। कितने नृत्य और संगीत में निपुण थे, तो कितने निजी समर्पित जीवन का रहस्य भूलकर ग्राम्य नाच-नखरे करते थे। देवी की उपासना के बदले लोगों का आराधन ! और फिर भी धर्म के नाम पर।

चौला को देख एक हिजड़ा गौरा के पास आया था। उसने हाथ जोड़कर मस्तक नवाकर कहा था, 'आओ, पधारो, आपको अपना स्वरूप बताऊँ !' माता-पुत्री को वह मार्ग दिखाता ले गया था। कहा, 'पूर्व में यहाँ सरस्वती के इस रूप की ही पूजा होती थी। मयूर पर विराजमान सरस्वती का यह मन्दिर सोलंकियों के हाथों नवसंस्कार पाया।

मयूर का स्थान कुक्कुट ने लिया। किन्तु मूल मूर्ति तो यही—त्रिपुरसुन्दरी ! आपको देखते मुझे लगा कि मन्दिर की मूर्ति यहाँ बाहर कैसे आई ? आप साक्षात् त्रिपुरसुन्दरी लगती हैं।'

उस दिन, चौला उस हिजड़े की भ्रान्ति पर हँस पड़ी थी।

किन्तु ये कामेश्वर राशि तो हिजड़े नहीं। विद्वान साधक हैं। उन्होंने आचार्यदेव के समक्ष माँग की है—'चौला मुझे सौंप दें, मैं उसे त्रिपुरसुन्दरी सिद्ध करूँ फिर वह देवदासी बनेगी। उसे तीर और तलवार चलाना आवश्यक नहीं। तांडव शिव का क्षेत्र है, चौला को लास्य छोड़ना नहीं। किन्तु यह तो दूसरी कन्याओं को शस्त्र-संचालन का प्रशिक्षण देती है ! प्रभास में पुरुषों की कमी नहीं।'

त्र्यंबक ने कामेश्वर राशि को चौला की दृष्टि समझाई थी, 'अपने इष्टदेव के रक्षण में प्रत्येक मनुष्य को प्रवृत्त होना चाहिए।' सुनते ही राशि ने गर्जन किया था :

'रक्षण ? इतना बड़ा अहंकार ? इष्टदेव का रक्षण हम करेंगे ? पामर मनुष्य ? यह अधर्म यहाँ किसने फैलाया है ? युवाचार्य सदाशिव ने ? तो वे रक्षण करने क्यों नहीं रुके ? भाग गए, हाँ भाग गए, महमूद आता है, यह जानकर भी भाग गए।'

युवाचार्य का अन्तिम सन्देश, गंगाजल लाते सेवकों के साथ आया था। उन्होंने लिखा था कि शैवधर्मी राजाओं को संगठित करने का दायित्व अणहिलवाड़ और जालोर के शासकों ने उठाया है और इसलिए मैं पहले तो जो राजा महमूद के सामने झुक गए उनसे मिलता हूँ। स्वधर्म का ज्ञान देता हूँ। पश्चिम भारत के छोटे-बड़े सभी राजे संगठित हों तो महमूद की पराजय होगी। हिन्दुओं की धर्मश्रद्धा दृढ़ होगी। सदाशिव को आशा थी कि निर्भय होनेवाले शासक संगठित होकर रहेंगे...

कामेश्वर राशि के मन यह सब व्यर्थ था। आवश्यक इतना ही था कि शिव का तीसरा नेत्र खुले। महमूद और उसके सैन्य भस्म हो जाएँगे। हमारी प्रार्थना उनके कर्णमूल तक पहुँचनी चाहिए। महायोगी हैं शंकर। आशुतोष हैं शंकर। उनका हृदय जीतनेवाले को वे वरदान देते हैं तथा उन पर प्रहार करनेवाले का वे संहार करते हैं। अतः भक्ति करो शिव की ! आप उनसे विमुख होंगे और महमूद का तिलक-सुन्दर जैसा कोई सरदार उन्हें प्रसन्न कर जाएगा तो ? महाकाव्यों और पुराणों में अनेक प्रसंग हैं। प्रतिनायक ने शिव को प्रसन्न किया हो तो उसकी शक्ति से प्रतिनायक लड़ता होता है। उसकी जानकारी नायक को बिल्कुल अन्त में होती है और वह इष्टदेव की आराधना आरम्भ करता है...रावण ने शिव को प्रसन्न किया था। अश्वत्थामा ने अठारह दिन के युद्ध के बाद पांडव-शिविर में प्रवेश से पहले शिव को प्रसन्न किया था। उन्हें पराजित नहीं कर पाया था, प्रसन्न किया था प्रार्थना से...

यह उद्गार चौला के कानों में पड़ते वह विचार में पड़ जाती—तो क्या शिव भीमदेव और महमूद के बीच भेद नहीं करते ? कामेश्वर राशि के प्रचार के अनुसार तो तिलक-सुन्दर भी महादेव से वरदान ले सकेंगे और इसके लिए निमित्त बनेगी हमारी विमुखता। राशिजी को विश्वास है कि त्रिपुरसुन्दरी की पूजा होते शिव-शक्ति दोनों प्रसन्न होंगे। वे ही आपत्ति दूर करेंगे।

चौला ने गौरा से पूछा, 'कामेश्वर राशि ने मुझे ही किसलिए पसन्द किया है ? इतनी-इतनी श्रेष्ठ कन्याएँ हैं, राजकुमारियाँ हैं। श्रमजीवी वर्गों में भी जासल जैसी जाज्वल्यमान सन्नारियाँ हैं, तो मुझे ही किसलिए माध्यम के रूप में पसन्द करते हैं ? मैं गृहस्थ कन्या नहीं, गणिका की पुत्री हूँ इसलिए ?'

'राशिजी कहते हैं कि शास्त्रों ने त्रिपुरसुन्दरी के लक्षण वर्णित किए हैं।'

'किन शास्त्रों ने?'

मैंने आचार्यदेव से पूछा तो उन्होंने कहा, 'शास्त्रों ने ऐसा नहीं कहा है कि अमुक युवती ही त्रिपुर सुन्दरी बन सकती है। शास्त्रों ने तो शक्ति के तीन रूप वर्णित किए हैं—' 'त्रिपुरसुन्दरी, ललिता और दुर्गा। कालान्तर में वह सरस्वती, लक्ष्मी और पार्वती के रूप में पहचानी गईं। उनमें सरस्वती सदा कुमारिका ही रही। इसलिए साधकों द्वारा निश्चित लगता है कि जिसका विवाह न हो, वह युवती ही त्रिपुरसुन्दरी बन सकती है।'

'कौन जाने क्यों मेरा मन मानता नहीं। शंकर की पूजा के लिए जाती पार्वती के साथ मेरा मन जुड़ा है, किन्तु इस त्रिपुरसुन्दरी की कल्पना मुझे पराई लगती है। ऐसा मुझमें क्या है, जो मुझे सबसे अलग ठहरावे ? और सच ही ऐसी भिन्नता हो तो मैं विच्छेद अनुभव करूँ, अस्मिता नहीं।'

पुत्री को सुनकर गौरा आश्चर्य से ताकती रही। यह धृति या प्रतीति, यह शान्ति तो पहले चौला में नहीं थी। उसने सर्वप्रथम महाराज भीमदेव को देखा और उनके मुख से प्रशंसा का उद्‌गार सुनकर लज्जा से नतनेत्र होकर मुद्रिका में प्रतिबिम्ब निहारने लगी तब ऐसा लगा कि पुत्री का शिवसंकल्प टूटा...दूसरे मिलन में वह कुछ स्वस्थ लगी थी। बाद में महाराज यहाँ पधारे तब नियन्त्रित प्रसन्नता से बर्ताव करती थी। और युवाचार्य काशी गए हैं तब से तो बन्धुवर त्र्यंबक से भी अधिक समझदारी दिखाती है। मन्दिर की विविध आरती, गर्भगृह की सजावट और नृत्यमंडप की स्वच्छता, भोजनशालाओं का प्रबन्ध और रक्षकों की सावधानी—प्रत्येक विषय में मानो चौला युवाचार्य की भूमिका की याद दिलाती है। आचार्यदेव कहते थे चौला मेरी पुत्री नहीं, यह मुझे याद रखना पड़ा है। वह मेरे भोजन का ही नहीं, उपवास का भी ध्यान रखती है। युवाचार्य की आदत थी कि प्रत्येक एकादशी को मन्दिर के मंडोवर पर चढ़कर ठीक ध्वजा के नीचे जाकर खड़े रहते, वहाँ से जलस्थल की शोभा निहारकर, शिव की यह कृपा कविता में गाते। उसका स्मरण होते आग्रह करके चौला त्र्यंबक को शिखर तक खींच ले गई। कहने लगी, 'मैं नीचे उतरती हूँ तब तक अपने मन को तो ध्वजा के छोर के फुँदने पर रख जाती हूँ, वह फड़कता रहेगा हल्का फूल बनकर...आचार्यदेव मानते हैं कि चौला के लिए सब सम्भव है। वह भगवान सोमनाथ की प्रधान नर्तकी बन देवदासी का समर्पित जीवन जी सकती है, वह भीमदेव की महारानी बन गुर्जरभूमि की प्रजा के कल्याण में चित्त लगा सकती है, वह वीरांगना के रूप में महमूद गजनवी के सैन्य को रोकने में अश्वारोही बन सकती है...वह वृन्दाबा से कहती थी—'हमें दो सिंह नहीं मिल सकते ? हम सिंहवाहिनी के रूप में टूट पड़ें आक्रमणकारियों के सैन्य पर...'

गौरा कहती है, 'तुम्हारे इस तीसरे स्वरूप की तो हममें से किसी ने कल्पना भी नहीं की। तुम सहज धार्मिक संस्कार में पलकर कलाकार बनी हो इसलिए तुम यहाँ की प्रधान नर्तकी का गौरव प्राप्त करोगी ऐसी धारणा थी, कहो कि स्वप्न था। वहाँ कापालिक—गुरु गंगेश्वर ने आचार्यदेव से तुम्हारी माँग की। चौला को त्रिपुरसुन्दरी के पद पर स्थापित कर हम उसे अपनी अधिष्ठात्री बनाएँगे।'

'इस माँग के लिए गंगेश्वर ने कारण भी दिया था। उन्हें ध्यानावस्था में आदेश हुआ था कि चौला को प्राप्त करने के बाद ही त्रिपुरसुन्दरी के अधूरे मन्दिर की प्रतिष्ठा करवानी होगी...'

'क्या बनेगी मेरी पुत्री ? प्रधान नर्तकी या त्रिपुरसुन्दरी ?'

'वहाँ महाराज भीमदेव के साथ तुम्हारी दृष्टि मिली। उनके जैसे राजाधिराज का पक्षपात जानकर भी गणिका की पुत्री धन्यता अनुभव करती है। जबकि यहाँ तो प्रस्ताव था महारानी के पद पर स्थापित करने का।'

'चौला सच कहना, तुम वीरांगना होने को प्रेरित हुई उसके लिए भीमदेव का प्रेम निमित्त नहीं ?'

'प्रेम उनका और प्रेरणा युवाचार्य की। उन्होंने हमें बारम्बार कहा है कि जो मनुष्य धर्म का रक्षण करता है, वही धर्म का रक्षण पाता है। महादेव शम्भु का तीसरा नेत्र खुलेगा और महमूद के सैन्य भस्मीभूत हो जाएँगे, ऐसा मानकर सोमपुरा के ब्राह्मण और बेलाकुल के श्रेष्ठी अपने पूर्वक्रम में व्यस्त रहते हैं। भले रहें, किन्तु मैं तो आपद्धर्म के अनुसार सिंहवाहिनी का कार्य स्वीकारती हूँ। न नर्तकी, न त्रिपुरसुन्दरी, न पाटण की महारानी, किन्तु आज तो केवल सिंहवाहिनी—कामेश्वर राशि और गुरु गंगेश्वर को इस संकल्प का बहुमान करना चाहिए...'

दासी जानकारी देती है—दरवेश और फरीद आए हैं। गौरा प्रवेशद्वार तक जाती है। चौला स्वागत भाव से बीच में खड़ी रहती है। त्र्यंबक का आदेश है कि इन दिनों चौला द्वार तक न जाए। उसके अपहरण का भय है। युवतियों को प्रशिक्षण देना शुरू किया, उसके बाद महमूद के गुप्तचरों द्वारा अपहरण की सम्भावना बढ़ गई है, तो कामेश्वर राशि ने सबकी सलाह की अवहेलना करके त्रिपुरसुन्दरी की पूजा की घोषणा कर दी है इसलिए उनके अनुयायी भी भय के कारण बने हैं। कम साधना करके सिद्धिवन्त हो जाने की यह श्रद्धा वास्तव में एक सनक है। कभी-कभी लगता है कि विधर्मियों की अपेक्षा स्वधर्मियों की ओर से जोखिम अधिक है।

चौला दरवेश को वन्दन करती है। फरीद को भाई कहकर स्वागत करती है। एक श्रमजीवी में से सेनानायक बनने की योग्यता विकसित कर चुके फरीद और लुटेरों में से उद्यमी गृहस्थ बन चुके सैन्धव के प्रति युवाचार्य का पक्षपात चौला कब की जान गई है। उसे समझ में नहीं आता कि बन्धुवर त्र्यंबक क्यों इन लोगों से कतरा रहे हैं।

फरीद अनुमति पाकर गौरा से निवेदन करता है। खुद दरवेश के साथ आचार्यदेव से विनती करने जाते थे। रक्षक ने उसे रोका। घर लौट जाने के बदले यहाँ आने का

मन हुआ। व्यवसाय के कारण वेलाकुल और प्रभास में स्थायी हुए मुस्लिमों की एक वसाहत फरीद ने स्थापित की है। उसे तोड़कर, विधर्मियों को खदेड़ डालने के लिए कामेश्वर राशि ने उपदेश देना शुरू किया है। उनकी वाणी में मोहिनी शक्ति है; उनकी आवाज में जादू है। वे शिवमहिम्नस्तोत्र का एक श्लोक गाएँ वहाँ श्रोता झूम उठते हैं। यदि लोग उनके प्रचार में आ गए तो अकारण आन्तरिक कलह होगा। वे कहते हैं कि इन सब विधर्मियों को गजना के सुलतान ने यहीं बसाया है। फरीद पर विश्वास नहीं रखना। रुककर दरवेश को सामने देख फरीद आगे बोलता है, 'आप जानते हैं कि कितनी-कितनी पीढ़ियों पहले हम यहाँ बसे हैं। इस हरी भूमि के साथ ममता बँध गई है। जन्मभूमि दूसरी जननी है हमारी। युवाचार्य जानते हैं कि मैं दुर्ग के काम में जुड़ा था। आज मुझ पर भी शंका ? और इस दरवेश के पास दुआ माँगने मुसलमानों की अपेक्षा हिन्दू ही ज्यादा जाते हैं। युवाचार्य कहते थे कि भगवान सोमनाथ एक तरफ कैलास शिखर पर बसते हैं तो दूसरी तरफ श्मशान में। इसलिए तो कितने ही शैव इस दरवेश की फकीरी को चाहते हैं। क्या हम बाधा स्वरूप लगते हैं ? इस देवनगरी के लिए ? अपने आचार्यदेव से पूछना है, किन्तु मिलने जाने को मना किया। बहुत करके तो पंचकुल को भी हमारे विरुद्ध फरियाद पहुँचाई गई होगी।'

'कौन पहुँचाता है फरियाद ?' चौला बोल उठती है।

'शायद देवतालार त्र्यंबक...'

'नहीं, बन्धुवर त्र्यंबक को तो कामेश्वर राशि का आगमन पसन्द नहीं आया।'

'वह सम्भव है, किन्तु मुझे वे मन्दिर के रक्षक के रूप में स्वीकारते नहीं और सम्भव है कि पंचकुल मुझे नगर के रक्षक के रूप में भी स्थान न दें। हमें दूर बसने का आदेश दें...'

'वह तो अन्याय होगा, बल्कि अधर्म होगा,' चौला खड़ी हो गई, 'मैं इस क्षण ही आचार्यदेव से मिलती हूँ।'

गौरा ने उसे शान्त किया। उसके मानने के अनुसार त्र्यंबक द्वारा परिस्थिति समझने के बाद ही आचार्यदेव के कान में बात रखनी चाहिए। फरीद रक्षक न बने यह इतने महत्त्व का नहीं, जितना दरवेश का अपमान। उन्हें मन्दिर के प्रांगण में कदम रखने से रोका गया है—यह अघटित हुआ है।

गौरा ने दासी के द्वारा सन्देश भेजा, 'अनुकूलता से देवतालार यहाँ पधारने की कृपा करें' त्र्यंबक के आने तक बैठने की फरीद की इच्छा नहीं, किन्तु इन दिनों उसने भी त्रिपुरसुन्दरी की पूजा के विषय में सुना था। उसने जिनसे पूछा उन्होंने इतना ही कहा कि दुर्गा का यह स्वरूप है। गौरा ने कहा, 'मैं भी विशेष जानती नहीं, किन्तु त्रिपुरारि यानी शिव यह जानती हूँ। शिव ने त्रिपुर अर्थात् तीन नगरों का ध्वंस किया। स्वर्ग में सोने का नगर, मध्य में रूपा का और पृथ्वी पर लौहनगर था। उन तीनों का नाश करनेवाले त्रिपुरारि अर्थात् शंकर और उस पर से त्रिपुरसुन्दरी शब्द बना, जो पार्वती का पर्याय ठहरा। किन्तु हमने सरस्वती के स्वरूप की मयूरवाहिनी त्रिपुरसुन्दरी के दर्शन भी

किए हैं। 'तन्त्रसार' नाम के ग्रन्थ में उल्लेख आता है। आप तो संस्कृत जानते नहीं हैं, दरवेश ?'

'सुभाषितों की सादी संस्कृत समझता हूँ। किन्तु समास और सन्धि मुझे व्यथित करती है।'

'वही तो विशेषता है यहाँ की—समास और सन्धि ! बहिष्कार और विच्छेद नहीं,' चौला बोल उठती है और देवतालार के पद का गौरव भूलकर त्र्यंबक आते ही चौला के निकट बैठता है। हाथ जोड़ दरवेश का वन्दन और फरीद की उपेक्षा करता है। उसका यह व्यवहार देखकर चौला के मुख पर स्मिति उभर आती है। फिर सभी अतिथियों के जलपान की व्यवस्था के लिए चौला उठती है। गौरा मानो कि मूल बात पर आती नहीं। दरवेश को विनती करती है, 'आप पधारे हैं तो कुछ धर्मवाक्य कहें जिससे हमारी आत्मा का कल्याण हो।' दरवेश पहले सन्तों के साथ अनेक बार संवाद कर चुके हैं। कुरान शरीफ के जो-जो सूत्र यहाँ के सन्तों को मर्मस्पर्शी लगे हैं, उनमें से कुछ कहते हैं :

'मेरे मन में जो कुछ है, वह तुम जानते हो, और तेरे मन में क्या है, उसे मैं जानता नहीं। वास्तव में तुम्हीं सभी अव्यक्तों के ज्ञाता हो।'

'प्रणिपात न सूर्य का करो और न चन्द्र का, किन्तु प्रणिपात करो परमात्मा का जिसने तुम्हें उत्पन्न किया—यदि तुम वास्तव में परमात्मा की भक्ति करते हो तो...'

'जिन लोगों ने परमात्मा के सिवा अन्य संरक्षक पसन्द किया है, उनकी स्थिति मकड़ी जैसी है। मकड़ी अपना घर बनाती है किन्तु सभी घरों में सबसे कमजोर घर मकड़ी का...'

'तुम्हारे प्रभु ने तुम्हारे ऊपर करुणा रखने की अपनी जिम्मेदारी मानी है। तुममें कोई अज्ञान के चलते गलत काम करेगा और उसके बाद पश्चात्ताप करेगा और सुधरेगा, तो ईश्वर क्षमावान, करुणामय है...'

'मनुष्य इतना नहीं जानता कि हमें उसने बीज-बिन्दुओं में से निर्माण किया ? उसके बावजूद वह खुलेआम झगड़ालू बना है...'

'मेरे प्रभु की बातें लिखने के लिए पृथ्वी पर के सभी वृक्ष यदि कलम बन जाएँ और सातों महासागर, मिलकर स्याही हो जाएँ, तो भी ईश्वर की बातें लिखना पूर्ण नहीं होगा। वास्तव में ईश्वर सर्वजित् है, सर्वविद् है...'

त्र्यंबक को लगा कि दरवेश संस्कृत सुभाषितों के अनुवाद कर रहे हैं इसलिए उन्होंने अन्तिम पंक्ति की संस्कृत में पूर्ति की, 'तदपि तब गुणानाम् ईश पारं न याति !' पल-भर रुककर, रजतपात्र में से सूखे मेवे के एक-एक दाने को हथेली में लेते त्र्यंबक ने कहा, 'युवाचार्य आपकी सहिष्णुता के प्रशंसक हैं। वे जानेंगे कि आपने संस्कृत सुभाषितों को कंठस्थ कर लिया है तो आपसे मिलने दौड़ आएँगे।'

'और ये सुवाक्य कुरान शरीफ में हों तो ?' फरीद ने नम्रता से कहा।

'क्या बात करते हो ? मुझे तो ऐसा लगता है कि मैं उपनिषद की वाणी सुन रहा हूँ। कुछ वाक्य पहली बार सुन रहा हूँ किन्तु वे मुझे कंठस्थ वाक्यों के साथ ऐसी

संवादिता व्यक्त करते हैं कि कुछ अपरिचित नहीं लगता।'

'यह बात आप कामेश्वर राशि से कहेंगे ?'

'मुझे उनके साथ बात करने का मन होता नहीं। यह अतिथि जोंक की तरह चिपका है आचार्यदेव से।'

'किन्तु आपने रक्षकों को ऐसा आदेश क्यों दिया है कि इस वन्दनीय वृद्ध को मन्दिर के प्रांगण में प्रवेश करने नहीं देना ?'

'मैंने आदेश दिया है ? मैं कौन था ऐसा नकारात्मक आदेश देनेवाला ?'

सभी विचार में पड़ गए।

'इसमें राशिजी का हाथ तो नहीं होगा ?'

'परन्तु वे तो अतिथि हैं यहाँ। यहाँ के प्रबन्ध में वे हस्तक्षेप करेंगे भला ?'

फरीद ने कहा कि समग्र देवपाटण के प्रबन्ध में उन्होंने हस्तक्षेप शुरू किया है। आप तलाश कीजिए त्र्यंबक भाई ! यदि हमको अनुमति मिले तो आज ही हमें आचार्यदेव से मिलना है। पंचकुल द्वारा हमें अलग किया जाए उससे पहले ही...

त्र्यंबक ने तत्क्षण गौरा का भवन छोड़ा। यहाँ स्तब्धता थी, भय था। त्र्यंबक का चित्त प्रश्नाकुल है—आचार्यदेव ने तो ऐसा आदेश दिया नहीं होगा ? उसने सिंहद्वार के प्रधान रक्षक से सम्पर्क साधा। उसे भी आश्चर्य हुआ। उसने सेवक को भेजकर अगले प्रहर के रक्षक को बुलाया। उसने स्वीकार किया कि विधर्मियों को अन्दर प्रवेश करने से रोकने के लिए उसे राशिजी ने कहा। राशिजी की प्रतिभा से सम्पूर्ण प्रभास प्रभावित है, ऐसा समझते उस रक्षक के कान में ऐसी बात भी आई थी कि आचार्य व्योम वृहस्पति और कामेश्वर राशि के बीच शैवधर्म के शास्त्र के विषय में वादविवाद हो तो राशिजी विजयी सिद्ध होंगे और आचार्यदेव को पत्नी और पुत्र के पीछे काशी पहुँच जाना पड़ेगा।

यह सब जानकर व्याकुल हो उठे त्र्यंबक राशिजी के निवास पर गए, ध्यानावस्था में मन्त्रोच्चार कर रहे राशिजी से कुछ भी पूछकर विक्षेप डालना त्र्यंबक को ठीक नहीं लगा। वे वहाँ से आचार्यदेव के पास गए। वे शिवस्तुति के श्लोक रच रहे थे। त्र्यंबक ने अविवेक के लिए क्षमा माँगकर सारी बातें कीं। आचार्यदेव ने तत्क्षण दरवेश और फरीद को सम्मानसहित बुला लाने को कहा।

गौरा के भवन में भक्तिसंगीत द्वारा उनका सम्मान हो रहा था। कुरान की वाणी के साथ साम्य रखनेवाले श्लोक चौला गा रही थी :

असितगिरि समं स्यात् कज्जलं सिन्धुपात्रं
सुरतरुवरशाखा लेखनी पत्रमुर्वी।
लिखति यदि गृहीत्वा शारदा सर्वकालं
तदपि तव गुणनाम्, ईश पारं न याति।

श्लोक पूरा हुआ किन्तु मुख पर भक्ति का भाव यथावत टिका रहा।

'आपको आचार्यदेव ने उनके निवास पर पधारने के लिए सन्देश भेजा है,' त्र्यंबक

ने कक्ष में प्रवेश करने से पहले ही कहा।

चौला के भवन में हुए आदर-सत्कार से धन्यता अनुभव कर, खुदा से दुआ माँगकर, इस कलाकार माता-पुत्री के कल्याण की इच्छा कर दरवेश ने विदा ली। उनके जाने से गौरा ने खालीपन अनुभव किया।

'चौला, ऐसा लगता है कि भारी संकट आ रहा है। युद्ध आए इससे पहले आन्तरिक अविश्वास, द्वेष, व्यक्तिगत सामर्थ्य प्राप्त करने के प्रयत्न—यह कोई शुभ संकेत नहीं। ये राशिजी यहाँ से टलें तो अच्छा।'

'मुझे लगता है कि वे त्रिपुरसुन्दरी की पूजा का हठ पूरा किए बिना यहाँ से सिधारेंगे नहीं। आपको क्या लगता है माँ ? मुझे उनका साथ देना चाहिए ?'

'मैं निर्णय नहीं कर सकती। जानती नहीं कि चित्तवृत्तिनिरोध करने की स्थिति में राशिजी पहुँचे हैं क्या ?'

'उसकी जाँच करने का उपाय ?'

'विचार कर देखती हूँ। मुझे इनकी शिवभक्ति की प्रतीति होगी तो तुम्हें साथ देने को बुलाऊँगी। जा अपनी प्रवृत्ति सँभाल।'

माँ को वन्दन कर चौला अपनी दो सखियों के साथ शस्त्र सजकर निकली। गौरा नर्तकियों के निवास की तरफ गई। लता और पुष्प को साथ लेकर अतिथिशाला में कामेश्वर राशि के कक्ष की ओर निकली। दोनों युवतियाँ गौरा की ऋणी थीं, दयनीय स्थिति में से उनको उबारा, पहले अपनी दासियों के रूप में रखकर प्रशिक्षित किया और बाद में नृत्य-संगीत में उनकी प्रवीणता सर्वस्वीकृत होते ही आचार्यदेव, कोठारी और संगीताचार्य की कृपा से वे मन्दिर की नर्तकियों में स्थान पाई थीं। उनका दासत्व दूर हुआ और सम्मान प्राप्त हुआ, इसलिए उनमें कुछ अहंकार आया नहीं। जो सात नर्तकियाँ समूहनृत्य के वक्त प्रथम पंक्ति में चौला के साथ रहतीं उनमें लता और पुष्पा का समावेश होता था। उनके चित्त विकारों से दूषित नहीं थे, उन्हें राशिजी के पतन का निमित्त नहीं बनना था। भावपूर्ण मुद्राओं से उनकी चित्तवृत्ति प्रमाणित करनी थी। चौला त्रिपुरसुन्दरी के रूप में निरावरण आसन ग्रहण करे तब राशिजी की स्वस्थता कैसी होगी ?

दो दिनों के अन्त में लता और पुष्पा ने अपने प्रयत्नों की उपलब्धियाँ बताईं। सागर स्नान के बाद राशिजी के सम्मुख फिर स्नान कर वे वस्त्रपरिधान करती थीं। उनके चरण का प्रक्षालन किया था। उनके समक्ष अश्रु बहाए थे। उन्हें सुनकर परस्पर विवाद किया था किन्तु उन सभी क्षणों में राशिजी स्थाणु की तरह अविचलित बने रहे। न रुचि दिखाई, न उपेक्षा की।

गौरा ने चौला को सम्मति दी थी, मुझे आपत्ति नहीं, अब निर्णय तुम्हें करना है। एक-दो प्रहर के लिए कामेश्वर राशि को साथ देने के लिए चौला तैयार हुई। उसने वृन्दाबा से बात की।

'पूजा के दो परिणाम आ सकते हैं। शवसाधना के दो परिणाम आते हैं। शव द्वारा प्रतिकार शुरू होते साधक भय से पागल हो जाए अथवा अविचल रहकर अलौकिक

शक्तियाँ प्राप्त करे। उसी तरह त्रिपुरसुन्दरी की पूजा के बाद इष्ट फल मिले अथवा साधक का स्खलन हो। विष्णु ने असुर को वश में करने के लिए मोहिनी रूप धारण किया तब शिव जैसे योगी का भी स्खलन हुआ था। मेरा प्रश्न यह है चौला कि राशिजी की साधना सफल हो या निष्फल इससे हम प्रभावित होनेवाले हैं ? हम अपनी सज्जता बढ़ाना बन्द करेंगे ? राशिजी सफल होंगे इतने मात्र से महमूद के लक्ष्याधिक सैन्य को शिव का तीसरा नेत्र संहारेगा क्या ? इतने वर्ष में पूजा क्या हमने कम की है ? फिर भी गौरीव्रत के फलस्वरूप पति के साथ दाम्पत्य आरम्भ करने के बदले अन्तिम अर्घ्य के रूप में बलिदान देने को प्रेरित हुए हैं। तुम त्रिपुरसुन्दरी के आसन पर बैठो उसके बाद क्या होगा वह मैं जान नहीं सकती। इसलिए आचार्य आवें उससे पहले ऊँच-नीच का भेदभाव माननेवाले राशिजी को साथ न देने के हमारे पहले के संकल्प से चिपके रहने में ही औचित्य है।'

चौला फिर पश्चात्ताप में पड़ गई। आचार्यदेव के साथ परामर्श करूँ ? उनका निर्णय माथे चढ़ाऊँ अथवा राशिजी को कहूँ, 'आचार्यदेव की सम्मति दिला दें।'

दूसरे दिन प्रातःकाल चौला नौकाविहार के लिए निकल गई थी। देर रात तक नवघण को पत्र लिखा इसलिए वृन्दाबा विलम्ब से सोई थीं। गौरा का सन्देश पाते ही उन्होंने त्रिवेणीवाले घाट से नौका ली। पतवार चलाती हैं, वहाँ त्र्यंबक ने मुख पर से बुकानी खोलकर वृन्दाबा से कहा, 'कामेश्वर राशि अपने निवास में नहीं हैं। अभी उन्होंने प्रभास छोड़ा नहीं, यह भी निश्चित है। सम्भव है कि वे समुद्र में हों। चौला को सँभालना। शायद आप इसलिए ही निकली हैं।'

वृन्दाबा राजवंशी आभिजात्य से सुन रही हैं। आगे बढ़ती हैं। कुछ अघटित न हो इसलिए रक्षकों को सावधान कर त्र्यंबक वन्थली के प्रासाद की तरफ प्रस्थान करते हैं। उसे संकेत भी नहीं कि रा'नवघण के नाम वृन्दाबा का पत्र उनके आगे निकल गया है। उसमें महाराज नवघण को प्रभास आकर उत्साह बढ़ाने का प्रजाजनों को निमन्त्रण है...

राशिजी सान्ध्य आरती के समय गर्भगृह में दीखे थे। उनके बुलन्द कंठ में गजब का आकर्षण था। आरती पूरी होने के बाद भी उनका स्तवन चालू रहा मानो अन्तिम स्तुति न कर रहे हों !

राशिजी ने चौला के चित्त को प्रभावित किया होगा क्या ? वह क्यों इस संगीत से खिंचती हिरणी की तरह विहरने के लिए बाघ की ओर निकलती है ? या फिर यह उसकी निर्भय लीला है ? राशिजी कहते हैं ऐसी चौला सच ही त्रिपुरसुन्दरी का अवतार होगी तो समुद्र के तल से कैलास की ऊँचाई तक सारी सृष्टि उसका विहारधाम है।

वृन्दाबा नौका चलाती हैं। चौला किस तरफ होगी इसका अनुमान किए बिना ही अन्यमनस्क भाव से आगे बढ़ती हैं। वह सूर्य के सम्मुख खड़ी हैं। सागर की लहरें उनकी नौका को गतिशील रखती हैं। सूर्य की किरणें आँखों में प्रतिबिम्बित होकर आत्मचैतन्य की ओर मुड़ जाती हैं। आँखें चौंधिया जाने के बदले ध्यान तेजस्वी बनता है। मानो

समुद्र को भी प्रकाशमय समाधि लगी हो...

तभी वृन्दाबा की नौका डूबती है। उनकी काया वस्त्र में लिपट जाती है। शस्त्रसंचालन में कुशल हाथ बँध गए हैं। चरण बँधकर युगपद पद्म बन जाते हैं...

चौला तो दूर निकल गई थी, मानो आज ही दक्षिण ध्रुव तक पहुँच जाने की अभिलाषा सेयी थी। वह निवास पर पहुँची तब दूसरा प्रहर शुरू हो चुका था। गौरा ने मान लिया कि पुत्री वृन्दाबा के निवास पर बैठी होगी काव्यशास्त्र विनोद करती...

तीसरे प्रहर में प्रशिक्षण के लिए निकलना था, उसके पूर्व आचार्यदेव का परामर्श प्राप्त करना था, 'राशिजी की साधना में माध्यम बनना या नहीं ?' साथ ले जाने के लिए स्वयं चौला वृन्दाबा को खोज रही है यह देख गौरा विचार में पड़ गई। 'क्यों सबेरे तुम दोनों साथ नहीं थीं ?' 'कहाँ ?' 'दूसरे कहाँ ? सागरस्नान में। मैंने ही उन्हें तेरे पीछे भेजा था; तेरे रक्षण की चिन्ता से।' चौला ने माता को कुछ उत्तर दिए बिना वृन्दाबा की तलाश शुरू की। त्र्यंबक से पूछा, रक्षकों से पूछा। वृन्दाबा को पहचानती न हों ऐसी नर्तकियों से भी पूछा। निरुपाय होकर अन्त में आचार्यदेव से पूछा। उन्होंने कहा :

'कामेश्वर राशि ने वृन्दाबा का अपहरण कराया लगता है। त्र्यंबक को मैंने पश्चिम की ओर भेजा है। तुम पूर्व का अपूज मन्दिर देख लो। मैं कोठारी को कहता हूँ। वे महाराज नवघण को सूचित करेंगे।'

चौला उसके निवास पर जाती है। थोड़े दिन से त्रिपुरसुन्दरी के मन्दिर का मरम्मत-कार्य पूरे वेग से चलता था। यदि उन्होंने वृन्दाबा का अपहरण किया होगा तो वहाँ ही ले गए होंगे।

'माँ त्रिपुरसुन्दरी के मन्दिर में पहुँचने का कोई छोटा मार्ग ?'

'वह तेरे लिए नहीं है। तू सागर के किनारे-किनारे स्थलमार्ग से जा। उस मार्ग से तो कोई असाधारण शक्तिधारी पुरुष ही आगे बढ़ सकता है। मैं पंचकुल को सावधान करती हूँ।'

चौला निकली। वहाँ वाजा ठाकुर के साथ महाराज नवघण को जाते देखा। त्र्यंबक दौड़ता आ रहा था।

16

महाराज नवघण और वाजा ठाकुर वृन्दाबा को खोजने नहीं जा रहे थे। मन्त्री श्रीधर का अनुरोध था कि प्रभास पधारे हुए महाराज को कवि बिल्हण के साथ मिलवाना। वे श्रेष्ठी शीलभद्र के अतिथि थे। सन्देश भेजने के अनुसार बिल्हण वन्थली की राजवसहिका आकर महाराज से मिल सकेंगे। 'अविवेक होगा—' नवघण ने सत्ताविहीन होने के वर्षों में औलिया पुरुषों के कुटीरों में जाकर उनके चरण छूना देवायत से सीखा

था। उनके मन सन्त, फकीर और कवि सभी एक जाति के, अन्दर की वाणी उच्चारनेवाले...दिल में दीप जलानेवाले...

नवघण को आया जान बिल्हण खड़े हुए। उनके हाथ जोड़ने से पहले ही महाराज झुके। 'आप जूनागढ़ रुके थे यह जानकर धन्य हुआ। पंडित कहते हैं कि कश्मीर में सुरक्षित शैव दर्शन की विरासत दुर्लभ है।'

शिवः कर्ता शिवः कर्म शिवोऽस्मि कारणात्मक :

'शिव हैं सबके कर्ता, कर्म और कारण। मैं कामरूप और कन्याकुमारी होकर यहीं आता हूँ। जो कुछ सुन्दर है, ऊर्जस्वित है वह सब मुझे अन्तर्निहित शिव की अभिव्यक्ति जैसा लगा।'

शिवो भोक्ता शिवो भोज्यं शिवेषु शिवसाधनः।
शिवः कर्ता शिवः कर्म शिवोस्मि कारणात्मकः ॥

'आपकी श्रद्धा अनन्य है कविवर।' पास के कक्ष से मृदुल स्वर आया। यहाँ बैठे हुए पुरुष परख नहीं सके कि वह स्वर लता का था या पुष्पा का। संगीतसाधना ने उनके स्वर में अभेद खड़ा किया था। बिल्हण ने कहा, 'महाराज, इन सुकन्याओं का गान चलता था, तब मुझे लगा कि भगवान सोमनाथ के आनन्दसिन्धु में सुरसरिताओं का मिलन हो रहा है।'

'कवि भी आनन्दसिन्धु का ही स्वरूप माना जाता है। हे विद्वान कविवर, हमें कश्मीर के शैवदर्शन के विषय में जिज्ञासा है ! और विशेष रूप से तो प्रत्यभिज्ञा के विषय में।'

'इस क्षण का अलौकिक आनन्द ही प्रत्यभिज्ञा। आप मन्त्रगान से एकचित्त हो जीव को आत्मा के साथ जोड़ रहे थे वही प्रत्यभिज्ञा। हम सबकी अभेदमय सहोपस्थिति में जगे हुए सद्भाव, इनका प्रेमरूप विकास यही प्रत्यभिज्ञा। स्वपहचान की यह चेतना प्रेम से उदित होती है। लोक और शास्त्र की जानकारी गौण बन जाती है और प्रेम की अनुभूति तीव्र बनी रहती है। प्रत्यभिज्ञा की दृष्टि में शिव और शक्ति में तादात्म्य है—समरस सम्बन्ध है। अभेदमूलक यह प्रेमरूप चैतन्य यही आत्मा—यही शिवोऽहं की प्रतीति। इस प्रतीति का क्षण न रात्रि है, न दिन, न सत्, न असत्। है केवल अक्षर, सविता वरेण्य, इस प्रतीति में से जो प्रज्ञा जागे वही प्रत्यभिज्ञा—'

यदा तमस तन् न दिवा न रात्रिम्
न सत् न असत् शिव एक केवलम्।
तद् अक्षरं तत् सवितुर वरेण्यं
प्रज्ञा च तत्साम प्रसृता पुराणी।

अतिथि के निर्देश के अनुसार शर्करा और बादाममिश्रित शीतल दूध का प्रसाद तैयार किया गया था। सर्वप्रथम कटोरा महाराज नवघण को दिया गया। आत्मीय वातावरण लहरा उठा। चित्त में प्रत्यभिज्ञा की उदयरेखा जगमगा रही थी और जिह्वा इस अपूर्व प्रसाद का आस्वाद ले रही थी। सूक्ष्म और स्थूल के बीच इन्द्रियानुभव और चैतन्य

की अनुभूति के बीच अभेद था। विश्व यहाँ ग्राहक और ग्राह्य बना था। महाराज और प्रजा, कवि और सहृदय, प्रसाद और भक्ति के बीच ऊपरी भेद का विलय हो रहा था। महाराज नवघण को एक स्मरण ताजा हुआ—सिन्ध-विजय के बाद वृन्दाबा पधारी थीं, उनकी उपस्थिति में गिरनार, वनराजि, आकाश वे सब हृदय की तरह धड़कने लगे थे। आज का अनुभव कुछ ऐसा ही था, स्वरूप-बोध का...

महाराज ने मन-ही-मन श्रीधर मन्त्री को धन्यवाद दिया। देवायत बापू द्वारा मिलता शिक्षण पूरा हुआ और उसके साथ महामन्त्री श्रीधर द्वारा एक शिक्षण मिलने लगा, आज उसमें एक नई शक्ति जुड़ी। भगवान सोमेश्वर की कृपा।

'महाराज !' पल-भर पहले कक्ष के बाहर जाकर आए हुए वाजा ठाकुर नतनेत्र बैठे हुए नवघण का ध्यान तोड़ते हैं। 'महाराज, महाराज ! देवतालार त्र्यंबक आपको मिलने के लिए श्रेष्ठीभवन के बाहर खड़े हैं।'

युवा राजा तत्क्षण खड़े हुए, उन्होंने दोनों हाथ जोड़ मस्तक झुकाकर बिल्हण की अनुमति ली। यजमान श्रेष्ठी और अतिथि कवि ने प्रवेशद्वार तक साथ आकर महाराज को विदा किया। 'आपका शौर्य इस प्रसन्नता से परिपूर्ण रहे।'—शुभेच्छा दी।

त्र्यंबक के एक-एक कदम में मौन का वजन बढ़ता जाता था। महाराज ने कहा, 'ब्रह्मदेव, कविवर बिल्हण की गोष्ठी में आपको रुकना चाहिए था, इसके बदले आप मुझे ले जा रहे हैं ! कहते भी नहीं कि कहाँ ले जा रहे हैं ?'

'वह मैं भी नहीं जानता महाराज ! वृन्दाबा कहीं दीखती नहीं। गौरा को भय है कि—उनका अपहरण हुआ है।'

'वह सम्भव नहीं ब्रह्मदेव !' महाराज पूर्ववत् प्रसन्नता से बोले। सन्ध्या की लाली उनके भाल पर जगमगा रही थी। अन्तरदुर्ग की छाया पड़ते ही वह लुप्त हुई। त्र्यंबक खड़ा रहा, 'यह उपहास नहीं महाराज, हम सबका अनुमान है कि वृन्दाबा का अपहरण हुआ है।'

'परन्तु जो अनेक का रक्षण करने में समर्थ हैं—जिन्होंने अनेक को आत्मरक्षण का शिक्षण दिया है—'

'यह अपहरण शत्रुओं द्वारा नहीं, धर्मधुरन्धरों द्वारा—'

महाराज नवघण खड़े रह गए। अकल्प्य था यह तो ! आघात, विवशता, पश्चात्ताप...

'मुझे स्पष्ट कहो त्र्यंबक। मुझे मेरा कर्तव्य बताओ। आज तक मैं किसी धर्मपुरुष के विरुद्ध लड़ा नहीं, किन्तु वृन्दा के अपहरणकर्ता को मैं धर्मपुरुष मान नहीं सकता।'

त्र्यंबक ने वहीं खड़ा रहकर पल-भर में सोच लिया। वृन्दाबा को चौला समझकर अथवा वृन्दाबा की मदद के लिए चौला वेग से आवे तब उसे पकड़ लेने की उम्मीद से यह कदम उठाया होगा। राशिजी कापालिक के साथ पूजा करते थे। जब जबर्दस्ती से होगा नहीं। राशिजी कापालिक के साथ मिल गए होंगे तो पूजा के बाद कुमारिका के हाथ से प्रसाद जीमने या उन्हें ही प्रसाद मान लेने का उनका आशय हो तो...

कश्मीरी शैवमत की प्रत्यभिज्ञा के कुछ क्षण पहले का स्पर्श, उस शीतल दूध का प्रसाद और अब इसी भूमि के भाररूप कापालिकों की मांसलिप्सा, श्मशान में सुलगते शवों को खींचकर खा जाते इन कालमुखाओं पर भगवान रुद्र की अवकृपा उतरने का क्षण आ पहुँचा है...

गौरा ने सैन्धव को सन्देश भेजा था। आचार्यदेव तथा कोठारी मन्दिर का प्राँगण छोड़ने को अधीर हो उठे थे, किन्तु वाजा ठाकुर और अन्य पंचकुलिकों ने उन्हें रोका था। कन्याओं को नगर से बाहर ले जाने से रोकने के लिए वाजा ठाकुर त्र्यंबक और महाराज से अलग हो गए।

दो स्थानों पर रक्षक तैनात किए गए थे। श्मशान के उस पार कापालिक बसते थे। पहले श्मशान के इस तरफ उनका प्रसार था। युवाचार्य अँधेरी रात में मन्त्रोच्चार करते निकलते और कापालिकों को उनके अशुद्ध उच्चारों का भान कराते। युवाचार्य सदा निःशस्त्र विचरते। माधवपुर के पास उनके ऊपर प्रहार होने के बाद थोड़े दिनों में युवाचार्य स्वस्थता से घूमते-फिरते दीखे थे, इसलिए कापालिकों के गुरु ने इस पन्थ के अपने सभी शिष्यों को बता दिया था—युवाचार्य का प्रतिकार नहीं करना। भैरव का कृपाप्राप्त है यह पुरुष। देशाटन के लिए निकलने के पूर्व ही धूर्जटि सदाशिव को जागृत आत्मा के रूप में पहचानते गए...

युवाचार्य की अनुपस्थिति और कामेश्वर राशि का आगमन इस देवभूमि में तान्त्रिकों की महिमा बढ़ा देता है। कामेश्वर राशि अपने जीवन-भर का स्वप्न परिपूर्ण करने को अधीर हो उठे हैं। उन्हें भरोसा हो गया है कि आचार्य व्योम बाधा खड़ी नहीं करेंगे और दूसरे सभी तो वहाँ पहुँचकर नष्ट हो जाएँगे। उन्होंने कापालिकों को वचन दिया है कि अपनी पूजा पूरी होते वे त्रिपुरसुन्दरी उन्हें सौंप देंगे। स्वयं यहाँ से आलोप होकर उज्जयिनी पहुँच जाएँगे। राशिजी अपने आप पर प्रसन्न थे। जीते-जी वे शांभव योगी की अलौकिक शक्ति धारण करेंगे। कापालिकों के गुरुजी उनका साथ देने को तैयार हो गए, यह देखकर कामेश्वर को लगा कि साधना पूरी होने से पहले ही उसका प्रभाव पड़ना शुरू हो गया।

आगे चलते त्र्यंबक की गति घट गई थी। महाराज ने पूछा, 'आपको इतना अधिक व्यग्र मैंने कभी नहीं देखा। महमूद के आक्रमण से भी बड़ी समस्या आ पड़ी हो ऐसा...'

'हाँ, महमूद के सामने तो सभी लड़ेंगे किन्तु राशिजी और कापालिकों के अधर्म आचरण को रोकने को कोई तैयार नहीं। युवाचार्य कहते रहे कि बाहर के भय की अपेक्षा आन्तरिक विरोध जोखिमपूर्ण है। मैं इतना अधिक निराश हो गया था कि आप इस तरह तुरन्त मदद के लिए आएँगे ऐसा सोच भी नहीं सकता था। ऐसा माना था कि आप अपने अंगरक्षकों को भेजेंगे।'

'ब्रह्मदेव आप जानते नहीं, मेरा सच्चा अंगरक्षक तो है,' नवघण को नाम बताते संकोच हुआ, 'अब आप मुझे जैसी आज्ञा देंगे वैसा मैं करूँगा। यहाँ के भूगर्भ मार्गों के विषय में मेरे पास मात्र जानकारी है, अनुभव नहीं।'

वहाँ सामने गौरा आती दीखी।

'कहीं पता मिला ?' त्र्यंबक ने पूछा।

'चौला वापस आई नहीं। शायद उसका भी अपहरण हुआ—'

'चौला कहती थी कि वह वृन्दाबा को मुक्त नहीं करा सकती तो उनके साथ रहना पसन्द करेगी।'

'चौला ने शीघ्रता की। उसे महमूद के गुप्तचरों की ओर से भी भय है। लोगों की श्रद्धा को आघात पहुँचाने के लिए वे लोग चौला का भोग लेंगे। आप जानते थे कि चौला के अपहरण के प्रयत्न होते आए हैं।'

'उन प्रयत्नों को मैंने सफल होने नहीं दिया,' त्र्यंबक ने अस्मिता के साथ कहा, 'किन्तु वृन्दाबा के विषय में मैंने सोचा नहीं था कि...'

'दोष मेरा है। मैंने ही उन्हें चौला के पास भेजा था। उस समय भान नहीं था कि मैं किस तरह गम्भीर भूल कर रही हूँ,' गौरा की आवाज पल-भर के लिए काँप उठी। वह फिर स्वस्थ बनी। 'चौला की मनस्विता नियन्त्रित करने की शक्ति भगवान ने मुझे नहीं दी।'

'क्योंकि भगवान ने चौला को बहुत शक्ति दी है। आप सब निश्चिन्त रहें,' कह नवघण ने गौरा को अपने भवन पहुँच जाने की सलाह दी। त्र्यंबक को आचार्यदेव के पास भेजा। अंगरक्षक के द्वारा अपने गुप्तचरों को सावधान किया। अपहरण की बात लोगों में फैले नहीं वह भी उतना ही आवश्यक था। त्र्यंबक ने सन्देश भेजा कि वह त्रिपुरसुन्दरी के मन्दिर में छद्मवेश में पहुँच जाए। नवघण कापालिकों की गतिविधियों का पता पाने वहाँ आ जाएँगे। वर्षों तक वन में विहार कर अन्धकार के साथ संवाद साधने की विद्या नवघण ने प्राणियों और पक्षियों के पास से सीखी थी। वह आज उपयोगी होगी। शिवशक्ति का स्तवन करते वह सागर की तरफ मुड़े। अदृश्य हो गए। गौरा अश्रु बहाती खड़ी रही। अनेक वर्षों से वह सान्ध्य आरती में जा नहीं सकी। पुत्री के लिए ममता और वृन्दाबा की चिन्ता में वह इष्टदेव की उपेक्षा कर बैठी थी। कहाँ जाऊँ, भवन में या मन्दिर में ? वह वहीं खड़ी रही, प्रभु की प्रार्थना करती रही, ताकि रास्ता सूझे उसे। नवघण की सलाह याद आई। उनका कोई सन्देश आएगा तो यहाँ आएगा। त्र्यंबक आचार्यदेव के पास गया है। खुद वहाँ जाएगी तो भारस्वरूप बनेगी। उनकी व्यथा कुछ कम नहीं होगी। वह जूनागढ़ छोड़ प्रभास में स्थायी हुई तब से मान लिया है कि मुक्ति के धाम में आ पहुँची है। चौला मिली तब सोमेश्वर की प्रथम कृपा अवतरित लगती थी। उसके बिना संसार की सात्त्विक संकुलता का अनुभव हुआ न होता। बाद में तो उसकी विरलता की ख्याति बढ़ती गई। अनन्य होने का जितना गौरव उससे अधिक अपने स्वातन्त्र्य को सुरक्षित रखने का दायित्व। समर्पण का शिवसंकल्प हुआ न हुआ वहाँ पाटणपति की मोहिनी जागी। माँ का हृदय भी पुत्री को महारानी के रूप में देखने की अभिलाषा पालने लगा। और वहाँ गजना के सुलतान के आक्रमण के विषय में जानने को मिला। कोई कहता कि वह सुन्दर युवतियों को गुलाम के रूप

में पकड़ ले जाकर बेचता है। चौला उसे हाथ लगे तो किस दृष्टि से देखे ? अब तो देवदासी होने के बाद भी छुटकारा नहीं। विधर्मी को क्या ? चौला ने योग्य निर्णय लिया है। लुटने के बदले प्रतिकार करके या तो विजयी होना या मृत्यु को वरना। वृन्दाबा जैसा ही क्षात्रत्व वह दिखा रही थी।

चौला का एक प्रिय श्लोक गौरा को स्मरण हुआ। उसमें शिव को स्मरहर—कामदेव का नाश करनेवाला कहा है। हे स्मरहर ! तुम श्मशान में रहते हो, भूत-पिशाच तुम्हारे साथी हैं। शरीर पर चिता के भस्म का लेप करते हो, तुम मुंडमाल धारण करते हो। तुम्हारा दिखावा सहज मंगलकारी नहीं, किन्तु तुम्हारा स्तवन करनेवाले का तुम परम मंगल करते हो :

श्मशानेष्वाक्रीडा स्मरहर पिशाचाः सहचरा
श्चिताभस्मालेपः स्रगति नृकरोटीपरिकरः
अमंगल्यं शीलं तव भवतु नामैवमखिलं
तथापि स्मर्तॄणां वरद परमं मंगलमसि।

आज त्रिपुरसुन्दरी के मन्दिर और श्मशान के बीच गुप्त हलचल है, इसका संकेत मिलते नवघण ने अनुगान किया—राशिजी की पूजा और कापालिकों के अपेक्षित बलिदान के बीच कुछ समझौता हुआ लगता है। वृन्दा का, चौला का या दोनों का भोग लेना सम्भव है।

मशाल का उजाला दीखा। मशाल नजदीक आते दाहिनी तरफ देखते नवघण को दूसरा मशाल दीखा। ध्यान से देखते दृष्टिभ्रम का भान हुआ। यह तो बिखरा हुआ प्रतिबिम्ब है। मशालची के साथ एक बाबा थे। उनके गले में सर्प की रीढ़ की हड्डी की माला थी। एक हाथ में अस्थिदंड था। दूसरे हाथ में त्रिशूल था। गले में पीले फूलों का हार था। चलाने में साधु को शोभा न देनेवाली शीघ्रता थी। इस क्षण नवघण उनके मार्ग में विक्षेप खड़ा करने के बदले खड़े रह गए। सोचा था कि मशालची और बाबा उनके मार्ग में आगे बढ़ जाएँगे। किन्तु बाबा एकाएक धूनने-काँपने लगे, और गरज उठे, ‘अबे कौन है तू ?’

‘यह प्रश्न पूछने का जिसका अधिकार है वह,’ रा’नवघण ने धीमे किन्तु दृढ़ स्वर में कहा।

बाबा ने कुछ समझा नहीं। सामने का प्रश्नकर्ता उसे पातकी लगा। उन्होंने त्रिशूल उठाया। चेतावनी दी। नवघण ने इतना ही कहा कि ‘तुम्हें देर होगी, सिधारो।’

‘तो ले,’ कहते बाबा ने त्रिशूल फेंका। नवघण ने मस्तक तनिक बगल में झुकाया। त्रिशूल समुद्र की लौटती लहरों में गिरा।

‘खोज दूँ आपका त्रिशूल ?’ कह नवघण ने डग भरा। बाबा क्रुद्ध हुए। अस्थिदंड उठाते-धँसते आ गए। सिर पर प्रहार करने के लिए हुंकार भरा। बाबा के इस प्रयत्न

पर नवघण को हँसी आई। हवा में ही उन्होंने हाथ पकड़ लिया, मुट्ठी में बाबा की कलाई को दबाया। पैर से ठोकर लगाकर दंड को सागर के जल में उछाला। वह त्रिशूल से भी आगे पड़ा। बाबा की सारी शक्ति खत्म हो गई थी। उनके कन्धे पर धक्का मारते नवघण ने कहा, 'पहले अपना हथियार जाँच लीजिए, फिर श्मशान में वापस जाइए। यदि अन्यत्र कहीं भी गए तो खैर नहीं।'

बाबा औंधे सिर गिरे। नवघण ने मशालची से कहा, 'चल।' तुरन्त उसकी नजर राजा की तलवार की स्वर्णजड़ित मूठ पर से हट गई और आगे हुई। त्रिपुरसुन्दरी के मन्दिर के नजदीक एक चौगान आया। एक तरफ का भाग पत्थर से चुनाया था। शेष भाग वृक्षों, कँटीली झंखाड़ों और लताओं से घिरा था। इमली और पीपल थे। धतूरे और अकवन थे।

मशालची रुक गया। पेड़ की छाया काँपने लगी।

'मुझे यहाँ से ले गया था–' कह मशालची ने नवघण की मुखमुद्रा देखकर कहा, 'सोरठ के स्वामी तो नहीं ?'

'तुम कौन हो भाई ?'

'सैन्धव का सेवक।'

'वह कहाँ होगा ?'

'श्मशान के पास। उन्होंने मुझे कहा है कि प्राण को जोखिम में डालकर भी कन्याओं का अनिष्ट रोकना। उनकी सूचना से ही हम अवधूत भक्तों में मिल गए हैं। मेरे साथ दूसरे भी हैं। वे भी इतने में ही कहीं होंगे।'

'और सैन्धव ?'

'वह आपको ढूँढ़ते होंगे, या फिर आपके ऊपर उनकी नजर होगी।'

'मुझे किस तरह पहचाना ?'

'तलवार की मूठ से अनुमान किया आवाज सुनकर पता चला,' वहाँ एक दूसरा मशालची आता हुआ लगा। नवघण इमली के तने के पीछे गए।

'गुरु गंगेश्वर नहीं आए ?'

'एक राहगीर के साथ लड़ पड़े। धोखा खा गए थे। आते होंगे।'

दोनों गए। नवघण ने काँटों के बीच से रास्ता निकाला। त्रिपुरसुन्दरी के मन्दिर के पीछे होकर वे पूजास्थल के निकट गए। पत्थर में से आवाज चू रही हो, ऐसा लगा। दो शिलाओं के बीच सुनहरे बाल जैसी दरार थी। वहाँ दृष्टि स्थिर होने की अपेक्षा घ्राणेन्द्रिय जागृत हुई...

धीरे-धीरे सरककर मंडोवर का क्षेत्र पूरा किया। ऊँचे चढ़, अन्दर प्रवेश कर गर्भगृह का दृश्य देखूँ या सबके सामने जाकर खड़ा रहकर आदेश दूँ ? यदि इन कन्याओं के जीवन को जोखिम न हो तो पूजाविधि में विक्षेप नहीं डालने का भाव रह-रहकर जगता था लेकिन दूसरी ओर कुमारिकाओं की पवित्रता खंडित होने का भय भी जगता था। मांस-मदिरा का सेवन करते कालमुखा मैथुन को भी धार्मिक विधि मानते हैं। रजस्वला

स्त्रियों को इकट्ठा करते हैं। शाकिनी और मोहिनी शक्ति प्राप्त करने के लिए वे सम्भोग को आवश्यक मानते हैं। कामेश्वर राशि ने त्रिपुरसुन्दरी की पूजा की माँग करने से पहले यहाँ कापालिकों और तान्त्रिकों के साथ सम्पर्क साध रखा होगा...

वातावरण सूचित करता था कि भक्तों की संख्या सीमित थी। दिक्पाल के शिल्प की ओट में मुख रख देख लिया—भक्तों को मिट्टी के पात्र में प्रसाद दिया जा रहा था। मशाल के उजाले के बीच विहरती छायाओं में स्त्रियों के होने की सम्भावना थी। छायाएँ सस्तन और विपुलजघना लगती थीं। किसी की चाल में मद्य का असर था। स्त्रियों के बाल खुले थे। किसी-किसी की छाती बाल से ढकी थी। मशाल के उजाले में चेहरे पीले लगते थे। किसी-किसी की आँखें सीप जैसी लगती थीं तो किसी की तारे के समान चमक उठती थीं।

कामेश्वर राशि अँधेरे में थे। एक मशालची उनके पास आया। मन्त्रजाप पूरा होते उनकी राह देखता वह खड़ा था। ॐ ह्रीं ह्रीं ह्रीं जैसा कुछ सुनाई पड़ता था। वह बन्द हुआ। 'ॐ नमः शिवाय, ॐ नमः शिवाय, ॐ नमः शिवाय—परिचित स्त्रीकंठ था। आवाज द्विविध लगी। नवघण ने बगल में देखा, मशाल के प्रकाश ने मदद की। अरे ! यह तो वृन्दा और चौला ! दोनों पद्मासन में नतनेत्र बैठकर शिव के शुद्ध स्वरूप का जाप करती हैं। कामेश्वर राशि ने तो यह मन्त्र नहीं ही दिया होगा। तो ? ऐसा लगता था कि विधि में कुछ बाधा आई है...

राशिजी कन्धे का दुपट्टा सीधा करने गए किन्तु वहाँ तो कुछ था ही नहीं। वे शर्मिन्दा हो गए हों ऐसे बैठ गए। मशाल दूर चले जाने से प्रकाश कम हो गया था। मात्र वृन्दा और चौला के मुख को प्रकाश की अपूर्णता सालती नहीं थी। उनका मन्त्रजाप जारी था—ॐ नमः शिवाय...

'अब क्या ?' नवघण को पीछे खड़े भक्त के प्रश्न के साथ मद्य की गन्ध भी आई, प्रश्न पूछा ही है तो उत्तर देना ही रहा।

'गुरुजी को इन कन्याओं में से एक सौंपनी थी—'

'गुरुजी कौन ?'

'बड़े कापालिक गंगेश्वर।'

'ओहो, आप गुरुदेव की बात करते हैं। नए लगते हो। कब दीक्षा ली ?'

'अभी मुझे दीक्षा मिली नहीं।'

'तो निगुरा को यहाँ दाखिल किसने किया ?'

'भगवान सोमनाथ ने,' कहते नवघण ने राशिजी की ओर गमन किया।

वे वृन्दा-चौला को आज्ञा दे रहे थे। 'अधोवस्त्र दूर करो।' मानो कुछ सुनाई न पड़ता हो ऐसे 'ॐ नमः शिवाय' का जाप जारी रहा। नवघण को कन्याओं की दृढ़ता के लिए आदर जगा। सुविदित है कि सम्मति बिना त्रिपुरसुन्दरी की पूजा हो नहीं सकती। जबर्दस्ती करने पर दुर्गा क्रुद्ध होंगी। तत्क्षण उनकी अवकृपा उतरेगी। साधक अपंग हो जाए या पागल।

फिर भक्तों की फुसफुसाहट सुनाई पड़ी।

'राशिजी का प्रभाव दीखता नहीं।'

'उनके स्थान पर गुरुजी होते तो दोनों कन्याएँ उनके वश में हो गई होतीं।'

'किन्तु इस तरह दोनों कन्याओं को एक साथ माध्यम बनाना वर्ज्य नहीं ?'

'कहते हैं कि कन्याएँ स्वयं हठ करके आई हैं। एक बार उनमें मन्त्र का अनुकूल प्रभाव दिखाई दे उसके बाद एक गुरुजी को सौंप देंगे। दूसरी राशिजी के लिए त्रिपुरसुन्दरी बनेगी।'

'तुलना करते हैं तो दोनों एक से बढ़कर एक लगती हैं।'

'क्यों न लगें, एक राजकुमारी है, दूसरी देवांशी।'

—ऐसा बोलनेवाले से नवघण ने पूछा, 'पूजा का अन्तिम चरण ?'

'तन्त्र—तारामैथुन नाम की शिवसाधना।'

पंचमकार का अन्तिम शब्द यह था, फिर भी सुनते ही नवघण पर मानों बिजली गिरी। इस विधि को धार्मिक कैसे माना जा सकता है ? तो क्या वह प्रधान कापालिक और कामेश्वरराशि वृन्दा और चौला को श्मशान के अँधेरे में ले जाकर भ्रष्ट करेंगे...? कहते हैं कि साधक सम्भोग के समय वीर्यस्राव होने नहीं देते। सतत उर्ध्वरेतस उद्दीप्त स्थिति में रहकर शक्ति सम्पन्न बनते हैं। या फिर वासना को सन्तुष्ट करने का यह स्वांग होगा ?

नहीं, इस विधि को इतने निम्न स्तर तक मैं नहीं जाने दूँगा...

वहाँ फिर भक्तों की फुसफुसाहट सुनाई पड़ी :

भग बीच लिंग, लिंग बीच पारा,
जो राखे सो गुरु हमारा।

योनि में लिंग और लिंग में वीर्य को स्थिर रख सकें वे हमारे सच्चे गुरु—ऐसा स्थूल अर्थ करते हैं ये भक्त ? किसी गिरनारी से पूछो तो वह कहेगा कि भग यानी यह अखिल विश्व, और लिंग यानी जीवन की ऊर्जा। पारा यानी आत्मा। इसकी जो पहचान करावे वे ही सच्चे गुरु। देवायतबापू योगियों की सिद्धियों की प्रशंसा करते कभी थकते नहीं। वे जानते हैं कि पंचमकार की साधना किए बिना ही कितनी मुक्तात्माएँ गिरनार पर विहरती हैं।

वहाँ वे प्रधान कापालिक लड़खड़ाते हुए आ रहे हैं। नवघण अनुमान करते हैं कि ये ही होंगे गुरु गंगेश्वर।

सभी भक्त उन्हें घेर लेते हैं। चरणस्पर्श करते हैं। उन्हें आशीर्वाद देने के बदले कापालिक क्रोध भरी फूत्कार करते हैं। उनके दोनों होंठ दो भाग में फड़कते हैं। उनके हाथ में पीले फूलों की माला है।

'लाओ उस गौरा की छोकरी को। मुझे दे दो,' डगमगाते हुए चलकर वे राशिजी के नजदीक जाते हैं। पटकाने के बाद शक्ति फिर से प्राप्त करने के लिए उन्होंने मदिरा का प्रसाद अधिक लिया होगा। जो अपने पग पर खड़ा नहीं रह सकता था वह चौला

के कौमार्य का भोग लेकर, तारामैथुन में वीर्यस्राव होता नहीं या स्त्री की शक्ति घटती नहीं ऐसा कारण देकर चौला को सामान्या बना देगा। अलौकिक सौन्दर्य को स्थूल मांस मानकर उसके साथ यह पाशवी बनेगा ?

'अरे राशिजी, आप तो बिल्कुल गँवार हैं, अभी तो इनके वस्त्र भी हटाए नहीं। मैं तो आपको ज्ञानी मानता था।'

राशिजी अपने स्थान से उठे नहीं।

कापालिक ने वृन्दा की ओर हाथ बढ़ाया। उसका वस्त्र उनके हाथ में आया नहीं। वृन्दा और चौला ऊँचे स्वर में 'ॐ नमः शिवाय' का जाप करने लगीं।

'मेरे सकल मन्त्रों का प्रतिकार करता है इन कन्याओं का एक सीधा-सादा मन्त्र।'

'किसने दिया है इन छोकरियों को ?'

—कापालिक गर्जना करता है। 'बन्द करो यह उच्चारण, नहीं तो येतुविद्या का प्रयोग करूँगा,' यानी मारणमन्त्र बोलेगा यह बाबा ? नवघण को प्रश्न हुआ।

चौला ने मन्त्रजाप की त्वरा बढ़ाई। वृन्दा के मात्र होंठ फड़कते थे। बीच-बीच में उसकी आँखें खुल जाती थीं। नवघण खोड़ियार माँ का स्मरण कर रहे थे।...

चौला ने ऊँचे स्वर में मन्त्रोच्चार किया, 'ॐ नमः शिवाय।'

वहाँ अँधेरे में बैठे त्र्यंबक अपने मस्तक और कन्धे पर से श्याम वस्त्र हटाते हैं। राशिजी और नवघण के बीच उनका मस्तक गदा की तरह उठता है।

गंगेश्वर फिर गरजते हैं, 'बन्द करो। किसने दिया है यह मन्त्र ?'

'मेरे गुरु युवाचार्य ने दिया है यह मन्त्र।'

'कौन त्र्यंबक ?' राशिजी खड़े हुए।

'जी ! आपका इतना अधःपतन राशिजी ? और गंगेश्वर आपने ऐसे अमानुषी कालमुखाओं को साथ लिया ?'

त्र्यंबक के ये शब्द कापालिक से सहन नहीं हुए। उसका शरीर काँप उठा। उसने भयंकर चीत्कार किया। इससे बल पाकर एक कापालिक त्रिशूल लेकर कूदा।

राशिजी बीच में पड़े।

उनके हाथ की चमड़ी चीर त्रिशूल का एक छुरा राशिजी के गले में भोंक गया। गंगेश्वर ने अपने अनुयायियों को आज्ञा दी, 'उठा ले चलो इन छोकरियों और कामाचार्य को श्मशान में...'

सैन्धव त्र्यंबक की बगल में आकर खड़ा था। एक कापालिक ने दो हाथ से दोनों कन्याओं के बाल पकड़े। तब नवघण का खड्ग म्यान के बाहर आ गया। उसकी चमचमाहट से वृन्दा की आँख की पलकें उठीं।

'चौला, महाराज नवघण !' कहती वृन्दा सिंहनी की तरह उछली।

कापालिक पीछे हट गए। वृन्दा ने नवघण के पास से खड्ग माँग लिया। 'आप त्र्यंबक को बचाइए' कह कापालिक की छाती पर खड्ग की नोक टिकाकर दूसरे हाथ से चौला को खड़ा किया। वह अभी भी 'ॐ नमः शिवाय' का जाप कर रही थी...

17

त्र्यंबक की इच्छा थी कि अतिथि अमावस्या की रात्रि की घटना से अवगत न हों। कविवर बिल्हण युवाचार्य सदाशिव से मिलकर जाना चाहते थे। किन्तु उसमें सफलता मिली नहीं। त्र्यंबक के साथ पाठशाला में जाकर उन्होंने प्रभास का दुर्लभ ग्रन्थभंडार देखा था। उन्हें कई ग्रन्थों के साथ युवाचार्य के हस्ताक्षर में टीका रूप एक-दो वाक्य देखने को मिलते। प्रत्यभिज्ञा के प्रथम उद्‌गाता वसुगुप्त और उनके शिष्य सोमानन्द के ग्रन्थ यहाँ थे। 'शिव-दृष्टि' का स्वाध्याय त्र्यंबक ने भी किया था। वे उत्पलाचार्य के विषय में भी थोड़ी जानकारी रखते थे। अभिनवगुप्त के ग्रन्थों का भी स्वतन्त्र विभाग था।

'युवाचार्य कहते थे कि कश्मीरी शैवमत पर शंकराचार्य का प्रभाव है।'

'माया सत है। महामाया अर्थात् शक्ति जड़ नहीं, चित् है। युवाचार्य जोर देकर कहते हैं कि प्रत्येक मनुष्य को अपने व्यावहारिक जीवन में अपने स्वरूप को पहचानकर स्वातन्त्र्य अर्थात् मोक्ष प्राप्त करना है। नाटक देखते हुए जो आनन्द आता है वह अपने भीतर बसा है। नाटक उस आनन्द को जगाता है, जैसे माटी में निहित अव्यक्त गन्ध बरसात की प्रथम बूँद से जगती है। मुझे और चौला को नाट्यरस की निष्पत्ति समझाते हुए युवाचार्य ने प्रत्यभिज्ञा-दर्शन का पहली बार उल्लेख किया था,' त्र्यंबक के स्वर में भावुकता आ गई।

'आपके आचार्य व्योम वृहस्पति कहते हैं कि स्वयं तो अभिधा के मनुष्य हैं। प्रथम अर्थ से चिपक जाते हैं जबकि युवाचार्य तो वस्तु के मर्म से ही बात शुरू करते हैं। वे जहाँ पग रखें वहाँ वातावरण प्राणमय बन जाए। आचार्यदेव को आशा है कि महमूद के पहले से बने हुए ठेकेदारों को युवाचार्य निजत्व की पहचान कराएँगे। उनके विषय में जैसे-जैसे अधिक जानता हूँ वैसे-वैसे लगता है कि वह मेरा ही स्वरूप है...उनको मेरा निमन्त्रण है। उन्हें कहना कि अमीर महमूद जिस भूमि तक पहुँच नहीं पाए वह उन्हें वतन जैसी लगेगी...मैं सवेरे प्रस्थान करूँगा। राशिजी अब कैसे हैं ?'

'परिताप से जलते रहते हैं। गँवार कापालिकों को साथ लेकर उन्होंने कैसी भूल की थी, यह समझ में आया है, किन्तु अभी भी उन्होंने त्रिपुरसुन्दरी की पूजा पूरी करने की महेच्छा छोड़ी नहीं।'

'इतने स्वाध्याय और साधना के बाद भी वे वृन्दाबा और चौला देवी में शक्ति के अवतरण की प्रतीक्षा करते हैं। आँखें खोलकर प्रत्यक्ष दर्शन क्यों नहीं कर लेते...? ऐसा अनन्य साधारण सौन्दर्य शक्ति की ही अभिव्यक्ति है।'

'राशिजी को आश्चर्य इस बात का है कि ॐ नमः शिवाय मन्त्र उच्चारते रहकर वृन्दाबा और चौला ने अपनी स्वतन्त्रता की रक्षा की। अनेक मन्त्रों का प्रभाव नष्ट किया।'

'भगवान सोमेश्वर उनकी स्वतन्त्रता-मुक्ति की रक्षा करें !' कहते बिल्हड़ श्रेष्ठी शीलभद्र के भवन में गए। त्र्यंबक की इच्छा थी कि युवाचार्य के वापस आने तक कविवर

यहाँ रुकें। किन्तु दूसरे ही दिन वे कायावरोहण को निकले।

कहाँ होंगे युवाचार्य ? न देखे हुए नगर में उनकी उपस्थिति की कल्पना का दुष्कर कार्य त्र्यंबक कर लेता।

इस समय युवाचार्य ग्वालियर में थे। वहाँ का राजा नन्द ने पहले महमूद को स्वर्णमुहरों और हाथियों की भेंट देने के उपरान्त उसकी प्रशस्ति में काव्य भी रचकर भेजा था। यह जानने के बावजूद युवाचार्य ने ग्वालियर की भूमि को श्रद्धा से देखा था।

सदाशिव को राजा नन्द से मिलने से पहले उन पर पड़े महमूद के प्रभाव को समझना था। राजा ने भय से ऐसा किया होगा या श्रद्धा से ? यदि महमूद श्रद्धेय हों तो उनके साथ संवाद साधा जा सकता है।

राजमहल की विशेष अतिथिशाला में युवाचार्य का पड़ाव था। पास के कक्ष में भाट-चारण पहले से उपस्थित थे। वे महमूद के व्यक्तित्व के विषय में जानकारी एकत्र कर रहे थे। मुस्लिम और ब्राह्मण उनकी मदद कर रहे थे। कान धरने मात्र से भी गजनी के अमीर के विषय में सदाशिव की जानकारी ठीक-ठीक बढ़ी—

सुलतान महमूद काजी के न्याय में हस्तक्षेप नहीं करते। उनके यहाँ तो चलता-फिरता काजी था—मोहतसिब। उसका काम ही था हिसाब माँगना। उसने जो देखा वही प्रमाण। उसे किसी दूसरे साथी की जरूरत नहीं। स्वानुभव से सजा करते थे। एक बड़े सरदार ने देर रात तक महमूद के साथ शराब पीकर अपने घर जाना चाहा। महमूद ने कहा कि अभी मत जाओ सरदार, नशा उतरने के बाद जाना। यदि मोहतसिब तुम्हें देख लेंगे तो सजा करेंगे, बाद में मैं कुछ नहीं कर सकूँगा। क्योंकि वे मुझे भी नशे में घूमता देखेंगे तो दंडित करेंगे।

सुलतान की सलाह के बावजूद सरदार बेफिक्र होकर अपने रसाले की ओर चलने लगा। सुबह होने में अभी देर थी। मोहतसिब नमाज़ पढ़ने निकला था। उसने नशे में चलते सरदार को देखा। तुरन्त कोड़े मारने की सजा हुई। बचाव असम्भव था। अन्य व्यक्तियों के साथ महमूद भी देखता रहा। कहा—मैं कहता नहीं था ? सुलतान शरीअत का पालन करते हैं। एक भाट इस प्रसंग को छन्द में ढाल रहा है।

महमूद का एक दरवान भूल जाता है कि सुलतान ने बोझ ढोने की प्रथा कब की बन्द करा दी है। फिर भी उस हाजिब ने एक फकीर का गधा छूट दिए बिना ले लिया। यह दरवान सुलतान को प्रिय था। किन्तु उसने बेगारी की इसलिए उसका सिरच्छेद कराया। उसकी लाश बहुत से लोगों ने देखी। यह भाट भी उसे प्रत्यक्ष देखा हो, ऐसा वर्णन कर रहा था।

सुलतान का भाई है अमीर नस्र। वह मेहमान के रूप में यहाँ आया था। यहाँ सुलतान

के सिवा दूसरे किसी के निवास पर आम तौर पर नौबत नहीं बजता। अमीर नस्र खुरासान का सूबा था। यहाँ मेहमान था यह भूलकर उसने एक अश्वपाल को चोरी के बदले में बीस कोड़े मारने की सजा की थी। महमूद ने जाना। दूसरे दिन भाई के यहाँ नौबत बजाने को कहा। उसका मर्म न समझते अमीर नस्र सुलतान के पास आया। महमूद ने उसे सचेत करने के लिए यह कदम उठाया था। कहा—तू मेरा भाई है सही, लेकिन यहाँ का शासक नहीं। तुम खुरासान के सूबा हो। वहाँ उस अश्वपाल को सजा की होती तो वह तुम्हारा फर्ज होता। यह गजना है। यह तुम भूल गए ?

सुलतान प्रत्येक को अपनी औकात की याद दिलाते...

एक चारण कहता है कि वह खुद सुलतान के एक प्रसंग के विषय में रासो की रचना करेगा। कैसा न्यायप्रिय है, कैसा धर्मप्रिय है सुबुक्तगीन का यह शाहजादा। प्रसंग प्रचलित है—रात कब की पड़ गई है मगर आज नींद आती नहीं। निश्चित कुछ अनुचित हुआ है। क्या कोई फकीर भूखा होगा ? या कोई फरियादी आया होगा ? गुलाम से कहा—बाहर जाकर देखो। है कोई फरियादी ? गुलाम को कुछ दीखा नहीं। फिर भी नींद नहीं आई। सुलतान खड़े हुए। तलवार लेकर बाहर निकले। मस्जिद में एक व्यक्ति भूमि पर पड़ा रो रहा है। आँसू बहाते जा रहा है—सुलतान का दरवाजा बन्द है, खुदा का खुला है। महमूद सोता है, खुदा जागता है...मैं पूरी रात तुम्हें खोजता हूँ।

महमूद के एक दरबारी ने सताया है इस आदमी को। अभी भी जारी है वह परेशानी। आपका वह दरबारी आधी रात को शराब के नशे में आता है, मेरी पत्नी की लाज लेता है।

सुनकर सुलतान को पसीना आता है। सुलतान उस दरबारी को स्वयं दंडित करने का निर्णय लेता है। इस समय वह कहाँ होगा ? रात बीतने पर आती है। शायद चला गया होगा। कल-परसों आएगा। मुझे सूचित करो। तुरन्त मेरे पास आ जाओ। दरवान तुम्हें नहीं रोकेगा।

तीसरी रात उस परेशानी का भोग बन वह लाचार व्यक्ति आया। महमूद जगने के साथ तलवार लेकर तैयार हुआ। चल मुझे उस सियार के पास ले चल।

वह गरीब और दयनीय आदमी आगे हुआ। सुलतान ने देखा—दरबारी खजाने का साँप बनकर सो रहा है। बस। नजदीक जाकर सुलतान ने उसे ऐसी तलवार मारी कि भूमि पर न्याय का लाल फूल उग आया...

उस गृहस्थ के पास से सुलतान ने मुसल्ला के रूप में परिचित शतरंजी मँगाई। वहीं नमाज अदा की। फिर पूछा—कुछ खाना है ? हो तो दो। चींटी सोलोमन का क्या स्वागत करती है। घर में रोटी का टुकड़ा था। लाकर दिया। सुलतान ने बड़े स्वाद से उस टुकड़े को खाया। गरीब गृहस्थ धन्यता से देखता रहा। फिर संकोच के साथ पूछने लगा। आपको सचमुच ही भूख लगी थी ?

सुलतान महमूद तीन दिनों से भूखा था। इस गृहस्थ का विलाप सुनकर, उसकी फरियाद जान संकल्प किया था कि उस दरबारी को सजा देने के बाद ही मैं खाऊँगा। यहाँ नमाज पढ़ने का कारण यह है कि वह पापी पराया निकला। मुझे ऐसा लग रहा था कि कोई सामान्य दरबारी मेरी हुकूमत में इतनी हिम्मत नहीं करेगा। निश्चित मेरे पुत्रों में से कोई भी होगा। मैं फरजन्द को कत्ल करने की तैयारी के साथ यहाँ आया था। मृत्युदंड देने के बाद देखा कि मेरा पुत्र नहीं। इसलिए मैंने नमाज पढ़ी। अहसान माना, दुआ माँगी।

सुलतान ऐसे धर्मप्रिय हैं तो उनका द्रव्यलोभ क्यों नहीं घटता ? उसका रहस्य यहाँ सुविदित है। एक फकीर ने सुलतान को मुसल्ला देते हुए कहा—इस पर नमाज पढ़ते जो माँगोगे वह मिलेगा।

नमाज पढ़ने पर फकीर ने पूछा—क्या माँगा ? विजय।

मात्र विजय माँगा ? इस्लाम का प्रचार नहीं ? अब नहीं लगता है कि उन्होंने बहुत कम माँगा है खुदा से ?

विजय, विजय, विजय...घर के झगड़े में पत्नी की मारपीट करनेवाले को पकड़कर सजा देनेवाले सुलतान हिन्दुस्तान से स्त्रियों को भी गुलाम के रूप में पकड़कर ले जाता है क्योंकि उसने मात्र विजय माँगी है। हजारों, लाखों मनुष्यों को गुलाम बनाया है। कोई गुलाम मालिक को छोड़कर सुलतान की सेवा करने आता है तो भी उसे सजा होती है।

—यह रुख सदाशिव को अपने धर्म के विरुद्ध लगता है। मुक्ति के लिए आन्तरिक उत्कंठा की कद्र महमूद को नहीं, शायद समझ नहीं। उनके यहाँ व्यापारियों की अपेक्षा सिपाही का गुनाह छोटा माना जाता है।

इस समय महमूद के सैन्य के साथ बड़े से बड़ा बाजार है। एक बार ऐसा हुआ कि दुकानदारों को सैनिकों ने मुँहमाँगा दाम नहीं दिया। जोखिम देख वे सब सुलतान के पास गए। सैनिकों के विरुद्ध फरियाद की—वे लोग लेन-देन में पक्के नहीं, हुक्म करते हैं हमारे ऊपर।

फरियाद सुन लेने के बाद सुलतान दुकानदारों से कहते हैं : आपको उनका थोड़ा हुक्म तो सहन करना ही पड़ेगा। अगर ये सैनिक न होते तो आप इस तरह सुख से जीते न होते। दुकानदारों को सुलतान की बात सच्ची लगती है।

सदाशिव को लगता है कि महमूद को देखने के बाद ही उनके विषय में निश्चित अभिप्राय दिया जा सकेगा। तो भी जिस सहजता से खुद भीमदेव और नवघण को समझ सके हैं, उसी सहजता से महमूद को पहचान सकेंगे ? ग्वालियर के राजा नन्द महमूद के प्रशंसक हैं। गजना के राजपूतों का ही नहीं, गुप्तचरों का भी यहाँ खुलेआम सत्कार

किया जाता है। अलबरूनी नामक एक विद्वान का आज राजसभा में सम्मान होना था। सदाशिव को जानकारी दी गई है कि अन्य ब्राह्मणों के साथ उन्हें भी दक्षिणा मिलेगी, अयाचक व्रत पालते युवाचार्य, इस माया को चैतन्य की लीला समझकर उसके दर्शन को जाएँगे। किसी अपेक्षा से नहीं।

अलबरूनी का सम्मान करने से पहले उनके सुलतान महमूद की स्तुति होती है। इससे खुद अलबरूनी को आश्चर्य होता है। फिर ग्वालियर के राजकवि आज के विशेष अतिथि का स्वागतगान आरम्भ करते हैं। यह पूरा होते एक किस्सा कहते हैं :

'अलबरूनी बड़े विद्वान होने के साथ महान ज्योतिषी भी हैं। किन्तु सुलतान महमूद को पहले ज्योतिषियों पर भारी गुस्सा था। देश-विदेश के पथप्रदर्शकों और मौलवियों-काजियों को वे जितना सम्मान देते उतना ज्योतिषियों को नहीं। यह जानते होने के बावजूद एक सरदार ने सूचित किया, 'सुलतान आपके दरबार में महान ज्योतिषी हैं, तो फिर आप उन्हें पूछते क्यों नहीं ?'

सुलतान ने दृढ़ता से कहा, 'मुझे महज दो ही वस्तुओं पर विश्वास है—खुदा पर और धार्मिक आचरण करने के नियमों पर—शरीअत पर। लोग नजूमियों की बातों को बहुत अधिक महत्त्व देते हैं।'

'तो भी पूछिए तो सही,' सभी दरबारियों का आग्रह था।

सुलतान ने पूछने के बदले अलबरूनी की परीक्षा लेना निश्चित किया। महल की एक कोठरी में ले गया। उसके चार दरवाजे थे। बरूनी से पूछा, 'बोले, मैं किस दरवाजे से होकर जाऊँगा ? लिखकर रख। उल्टा करके।' इतना अधिक ध्यान इसलिए रखा कि हावभाव से बरूनी अनुमान न कर सके।

बरूनी ने सुल्तान की इच्छा के मुताबिक लिखकर उल्टा रखा।

सुलतान ने अब गर्व के साथ कहा, 'देखो, मैं पाँचवाँ दरवाजा बनाकर उसमें से निकलता हूँ। ऐसा करने के बाद चिट्ठी खोली तो ऐसा ही लिखा था, 'सुलतान पाँचवाँ दरवाजा बनाकर उसमें से निकलेंगे और—'

आगे की भविष्यवाणी सुनने का धैर्य नहीं रहा। सुल्तान को भारी गुस्सा आया। मेरी इच्छा के विरुद्ध यह नजूमी सच्चा निकला। 'फेंक दो इसे।' बाहर गहरी खाई थी। नीचे पटकाते प्राण-पखेरू उड़ जाए।

तनिक भी दया रखे बिना सुलतान के अंगरक्षकों ने अलबरूनी को खिड़की से बाहर फेंक दिया। गुस्सा उतरने के बाद सुलतान की इच्छा हुई, 'देखूँ कहाँ पड़ा है ? मर गया या छटपटा रहा है ?'

देखा तो पेड़ की डाली पकड़कर अलबरूनी लटक रहा है। उसे देख सुलतान ने आश्चर्य व्यक्त किया। बरूनी ने कहा, 'नामदार, आपने वह चिट्ठी पूरी की पूरी पढ़ी नहीं ! चिट्ठी में यह भी लिखा था कि आगाही सच्ची पड़ते सुलतान उसे नीचे फिंकवा देंगे और वह पेड़ की डाली हाथ में आते बच जाएगा।'

—यह जानकर सुलतान ने जिद छोड़ दी। अलबरूनी को अभयदान मिला, इतना

ही नहीं, दरबार में महत्त्वपूर्ण स्थान मिला। आज सुलतान महमूद का माना हुआ है अलबरूनी। उनका सम्मान हुआ है जानकर सुलतान खुश होंगे ग्वालियर पर।

सम्मानविधि के दरम्यान बरूनी की नज़र सदाशिव पर पड़ी, एक बार, दो बार, तीन बार। और वह बोल उठा, 'मुझे लगता है कि इस राजसभा में सबसे सम्माननीय व्यक्ति मैं नहीं। राजा नन्द को संकेत मिला था, किन्तु उन्हें सदाशिव का सम्मान करने में कोई लाभ दीखा नहीं। बरूनी ने देखा कि राजा दान-दक्षिणा देने लगे, तो भी यह ब्राह्मण अपने स्थान से उठा नहीं।

सभा बिखरने के बाद अलबरूनी सदाशिव की बगल में चलने लगा। पूछा : 'आपको भविष्य जानना नहीं ?'

'जानता हूँ भविष्य मेरा, आपका, सुलतान का भविष्य निश्चित है—अन्त। हाँ अनिवार्य अन्त, हमें इतना ही निश्चित करना है कि उस अन्त तक किस तरह पहुँचे। सम्भव हो तो मुझे आपके सुलतान को यह कहना है।'

बरूनी खड़ा रह गया। सदाशिव की आकृति निहारी, मुखमुद्रा देखी। थोड़ा अन्तर पड़ गया था, वह रहने देकर सदाशिव का अनुसरण करने लगा। उनका निवास राजपुरुषों की अतिथिशाला में था, किन्तु इस क्षण उसे सदाशिव के साथ रहने की तीव्र इच्छा थी।

सदाशिव के कक्ष की सादगी की शोभा निहारता बरूनी खड़ा था। उसे आसन ग्रहण करने के लिए निवेदन कर सदाशिव ने पद्मासन लगाया। इस मुद्रा में बरूनी को इस ब्राह्मण की दृढ़ता की प्रतीति हुई।

'आप मेरे सुलतान से मिलना चाहते हैं, सही ?'

सदाशिव ने सम्मतिसूचक दृष्टि की।

'इससे कुछ अर्थ नहीं निकलेगा। सुलतान ने वर्षों की तैयारी के बाद आक्रमण किया है। अपने जीवन की सर्वोच्च विजय वह हाथ से जाने नहीं देंगे।'

'सर्वोच्च नहीं अन्तिम,' सदाशिव ने बरूनी के साथ दृष्टि मिलाते कहा।

'क्या आप भी ज्योतिष जानते हैं ?'

'जिसे ज्योति को जानना है, उसके लिए अन्य सब गौण हैं। भौतिक और आधिभौतिक तत्त्वों पर विजय पाने की अपेक्षा आध्यात्मिक संवेदना हम शैवों को अधिक प्रिय है। मुझे आपके सुलतान के वापस मुड़ने को कहना नहीं है। इतना ही पूछना है कि जिस धर्म के प्रचार का वह दावा करते हैं उसे जानते हैं क्या ?'

बरूनी विचार में पड़ जाता है। यह ब्राह्मण कोई नई चुनौती खड़ी नहीं करेगा ? वहाँ सदाशिव शान्तचित्त अपनी बात शुरू करते हैं, 'कुरानेशरीफ भी उपनिषद की तरह अनासक्ति पर बल देता है। इसके उपरान्त यह भी कहा है कि लोभ और वासना का त्याग करनेवाला ही धन्य है। इहलोक के लोभी को परलोक की फसल में हिस्सा नहीं मिलता। जिन लोगों की पीठ शतरंजी का स्पर्श नहीं करती और प्रभु द्वारा दिए हुए को उसी के मार्ग में खर्च करते हैं, वे धन्य हैं, न कि दूसरे का धन लूटनेवाले। एक दिन लूटनेवाले

को भी ऐसी प्रतीति होनी है कि मैं धूल हुआ होता तो अच्छा !'—बरूनी आदरपूर्वक सुन रहा है। सदाशिव को लगा कि संवाद सध रहा है, 'आपके धर्मग्रन्थ क्या कहते हैं ? धार्मिकता इसमें नहीं कि आप अपना मुख पूर्व तरफ रखें या पश्चिम तरफ। धार्मिकता है ईश्वर और ईश्वरीय ग्रन्थ विषयक श्रद्धा में। लोगों को बन्धन से मुक्त करने में अपना धन बाँटे, अनाथ, दीन, प्रवासी, अकिंचन और याचक को उपयोगी हो वह धार्मिक।'

'जो कुछ आकाश में और भूमि पर है वह परमात्मा का ही है। कुरान कहता है, हे आदमपुत्रो, हमने तुम्हें जो वस्त्र दिया वह तुम्हारी लज्जा ढँकता है और तुम्हें शोभा देता है किन्तु संयम का आवरण सर्वोत्तम है। आपके सुलतान ने यह संयम दिखाया है कभी ? बरूनी, आपने उन्हें सही कहा है कि जो लोग सोने-चाँदी का संग्रह रखते हैं और ईश्वर के मार्ग में उपयोग नहीं करते उन्हें भारी दुःखदायक दंड मिलेगा।'

बरूनी मुस्काया। सदाशिव का अनादर न हो, इस तरह देखता रहा। कहा :

'ब्रह्मदेव, आपकी दृष्टि में मुझे जो कुछ सुलतान को कहने जैसा है, सुलतान वह सब आपको कह सकें ऐसा है। प्रभासपाटण के शिवमन्दिर में जो सोना-चाँदी संग्रहित है वह...'

'समर्पित द्रव्य है, किसी व्यक्ति का नहीं।'

'उस पर व्यक्ति को अधिकार करते देर क्या ?'

'आचार्य व्योम वृहस्पति की हयाती में वह सम्भव नहीं।'

'फिर भी आपकी इच्छा के मुताबिक देवद्रव्य का उपयोग करने के लिए वे सहमत नहीं हुए।'

सदाशिव ने पलकें उठाईं। यह विवाद बरूनी तक पहुँच गया ? हाँ, महमूद के गुप्तचर दृश्य भूगोल के साथ मन का भूगोल जानने के लिए भी प्रयास कर रहे थे। बेसुमार देवद्रव्य और उस विषयक मनोदशा से खुद बरूनी भी अवगत है। युवाचार्य को एक उपाय सूझा, कहा :

'हे विद्वान प्रवासी, यदि आप अपने सुलतान को मरुभूमि से पीछे मोड़ें तो उस देवद्रव्य का वितरण कराऊँ। कुरान ने जिन्हें जरूरतमन्द बताया है उन्हें प्रभु के नाम से दिलाऊँ। यदि संहार रुकता हो तो शंकर भले अकिंचन बनें।'

'सुलतान जानते हैं कि आपके शंकर संहार के देव हैं। कितने राजे मान बैठे हैं कि सुलतान को भगवान शंकर भेज रहे हैं।

'दूसरे भी राजे हैं जो प्राणों की आहुति देकर अपने इष्टदेव के गौरव की रक्षा का यत्न करेंगे।'

'उसका भी सुलतान को पूरा अन्दाज है।'

'तो आप उन्हें अपना विनाश न्योतने से क्यों नहीं रोकते ?'

'मैं रोकूँ ? क्या मुझे जीना नहीं है ? सहमत न होनेवाले को वे माफ नहीं करते। कोई बच जाए तो अपने भाग्य के जोर से, सुलतान की उदारता के चलते नहीं।'

'उनके जैसे महान योद्धा में ऐसी निष्ठुरता ?'

'वह निष्ठुरता नहीं, राजनीति है। एक बार उनके गुलाम गजना के महल से भागे, सीसतान जाकर खलफ के आश्रय में रहे। वे गुलाम सुलतान के रहस्यों को जानते थे। खलफ जैसे दुश्मन को उसका समाचार मिले वह जोखिमपूर्ण था। उन्होंने उपाय खोज लिया। अपने एक वफादार गुलाम को तैयार किया कि वह सीसतान जाकर भगोड़े के रूप में उन गुलामों में मिल जाए और चतुराई से उन्हें खलफ के विरुद्ध उकसाए, उनका कत्ल करने के लिए प्रेरित करे। उसके दो परिणाम आ सकते हैं—या तो दुश्मन खत्म होंगे। या तो षड्यन्त्र की गन्ध आते गुलाम मारे जाएँगे। ऐसा ही हुआ। सुलतान महमूद ने रहस्यों की सूचना मिलने से पहले ही खलफ ने उन भगोड़े गुलामों की कत्ल कराई। ऐसे तो अनेक किस्से हैं। उनकी चाल अनुमान से परे होती है। पाँचवाँ दरवाजा बनाकर बाहर निकलना उन्हें ही सूझे—' पल-भर रुककर कोई गम्भीर बात कहना चाहते हों ऐसे बरूनी बोले, 'यदि सुलतान को लगेगा कि आप उनकी विजय-कूच को रोकने आए हैं या उनके सेनानियों के मन में दहशत जगाने आए हैं तो वे अपने हाथ से ही आपको मृत्युदंड देंगे।'

'ज्योतिषी के रूप में कहते हैं या राजनीतिज्ञ के रूप में ?'

—सदाशिव के प्रश्न का उत्तर देते अलबरूनी झिझका।

18

वह सम्भव नहीं ब्रह्मदेव, अब तो सुलतान महमूद के चाहने पर भी उसकी सेना का पीछे मुड़ना असम्भव है, क्योंकि सुलतान ने अपनी महत्त्वाकांक्षा को एक विशाल समूह की विजीगिषा में बदल डाला है। सेना की तीव्र जिजीविषा साहस के दरम्यान विजय की तीव्र इच्छा में बदलती है। हाँ, सुलतान महमूद के सैन्य में आज विजीगिषा की प्रबलता दीखती है। आपके महाकाव्य महाभारत में एक पात्र आता है—अश्वत्थामा। उसे ब्रह्मास्त्र छोड़ने आता है, वापस मुड़ना नहीं। यह विराट सैन्य उस अश्वत्थामा का ब्रह्मास्त्र है।'— विदा लेने से पहले अलबरूनी ने सदाशिव को महमूद की सेना का विवरण दिया था जिससे वे आक्रमण को कुचलने का व्यर्थ प्रयत्न न करें। राजे पीछे पड़ेंगे, किले टूटेंगे, सम्पत्ति लूटी जाएगी किन्तु यदि आप मारे गए तो प्रजा का विश्वास टूटेगा। आपको जीना चाहिए ब्रह्मदेव और इसके लिए ही मेरी विनती है कि आप सुलतान से मिलना टालें। ज्योतिषशास्त्र के आधार पर मेरी भविष्यवाणी आज तक सच्ची हुई है, इसका मुझे आनन्द है किन्तु मैं नहीं चाहता कि आपके खतरे की यह भविष्यवाणी सही निकले। सम्भव है कि आप भविष्यवाणियों को गलत साबित कर सकें। आप जैसी पुण्यात्माएँ ग्रहों और नक्षत्रों के नकारात्मक प्रभाव को खत्म कर सकेंगी।'

'सोमेश्वर की जैसी इच्छा—उन्हें मुझसे जो काम लेना होगा, लेंगे। मेरा जीवन उन्हें समर्पित है तो मृत्यु भी। और मेरे इष्टदेव का तो एक नाम है—मृत्युंजय। इसलिए मुझे

न डर है, न मोह। सहज रूप से मिलेगा तो ठीक है किन्तु आप सुलतान से इतना तो अवश्य कहें—यह आक्रमण दोनों पक्षों के लिए अनिष्टकारी होगा। शायद महमूद सुलतान के लिए विशेष। आपके जितना ज्योतिष तो मैं भी जानता होऊँगा परन्तु मैं ग्रहों और नक्षत्रों की गणना किए बिना ही, अन्तरात्मा की प्रेरणा से कहता हूँ कि यह उनका अन्तिम आक्रमण होगा। समर्पित शैवों का संहार करने के बाद सुलतान अपनी पूर्व विजयों की व्यर्थता समझेंगे...'

कोई विरोध या सहमति का भाव प्रकट किए बिना बरूनी ने अपने रसाले की ओर प्रयाण किया। दो व्यक्तियों ने आगे आकर कोर्निश बजाई थी।

अलग वेशभूषा से लगता है कि कितने रक्षक उनके साथ ही आए होंगे, कितने राजा नन्द ने दिए होंगे। पीछे जुड़ी गाड़ियों में द्रव्य होगा ? यह गाड़ी रण में तो नहीं जाएगी ?...

सम्भव है कि अलबरूनी जैसे दूसरे राजपुरुष छोटे-बड़े राजाओं से इसी तरह मिले हों। उनका सम्मान हुआ हो, किन्तु वास्तव में महमूद को नजराना भेजा हो जिससे उनके आक्रमण का भय न रहे।

अन्तिम गाड़ी के अदृश्य होने तक सदाशिव खड़े रहे।

अब राजा नन्द से मिलने का प्रयास करना ठीक होगा ? इसके लिए यहाँ कितने दिन रुकना पड़ेगा ? हाल ही में उन्होंने सोलह वर्ष की एक राजकुमारी के साथ विवाह किया है, उनकी किस क्रम की यह रानी होगी ? उसके साथ जिसकी सगाई की बात चलती थी; उस राजकुमार ने महमूद के प्रतिकार के लिए एकत्रित हुए सैन्य में जुड़ने का संकल्प किया। इसलिए राजकुमारी हर्षित हो उठी थी, किन्तु उसके माता-पिता को लगा कि पुत्री वैधव्य का जीवन बिताए इसके बदले भले नन्द की तीसरी रानी बने...मानो महमूद कभी हारनेवाला न हो, न नन्द कभी मरनेवाला हो...प्रौढ़ तो वह लगता ही है।

सदाशिव ने नन्द के धर्माध्यक्ष को कहलवाया, 'महाराज को अनुकूलता न हो तो मैं उनसे मिले बिना ही यहाँ से प्रस्थान करने को राजी हूँ।'

उत्तर में धर्माध्यक्ष स्वयं आए। उनके कहने के अनुसार, महाराजा नन्द शान्तिप्रिय शासक हैं। अपनी प्रजा पर युद्ध थोपा न जाए इसके लिए उन्होंने राज्य का खजाना खाली होने दिया है। आपको यहाँ कोई भी धार्मिक अनुष्ठान करना हो तो खुशी से करें। सारा खर्च महाराज देंगे। नई महारानी विधि में उपस्थित रहेंगी।

'मुझे एक ही अनुष्ठान करना है। भगवान सोमेश्वर पर चढ़ आते महमूद का प्रतिकार।'

'परराज्य में महाराज नन्द किस तरह हस्तक्षेप कर सकते हैं ?'

'प्रभासपाटण आपके महाराज के लिए परराज्य होगा, किन्तु शैवधर्म तो परधर्म नहीं है न ?'

'हमारे मन्त्री के लिए तो वह परधर्म भी है।'

'क्या वे अनार्य हैं ?' पूछते सदाशिव व्यथित हो उठे, 'क्या धर्म का कोई संकीर्ण अर्थ यहाँ प्रवर्तमान है ? अणहिलवाड़ के विमल मन्त्री जैन होने पर भी अपनी बुद्धि और शक्ति का प्रयोग प्रभास के रक्षण के लिए कर रहे हैं जबकि आपका मन्त्री महमूद के मार्गनिर्देश का काम कर रहा है।'

'शासकों के लिए नजदीक के शत्रु और दूर के मित्र हो सकते हैं ?'

'हम धर्म की चिन्ता करते थे, राजनीति की नहीं।'

'पृथ्वी पर तो राजा ही प्रभु के प्रतिनिधि हैं,' कहते हुए धर्माध्यक्ष ने अपने ज्ञान का सर्वोत्तम अंश बता दिया।

सदाशिव को अब उनसे अधिक अपेक्षा रखने का अवकाश नहीं था। उन्होंने राजा से मिले बिना ही वहाँ से प्रस्थान किया।

विमल मन्त्री के प्रयत्नों के कारण सदाशिव ने मान लिया था कि जैन और बौद्ध भी महमूद का प्रतिकार करने के लिए तैयार होंगे। अब उनमें शंका जगी कि हिन्दू धर्म के कुछ सम्प्रदाय भी साथ नहीं देंगे। इससे भी अधिक तीखी प्रतीति दूसरी थी—यहाँ निजी इष्ट देव की अपेक्षा निजी मन्दिर की ममता अधिक है। समग्र भारतवर्ष में व्याप्त शिवतत्त्व की अनुभूति से राज्याश्रित पंडित वंचित हैं। इस्लाम ऐसे संकीर्ण बाड़ों में विभाजित होकर बँधता नहीं, इसका उसके अनुयायियों को लाभ है। उन्होंने जैसे हजरत मोहम्मद को एक मात्र पैगम्बर माना, उसी तरह हिन्दू शंकराचार्य का अनुसरण कर एक हो सकते हैं। उपनिषद, गीता और ब्रह्मसूत्र मिलकर एक अद्वितीय धर्मग्रन्थ बन सकते हैं। फिर इसकी व्याख्याएँ होती रहेंगी...

अपने विचार किसके समक्ष प्रस्तुत करना ? किन्तु इस समय तो स्वयं अधिकारी श्रोता की खोज करने नहीं निकले। संगठन ही लक्ष्य है। मात्र धर्मभाव नहीं जीतता, संगठित धर्म जीतता है। मात्र सत्य नहीं जीतता, संगठित सत्य जीतता है। विद्वत्ता पर्याप्त नहीं, सक्रिय साधना चाहिए।

किन्तु उन्होंने जो साधक देखे हैं, वे तत्त्व से विमुख होकर विकृति की ओर मुड़े हैं। मांस का त्याग करनेवाले ब्राह्मण यज्ञहवि के प्रसाद रूप में मांस खा सकते हैं। और वे कापालिक ? कितने अध्यात्म के शिखर पर हैं, तो कितने वासना की खाई में। आधिभौतिक परिबलों को संगठित कर मनुष्य समाज का कल्याण करने की जो भावना पहले थी, वह आज लुप्त हो गई है, व्यक्तिगत आकांक्षाएँ जोर पकड़ती जा रही हैं। साधक निजी स्वार्थ देखते हैं। सिद्धिप्राप्ति के लिए वे बत्तीसलक्षणा का बलिदान देने को भी प्रेरित होते हैं।

किन्तु महमूद को व्यक्तिगत सिद्धि हासिल नहीं करनी है। वे अपने सैन्य में संगठित समाज की भावना खड़ी करते हैं, सबको इस्लाम के नाम पर खींचते हैं, किन्तु गजना में अपने धर्म-बन्धुओं के साथ सत्ता के जोड़-तोड़ में तिलक, सुन्दर जैसे हिन्दू सरदारों का उपयोग करते हैं।

अलबरूनी मुझे सावधान करते गए, किन्तु महमूद से क्या सीखने जैसा है यह कह

नहीं सके। शायद वे महमूद के प्रत्येक कार्य को साक्षीभाव से देखते हैं। साथ होने पर भी तटस्थ हैं। उनमें इतिहास के अध्ययन की योग्यता है। उन्होंने बहुत विचार कर सलाह दी होगी—मुझे महमूद से मिलना नहीं। फिर भी उस सलाह के पार जाने को मन करता है।

गंगाजल के काँवर लेकर जाते सेवकों द्वारा पत्रों का पहले जो आदान-प्रदान हुआ सो हुआ। अब, उस मार्ग से दूर विचरण हो रहा है। चौला-वृन्दाबा ने धर्मरक्षक के रूप में प्रजाजनों को प्रशिक्षित किया है यह जानकर उन्हें आनन्द हुआ था। उस प्रवृत्ति का साक्षी होने का मन हुआ था। जहाँ तक हो सके यथाशीघ्र पहुँच जाना है।

एक प्रेरक स्मरणीय भेंट छोटे गाँव से मिली।

कोई कहे उसके पहले ही शिवमन्दिर के युवा पुजारी, तपोधन ब्राह्मण पत्नी और पुत्री को एक छोटे शिवालय की जिम्मेदारी सौंपकर महाराज भीमदेव के धर्मरक्षक दल में जुड़ने के लिए इतनी दूर से चन्द्रावती नगरी की ओर निकल पड़े हैं। सदाशिव अश्व पर प्रातःकाल आरूढ़ हुए वहाँ, तुलसी-क्यारी और कनेर को जल से सींचती करीब बारह वर्ष की कन्या को उसकी माता 'शिवतांडव स्तोत्रम्' का श्लोक समझा रही है। धराधरेन्द्र नन्दिनी अर्थात् हिमालय की पुत्री पार्वती आज बराबर सजी है। उसके शृंगार से भी दिशाएँ प्रकाशित हो रही हैं। यह देखकर जिनका मन आनन्दित हो रहा है, जिनकी निरन्तर कुमार दृष्टि से दुर्निवार आपत्तियों का निवारण हो जाता है, ऐसे किसी दिगम्बर तत्त्व में मेरा मन प्रसन्नता अनुभव करता है।

गिरिजा और इस कन्या में कैसा साम्य है ! सूर्योदय के पूर्व ही उसकी उपस्थिति से इन पौधों और वृक्षों के पत्र-पुष्प खिलकर सौम्य आनन्द दे रहे हैं। वहाँ माता-पुत्री समवेत स्वर में गाने लगती हैं :

धराधरेन्द्रनन्दिनी विलास बन्धुबन्धुर–
स्फुरदिगन्त सन्तति प्रमोद मानमानसे
कृपाकटाक्ष धोरणी निरुद्ध दुर्धरापदि,
क्वचिद्दिगम्बरे मनोविनोदमेतु वस्तुनि।

श्लोक पूरा हुआ तब तक सदाशिव ने अश्व की लगाम ढीली कर दी थी। उन्हें भरोसा था कि श्लोकगान सुनने को अश्व खड़ा रहेगा। ऐसा ही हुआ। फिर लगाम खींचे बिना ही अश्व चला।

पीछे से आवाज आई, 'पूज्य ! यह आपका प्रसाद।'

कन्या कदलीपत्र में रखकर वस्त्र की झोली में दो लड्डू ले आई। उसे शुभाषित दे सदाशिव ने नाम पूछा। कहा—'ऋचा'।

जैसा नाम वैसा व्यक्तित्व। मानो वेद की ऋचा।

'पूज्य, आप कहेंगे : मेरे पिताजी कब वापस आएँगे ?'

सदाशिव ने आँखें बन्द कीं। शिव का ध्यान किया, प्रार्थना की। कहा—

'तुम्हारे पिताजी अवश्य वापस आएँगे पुत्री। तुम्हारा गौरीव्रत पूरा हो, उससे पहले

वे अवश्य वापस आएँगे। तुम उनके और अपनी माताश्री के साथ भगवान सोमनाथ के दर्शन को आना।'

ऋचा पार्वती की चाल के साथ लास्य करती हो इस तरह पीछे मुड़कर शिवालय में अदृश्य हुई। श्लोकगान फिर शुरू हुआ होगा। स्वर के आरोह-अवरोह से सदाशिव को स्रग्धरा छन्द का संकेत मिला। उससे 'अभिज्ञान शाकुन्तलम्' के नान्दी श्लोक का स्मरण हुआ। सरोवर का जग चुका जल मानो सदाशिव को सुनता था और अश्व का टाप ताल देता था :

या सृष्टिः सृष्टुराद्या वहति विधियुतं या हविर्या च होत्री,
यो द्वै कालं विधत्तः श्रुति विषयगुणाः या स्थिता व्याप्य विश्वम्।
यामाङ्गः सर्वबीजप्रकृतिरिति यथा प्राणिनः प्राणवन्तः
प्रत्यक्षाभिः प्रपन्नस्तनुभिरवतु वस्ताभिरष्टाभिरीशः

कालिदास ने शिव की अष्टविध अभिव्यक्ति को कैसी सहजता से वर्णित किया है ! सृष्टि के आरम्भ में जल था। उस शिवस्वरूप जल के बिना कुछ सम्भव ही कहाँ से ? फिर निर्देश है अग्नि का। यज्ञ का यजमान भी वही है। दो काल के निमित्त सूर्य और चन्द्र, श्रुति का विषय जो आकाश, सकल बीज की प्रकृति जो पृथ्वी और प्राणियों को जीवन्त रखनेवाली वायु—ये आठों तत्त्व शिवतत्त्व को प्रत्यक्ष कराते हैं ? सामने का वृक्ष देखने लगा। कि महाकवि का छन्द साकार हुआ है।

सदाशिव ने अश्व को मुख्य मार्ग पर न मोड़कर पगडंडी की ओर जाने दिया। वर्षों पुराना होने के बावजूद हरे-भरे वृक्षों में, वटवृक्ष की संख्या अधिक थी। बट तो अकेले-दुकेले होते हैं, जबकि इस रास्ते पर तो कितने अधिक आए ? उन सभी बरगदों के समास जैसा एक आकाश को भर देनेवाला विराट बरगद आया। उसकी डालियाँ जमीन का स्पर्श कर झूलना भूल गई थीं। कुछ गायें छाया में बैठ जुगाली कर रही थीं। दूर चरती गायों के सामने मानो अक्षय हरियाली थी...

अश्वारूढ़ सदाशिव को देख ग्वाला आश्चर्य से खड़ा होकर विस्फारित नेत्रों से देखता रहा। आश्चर्य के अतिरेक से वह कुछ बोल नहीं सका। हाथ की लकड़ी नीचे रखी, प्रणिपात कर बाल-सहज वाणी में बोलने लगा, 'मुझे बड़े ग्वालों ने कहा है कि यहाँ पूनम की रात में आनन्दभैरव आते हैं और अमावस की रात में कालभैरव। किन्तु आज तो एकादशी है और यह दोपहर है। आप कौन हैं प्रभु ?'

'सदाशिव !'

'ओहो ! तो आप भैरव नहीं, साक्षात् शिव हैं !'

'तुम भी शिव हो वत्स ! तुम स्थायी रूप से यहाँ गाय चराते हो ?'

'नहीं, गुरुकुल के खुल्ले मैदान में चराता था। किन्तु हमारे राजा पर आक्रमण हुआ तव से मैदान सलामत रहे नहीं। स्त्रियों के अपहरण होते हैं। गायों को भी हाँक ले जाते हैं। राजा के निर्बल पड़ने से चोर-डाकू बलवान बने हैं।'

'किन्तु यह जगह तो चोरों के निवास जैसी लगती है।'

'चोर अब ऐसी घनी जगह में छुपकर रहते नहीं। वे खुले में सरेआम विहरते हैं। प्रभु, अब तो सभी व्यक्तियों को छुपकर रहने की स्थिति आई है।'

सदाशिव गोपाल को देखते रहे। यह कोई व्यवसायी गोपालक नहीं लगता। पूछा। उसने कहा कि उसके गुरुकुल के आचार्य को प्रभास के सदाशिव का सन्देश मिलते ही, वे गुरुकुल का विसर्जन कर लोगों के हृदय में सुप्त धर्मभाव जगाने निकल पड़े हैं। ये गायें हमारे गुरुकुल की हैं।

सदाशिव ने यहाँ विश्राम करने को सोचकर अश्व को मुक्त किया। कलेवा में से गोपाल बटुक की हथेली में समावेश पाए उससे अधिक प्रसाद रखा। बटुक ने उनके सामने अपना कुम्भ रखा। प्रसाद ले पानी पीकर उन्होंने विश्राम किया। अश्व चरते-चरते अधिक से अधिक हरे क्षेत्र की ओर आगे बढ़ता था। सदाशिव की आँखों में आकाश की नीली अनन्तता उतर रही थी।

स्वप्न और जागृति से अलग एक तुरीय अवस्था में वे पड़े थे।

'वत्स, तुम्हें गुरुदेव से मिलना था क्या ?'

सदाशिव ने पलकें उठाईं। एक हाथ में आशीर्वाद की मुद्रा के साथ रक्तकमल और दूसरे हाथ में रेशमी फूँदन से सुशोभित त्रिशूल।

'अरे चौला, तुम इस वेश में ? तुम्हारी अभिनयकला पर इस त्रिपुरसुन्दरी की आशिष उतरी लगती है। किन्तु तुम यहाँ कहाँ से ?'

'मैं तो यहाँ ही हूँ। गुरुदेव मुझे महामाया कहते हैं।'

'किन्तु आप तो साक्षात् चौलादेवी लगती हैं।'

'क्यों न लगूँ चौलादेवी ? आपके चित्त में चौलादेवी की आकृति है न !'

'माता, मेरे मन में चौला पुत्रीवत् है।'

'तुम्हारी सात्त्विकता जानती हूँ। पुत्री, भगिनी, माता, भार्या—किसी भी स्वरूप में तुम मेरी उपासना कर सकते हो, मेरा सान्निध्य प्राप्त कर सकते हो ?'

'आपको मैं चौलादेवी के बदले किसी अन्य संज्ञा से पहचानूँ ऐसा आप कहती हैं ? तो...?'

'महामाया ! गुरुदेव मुझे महामाया कहते हैं।'

'कौन गुरुदेव ? व्योम बृहस्पति ?'

'अरे ! पगले ! तुम तो अपने प्रभास को साथ लेकर घूमते लगते हो। जो सचमुच व्योम में विहरनेवाला है उस आनन्दभैरव की महामाया हूँ मैं।'

'आनन्दभैरव को महामाया के साथ की आवश्यकता पड़ेगी भला ?'

'वे कहते हैं कि प्रकृति बिना पुरुष अपूर्ण है। तुम्हें अपनी अपूर्णता नहीं सालती ?'

'नहीं माता, मैं अभिमान नहीं करता, विरही मनुष्य की वेदना दूर करने के लिए मैं भगवान सोमनाथ से प्रार्थना करता हूँ और अपनी अपूर्णता भूल जाता हूँ। माता, मुझे चौला के भविष्य की चिन्ता रहती है। क्या उसका समर्पण अधूरा रहेगा ?'

'क्या तुम्हें उसे देवदासी बनाना है ?'

'नहीं, मेरा कोई हठाग्रह नहीं। वह भीमदेव को चाहती है। उनके मन्त्री विमल महान योद्धा और ऐसे ही राजनीतिज्ञ हैं। वे मानते हैं कि उनके महाराज तो भोले-भाले मनुष्य हैं किन्तु चौला ने उन्हें बाँधा है, मायापाश में।'

'चौला ने बाँधा होगा तो वही मुक्त करेगी उन्हें। वत्स, क्या तुम नहीं जानते कि स्त्री की सफलता है पुरुष को बाँधने में, किन्तु वह उसकी सार्थकता नहीं। उसकी सार्थकता तो है पुरुष को मुक्त करने में। चौला भीमदेव को निकट खींचती है तो दूर भी वही धकेल रही है। देखो, वे योद्धा राजस्थान के विशाल रेगिस्तान पर दृष्टि करके बैठे हैं।'

'आप तो सूक्ष्म देह से सब देख सकती हैं माता !'

'तुम भी देख सकते हो क्योंकि तुम जागृत आत्मा हो।'

'मेरा उपहास न करें माता। यदि मैं अधिकारी होऊँ तो मुझे आनन्दभैरव के पास ले जाइए।'

'तुम उनके आसन पर ही बैठे हो।'

सुनते ही सदाशिव खड़े हुए।

देखा तो कहीं नहीं। महामाया भी नहीं। वह बटुक गोपालक भी नहीं। कहाँ गईं उसकी गायें ? स्थल तो वही है। उनका श्वेत अश्व हरियाली चरता है। भले चरे। सन्तोष होने पर वह यहाँ आकर खड़ा रहेगा।

मुझे महमूद का सैन्य तो देखना ही चाहिए। भले उससे मिलने की सम्भावना न बने। उसके सैन्य की जानकारी मेरे पास होगी तो मैं पश्चिम भारत के शासकों को अच्छी तरह संगठित कर सकूँगा। महामाया का संकेत भी यही लगता है। उन्होंने मुझे चौला की चिन्ता से मुक्त किया। जबकि सही बात तो यह है कि भीमदेव चौला को चाहते हैं। चौला उनका अनादर नहीं कर सकती। महाराज का ऋण सिर पर चढ़ाती है। वही प्रेम का प्रतिदान। वह शक्ति बनेगी भीमदेव की, प्रेरित करेगी प्रतिकार के लिए...

उन्हें काशी जाते गिर के जंगल में साथ देनेवाले नवघण का स्मरण हुआ। धनुषधारिणी वृन्दाबा और उदयमति के कल्याण के लिए मनोभाव जगा। भीमदेव के साथ उदयमति के लग्न के विषय में उन्होंने काशी में जाना था। इस विषय में चौला का मनोभाव किसी ने बताया नहीं था। किन्तु उसके साथ वृन्दाबा भी प्रभास में रहकर प्रजाजनों को शस्त्रसज्जित करती हैं, यह सन्देश काँवरधारियों द्वारा मिला था। त्र्यंबक जल्दी वापस आने की विनती करते हैं, उसमें उसका अबाध स्नेह दीखता है...

अलबरूनी के साथ महमूद के मार्ग के विषय में बात हुई थी। वह सिन्ध से कच्छ के रास्ते सौराष्ट्र में प्रवेश करेगा, यह धारणा गलत पड़ गई थी। उसने राजस्थान का सबसे लम्बा मार्ग पसन्द किया था। पहले झुकाए गए राजाओं के पास से नजराना पाकर, पहले अडिग रहनेवालों को वश में कर लूटते हुए आगे बढ़ना। इससे सैन्य पुष्ट होता रहे, सबकी द्रव्यलालसा सन्तुष्ट होती रहे और अन्त में बड़ी विजय की खातिर सैनिक पूरे-पूरे जोखिम उठाएँ...

आबू पर्वत और चन्द्रावती नगरी की दिशा में आगे बढ़ना उन्होंने सोचा था, उसमें परिवर्तन किया। रेगिस्तान का रास्ता पसन्द किया।

इस मार्ग में आबादी कम थी। गाँव-गाँव के बीच अन्तर बढ़ता जाता था। पाथेय और पानी साथ रखना आवश्यक था। सपादलक्ष–अजमेर से आगे बढ़ने से पहले ही किसी भक्त के यहाँ अश्व रख ऊँटनी ले सका होता–सदाशिव सोच रहे थे। खैर, अश्व को रख चल निकले यह उन्हें अच्छा नहीं लगता। ऐसी माया-ममता के पाश को वह तोड़ नहीं सकते, यह पशुपति को पसन्द नहीं...

दोपहर बरखड़ी के नीचे उन्होंने अश्व को विश्राम के लिए खड़ा रखा था, वहाँ एक ऊँटनी आती दीखी। थोड़ा अन्तर रख ऊँटनीसवार गौरवपूर्ण मुद्रा में खड़ा रहा। वहाँ से ही पूछा, 'आप युवाचार्य सदाशिव हैं ?'

सदाशिव अश्व को छाया में खड़ा रखकर आगे बढ़े। 'हाँ क्यों ?'

'आपको मन्त्रीवर विमल ने कहलवाया है कि आप अतिशीघ्र अणहिलवाड़ पहुँचें। वहाँ सभी धर्मप्रिय शासक एकत्रित होने लगे हैं।'

'आगे बढ़ प्रतिकार करने को मैंने सूचना दी थी।'

'परभूमि में जाकर लड़ने का साहस–'

'अरे भाई, मरुभूमि और रणभूमि में अपना क्या और पराया क्या ?'

'उसमें मैं क्या समझूँ ? आप यात्रा की दिशा बदलें ऐसी विनती है।'

'मैं महमूद से मिलकर, मिले नहीं तो उसके सैन्य को देखकर गुजरात जाऊँगा।'

'महमूद के सैन्य के विषय में मेरे पास सम्पूर्ण विवरण है। आपने सोचा होगा ऐसा कुछ वह जानने नहीं देगा। इसके विपरीत यह भी सम्भव है कि वह आपके पास से जानकारी प्राप्त कर ले।'

'वह तो उसने कब की प्राप्त कर ली है। आप कौन हैं ?'

'दामोदर !'

'अरे ब्रह्मदेव ! धन्य हैं आप ! अणहिलवाड़ के सन्धिविग्राहक यहाँ आए सामान्य वेश में। ऐसे विकट मार्ग से ?'

'आपका अनुसरण कर रहा हूँ।'

'यदि मैं महमूद के सैन्य की ओर जाऊँ तो ?'

'तो अनुसरण नहीं कर सकूँगा। मेरी आपसे विनती है कि मेरे साथ आइए। हमें मार्गदर्शन देकर आप प्रभास पधारें।'

सदाशिव पल-भर के लिए अनिश्चय की स्थिति में खड़े रहे। दामोदर कुछ क्षणों के लिए विश्राम करना चाहते थे। यह भी जानना चाहते थे कि किन राज्यों ने महमूद का प्रतिकार करने का साहस दिखाया। गोष्ठी लम्बी चली। धर्मपुरुष या राजपुरुष– किसी को अपेक्षित सफलता नहीं मिली थी। आज आगे क्या करना है–इस पर भी विमर्श हुआ।

19

सन्ध्या के रंग सरक रहे थे। पहले आकाश खाली हुआ फिर धरती। सदाशिव ने तिथि की गणना की। हाँ, अमावस्या है। कापालिकों की प्रिय रात। सदाशिव को एकादशी और पूर्णिमा विशेष पसन्द हैं। निराहारी रहता शरीर हल्का फूल बन जाता है। चाँदनी के तरंगों के साथ उड़ने की संवेदना जगती है। कौन जाने, परम माहेश्वर होने के बावजूद वे अमावस्या के प्रति उदास क्यों हैं ?

कुछ क्षण पहले का धुँधला आकाश क्षितिज की ओर से घिरने लगा। वृक्षों की लम्बी होती गई छायाएँ अब आकाश पर चढ़ने लगी थीं। वहाँ शुक्र दीखा। उसका तेज बढ़ा। पंचकल्याणी अश्व के अयाल पर शीतलता फरक रही थी। गति पश्चिम की तरफ थी। भगवान सोमनाथ का धाम बहुत दूर था। फिर भी उस दिशा में आगे बढ़ते निकटता का अनुभव होता था।

वे एक स्वप्न लेकर निकले थे। धर्मनिष्ठ शासक संगठित हों। विष्णुगुप्त चाणक्य के समय में खड़े हुए मौर्य साम्राज्य, कालिदास के समय में गुप्तवंश द्वारा सृजित स्वर्णयुग, बाणभट्ट के समय में सम्राट हर्षवर्धन द्वारा खड़े हुए राजकीय सन्तुलन को साध सकेंगे ऐसी आकांक्षा थी। लेकिन हुआ क्या ? सन्ध्या भी अब रंगरहित हो चुकी थी। चन्द्र-से विमल मन्त्री और सूर्य-से भीमदेव अकेले आगामी अन्धकार के सामने जूझेंगे...

नहीं, यह निष्फलता तो नहीं ही है। वस्तुस्थिति का भान है। ऐसा होगा वैसा होगा, ऐसा मान लिया वह भूल थी। स्वयं को तो शस्त्र धारण करना नहीं था, तो फिर किस आधार पर अनुमान किया कि एक विराट सैन्य को लेकर वे महमूद के सामने जाएँगे ? राजा, सामन्त, श्रेष्ठी अपना सर्वस्व होड़ में डालेंगे ऐसा मान लिया था। हुआ क्या ? सबने बड़ा आदर-सत्कार किया। दान-दक्षिणा देने की सबकी तैयारी थी। आँगन में आए हुए विद्वान ब्राह्मण सबको पूज्य लगे थे। किन्तु संगठित प्रतिकार के लिए सज्जित होने के लिए कौन तैयार हुआ ? भगवान शिव उनके इष्टदेव थे क्योंकि वे आशुतोष थे और उनका व्यक्तिगत कल्याण करते रहनेवाले थे। एक प्रजा की सत्त्वशीलता के संवर्धन में कैलासपति शिव और नगाधिराज-कन्या पार्वती की तपस्या का क्या मूल्य है—वह समझा नहीं सके। महमूद के प्रतिकार के पीछे रहे कर्तव्यभाव को वे खड़ा नहीं कर सके। बस, सभी शास्त्रसम्मत पूजापाठ और कर्मकांड करते हैं। करते रहेंगे। इष्टदेव उनके व्यापार-धन्धे का रक्षण करेंगे। उनकी कृपा से सुख-समृद्धि और सन्तति की वृद्धि होगी।

इससे बिल्कुल अलग अनुभव सामान्य श्रमिकों ने कराया। बात जानते ही सीधे निकल पड़े। सदाशिव को बार-बार प्रश्न होता है—भगवान सोमनाथ के गौरव का जतन करने में जितनी तैयारी सामान्य पुरुष की है, उतनी श्रेष्ठी या सामन्त की नहीं। शिव-राम-कृष्ण के सच्चे अनुयायी तो ये लोग हैं, धरती की गोद में पले, सभी ऋतुओं का पोषण प्राप्त करते, पथिक को स्नेह करते ये दयालु जीव।

सदाशिव को एक पुराकल्पन का स्मरण हुआ। रावण को परास्त करने हेतु श्रीराम शक्ति का अनुग्रह पाने के लिए पूजा करने बैठे हैं। सहस्र कमल का अर्घ्य चढ़ाएँगे। स्तुति करते हैं, कमल चढ़ाते हैं। जब एक ही कमल बाकी रहता है तब देवी उन्हें कसौटी पर चढ़ाती हैं। कमल अदृश्य ! तो क्या पूजा अधूरी रहेगी ? नहीं। मैं छोटा था तब माँ मुझे राजीवलोचन कहतीं तो मेरी आँख कमल का विकल्प क्यों नहीं बन सकती ? आँख निकालकर अर्घ्यरूप में अर्पित करने के लिए शस्त्र हाथ में लिया, तब देवी प्रसन्न हुई। श्रीराम की इस साधना में सम्पूर्ण समर्पण का संकेत निहित था। आज दुर्लभ होता जा रहा है ऐसा सम्पूर्ण समर्पण। स्वयं को धर्मनिष्ठ मानते सामन्त और श्रेष्ठी अधूरे समर्पण में कर्तव्य की इतिश्री देखते हैं। कैसे-कैसे उपाय निकाले हैं। फूल नहीं तो फूल की पंखुड़ी ...यह नहीं चलेगा। अपना उन्मूलन हो जाने की परवाह न करे वही सच्चा शैव...

प्रजा के कन्धे पर बैठनेवालों के पास सत्ता और सम्पत्ति का संचय हुआ है। उन्होंने उपदेश देकर देखा। वे अविचलित रहे। अब ? अलबरूनी की सलाह के विरुद्ध जाकर भी सुलतान महमूद से मिलना। बाद में अफसोस न हो कि प्रयत्न अधूरा रखा। अधिक से अधिक तो वे मृत्युदंड देंगे। मेरा देहोत्सर्ग पाँच मनुष्यों को प्रेरणा देगा, उस तिलक-सुन्दर को भान होगा कि जिस द्रव्य के लोभ से उनका सुलतान आ रहा है, उसे पहले ही छोड़कर सदाशिव मरे...

विचारमग्न युवाचार्य का अश्व वहन कर रहा था, तभी उसके सामने मानव आकृति की छायाएँ दिखीं। अमावस्या पूर्ण रूप से उतर आई थी और नक्षत्रों का तेज आकृतियों के छायामय अस्तित्व को अलग-अलग मानवदेह के रूप में पहचान करा रहा था। बाईं तरफ वृक्ष के नजदीक जलते अंगारों के रूप में ध्यान खींचती चिता को देखकर अश्व हिनहिना उठा। अंगारों का वह उजाला उस मानवदेह की वस्त्ररहित स्थिति का आभास कराता था। किन्तु कुछ अव्यक्त संगीत में झूलती देह अपनी निरावृत्त अवस्था के विषय में सचेत नहीं थी। क्या वह स्त्री या पुरुष है, यह भी भूल गई होगी ?

यह नृत्य था या मात्र अंग का उन्माद ? या यह खिंचाव है किसी छद्म शक्ति का ? मानो अश्व अपनी दिशा भूल गया था। एक-एक आकृति के हाथ में मानो उसे खींचने का सूत्र था। आश्चर्यमग्न सदाशिव प्रतिकार करने के लिए सचेत नहीं हुए। इस विलक्षण लीला को साक्षीभाव से देखते रहे।

वहाँ दो युवतियों ने आगे आकर अश्व के कान पकड़ने के लिए हाथ बढ़ाए। उनके गठीले अंगों पर वत्सल दृष्टि डालते हुए सदाशिव ने उन्हें दूर रहने को कहा। युवतियाँ खिसक गईं। शालभंजिका की मुद्रा में खड़ी रहीं। दूर से आवाज आई, 'वत्स, स्वागत है।'

आवाज की दिशा में देखा। खयाल नहीं आया। एक युवती कुछ पास आकर हाथ जोड़कर बोली, 'हमारे गुरुदेव नित्यभैरव आपका स्वागत करते हैं।'

'कहाँ हैं वे ?'

'कुटीर में।'

'कुटीर दीखता तो नहीं।'

'जब सभी चिताएँ राख बनकर चाँदनी के ढेर का पर्याय बनती हैं, जब रात्रि का दूसरा प्रहर पूरा होकर नक्षत्रों का तेज ओस के साथ नीचे आकर इस राख को ठंडा करने लगता है और कहीं स्निग्ध बनी भूमि में दूर्वांकुर फूटने लगते हैं, तब हमारे आचार्य नित्यभैरव का कुटीर दिखने लगता है। रात्रि का तीसरा प्रहर पूरा होते यहाँ कोई देखनेवाला नहीं होता। प्रकाश प्रकाश को देखता है।'

'श्मशानभूमि होने पर भी आप सब यहाँ निर्भय विचरते हैं ! क्या आप विदेह आत्माएँ हैं ?'

'नहीं, देह के भान से मुक्त, रागावेग से मुक्त, आसक्ति से मुक्त, केवल आनन्दमय...'

चिता की ओर से हवा का झोंका आया। उसमें मांस, मज्जा और अस्थि की गन्ध नहीं थी, बाँसकपूर की सुगन्ध थी। तो क्या चिता का ऐसे सुलगना ही श्मशान की आरती है ?

'कुछ आगे बढ़ने पर पैरों के नीचे नदी की रेत का आभास हुआ। यह कौन-सी नदी है ? कहाँ है इसका प्रवाह ? और ये युवतियाँ अश्व को इतने आकर्षण से क्यों खींच रही हैं ? कहाँ ले जाएँगी ये ?'

दूर शेषनाग सोया हो ऐसा नदी का प्रवाह दिखा।

ओहो तो ये युवतियाँ अश्व को पानी पिलाने ले जाती हैं।

दो दिगम्बर पुरुष सामने आए। स्वागतवचन कह वे सदाशिव को ले गए।

'आचार्य नित्यभैरव ने गत अमावस्या को आपके आगमन के विषय में कहा था।'

'वह पुरुष मैं न भी होऊँ। मैं यहाँ आया नहीं था। यहाँ से गुजर रहा हूँ।'

'यह भी सच ही है। प्रत्येक को गुजरना होता है—शैया से चिता तक।'

'चिता की तरफ से आनेवाली बाँसकपूर की सुगन्ध यहाँ भी थी। अथवा यहाँ की वह सुगन्ध मैंने दूर से सूँघी थी।' सदाशिव ने देखा कि यज्ञवेदी भी नहीं, सीधे-सादे अलाव जैसी रचना में अग्नि है। उसकी दीप्ति में नित्यभैरव के श्वेत केश और तेजस्वी भाल चमकते हैं।

'आइए, अन्ततः आप आए तो सही,' नित्यभैरव ने बैठने को कहा।

'जाता हूँ,' सदाशिव खड़े रहे।

'जानते हैं कहाँ जाते हैं ?'

'हेतु जानता हूँ। स्वधर्म की रक्षा।'

'आत्मबोध से रहित धर्म को आप स्वधर्म कहते हैं ?'

'मेरा निजत्व समष्टि से भिन्न नहीं। जो प्रजा गंगाजल से सोमनाथ के ज्योतिर्लिंग को स्नान कराती है, उस प्रजा का एक अंश हूँ मैं।'

'शिव का अंश नहीं ?'

'ऐसा दावा करने में अहंकार है।'

'मुझे सावधान करते हो ?'

'वह मेरा अधिकार नहीं। किन्तु प्रजा पर आ रही विपत्ति को भूलकर मुझे आपके पास से श्मशान-वैराग्य सीखना नहीं।'

'मैं श्मशान-वैराग्य सिखाता नहीं, श्मशान में नित्य आनन्द जगाता हूँ। आपने जिन स्त्री-पुरुषों को देखा उनकी देह में कुछ भी विकार थे ?'

'विकार कितना देह में और कितना दृष्टि में होता है यह एक प्रश्न है।'

'हम देहात्मा को भिन्न नहीं गिनते। देह को आत्मा का मन्दिर बनाते हैं। त्रिपुरसुन्दरी की आराधना कर निर्विकार तादात्म्य सिद्ध करते हैं।'

'आप भी तन्त्र के मायाजाल में फँसे हैं ?'

'नहीं, हम तान्त्रिकों की सिद्धियों के प्रति लुब्ध नहीं हैं। जगत के माता-पिता पार्वती और परमेश्वर के एकस्वरूप अर्धनारीश्वर हमारे उपास्य हैं। आप सुज्ञ हैं। दक्षिण के वीरशैव, गुजरात के लकुलीश और कश्मीरी शैव मत के बीच रही संवादिता के आप मर्मज्ञ हैं। आपने देखा होगा कि यहाँ मांस, मदिरा आदि पंच मकार की उपासना नहीं। विकार जगाए बिना निर्विकार रहने की हमारी वैराग्य-साधना है। आपको विराग सहजसाध्य है। इसलिए यहाँ का आचार्यपद स्वीकारें। मुझे अपने हरद्वारवासी गुरु का आदेश मिला है। देहोत्सर्ग के लिए महाप्रस्थान करना है मुझे।'

'क्षमा करें मुनिवर, वैराग्य मेरा साधन है, साधना नहीं। वैराग्य से सिद्ध होती मुक्ति के लिए मैं अश्वारूढ़ नहीं हुआ। मेरा साध्य है प्रजा की स्वत्वरक्षा। इसके लिए वैराग्य छोड़ संघर्ष करने के लिए भी मैं तैयार होऊँगा।'

'संघर्ष के लिए शस्त्र भी धारण करेंगे ?'

'नहीं, शास्त्र पर्याप्त हैं मेरे लिए। मुझे आक्रमणकारी महमूद को कहना है कि हमारे शास्त्र के मर्म तक आप जा सकेंगे तो शस्त्र पर से आपका विश्वास घटेगा। आप जो पाने के लिए बाहर भटकते हैं, वह आपको अन्दर से मिलेगा।'

नित्यभैरव बोले नहीं। वे पलकें झुकाकर धूनी की ओर ताकते रहे। फिर दाहिना हाथ ऊँचा कर युगल की ओर संकेत किया। युगल खड़ा हुआ। नदी की ओर गया।

'क्षमा करें मुनिवर, आपका आशीर्वाद मैं अंगीकार नहीं कर सकता, किन्तु मन से मैं आपके साथ जुड़ गया हूँ। मैंने उग्र कापालिकों की मार खाई है। आज आपकी दृष्टि का अमियस्पर्श पाया है। उसका स्मरण भी सुखद रहेगा।'

'आपको भगवान सोमनाथ का अनुग्रह प्राप्त है। इसलिए आक्रमणकारी आपको हानि नहीं कर सकते। फिर भी कष्ट आ पड़े, तो मन से यहाँ पहुँच जाइएगा।'

पल-भर के लिए लगा कि यह छोड़ देने योग्य जगह नहीं। तभी स्वीकृत कर्तव्य का भान हुआ। काशी विश्वनाथ की साक्षी में माँ शारदादेवी और कुमार भाव वृहस्पति को कहे हुए शब्दों का स्मरण हुआ। चौला और वृन्दा जैसी कन्याओं के गौरीव्रत के मूल में निहित श्रद्धा का स्मरण हुआ। इस श्रद्धा की रक्षा होनी चाहिए, किसी भी मूल्य पर...

युगल उन्हें अश्व के पास ले गया। निद्राधीन की तरह अश्व क्यों खड़ा है ? वे युवतियाँ इसे बिना बाँधे बाँध गई थीं क्या ? कहाँ गई होंगी वे ?

नदी अब सुप्त शेषनाग जैसी नहीं लगती। उस तरफ पर्णमर्मर सुनाई देता था। वहाँ कमल जैसा क्या खिला ? वह मुखकमल तो नहीं होगा ? महामाया की शक्ति मेरी कसौटी करती है क्या ?

सदाशिव ने अश्व की पीठ पर हाथ रखा। उसके अयाल को सहलाया। उसके मस्तक पर हथेली टिकाई तब अश्व के अंग-अंग में संचार हुआ। वह चलने को उत्साहित हो उठा। 'ॐ नमः शिवाय...'

मानो समग्र वातावरण मन्त्रोच्चारण कर रहा था...

सदाशिव ने अश्व तैयार किया। श्मशान पीछे छूट गया। नदी की रेत के बदले कठोर धरती से अश्व की नाल का स्पर्श होने लगा। सीधी चढ़ाई आई। उससे पगडंडी मिल आई। तालाब किनारे गाँव का शिवालय था। महन्त सो गए होंगे। खुद उनके आराम में खलल नहीं डालते।

तालाब और शिवालय के बीच गाँव का सिवान था।

वहाँ दो युवतियाँ खड़ी थीं। एक के हाथ में आरती थी, दूसरी के हाथ में जलभरा कलश। दीपक की ज्योति के तेज में पूर्व परिचय का आभास हुआ। वे कन्याएँ चौला और वृन्दाबा होने के बावजूद वे नहीं थीं। आचार्य नित्यभैरव के कुटीर तक खींच जानेवाली युवतियाँ तो निरावृत्त थीं, जबकि ये हैं कुलवधू के वेश में। यदि वे अन्य हैं तो इनको मेरे आगमन की जानकारी कैसे हुई ?

वहाँ अश्व ने मस्तक झुकाया, एक पैर उठाया, धीरे से हिनहिनाकर अपना परिचय दिया।

युवतियाँ पहले की तरह अश्व के दो तरफ खड़ी रहीं। युवाचार्य अश्व पर से उतरे। एक युवती ने उनका पदप्रक्षालन किया। वह खिसकी तब दूसरी युवती समीप आकर आरती उतारने लगी।

गाँव के माहेश्वर परिवार की ये कुलवधुएँ थीं। उनमें कौन देवरानी, कौन जेठानी—इसका संकेत नहीं मिलता था।

'पधारिए ब्रह्मदेव !' एक युवक गाँव की गली बीच खड़ा था। 'मेरा आँगन पावन करें। मैं नागेश माहेश्वरी आपसे प्रार्थना करता हूँ कि...'

'प्रातःकाल मैं आऊँगा, अभी प्रहर-दो प्रहर मन्दिर में विश्राम करूँगा।'

'क्या हम आपकी कृपा के अधिकारी नहीं ?'

'आप तो परम वत्सल हैं। आप सर्वोच्च अधिकार से सम्पन्न हैं। मैं भगवान शिव के सान्निध्य का व्यसनी हूँ। इसलिए इस मन्दिर के बरामदे में विश्राम करूँगा।'

'किन्तु वहाँ तो अच्छी शैया भी...'

'शैया भूमितलं दिशोऽपि व्यसनं—कहते हुए सदाशिव हँस पड़े। जाइए आप भी विश्राम कीजिए। शिवरात्रि !'

युवक ने प्रतिघोष किया, 'शिवरात्री !' उसकी पत्नी ने कहा, 'यह अश्व हमारे आँगन में बाँधा जाए ऐसी आज्ञा दें।'

'उसे बाँधने की आवश्यकता पड़ती नहीं। आए तो ले जाओ।'

अश्व पहले तो अविचल रहा परन्तु दोनों युवतियाँ उसके मुख के दो तरफ आकर खड़ी रहीं। उसके साथ मानो उनकी आँखें मिलीं। चलने के बाद एक बार सदाशिव के सामने देख लिया। उनका हाथ ऊँचा होते वह चला, बादल में चलते चन्द्र की गति से। उसके अयाल नक्षत्रों की तरह टिमटिमा रहे थे...

शिवमन्दिर के मंडोवर के उत्तर चबूतरे पर हाथ को तकिया बनाकर सदाशिव सो गए। उनकी बन्द पलकों के नीचे महमूद गजनवी के लक्षाधिक व्यक्तियों के सैन्य चलने लगे। उनके भ्रमर पर सहस्र हाथियों का भार दिखा। उनके कर्णमूल में रुक्षशुष्क हास्य चट्टान की तरह टकराया, इसके बावजूद वे संकल्पपूर्वक निद्राधीन हुए।

मन्दिर के महन्त प्रभात की आरती के लिए जागे, उससे पहले सदाशिव स्नानादि से निवृत्त होकर शिवलिंग के समक्ष ध्यानावस्था में विराजमान थे। झालर और घंटाध्वनि सुनकर वे खड़े हुए। आरती पूरी होते उन्होंने श्लोकगान किया। उनके पीछे खड़े नागेश ने भी एक श्लोक कहा :

तव तत्त्वं न जानामि कीदृसोऽसि महेश्वर,
यादृशोऽसि महादेव तादृशाय नमो नमः।

सदाशिव को लगा कि उनका हृदय इस युवक के कंठ में व्यक्त हुआ। वे उसका प्रणाम स्वीकार कर शुभाशिष देकर, उसके साथ चले। युवतियों ने खिड़की के चौखट से आगे आकर चरणरज लिया। दर्भासन के आगे छोटी चारपाई रखी। माखन, मिश्री, रोटी, दूध, फल...

'यह जलपान है या भोजन ?'

'आप कल शाम को जीमे नहीं थे यह सच है न ?' नागेश ने पूछा।

'बाँसकपूर की सुगन्ध से भूख-प्यास शान्त हो गई थी,' कहते सदाशिव अल्पाहार करके गृहिणियों की अनुज्ञा लेकर निकले। अश्व लेकर आते नागेश ने कहा।

'हमें आशा थी कि आप हमारा आचार्यपद स्वीकारेंगे।'

'हमें अभी दूर जाना है, यात्रा लम्बी और मार्ग अनजान है। सुलतान महमूद रणथम्भौर से आगे बढ़े उसके पूर्व ही मुझे उनसे मिलना है। कौन जाने वे कहाँ होंगे ?'

'आचार्य नित्यभैरव से आपने पूछा नहीं ? वे त्रिकालज्ञानी हैं।'

'मुझे रोकने के विषय में उनकी आगाही झूठ निकली—'

'उनकी आगाही इतनी ही थी कि आपका आगमन होगा। फिर क्या होगा इस विषय में हमने पूछा नहीं। उन्होंने आपके स्वागत की आज्ञा दी तो हम वह आनन्दभूमि छोड़कर लघु मार्ग से यहाँ आ गए।'

'वहाँ प्रतिदिन जाते हैं ?'

'नहीं, अमावस्या को अथवा गुरुदेव की आज्ञा हो तब।'

'प्रयोजन ?'

'दिव्य अनुभूति, दिव्य सन्तति की अभिलाषा।'

'इसके लिए घर पर्याप्त नहीं ?'

नागेश या उसकी पत्नी ने उत्तर दिया, नहीं।

'आपके आचार्य युगलभाव से साधना कराते हैं ?'

'हाँ।'

'तो उनकी त्रिपुरसुन्दरी ?'

'चली गई। तारामैथुन के क्षण वह निर्विकार नहीं रह सकी। वासना की उत्तेजना में उसने आचार्य का स्खलन चाहा। आचार्य को उसका संकेत मिल गया है, यह जानकर त्रिपुरसुन्दरी अपने पद का त्याग कर, नदी किनारे जल की विपरीत दिशा में चलने लगी। कौन जाने कहाँ पहुँची होगी !'

वहाँ एक ग्वाला दौड़ता सामने आया। उसने नागेश को आचार्य का सन्देश भेजा था। उसके अनुसार उसे सदाशिव के साथ जाना था।

'दूसरा अश्व ?'

'अगले गाँव में सार्थवाह का पड़ाव है। वहाँ मिल जाएगा।'

नागेश्वर घर जाकर, स्वजनों को जानकारी देकर, वस्त्र और पाथेय लेकर आ पहुँचा। उसे प्राप्त अश्व सदाशिव के पंचकल्याणी अश्व की प्रतिकृति सदृश था। अनुकूल मार्ग आते ही नागेश प्रश्न पूछता है। उसे तो मानो जंगम पाठशाला में प्रवेश मिल गया था। उसने मान लिया था कि सदाशिव की सेवा करने से उसकी योग्यता विकसित होगी, इसलिए आचार्य ने उसे इस यात्रा में जोता होगा। किन्तु सदाशिव सेवा का मौका देते ही कहाँ हैं ? इसलिए उनके पास जिज्ञासा सन्तुष्ट करना और इस प्रकार योग्यता बढ़ाना है।

साम्भर सरोवर के किनारे वे दोनों विश्राम ले रहे थे, वहाँ दो मुसाफिरों को महमूद के विषय में बात करते सुना। नागेश कौतूहल को शान्त नहीं कर सका। पूछा : 'सुलतान महमूद के सैन्य में एक लाख पाँच हजार मनुष्य हैं।'

'पाँच हजार ?'

'नहीं, एक लाख पाँच हजार। उनमें बड़ा भाग योद्धा और बाकी पैदल।'

'हाथी-घोड़े ?'

'घोड़े अधिक, तीस हजार। ऊँट उससे भी अधिक, पचास हजार जितने। उनमें से बीस हजार ऊँट तो महमूद की निजी वस्तुएँ ढोने के लिए हैं। एक पूरा शहर लेकर आते हैं सुलतान। उसमें बाजार है, आमोद-प्रमोद के साधन हैं। पानी की आपूर्ति के संरक्षक भिश्ती हैं, कुशल रसोइए हैं, नौकर-चाकर और खुशामद करनेवाले लेखक हैं, तुक मिलाने में प्रवीण कवि हैं और सबको डरानेवाले मुल्ला भी कम नहीं हैं।'

'आप तो इस तरह बात करते हैं कि मानो महमूद की सेना से हाल ही में अवकाश प्राप्त करके आए हैं ?'

'अवकाश क्यों पाऊँ। वे रखें तो उनका गुलाम बनूँ। ऐसा राजा इस देश में है कौन ?'

'आप महमूद को राजा कहेंगे या लुटेरा ?'

'कौन राजा लुटेरा नहीं होता ? लुटेरे सम्पत्ति बढ़ने पर चौकीदार रखते हैं, चौकीदार कम पड़ते तो फिर सैनिक रखते हैं। फिर सैनिकों को वेतन चुकाने के लिए कर लगाते हैं। कर नहीं चुकानेवाले को दंडित कर जेल बनाते हैं। जेल तोड़कर लोग भाग न जाएँ इसके लिए किला बनाते हैं। प्रत्येक राजमहल की नींव में उस लूट की शुरुआत पड़ी है। सुलतान महमूद जो कुछ करते हैं, वह उन्हें मानवजाति के इतिहास से सीखने को मिला है।'

'बस इतना ही सीखने जैसा है मानवजाति के इतिहास में ?' सदाशिव ने कुछ रूखे स्वर में पूछा। नागेश खड़ा हुआ। पूछा, 'आप महमूद को बुलावा देने के लिए निकले हैं, उसके गुलाम हैं या देशद्रोही ?'

नागेश को उत्तर दिए बिना वे दोनों चले गए।

एक जैन मन्त्री ने भी सदाशिव को व्यथित किया था। शैवधर्म की एकाध शाखा देख उन्होंने समग्र शैवधर्म को नाश पाने योग्य बताया था। महाकाव्यों-पुराणों में शिव-राम-कृष्ण की कथाएँ किस तरह परस्पर गुँथी हैं, इसकी बहुत कम जानकारी उन्हें थी। फिर भी वे बोल उठे थे, 'मैं किसलिए सुलतान महमूद का प्रतिकार कर अपने छोटे से राज्य का विनाश न्योतूँ ? मैं उसे सोमनाथ का मार्ग-निर्देश कर अपने राज्य को सुरक्षित रखूँगा। अधर्म पर अधर्म की विजय हो, इससे मुझे आपत्ति नहीं।'

'तुम्हें विमल मन्त्री को अपना दृष्टिकोण समझाना चाहिए, क्योंकि महमूद के मार्ग में सबसे बड़ी बाधा हैं धनुर्धर भीमदेव और उनके विजय की व्यूहरचना कर रहे हैं मन्त्रीश्वर विमल।'

यह सुन वे मन्त्रीश्री चुप हो गए। अपनी कायरता छुपाने के लिए वे शैवों में अधर्म की झाँकी देखने लगे थे।

'अनुभव-कथा चल रही थी, तब नागेश्वर माहेश्वर ने भगवान सोमनाथ के दर्शन की इच्छा व्यक्त की। उन्होंने सौराष्ट्र के पंचरत्न के विषय में सुना था। वे पाँच रत्न कौन से ? सरस्वती नदी, सुन्दर नारी, तेजीला तोखार, चौथा रत्न भगवान सोमनाथ का मन्दिर और पाँचवाँ हरिदर्शन द्वारका में...'

बात करते-करते नागेश पाथेय निकालते हैं, वहाँ सरोवर के दोनों तरफ धुँधले बादल किनारे से सटकर आते दिखे। उसमें से ऊँट के आकार उभरने लगे। सदाशिव ने नागेश का ध्यान खींचा। इतने अधिक ऊँट एकसाथ ? तो क्या वे लोग महमूद के अग्रदूत थे ?

ऊँटों के बीच से आदमी बाहर निकलने लगे। ऊँट पानी पीने लगे। मशक भरे जाने लगे। सरोवर के किनारे मानो असंख्य मनुष्य जमा हो गए थे।

दस-दस के समूह में मशक लेकर ऊँट विदा होते थे। बाद में यह क्रम रुका। दोनों

तरफ कैसे विशाल मशक थे ? और ऊँट भी इतने ऊँचे कि सरोवर के किनारे मानो पहाड़ की चोटी में बदल गए हों। मानो पूरा रेगिस्तान सरोवर लूटने आया हो !

महमूद के पचास हजार ऊँटों में से यह टुकड़ी अलग पड़ी होगी क्या ? अभी तो उनकी संख्या बढ़ती जाती थी। थोड़ी देर में तो सदाशिव और नागेश के चारों ओर ऊँट आते गए। रेगिस्तान का यह प्राणी जल के सान्निध्य में गर्दन लम्बी कर सोना चाहता था।

'हम लोग बीच से निकल जाएँगे ब्रह्मदेव ?'

'नहीं, मुझे लगता है कि ये ऊँट महमूद के हैं। थोड़ी देर में ही कोई सेनानी दिखेगा। हमें क्या करना चाहिए। इस विषय में वे ही आज्ञा देंगे। निश्चिन्त और स्वस्थ बनकर बैठें।'

20

युवाचार्य सुलतान महमूद से मिलना चाहते थे। किन्तु ऐसे घिर जाएँगे ऐसा सोचा नहीं था। अपनी पसन्द का अवकाश ही नहीं रहा।

प्रतिकार करने, स्वयं को स्पर्धा में डालने को नागेश माहेश्वर तैयार हो गए थे। उनको सदाशिव ने रोका। ग्रीष्म में आँधी के वक्त सूर्य को देखने के लिए सुबह की राह देखनी पड़ती है। सन्ध्या के समय के धुँधलके में हठ करने से सूर्य को स्पष्ट देखा नहीं जा सकता...शौर्य महान गुण है, किन्तु उसे टिकाने के लिए राजनीति की सूझ चाहिए। राजनीतिज्ञ योग्य समझ की राह देखता है। केसरिया करने के लिए भी योग्य क्षण तक धैर्य रखना पड़ता है।

नागेश म्यान से खींची हुई तलवार को फिर म्यान में डाल देते हैं। पास आकर पूछ-ताछ कर रहे एक नायक को उत्तर देना सदाशिव पर छोड़ते हैं।

उसके प्रश्नों का सचोट उत्तर देकर युवाचार्य कहते हैं, 'गजना के अमीर से मिलना तो है किन्तु इस तरह पकड़ाकर नहीं, सामने चलकर। आप धर्मपुरुष को बन्दी बनाकर शिविर में ले जाएँगे, यह आपके या आपके सुलतान के हित में नहीं।'

'आपकी तरह बहुतों ने हमारे सुलतान की चिन्ता कर उन्हें पीछे मुड़ने की सलाह दी है उन सबको सलाह भारी पड़ी है। इसलिए अपना भला चाहते हो तो सलाह देने के बदले आशीर्वाद देकर चुप रहिए।'

आशीर्वाद तो मौन भी दिया जा सकता है। प्रश्न है चेतावनी देना। सुलतान को मेरा आशीर्वाद है कि उन्हें सद्‌बुद्धि सूझे। सदियों से यहाँ इस्लाम की बन्धुता का प्रचार कर रहे फकीरों को उनके काम करने दें। भगवान सोमनाथ का गौरव खंडित करने का प्रयास कर वे फकीरों के किए-कराए पर पानी फेरेंगे। दो प्रजाओं के बीच विषबेलि का बीज बोएँगे,' सदाशिव की वाणी शान्ति से सुनते रहने के बावजूद नायक पर उसका कोई असर नहीं था। उपहासपूर्ण स्मित धारण कर वह खड़ा हुआ। वह सोचता था कि

यह ब्राह्मण उपदेश देने का काम पूरा होते मेरे आगे होगा। उसके पास ऐसे अनेक अनुभव थे।

सदाशिव नायक की वृत्ति पहचान गए थे। उन्होंने नागेश को बैठने को कह स्वयं पद्मासन लगाया। इस निःशस्त्र ब्राह्मण के सामने बलप्रयोग करने की क्षणपूर्व की वृत्ति शान्त हुई। उसने अपने सैनिकों को भेजकर तिलक या सुन्दर के दल में से ऐसे सैनिक या गुप्तचर को बुलाने को कहा जो इस ब्राह्मण के साथ अच्छी तरह बात कर सकें।

मशक भर-भरकर ऊँट रवाना हो चुके थे। समग्र सैन्य की तुलना में इतने ऊँट तो कानखजूरा के एक पैर के समान थे। सैनिकों के पास से प्रतिवेदन पाकर नायक ने सन्तोष की साँस ली।

नागेश ने पूछा, 'मैंने सुना था कि रेगिस्तान के राजपुरुषों ने यवन सैन्य को रोकने का संगठित प्रयत्न किया था ?'

महमूद का नायक कोई उत्तर देने के बदले हर्षित होता रहा। सदाशिव ने कहा, 'प्रयत्न किया होगा किन्तु संगठित होकर नहीं, अन्यथा वह सेनानायक हम लोगों का उपहास करने यहाँ तक पहुँचा न होता।'

'साम्भरगढ़ के वाक्पतिराज के पराक्रम की बात तो सच्ची ही है न ?''

अब नायक बोले बिना रह न सका, 'यदि आपके वाक्पतिराज ने ऐसा पराक्रम दिखाया होता तो इस पखाल में छेद हो नहीं गया होता ? हम भूख-प्यास से दुर्बल पड़ न गए होते ?' थोड़ी देर रुककर नायक ने कहा, 'आप लोग तो नियम विरुद्ध रात्रियुद्ध करने में मानते ही नहीं। तब फिर वाक्पतिराज अँधेरे का लाभ लेकर हम पर आक्रमण क्यों करेंगे भला ? किन्तु आपके भाट-चारणों द्वारा की गई अतिशयोक्ति को सत्य मानकर प्रजा चैन से सो रही है।'

'आप मूलतः इस भूमि के लगते हैं।'

नायक ताकता रहा। उसके मुख पर संकोच उभर आया। वहाँ करीब आए एक गुप्तचर की ओर संकेत कर कहा, 'मैं तो मुसलमान बन गया हूँ, किन्तु यह हरकारा अभी अपने को हिन्दू मानता है। उसके साथ बात करें'—कहता नायक उठा। जाते-जाते सूचना देता गया, 'ऐसे लोगों के पास से समाचार इकट्ठा करने की सुलतान की आज्ञा है। आपको योग्य लगे, वह करें, किन्तु मेरी सम्मति के बिना इन्हें छोड़ मत देना।'

'हम बन्दी हों तब तो छोड़ने-न छोड़ने का सवाल खड़ा होगा न !' नागेश बोल उठे। उसकी तरफ खास ध्यान दिए बिना गुप्तचर ने सदाशिव के सामने देखा। उसका पश्चात्ताप देख सदाशिव ने दृष्टि मिलाई। तुरन्त बोल उठे, 'कौन शक्तिसिंह ?'

क्षमा माँगता हो, ऐसे वह व्यक्ति नतनेत्र ताकता रहा। नागेश के आश्चर्य की सीमा नहीं थी। वे दृष्टि से पूछते रहे, 'आप दुश्मन के गुप्तचर को कैसे पहचानते हैं ?' किन्तु इस समय उनका कौतूहल सन्तुष्ट करना सदाशिव को योग्य न लगा।

'जानने के बावजूद आप हमारे जाल में फँसे ?'

'फँसा नहीं, किन्तु घिरा अवश्य हूँ। शक्तिसिंह एक बात पूछूँ ? आप भगवान

सोमनाथ के विरुद्ध अपने सुलतान के इतने वफादार हैं तो अभी भी हिन्दू कैसे बन रहे हैं ? इस्लाम अंगीकार कर लीजिए न।'

'पहले यह प्रलोभन जगा था, किन्तु बाद में तो सुलतान की नीति के अनुसार हममें से कई को हिन्दू ही रहना है। उनकी गजना के आसपास के दुश्मन हमसे बहुत डरते हैं।'

'तो आपको वहाँ रहना था।'

'इष्टदेव के अन्तिम दर्शन की आकांक्षा थी।'

'अन्तिम दर्शन ?' सदाशिव ने उसकी आवाज में पुण्यप्रकोप देखा। क्या आप ऐसा मान बैठे हैं कि सुलतान की यह उद्धतता इस भूमि पर से धर्मस्थलों का लोप करेगी ? और फिर आप निश्चिन्त होकर परमधर्म स्वीकार करेंगे ? आपके लोभ और भय को जान चुके सुलतान सोलहवीं बार आक्रमण करने की हिम्मत करते हैं। आप भगवान सोमनाथ को अपना इष्टदेव मानते हैं, यह आपका ढोंग है। आपके इष्टदेव तो हैं आपको लूट में भाग देते महमूद गजनवी। सच बात यह है कि शक्तिसिंह कि धार्मिक आप भी नहीं, वह भी नहीं। द्रव्यलोभ को छिपाने के लिए धर्मयुद्ध का नाम दिया जा रहा है, फिर भी आप साथ दे रहे हैं किसलिए ? गुजारा चलाने के लिए जिसकी आपको जरूरत नहीं ऐसे द्रव्य के लिए ?'

'सच कहूँ तो जीने के लिए, मरने की हिम्मत नहीं इसलिए,' बोलते समय शक्तिसिंह दूर देख रहा था। सरदार तिलक आ रहे थे। शक्तिसिंह उनके साथ गया। सरदार ने उसे शाबाशी दी। क्योंकि उसने युवाचार्य को पहचान लिया था। शक्तिसिंह ने कहा कि शाबाशी तो युवाचार्य को देनी चाहिए क्योंकि उन्होंने मुझे भिन्न वेश में भी पहचान लिया। मेरा अधिक सम्पर्क तो त्र्यंबक से था, युवाचार्य ने तो मुझे कभी-कभार ही देखा होगा। ये युवाचार्य प्रतापी पुरुष है सरदार ! उन्हें सुलतान के समक्ष ले जाने से पहले विचार करना चाहिए।'

'क्यों, सुलतान पर ये हमला करेंगे ?'

'नहीं, वे शस्त्र धारण नहीं करते। किन्तु उनकी ओजस्वी वाणी सुलतान को सहन नहीं होगी। वे मृत्युदंड देंगे और उस पर अमल करने के लिए आपको ही कहेंगे।'

'ऐसा छोटा काम वे मुझे नहीं सौंपेंगे।'

'यह काम आपको छोटा लगता है, क्योंकि आप उन्हें पहचानते नहीं।'

'यदि मरनेवाले हों तो उन्हें पहचानने से क्या फायदा,' कहते तिलक आगे हुआ। सदाशिव के नजदीक जाकर उन्हें औपचारिक प्रणाम किया। फिर नागेश के सामने एक नजर कर ली। उसका शस्त्र ले लेने को शक्तिसिंह को सूचना दी। सुनने के बावजूद शक्तिसिंह ने सूचना पर अमल करने की शीघ्रता नहीं की। तिलक ने कहा :

'युवाचार्य सदाशिव का छावनी में स्वागत है। आज हमारे विश्राम का दिन है। आपके साथ विनोदवार्ता करना सुलतान को पसन्द आएगा।'

'वे यहाँ विनोदवार्ता के लिए आए हों तो अच्छा।'

'वे किसलिए आए हैं यह आज हम जानते हैं, कल सारी दुनिया जानेगी।'

'हाँ, दुनिया जानेगी कि भगवान सोमनाथ का गौरव खंडित करने में सुलतान को सबसे बड़ी मदद थी उनके हिन्दू सरदारों और गुप्तचरों की,' सदाशिव की वाणी के साथ उनकी दृष्टि के तेज से सरदार तिलक शर्मिन्दा हो गए। बचाव करने को सोचा, किन्तु सुलतान को वह अच्छा न लगेगा इसका भान होते ही उन्होंने मौन साध लिया। कुछ देर विचार कर तिलक ने शक्तिसिंह से कुछ कहा। उसके बाद वह नागेश को लेकर दूर गया।

'मैं सुलतान का वफादार हूँ और रहूँगा। मेरी तरह सुन्दर, सुदेसम, सुधीराम, नाहर, सुखपाल जैसे हिन्दू सरदारों की वफादारी से सुलतान खुश हैं। हम सब गजना में मिल सकते हैं। किन्तु यहाँ सुलतान ने हमें अलग-अलग रखा है, जिससे हम उन्हें उनकी इच्छा के विरुद्ध सलाह न दें। हमने सोचा था कि सुलतान डेढ़ लाख का सैन्य लेकर आ रहे हैं, यह जानकर यहाँ के राजे एक साथ मिलकर खंडणी के रूप में इतना अधिक द्रव्य देंगे कि उसे लेकर सुलतान वापस मुड़ने को राजी होंगे।'

'आपने ऐसा क्यों नहीं सोचा कि यहाँ के राजे इकट्ठे होकर प्रतिकार करेंगे ?'

'उन्हें इकट्ठा करने का प्रयत्न आप कर चुके हैं,' कहते हुए तिलक पुलकित हुआ। क्षण-भर रुककर कहा, 'ऐसा मत मानना कि हमारे जैसे हिन्दू सरदारों के बल पर वे प्रभास को लूटने निकल पड़े हैं। उनकी सच्ची शक्ति हम नहीं किन्तु यहाँ के राजाओं के बीच प्रतिस्पर्धा है, अनबन है, पड़ोसी का पतन चाहकर बड़े हो जाने की आकांक्षा है। हम जानते हैं कि धर्म के नाम पर हम विरोध करेंगे तो हमारा कत्ल कराकर वे आगे बढ़ेंगे। यहाँ उनको हमारा साथ हो या न हो उनकी विजयकूच जारी रहेगी। इसलिए उनसे मिलने का हठ छोड़ आप निकल जाएँ या किसी वृक्ष पर छिप जाएँ। कल हमारी कूच आरम्भ होगी।'

'सरदार तिलक, आपने एक साथ अनेक पक्षों पर विचार किया है, इसलिए मुझे कुछ आश्वासन मिलता है। किन्तु मुझे मृत्यु का भय नहीं, कर्तव्य का भान है। सुलतान को मिलने के लिए मैं कृतसंकल्प हूँ। फिर भी मुझे भगाकर सुलतान को नाराज करने का जोखिम आपको क्यों उठाना है ? जानकर वे क्रुद्ध होंगे।'

'उन्हें खुश करना मुझे आता है...खैर, आप मिलने को अडिग हों तो शीघ्र ही चलें। बाद में शराब और संगीत की महफिल शुरू होगी।'

'क्या सुलतान इतना अधिक सुरापान करते हैं कि उन्हें सुधि ही नहीं रहती ?'

'पीते हैं खूब, किन्तु चेतना नहीं खोते। एक बार उनतीस प्याले पीने के बाद भी वे नमाज पढ़ने उठे थे और पूर्ण स्फूर्ति अनुभव की थी। कुदरत ने सैकड़ों मनुष्यों की शक्ति उस एक ही शरीर में डाल दी है,' कहते तिलक ने ताली बजाकर शक्तिसिंह को संकेत किया। उसने एक सैनिक को तिलक के पास भेजा।

'दोनों घोड़े ले आओ। नहीं, ऐसा करो—ब्रह्मदेव का घोड़ा ले आओ। उनके साथी को यहीं रखो, उसके घोड़े के साथ।'

'मेरी इच्छा चलकर जाने की थी।'

'चलकर सुलतान के पास जाने से आप छावनी देख सकेंगे, किन्तु उसमें एक प्रहर बीत जाएगा। यहाँ से करीब एक योजन दूरी काटनी है। और अन्तिम क्षण में यह घोड़ा आपकी मदद भी न कर सकेगा...'

'फिर वही भय ?'

'नहीं, सावधानी।'

सदाशिव अश्वारूढ़ हुए। दूर शक्तिसिंह के साथ खड़े नागेश के सामने उन्होंने हाथ ऊँचा किया। नागेश ने प्रणाम के लिए हाथ जोड़ सिर नवाया। तिलक का घोड़ा आ गया था। उन्होंने अपने घोड़े को इस तरह समानान्तर रखा कि बात की जा सके।

एक-एक सैनिक के साथ दो-दो ऊँट थे। पानी और अन्य खाद्य-सामग्री उपलब्ध रहे, इसका ध्यान रखा गया था। एक दिन के विश्राम के लिए बनी हुई छावनी भी व्यवस्थित थी। सैनिकों का बड़ा भाग विश्राम कर रहा था। जो पहरे पर थे वे तिलक को मान देते थे, सदाशिव को देख आश्चर्यचकित होते थे। पंचकल्याणी अश्व को लालच से देखते रहते थे।

तिलक ने अनायास निखालसता से बात की थी।

सुलतान की खिदमत में हाजिर एक विद्वान कहता है कि सबक्तगीन यावा घुई नाम के मूल में शक्तिसिंह यादव है। इस शक्तिसिंह को देखते ही उस विद्वान को सुलतान के पिताश्री का स्मरण होता है। किन्तु हकीकत यह है कि सुलतान का पिता कोई शाहजादा नहीं था। वह गुलाम था। सुलतान की माताश्री भी गुलाम थीं, नाम जाबुलि। उनका विवाह सन् 971 में हुआ। प्रथम सन्तान महमूद के जन्म के छह वर्ष बाद सबक्तगीन ने महमूद को निशापुर का सूबा रख छोटे पुत्र इस्माइल को गद्दी सौंपी थी क्योंकि वह विवाह के बाद जन्मा था। दूसरा भी कारण हो सकता है। उद्धत व्यवहार के लिए महमूद को पिताश्री ने कैद रखा था। मुक्त किया तब सन् 991 में वह बीस वर्ष के हो चुके थे और बन्दी अवस्था में उन्होंने बहुत से मनसूबे पाले थे। इसलिए पिता के निधन के बाद उन्होंने अपने छोटे भाई पर घेरा डाला था। सन् 998 में भाई को कैद किया, थोड़े समय जीने दिया।

सुलतान महमूद का जन्म सन् 971 के अक्टूबर की दूसरी तारीख को हुआ था। अगली रात सबक्तगीन को स्वप्न आया था—उसके चूल्हे में उगा हुआ पेड़ देखते-देखते गगनचुम्बी बन गया है...ऐसी ही विराट काया है सुलतान की। उनकी क्रुद्ध मुखमुद्रा देख अच्छे-खासे सरदारों के छक्के छूट जाते हैं। शीतला का एक-एक दाग बिल्ली की आँख जैसा चमकने लगता है। एक ही पुरुष का ऐसा प्रचंड प्रताप ! सिकन्दर के विषय में सुना हुआ वृत्तान्त जो मान न पाते हों वे देखें सुलतान महमूद को।

सन् 1025 के अक्टूबर की 18वीं तारीख को सुलतान गजना से निकले हैं। तीस हजार का हयदल और चौवन हजार का पायदल...9वीं नवम्बर को मुलतान पहुँच रमजान बिताने की इच्छा सफल हुई।

एक स्मरणीय प्रतिकार हुआ जेसलमेर के पास लोधरवा में...मथुरा और कन्नौज की पहले ही कसौटी हो चुकी थी। अब देखना है—क्या करते हैं राजस्थान, गुजरात और सौराष्ट्र के राजा-महाराजा...साम्भर के वाक्पतिराज, अजमेर के वीसलदेव चौहाण, मालवा के भोज परमार की अपेक्षा पाटण के भीमदेव को हराने के लिए सुलतान बहुत बेचैन हैं; सिन्ध के हमीर सुमरो को झुकानेवाले नवघण का प्रदेश रौंदने की भी सुलतान की अभिलाषा है...'

सरदार तिलक के साथ हुई बातचीत द्वारा सदाशिव को जानने को जो मिला उसमें बहुत कम अज्ञात था उनके लिए, किन्तु उन्होंने सोचा नहीं था कि खाद्य सामग्री की ताजा वस्तुएँ इतनी आसानी से छावनी में आ पहुँचती होंगी...मनुष्य ऐसा अर्थदास होगा ? अर्थ के लोभ में वह धर्म को छल सकता है ? शायद सबको भय है मृत्यु का। मारकर सैनिक छीन ले इसकी अपेक्षा वस्तुओं के बदले में थोड़ा द्रव्य अर्जित कर लेने में समझदारी लगती होगी संसारी जीवों को...

सामने है सुलतान का तम्बू। घोड़ा सौंप दिया गया। तिलक आगे हुआ।

बाहर से शायद ही खयाल आएगा। तिलक को देख चौकीदारों, अंगरक्षकों, सेवा-चाकरी में रत गुलामों ने रास्ता दिया। उसके पीछे भी एक परदा था।

तिलक और सदाशिव खड़े रहे। थोड़ी देर बाद एक गुलाम बाहर आकर देख गया।

रेशमी परदा खिसका। एक प्रचंड आकृति प्रकट हुई।

अपनी कल्पना में रही भैरव की मूर्ति मानो प्रत्यक्ष साकार हो उठी थी। एक अफवाह सदाशिव के कान में पड़ी थी। सौम्य उपासकों से नाराज अघोरपन्थियों को शिवमन्दिर के ध्वंस की चिन्ता नहीं थी। बल्कि कुछ अघोरपन्थी तो आवेश में ऐसे उच्चारण भी कर बैठते कि भैरव का काम करने सुलतान महमूद आ रहे हैं। शिव तो श्मशान के देव। आप उनको महामेरु प्रासाद के वैभव में कहाँ तक बाँध रखेंगे ?

तिलक ने देखा—उनके सुलतान युवाचार्य की तुलना में अधिक कद्दावर लगते हैं। किन्तु युवाचार्य अविचल हैं, स्वस्थ हैं, निर्भय हैं।

तभी अलबरूनी आए। उन्होंने सदाशिव को प्रणाम किया, यह सुलतान ने देखा।

'तो यह है प्रभास का बिरहमन ! बरूनी, मुझे तो यह सीधा-सादा आदमी लगता है। आप उसमें कौन-सा चमत्कार देख गए थे ? यह किस तरह मुझे सोमनाथ की माल-मिल्कियत और जवाहरात आधे रास्ते पर दे सकता है ? क्या है इसके पास ?'

'जो हमें दिखता नहीं वह। नामदार इन्हें आदरपूर्वक आसन देना चाहिए। इनके हृदय में सभी जीवों के लिए करुणा है।'

'मेरे लिए भी ?'

'सविशेष !' कहते सदाशिव बैठे, 'क्योंकि आप भार बढ़ाते जाते हैं। द्रव्यलोभ के पहाड़ों से घिरते जा रहे हैं। उसके पीछे आपको पवित्र काबा की दिशा दिखेगी नहीं और एक दिन...'

'आप मुझे दौलत देने आए हैं या बद्दुआ ? सलाम करने आए हैं या शाप देने ?'

'चेतावनी शाप नहीं है सुलतान। अनेक मनुष्यों के अहित का ढेर पहाड़ बन आपके हृदय में छिपी मानवता को कुचल रहा है। आपको पछताना न पड़े इसलिए...'

'मुझे लगा कि आप अपने खुदा की सलामती के लिए आए होंगे; अब खयाल आया कि आप तो मेरी चिन्ता से आए हैं।'

'आपकी चिन्ता करने का मेरा हक आप स्वीकारते हैं, इससे मुझे आशा बँधती है। आप ऐसा दुःस्साहस करने योग्य नहीं। क्योंकि इससे भगवान सोमनाथ के भक्तों को जितना आघात लगेगा उससे अधिक आघात आपको लगेगा। जब भूल समझ में आएगी कि धर्मयुद्ध के बहाने आपने मात्र लूट-पाट की थी। एक प्राचीन संस्कृति के उपासकों की श्रद्धा को कितनी बड़ी क्षति पहुँचाई थी।'

'आप बेफिक्र रहें, मुझे मेरी भूल समझ में नहीं आती क्योंकि मैं गाजी कहलाऊँगा। एक धर्मयोद्धा के रूप में खलीफा मेरा सम्मान करते आए हैं, करते रहेंगे।'

'उस सम्मान के विषय में भी कभी फिर विचार करने का मन होगा। आप स्वीकारेंगे कि दो धर्मों के बीच संघर्ष अयोग्य है। संघर्ष हो तो धर्म और अधर्म के बीच। पूछ देखें इस विद्वान बरूनी से, आप कितनी बड़ी परम्परा पर कुठाराघात करने निकले हैं।'

'क्या बरूनी बुतपरस्ती के ठेकेदार बन गए हैं ?'

'इस देश में सबसे बड़ी मूर्ति है तो हिमालय का कैलास शिखर। युगों से वह मेरे इष्टदेव की झाँकी इस देश को करा रहा है। आप कैलास को तो जीत सकनेवाले नहीं। और भक्त बन वहाँ का दिव्य सौन्दर्य देखने का लोभ भी आप विकसित नहीं कर सकते।'

'पहले इस समन्दर के साहिल की खूबसूरती तो देखूँ।'

'इसके लिए इस डेढ़ लाख के लश्कर की जरूरत नहीं। आप अकेले मेरे साथ आ सकते हैं। अलबरूनी को ला सकते हैं।'

'ऐसी इच्छा भी कभी जगती है सही। लेकिन कभी मैंने अपने लश्कर को बीच रास्ते छोड़ा नहीं, उसे धोखा नहीं दिया। एक-एक सिपाही के दिल में बड़े-बड़े अरमान जगे हैं।'

'अरमान द्रव्य के ही या और...? उन सबको यहाँ रोक रखें। मैं द्रव्य इकट्ठा कर दो-एक सप्ताह में वापस आ जाऊँगा। प्रत्येक को अपने वेतन की अपेक्षा दोगुनी रकम मिलेगी।'

'इतने से वे राजी नहीं होंगे।'

'तो...तो—' सदाशिव रुक गए। क्रोध की ज्वाला भभक उठी थी। उसे नियन्त्रित किया, 'सुलतान मैंने सुना है कि नमाज के बाद आप सैनिकों को कुछ उपदेश भी देते हैं तो उन्हें कल कह दीजिए कि उनका असन्तोष उन्हें असल ठिकाने पर पहुँचने नहीं देगा। घर पहुँचने का रास्ता उनके हाथ में नहीं रहेगा।'

'बद्दुआ देते हैं ?'

'जो दिखाई देता है, बोल रहा हूँ।'

'आप भी बरूनी की तरह नजूमी हैं ? तो आपको आपकी मौत भी दिखती होगी।'

'मृत्यु को आत्मसात् करके ही यहाँ आया हूँ।'

'मेरी हाजिरी में मरना है या कैलास जैसे किसी ऊँचे शिखर से लुढ़ककर ?'

'वह प्रश्न पूछने का आपका अधिकार मैं नहीं स्वीकारता। किन्तु अपने प्रभु से प्रार्थना करता हूँ कि मेरे बलिदान से लाखों लोग बचते हों तो मुझे पहले मुक्ति दें।'

'इस काफिर को जल्द से जल्द मुक्ति दो तिलक, या लाओ मेरा शमशीर।'

'नहीं नामदार, इस ब्रह्मदेव का वध करने से पहले आप मेरी आँखें फोड़ डालें'—बरूनी ने परेशानी के स्वर में कहा।

'उनके वध से लश्कर के हिन्दू सैनिकों की भावना आहत होगी,' तिलक ने कहा।

'उसका इलाज मेरे पास नहीं ?' सुलतान को यकायक पुनर्विचार आया, 'तो ऐसा करो; कोई जान न पाए इस तरह से किसी ऊँचे शिखर पर ले जाकर खाई में फेंक दो। इस इलाके में ऊँचे से ऊँचा शिखर कौन है ?'

'गुरुशिखर—' सदाशिव ने सस्मित कहा।

'तो आपने अपनी मौत का मुकाम भी पसन्द कर लिया ! शाबास। सरदार तिलक कम से कम समय में इस हुक्म की तालीम होनी चाहिए और तुम दोनों के अलावा किसी को जानना जरूरी नहीं कि क्या हुआ है ? मुझे भरोसा हो गया है कि यह तापस जिन्दा रहेगा तो लाखों के सैन्य की अपेक्षा मुझे भारी पड़ेगा। अपना रास्ता साफ करते वक्त मैं कुछ रहम-मुरब्बत नहीं रखता। जाओ ! मुझे कुछ सुनना नहीं, जाओ।'

जिस तरह सदाशिव आए थे उसी स्वस्थता से तम्बू से बाहर निकले। उनका घोड़ा हिनहिना उठा। किन्तु सुलतान के अंगरक्षकों ने उसे छोड़ा नहीं। एक दूसरे काले घोड़े पर उन्हें बैठाया गया।

'बरूनी बोल ! क्या होगा इस बिरहमन का ? शिखर पर से खाई में गिरने के बाद वह टूटकर चूरा बन जाएगा या जीवित रहेगा ?' बरूनी को पहुँची चोट कम करने के लिए सुलतान विनोदी लहजे में बोल रहे हैं।

'नामदार आपको नाराज करने में मुझे भय नहीं। किन्तु मेरी मौत का जो अर्थ होता है, वह सदाशिव की मौत का नहीं। मैंने देखा है कि ऐसे अनासक्त तपस्वी ज्योतिष की सीमा में नहीं बँधते। इसलिए इतना ही कहूँगा कि जो कुछ होगा, सदाशिव की इच्छा के अनुसार होगा।'

'तुमने आखिर कन्नी काटने का रास्ता ढूँढ़ लिया। तुम पहले जैसे नजूमी रहे नहीं।'

'इसका पता कल सुबह चलेगा। आपके अंगरक्षकों द्वारा बाँधा गया वह अश्व सुबह यहाँ नहीं होगा।'

'बरूनी की आगाही सुनकर सुलतान ने अंगरक्षकों को चेतावनी दी। कल मैं उस घोड़े पर सवारी करूँगा। तुम उसकी रक्षा नहीं कर सकोगे तो प्राण खो दोगे !'

इस क्षण अलबरूनी श्याम अश्व पर आरूढ़ सदाशिव की पीठ देख रहे थे।

21

सुलतान महमूद के फरमाए हुए मृत्युदंड का लेशमात्र विरोध किए बिना सदाशिव श्याम अश्व पर बैठकर स्वस्थतापूर्वक विदा हुए, वह क्षण अलबरूनी भूले नहीं थे। तब तक वह मानो अलौकिक अनुभूति में तन्मय थे। किन्तु वह क्षण ज्यों-ज्यों दूर सरकता गया त्यों-त्यों वह बेचैन होते गए। उन्होंने रात का भोजन करने से मना कर दिया। किसी प्रश्न का उत्तर देने के बदले वे आन्तरिक पीड़ा को शान्त करने के लिए पागल की तरह यहाँ-वहाँ घूमने लगे। हे खुदा ! तुमने यह ज्ञान मुझे किसलिए दिया ? यह कैसा भाररूप है।

बरूनी का जन्म सिन्ध में हुआ था। सुलतान महमूद ने खीव जीता उसके बाद दूसरे राजद्वारी कैदियों के साथ वह पकड़े गए थे। दूसरे दरबारियों की तरह उनको भी मौत की सजा होनी थी, किन्तु उनकी विद्वत्ता से वाकिफ वजीर ने गिड़गिड़ाकर उन्हें बचा लिया था। फिर तो सुलतान को उनकी शक्तियों का अधिक से अधिक परिचय हुआ और उनके अभिप्रायों को महत्त्व मिलता गया। किन्तु आज बरूनी को अपने पकड़े जाने का वह दिन याद आया। उन्हें बचा लेनेवाला एक वजीर था, सदाशिव को बचानेवाला कोई नहीं निकला। अपनी बुद्धि बहरी हो गई। इससे तो बेहतर था कि मैं मशहूर हुआ उससे पहले ही मारा गया होता। अब मैं किस मुँह से सुलतान की न्यायप्रियता का बखान कर सकूँगा ?

बरूनी ऊँचे स्वर में बोल रहे थे, 'कुरानेशरीफ कहता है कि युद्ध के कारण बिना जो किसी की हत्या करता है वह सम्पूर्ण मानवजाति का हत्यारा है...'

सुलतान अपने गुलामों को भेजकर बरूनी को बुलाते हैं। बरूनी ऊँचे देख कुरान के सूत्र बोलते जाते हैं, 'विपुलता की तृष्णा ने तुम्हें भरमाया है, यहाँ तक कि तुम कब्र में जा मिलो...ऐसा लगे कि घर में कोई नहीं है तो उसमें प्रकाश मत करो...हमने जिस किसी देवदूत को भेजा वह उसके समाज की भाषा में बोलनेवाला भेजा जिससे वह उन्हें स्पष्ट रूप से समझाए...जो लोग अपने प्रभु को सुबह-शाम पुकारते हैं और उसकी कृपादृष्टि चाहते हैं, उन्हें तुम दूर न धकेलना...अन्धा और देखनेवाला दोनों समान नहीं और न प्रकाश, न अन्धकार...'

सुनकर पहले तो सुलतान असमंजस में पड़े। क्योंकि कुरानेशरीफ की वाणी तो बाअदब सुननी चाहिए। किन्तु महमूद ने जाना कि उसका दूसरा उपयोग हो रहा है, उनका गुस्सा काबू में न रहा। गरज उठे :

'बरूनी, मैंने एक बार तुम्हें जीवनदान दिया, इसलिए ऐसा मत मान लो कि तुम्हारी हर बेअदबी माफ करूँगा।'

'मुझे अब मृत्युदंड का भय नहीं। मौत को थकानेवाले मनुष्य को मैंने अपनी आँखों से देखा है। उसके पीछे मुझे भी पहुँचाइए और खाई में फिंकवा दीजिए।'

'इस तरह एक बार फिंकवाने से तुम मरे नहीं, इसलिए हर वक्त जीवित रहनेवाले हो ?'

'मुझे अब जीना नहीं। जीकर क्या करूँ ? अपनी बदनामी ?'

'इसका सर ठिकाने नहीं। ले जाओ इसे इसके तम्बू में। होश में आए तब बात...' महमूद ने पिंड छुड़ाया। किन्तु बरूनी के उद्‌गार शान्त नहीं हुए। निश्चित, यह आदमी बनावट नहीं करता। इसका दिल, पीड़ा सहन न होने से मानो चीख रहा है...

सुलतान ने आदत से कुछ अधिक शराब पी। इससे बरूनी की आवाज़ सुनना बन्द नहीं हुआ, प्रतिध्वनि होने लगी...

उन प्रतिध्वनियों के प्रभाव से उन्हें बरूनी की भविष्यवाणी याद आई, 'आपके अंगरक्षकों द्वारा बाँधकर रखा हुआ अश्व सुबह यहाँ नहीं होगा।'

नशे के प्रभाव में सुलतान खड़े हुए। उनकी चाल में पूरा रौब था। वे सदाशिव के पंचकल्याणी अश्व के पास पहुँच गए। उन्हें देख चौकीदार उनकी सलामी बजाने खिसक गए। सुलतान ने खुद अश्व छोड़ा। मार्ग दिखाते बरूनी के शिविर में ले गए। माथा ठोककर, हाथ-पैर पखाड़कर कुछ क्षण पहले ही बरूनी ने आराम पाया था। उनके दोनों पैर के साथ सुलतान ने अश्व को बाँधा, अँगड़ाई ली, जम्हाई लेकर पीछे मुड़े। अब यह निश्चित था कि घोड़ा भाग जाएगा तो बरूनी को घसीटता जाएगा। सारी सेना उसे पहचानती है। पकड़ा जाएगा।

सुलतान अपने रेशमी बिछावन पर लेटते ही सो गए।

थोड़ी देर में ही बरूनी जाग गए थे। अश्व को अपने पैर के पास खड़ा देख उन्हें आश्चर्य हुआ। याद आया—सुलतान ने अश्व को कड़े पहरे के बीच डाल दिया था। वहाँ ले गए। उन्होंने सभी पहरेदारों को जगाया, उनके बीच अश्व को रख लौट आए।

थोड़ी देर बाद अश्व खड़ा-खड़ा निद्राधीन हुआ। पहरेदार भी खड़े-खड़े अश्व की तरह पलकें झुका बैठा।

सुबह का उजाला होते पहरेदारों को बदलना था लेकिन उससे पहले उजास का रंग धारण करनेवाले सदाशिव के पंचकल्याणी अश्व को अपनी दिशा सूझी थी। प्रकाश की गति को कोई परख नहीं सका।

अश्वारोही सैनिकों ने सुबह का व्यायाम शुरू किया, तब सुलतान को बरूनी याद आए। तलाश कराया तो वह सो रहे थे। 'उसे सोते हुए उठा लाओ। देखूँ, कब तक ढोंग करता है।'

किन्तु सुलतान का सन्देश मिलते ही बरूनी खड़े हुए। पल-भर में तैयार होकर आगे चले।

'कल की तुम्हारी दशा देखकर मुझे लगा कि अब तुम्हारा पागलपन घटने के बदले बढ़ेगा।'

'बढ़े या घटे, मेरा जीना व्यर्थ है।'

'हमारी खुशी के लिए भी तुम्हें जीना चाहिए।'

'मैं विदूषक नहीं हूँ नामदार, विद्वान हूँ, ज्योतिषी हूँ।'

'अरे, अच्छा हुआ कि तूने याद दिलाया,' ताली बजाकर सुलतान ने सदाशिव के

घोड़े को हाजिर करने का हुक्म दिया। आज उसके ऊपर सवार होकर खुद गजना शहर जैसी विशाल छावनी का निरीक्षण करेंगे।

दूसरे क्षण समाचार आया—घोड़ा नहीं है। पहरेदारों की उलट तलाश हुई। अभी जो फर्ज पर थे, वे तो कुछ जानते ही नहीं थे। रात में जो फर्ज पर थे उन्होंने ऐसा कहा, 'आप घोड़ा ले गए उसके बाद अलबरूनी वापस रख गए थे।'

'तो घोड़ा गया कहाँ ? यह तुम्हारी ही करतूत लगती है बरूनी, बोल, हकीकत क्या है ?'

'हकीकत यह है कि मेरी भविष्यवाणी सच्ची सिद्ध हुई है। पहली बार मेरी भविष्यवाणी सही हुई तब आपने मुझे जीवनदान दिया था, आज सदाशिव को जीवनदान दें।'

'एक शर्त पर। तुम्हें इस घटना का प्रचार नहीं करना है। जा, मैं सरदार तिलक को बताता हूँ। वह तुम्हारे साथ दो घुड़सवार भेजेगा। लेकिन हाँ, उस जिद्दी काफिर को यहाँ मत लाना।'

'उन्हें आना होगा तो भी नहीं लाऊँगा,' कहते अलबरूनी निकले। उनके हर्ष की सीमा नहीं थी। उन्होंने दो घुड़सवारों के अलावा शक्तिसिंह को भी साथ लिया। वह लज्जित हो गया था। उसे वहम था कि खाई में फेंकने की तकलीफ उठाने के बदले हत्यारों ने सदाशिव का शिरच्छेद कर दिया होगा।

उसका भय सही नहीं था। कदम आगे के आगे दौड़ जाते थे। बरूनी का घोड़ा सबसे आगे था। अब पैदल चलना पड़ेगा, ऐसी सीधी चढ़ाई थी। वहाँ शिखर की ओर से सुलतान के सैनिकों को नीचे उतरते देखा।

तो क्या हत्यारों ने ब्रह्मदेव को खाई में फेंक दिया ?

बरूनी को चक्कर आ गया...वह नीचे बैठ गए।

उनके लिए पानी की खोज हुई। वृक्षों की ओर से झरना बहता हो, ऐसी आवाज आती थी। किन्तु सुलतान का एक गुप्तचर इतना खुश था, जैसे वह कुछ महत्त्वपूर्ण समाचार लेकर आ रहा हो।

विमल मन्त्री द्वारा सपादलक्ष और मालवा के सन्धिविग्राहकों के साथ पूरी की गई मन्त्रणा में दामोदर मेहता की दरखास्त स्वीकार की गई थी। मेहता उज्जयिनी और सपादलक्ष दो-दो बार जाकर आए थे। बीच में विमल मन्त्री अणहिलवाड़ के सैन्य को तैयार करने में रुके थे। महाराज भीमदेव मानते थे कि किसी भी कीमत पर महमूद के सैन्य को सरस्वती नदी लाँघने नहीं देना है। जिस भूमि से हम परिचित हैं वहाँ हमारा एक-एक सैनिक हजारों को भारी पड़ेगा।

इस योजना से महाराज वीसलदेव चौहान और महाराज भोज परमार सहमत थे, किन्तु उसके लिए समय नहीं था। कई ने ऐसा मान लिया था कि महमूद का सैन्य

रेगिस्तान लाँघने से पहले ही क्षीण हो जाएगा। थोड़े ऊँट के सिवा दूसरा कुछ नहीं बचेगा और जो बचेंगे भगवान सोमनाथ के तीसरे नेत्र की परिधि में पहुँचने के साथ जलकर भस्म हो जाएँगे। वीसलदेव के गुप्तचर ऐसे अनुमान पर आए थे कि अपने क्षीण सैन्य के साथ भी महमूद सपादलक्ष की सम्पत्ति लूटने अवश्य आएँगे और यहाँ एक विशाल कब्रिस्तान डाल जाएँगे। महाराज भोज के गुप्तचरों से मिली सूचना के अनुसार ऐसी व्यूहरचना हुई थी कि महमूद की सेना सपादलक्ष को टालकर आगे बढ़े तो सिद्धपुर पहुँचने से पहले उसे सिकंजे में लिया जाए।

अब ये सब व्यूहरचनाएँ व्यर्थ हो गई थीं। युवाचार्य सदाशिव द्वारा प्रेरित गिने-गिनाए युवक पाटण पहुँचे थे। पश्चिम भारत के महाराजाओं के सैन्य अपने शिविरों में ज्यों के त्यों थे। महमूद का सैन्य अबाध था, स्वस्थ था। जेसलमेर के पास के लोद्रवा जैसे स्थलों पर उसका मुकाबला करनेवालों ने वीरगति प्राप्त की थी। प्रत्येक स्थल से अप्रत्याशित द्रव्य मिला था। जब तक सोमनाथ पर विजय न मिले और सैनिक सरदार विलासी न बन जाए इसका महमूद ने ध्यान रखा था। इसलिए अब स्त्रियों को गुलाम के रूप में न पकड़ने का हुक्म दे रखा था। यदि आप सख्ती से हुक्म का पालन करेंगे तो खुदा आपके ऊपर खफा नहीं होगा और सोमनाथ का बेशुमार धनभंडार तुम्हारे कदम चूमेगा।

सरदार तिलक और सुन्दर के मानने के अनुसार सोमनाथ के मन्दिर में दो प्रकार का द्रव्य है। एक देवद्रव्य और दूसरा बचत के रूप में रखा द्रव्य। मन्दिर जमा रखने के लिए विश्वसनीय स्थल था। सुलतान के हिन्दू सरदार देवद्रव्य नहीं लूटते, किन्तु जमा द्रव्य को हड़प लेने में उन्हें कोई आपत्ति नहीं थी। प्रभास के बन्दरगाह वेरावल के शाह सौदागरों की सम्पत्ति विषयक दन्तकथाओं और गुप्तचरों द्वारा प्राप्त सूचना में बड़ा साम्य था। तिलक और सुन्दर अपने को चुश्त हिन्दू मानने के बावजूद, इस्लाम के एक सिद्धान्त की कदर करते थे। ब्याज के धन्धे में धार्मिक व्यक्ति पड़े तो भगवान शम्भु जैसे वीतरागी देव अवश्य ही नाराज होंगे। वह सुलतान को भैरव के विकल्प में विध्वंस के लिए भेजें इसमें कोई अचरज नहीं।

सुलतान के सभी सरदार कुछ भी हानि के बिना रेगिस्तान पार हुआ उसमें वे सुलतान की कुशलता और खुदा की दुआ देखते थे। उन्होंने मान लिया कि अब सोमनाथ विजय हाथ में आने ही वाली है। विशाल रेगिस्तान सुरक्षित पार करने की खुशी में शुक्रवार की नमाज के बाद सुलतान ने सबके लिए योग्यतानुसार पुरस्कार का ऐलान किया था। संगीत और शराब की मात्रा बढ़ गई थी। आबू पर्वत की तलहटी में विश्राम की व्यवस्था ऐसी थी कि सबको गजना याद आए। लगे कि हम वतन में ही हैं...

सदाशिव को मृत्युदंड दिया गया था, यह समाचार किस तरह फैले इस बारे में सुलतान का स्पष्ट आदेश था। हिन्दू सैनिकों की भावना को ठेस न पहुँचे यह देखना था। हुआ ऐसा कि भावना दुखाने के बदले सब सुलतान की उदारता की प्रशस्ति करने लगे। बरूनी शर्त जीत गया तो सुलतान ने सदाशिव को जीवनदान दिया। वह बचा नहीं

इसमें सुलतान क्या करें ? जिसका जैसा भाग्य।

सदाशिव बच गए होंगे ऐसा अनुमान करने को कोई प्रेरित नहीं हुआ था। मात्र बरूनी कभी-कभी नक्षत्रों की गति का गणित लेकर बैठ जाते। अभी उनको अन्तिम उत्तर मिला नहीं था। उन्होंने सांख्य और योग का अरबी में अनुवाद किया था। वे भारतीय दर्शनों की मूल संकल्पनाओं को समझे हैं या नहीं, यह तय करने के लिए उन्हें सदाशिव जैसे विद्वान के साहचर्य की जरूरत थी। किन्तु वे हाथ लगे और खो गए। क्या शिखर की ऊँचाइयों से खुदा ने उन्हें उठा लिया होगा ? खाई में फेंके गए होंगे तब लोकमाता सी किसी नदी ने लहरों के दामन में रख लिया होगा ? उनकी मृत्यु हुई है ऐसा माना नहीं जा सकता और वे कहाँ होंगे यह सोचा नहीं जा सकता। अनेक लोग बरूनी को 'मुहाहीक' कहकर उनकी चौकसी की प्रशंसा करते, किन्तु आज उन्हें अपने पर ही विश्वास नहीं रहा...

पश्चिम भारत के सभी राज्य संगठित होकर एक नेतृत्व में लड़ने को तैयार न हों ऐसी महमूद की रणनीति थी। वह अनायास सफल हुए। सदाशिव जैसे किसी संयोजक के प्रयत्न फले नहीं और संकीर्ण मनोवृत्तिवाले राजे प्रतिकार के क्षण चूक गए।

युवाचार्य के साथ सुलतान द्वारा किए गए व्यवहार के विषय में जानकर दामोदर मेहता ने ऐसा अर्थ निकाला कि सुलतान हमें उकसाना चाहते हैं। एक-एक सैन्य बारी-बारी से उनका सामना करे और खत्म हो जाएँ। हमें तो ऐसे जहर के कितने घूँट पीने पड़ेंगे। भले छोटी-छोटी लड़ाइयाँ हारते रहें, किन्तु बड़ा युद्ध जीतना है इसलिए अब तो शक्तिसंचय करना है...

विमल अनचाहे दामोदर मेहता के व्यूह के साथ सहमत हुए थे। महाराज भीमदेव ने कच्छ के सीमावर्ती कंथकोट की दिशा में रह महमूद का मार्ग रोका और विमल ने अणहिलवाड़ की उत्तरपूर्व दिशा सँभाली। पाटण को रणांगण बनने से रोकने के लिए युवा स्त्री-पुरुषों को निवास खाली करके ग्राम्यक्षेत्र में निकल जाना था। सुलतान वृद्धों का कत्ल नहीं करते, ऐसी धारणा थी। फिर भी निष्ठुर हो निकल जाने के बदले लोगों ने अस्वस्थ बुजुर्गों को साथ लिया...

महारानी उदयमति भीमदेव को विदा देने आई तब दासियों के थाल में एक के बदले दो तलवारें थीं। पीहर से दहेज में मिली रत्नजड़ित कटारी भी थाल में थी। महाराज को विधिपूर्वक विदा देकर उदयमति ने कहा, 'महाराज, मुझ पर कृपा करें। यह तलवार और कटारी मुझे भेंट दें। मुझे मोढ़ेरा जाना है।'

'क्यों ? मोढ़ेरा में आपका क्या है ?'

'आपके राज्य का सबसे सुन्दर देवालय है। आप जानते हैं कि अप्रतिम सूर्यमूर्ति है वहाँ। मन्दिर का सिंहद्वार, नृत्यमंडप और गर्भगृह से होकर सूर्य की किरणें सर्वप्रथम उस मूर्ति पर पड़ती हैं। मैं उस मूर्ति की पूजा करना चाहती हूँ। सुलतान के आने से पहले और जाने के बाद भी...'

'अच्छा आपकी जैसी मर्जी। मैंने सोचा था कि महारानी मेरे साथ रहेंगी।'

'हृदय से आपके साथ ही होऊँगी। दूसरा...'

'क्यों अटक गई देवी ?'

'प्रश्न हुआ। आप रा'नवघण को जूनागढ़ के धनी मानते हैं या नहीं, इसकी अभी मुझे पक्की जानकारी नहीं। इसलिए ऐसा कहूँगी कि मेरे भाई आपके सैन्य के साथ रहकर महमूद का सामना करना चाहते हैं। उनके पास जो सैनिक हैं, उनकी तालीम कच्ची होगी, किन्तु इष्टदेव की खातिर लड़ने की उत्कंठा बड़ी तीव्र है। वह आपके साथ जुड़े या विमल मन्त्री के साथ ?'

'आप स्वयं पूछती हैं या गिरनार से सन्देश आया है ?'

'सन्देश तो आया है प्रभास से।'

'कौन आया है ?'

'हमारे आप्तजन आए हैं।'

'मैं उनके मुख से सन्देश सुन सकता हूँ ?'

'अवश्य ! दासी, वृन्दाबा को जानकारी दें।'

पुरुष वेश में शस्त्रसज्जित वृन्दाबा, विशाल नेत्र और सुदीर्घ केश के सौन्दर्य से महाराज भीमदेव को स्तब्ध कर बैठीं। उन्होंने देखा कि महाराज वाणी के बदले आँखों से भाव व्यक्त कर रहे हैं। उनको सतर्क करना चाहिए।

'मेरी सखी चौला ने आपको प्रणाम भेजा है।'

'मैं मानता था कि पश्चिम भारत में एकमात्र चौला है, त्रिपुरसुन्दरी की समकक्ष युवती। आप चौला नहीं, वृन्दाबा हैं, यह देखने के बाद मुझे अपना गणित सुधारना होगा।'

'मैं मानती थी कि उदयमति ने वह गणित पहले सुधारा है।'

'वैसा होना चाहिए था। किन्तु वे बिन माँगे मिलीं इसलिए उनकी योग्यता थाहने में मुझे देर हुई।'

'किन्तु महमूद का सामना करने में आपने देर नहीं की, इसलिए हम आपको आदर और भक्तिभाव से देखते हैं,' महाराज नवघण से पुछवाया है, 'वे आपसे कहाँ मिलें ?'

'यदि वे महाराज हो गए हों तो अपनी गद्‌दी सँभालें।'

'ऐसे समय में भी आप तेजोद्वेष करेंगे ?' उदयमति अकड़ उठीं। उनके पास जाकर, उनका कन्धा पकड़कर वृन्दाबा ने अपनी ओर फेरा।

'ऐसे समय में भी महाराज को आप दुःखी करेंगी ? सम्पूर्ण आर्यावर्त जिनके शौर्य का गौरव लेता है उस धनुर्धर का हम सबको साथ देना है, उनकी शर्त के अनुसार। महाराज नवघण ने कहा है कि भगवान सोमनाथ के भक्त के रूप में वे पाटणपति के सामान्य सैनिक की हैसियत से भी महमूद का सामना करेंगे।'

'मैं योग्य समय में उन्हें सन्देश भेजूँगा अथवा विमल को कहूँगा, वे श्रीधर-महीधर को जानकारी देंगे। क्षमा करना, विदा के समय ही आप आईं, जिससे आपका उचित स्वागत कर नहीं सकता।'

'आपकी यह सम्मति ही स्वागत है। गिरवन की सीमा पर हम आपके सन्देश की प्रतीक्षा करते रहेंगे।'

प्रणाम कर, परस्पर सद्भाव व्यक्त कर महाराज भीमदेव पश्चिम की ओर मुड़े और उदयमति-वृन्दाबा दक्षिण की ओर। अंगरक्षकों को मोढ़ेरा के मार्ग में आगे बढ़ने की जानकारी दी।

पाटण की महारानी पालकी के बदले घोड़े पर सैनिक वेश में निकली हैं, यह जानते ही नगर खाली करने में व्यस्त लोग भी अपना कौतूहल काबू में नहीं रख सके। और महारानी को देखने जाने पर वृन्दाबा को देखकर, उनका परिचय न मिलने पर उलझ गए। संकट के समय भी सौन्दर्य से विमुख नहीं रह सके...

अश्वों की तेज गति के कारण आगे जाते प्रवासी पीछे रह जाते थे। वहाँ दो प्रवासियों को देख वृन्दाबा ने अपने अश्व को धीमा किया। निश्चित ये यात्री प्रभास जा रहे हैं। यह कुम्भ गंगाजल का होगा, वह डली होगी कश्मीरी पुरुषों की। सारे मार्ग निर्भय थे, उस समय जल काँवर में आता। कुछ समय पहले ही आचार्य व्योम वृहस्पति ने यह नई व्यवस्था की थी।

वृन्दाबा ने उन्हें सुलतान महमूद के सैन्य के विषय में पूछा। उन्होंने कहा कि 'हमने तो गंगाजल की पवित्रता सुरक्षित रखने के लिए यवन सैन्य से योजन दूर का मार्ग पसन्द किया था, किन्तु आबू से इस तरफ चिकलोदरा आने के बाद डरावनी बात सुनने को मिली। कोई कहता है कि रण शिव का भुतहा रूप लेकर आ रहा है। कोई कहता है कि कालमुखे शैव मार्ग बताकर सुलतान को इस तरह आगे ला रहे हैं कि उसका सामना करनेवाले हमारे सैन्य भटक गए हैं। बवंडर पर बवंडर उठते देखकर लोगों को लगता है कि निश्चय ही वह गजना के अमीर का सैन्य होगा क्योंकि जाड़े में कुदरती बवंडर तो कहाँ से होगा ? लोग भय के मारे गाँव के गाँव खाली करते जा रहे हैं और उलटी दिशा में भागने पर महमूद के सैनिकों के हाथों पकड़े जा रहे हैं।'

कई विद्वान शैव महमूद से मिलने गए थे। वे सभी हठयोग भी जानते थे। एक-दो नहीं, अठारह थे। सभी सुलतान के तम्बू के पास पद्मासन मारकर बैठ गए। सुलतान ने एक ही हाथ से उन सबका शिरच्छेद किया। पुराणों में भी ऐसा कोई दानव हुआ नहीं। यह तो भस्मासुर को भी भुला दे, ऐसा है। पुराणवाले उस भस्मासुर ने तो शिवजी को भगाया था, यह तो सब नामशेष करने आया है। सम्पूर्ण मन्दिर उखाड़कर समुद्र में फेंक देनेवाला है...लोग भय पैदा करती बातों में मग्न हैं। बिखरते जा रहे हैं।

'ऐसी अफवाहें उड़ानेवालों को आपने कुछ कहा नहीं ?' वृन्दाबा ने पूछा। फिर उन्होंने देखा कि भगवान सोमनाथ की पूजा-सामग्री लानेवालों की श्रद्धा भी डिग गई है...।

22

अणहिलवाड़ पाटण खाली करने की दामोदर मेहता की व्यूहरचना बहुत कम राजपुरुषों को उपयोगी लगी। उनके मानने के अनुसार भीमदेव ने समग्र पश्चिम भारत के धर्मनिष्ठ राजाओं की मदद माँगकर, पाटण के गोइंड में महमूद से लड़ना चाहिए था। पाटण के सन्धिविग्राहक दामोदर मेहता के पास इसका उत्तर था—यहाँ विराट सैन्य होगा तो महमूद मार्ग बदलेगा, सोमनाथ की तरफ आगे बढ़ेगा, पाटण पर विजय प्राप्ति की उसकी घोषणा मात्र बहाना होगी। उसकी तैयारी सोमनाथ के लिए ही चलती थी। हमें ऐसी व्यूहरचना करनी चाहिए कि सोमनाथ पहुँचने से पहले ही उसका लश्कर क्षीण हो जाए। ठौर-ठौर पर छापामार टुकड़ियाँ तैयार हो जाएँ, जो उसके डैने काट डालें। सैनिकों को निश्चिन्त सोने न दें, अर्धपागल कर डालें।

महादेव शम्भु का तीसरा नेत्र खुलने के साथ ही महमूद का रहा-सहा सैन्य भस्म हो जाएगा, ऐसी मान्यता का प्रचार करने के लिए ब्राह्मणों को प्रोत्साहन देने का काम शुरू हुआ होगा। इस यवन का सामना करते वीरगति पानेवाले को स्वर्ग मिलेगा, यह मान्यता भी दुहराई जा रही थी।

सदाशिव और उनके जैसे धर्मपुरुषों की प्रेरणा से प्रभास की तरफ मुड़े युवक अणहिलवाड़ की राजनीति के साथ सहमत नहीं हो सके। यह उन्हें कायरतापूर्ण पलायन लगा। वे मोढ़ेरा के विख्यात सूर्यमन्दिर की धर्मशालाओं में रुके थे। वहाँ उनको आश्चर्यचकित कर डालनेवाला समाचार पहुँचा। अणहिलवाड़ की महारानी उदयमति और दीव की राजकुमारी वृन्दाबा सूर्यमन्दिर में रुकनेवाली हैं। आरती के समय पूजा-नृत्य होगा। फिर संकल्प में शामिल होने के लिए सबको निमन्त्रण मिलेगा।

उदयमति के पास खबर थी—खुद चंड शर्मा ने कहा था कि महमूद को बरबस मार्ग बदलना न पड़े तो वह मोढ़ेरा के इस महान तीर्थ का ध्वंस करने का प्रयत्न करेगा। उदयमति की ऐसी इच्छा थी कि पूजा के बाद वृन्दाबा तुरन्त जूनागढ़ जाकर वहाँ की परिस्थिति से रा'नवघण को अवगत कराएँ। यवनों से मुकाबले तक वृन्दाबा रुकें उसके बदले प्रस्थान करके सौराष्ट्र को सचेत और तैयार करें, यह अधिक आवश्यक था।

अलग होने से पहले दोनों ने फिर एक बार सूर्यमन्दिर के दर्शन किए।

शिल्प सौन्दर्य देखते-देखते आक्रमण-विषयक संवादिता खिसक गई।

रामकुंड, कीर्तितोरण, सभामंडप, गूढ़मंडप, गर्भगृह—जहाँ देखो वहाँ मूर्ति-मूर्ति में शिल्प का सौन्दर्य स्पर्धा में उतरा था। सूर्य क्षितिज के बाहर आ गया था और दोनों रमणियों के बीच से उसकी किरण मूर्ति का स्पर्श कर रही थी। गर्भगृह के रत्न मूर्ति पड़ते प्रकाश को धारण कर उसे परावर्तित कर समग्र स्थापत्य के अन्तरंग को दीप्त कर रहे थे। जगह-जगह शिलाओं पर रत्न मुद्रित होते लगते थे। सूर्य के अनेक नाम इस मन्दिर में सार्थक होते थे—मित्र, सविता, पूषन् विष्णु...

प्रदक्षिणा करते पुष्पावती नदी की ओर दृष्टि गई। ढलान के कारण नदी का जल

निर्झर गति प्राप्त करता है। उसके कलनाद के साथ मन्त्रोच्चार की ध्वनि मिलती है।

नदी और मन्दिर के मंडोवर के बीच सखियाँ खड़ी हैं। मन्दिर का सौन्दर्य देखते हुए भी परिस्थिति के सम्बन्ध में सावधान हो जाती हैं। महाराज भीमदेव कन्थकोट की तरफ गए ऐसा जानकर महमूद अपना सैन्य उस ओर मोड़ेगा ? ऐसा समाचार था कि युवाचार्य सदाशिव आ रहे हैं। वे सीधे सोमनाथ तो नहीं पहुँच गए होंगे ? गुप्तचर द्वारा चंड शर्मा को दी गई सूचना के अनुसार वे महमूद के सैनिकों के पास चलते दिखे थे उसके बाद के तथ्य अकेले दामोदर मेहता ही जानते हैं। महाराज भीमदेव को पूछने का अवसर मिला नहीं था। विमल पूर्व तरफ हैं। कौन पूछे ?

मन उद्विग्न न रहे इसलिए उदयमति और वृन्दाबा शिल्प पर के पल्लव-पुष्पों पर से नजर उठाकर नैऋत्य कोने के दिक्पाल को देखती हैं। मंडोवर के इन्द्र आश्वस्त करते हैं।

महारानी के अंगरक्षकों के साथ मन्दिर के प्रबन्धक आ पहुँचे हैं। नदी के पश्चिम विस्तार के हरे वन की महिमा बखानते हैं। उसकी सघन छायाओं में धर्म की उपासना होती है इसलिए वह क्षेत्र धर्मारण्य कहलाता है। दोनों रमणियाँ समादर से उस दिशा में ताक रही हैं...

प्राचीन काल में सौराष्ट्र प्रदेश एक द्वीप था। स्तम्भतीर्थ और कच्छ के बीच समुद्र का जल लहराता था। उसकी तरंगें इस सूर्यमन्दिर की छाया में शरण खोजती थीं। बाद में धरती ने करवट बदली, किन्तु इस धर्मारण्य को बचा लिया...आज मनुष्य की कसौटी है, मनुष्य के सामने...

पाटण में प्रवेश कर आवश्यक सामग्री इकट्ठा करने के साथ विश्राम कर रहे महमूद के सैन्य के विषय में हर सम्भव ब्यौरा जानकर वृन्दाबा अपने नियत कार्य के लिए वापस जाती हैं। यहाँ मोढेरा में एकत्रित हो रहे क्षत्रियों के लिए शिविर तैयार करवाने की कार्रवाई और भोजन की व्यवस्था उदयमति ने अपनी सीधी निगरानी में रखी थी। खोज थी सेनानी की। यदि सर्वसामान्य बलाधिकृत न मिले तो महारानी स्वयं युद्ध का संचालन करेंगी।

मोढेरा एक छोटी नगरी थी। वह ऊँची पहाड़ी पर बसी थी। मन्दिर के प्रांगण के पास बन रहे शिविर नगर के चारों तरफ फैल गए। प्रतिदिन सैनिक और केवल धर्मभाव से प्रेरित युद्ध की विद्या से अनजान युवक आ रहे थे और उन्हें आवश्यक सामग्री की आपूर्ति के काम में लगाने के लिए उदयमति ने स्पष्ट सूचना दी थी, फिर भी वे युवक सैनिक शिविरों में यह कहकर इकट्ठे होते गए कि इस काम के लिए नगर की स्त्रियाँ और वृद्ध पर्याप्त हैं। महमूद के सैन्य पाटण से मोढेरा के आधे रास्ते तक पहुँचे, तब तक बीस हजार सैनिक सूर्यमन्दिर के पक्ष में सज्ज थे।

आगे रहकर लड़ने के महारानी के संकल्प के बारे में जानकर मोढेरा के पंचकुलित एकत्र हुए। महारानी की आज्ञा शिरोधार्य थी। किन्तु दुर्भाग्य से महारानी शत्रु के षड्यन्त्र का शिकार बन बन्दी बनी तो ? उन्हें विनती कर सैन्य के पीछे रहने के लिए

समझाना चाहिए।

उनकी विनती सुनकर उदयमति ने कहा :

'आप सब जो निर्णय करेंगे वह मैं सिर चढ़ाऊँगी। मैं सेनानी होऊँ यह आवश्यक नहीं। इसके लिए मेरी पात्रता मर्यादित है। आप किसी अन्य सेनानी का वरण करें तो मैं अन्नपूर्णा का दायित्व सँभालूँगी। किन्तु, यदि मुझे सेनानी मानते हों तो मैं सेना की अगली कतार में रहकर ही लड़ूँगी। सच कहूँ तो मैं यहाँ दर्शन कर, दान देकर, सुरक्षा की व्यवस्था कर वृन्दाबा के साथ जाने को सोचती थी। क्योंकि हमें अन्तिम प्रहार तो वहाँ झेलना है, किन्तु यहाँ एकत्रित होते जाते क्षत्रियों की भावना ने मुझे मेरे कर्तव्य का भान कराया। आज पूर्व-पश्चिम दो तरफ बँटे अपने सैन्य को यहाँ होना चाहिए था। किन्तु सोमेश्वर की जैसी इच्छा...भले हम महमूद के विराट सैन्य को परास्त कर वापस न मोड़ सकें। किन्तु हम इस धर्मारण्य के बीच विराजमान सूर्यमन्दिर के गौरव की रक्षा अवश्य करेंगे।'

मन्दिर और नगरी की उत्तर दिशा में मानवीय दुर्ग रचकर महारानी उदयमति खड़ी थीं। महमूद का सैन्य थोड़े अन्तर पर रुक गया। सामने व्यूहरचना का अभ्यास करके उसने दूसरे दिन अलकसुबह चारों तरफ से आक्रमण किया। घिरे सैनिकों ने अपना स्थान छोड़ शत्रु पर छलाँग मारी। महमूद के सैनिक यह चाहते थे। सूर्यास्त पूर्व बीस हजार में से अधिकांश शिवभक्त और सूर्यवंशी धरती पर लेट गए। महारानी ने स्वयं मन्दिर के रामकुंड के पास पाँवदान पर लड़ते-लड़ते देहत्याग करने का निर्णय कर बचे हुए सैनिकों को नगरजनों की रक्षा करने की आज्ञा दी। उनकी आज्ञा मानकर बहुत कम बच सके। वह स्वयं मूर्च्छित होने तक लड़ती रहीं। उनका श्वासोच्छ्वास चालू देखकर एक घायल सैनिक की मदद से अंगरक्षक उन्हें उठाकर देवकुलिका में रख आए।

सूर्यास्त से पहले महमूद ने अट्टहास किया। पूरी आवश्यक सामग्री पाटण से ले ली थी, इसलिए नगरी में लूट-पाट या अत्याचार करने की छूट उसने अपने सैनिकों को नहीं दी। यहाँ अतिशय द्रव्य नहीं है, इसकी जानकारी भी थी। अपने घायल सैनिकों को चिकित्सा की सुविधा देने में उसने अधिक ध्यान दिया। सरदारों ने इस निर्णय की कद्र की। जिन लोगों ने आमने-सामने लड़कर अपने प्राणों की आहुति दी थी उनके स्वजन नगर में दाखिल हुए सैनिकों का सामना करने में कुछ भी कमी नहीं रहने देंगे। देर रात नगरजन फिर से महारानी उदयमति के नेतृत्व में संगठित हुए थे। कुछ क्षणों में वह होश में आ गई थीं और इष्टदेव का नामस्मरण करती गुप्त मार्ग से निवास पर पहुँचकर भयभीत नगरजनों को आश्वासन दिया था। हमारे सैनिक बड़ी संख्या में मरे हैं, किन्तु उन्होंने सुलतान के सैन्य को अपनी वृत्ति और शक्ति का परिचय करा दिया है। बिना सेनापति के भी हम ऐसा प्रतिकार कर सकते हैं, यह देखकर महमूद अवश्य सावधान हो जाएगा। हुआ भी ऐसा ही। भारतवासी मात्र इष्टदेव की रक्षा के लिए ही नहीं, एक कलाकृति की, अपनी संस्कृति की रक्षा के लिए प्राण न्योछावर कर सकते हैं—यह देखने को मिला था।

अधिक रुके बिना आगे कूच करना सुलतान का हुक्म था। खुद मन्दिर को खंडित कर खलीफा के पास से शाबाशी पाने का लोभ छोड़कर महमूद ने यह काम एक सामान्य सरदार को सौंपा। खंडन शुरू हुआ उस समय सूर्यमन्दिर के नृत्यमंडप के पास महमूद के दो दरबारी मुग्ध भाव से शिल्प-स्थापत्य की प्रशंसा कर रहे थे। एक थे फर्रूखी और दूसरे थे बरूनी। फर्रूखी कवि थे। महमूद के पराक्रम की प्रशंसा कर, कसीदा लिखकर फर्रूखी ने एक हाथी द्वारा उठाने लायक धन प्राप्त किया था। वैसे भी सुलतान उन पर शायद ही खफा होते। उसका लाभ लेकर वह बरूनी को बुला लाए। कहा, 'स्वच्छ जल से लहराते ऐसे कुंड को मैंने कभी देखा नहीं। उसके चारों ओर जल की तरफ खड़ी एक हजार देवकुलिकाओं को देखकर आप विचार में पड़ जाएँगे बरूनी। हमारे सुलतान इस सौन्दर्य को खंडित करें उससे पहले आप देख लें...'

बरूनी की इच्छा नहीं थी। नजर के सामने से सदाशिव जैसे तेजस्वी पुरुष के अदृश्य होने के बाद, कुदरत के न्याय में बची श्रद्धा डिग गई थी। वह बैठे रहे। देखना नहीं और दुःखी होना नहीं। हमारे सामने सौन्दर्य अकारण खंडित होता रहे और हम देखा करें ! कैसी लाचारी !

बरूनी खड़े नहीं हुए। अन्त में फर्रूखी खींच ले गए।

पूर्वाभिमुख मन्दिर प्रांगण के रामकुंड के किनारे खड़े-खड़े बरूनी ने कहा, 'कवि, मेरी बात तो सुलतान शायद ही मानते हैं। मानते हैं तब देर हो गई होती है, मगर आपका कहा मानें तो कहिए कि यहाँ जिन रक्षकों का कत्ल हुआ है इससे सन्तोष पाकर इस शिल्प-स्थापत्य को अक्षत रहने दें।'

'मेरा काम सुलतान के सभी कार्यों की प्रशस्ति करना है। उन्हें सलाह देना नहीं। इसके लिए आपको काजी से मिलना चाहिए।'

'मुझे लगता है कि अभी एक दूसरे हाथी द्वारा उठाने लायक धन आपको सुलतान से प्राप्त करना है। और वह सलाह देने से नहीं, बखान करने से ही मिल सकता है।'

तभी सौन्दर्य-खंडन का काम शुरू हो गया था।

बरूनी ने मन्दिर में प्रहार कर रहे सैनिकों के चेहरे के हाव-भाव को समझने का प्रयत्न किया। कुछ समझ में नहीं आया। छावनी के तम्बू का खीला ठोकने हथौड़ा उठानेवाले मजदूर में और मूर्ति तोड़ते इन सैनिकों में कुछ भेद नहीं था...

मोढेरा के नगरजनों को चैन मिले ऐसा नहीं था। दूर-दूर से आए हुए धर्मनिष्ठ नवयुवकों के शवों का अन्तिम संस्कार करते पूरे नगर की पलकें भारी हो गईं। खंडित मन्दिर कलंकित सौन्दर्य की तरह विवश खड़ा था।

नगरजन सोचते थे कि उदयमति पाटण वापस जाएँगी, किन्तु महारानी घाव भरने तक मोढ़रा में ही रहीं और बाद में जूनागढ़ के रास्ते प्रभास जाना चाहती थीं; फिर भी राजमाता का सन्देश मिलते पाटण वापस गईं। फिर से लड़ सकने लायक शक्ति अभी संचित नहीं हुई थी।

सुलतान का सैन्य मोढेरा के संघर्ष के बाद पहले की तत्परता गँवा बैठा था, फिर

भी बिना किसी बाधा के आगे बढ़ रहा था।

मोढेरा के विनाश के बारे में सुनने के बाद भी महाराज भीमदेव कन्थकोट में ही रुके। उदयमति घायल हुई थीं यह जानकर उन्हें सामान्य खेद हुआ, आघात नहीं लगा। वह पाटण वापस गई हैं यह जानकर भी उनसे मिलने का मन नहीं हुआ। चौला के स्नेह से वंचित हृदय भले वनवास भोगे। मन्त्रियों ने उन्हें महमूद के साथ आमने-सामने लड़ने नहीं दिया, तो ठीक है, उपहास सहने के लिए कन्थकोट में ही अधिक रुकेंगे। वे मानते थे कि मन्त्रीश्वर विमल या सन्धिविग्राहक दामोदर मेहता उनसे मिलने आएँगे और नया कदम उठाने के लिए मन्त्रणा होगी।

विमल अपने अधीन सैन्य के साथ अणहिलवाड़ पहुँच गए थे। प्रतिकार न हुआ इसलिए विनाशवृत्ति को नियन्त्रित रख सुलतान ने अपना स्वार्थ सन्तुष्ट किया था। जनहानि मर्यादित थी। छोटे-छोटे गाँवों और जंगलों में छिपे नगरजन धीमे-धीमे वापस उसी तरह आ रहे थे जैसे पहले महामारी के बाद वे नगर में वापस आते थे। सभी सचिव अपने-अपने काम सँभालने लगे; फिर मन्त्रीश्वर ने कच्छ की दिशा में प्रस्थान किया।

मोढेरा से भाल प्रदेश होकर महमूद का सैन्य आगे बढ़ रहा था। कोई महत्त्वपूर्ण सरदार मरता तो सेना को उसकी अचूक जानकारी दी जाती और इसके लिए दुआ माँगी जाती किन्तु मरनेवाले सैनिकों की संख्या विज्ञापित करना सुलतान को आवश्यक नहीं लगता क्योंकि बचे हुए सैनिकों के हतोत्साहित होने का खतरा था। कुछ सैनिक जानकारी पाकर ही चैन की नींद लेते और अब सोमनाथ की लूट में से उन्हें बड़ा हिस्सा मिलेगा, ऐसा समझकर मन ही मन खुश होते। आगामी लड़ाइयों में से किसी में भी उन्हें प्राण गँवाने पड़ेंगे ऐसा कुछ सोचे बिना सुखी और समृद्ध होने के जुनून के साथ वे आगे बढ़ते रहते।

भाल से होकर गुजरते सुलतान महमूद पहली बार अपने गुप्तचरों पर खफा हुए। इस मार्ग में पानी की तंगी पड़ेगी, इस ओर किसी का ध्यान गया नहीं था। धन-दौलत और औषधि इकट्ठी की जा सके ऐसा कोई नगर भी मार्ग में नहीं आया। सैनिकों में पेट की बीमारी शुरू हुई। ज्वर के कारण दुर्बलता आई, रात में जाड़े की कड़ी ठंड के सामने तम्बू का कपड़ा कोई खास रक्षा नहीं दे सकता था। यहाँ सुलतान को न्यायप्रियता दिखाने का मौका मिला। उनके सात पुत्रों में से बड़े दो—मसूद और मुहम्मद—इस सवारी में साथ आए थे। वे उनकी वफादार टुकड़ियों के साथ विचरण करते। जो विशेष अधिकार बड़े सरदारों को थे वैसे ही मसूद और मुहम्मद को थे। सैन्य में बीमारी का प्रमाण बढ़ने से मुहम्मद को ज्वर हुआ। सरदार तिलक को भी ज्वर था ही। सुलतान ने पहले तिलक का कुशलक्षेम पूछा, फिर वे मुहम्मद के तम्बू में गए। दोनों को समान औषधि मिलनी थी। पानी की तंगी थी, इसलिए आजकल सुलतान खुद भी कम पानी उपयोग में लाते, इतना ही नहीं, शराब भी वे बहुत कम पीते...

भाल से गुजरते हुए सुलतान वल्लभी की तरफ मुड़ेंगे या वन्थली की तरफ इस बारे में अनुमान होता रहा और उन्होंने सौराष्ट्र के दक्षिणी सागर किनारे का मार्ग पसन्द

किया। पश्चिम भारत की सैन्य-शक्ति सौराष्ट्र के उत्तर भाग में इकट्ठी हो रही थी। दामोदर मेहता की छापामार लड़ाकू शैली से महमूद के सैन्य को हुई क्षति, कानखजूरा के एकाध पैर टूटने से अधिक नहीं थी। इसकी अपेक्षा तो भाल में प्रतिकूलताओं ने अधिक हानि की थी। उन दिनों सरदारों ने महमूद से विनती की थी कि कुछ समय विश्राम करें, सैन्य स्वस्थ हो जाए तब आगे बढ़ें।

'घिरकर कट मरना है ? भीमदेव और दूसरे राजाओं ने सीधा सामना नहीं किया मगर वे कभी लड़ने नहीं आएँगे, ऐसा क्यों मान लिया ? अब तो सोमनाथ जीतकर, प्रजाजनों को विश्वास में लेकर, अपने रक्षण के विषय में निश्चित होने के बाद ही विश्राम लेंगे।' निश्चिन्त होने में धर्मान्तर, कत्लेआम सभी आ जाते।

सुलतान के फैसले के बाद दलील के लिए स्थान नहीं था। मानों अभाव सहने की शक्ति बढ़ जाती। ढलान पर उतरता मनुष्य चलता हो तो भी उसे दौड़ने का मन हो जाता है, ऐसे ही देलवाड़ा के निकट पहुँचते लश्कर की स्फूर्ति मानो बढ़ गई। सयाने सरदारों ने जैन श्रेष्ठियों को सन्देश भेजने की सूचना दी थी। महमूद का अनुभव था कि जैन श्रेष्ठी अपने धर्मस्थलों की रक्षा की शर्त पर अपनी ओर से नजराना लेकर आ पहुँचते हैं।

'उन्नत स्थान—ऊना के निकट पहुँचकर तिलक और सुन्दर ने गुप्तचरों द्वारा समाचार के रूप में सूचना भेजी थी। यदि उचित नजराना रखा जाएगा तो सुलतान देलवाड़ा के जैन मन्दिरों का ध्वंस किए बिना आगे बढ़ना पसन्द करेंगे।'

धारणा के अनुसार प्रतिभाव मिला नहीं। नजराने की अपेक्षा इस क्षेत्र के मन्दिरों में जड़े रत्न और स्वर्ण लूट लेने में अधिक फायदा है ऐसे अनुमान से पुत्रों को आगे कर सुलतान ने देलवाड़ा के धवलोज्ज्वल मन्दिरों को धराशायी किया। जैन श्रेष्ठी देर से पहुँचे थे और सुलतान को देलवाड़ा तोड़ने की मेहनत के श्रम के अनुपात में द्रव्य मिला था। इसलिए क्रोधित होकर उन्होंने शीघ्रता से प्रभास की ओर कूच किया। 1026 के जनवरी की 6 तारीख और गुरुवार को प्रभासपाटण के सिवान में सुलतान महमूद गजनवी ने प्रवेश किया। सामने देखते ही भगवान सोमनाथ की ध्वजा ने ध्यान खींचा। तत्क्षण विध्वंस की वृत्ति जगी। मगर नहीं, उन्होंने कभी कोई जल्दबाजी नहीं की।

पहले आज की परिस्थिति के विषय में गुप्त जानकारी प्राप्त करेंगे। प्रभासवासियों में फूट डालकर सबको भयभीत करेंगे।

सदाशिव जिसका मरम्मत-कार्य कराते गए वह दुर्ग जैसी दीवार मात्र मन्दिर का रक्षण करती थी। नगर को मटियामेट कर डालना हो तो थके सैन्य भी एक प्रहर में वह काम पूरा कर सकते हैं। मगर नहीं। नगरजनों को सताने का यह समय नहीं। उन्हें विचार करना है। सबसे पहले स्वार्थी व्यापारियों को विश्वास में लेकर जीवन-रक्षक आवश्यक वस्तुएँ प्राप्त कर लेनी हैं। फिर धर्मान्तर की घोषणा, काफिरों का कत्लेआम...

विसलदेव, भीमदेव या भोज—किसी ने सोचा नहीं था कि सुलतान महमूद मात्र

अस्सी दिनों में गजना से सोमनाथ के बीच का अन्तर पाट लेंगे और वह भी ऐसी नगण्य बरबादी सहकर...

छावनी डाल दी गई। उसकी सुरक्षा की जाँच हुई। गुप्तचरों को विविध काम सौंपे गए। एक दाँव खुद भी खेलेंगे।

त्र्यंबक, पंचकुलिक वाजा ठाकुर, सैन्धव, श्रेष्ठी, शीलभद्र, गौरा और चौला, आचार्य व्योम वृहस्पति—इन सबकी शक्ति की नाप लेकर सुलतान रात्रि के तीसरे प्रहर में कापालिकों को प्रिय श्मशानभूमि में पहुँचे। उनकी जानकारी के अनुसार कापालिक आचार्य व्योम वृहस्पति के विरोधी थे, इसलिए इस स्थल को सुरक्षित माना था। सुलतान ने अपने को काले वस्त्र में छिपाने का उपाय सोचा था। प्रभासक्षेत्र में लम्बे अरसे तक रह गए गुप्तचर अपना फर्ज अदा करने में सफल हुए थे। दरवेश का अपहरण हुआ है और उन्हें श्मशानभूमि में उठा ले गए हैं यह जानकर फरीद विश्वासी साथियों को लेकर उन्हें छुड़ाने के लिए निकला। सैन्धव का अनुमान था कि उत्साही हिन्दुओं ने दरवेश का अपहरण किया होगा। फरीद उसके साथ सहमत नहीं था क्योंकि दरवेश के पास दया और दुआ दोनों के लिए अनेक हिन्दू परिवार जाते। यह कदम आक्रमणकारी का भी हो सकता है।

'नगर में प्रवेश करने से पहले ?'

'हाँ, सुलतान के लड़ने का तरीका अटपटा है। उनके गुप्तचरों को पहचानने में तुम और देवतालार त्र्यंबक भी चक्कर नहीं खा गए थे ?'

'तो दरवेश को बचाने जाने में तुम जोखिम नहीं उठा रहे फरीद ?'

'एक व्यक्ति एक से मिले इसमें मुझे जोखिम नहीं लगता। जिस तरह बाबा के अपहरण का समाचार सीधा मुझे पहुँचाया गया है यह देख लगता है कि सुलतान का कोई सरदार मुझे लालच देने को बुलाता है।'

सैन्धव को हँसी आ गई। पाँच सौ स्वयंसेवकों के नायक को डेढ़ लाख सैन्य के मालिक ललचाने आए, ऐसा निठल्ला थोड़े ही है ? 'तुम्हें आपत्ति न हो तो मैं तुम्हारे साथ आना चाहता हूँ।'

'आना है तो सावधान रहना। हम लोगों को चकमा देकर मार डालने का षड्यन्त्र हो यह भी सम्भव है। इस तीर्थभूमि के रक्षण के लिए मेरी अपेक्षा आपकी बहुत अधिक जरूरत है सैन्धव।'

—फरीद आगे हुआ। उसके साथी ने थोड़ा अन्तर रखकर उसका अनुसरण किया। सैन्धव ठीक-ठीक दूर था। उसने त्र्यंबक को जानकारी देने की जरूरत अनुभव की थी।

मशाल के उजाले में राह खोजते फरीद को थोड़ी देर में एक दूसरे मशाल का उजाला दिखाई दिया। आकृति स्पष्ट हो उसके पहले ही आवाज आई—'तुम किसलिए आए बेटे ?'—दरवेश उसे दूर से लौटाना चाहता था। किन्तु फरीद उन्हें लिये बिना जाएगा नहीं। उसने अपने मशालची को जाने की अनुमति दी।

दरवेश के सामने बैठे विशालकाय पुरुष को देख फरीद विचार में पड़ गया। यह

छुपा वेश क्या सूचित करता है ? सुलतान का वर्णन सुना है। ऐसी ही है यह मुखमुद्रा। अपने घर बैठे व्यक्ति की निश्चिन्तता से उस पुरुष ने आसन जमाया था।

'ये हैं गजना के सुलतान महमूद। खलीफा द्वारा दिए गए खिताब के बारे में वे मुझसे बात करते थे। इन्होंने मुझे इसलिए पकड़कर बुलवाया है कि मैं इनकी तरह गाजी बनूँ !' कहते हुए दरवेश हँस पड़े।

'बुढ़ापे के चलते इस आदमी की अक्ल सड़ गई है। मूर्तियों की पूजा करते काफिरों का भला करने में यह अपने मजहब का पालन करने का दावा करता है।'

'युवाचार्य सदाशिव तो ऐसा ही मानते हैं।'

'कौन सदाशिव ? वह हठीला बिरहमन ?'

'आप उन्हें कैसे पहचानते हैं ? कहाँ हैं अभी सदाशिव ?' फरीद हक्का-बक्का होकर पूछ बैठा। सुलतान ने मात्र हास्य किया। जवाब टाला।

'चलो बाबा, मैं आपको लेने आया हूँ।'

'तू मुझे किस तरह ले जाएगा फरीद ? तू अपने-आपको जोखिम में डाले बिना वापस चला जा और मातृभूमि के प्रति अपना कर्तव्य पूरा कर। सुलतान चाहते हैं कि मैं अपने अनुयायियों के साथ उनकी छावनी में जाकर कल के नमाज में शामिल होऊँ।'

'आपके ज्यादातर अनुयायी भगवान सोमनाथ के उपासक हैं, यह कहा नहीं ?'

'कुछ सुनने को तैयार ही नहीं। इनका फैसला है कि मुझे उनके साथ जाना है, तुम्हारे जैसे सभी को साथ ले जाना है। वरना मेरा शिरच्छेद करेंगे।'

फरीद ने तलवार म्यान से बाहर खींची। उसकी चमक मशाल के उजाले से अधिक थी।

दूसरे क्षण मशालची ने रेत में दबाकर अपनी मशाल गाड़ दी। उसके साथ सुलतान की तलवार म्यान के बाहर निकली और उसके सहारे पहाड़ी शरीर पल-भर में खड़ा हो गया।

23

श्मशानभूमि में फरीद से मिलने को मजबूर करके उसकी टुकड़ी को अपने पक्ष में ले लेने के विषय में महमूद को भरोसा था। इसलिए ही चुनिन्दा सैनिकों और गुप्तचरों की मदद से उसने पहली रात जोखिम उठाना था। पतंग दीपक की ज्योति में झपके ऐसा भोलापन दिखाते फरीद ने इस प्रचंड पुरुष को तलवार के सहारे पीछे हटने पर मजबूर किया था। सुलतान के इशारे पर उनके अंगरक्षक ने रेती में मशाल गाड़ बुझा दिया, उसके साथ ही समुद्र किनारे की ओर से अनेक मशाल आ गए थे। सारे सूत्र खिसक गए थे।

सैन्धव ने त्र्यंबक को बताया कि तुरन्त चौला के कान तक बात पहुँच गई। और

शस्त्र से लैस चार सखियों के साथ वह गुरु धूर्जटि से मिली। प्रभासक्षेत्र के कापालिकों के वह नए कौलाचार्य थे। अपने विदेह गुरुदेव की तरह वह भी चौला को त्रिपुरसुन्दरी का अवतार मानते थे। उनकी आज्ञा होने के बाद दरवेश और फरीद परधर्मी नहीं रहते थे। उन्हें बचाने के लिए त्रिशूलधारियों की टोली तैयार हो गई। फरीद की दूसरी तलवार की तरह सुलतान और दरवेश के बीच चौला आकर खड़ी हुई उस क्षण सुलतान की आँखें चौंधिया गई थीं। त्र्यंबक के उठे हुए त्रिशूल को देख सुलतान ने अक्ल-होश गँवाकर पीछे हटना शुरू किया। त्रिशूल की नोकों की तरह कापालिकों का उर्ध्वनाद सुलतान को चुभा। उन्हें लगा कि बचने के लिए पीछे हटना अनिवार्य है। उन्हें लगा कि यह भूमि अलग है। यहाँ के लोग श्मशान से भी भयभीत नहीं। सामने कौन है इसकी चिन्ता इन लोगों को नहीं होती थी।

सुलतान को आचार्य व्योम वृहस्पति और कापालिकों के बीच संघर्ष के विषय में मिली सूचना गलत थी। फरीद जैसा एक सामान्य मुस्लिम वश में नहीं हुआ और दरवेश को छुड़ा गया। फूट डालने जाते एकता देखने को मिली। शाम को कुछ और ही सोचा था। शायद यहाँ संगठित प्रतिकार होगा ही नहीं। तो हुआ क्या ? यह चमत्कार किया किसने ? बिजली की तरह लपकनेवाली उस युवती ने ? बरूनी सिंहवाहिनी दुर्गा की कल्पना की बात करता था...

उस बूढ़े दरवेश ने तो एक भी बात नहीं सुनी। वह भी मानो उस सदाशिव से मिला हुआ था। शक्तिसिंह की खबर के मुताबिक सदाशिव दरवेश को भी अपना एक गुरु मानते हैं। बरूनी कहता है कि गिरनार पर्वत के निवासी दत्तात्रेय के चौबीस गुरु थे ! जहाँ तैंतीस करोड़ देवता हों, वहाँ चौबीस गुरुओं की बात में आश्चर्य क्या ?

सुलतान ने आकाश की ओर दृष्टि की। मानो तारे उस तैंतीस कोटिवाली बात की साक्षी दे रहे थे।

देर तक नींद नहीं आई। सरदारों को बुलाया गया। सात में से अन्त में आए तिलक और सुन्दर। उन्हें पहले से एक काम की सूचना दी गई थी कि प्रभासक्षेत्र के श्रेष्ठियों और सामन्तों से मिलकर वे सुलतान को नजराना पहुँचाएँ। उनका सम्मान करें। सुलतान का सैन्य जितने दिन वहाँ रहे तब तक उनकी सारी जरूरतें पूरी करें। आज तक मार्ग में गुलाम के रूप में पकड़े गए स्त्री-पुरुषों की संख्या से सुलतान, उनके शाहजादे और सरदारों को सन्तोष नहीं था। यहाँ से द्रव्य उगाहने में उन्हें स्त्री-पुरुष, घोड़ा, ऊँट, हाथी सब मनचाहे मिले। दुनिया के सबसे धनाढ्य सुलतान के रूप में वह यहाँ से विदा हों...

तिलक और सुन्दर ने सम्बन्धित व्यक्तियों को सन्देश भिजवाया था। साथ-साथ ऐसा भी बताया था कि भीमदेव तो पाटण से सीधे कन्थकोट भाग गए हैं। ऐसा मत मानना कि वह आपकी मदद के लिए आएगा। जो राजा अणहिलवाड़ को सूना छोड़कर कच्छ की तरफ भाग जाए, उससे आप पराक्रम की आशा रखते हैं ? वे पहले प्रभास आते थे चौला के लिए। अब वे समझ गए होंगे कि चौला जाएगी गजना के दरबार में।

गाएगी, नाचेगी बादशाह की बाँदी होकर...

इन सभी चेतावनियों का किसी पर कुछ असर नहीं हुआ था। लोग सोए थे। प्रभास की गोइंड में छावनी डाली गई है यह जानने के बाद भी सोए थे।

हाँ, लोग भगवान सोमेश्वर की शरण में, बिना तार्किक श्रद्धा से सोए थे। नित्य की तरह आज भी वे मन्दिर की दिशा में आर्द्र जलनिनाद का वितरण कर रहे थे। त्र्यंबक मन्दिर की रक्षक-दीवाल के साथ जुड़े द्वारपालों और सैनिकों के नायकों से मिलकर सागर संगीत सुनता खड़ा था। उसे पता था कि आचार्यदेव के पास सैन्धव और फरीद बैठे हैं। उसे जानकारी थी कि शताधिक नर्तकियाँ शस्त्र से लैस होकर चौला के मुख से तांडवगान सुन रही हैं। त्र्यंबक कहीं भी जा सकते हैं। किन्तु वे सागर के निकट खड़े हैं। आज किसी के साथ बात नहीं करनी है।

वहाँ दीवाल के दक्षिण द्वार के एक रक्षक ने उनका ध्यान खींचा।

'देवतालार ! जलमार्ग से आए एक परदेशी ने कहा कि—वह रुक गया। जीभ उठती न हो ऐसे, फिर बड़बड़ाया, 'कहा कि...'

'क्यों असमंजस में हो ? बोल डालो न ! महाराज भीमदेव नहीं आए, या रा'नवघण नहीं आए या सदाशिव नहीं आए—'

'वही तो कहना था कि—कि युवाचार्य अब नहीं आएँगे।'

'क्या ? क्यों नहीं आएंगे ? कैलास की यात्रा पर गए ?'

'नहीं कैलासवासी हुए। सुलतान ने उन्हें खाई में फिंकवा दिया था, उस विषय में वह परदेशी अधिक बात करना चाहता था, किन्तु आपकी खिड़की खुली न होने से हमने उसे वापस मोड़ा।'

त्र्यंबक को चक्कर आने जैसा लगा। पल-भर पहले वे सम्पूर्ण स्वस्थ थे। दरवेश को छुड़ा लाए, सभी सहायकों को दक्षिण द्वार से अन्दर लेते समय चौकसी कर ली थी कि शत्रु का कोई गुप्तचर तो अन्दर नहीं घुसा ? वे निश्चिन्त थे। तभी यह समाचार आया। वे नीचे बैठ गए। मानो उनके अन्दर जो कुछ ऊर्जा थी वह सदाशिव की आभारी थी। उनके फेंके जाने के साथ वह शिव से मानो शव बन गए...

सैनिक वेश में ही रक्षक आचार्यदेव के पास गया। सदाशिव विषयक समाचार सुनते ही त्र्यंबक विचलित हो उठे हैं, यह जान व्योम वृहस्पति खड़े हुए। अब तो धीरे-धीरे ऐसी अफवाहें कान में पड़ेंगी। हाथ बढ़ाकर त्र्यंबक को खड़ा करते उन्होंने कहा, 'सदाशिव को कोई मार सके ऐसा नहीं। संसार छोड़ने के लिए वे स्वेच्छा-मृत्यु पसन्द कर सकते हैं। किन्तु हमें जानकारी दिए बिना वे ऐसा कदम नहीं उठाएँगे।'

'मैंने सोचा था कि धर्मनिष्ठों को संगठित कर, उनका सैन्य लेकर युवाचार्य समय से आ पहुँचेंगे। मेरा भार हल्का करेंगे।'

'त्र्यंबक, किसलिए ऐसा मान लेते हो कि रक्षक की रक्षा का भार आपके माथे है ? सब उसकी इच्छा पर छोड़ दो, प्राप्त कर्म करो। सदाशिव की तरह। वे योग्य क्षण अवश्य आ पहुँचेंगे।'

'आपकी वाणी सही निकले ऐसी प्रार्थना ! जय सोमनाथ !' कहते त्र्यंबक दक्षिण द्वार की तरफ गए। द्वारपाल को कड़े स्वर में सूचना दी। बाहर के किसी आदमी का कुछ सुनना नहीं। छद्मवेश में शत्रु अफवाहें फैलाकर इस द्वार को खुलवाने का प्रयत्न करते रहेंगे।

नगर में से कोई वर्ग या व्यक्ति आक्रमणकारी को साथ नहीं देगा। सौदा नहीं करेगा, इसका भरोसा आचार्यदेव को हो चुका था। वाजा ठाकुर और दूसरे पंचकुलिकों ने प्रजाजनों के दिमाग में यह धारणा भर ही थी कि स्वधर्म का पालन करते हम मरेंगे तो प्रभु हमें यहाँ ही पुनर्जन्म देंगे। हमें मारकर सुलतान प्रभु का अपमान करेंगे तो उनकी जीवन-भर की सिद्धियाँ धूल में मिल जाएँगी। कोई मनुष्य कभी प्रभु से बढ़-चढ़कर हुआ है भला ?

नगर सोया था। रक्षक जागते थे। रात्रि के दूसरे प्रहर में पश्चिम तरफ से पाँच घुड़सवारों का तीर की तरह आगमन हुआ जो मन्दिर के सिंहद्वार की ओर बढ़े। बुकानीधारी अवसरों में से वृन्दाबा को पहचानने के लिए मशाल नजदीक लेना पड़ा...

वृन्दाबा सीधी मन्दिर की नृत्यशाला में गईं। जहाँ नूपुर की किंकणियाँ वाजा करतीं वहाँ अब शस्त्रों की झनकार थी। अधिकांश नर्तकियाँ विश्राम ले रही थीं, म्यान में रखी तलवार की तरह। चौला भी थोड़े क्षण पहले ही आ पहुँची थी। वृन्दाबा की पगध्वनि सुनकर वह खड़ी हो गई। गले लग गई। बख्तर धारण करने से वृन्दाबा कुछ पुष्ट लगती थीं। रात्रि के शीतल वातावरण को वह साथ समेट लाई थीं। चौला की इच्छा हुई कि सखी को फिर आलिंगन में लेकर उष्मा दे। किन्तु उनका आना जानकर देर से खड़ी नर्तकियों को आराम करने की सूचना देने का कर्तव्य याद आया। वह वृन्दाबा को उनके प्रिय आसन पर बैठाने ले गई। वहाँ एक गवाक्ष द्वारा सागरदर्शन होता, दूसरे द्वारा नगरदर्शन। एक तरफ थी प्रकृति की ऊर्जा, दूसरी ओर थी संस्कृति की शान्ति।

किन्तु यह शान्ति कब तक सुरक्षित रहेगी ?

महाराज नवघण आते हैं। उन्होंने श्रमजीवियों के एक-एक वर्ग में से सैनिक खोज निकाले हैं। देवायतबापू अपनी वृद्धावस्था भूल गए हैं। जासल छोटे बच्चे को सास के हवाले कर आ रही है। मन्त्री श्रीधर और महीधर जूनागढ़ को दत्त गुरु की शरण में सौंपकर आ रहे हैं। उनकी व्यूहरचना ऐसी है कि अलग छावनी खड़ी करने के बदले घर-घर को शक्ति का थाना बना दे। धर्मशालाओं का एक-एक कमरा तो पहले से ही शस्त्रों का भंडार बन चुका है।

'महाराज नवघण को कहाँ छोड़ दिया ?'

'वे देवायतबापू की राह देखते खड़े थे। उन्होंने देखा कि मार्ग में सुलतान का मुकाबला करने को महाराज भीमदेव सोचते नहीं, इसलिए उनके साथ जुड़ने का प्रश्न रहता नहीं। किन्तु वे महमूद के साथ एक बड़ा जंग खेले बिना अणहिलवाड़ वापस जाना नहीं चाहते, यह स्पष्ट था। बाद में महाराज नवघण अपने वनवासी सहायकों की सेना खड़ी करने में प्रवृत्त हुए। भारी सफलता मिली। तुम देखो तो सही त्रिपुरसुन्दरी ! पूनम

की रात समुद्र में आता है उससे भी बड़ा ज्वार अब इस नगर में देखने को मिलेगा...अब अपनी बात करो। कापालिकों की असूया घटी ? हमारे विनाश के लिए महादेव शम्भु ने महमूद को भेजा है, ऐसा प्रचार उन्होंने बन्द किया ?'

चौला ने दो प्रहर पूर्व की घटना की बात की, उसमें कौलाचार्य धूर्जटि के आदेश से त्रिशूलधारियों को कैसी आकस्मिक मदद मिली थी, उसका उल्लेख किया।

कामेश्वर राशि निरुपाय हो मालवा जाने को विदा हो गए और स्थानिक कापालिकों के गुरु अज्ञात व्याधि का शिकार बन मृत्यु को प्राप्त हुए। कितने ही कापालिक गुरु की देह को भी प्रसाद के रूप में ग्रहण करते। ऐसी कोई विधि आरम्भ हो उससे पहले ही धूर्जटि प्रभासक्षेत्र में आ पहुँचे। वे मानते थे कि अलौकिक शक्तियों के साधक समाज को भय दिखाकर अपनी महिमा बढ़ाने लगे तो वे धर्म की धुरी से दूर हट जाते हैं। गुरुवर का शरीर क्यों रोगग्रस्त बना ? मांस-मदिरा के सेवन में उन्होंने शिथिलता अवश्य दिखाई होगी। शिष्यों को उन्होंने पंचमकार का स्थूल अर्थ करने दिया। तत्त्वतः तो मद्य यानी सहस्त्रदल ब्रह्मरन्ध्र में से शिवशक्ति के सामरस्य से निसृत अमृत जिसका योगीजन खेचरी मुद्रा में पान करते हैं। ऐसा गहन रूपकार्य, मांस, मत्स्य, मुद्रा और मैथुन का भी होता है। उसकी साधना के स्थान पर सहज भोगवाद अपना लिया। इसलिए ही त्रिपुरसुन्दरी विषयक भक्तिभाव वासना में परिणत हुआ होगा और गुरुजी किसी पव्यांगना को देख संयम गँवा बैठे होंगे, अन्यथा स्वेच्छामृत्यु के बदले ऐसी अपमृत्यु मिले भला ?

धूर्जटि पंचमकार के स्थूल या सूक्ष्म माध्यम बिना ही त्रिपुरसुन्दरी को प्रसन्न कर 'शव' में शक्ति का 'ई' कार निपात कराकर शिव बनने का मार्ग ढूँढ़ रहे थे। सदाशिव की तरह वे चार वर्ण और चार आश्रम की व्यवस्था में रहकर उसके उन्नयन के लिए काम करने की मान्यता रखते नहीं थे। उन्हें वर्ण और आश्रम की व्यवस्था आत्मा के लिए भारस्वरूप लगती थी। आत्मा एकांकी है, धर्म, जाति या लिंगभेद का आत्मा पर असर नहीं। वे सभी संस्कार देह को स्पर्श करते हैं; आत्मा को नहीं। किन्तु आत्मा के आनन्द में देह को माध्यम बनाया जा सकता है। मन देह का गुण है। त्रिपुरसुन्दरी की मानसिक पूजा कर आत्मा के गुण रूप आनन्द को प्राप्त किया जा सकता है...ऐसे स्पष्ट विचारों के साथ उन्होंने प्रभासक्षेत्र में प्रवेश किया था। उन्होंने गुरु के मृत शरीर को अग्निदाह देने के लिए अनुरोध किया है, यह समाचार मन्दिर के प्रांगण तक पहुँच गया। कापालिक जिसे प्रासाद रूप में ग्रहण करते हैं वह शरीर तो गुरु द्वारा छोड़ा गया होता है; मरा हुआ नहीं। आप सबको मरना हो तो इसे प्रसाद रूप में अपनाएँ। आपको बचना हो तो यज्ञवेदी को अर्पण करें। शिवलिंग अग्निशिखा की आकृति का सादृश्य धारण करता है, इस मान्यता के साथ धूर्जटि सहमत थे।

त्र्यंबक ने चौला को कहा, 'निश्चित, युवाचार्य ने ही धूर्जटि को यहाँ भेजा होगा।'

'एक कापालिक ने चिता से मांस का टुकड़ा निकाल लिया था। उसकी मृत्यु होने पर धूर्जटि की बात यही सिद्ध हुई थी और बाद की अमावस्या को वे कौलाचार्य नियुक्त

हुए थे। उन्होंने उस क्षण से मांस-मदिरा-मैथुन को वर्ज्य माना था। भस्मांकित देह से समाधि में मग्न होने की महिमा समझाने, पूर्णिमा की रात्रि को गिरनार का आरोहण प्रारम्भ किया था। इस प्राचीन पर्वत पर कैसी-कैसी मुक्तात्माएँ विचरती हैं, इसका अनुभव किया था। दूसरे दिन पारना कराने मन्त्रियों और श्रेष्ठियों की कन्याएँ आई थीं। सुन्दर हाथ से परोसे जाते सात्त्विक भोजन का एक अलग ही आनन्द था...'

अब धूर्जटि उच्च स्वर में कहते हैं, 'महादेव शम्भु श्मशान के देव नहीं, श्मशान में रहते सामान्य जीवों को आश्रय देनेवाले देव हैं। उनका निवास तो कैलास की ऊँचाई पर है। इस रत्नाकर सागर के छिपे मोती का उजाला, अन्तर में छुपाकर उड़ते बादल फिर विद्युत के रूप में उसे चमकाते हैं। यह हमें शंकर की जटा में अवतरित होती गंगा बतलाती है। वह गंगाजल प्रतिदिन यहाँ आता है, सोमेश्वर की पूजा के लिए। जिस दिन चौला वह जलकुम्भ ग्रहण करती है उस दिन मन्दिर के नृत्यमंडप में पार्वती की उपस्थिति का अनुभव होता है...'

धूर्जटि की तरह अन्य कापालिक भी अमावस्या और पूर्णिमा को मन्दिर के प्रांगण में प्रवेश करते देखने को मिले थे। चौला, वृन्दा, त्र्यंबक और नवघण के प्रति जगे हुए विद्वेष को शान्त करने में धूर्जटि का महत्त्वपूर्ण योगदान था। आंशिक योगदान था गौरा और चौला का। त्रिपुरसुन्दरी के अधूरे मन्दिर को उन्होंने पूरा करवा दिया था। कहा था कि युवाचार्य सदाशिव यहाँ थे तब मन्दिर के आचार्यदेव और कापालिकों के गुरु के बीच कभी विवाद नहीं होता था। कामेश्वर राशि ने अपनी निजी सिद्धि के लिए चौला को माध्यम बनाया था, उनकी आसक्ति खुली पड़ जाने के कारण उन्हें यह देवनगरी छोड़नी पड़ी। यवन सैन्य के यहाँ से गुजरने के बाद युवाचार्य की उपस्थिति में इस त्रिपुरसुन्दरी के मन्दिर की प्रतिष्ठा का उत्सव आयोजित करेंगे...

'चलो युवाचार्य का नाम तो काम में आया !' सखीवृन्द में से कोई बोली।

'वह भी आएँगे। आज त्र्यंबक एक अफवाह कान धर ढीला पड़ गया था। आचार्यदेव ने कहा कि मात्र स्वेच्छामृत्यु से वे देह छोड़ सकते हैं। यवन उन्हें मार नहीं सकते।'

'यह सही होगा, किन्तु युवाचार्य कहाँ हैं उसका पता मुझे या उदयमति को मिला नहीं।'

'मिलेगा। मैं कभी-कभी स्वप्न में उन्हें धूल और आँधी के बीच विचरते देखता हूँ। गाँव की सीमा पर, श्रेष्ठियों के प्रांगण में और राजाओं की राजसभा में बोलते सुनता हूँ। अभी आँख लगी थी तो मैंने एक अद्भुत दृश्य देखा। युवाचार्य सुलतान महमूद से कह रहे हैं—श्रद्धा मूर्ति में नहीं, भक्त के हृदय में है। आप मूर्ति में जो देख रहे हैं वह माया है। आप मूर्ति तोड़कर उसके साथ संलग्न माया नहीं तोड़ सकते। आपने आनन्द का नहीं, उद्वेग का मार्ग पसन्द किया है...'

सखियों की बात चलती थी, तभी महाराज नवघण और उनके सैन्य आ पहुँचने के समाचार ने नृत्यशाला में चेतना की लहर फैला दी। चौला का आग्रह था कि आरती

लेकर वृन्दाबा आगे हों। किन्तु वह सहमत नहीं हुईं। 'महाराज के पास इस समय आरती उतारने का भी समय नहीं। मैं मानता हूँ कि वह सीधे आचार्यदेव के पास जाएँगे।'

वैसा ही हुआ। व्योम वृहस्पति ने खड़े होकर उनका स्वागत किया था। सेनानी महीधर ने सिंहद्वार के पास का मोर्चा सँभाल लिया था तो श्रीधर चौला के निवास पर रुककर नगरजनों से सम्पर्क साध रहे थे। उनका मुख्य काम स्थानीय प्रजाजनों को आक्रमणकारियों के दाँव-पेंच से अलिप्त रखना था।

किन्तु ऐसा हो नहीं सका।

तिलक और सुन्दर के गुप्तचरों ने कितने ही श्रेष्ठियों से सम्पर्क साधा था। प्रातःकाल छावनी में मिलने के निमित्त आकर सबका ध्यान खींचने का उनका आयोजन था। समाचार को बड़ी कुशलता के साथ भयभीतों के हृदय में रोपा गया। इससे सैन्य के अलग-अलग घटकों में उल्लास और मगरूरी का भाव फैला। हम जो सोचते थे वही हुआ। काफिर द्रव्य देकर बच जाना चाहते हैं मगर सुलतान महमूद गाजी हैं; लोभी नहीं।

प्रभास के उन श्रेष्ठियों को सुलतान के शिविर में निर्विरोध प्रवेश मिला किन्तु उनमें श्रेष्ठी शीलभद्र नहीं थे।

सुलतान ने सरदारों के सामने देख गर्जना की, 'पहले शीलभद्र को बुलाओ, फिर बात...'

24

'नामदार, श्रेष्ठी शीलभद्र को हम यहाँ किस तरह बुलाएँ ? हम स्वेच्छा से आए नहीं, मिलकर साथ आए नहीं। हमें नगर में से अलग-अलग बुलाकर छावनी में लाने से पहले इकट्ठा किया गया था। शीलभद्र को भी उसी तरह आपके सरदार बुला सके होते,' वाजा ठाकुर ने कहा। उनकी दृढ़ता देख सुलतान महमूद का ध्यान आकृष्ट हुआ। तिलक ने ठाकुर का परिचय दिया। नगर का आन्तरिक प्रबन्ध सुनकर सुलतान को पंचकुल-पद्धति अटपटी लगी। वह समझने में सुलतान को इस समय कुछ फायदा दीखता नहीं था। उनकी इच्छा थी कि शक्तिसिंह जैसे अनुभवी गुप्तचर को भेजकर शीलभद्र को सत्वर बुलाया जाए। सुनने को मिला है कि श्रेष्ठी शीलभद्र स्तम्भतीर्थ गए हैं। वहाँ से विविध प्रकार की सहायता लेकर उनका जहाज आएगा। वाजा ठाकुर ने इस बात का समर्थन नहीं किया। उनका मौन सुलतान को रहस्यमय लगा।

सरदार ने पूछा, 'तुम कितना नजराना धर सकते हो ? अभी क्या-क्या लाए हो ?'

'हम नजराना धरना नहीं, लड़ने की तैयारी करके बैठे थे। यहाँ इष्टदेव को अर्घ्य और याचकों को दान दिया जाता है। यहाँ का शासन राजा नहीं स्वयं आचार्यदेव सँभालते हैं। आपको राहत खर्च के लिए मदद चाहिए तो विनती करने के लिए उनसे

मिलें,' वाजा ठाकुर अहंकार से नहीं मार्गदर्शन देने के रूप में बोले किन्तु, सुलतान को उसमें व्यंग्य दिखा। कहा :

'तुम्हारे आचार्यदेव से मिलूँगा, सब तहस-नहस हो जाने के बाद उनसे मिलने जाना हमें बहुत पसन्द होगा; मगर तुम्हें आज एक वस्तु निश्चित करनी है। जीना है या मन्दिर टूटने से पहले मरना है ?'

'मरना नहीं, लड़ना है, घातक लुटेरों के सामने।'

'हम लुटेरे नहीं, गाजी हैं।'

'तो फिर कल से किसकी राह देखकर बैठे रहे हैं ? हम जानते हैं कि स्वधर्म हमें बचाएगा।'

'बचने के दो मार्ग हैं। जिनके पास धन है, वे हमें सुलतान मान खिराज भरें, जिनके पास कुछ भी नहीं, वे धर्मान्तर कर हमारे जेहाद को शिरोधार्य करें।'

'अथवा तिलक और सुन्दर की तरह आपके गुलाम बनकर रहें।'

'वे गुलाम नहीं, सुलतान के जाने-माने सरदार हैं।'

'सुलतान का प्रिय होना और सोमनाथ का प्रिय होना, इन दो के बीच का भेद उनकी समझ में आए तो अच्छा। आप सोच-समझकर हमको यहाँ किसी बहाने से रोक रखें इससे फायदा आपको नहीं, हमें होगा। हमारी सैनिक सहायता प्रतिपल बढ़ रही है। हम समाधान या शरणागति के लिए यहाँ आए हैं ऐसा कुछ मत समझना। उत्तरदायी व्यक्ति जानते हैं कि नजराना लेकर, धर्मान्तर कराने के बाद आप अनेक बार लहू के प्यासे बने हैं। हम आपके ऊपर विश्वास रख सकें, ऐसा नहीं है। इसलिए यह विष्टि शुरू हो उससे पहले ही हमको वापस जाने की आज्ञा दें।'

'बहुत जल्दी लगती है मरने की।'

'हाँ, क्योंकि आप हमको जिलाने तो नहीं ही आए। जिसने आज तक जिलाया है वह जिलाए या मारे,' कहते वाजा ठाकुर उठ खड़े हुए।

सुलतान की आँख में खुन्नस भरा था, किन्तु उसे काबू में रख उन्होंने तिलक को संकेत कर सबको विदा करने को कहा।

'इस गाँव के मुखिया जैसा आदमी उस भीमदेव से भी ज्यादा शेखी बघारता है। मगर उसे खबर नहीं थी कि एक पल में वे सब कट मरेंगे ?'

तिलक ने सुलतान को दूर नज़र करने को कहा। झाड़-झाँखर में से प्रकट होती कुछ मानव आकृतियाँ दिखने लगी थीं। वह वाजा ठाकुर और अन्य श्रेष्ठियों के निकट आईं। पल-भर में दृश्य सघन बना।

'हम मानते हैं इसकी अपेक्षा प्रभास के लोग अधिक सावधान और संगठित लगते हैं सरदार !' सुन्दर ने कहा।

'नवघण आ गए हैं।'

'भीमदेव ?'

'समझ में नहीं आता कि विराट सैन्य लेकर वे दूर क्यों खिसक गए ?' सुलतान

ने दूसरे सरदारों को नजदीक आता देख कहा, 'मुझे उसे खत्म करके ही यहाँ आना था जिससे पीठ पीछे हमले का खतरा न रहे। खैर। अब नमाज के बाद बात।'

भीमदेव अभी कन्थकोट में थे। अणहिलवाड़ में उदयमति को चैन नहीं था। राजमाता लक्ष्मीदेवी रानी को आश्वासन देतीं। मोढेरा से पाटण के राजमहल में उन्हें लाया गया, तब उनका घाव देखकर राजवैद्य को लगा कि इलाज करने में देर हो गई है। अब तो महादेव शम्भु की कृपा ही इन्हें बचा सकती है। कृपा तो थी ही। वह मोढेरा में बच गईं, वही एक चमत्कारी घटना थी। उनकी जिजीविषा भी प्रबल थी। अब वे कुछ स्वस्थ हुई थीं किन्तु बोलने में वाणी पर नियन्त्रण नहीं रहता।

'मैंने मनोमन जिनका वरण किया था, वे परम पराक्रमी धनुर्धर भीमदेव थे, विचक्षण मन्त्रियों की बुद्धि के गुलाम नहीं।'

लक्ष्मीदेवी सुनती रहतीं। कभी निरुपाय होकर उलाहना देतीं, 'आपने मोढेरा में सूर्यदेव की साक्षी में असाधारण शौर्य दिखाया। किन्तु बुद्धिपूर्वक युद्ध-संचालन हुआ होता तो बीस हजार क्षत्रियों के प्राण नहीं गए होते।'

'क्या उनकी बलि व्यर्थ जाएगी ?'

'व्यर्थ गई ही। क्योंकि महमूद के सैन्य को हुई क्षति अति अल्प थी। उसकी शक्ति हाथी-घोड़ों की संख्या में नहीं, युद्ध के संचालन में रही है, यह बात महाराज, विमल और दामोदर सभी जानते हैं। उन्हें सुलतान के साथ लड़ना ही है, किन्तु हारने के लिए नहीं।'

'किन्तु प्रभास के विनाश होने के बाद जीतकर भी क्या राजमाता, सोमेश्वर का ध्वंस हो और पाटणपति जीतें उसकी अपेक्षा महाराज कर्तव्य निभाते हारे होते तो वे मेरे लिए अधिक आदरणीय होते। आप पुत्र को सन्देश भेजकर तत्क्षण सोमनाथ की ओर रवाना करें या फिर मुझे कन्थकोट जाने की अनुमति दें।'

'आप महाराज को लेकर सोमनाथ जाएँ, यह मुझे सबसे अधिक पसन्द होगा। किन्तु एक तो आप स्वस्थ नहीं, और दूसरे महाराज की धर्मनिष्ठ राजनीति में हमें पूरा विश्वास है।'

'फिर भी आप मेरी विनती उन्हें पहुँचाएँ तो अच्छा। नहीं तो अनिद्रा मुझे स्वस्थ होने नहीं देगी।'

'अच्छा तो मैं सन्देश भेजती हूँ। चंड शर्मा को भी भेजूँगी।'

चंड शर्मा कन्थकोट पहुँचे उस दिन चौला का पत्र भी वहाँ पहुँच गया था। उसने तो शिवस्तुति का एक श्लोक मात्र भेजा था। जिसमें पार्वती के दक्ष-यज्ञ में हवि होने से पहले सहायता के लिए दौड़ आने की विनती थी।

महाराज का कन्थकोट में इच्छा से अधिक रुकने का कारण दूसरा था। जैन मुनि पुण्यविजयजी ने महाराज भीमदेव को प्रस्थान के लिए मुहूर्त निकाल भेजा था। मुनिश्री फलाज्योतिष के विशेषज्ञ माने जाते। भीमदेव राजा होंगे और अणहिलवाड़ की सीमा

विस्तृत करेंगे, यह भविष्यवाणी सच्ची निकली थी। दामोदर मेहता ने महाराज को सावधान किया था। 'यदि आप मुहूर्त के विषय में पूछें तो फिर उसके अनुसार निकलने का संकल्प करें। बाद में दुविधा नहीं होनी चाहिए।'

किन्तु दुविधा हुए बिना नहीं रही।

सपादलक्ष और उज्जयिनी की सेनाओं द्वारा महमूद के सैन्य को कहीं भी रोकने के प्रयत्न का समाचार नहीं था। रा'नवघण के सेनापति ने अधैर्य दिखाया तो भीमदेव के सन्धिविग्राहक ने कहवा दिया, 'आपको अपने शौर्य का परिचय देने का अवसर मिले इसके लिए हम पीछे रहने को राजी हैं और नवघण स्वयं को वन्थली-जूनागढ़ के महाराज मानते हों तो भले अपने कर्तव्य का पालन कर धन्यता अनुभव करें...'

इस प्रत्युत्तर में निहित डंक को महीधर ने पचा लिया था। बन्धुवर श्रीधर और महाराज नवघण को इतना ही कहा था कि 'हम प्रभास की रक्षा करते हैं, पीछे से वीसलदेव और भोजराज की सेना हमला करे तो सामने से महाराज भीमदेव और मन्त्रीश्वर विमल उन्हें रोकेंगे। इसलिए चलें। वृन्दाबा ने कदम उठाया। वही हमारे लिए मुहूर्त...'

और वन्थली राज्य की समग्र शक्ति प्रभास में इकट्ठी हुई।

चंड शर्मा द्वारा मिले सन्देश और चौला के श्लोक ने भीमदेव को प्रस्थान के मुहूर्त से पहले प्रस्थान करने को विवश कर दिया। पाटण वापस जाने से पहले दामोदर मेहता ने विमल से कहा, 'प्रस्थान का दिन भले बदले, मार्ग मत बदलना। वापस मुड़ने के लिए महमूद छोटे से छोटा मार्ग पसन्द करेगा और अनिवार्य रूप से उससे आपकी भेंट होगी।'

पाटण जाकर दामोदर निश्चिन्त होकर बैठनेवाले नहीं थे। वीसलदेव और भोजराज की सहायता में कमी न रहे यह देखना था।

महाराज भीमदेव ने प्रस्थान करने से पहले सेनानायकों को सम्बोधित किया, 'महमूद की धृष्टता को भगवान सोमनाथ ने दंडित किया होगा। उसके बाद भी उस लुटेरे की शान ठिकाने नहीं आई तो प्रभु हमारे द्वारा काम लेंगे। हमारा विलम्ब अधिक फलदायी होगा। उसके लूटे हुए विपुल द्रव्य को हम सोमनाथ के चरणों में धरेंगे। इस धन्यता के साथ हम एक पाटण से दूसरे पाटण जाएँगे।'

जैसे-जैसे आगे बढ़ते गए त्यों-त्यों सोरठ के राजा-प्रजा दोनों की धर्मनिष्ठा का अनुभव होता गया। भूमली के राजा संगसिंह ने राज्य का सारा प्रभार राजमाता और सचिव के हवाले सौंपकर अपने पुत्र के साथ प्रभास गए थे। भीमदेव जैसे महाराज का समारोहपूर्वक स्वागत करने के लिए वहाँ कोई हाजिर नहीं था। यह परिस्थिति गान्धवी के किले के पास भी देखने को मिली। वहाँ सैन्य के विश्राम कर आगे बढ़ने से पहले शुभ समाचार मिला कि पहले दिन के अन्त में सम्पूर्ण शक्ति आजमाने के बाद भी महमूद को मुँह की खाकर पीछे हटना पड़ा है। वीसलदेव भोजराज की सेना के पीछे से आ पहुँचने के पहले महमूद प्रभास से डेरा-तम्बू उठा लेंगे।

'तो फिर हम यहीं उससे लड़ें,' विमल को गान्धवी का किला युद्ध की व्यूहरचना की दृष्टि से अनुकूल लगा था।

खुद प्रभास पहुँचे उससे पहले ही यदि महमूद वहाँ से निकल जाए तो खुले मैदान में उसके सैन्य को शिकंजे में लेने में इच्छित सफलता नहीं मिलेगी। उसके बदले सैन्य भले यहाँ रुके।

'विमल, मैं छद्मवेश में आगे बढ़ना चाहता हूँ। तुम सैन्य के साथ यहाँ रहो। तुम्हारे कारण सभी मान लेंगे कि मैं भी यहाँ हूँ।'

'आपकी अधीरता मैं समझता हूँ। इन विषम संयोगों में भी आप चौला को भूल नहीं सकते।'

'इस समय तो मुझे उसके उस श्लोक का उत्तर देना चाहिए।'

'आप बिल्कुल अकेले जाएँगे या कुछ अंगरक्षक साथ में रखेंगे ?'

'अंगरक्षकों को साथ रखने में पहचाने जाने का खतरा है।'

'आप अकेले हैं इसलिए नहीं पहचाने जाएँगे, इसका भरोसा है ? क्या ऐसा मानते हैं कि चौला के सिवा दूसरा कोई आपको पहचानता ही नहीं ?'

'यह विनोद का समय नहीं। विमल, तुम राजी-खुशी से विदा दो तो ही जाऊँ।'

'जाइए, मुझे भरोसा है कि आपको चौला से अधिक सुलतान महमूद से मिलने में रुचि है। किन्तु आप भूलेंगे नहीं कि उसे कपट युद्ध से परहेज नहीं और उसके गुप्तचरों ने आपको देखा है।'

हरसिद्ध माता को वन्दन कर भीमदेव रात्रि के अन्तिम प्रहर गें सोमनाथ जाने को अश्वारूढ़ हुए थे।

प्रथम दिन अपनी समस्त सैन्यशक्ति प्रयुक्त करने के बावजूद महमूद को पीछे हटना पड़ा था। प्रभासक्षेत्र के एक-एक युवक और प्रौढ़ ने मन्दिर के सिंहद्वार के दोनों तरफ की विस्तृत दीवाल मानव-हृदय सदृश हलचल से भर दिया था प्रशिक्षण प्राप्त युवतियों ने पीछे रहकर जरूरी मदद की थी। चौला और वृन्दाबा नवघण के दो पक्ष सँभालकर बाण-वर्षा करती रहीं। उनको साथ दे रही युवतियों में भगवान सोमनाथ की नर्तकियाँ, नगर की कुलवधुएँ और कन्याएँ थीं। तलवार के साथ द्वन्द्वयुद्ध का शिक्षण उन्हें दिया गया था। फिर भी आचार्यदेव ने देवतालार त्र्यंबक को आज्ञा दी थी कि नारीवृन्द को रक्षण दीवाल पार नहीं करना है। देवायत अहीर, पुत्री जासल और उसके पति सासतिया मन्दिर-प्रांगण में आश्रित यात्रियों और नगरजनों को सँभाल लेंगे।

अपने नाविकों को लेकर सैन्धव खाई का रक्षण कर रहा था। महमूद के आगमन के साथ ही उसने दीवाल को जमीन से अलग करती खाई जल से भर दी थी। सामान्य रूप से नदियों का पानी इस खाई में मोड़ा जाता किन्तु सैन्धव के दृढ़बल नाविकों ने ज्वार की लहरों को जल-रहट की मदद से मोड़ने में बुद्धि-शक्ति का उपयोग किया था।

फरीद का दल बन्दरगाह की तरफ से बड़े दरवाजे से शत्रुओं पर टूट पड़ने के लिए तैयार था। पूर्व तरफ के दरवाजे पर वाजा ठाकुर की सत्ता थी।

आक्रमण शुरू हुआ तब फर्रूखी और बरूनी जैसे समयसाक्षियों को लगा था कि यह तो चींटी पर कटक जैसा ताल है। एक पल में सभी भूमिसात् हो जाएँगे। सुलतान महमूद ने सिर्फ पहाड़ी किले तोड़े हैं, बड़े-बड़े सम्राटों को झुकाया है, तो बिना सेना के ये स्वयंसेवक उनकी टक्कर कितनी देर तक झेलेंगे ?

किन्तु यह क्या ? गाजी सेना पंगु हो गई क्या ?

चौला के प्रथम तीर ने ही महमूद की नीली पगड़ी का छोर उड़ा दिया। गले में लटकी अरबी जमरूद रत्नों की माला तनिक उछली। दिशा का ख्याल आया किन्तु इतनी दूर से चेहरा देखने को नहीं मिला। ऐसी धृष्टता करनेवाले को तत्क्षण मृत्युदंड देने में सुलतान का मिजाज गम खा गया। उन्होंने तुरन्त रणनीति बदली। गाजी की तरह टूट पड़ने के बदले सरदारों से कहा, 'बचो और आगे बढ़ो। उनके तीर निःशेष हो जाने के बाद अपने सैनिकों द्वारा तलवार चलाकर खाई को लहू से रंग डालना है।'

बच-बचकर आगे बढ़ते जाते महमूद के सैनिक बिंधते गए। बाण का निशान चुकाकर गति को रोके रखने की आज्ञा थी। यह जानलेवा साबित हुआ। दोपहर बाद सुलतान को आदेश बदलना पड़ा। सेना को स्थिर किया। ढेलवाँस आगे मँगाया गया।

महमूद को अनेक बार यह साधन अपर्याप्त लगा था। वे बारूद गोले से नहीं किन्तु मनुष्यों द्वारा हाथोंहाथ उठाई गई लकड़ी के धक्के से काम करते। बड़े पत्थर को वे दूर तक ऊँचा उछालते। यदि धक्का सीधी दिशा में लगता तो ऊँचे से ऊँचे कोटकंगूरे को खंडित कर सकता।

सैन्धव को खयाल आ गया। उसने फरीद को सावधान किया। फरीद ने नवघण के सामने देखा। ढेलवाँस व्यवस्थित किए जाते समय तो यहाँ 'जय सोमनाथ' के नारे के साथ सुलगती बत्तियाँ गिरने लगीं। इतनी दूर से ? मात्र तीर की मदद से ऐसी भारी बत्तियाँ गिर सकती हैं भला ? सुलतान ने सुना था कि मनुष्य के लहू का स्वाद चख़ गए बाघ-चीते बस्ती बीच आवें तब भीमदेव का एक ही तीर पर्याप्त होता। पागल हुए हाथी का गंडस्थल बिंधने की भी ताकत उनके हाथ में थी। किन्तु वह धनुर्धर तो यहाँ नहीं। महमूद और उनके सरदारों को कल्पना में भी नहीं आया कि वे बाण कन्याओं के धनुष से छूटे थे। तीन गोले छूटने के बाद ढेलवाँस के नायक का मस्तक काटकर जो बाण महमूद के सामने गिरा वह रा'नवघण का था।

सुलतान के गुप्तचरों ने मनजेनिक नाम से इस ढेलवाँस यन्त्र की भारी महिमा की थी। उसे ऐसा काम करते रोका गया इसका सबसे अधिक आनन्द सैन्धव को था।

सान्ध्य-आरती शुरू होने से पहले महमूद की सेना ने पीछे हटना शुरू किया था। जो घायल साथी सैनिकों का सहारा पा सके वे ही छावनी में वापस जा सके।

वाजा ठाकुर, सैन्धव और फरीद दरवाजे से बाहर निकले थे। उनको मृतदेह सम्बन्धी महमूद के रुख का खयाल नहीं था।

हाथ में धूपदानी लेकर दरवेश आ रहे थे। मौत का लिहाज रखना पड़ेगा...किन्तु गजना के मुस्लिम सैनिकों के इतने अधिक शव...प्रत्येक की अलग कब्र...कब पूरा हो

यह कार्य ? रक्षण-दीवाल के बाहर अपने घर रहे हुए वृद्ध नगरजनों की मदद ली जा सकती है।

फरीद की तरफ देख दरवेश ने कहा, 'हम थोड़ी राह देखें। नायकों के शव लेने भी सुलतान के आदमी नहीं आएँगे ? उनके पास असंख्य गाड़ियाँ हैं। एक साथ भरकर ले जा सकते हैं।'

दक्षिण-पूर्व की तरफ सैन्धव का ध्यान गया। श्मशान में से अग्निज्वाला ऊँची उठी थी। मन्दिर की रक्षा करने गए वीरगति-प्राप्त सैनिकों को त्र्यंबक ने स्वहस्त से अग्निदाह किया था। धूर्जटि और उनके कापालिक साधु मन्दिर के दक्षिण द्वार से होकर शव को कन्धे पर उठा ले गए थे। पहले शवसाधना के लिए तत्पर रहनेवाले अघोरी भी धूर्जटि के आदेश का पालन कर रहे थे।

बढ़ते अँधेरे में महमूद के छद्मवेशी सैनिक लहू से लथपथ शव उठाकर तालाब की तरफ चलने लगे। वाजा ठाकुर और फरीद तालाब किनारे पहुँच गए थे। चुनौती दी। वे शव फेंककर भागे, दो पकड़े गए। अनुमान सही था। तालाब में मुस्लिम सैनिकों के शव देख लोग उसके पानी का उपयोग बन्द करेंगे और रोग भी फैलेंगे।

भागकर छावनी तक पहुँचे हुए उन सैनिकों की झूठी बोली का उपयोग कर शाहजादा मसूद ने तिलक और सुन्दर से कहा, 'देखा ? उन लोगों ने शव लेने गए हमारे सेवकों पर हमला किया। देखा, इस धर्मयुद्ध की बात करनेवालों को ?'

शाहजादे ने सेना में बात फैलाकर जुनून जगाया।

दूसरी तरफ सुलतान ने उस जुनून को काबू में रखने की व्यूहरचना की। छावनी को नगर से दूर ले गए। इससे प्रभासवासियों को लगेगा कि घेरा खिसक गया है। भले एक दिन के लिए वे उत्साह में आ जाएँ।

दूर गए सैनिकों को महमूद द्वारा उग्र आक्रमण के लिए तैयार करना था। उन्होंने सरदारों से कहा, 'यहाँ से पीछे हटकर तो बच ही नहीं सकेंगे। सभी राजे मिलकर हमको चारों तरफ से घेर लेंगे। बचना हो तो आज ही जीतना पड़ेगा। भले ही कितनी बड़ी जनहानि क्यों न उठानी पड़े !'

जैसे मनजेनिक को असरकारक बनाने के लिए पहले दूर ले जाकर फिर वेग से आगे धँसकर पत्थर के गोले को जोर से धक्का मारा जाता, इससे प्रचंड बल प्रकट होता, उसी पद्धति से महमूद ने लश्कर को वेग से उठाया। रात में महमूद के सैनिकों के शव हटाने को लेकर वाजा ठाकुर ने अनजाने ही शत्रु-सेना पर उपकार किया था। उसकी गति अबाध रूप से बढ़ रही थी। आज एक-एक दरवाजे के सामने ढेलवाँस यन्त्र लगाए गए, खाई की रक्षा करने की कोशिश शुरू हो उससे पहले ही पीठ पर कछुए की नरेली जैसा बख्तर पहनकर महमूद के सैनिक खाई में जगह-जगह कूद पड़े।

सुबह मंगला आरती के समय देवतालार त्र्यंबक के मुख पर विजय की सुर्खी थी। स्वयं आरती की दीपशिखा के सामने चौला से कहा, 'आज युवाचार्य यहाँ होते तो वे कैसी शाबाशी देते।'

'शाबाशी देने के साथ सावधान रहने को भी कहते,' चौला के पीछे खड़े-खड़े वृन्दाबा ने कहा। उनके पिताश्री वीरसेन समुद्र की तरफ के दुर्ग का क्षेत्र सँभाल रहे थे। आरती शुरू होने से पहले ही उन्होंने वृन्दाबा से कहा था—युवाचार्य यहाँ होते तो इस क्षण भी सेना की हलचल का अभ्यास करते। वे कहते कि सुवर्णघंट की जंजीर बन्धनरूप न बने उसकी कड़ी निगरानी रखनी पड़ेगी...नवघण के सेनापति महीधर ने पल-भर के लिए भी प्रमाद नहीं रखा था।

कुछ क्षणों में ही 'जय सोमनाथ' का नाद गूँज उठा। तीर-वर्षा शुरू हुई थी। नजदीक आते सैनिकों की कछुए जैसी पीठ पर पत्थर के वार शुरू हुए। किन्तु आज महमूद की सेना ने हरे जंगल का भक्षण करती आग का रूप धारण किया था। अपने सामने मरते साथी सैनिक की पीठ पर पग देकर सुलतान के सैनिक आगे बढ़ते थे। 'अल्ला हो अकबर' और मरणचीख की मिश्रित आवाज़ आग की ज्वालाओं की तरह बढ़ती जाती थी। रक्षण-दीवाल के उस पार खड़े नवघण के सैनिक 'जय सोमनाथ' का प्रचंड नाद करते हुए दीवार के ऊपरी भाग पर वेग से चढ़ आए। कितनों ने कूदकर खाई में पड़े सैनिकों का संहार किया, मरने से पहले अनेक को मारा किन्तु इससे महमूद के सैन्य की गति घटी नहीं।

मनजेनिक का गोला इच्छित निशाना ताक रहा है, यह देख आचार्यदेव ने त्र्यंबक को भेजकर मोर्चा बदलने के सम्बन्ध में सेनानियों के साथ चर्चा करने को कहा। एक बार महमूद के सैन्य का हमला ठंडा पड़ने दो, तब तक बचाव के अन्य उपाय सोच सकेंगे।'

अग्निबाण की वर्षा और उबलते तेल के छिड़काव से भी गजनवियों पर भारी असर नहीं हुआ। मन्दिर के विशाल प्रांगण की रक्षण-दीवाल मनुष्यों के मस्तक की तरह कट रही थी...

आचार्यदेव लाचारी के साथ मन्दिर ध्वज की ओर ताकते खड़े थे। हे देवाधिदेव शम्भु ! हमारी कौन सी कमी अभिशाप बनी ? मुझे मरण से आपत्ति नहीं, किन्तु इसका कारण तो बताओ !

क्या कारण स्वयं नहीं जानते थे ?

युवाचार्य जैसे सूत्रधार की अनुपस्थिति। वे यहाँ होते तो भीमदेव और नवघण उनके दो हाथ बनकर एकसाथ इस संकट का सामना करते होते। यहाँ अधिकाधिक देवद्रव्य संचित होता गया। उसे लोकहित में खर्च करते रहना युवाचार्य का आग्रह था। सुलतान हमारी श्रद्धाभक्ति लूटने के लिए नहीं, द्रव्य लूटने के लिए अपने सैनिकों का होम कर रहे हैं।

तभी वीरसेन उनके पास आए, 'आचार्यदेव, समुद्रमार्ग से अब नया खतरा आवे तो भी सामने के खतरे को कुचले बिना बचा नहीं जा सकता। अतः रा'नवघण की मदद के लिए जाने की मुझे आज्ञा दें।'

'इसके पहले एक काम कीजिए ! चौला, वृन्दा और जासल को यहाँ बुला लीजिए। वे मन्दिर के दक्षिण तरफ की एक शिला खिसकाने की युक्ति जानती हैं।' कामेश्वर राशि यहाँ थे तब उन्होंने अपनी मिली हुई दानदक्षिणा की मदद से एक शिवलिंग तैयार कराया था। उनकी इच्छा, यहाँ का संकट टलने के बाद उस शिवलिंग को साथ ले जाकर मालवा में कामेश्वर महादेव की स्थापना करने की थी। किन्तु हम उनकी त्रिपुरसुन्दरी की साधना में सहायक नहीं हो सके और उन्हें अनिच्छा से जाना पड़ा। जाते-जाते उन्होंने कहा, 'यवन आएँगे ही। वह ज्योतिर्लिंग तोड़े उसके पहले मेरा गढ़ा हुआ यह ज्योतिर्लिंग वहाँ व्यवस्थित रख देना। मुझे अब उसकी उपयोगिता नहीं। अधूरी साधना मेरे लिए अभिशाप नहीं बनेगी और मैं पहले का शाम्भव योगी बन सकूँगा तो वापस आऊँगा।'

सन्देश भेजने अथवा त्र्यंबक के कहने से चौला और उसकी सखियाँ अपने स्थान से खिसकी नहीं। अन्त में व्योम वृहस्पति की आज्ञा पहुँचाने के लिए वीरसेन ने देवायत अहीर को साथ लिया। 'पल-भर में आपको वापस भेजते हैं—ऐसा कह तीनों आगे बढ़े। कामेश्वर राशिवाली कुटीर के पास से वस्त्राच्छादित शिवलिंग को मन्दिर की पद्मपीठ तक ले आए। फिर चौला ने युक्ति से शिला खिसकाकर गर्भगृह में शिवलिंग ले जाने का रास्ता बनाया। एक दीपक के उजाले में सहस्र-रत्नों के प्रकाश के परावर्तन से देदीप्यमान गर्भगृह में पल-भर के लिए सूर्य का प्रकाश आया और चौला को विश्वास हुआ कि सहस्र रत्नों से भी अधिक प्रकाशमान है सूर्य की एक किरण...'

नया रत्न-जड़ित शिवलिंग अन्दर लेकर शिला बन्द की। ज्योतिर्लिंग का दोगुना भाग भूमि में था। एकदम नीचे का भाग चतुष्कोण और मध्यभाग अष्टकोण आकार का था। आचार्यदेव और देवायत ने लकड़ी के बल्ले नीचे व्यवस्थित रखकर ज्योतिर्लिंग को खिसकाया, बिल्वपत्र से ढक दिया। उसके स्थान पर रत्नलिंग व्यवस्थित करने में उसके और जलकलश के बीच जगह रह गई। उसके चारों ओर फूल ढक देने से अखंड का आभास हुआ। आचार्यदेव ने कहा, 'अब आप जाइए। मैं अन्दर से द्वार बन्द कर सोमेश्वर का ध्यान लगाऊँगा। महमूद मेरे मस्तक की बलि चढ़ाकर ही गर्भगृह में प्रवेश कर सकेंगे। आप में से जो बचें वह सदाशिव, शारदादेवी और कुमार भाव को मेरा सन्देश भेजें—श्रद्धा के स्थान को खंडित रहने न दें।'

आचार्यदेव ने सभी को गर्भगृह से बाहर निकाला। फिर त्वरित वेग से पीछे मुड़कर अन्दर से द्वार बन्द कर लिया। वृन्दा और जासल झेंपकर वीरसेन और देवायत के सामने ताकती रहीं।

'चलो हम मोर्चे पर चलें।'

'किन्तु चौला कहाँ ? वह अचानक कहाँ अदृश्य हो गई ?'

'वह आगे निकल गई होगी। चलो। अभी त्र्यंबक की सूचना के अनुसार महाराज नवघण दरवाजा खोलकर आमने-सामने लड़ने के लिए आगे बढ़ना चाहते थे। वे शीघ्रता में कदम उठा न बैठें,' कहकर देवायत आगे बढ़े। वीरसेन की नजर पुत्री पर थी। किन्तु

इस क्षण वृन्दाबा को पिता के प्रति भावुकता की अपेक्षा कर्तव्य का खिंचाव अधिक था। तलवार की मूठ पर हाथ रख वह आगे बढ़ीं।

25

गजना के सैन्य का दबाव एक साथ बढ़ गया था। मानो बिना भाटे का ज्वार। महमूद ने एक-एक सैनिक के मन में ठूँस दिया था कि प्रभासवासियों को जो गँवाना है उससे अनेक गुना हारकर तुम्हें गँवाना है। वे तो पीछे हटकर सागर की ओर या जंगल में भागकर बच सकेंगे। तुम्हें बचने के लिए जीतना अनिवार्य है। तुम यहाँ हारे तो गजना के आसपास भी दुश्मन घात लगाए बैठे हैं। तुम्हारी कमाई, परिवार—सब कुछ चला जाएगा। इसलिए पीछे हटने का तो विचार ही न करो। काफिरों के सामने धर्मयुद्ध से पलायन कर प्राण बचानेवाले को अल्लाह माफ नहीं करते।

गजना के सैन्य के हिन्दू सरदारों और सैनिकों को सबसे बड़ा प्रलोभन यह था कि इस युद्ध में सबसे अधिक द्रव्य मिलेगा। फिर से जान का खतरा उठाना नहीं पड़ेगा। विजेता के रूप में परिवार के पास पहुँच जाने पर बाकी जिन्दगी फूलों की शैया पर बीतेगी। उस सुख के लिए यहाँ जीतना था और उसके लिए एक-एक सैनिक को अनेक स्थानीय रक्षकों को मारना था। इसमें कोई दुविधा नहीं थी।

महमूद और उसके सरदारों के प्रोत्साहन से एक-एक सैनिक का भुजबल बढ़ता जाता था। सामने आया हुआ आदमी योद्धा है या निःशस्त्र धर्मजन, यह देखने की परवाह उन्हें नहीं थी। घोड़े की लगाम उनके हाथ में थी तो उनकी लगाम थी नंगी तलवार। महमूद द्वारा जगाया गया जुनून तलवार की धार तक पहुँचता था।

मरण का त्यौहार मनाने के लिए प्रभासवासी मन्दिर की ओर से स्पर्धा में उतरे थे। जिन्हें स्वरक्षण के लिए मन्दिर के प्रांगण में आश्रय मिला था वे अपने हाथ-पैर को हथियार समझ निर्भय होकर कातिलों का सामना कर रहे थे। मरण ही मानो जीवन का सर्वोत्तम उत्सव था। आज प्रौढ़ भी पीछे नहीं थे। यदि ये कोमलांगी नर्तकियाँ शस्त्रों के प्रहार होने के बावजूद आवश्यक सामग्री पहुँचाने के काम में आगे बढ़ती हों तो हम खाई पार कर इन विधर्मियों पर दो-पाँच पत्थर भी नहीं फेंक सकते ?

त्र्यंबक, सैन्धव, फरीद और वाजा ठाकुर के मार्गदर्शन में शिक्षाप्राप्त प्रभासवासी खाई की रक्षा कर रहे थे। पीठ पर कछुए जैसा बख्तर पहनकर तैर आते गजनवी कितने डूबते हैं, यह देखे बिना ही उनके साथी-सैनिक आगे बढ़ते जाते हैं। इससे खाई में पत्थर का ढेर हो गया था। बड़े दरवाजे के पास पड़े हुए एकसमान पत्थरों द्वारा पानी में ऐसा ढेर खड़ा किया कि दीवाल चढ़ने में जीवन का खतरा उठा रहे हमलावरों को पाँव टिकाने का आधार मिला। त्र्यंबक के लिए यह अनचीता था, महमूद के लिए नहीं।

रा'नवघण के सेनापति महीधर के बन्धुवर श्रीधर ने कहा, 'हमें व्यूह बदलना

पड़ेगा। हमारी संख्या और शक्ति घटती जा रही है। बाद में ऐसा न हो कि केसरिया करने में भी हम देर कर बैठें।' त्र्यंबक कहता है, 'वैसे हम बड़ा दरवाजा खोल सीधे महमूद पर हमला करेंगे। वह मरे नहीं और घायल हो तो भी गजना की सेना के पग डिगेंगे।'

श्रीधर ने यह बात नवघण के कान में रखी। वृन्दाबा एक तीर छोड़, आते हुए तीर से अपने को बचाकर नजदीक आई।

'तो क्या शत्रु को खयाल न आए इस तरह दरवाजा खोलकर हमें धँस जाना है ?' महाराज ने पूछा किन्तु उत्तर दिया वृन्दाबा ने :

'हाँ महाराज, प्रत्याक्रमण ही एकमात्र उपाय है। इस बचाव-नीति के कारण हमारे पक्ष की बहुत जनहानि हो रही है। अब तो इस पार या उस पार।'

हरे बाग की तरह भक्त कट रहे थे। यह देख वीरसेन ने कहा, 'पुत्री, इन सभी नर्तकियों के विषय में कुछ सोचना नहीं ? उनमें से जो मरेंगी वे तो कैलासवासी होंगी किन्तु जो जीवित पकड़ी जाएँगी वे गुलाम बनेंगी। इसलिए मेरी मानो तो तुम ही उन्हें जलमार्ग से दीव पहुँचाओ'—कोट कंगूरे के पीछे से सुरक्षित भाग में वे आ गए थे। प्रत्यंचा खींचती हुई वृन्दाबा ने कहा :

'आप उन्हें ले जाइए, यदि वे यह देवभूमि छोड़ने को तैयार हों तो अवश्य ले जाइए।'

'मेरा माने न माने। तुम उन्हें नहीं कहोगी ?'

'मैं किस तरह कह सकती हूँ ? क्या उनकी भक्ति को निम्न कक्षा की मान लूँ ? मैंने और चौला ने उन्हें युद्धकला का प्रशिक्षण दिया है। फिर भी चौला से पूछकर देखें।'

'किन्तु वह अदृश्य है।'

'मन्दिर में ही कहीं होगी। वह प्राणान्त में भी अपने इष्टदेव से दूर नहीं जाएगी।'

'किन्तु—' पिता वीरसेन की इस लाचारी में वात्सल्य की माया है, क्या ?

वृन्दाबा पल-भर देख लेती हैं। पल-भर के लिए युद्ध से विमुख हो महाराज नवघण दीवनरेश की ओर कदम बढ़ाते हैं। वृन्दाबा को समीप आने की सूचना करते हैं। कहते हैं, 'मैंने आपसे कुछ माँगा नहीं। आज दोनों हाथ जोड़ माँगता हूँ। इन सब कलाविद् देवदासियों को बचा लें। उन्हें हमारी तरह अपने को बलिदान करना होगा तो भी ये लालची उन्हें मारने के बदले बन्दी बनाकर साथ ले जाएँगे। इसलिए आप उन्हें सुरक्षित स्थान पर पहुँचा आएँ तब तक हम टक्कर झेलेंगे।'

वहाँ देवतालार त्र्यंबक शस्त्र से लैस होकर आ पहुँचे। उनके भस्मांकित भाल पर वैराग्य के स्थान पर शान्त शौर्य था। महमूद के सैनिक मन्दिर के प्रांगण के एक कोने में बड़ी संख्या में उतर आए थे। त्र्यंबक उन्हें रोकेगा। अश्व की प्रतीक्षा है। अब इस तरफ का संचालन महाराज के हवाले।

चारों तरफ की आवाजों के बीच पल-भर का मौन। इस विद्वान ब्राह्मण को भी हथियार उठाने की बारी आ गई।

'वृन्दाजी !' नवघण की आर्द्र दृष्टि राजकन्या को छू गई। उन्होंने त्र्यंबक को साथ लेकर देवदासियों और कन्याओं को नौका तक पहुँचाने का दायित्व सँभाला। फरीद और सैन्धव ने मन्दिर के प्रांगण में घुसे हुए गजनवियों को रोक रखने के साथ वृन्दाबा को मदद की। वीरसेन ने नौकाओं को नजदीक बुला रखा था।

'आपको मृत्यु का भय नहीं, किन्तु आपका जीवन है अनेक को जिलाने के लिए...' बुजुर्ग के इस उद्गार के बाद किसी कन्या ने प्रश्न नहीं किया।

अपना दायित्व पूरा कर वीरसेन के बड़े दरवाजे पर पहुँचने से पहले ही रा'नवघण की सम्मति से त्र्यंबक और महीधर ने द्वार खोल दिया था। झरने, जंगल और पथरीली भूमि में संघर्ष की शिक्षा प्राप्त कर जूनागढ़ की सेना गजनवियों पर 'जय सोमनाथ' की गर्जना के साथ बिजली की तरह टूट पड़ी। महीधर और त्र्यंबक ने महमूद के अश्व के दोनों तरफ छलांग भरी थी। युद्धकला में निपुण सुलतान ने त्वरा से झुककर अपने को बचा लिया, अपने घोड़े को दो पैरों पर खड़ा कर पीछे मोड़ा और त्र्यंबक के बाएँ कन्धे पर जनेऊनुमा प्रहार किया। आधा अंग कटने के बाद भी 'जय सोमनाथ' कहते त्र्यंबक का दूसरा हाथ प्रहार करने लगा। वहाँ वे सुलतान के अंगरक्षकों के बीच आ गए थे। अन्त में त्र्यंबक की आँखों को ध्वजा दिखी। सदाशिव की आँखें याद आईं। कान में चौला का स्वर गूँज रहा था : 'बन्धुवर !' दूसरी तरफ सेनानी महीधर को सरदार सुन्दर ने घेर लिया था और वहाँ रा'नवघण ने महमूद पर धावा किया। पहले ही प्रहार में सुलतान का आदमकद खड्ग ऊँचा उछला। दूसरे प्रहार को विफल करने के लिए महमूद घोड़े पर से कूद पड़े। उस क्षण फिर उन्हें अपने अंगरक्षकों की पूरी मदद मिली। उन्हें खदेड़कर सुलतान की ओर हमला करना अब सहज नहीं था। जैसे चौमासे में जमीन में गहरा गड्ढा खुलते चारों तरफ का पानी चक्कर मारता वेग से धँस आता है उसी तरह महमूद का सैन्य नवघण के चारों ओर आ गया था। उन्हें रोकने में वृन्दाबा और वाजा ठाकुर तथा वीरसेन और फरीद को सफलता नहीं मिली।

सुलतान के सामने अब खुला हुआ दरवाजा था। नवघण ने फरीद और वीरसेन को दरवाजे की रक्षा करने को कहकर फिर सुलतान के सामने जाने का प्रयत्न किया। वह महमूद की धारणा के बाहर नहीं था। उन्होंने सरदार सुन्दर को सबसे मुश्किल काम सौंपा था, 'नवघण को मारना नहीं। मैंने उसे अपने गुलाम के रूप में पसन्द किया है। उसे बन्दी बनाने के बाद ही मेरे पीछे आओ।'

दूसरे ही क्षण पीठ के पीछे से नवघण पर बड़ी जंजीर पड़ती देख सुलतान ने अट्टहास किया और 'अल्ला हो अकबर' कहते मन्दिर की तरफ घोड़े को मोड़ा। इसलिए एक दृश्य उन्हें देखने को नहीं मिला। उस वजनदार जंजीर को नवघण ने स्वेच्छा से अपने ऊपर पड़ने दिया हो ऐसे पकड़ किया। अश्व की स्थिरता भी आश्चर्यजनक थी। गजनवियों को गिर के इस सिंह के बाहुबल का परिचय हुआ। गोल घूमते जंजीर के छोर की कड़ी के प्रहार से उसके घेरे में आनेवाले का सिरत्राण उड़ गया और चेहरा रंग गया। साथी सेनानियों ने नवघण के चारों ओर सुन्दर द्वारा खड़े किए गए घेरे को

काट डाला।

फिर एक बार महमूद पर हमला करने की आकांक्षा से नवघण ने पूछा, 'महमूद कहाँ है ?'

हरे रंग की पगड़ी कहीं भी दिखी नहीं। सरदार सुन्दर चुनिन्दा सैनिकों के साथ फिर इस तरफ मुड़ा था। ये सैनिक अपने को बचाकर लड़ने में निपुण थे। मन्दिर की ओर से केसरिया करने का साहस व्यर्थ गया था। दरवाजे के अन्दर दाखिल हुए सैन्य काला कहर ढा रहे होंगे और मैं यहाँ धक्के खा रहा हूँ, नवघण इस व्यथा के साथ लड़ रहे थे। उस ओर के पक्ष की जीत निश्चित होते सुन्दर के सैन्य की शक्ति बढ़ गई थी। ढेलवाँस यन्त्र अब ऐसे ही पड़ा था। सुन्दर ने उसकी मदद लेने का निर्णय किया। एक, दो और तीन गोले छूटते ही नवघण ने भविष्य देख लिया था। इस जड़ यन्त्र की शक्ति के सामने मानवीय शौर्य शर्मिन्दा पड़ गया। सेनापति महीधर का मस्तक कुचले जाते समय वृन्दा ने जोर से कहा, 'महाराज बलिदान देने का अब हमें मौका नहीं ढेलवाँस यन्त्र के गोले के सामने बलि बनने का अर्थ नहीं। चलिए, वन की तरफ चलें।'

नवघण के घोड़े ने मानो वृन्दा की बात समझ ली थी। ढेलवाँस यन्त्र की पहुँच के बाहर निकलकर उन्होंने पीछे नजर घुमाई। वाजा ठाकुर पर शिकंजे कसे गए थे अतः वे पीछे पड़ गए थे। किन्तु अभी भी युद्धभूमि से पैर उखड़ने नहीं देते थे। लहू से लथपथ महीधर का शरीर साथी सैनिकों की मदद से हटाने के लिए श्रीधर आगे बढ़े तब एक गजनवी उनके ऊपर भाले से प्रहार करने के लिए दौड़ पड़ा। वृन्दाबा के तीर ने उसे बींध डाला। वृन्दाबा को पकड़ने के लिए गजनवी दौड़ पड़े तब नवघण ने वन में अलग-अलग स्थानों पर आश्रय लेने को सूचित कर गजनवियों को अपनी ओर खींचा। जूनागढ़ के राजा को पकड़ने का इनाम लेने को अधीर हुए उन सैनिकों को दूर ले जाकर थकाकर पूरा किया। स्वयं सरदार सुन्दर भी अंग कटवाकर वापस मुड़े थे।

सुरक्षित बचे नवघण ने मन्दिर की ओर देखा। ध्वजा फहरा रही थी। 'जैसी तेरी मर्जी प्रभु !' कहकर मस्तक झुकाकर वनमार्ग में आगे बढ़े। अनजान के लिए यह क्षेत्र अभेद्य था। काँटों की झाड़ी के बीच शमी वृक्ष के नीचे जाकर—घोड़ा खड़ा रहा। महाराज नवघण फिर किशोर वनवासी की मनोदशा चाह रहे थे। लेकिन दायित्व का भार घटा नहीं। तने के सहारे आँखें बन्द कर वे खड़े रहे, वृक्ष पर चढ़ उसकी चौकोर जगह पर बैठे तब सलामती की जगह उन्हें परिताप का अनुभव हुआ। आँखें खोल ऊँचा देखा। आकाश में सोमनाथ का रक्तरंजित प्रांगण दिखा। एक उच्छ्वास निकल गया। इष्टदेव के चौखट पर जीवन समर्पित करने का अवसर खोया...क्या महमूद लूटपाट कर वापस मुड़ेगा या ज्योतिर्लिंग पर प्रहार करेगा ?

नदी के किनारे-किनारे किसान युवकों को मार्ग दिखाते करमसिंह मुखिया को नवघण ने पहचाना। उनको रुक जाने की हाँक लगाई...

बिना सेनानी के प्रभासवासियों को जान न खोने की सलाह देकर मन्दिर के कोठारी महमूद के सामने आकर खड़े रहे। उन्होंने देवायत अहीर को भेजकर श्रेष्ठी शीलभद्र को

बुलाया था। वे गुप्त मार्ग से आ पहुँचे। दुभाषिए की मदद से बातचीत शुरू हुई। मन्दिर को खंडित न करने और नगरजनों को हैरान न करने की शर्त पर वे सुलतान महमूद को मुँहमाँगा धन देने को तैयार थे। उन्हें भरोसा था कि सभी उनका साथ देंगे, क्योंकि मन्दिर और बन्दरगाह टूटने के साथ पश्चिम भारत के व्यापार-उद्योग को अकल्पनीय हानि होगी। यह धर्म का प्रश्न था, उससे अधिक तो प्रजा का समग्र जीवन व्यापार और योगक्षेम का था। शीलभद्र मानते थे कि प्रत्येक श्रेष्ठी का भविष्य प्रजा की स्थिति पर आश्रित होता है।

शीलभद्र का प्रस्ताव सुनकर महमूद क्रूरतापूर्वक मुस्काए। उनके चेहरे पर विजय का उन्माद था। दोनों शाहजादे वहाँ आ पहुँचे थे। उनके सामने देखा, उनके हाथ में मूर्तिखंडन की अधीरता थी, उन्हें पता था कि मूर्तियाँ जवाबी प्रहार करेंगी नहीं।

आगे आकर देवायत अहीर ने कहा :

'मानदार, यह समझौता स्वीकार कर लेंगे तो आपको इतना ज्यादा धन मिलेगा जिसे आप उठा नहीं पाएँगे।'

'नहीं उठेगा ?' महमूद हँस पड़े। इस प्रकार के हास्य की प्रतिध्वनि नृत्यमंडल में पहली बार उठ रही थी। खुद सुलतान को भी यह प्रतिध्वनि विचित्र लगी। विलीन होने पर उन्होंने कहा, 'सरदार और सैनिक मिलकर हम कितने हैं, यह तुम नहीं जानते ?'

'नहीं, और अन्त में कितने पहुँचेंगे वह आप नहीं जानते !' देवायत के इस उद्‌गार का भावार्थ शक्तिसिंह ने समझाया, उसके साथ शाहजादा मसूद क्रोध का तीव्र आवेग नियन्त्रित नहीं रख पाए। अहीर की बेअदबी की सजा देने के लिए उसने तलवार उठाई। सुलतान ने सोचा था कि यह प्रौढ़ आदमी पैर पकड़कर प्राण की भीख माँगेगा। किन्तु देवायत ने तनिक भी भय नहीं दिखाया। उन्होंने और जोड़ा, 'मैं आपकी भलाई के लिए कहता हूँ।' उसके साथ ही मसूद ने देवायत के पेट में तलवार भोंककर वापस खींच ली। लहू का फव्वारा छूटा। उसके बाद भी सोरठ के उस बुजुर्ग की मुखमुद्रा अविचल रही। सुलतान और उनके साथियों की तरफ पीठ करके 'जय सोमनाथ' कहते देवायत ज्योतिर्लिंग की दिशा में साष्टांग लेट गए।

'बातचीत के समय तुमने ऐसा अधर्म आचरण किया ? देवायत अहीर की इस तरह हत्या करनेवाले को प्रभु या प्रजा माफ नहीं करेगी,' कोठारी ने कहा।

'इससे कुछ फर्क नहीं पड़ता,' कहते मसूद ने मनोरंजन के लिए नजदीक की शालभंजिका पर ढाल का छुट्टा प्रहार किया। इससे मूर्ति का मस्तक अलग हो गया। उसमें से गिरती स्वर्णमुहरों की तरफ जिनका ध्यान नहीं था उन्हें भी झनकार सुनाई पड़ी।

अब श्रेष्ठी शीलभद्र के साथ सौदा करने की जरूरत सुलतान को नहीं लगी। यदि प्रत्येक मूर्ति स्वर्णमुहरों और रत्नों से भरी हो तो शिवलिंग और उसके चारों ओर क्या नहीं होगा ? सौदा करके निकल जाने से गाजी के रूप में नया खिताब नहीं मिलेगा और फायदा भी कम होगा। उन्होंने शीलभद्र को सकुशल विदा हो जाने को कह दिया।

'मन्दिर को खंडित करने के बाद नगरजनों को लेकर क्या करना है ? उस विषय में हम आपके साथ बात करेंगे। जाइए।'

शीलभद्र और कोठारी वहाँ से खिसकें उससे पहले ही वे धकेल दिए गए। उन दोनों को धर्मान्ध मनुष्य की संकीर्णता और देवद्रव्य की व्यर्थता की प्रतीति हुई तो दूसरी तरफ सुलतान के सरदार और सैनिक स्वर्ण और रत्न उखाड़ने लग गए।

चलते-चलते सुलतान ने तिलक से पूछा, 'यह स्थान महाजनी धन्धे का मुख्य केन्द्र है, ऐसा हमें किसने कहा था ? तुमने ही न ?'

तिलक का मुँह लटक गया। उसने सोचा था कि सुलतान मुँहमाँगा धन मिलते मन्दिर के सभामंडप से पीछे मुड़ जाएँगे। उस मूर्ति के टूटते स्वर्णमुहरें गिरीं उसके साथ बात बदल गई।

स्वर्णघंट और उसकी वजनदार जंजीर उतार लिये जाने तक शक्तिसिंह भी कुछ सोच नहीं पाया। किन्तु अब तो सुलतान के हाथ में उनकी धातुजड़ित लाठी आ गई थी। लात मारकर सुलतान ने गर्भगृह का द्वार खटखटाया। तिलक और शक्तिसिंह को पास बुलाया। कोई मूल्यवान रत्न टूटे नहीं उसका ध्यान रखना था। स्तम्भों, शहतीरों और वितान पर से स्वर्ण, हीरामाणिक और बहुमूल्य रत्न उखाड़ते सैनिक काष्ठशिल्प के सौन्दर्य को अपनी शीघ्रता के कारण खंडित कर रहे थे।

सुल्तान की अधीरता उनसे भी अधिक थी। कब शिवलिंग टूटे और कब गर्भगृह के खजाने हाथ लगें। सुलतान ने शक्तिसिंह को फिर बुलाया। इसकी यह कद्र देख अन्य सैनिक ईर्ष्या करने लगे, जबकि शक्तिसिंह के पैर में ज़ोर नहीं था।

दरवाजा तोड़ने को तत्पर हुए शाहजादों को रोककर महमूद ने शक्तिसिंह को चौखट की चूल निकालने को कहा। इस स्वर्णमंडित और रत्नजड़ित दरवाजे को यथावत गजना ले जाने की उनकी इच्छा थी। चौखट की चूल निकालने के लिए शक्तिसिंह ने दरवाजा उठाया। अन्य सैनिक की असावधानी के कारण नीचे बैठे शक्तिसिंह के कपाल पर सुनहली पेंच आ लगी। शक्तिसिंह बेहोश हो लेट गया।

दक्षिण द्वार से हुए हमले को कुचलने के लिए तिलक पहुँच गया था। सुनने को मिला था कि एक अज्ञात योद्धा ने जलमार्ग से प्रवेश किया है और किसी भी मोल पर ज्योतिर्लिंग का खंडन रोकने के लिए वह कठिन परिश्रम कर रहा है। शाहजदा मसूद को भेजकर सुलतान ने पता लगाया। अकेले-दुकेले योद्धाओं की विजेताओं को कुछ पड़ी नहीं थी। वे यहाँ तक आ पहुँचें इसके बाद देख लेंगे। दो-चार युवतियों को नौका-मार्ग से भगा ले जाने में वे मदद करते हों उन्हें बाद में देख लेंगे।

उस अज्ञात योद्धा ने तिलक को निःशस्त्र कर भगाया था। उसकी मदद को लेकर सुलतान ने ध्यान नहीं दिया। बेहोश शक्तिसिंह को बगल में खींच निकाला था। दूसरा दरवाजा आसानी से उतारा जा सका।

सुलतान महमूद ने हाथ में लाठी लेकर गर्भगृह के चौखट पर पग रखा था। एक हाथ में तलवार और दूसरे हाथ में त्रिशूल लिये एक युवती दीपक के पास दिखी।

ध्यानस्थ आचार्य और सुलतान के बीच वह विद्युत गति से आ गई। उसके हाथ में रहे शस्त्रों की धार की चमक अधिक थी या उसकी आँखों की ? यही चौला होगी ? दो रात पहले फकीर को बचाने के लिए उसने धावा किया था वह शमशीर भी यही थी ?

'इसे पकड़ लो। यह गजना की शोभा बढ़ाएगी।'

कौन आगे बढ़कर पकड़े चौला को ? नजर मिलते ही सबकी आँखें चौंधिया जाती थीं। सुलतान हुक्म पर हुक्म देते जाते थे। चौला को निःशस्त्र करने के लिए आगे बढ़नेवाले क्षत-विक्षत होकर पीछे होते जाते। अन्त में महमूद ने अल्ला हो अकबर की गर्जना कर नीचे से लाठी उछालकर त्रिशूल पर उलटा प्रहार किया। चौला के हाथ से त्रिशूल गिरा नहीं, वह उछलकर अदृश्य हो गई।

सुलतान का श्वास रुक गया।

यह युवती अचानक हमला करेगी तो ?

चौखट के पास खड़े होकर शिवलिंग पर प्रहार करने जाते समय ध्यानस्थ आचार्य आड़े आते थे। दूसरे किसी को आगे भेजकर शिवलिंग तोड़ने का यश हाथ से जाने देना भी पसन्द नहीं था, तो अन्य सभी रत्न खोदने में व्यस्त थे। कोई-कोई तो आग से शिल्प का सौन्दर्य जलाकर रत्न को अलग करता था। किसी प्रकार गर्जना किए बिना, सावधान होकर चकोर नजर से सुलतान ने गर्भगृह में पाँव रखा। यह आचार्य खड़ा होकर मुझ पर हमला करेगा तो ? चारों तरफ नजर कर, ली हुई लाठी के छोर से ध्यानस्थ काया को हिला देखा। खतरा नहीं समझकर लाठी उठाई। वहाँ, कहीं से त्रिशूल का प्रहार होते ही मुट्ठी ढीली पड़ गई। अब चौला को पकड़कर मसल डालने का मन हुआ, किन्तु वह दिखी ही नहीं। सुलतान ने अनुमान किया, अब वह किस तरफ से तलवार का प्रहार करेगी। लाठी उठाकर पल-भर ऊँचे ही पकड़े रखी। तलवार क्षणार्ध पहले आचार्यदेव के चरण में गिरी। 'पकड़ लो उस पागल को—' कहते महमूद एक के बाद एक प्रहार करने लगे। शिवलिंग टूटा उसके साथ बहुमूल्य रत्न निकले। गर्भगृह का उजाला बढ़ गया। उस उजाले में भी चौला किसी को दिखी नहीं।

विश्वासी सैनिकों ने शिवलिंग का टुकड़ा उखाड़ लिया। दूसरे सभी गर्भगृह की समृद्धि लूटने में लग गए थे। रत्न उखड़ गए और दीपक बुझ गए तब अँधेरा हो गया। बाहर काम देते मशाल को मँगाकर भी सुलतान ने लूट का काम जारी रखा। वहाँ मशाल के पास सुलतान खड़े थे और द्वार के पास के भाग में ही आग लगी। किसी को आग बुझाने की जरूरत दिखी नहीं। अन्दर खड़े रहने से आग और धुएँ से घिर जाएँगे। कलाई पर फिर से प्रहार हुआ क्या ? सुलगा दो उस छिपी रोशनी को, आग में आग मिल जाए। जला दो सारे मन्दिर को। कल सुबह उजला हुआ सोना हमारी राह देखता होगा। चलो।

सुलतान की चाल में विजेता का गुमान था। मगर छाती में अधूरे मंसूबे की बेचैनी। तिलक के गुप्तचर जिसके सौन्दर्य का बखान करते नहीं थकते वह चौला पकड़े जाने के बदले खुद को जलाकर मुझे मारने को तैयार हुई। इस कारण बहुमूल्य द्रव्य पड़ा रहने

देकर निकलना पड़ा। सारा सैन्य भाटे की लहरों की तरह दूर खिसक गया।

उस अज्ञात योद्धा ने सैन्धव का ध्यान खींचा। जासल मन्दिर के गजथर की एक शिला को खिसकाने के लिए कठिन परिश्रम कर रही हैं। थोड़ी जगह हुई है उसमें से धुआँ बाहर आने लगा है।

आगन्तुक योद्धा वहाँ पहुँच गया। अन्दर से स्तुति सुनाई पड़ी :

जटाटवीगलज्जलं प्रवाहपातितस्थले
गलेवलम्ब लम्बितां भुजंग तुंग मालिकाम्
डमडमडमडम निनादिवडमर्यवं
चकार चंड तांडवम् तनोतु नः शिवः शिवम्

स्वर परिचित लगा। शिला खिसकाने में योद्धा ने सारी शक्ति का प्रयोग किया। जासल ने कहा, 'चौला ने यह शिला बिल्कुल सहजता से खिसकाई थी।'

निश्चित यह स्वर उसी का है :

जटाकटाह सम्भ्रमन्निलिम्पमान निर्झरी
विलोल वीथि वल्लरी विराजमान मूर्धनि,
धगद् धगद् धगज्जल ललाटपट्ट पावके
किशोर चन्द्र शेखरे रतिप्रतिक्षणमम।

'चौला ! कहाँ हो चौला तुम ?' शिला खिसका अन्दर प्रवेश करते योद्धा को कुछ स्पष्ट दिखा नहीं। स्तोत्रगान जारी था।

'चलो, चौला बचा जा सकता है,' योद्धा आग से चौंधियाये बिना या जले बिना केवल स्वर के तार के सहारे उसके पास पहुँच गया था।

'बचकर क्या ?'—चौला गंगाजल का अभिषेक एक बार ज्योतिर्लिंग पर करती थी तो एक बार अपने मस्तिष्क पर। वह प्रमत्त थी।

'अब बचकर अनेक को बचाना है हमें। मुझे नहीं पहचाना ?'

'अब तो अगले जन्म में पहचानेंगे महाराज !' कहती चौला ज्वालाओं की ओर खिसकने लगी।

आगे बढ़कर भीमदेव ने उसे रोका। उठा लिया। अब चौला ने कुछ प्रतिकार नहीं किया। माता गौरा की तरह अनेक ने कहा था, 'भीमदेव साधारण मनुष्य नहीं। उन पर भगवान सोमेश्वर का अनुग्रह है।...इष्टदेव ने ही उन्हें ऐसे भेजा हो, तो जैसी उनकी इच्छा...'

शिलामार्ग से चौला को जासल के हाथ में सौंपा, वहाँ चौला ने आचार्यदेव की तलाश करने को कहा। ऐसा लगता था कि खोजने से नहीं मिलेंगे। प्रार्थनामय आँखों से अग्नि की तरफ देखा। पद्मासन लगाकर बैठी एक प्रदीप्त आकृति आग के अन्तर्गत दिखी। भीमदेव ने वन्दन किया। बाहर निकलने के लिए शिला का मार्ग लिया। द्वार की तरफ अग्निदेव की सत्ता थी। सम्पूर्ण मन्दिर यज्ञवेदी में परिणत तो नहीं होगा ?

बाहर निकलने पर भीमदेव को भान हुआ कि कैसी गर्मी में तपना पड़ा था। मुँह

की त्वचा पर अग्नि का पीड़ादायी असर था। यह भूलकर उन्होंने चौला को सुरक्षित स्थान पर पहुँचाने को कहा, मन्दिर की आग बुझाने के लिए बचे हुए सैनिकों और सेवकों को इकट्ठा किया। जहाँ प्रतिदिन गंगाजल से अभिषेक होता था वहाँ रत्नाकर सागर के जल की वर्षा शुरू हुई। सागर अपने को गागर में भरकर मन्दिर की ऊँचाई को प्राप्त हुआ।

वहाँ एक अश्वारोही ने मन्दिर के खंडित सिंहद्वार में प्रवेश किया, सोमेश्वर को वन्दन कर मंडोवर के पास पहुँचकर आग पर आरोहण शुरू किया। भीमदेव ने सदाशिव को पहचाना। जल-भरा घड़ा उछाला। सदाशिव ने कुम्भ उलीचकर खंडित लिंग को अंजलि दी, फिर आग बुझाने लगे। धक्कामुक्की से गिरकर कुचले कुए कोठारी और शीलभद्र सचेत हुए। फिर तो घायल भी खड़े हो गए। कुम्भ-कुम्भ में सागर की तरंगें उछलीं। आग पर खड़े सदाशिव ने काबू पाया था। युवाचार्य की जय हो ! स्वयं महाराज भीमदेव युवाचार्य की जय बुलवा रहे हैं ? चौला होश में आई। मन्दिर की तरफ आधे भीगे सदाशिव के पैर पकड़कर वह रोती रही।

26

सदाशिव के आगमन ने घायल प्रभासवासियों में स्वस्थ होने का विश्वास जगाया। चौला अपने भवन में जाने की आज्ञा लेने आई। सदाशिव ने मानो उससे पहले ही निर्णय कर लिया था, 'तुम्हें वहाँ या यहाँ रुकना नहीं। महाराज भीमदेव को भी नहीं। सुलतान जानेंगे तो उनके साथ तुम्हें पकड़ने चढ़ आएँगे। बचा हुआ मन्दिर जलाने के बहाने फिर लूटेंगे।' युवाचार्य की आज्ञा थी कि भीमदेव चौला को साथ ले जाकर दीव या शियालबेट रख आएँ। त्वचा पर अग्नि की ज्वालाओं का असर हुआ है। शियालबेट के मीठे पानी से शान्ति मिलेगी। किन्तु वहाँ से चौला खिसके तो कैसे ? कहा, 'मैं स्वस्थ हूँ।'

त्र्यंबक, देवायत और अन्य सैकड़ों के मृतदेहों का श्मशान में एक साथ अग्निदाह किया गया था। रात्रि के दूसरे प्रहर में घायलों के उपचार के लिए स्वयंसेवकों की टुकड़ियाँ तैयार होने लगी थीं। वहाँ वाजा ठाकुर आ पहुँचे। सेनापति महीधर बच नहीं सके। मन्त्री श्रीधर भाई का अचेतन शरीर लेकर जूनागढ़ पहुँचे। महाराज नवघण करमसिंह की टुकड़ी के साथ पास के जंगल में हैं। वे आपकी आज्ञा की प्रतीक्षा में हैं। वृन्दाबा दीव गई थीं। आश्रितों की व्यवस्था देख वह जलमार्ग से वापस आईं। उनके अनुसार आप दो दिन पहले आए होते तो सभी बच जाते। हमारा शौर्य कम नहीं था, हमारी रणनीति कच्ची साबित हुई। आप अपनी बात कहिए।

सदाशिव ने संक्षेप में विगत कथा सुनाई :

'समाधि के छूटने के साथ मैं निकल पड़ा था। सुलतान ने मुझे फिंकवा दिया उस क्षण शरण माँगने के लिए मैंने भगवान सोमेश्वर का ध्यान किया। उनकी कृपा से शरीर

हल्का फूल बन गया। अतः नीचे पड़कर भी सुरक्षित रहा इसका श्रेय एक सेवक और उस पंचकल्याणी अश्व के हिस्से में जाता है। समाधि की दशा में बीच में कितने दिन बीत गए, इसकी गिनती मेरे पास नहीं। मानो मैं कैलास में था। एक साधु ने उस सेवक की विनती से मुझे मूल स्थिति में रखा। मुझे यहाँ का स्मरण हुआ। सम्पूर्ण मध्य और पश्चिम भारत के शैवों को संगठित करके यहाँ ले आने के अहंकार ने मुझे पीड़ित किया। संहार के देव को बचा लेने का मेरा दावा था। शम्भु ने मुझे ठीक समय पर निकट भी आने नहीं दिया। साथ-साथ महाराजे अपनी-अपनी सीमा पर खड़े रहे। भगवान सोमनाथ ने हमें अपना परिचय भी करा दिया।'

'दामोदर मेहता के साथ हुए समझौते के अनुसार वीसलदेव और भोजराज महमूद को यहाँ खड़ा रहने न दें और मैं आगे से रोकूँ ऐसी व्यूहरचना की गई थी। यदि मुझे सपादलक्ष और मालवा के अधिपतियों के वचन में विश्वास नहीं होता तो मैं पाटण से सीधा यहाँ आ गया होता,' भीमदेव ने ग्लानि के साथ कहा।

'आपको पाटण खाली करने के बदले वहीं वीसलदेव और भोजराज की मदद से सुलतान को रोकना जरूरी था। इससे मोढेरा का नरसंहार तो रुका होता।'

सदाशिव के अभिप्राय के साथ भीमदेव सहमत थे। अब वे उनकी सलाह के अनुसार सैन्य को व्यवस्थित करेंगे।

'मैं क्या करूँ गुरुदेव ?' चौला ने पूछा।

'तुम, महाराज भीमदेव और जासल, कन्याओं और कुलवधुओं को दीव पहुँचाना जारी रखो। युद्ध की थकान उतरने के साथ महमूद के सैनिक अपनी भूख की सन्तुष्टि के लिए टूट पड़ेंगे। जासल को अपने साथ रोक रखना। यहाँ की परिस्थिति स्पष्ट होते मैं तुम्हें सन्देश भेजूँगा। महाराज भीमदेव गान्धवी जाकर अपने लश्कर की एक साहसिक टुकड़ी रा'नवघण के पास वन में भेजेंगे।'

'मेरा लश्कर नवघण के नेतृत्व में लड़ेगा ?'

'उदयमति ने तुम्हारी शान की रक्षा की है तो तुम उसके भाई पर इतना भी उपकार नहीं करोगे ?'

'किन्तु पाटण और जूनागढ़ की सत्ता के बीच जो विवाद...'

'उन विवादों से महमूद अवगत न होता तो उसने यह धृष्टता नहीं की होती। याद रखें महाराज भीमदेव कि नवघण आपके सम्बन्धी होने के साथ सोरठ के राजा भी हैं। महमूद के सामने खुली छाती से सामना करके उन्होंने यह सिद्ध किया है। बाद में निश्चिन्त होकर बात करेंगे। उठिए, चौला को दीव में रख गान्धवी पहुँच जाइए।'

युवाचार्य की चरणरज लेकर भीमदेव खड़े हुए, निकलते वक्त जासल के आँसू रुकते नहीं थे। 'तुम्हारे पिता को इच्छामृत्यु मिली है। रोओ नहीं बहन। मैंने भी देवायत अहीर को सदा बुजुर्ग का सम्मान दिया है। उनको देखते ही प्रकृति की आशिष का अनुभव होता था।'

जाते-जाते चौला ने आचार्यदेव की अस्थि साथ ली। नौका ने त्रिवेणीतीर्थ की तरफ

होकर दीव की ओर प्रस्थान किया।

प्रहर भी नहीं बीता होगा कि वहाँ भूमली के राणाजी संगसिंह का दूत आया। सदाशिव ने उसे रुकने को कहा।

दूसरे दिन के तीसरे पहर में सुलतान के सैन्य में से शव और घायलों की देखभाल के लिए एक छोटी टुकड़ी पहुँची। इस तरफ तो विध्वंस की रात के तीसरे पहर में ही घायलों का उपचार शुरू हो गया था। कापालिकों का श्मशान घायलों का उपचार केन्द्र बन गया था। धूर्जटि को सदाशिव द्वारा मार्गदर्शन देना नहीं पड़ता था।

'फरीद कहाँ है ? क्या ऐसा हो सकता है कि वह दो दिनों तक दिखे नहीं ?'

सैन्धव के कहने के अनुसार अन्तिम प्रहर में वह सोया था। सुलतान के आदमी उसे उठा ले गए हों तो कोई आश्चर्य नहीं। वाजा ठाकुर इसकी तलाश कर रहे थे। सैन्धव का अनुमान सही निकला।

फरीद, शीलभद्र और अन्य कितने श्रेष्ठियों को सुलतान ने पकड़वाकर मँगाया था। रात में विजय के नशे के साथ शराब का नशा बढ़ा था, अब अभी पूरी तरह विलीन नहीं हुआ था। सुलतान के एक हाथ पर पट्टी थी। सुन्दर का हाथ पट्टी के साथ झोली में था। तिलक सिर नीचा करके बैठा था। उसकी महत्त्वाकांक्षा निष्फल हुई थी। उसके बाएँ हाथ जैसा शक्तिसिंह सामान्य सैनिकों के साथ पड़ा कराह रहा था। शाहजादा मसूद ने देवायत की हत्या की, उस क्षण तक बातचीत द्वारा मन्दिर को बचा लेने की उसे आशा थी। प्रभासवासियों के कान में ऐसी बात डालनी थी कि सरदार तिलक की विनती को मान देकर सुलतान ने श्रेष्ठी शीलभद्र का प्रस्ताव स्वीकार किया। इसलिए शिवलिंग टूटा नहीं और नगर लुटाया नहीं, स्त्री-पुरुष गुलाम बने नहीं। इसलिए प्रभासक्षेत्र के सूबा के रूप में तिलक का हम सत्कार करते हैं...

ऐसा कुछ हुआ नहीं और एक अज्ञात योद्धा के सामने लड़ते-लड़ते तिलक को अपने प्राण बचाने के लिए मन्दिर की दक्षिणी दीवार की ओर भागना पड़ा। खुद उस तरफ गए थे चौला को पकड़ने की लालच से। गुप्त मार्ग से वे मन्दिर के गर्भगृह से बाहर निकलकर उस तरफ जरूर आएगी। किन्तु उसे वहाँ खड़ा रहने तक को नहीं मिला। कोई गजनवी सैनिक मदद के लिए आया नहीं। सभी लोभ-लालच के गुलाम...

सुलतान ऐसे बोले जैसे वह तिलक का मनोभाव समझ गए हों—

'आप सब हमारे वफादार सरदार तिलक के साथ बात करके रकम निश्चित करें। हमें गरीबों की झोंपड़ी तोड़नी नहीं मगर तुम्हारे महलों के लिए हमारे हृदय में लेशमात्र दया नहीं। सूदखोर सेठों का धन लूट लेने का खुदा का हुक्म है। अगर तुम्हें हमारी मेहनत बचानी हो तो उचित रकम निश्चित करो,' उसके बाद दूसरे सरदारों के सामने देखकर सुलतान ने समर्थन माँगा। कोई बोला नहीं।

शाहजादा मसूद ने कहा, 'मैंने सोचा था कि आप सरदार तिलक या सुन्दर को यहाँ का सूबा नियुक्त करेंगे।'

'क्या वह गजना छोड़ यहाँ रहना पसन्द करेंगे ?'

'गजना को छोड़ा जा सकता है किन्तु आप जैसे सुलतान का साथ छोड़ा नहीं जा सकता,' सुन्दर ने कहा। महमूद ने सम्मान के भाव से सुन्दर की ओर देखा।

'हम भी आप जैसे वफादार सरदारों के बिना नहीं चल सकते। जो सरदार हमारे साथ आए हैं वे सब हमें प्यारे हैं। इस फतह के बाद हम गजना को जन्नत बनाएँगे। दुनिया के किसी शहर में न होगा, ऐसा वैभव हमारी राजधानी में होगा। हम वतनपरस्त हैं, हमें सल्तनत नहीं बढ़ाना है। फिर भी आप कहते हैं कि यहाँ सूबा नियुक्त होना चाहिए तो हम इसकी आजमाइश भी करने को तैयार हैं।'

'सूबा को आप लश्कर देते जाएँगे ?' सुन्दर ने पूछा।

'लश्कर क्यों ? जिसके पास अपना लश्कर हो उसे ही हम सूबा नियुक्त करेंगे।'

'जैसे कि नवघण ?' तिलक ने पूछा।

सुलतान हँसा।

'उसे तो पकड़कर गुलाम के रूप में गजना ले जाना है। यह फरीद तैयार हो तो हम उसे सूबा बनाएँ।'

'मुझे प्रभास का सेवक रहने दें।'

'सूबा बनकर भी सेवा हो सकती है—प्रभास की और हमारी भी। यहाँ के लोग तुम्हें आसानी से क़ुबूल कर लेंगे।'

'मगर मैं आपको अपना सकूँ ऐसा नहीं। आपने मेरे वतन का अपमान किया है। जो मन्दिर इस प्रदेश के जीवन का मुख्य आधार है इस पर भी प्रहार किया है। देवायत जैसे मेरे बुजुर्ग को बुरी तरह मारा है।'

'एक मुस्लिम के नाते यह सब बोलते तुम्हें शर्म नहीं आती ?'

'इस्लाम की मेरी समझ को दरवेश ने विकसित किया है। इसलिए मुझे शर्म तो इस बात की आती है कि मैं जिन्दा रहा और आपको सूबा बनाने के योग्य लगता हूँ। सुलतान, एक बात समझ लें। इस देवभूमि का एक भी आदमी यहाँ का सूबा बन आपके ऊपर उपकार करने को तैयार नहीं होगा। वह हमवतन को लूटेगा नहीं। युवक-युवतियों को गुलाम के रूप में आपके हवाले करेगा नहीं।'

'तो फिर हम लश्कर को हुक्म देंगे कि...' वाक्य पूरा करने से पहले सुलतान ने श्रेष्ठी शीलभद्र के सामने देखा, 'पहले श्रेष्ठियों के घर लूटो, उसके परिवारवालों को गुलाम के रूप में पकड़कर लाओ। हम उनकी नीलामी कराएँगे।'

शीलभद्र किसी प्रस्ताव पर विचार कर रहे थे। सुलतान नगर के बाहर से ही बोरिया-बिस्तर बाँधकर रवाना होने के लिए कितने द्रव्य से राजी होंगे ?

वहाँ छावनी के अन्तिम भाग में आग लगने की पुकार पड़ने लगी। सुलतान के साथ सभी सरदार खड़े हो गए। यह किस तरह हुआ ? सुलतान आगे बढ़े। फरीद ने श्रेष्ठियों को निकल जाने का संकेत किया। शीलभद्र खड़े रहे। 'बातचीत से समझौता होता हो तो ?'

'समझौता नहीं होगा बुजुर्ग। आप जो धन देंगे उसे पचाकर निकलने से पहले

सुलतान नगर को लूटेंगे। उनके सैनिक स्त्रियों की लाज लेंगे। इसलिए खिसक जाइए या छिप जाइए। आप सैन्धव को सन्देश भेजकर मुझे रात में बुलाना। जाइए, नहीं तो आप सबको जमानत में रखकर जितना सम्भव हो सके उतना धन सुलतान हस्तगत कर लेंगे। अन्तिम माँग में कन्याओं, कुलवधुओं और देवदासियों को सौंपने का समावेश होगा। यह वही सुलतान हैं जिन्होंने सलाह देने गए सदाशिव को पर्वत की ऊँचाई से फिंकवा दिया था।'

'सुलतान को पता चला कि सदाशिव आ पहुँचे हैं ?'

'हाँ, वह कहने को मैं खड़ा रहता हूँ। आप निकल जाएँ। महाराज नवघण के वनवासी साथियों द्वारा आग लगाई गई लगती है। जल्दी नहीं बुझेगी।'

'शीलभद्र मानो अनिच्छा से गए।'

फरीद खड़ा रहा।

सुलतान को वापस आते देर हुई। छावनी के उस क्षेत्र के चौकीदारों को सजा देने के लिए वे रुके थे।

'कहाँ गए वे सूदखोर व्यापारी ?'

'इकट्ठा हुआ सूद आपको दे देने के लिए तैयारी तो करनी पड़ेगी न ?'

'मुझे लगता है तुमने उन्हें भगा दिया होगा। तुम्हारा यह गुनाह माफ। तुम रात में हमारे घायल सैनिकों के उपचार में रुके हुए दिखे थे, इसलिए माफ।'

'हमने पहले प्रभासवासियों को उठाया। फिर युवाचार्य सदाशिव की आज्ञा से आपके सैनिकों को उपचार देने लगे।'

'सदाशिव ? उसे तो मैंने मौत की सजा फरमाई थी।'

'मगर खुदा की मर्जी अलग थी। आपके सैनिकों के उपचार के लिए उन्हें जीवित रखा। अब प्रभासवासी निश्चिन्त बने हैं।'

'तो यह आग उसने लगाई ?'

'नहीं, वे तो आग बुझानेवाले हैं। आग लगाई होगी या तो नवघण के साथी वनवासियों ने या तो भूमली के राणाजी संगसिंह ने !'

'वह कौन ?'

'आप सबको पहचान नहीं सकते। थोड़े दिन में यहाँ समस्त पश्चिम भारत इकट्ठा हो जाएगा। आप यहाँ जितना अधिक रुकेंगे उतने ही चौतरफा घिरते जाएँगे।'

'तुम्हारी आगाही से मैं डर नहीं जाऊँगा। सूचना पाने के मेरे पास निजी साधन हैं। बोलो, तुमसे आखिरी बार पूछ लेता हूँ। होना है तुम्हें यहाँ का सूबा ?'

'यह धर्मनगरी है सुलतान ! यहाँ के पंचकुलिक भी आचार्य की आज्ञा के पालन में धन्यता का अनुभव करते हैं। मेरी मानें तो आपके घायल सैनिकों के स्वस्थ होने के साथ ही यहाँ से निकल जाएँ,' कहता फरीद चला गया। वह सदाशिव से मिलकर दरवेश से काम-काज पूछकर अपने घर जाना चाहता था।

कल युद्धभूमि और मन्दिर के प्रांगण में एक विलक्षण दृश्य था। गजनवी के घायल

सैनिकों की सेवा के लिए प्रभासवासी खाट ले-लेकर आ रहे थे। मुस्लिम परिवार इने-गिने थे और वे उतने सम्पन्न भी नहीं थे। बन्दरगाह क्षेत्र में उनकी संख्या अधिक थी। सदाशिव ने उन्हें चौकीदार के रूप में पसन्द किया था। बस्ती-बस्ती, गली-गली में खड़े रहकर जुल्म करने आते गजनवियों से कहना था, 'यहाँ घर-घर आपके साथियों का उपचार चल रहा है।'

यह प्रस्ताव सदाशिव ने पेश किया तब वाजा ठाकुर और सैन्धव एक साथ चौंक उठे थे। 'भगवान सोमेश्वर पर हमला करनेवाले की जान बचानी होगी या उन्हें सड़ने देना होगा ? वे स्वस्थ होकर फिर हमला नहीं करेंगे ?'

'आप देखें तो सही कि क्या होता है ? इन बेचारे अज्ञानियों ने वैरभाव से भगवान शम्भु की भक्ति की है। आप पुराणों की कथाएँ भूल गए हैं ? आजकल प्रवचन करने का युवाचार्य के पास समय नहीं। आचार्यदेव के श्राद्ध के कर्मकांड में भी कोठारी बैठते हैं। कुमार भाव वृहस्पति और माता शारदादेवी को पत्र भेजा है। उनके द्वारा काशी में घटित होगा।'

श्रेष्ठियों को अपने-अपने जहाज के स्थान की ओर प्रस्थान करने की सदाशिव ने आज्ञा दी। उन्हें नगर में अभी बची कन्याओं और कुलवधुओं को दीव उपरान्त भृगुकच्छ या स्तम्भतीर्थ ले जाना था। सबकी सूची तैयार कर रहे थे वाजा ठाकुर।

इस कंचन-कामिनी के स्थानान्तरण की बात जानकर गजनवी का सैन्य चौंक उठा। जिस वैभव-विलास के लिए इतने दिनों की यातना उठाई वह ऐसे हाथ में से खिसक जाएगा ? सरदारों ने सुलतान का ध्यान खींचा।

'जा-जाकर कितने स्त्री-पुरुष जाएँगे ?' महमूद ने बेपरवाही से जवाब दिया। शायद नगर में युवतियाँ कम हों यह उनके अनुकूल था। युवतियों के साथ बलात्कार करने जाते सैनिक आपस में लड़ पड़ें उसकी अपेक्षा ज्यादा धन प्राप्त कर सन्तोष पाएँ यह बेहतर। वैसे युवा स्त्री-पुरुषों को बड़ी संख्या में पकड़ ले जाने की तैयारी थी ही।

अत्यधिक विलम्ब करने के बाद शाहजादा मुहम्मद को कान में कुछ कहकर सुलतान ने जहाज पर हमला करने निकले सैन्य की सरदारी सौंपी थी। सामने आकर फरीद ने एक छोटी-सी टुकड़ी की मदद से टक्कर झेली। असाधारण शौर्य दिखाया। किनारे पर एकत्रित युवतियाँ जहाजों में पहुँचने का समय पा सकीं। राणाजी के सैनिक मदद के लिए आ पहुँचे तब तक फरीद के सैनिक मुकाबला करते रहे, मरते रहे। आखिर गजनवियों के बीच घिर गए फरीद का मुहम्मद ने सिरच्छेद किया। जहाजों के प्रस्थान के बाद अपने नाविकों को लेकर सैन्धव ने दूसरी तरफ से मुहम्मद पर हमला किया। प्राण बचाने के लिए शाहजादे को भागना पड़ा।

सिर झुकाए मुहम्मद अपने पिता के पास पहुँचा। उस समय मसूद लूट के माल को निश्चित करने में अब्बाजान की मदद कर रहा था। स्वर्ण-हीरामाणिक और रत्नों की कीमत दस करोड़ दीनार होगी। 'तुम भले कुछ न ला सके भाई, हमें कल के द्रव्य में से पाँचवें भाग के दो करोड़ दीनार मिलेंगे,' कहते उपहास की नजर से देखा।

सुलतान को यह पसन्द नहीं कि शाहजादे एक-दूसरे का उपहास करें। एक-दूसरे के लज्जित होने पर राजी हों ऐसा होने पर वे आगे जाकर वैर बढ़ाएँगे। उन्होंने मुहम्मद को शाबाशी दी। फरीद को मारा इससे प्रभास को लूटने में आसानी होगी।

किन्तु वह आसान नहीं था। जहाँ गजना की टुकड़ी पहुँचती वहाँ एकाध घायल सैनिक उपचार लेता पड़ा होता। वह सिफारिश करता, 'मेरे परिवार का ध्यान रखना, मेरे हिस्से के दीनार मेरे सगे-सम्बन्धियों को मिलेंगे तो सही न ?'

सदाशिव द्वारा दी गई भावात्मक और बौद्धिक लड़ाई का किस तरह प्रतिकार करना ? सुलतान ने बरूनी और फर्रूखी के साथ बहुत दिनों से बात की नहीं थी। सलाह लेने के बहाने बुलाया।

बरूनी ने कहा, 'नामदार, आप सदाशिव की सलाह क्यों नहीं लेते ? जो आदमी हमारे घायल सैनिकों की चिकित्सा करा रहे हैं वे हमारा हित सोचकर ही सलाह देंगे।'

'उस सदाशिव ने मेरी नींद हराम कर दी है। कल रात मुझे ऐसा स्वप्न आया कि वे मुझे झकझोर रहे हैं,' मेरे जागने के साथ वे कहते हैं, 'तुम्हें कुरान की आयतें याद हैं सही, लेकिन तुम उनके अर्थ या तो भूल गए हो या समझते नहीं। तुम इस देवभूमि में आए हो तो कुछ तो ऐसा साथ लेते जाओ जो स्थायी रूप से टिके। ये सोने और हीरामाणिक तो तुम्हें ऊँट-घोड़े खरीदने में कम पड़ेंगे।'

'कल आपने सरदार तिलक और सुन्दर को ऊँट-घोड़े की गिनती का काम सौंपा था। सही है न ? हम तीस हजार घोड़े और पचास हजार ऊँट लेकर निकले थे सही न ? सुन्दर कहता था कि मनुष्यों की तुलना में ऊँट-घोड़े कम मरे हैं यह जान सुलतान खुश होंगे। ऊँट-घोड़े बड़ी कीमत देकर खरीदने पड़ते हैं जबकि गुलाम तो मुफ्त में पकड़े जा सकते हैं। यहाँ से कितने गुलाम हस्तगत होंगे नामदार ?'

'मुझे गुलाम पकड़ने का काम अन्त में सौंपना था। मगर देखता हूँ कि सदाशिव शहर खाली करा रहे हैं।'

'यह सही है कि वीसलदेव और भोज की सेना आ रही है ?'

'वह तो अभी दूर है। मगर वह नवघण जब चाहे तब जंगल में से आकर छापा मारता है। गाँव के मुखिया उसकी मदद के लिए दौड़ पड़ते हैं। कहते हैं कि दीव के ठाकुर की कुँवारी वृन्दा की उसे भारी मदद हैं।'

'आप दीव पर हमला क्यों नहीं करते ?'

'मैं पीछे नहीं मुड़ता और ऊँट रेगिस्तान का जहाज है, सागर का नहीं।'

'सुनने के अनुसार भीमदेव भी गुप्तवेश में प्रभास में है।'

'उन्होंने चौला को आग में से बचाकर उसे दीव पहुँचाया। अब गान्धवी चले गए हैं। अपनी सेना लेकर सामने आएँगे। मुझे एक तरफ निकलने का रास्ता निश्चित करना है, दूसरी ओर यहाँ से जितना हो सके ज्यादा धन-दौलत लेते जाना है।'

'घायल सैनिकों को तो आप धन-दौलत नहीं मानते हैं न ?'

‘तुम आज मश्करा बन गए हो बरूनी !’

‘गम्भीरता से कहता हूँ क्योंकि आप सदाशिव से पूछेंगे कि यहाँ सबसे अधिक कीमती क्या है, तो वे कहेंगे—मनुष्य। और गजना या प्रभास के मनुष्यों के बीच वे भेद नहीं करते। नामदार, आप जानते हैं ? वे कापालिक तो जाति-पाँति के सम्बन्ध में भी भेद नहीं करते, जबकि आप गुलाम और घोड़ा के बीच भेद करते हैं। गुलाम की अपेक्षा घोड़े की कीमत बहुत ज्यादा मिलती है इसलिए वैसा ही करना चाहिए।’

सुलतान को बुरा मानने की फुर्सत नहीं थी। जो ऊँट रेगिस्तान पार करने के लिए आशीर्वाद रूप सिद्ध हुए थे, उन्हें जिलाने के लिए भी खर्च करना पड़ता था। प्राणियों में असाध्य रोग फैलते थे उन्हें काबू में रखने के लिए भी खर्च करना पड़ता था, रुकना पड़ता था। बिलम्ब बहुत महँगा पड़ता।

‘नामदार आप इजाजत दें तो मैं और फर्रूखी सोमनाथ का मन्दिर देखने जाएँ।’

उसका पूजा का हिस्सा जल गया है। आग की ज्वालाओं पर खड़े होकर उस सदाशिव ने काबू पाया। मैंने तो मान लिया था कि वह मर गया है।

‘मैंने भी मान लिया था। फलज्योतिष के अनुसार वे जी सकें, ऐसा नहीं था। नक्षत्रों के ऊपर भी कोई ऐसी शक्ति है, जिसने उन्हें जिलाया।’

‘मेरे खुदा ने तो नहीं ही जिलाया होगा...’

‘मुस्लिम सैनिकों की चिकित्सा करने के लिए भी नहीं ?’

‘इस्लाम अंगीकार करें तो...’

‘इस्लाम ही नहीं, जगत के सभी धर्मों को उन्होंने अंगीकार किया है। वे इतने बड़े विद्वान हैं कि मेरा मन उनका शिष्य बनने का होता है।’

‘आपको खतरा न लगता हो तो मन्दिर की तरफ जरूर जाइए। कहिए कि उनसे मिलकर मुझे आनन्द होगा।’

‘उनसे मिलकर आपको आनन्द हो यह मुमकिन हो तो हमारे साथ चलें।’

‘मैं सामने से उनसे मिलने जाऊँ ?’ कहते सुलतान खड़े हो गए। सरदार तिलक कोई अशुभ समाचार लेकर आए हों ऐसे खड़े थे...

प्रजा को लूटने में, स्त्री-पुरुषों को गुलाम के रूप में पकड़ने में इच्छित से बहुत कम सफलता मिल रही थी। किनारे पर के क्षेत्रों के असुरक्षित गरीब गुलाम के रूप में अधिक हाथ लगते, सौराष्ट्र के पाँच रत्नों में गण्य एक नारी विलासी योद्धाओं को दुर्लभ रही। हड्डियों के कंकाल जैसी श्रमजीवी स्त्रियाँ भी सहजता से शरीर नहीं सौंपतीं। उनमें से भी कुछ जीभ कुचलकर मर जातीं। प्रयत्न करने के बाद भी जो मर नहीं सकीं वह गुलाम बनीं। अन्तिम दिन पकड़े गए पुरुषों की संख्या कुछ बढ़ी...भारत पर पहले के हमलों के वक्त इतना द्रव्य नहीं मिला था, किन्तु गुलाम बड़ी संख्या में हाथ लगे थे। यहाँ से जो पकड़े गए उन्हें भी गहरा विश्वास था कि आगे भीमदेव हैं, हमें जरूर छुड़ाएँगे। भगवान सोमनाथ का कोप महमूद पर उतरे बिना नहीं रहेगा।

अठारहवें दिन सन् 1026 जनवरी की 24वीं तारीख को सुलतान ने प्रभास खाली

किया। गजना की तरफ का रास्ता भीमदेव के सैन्य के बीच से होकर गुजरता था इसलिए घायलों और अशक्तों को यूँ ही छोड़ दिया...

सुलतान ने अत्यन्त वफादार सरदारों को ही सूचना दी थी कि तीनों तरफ से कैसे खतरे उपस्थित होनेवाले हैं। गान्धवी का किला हमें जीतना नहीं, भीमदेव को चकमा देकर निकल जाना है।

सदाशिव ने चौला द्वारा गांधवी सन्देश भेजा था कि महमूद द्वारा लूटे हुए द्रव्य को झपट लेने से पहले उसके द्वारा जबर्दस्ती पकड़े गए मनुष्यों को छुड़ाने के लिए व्यूहरचना करें। उसके अनुसार जलमार्ग की कठिनाइयाँ सहकर महमूद ने गान्धवी के किले के पास से होकर रास्ता लिया। भीमदेव भाग गए हैं, ऐसा मानकर प्रजाजनों का कत्ल किया। विजय के नशे में सुलतान तीनों तरफ से घिरा। नवघण, वृन्दाबा, सैन्धव, राणाजी, करमसिंह और वाजा ठाकुर ने सोरठ की सशक्त प्रजा की मदद से महमूद के विजेता सैन्य को जबर्दस्त झटका लगाया। चुने हुए घायलों को ही साथ लिया था, उन्हें भी यहाँ पड़ा हुआ छोड़कर शीघ्रता से भागने की स्थिति पैदा की। भीमदेव और विमल ने उन्हें दोनों तरफ से हाँककर सिन्ध के रेगिस्तान में मिला दिया। विजेता की गति कायर की दौड़ में परिणत हुई थी। यदि महमूद यहाँ भीमदेव से आमने-सामने लड़ने का साहस करें तो सर्वनाश होगा, इसका विश्वास हो चुका था।

भीमदेव सतत पीछा कर रहे थे...महमूद के बचे-खुचे भागते सैन्य दिशाहीन हो गए।

दामोदर मेहता का सन्देश मिलते महाराज और मन्त्रीश्वर वापस मुड़े।

सदाशिव और अन्य धर्माचार्यों के बीच गम्भीर मतभेद खड़ा हुआ था।

जिस सैन्य को, गुलामों के जिस समुदाय को सोरठ और हालार में निराधार रखकर महमूद भाग गए थे उसे शरणागत के रूप में स्वीकार करने के लिए सदाशिव का अनुरोध था, जबकि सभी धर्माचार्य उसे सिन्ध के रेगिस्तान में खदेड़ देने को तत्पर थे, भले ही वे भूखे-प्यासे मर जाएँ। सदाशिव को यह मान्य नहीं था। हमें भी महमूद जैसा होना है ?

वृन्दाबा और चौला स्त्रीसुलभ संकोच छोड़ गुलाम बनी युवतियों की मदद के लिए दौड़ पड़ी थीं। वे स्वेच्छा से गुलाम नहीं बनी थीं, उनमें से किसी ने राजी-खुशी से धर्मान्तर नहीं किया था। उनमें जो सगर्भा हैं वे सन्तान को पालना चाहती हैं या नहीं—यह भी उनके ऊपर छोड़ देना चाहिए। उन्हें विधिपूर्वक मूल समाज में वापस आने का मौका मिलना चाहिए।

इस विवाद में भाग लेने के बदले मन्त्री श्रीधर की सलाह से महाराज नवघण जूनागढ़ चले गए थे। उन्होंने कहा कि युवाचार्य सदाशिव का निर्णय हमारे लिए शिरोधार्य होगा। अणहिलवाड़ का अभिप्राय पूछकर सोचिए।

भीमदेव और विमल के आने तक वृन्दाबा और चौला ने गुलाम स्त्री-पुरुषों और

घायल सैनिकों को आश्वासन देने के साथ नवजीवन की आशा भी बँधाई। संकल्प करो कि श्रद्धा का जो आसन टूटा है उसे पुनः प्रतिष्ठित करने के लिए हमें जीना है...

जो सैनिक तुर्क, अफगान या मुगल थे उनके प्रश्न चौला को विकट लगे थे। उन्हें यहाँ का धर्म अंगीकार करने की छूट दी जा सकती है भला ?

सदाशिव को धर्मान्तर आवश्यक नहीं लगा। जो मूल हिन्दू थे और दबाव के वश मुस्लिम बने थे उनके पुनरागमन का उत्सव आयोजित हुआ। उसके बाद जिन्होंने विवाह-सम्बन्ध स्थापित किया उनमें से शेखावत और वाढेल जैसी राजपूत जातियाँ अस्तित्व में आईं। जिन्हें जीवन की आशा नहीं थीं, उन्हें वतन मिला।

27

सुदामापुरी का समुद्र ! प्रातःकाल के सूर्य की प्रसन्न तेजस्विता, युवाचार्य की लोकाभिमुख दृष्टि, चौला-वृन्दा के कंठ से स्तवन...शिवपुराण और श्रीमद्भागवत के श्लोकों का विविध राज्यों के गुरुकुलों के छात्रों के मुख से पाठ...

भगवान सोमनाथ पर हुए आक्रमण से प्रभावित प्रत्येक राज्य के धर्माध्यक्ष और छोटे-बड़े मन्दिरों के आचार्यों को कल्याणलक्षी अभियान के विषय में सहमत करने में सफलता मिली, इसलिए पराजय की पीड़ा कुछ सह्य बनी थी। उसके बाद शुद्धिसत्र हुआ। आज शरणार्थियों की अलग-अलग टुकड़ियाँ तैयार हो गई हैं। वे अपने-अपने वतन की ओर रवाना होंगी। हाँ, अपने वतन में ही अतिथि ! सबसे बड़ी संख्या प्रभास जानेवालों की थी। पंचकुलिक वाजा ठाकुर यहाँ नहीं आ सके थे। वे घायलों के उपचार में व्यस्त थे। मन्दिर का रक्षण करनेवालों के पक्ष में जानहानि अधिक थी, आक्रमणकारियों के पक्ष में घायलों की संख्या अधिक थी। उन्होंने सोचा नहीं था कि वे छोड़ दिए जाएँगे। झूठे वचन दिए गए थे कि गान्धवी का युद्ध जीतकर तुम्हें ले जाया जाएगा। अभी साथ ले जाएँगे तो हम सब खत्म हो जाएँगे...

घायल सैनिक महमूद के सरदारों की राह देख रहे थे। पता चला कि सुलतान तो द्रव्य और मनपसन्द आदमियों के साथ भाग गए हैं फिर तो घायलों को मात्र मृत्यु की राह देखनी थी। कितनों ने तो ध्वंस के बाद के दिनों में प्रजा को लूटकर बचे-खुचे युवा लोगों को गुलाम के रूप में पकड़ने की कार्यवाही में भाग लिया था। उसमें वे नवघण और राणाजी के साथियों की गुरिल्ला नीति के ग्रास बने थे। दोहरे अपराध के बाद उन्हें बचने की आशा नहीं थी। दरवेश के साथियों द्वारा दिखाई जाती दया में उन्हें धार्मिक पक्षपात लगता था। बाद में जाना कि दरवेश और सदाशिव तो सम्पूर्ण प्रभास के हैं। उनके मन में भेद हो तो धर्म-धर्म के बीच नहीं, घायलों और स्वस्थ मनुष्यों के बीच था, घायलों को दवा देने के बाद तन्दुरुस्तों को भोजन परोसना।

अणहिलवाड़ पाटण के प्रतिनिधि को इस समारोह में उपस्थित रहना था। अब तक

क्यों नहीं आए ?

'गुरुदेव ! चौला को हम वहाँ का प्रतिनिधि मानें तो ?' वृन्दा ने सस्मित कहा।

चौला कोई भी उत्तर दे उससे पहले दामोदर मेहता की ऊँटनी आ पहुँची। राजमाता लक्ष्मीदेवी और महारानी उदयमति के सन्देश के साथ दामोदर मेहता भगवान सोमनाथ के मन्दिर के पुनर्निर्माण हेतु उपहार-द्रव्य लाए थे। उसकी घोषणा करने की अपेक्षा उन्हें महमूद की दुर्गति का समाचार देने में अधिक आनन्द था। जासल की मदद में आकर महाराज नवघण ने हमीर सुमरा को हराया था, फिर उसके परिवार पर दया कर जीवनदान दिया था। उस सुमरा ने महमूद का मार्ग मुश्किल किया था। रेगिस्तान में महमूद पर जो बीता उसकी बात तो इससे पहले उड़ती-उड़ती आ पहुँची थी। दामोदर मेहता ने कहा कि डेढ़ लाख आदमी और इससे आधी संख्या के पशु लेकर हम सबको लूटने जो सुलतान निकले थे वे मात्र दो हजार के साथ गजना पहुँचे हैं।

'मैं नहीं कहती थी ? महादेव शम्भु का तीसरा नेत्र खुले बिना नहीं रहेगा। वह योग्य समय पर खुला।...मात्र कर्मकांड में धर्म समझनेवाले ललाट पर हाथ देकर बैठे रहे। महमूद के सैन्य को प्रभु भस्मीभूत कर देंगे, ऐसा कह अपने आलस्य को पुष्ट किया। उस समय युवाचार्य प्रभास में होते तो उन्हें समझा सके होते—प्रभु हमारी रक्षा हमारे द्वारा करते हैं किन्तु यदि तुम्हें जागृत होना ही न हो तो झेलो ऐसा प्रहार...'

'कहते हैं मन्दिर में किसी ने अदृश्य हाथ से महमूद की भुजा पर त्रिशूल से प्रहार किया। वह घाव अभी भी भरा नहीं है। रात की नींद में उन्हें त्रिशूल और खड्ग धारण की हुई त्रिपुरसुन्दरी दिखाई देती है और वह चौंककर जग जाता है,' दामोदर मेहता वृन्दा के सामने देखकर कहते हैं और चौला वृन्दाबा के सामने देखती है। शरमाकर चौला जासल का हाथ पकड़ती है, 'तुमने मुझे बचाया।'

'झूठी ! महाराज भीमदेव गुप्तवेश में तुम्हारी मदद के लिए आए थे; यह बताने के बदले शरमाती क्यों हो ?'

'हाँ, प्रभु की प्रेरणा से वे आए। दक्षयज्ञ के हवनकुंड में पार्वती के पड़ने पर महादेव शम्भु ने उन्हें उठाकर तांडव किया था। मुझे उन्होंने उठाया तब...' कहती चौला रुक गई। पलकें झुकाकर स्थिर बैठी रही। ऐसा अभी-अभी हुआ है। वृन्दाबा ने कहा कि 'अब कुछ क्षण तक चौला नहीं बोलेगी।'

'श्रीधर मन्त्री ने दामोदर मेहता का अभिवादन किया। जूनागढ़ पधारने के लिए निमन्त्रण भेजा। पहले वृन्दाबा को ले जाओ फिर बात...,' मेहता राजनीति के ही नहीं हृदय की रीति के भी निष्णात हैं यह देख उनका वन्दन कर वृन्दाबा ने कहा, 'प्रभास में हमारे इष्टदेव की विधिवत पूजा हो तब मैं चौला के यहाँ रहने को कृतसंकल्प हूँ।'

फिर आश्रितों के जूथ नियत स्थान पर जाने को रवाना हुए।

सबसे बड़ी संख्या प्रभास वापस आई, इससे भग्न नगर का भार बढ़ा।

नगरी लुट गई थी। यौवनधन छीना गया था। उसके बदले में मिले थे हारे हुए और घायल।

'श्मशान के देव के यहाँ किसी का प्रवेश बन्द नहीं। मरण के साक्षात्कार के बाद, जीवन की क्षणभंगुरता सिद्ध होने के बाद इन सब मनुष्यों में जीवन की समझ का उदय होगा। उस समझ की पौध पर सोमेश्वर के प्रति श्रद्धा का फूल खिलेगा। महाकाल के सन्दर्भ में देखोगे तो तुम्हें लगेगा कि महमूद के आक्रमण के द्वारा हुई हानि तुच्छ है। अमावश्या की अवधि एक ही दिन की होती है। प्रतिपदा, द्वितीया, तृतीया और एकादशी आते ही तुमको प्रफुल्ल चन्द्र का आभास होगा। इसलिए अपमान पीड़ा भूलकर प्रवृत्त होओ...' युवाचार्य कहते। चौला, वृन्दा, उदयमति इनसे कुछ न कुछ पूछकर आश्वासन पातीं। एकादशी के दिन युवाचार्य ने प्रवचन में कहा, 'आपने देखा कि महमूद के मन्दिर प्रवेश के साथ घटना समाप्त नहीं हुई। आग जली, बुझी नवनिर्माण कार्य आरम्भ हुआ। और वहाँ...सुलतान ने जो पाया उससे अधिक खोया...जैसी महाकालेश्वर की इच्छा...'

महाराज भोज ने यह विश्वास कराया था कि मालवा से बेशुमार धन आएगा। युवाचार्य ने विशलदेव चौहाण को नागेश द्वारा पत्र भेजा है। नागेश युवाचार्य के ध्यानस्थ शरीर का रक्षक था। सदाशिव ने उसे अपने परिवार और गुरु के पास वापस भेजा था—'तुम्हारा कार्य पूरा हुआ है, अब मेरी गति से मुझे प्रभास पहुँचने दें।' नागेश अनिच्छा से वापस गए थे। किन्तु स्वजनों और गुरुदेव से मिलकर तत्काल प्रभास की ओर रवाना हुए थे। विध्वंस देख वे टूट गए थे। सदाशिव ने उन्हें त्र्यंबक और फरीद का स्मारक रखते समय कहा था, 'लोग मन्दिर का टूटना तो जानेंगे किन्तु इन पवित्र कुलिकाओं को समय बिसार न दे यह हमें देखना है...'

नागेश जैसे दूर-दूर के युवक मन्दिर के पुनर्निर्माण के काम में सक्रिय हैं। अभी तो बाहर के भाग की मरम्मत चलती थी। मन्दिर के गर्भगृह को हुए नुकसान के विषय में क्या करना है—सदाशिव सबसे पूछते हैं।

दीव से वापस आई देवदासियों ने कल्पान्त कर डाला। गौरा अपना धन लेकर गुप्त मार्ग से जंगल में चली गई थी और अपने बन्धु नवघण के चरण में रख दिया था, 'इससे वनवासियों का सैन्य तैयार कर उस दैत्य को प्रभास से निकालो।' नवघण ने नम्रता से गौरा की भूल समझाई थी, 'वनवासियों को इस धन की कीमत समझ में नहीं आएगी, वे तो समझेंगे प्रेमभक्ति। चलो, यह धन यहीं कहीं गाड़ दें, जिससे उस अमीर लुटेरे से तो यह बचे।'

वह धन लेकर गौरा दो वनवासियों के साथ प्रभास में आ पहुँची है। उसका प्रासाद लूटा गया था, उसके निवास में छिप गई दो श्रमजीवी स्त्रियाँ पकड़ी गई थीं। फिर उनका पता लगा ही नहीं...

'कोई आत्महत्या करेगी नहीं,' सदाशिव का यह पहला सन्देश था। गुलामी छूटने के बाद भी ग्रन्थि टूटती नहीं। पूर्व के अपने समाज में स्वतन्त्र मनुष्य के रूप में मस्तक ऊँचा करके जीने की हिम्मत आती नहीं। राजकीय हार की तुलना में बहुत विकट हो जाती है श्रद्धा की नाजुक स्थिति। कई ने तो दोगुनी श्रद्धा गँवाई थी। त्रिनेत्रेश्वर के निकल्प में महमूद को महान माननेवालों को वह भगोड़ा लगा था। सदाशिव उन्हें कहते

थे कि 'दो धर्मों को बीच में लाए बिना इस घटना को समझने का प्रयत्न करो क्योंकि इन दोनों धर्मों के भगवान अन्तर्यामी रूप में तो एक ही हैं।'

वीरसेन और सैन्धव सदाशिव की वाणी नम्रता से सुनते रहते किन्तु बाद में दुविधा अनुभव करते, 'जोश जगाए बिना पुनर्निर्माण का काम होगा ? उदारता और सहिष्णुता शत्रु की शक्ति नहीं बढ़ाएगी ?'

'कौन शत्रु ? सुलतान महमूद हमारे शत्रु के रूप में चढ़ आए थे ? शायद हृदय से वह हमसे उपकृत होंगे कि हमने सम्पत्ति का ऐसा बड़ा संचय इस एक ही स्थान पर करके उनके लिए बड़ी सुविधा खड़ी की। हमने सोमेश्वर को भी अपने समान धन-सम्पत्ति का लोभी मान लिया। समझना यह है ठाकुर वीरसेन कि ध्वंस हमारे लोभ का हुआ है धर्म का नहीं।'

'तो इस कारण से आप मुख्य मन्दिर के पुनर्निर्माण के कार्य को प्राथमिकता नहीं देते,' वीरसेन ने अन्य अग्रणियों के समक्ष चिन्ता व्यक्त की थी। युवाचार्य पुनःप्रतिष्ठा का मुहूर्त क्यों नहीं देते ? यदि इस तरह समय टलता रहेगा तो चौला-वृन्दा का व्रत कब पूरा होगा ?

युवाचार्य ने प्रांगण और दुर्ग के काम को प्राथमिकता दी थी। देहशुद्धि प्रथम, आत्मशुद्धि बाद में।

इतने दिनों से भग्न मन्दिर अपूज था। सोमपुरा ब्राह्मणों ने मूल मन्दिर के विकल्प में शशिभूषण महादेव की पूजा शुरू कर दी थी। त्रिपुरसुन्दरी के मन्दिर के चारों ओर धूर्जटि छायादार वृक्षों के नीचे की भूमि को स्वच्छ करा रहे थे। अपना भवन त्यागकर गौरा पुत्री के साथ मन्दिर के बरामदे में रहने आ गई थीं। नृत्य-संगीत बिना अन्यमनस्क रहती देवदासियाँ श्रमकार्य में वृन्दा का अनुसरण करती थीं। शाम को समुद्र किनारे बैठकर इष्टदेव की मानसिक पूजा करतीं। चौला जब भी इस ओर आती, उसे बन्धुवर त्र्यंबक का स्मरण विक्षिप्त करता, पलकें भारी हो जातीं, अकेलापन घेर लेता।

एक दिन युवाचार्य भीनी रेत पर बैठ गए और रेत का शिवलिंग रचकर शिवस्तुति करने लगे। ज्वार का समय शुरू हुआ। लहरें नजदीक से नजदीक आती गईं। शिवलिंग घुलने लगा। स्तुति जारी थी। सदाशिव के पद्मासन के चारों ओर आकर लहरें फिर मुड़ती दिखाई दीं। पुष्पा और लता वृन्दाबा को बुला लाईं। पहले तो वृन्दाबा हँस पड़ीं। फिर दोनों हाथ जोड़ पार्श्व में खड़ी रहीं। उनके घुटने तक लहर उद्धतता दिखा गई। वस्त्र भीग रहा था।

'गुरुदेव ! आपकी रची मूर्ति समुद्र में मिल गई।'

'किन्तु समुद्र तो है न !' कहते सदाशिव खड़े हुए। वृन्दाबा के मस्तक पर वत्सल हाथ रखकर देवदासियों की ओर मुड़े।

सुरेखा खड़ी हुई, 'प्रभु ! अब प्रांगण का काम पूरा हुआ है। मन्दिर की मरम्मत का कार्य...,' कहती वह रो पड़ी।

'मैंने सभी शैव राजाओं और श्रेष्ठियों को निमन्त्रण भेजा है। एक सामूहिक संकल्प

हमें साकार करना पड़ेगा।'

वृन्दाबा विचार में पड़ जाती हैं—मन्दिर महत्त्वपूर्ण है या संकल्प ? मूर्ति महत्त्वपूर्ण है या श्रद्धा ?

एक दिन वह चौला की उपस्थिति में पूछ बैठती है। सदाशिव कहते हैं, 'मेरे आपके लिए महत्त्वपूर्ण संकल्प और श्रद्धा। किन्तु अन्य अनेक के लिए मन्दिर और मूर्ति... सुलतान महमूद को अलबरूनी ने अवश्य समझाया होगा कि हम भारतवासी निपट मूर्तिपूजक नहीं। हम चित्त की शक्ति की थाह पानेवाली प्रजा हैं। हम तथ्य पर अटकते नहीं, तत्त्व तक पहुँचने के लिए कठिन श्रम करते हैं।'

उसके बाद अधीर हुए बिना सबने शुभ दिन की प्रतीक्षा की।

मात्र पश्चिम भारत से ही नहीं, उत्तर, पूर्व, दक्षिण समेत चारों दिशाओं से सभी शैवों ने सहयोग का हाथ बढ़ाया। कार्य का आरम्भ हुआ।

महाराज नवघण सदाशिव के साथ गर्भगृह में थे। चौला वृन्दाबा को समझा रही थी कि किस तरह वह पहली-दूसरी मंजिल में छुपकर महमूद पर वार करती थी। मन्दिर के जले भाग के आगे आकर दोनों गमगीन हो गईं। नीचे देखती हैं तो नवघण रत्नलिंग के खंडित छिलके को उठाने की श्रमपूर्ण कोशिश कर रहे थे। सदाशिव ने मदद की।

'आचार्यदेव अन्त तक कैसे अविचल रहे ! उनके देहोत्सर्ग के क्षण सिद्ध हुआ कि वे आत्मस्वरूप थे। उनकी युक्ति से मूल ज्योतिर्लिंग बच गया,' चौला ने सन्तोष के भाव के साथ नवघण के सामने देखा।

'माना कि ज्योतिर्लिंग खंडित हुआ होता इससे भी क्या ? क्या हमारी-तुम्हारी श्रद्धा खंडित हुई होती ? महमूद जो टुकड़ा साथ ले गए हैं वह असल लिंग का नहीं, इससे उनके लिए क्या अन्तर पड़ा ? मूल बात तो मन की है, 'मन एवं मनुष्याणाम् कारणम् बन्धमोक्षयोः।' जिसे मूर्ति का विरोध करना था उसने मूर्ति के पत्थर की कितनी अधिक महिमा बढ़ाई ? कितना बड़ा भ्रम ? किन्तु उसकी यात्रा व्यर्थ नहीं जाएगी। अन्त से पहले भ्रमभंग अवश्य होगा,' कहते सदाशिव नीचे बैठे। एक टूटे हुए रत्न को देखकर उन्होंने कहा, 'गजना का कोई प्रवासी मिले तो उसके साथ मैं यह टूटा रत्न महमूद को भेज दूँ। ले भाई, तुम्हारी मेहनत का फल यहाँ रह गया था।'

—सुनकर नवघण हँस पड़े। कार्य पूरा होते वे वन्थली की राजवसहिका जाने को तैयार हुए। राजधानी जूनागढ़ स्थानान्तरित होने के बाद भी प्रभासवासी उस भवन को वन्थली के नाम से पहचानते। अब उसमें पहचानने जैसा कुछ नहीं। लगभग खंडहर है। ऐसी ही दुर्दशा हुई थी अणहिलवाड़ की राजवसहिका की, मालवा की पांथशाला की...

अपने खंडित भवन में रहने में नवघण को आपत्ति नहीं थी। जिसने जंगल का माँ की गोद की तरह सेवन किया हो उसे खंडहर से आपत्ति नहीं होगी। चौला ने उन्हें यहाँ रुकने को कहा था, तब उन्होंने कुछ ऐसा ही उत्तर दिया था। चौला जानती थी कि नवघण वृन्दा के साथ बात करने में संकोच का अनुभव करते हैं। युवाचार्य ने महमूद

के ग्रास बने गुलामों और घायलों का पुनरुद्धार का प्रस्ताव प्रस्तुत किया, तब नवघण समर्थन देने के बदले मन्त्री श्रीधर की उँगली पकड़कर तक्षण जूनागढ़ चले गए, इससे वृन्दाबा को झटका लगा था। मान ली गई आत्मीयता क्या आभास मात्र थी ? धरती के पुत्रों के बीच पला, उनके समर्थन के कारण सत्ता प्राप्त करनेवाला राजपुरुष महत्त्व का ऐसा क्षण चूक जाए ?

वृन्दाबा को जो दुःख हुआ है वह छिपा नहीं रहा। उस बारे में क्षमा माँगने के लिए नवघण को अवसर मिला नहीं था। आज सम्भव हो तो एकान्त में मिलकर स्पष्टता करनी थी। चौला ने आग्रह करके उनको भोजन के लिए मन्दिर की अतिथिशाला में रुकने को कहा। यहाँ वर्णाश्रम व्यवस्था थी किन्तु वह जन्माश्रित की अपेक्षा कर्माश्रित अधिक थी। कापालिकों को तो वह व्यवस्था मान्य थी ही नहीं। यहाँ के लकुलीश आचार्यों को वैष्णव ब्राह्मण शिथिलता का पुरस्कर्ता मानने लगे थे। उनका वह अभिप्राय दृढ़ हुआ है। चुस्त कर्मकांडियों ने सुदामापुरी के शुद्धिसत्र को मान्य नहीं किया था। ईरानी आर्य भारत में आकर सीधे नागर-ब्राह्मण बन बैठे थे। वे भी वर्णाश्रम के पुरस्कर्ता हो चुके थे। भोजन के बाद सदाशिव ने नवघण से कहा, 'अपने मन्त्री से कहना कि वे उच्च ब्राह्मण होने का अभिमान न करें। ज्यों-ज्यों हम प्राचीनकाल का अवगाहन करते जाते हैं त्यों-त्यों आर्यों में वर्णभेद घटता है और ऐक्य अधिक देखने को मिलता है। ऋग्वेद काल में तो साकार रूप की नहीं, अरूप तत्त्व की उपासना देखने को मिलती है...'

महाराज नवघण जिज्ञासु की तरह सुन रहे हैं। उन्होंने संकल्प किया है कि वे प्रतिमास एकादशी से पूर्णिमा तक प्रभास में रुकेंगे। दीव के ठाकुर वीरसेन के लिए तो यह नियत क्रम रहा है। उन्हें मिलने आनेवाले को यही उत्तर मिलता—देखो, वह जा रहा है उनका जहाज। सैन्धव को श्रेष्ठी शीलभद्र ने जहाज बाँधने का काम सौंपा है। त्र्यंबक और फरीद रह-रहकर सबको याद आते हैं। ताम्बा के मिश्रण के बिना शुद्ध सोने के आभूषण टिके नहीं। जूनागढ़ ने सेनापति महिपाल को गँवाया था। उनका स्थान अभी खाली था। खालीपन था प्रभास के हर तीसरे घर में...प्रवेशद्वार के आगे के मैदान में, जहाँ त्र्यंबक का वध हुआ था। वहाँ एक बार सदाशिव के पैर जकड़ गए थे। मानो शिष्य की आत्मा कह रही थी—गुरुदेव असाध्य दुरित को समझाने गए, उसमें आप खुद ही उलझ गए। यदि शुभ में श्रद्धा रखनेवाले राजे और श्रेष्ठी समय पर संगठित न हो सके तो आपके उपदेश से दुरित में कहाँ से समझदारी आनी थी ? आक्रमण के समय आप प्रभास में होते तो इतनी जनहानि नहीं होती।

—इस स्वगत संवाद के बाद सदाशिव को प्रश्न होता है—क्या ईश्वरेच्छा और पूर्वकर्म ये दो ही मनुष्य के दुःख के कारण हैं ? देश, काल, कर्म, क्रिया, मन्त्र, ध्यान, दीक्षा, संग—इन आठों में से किसे खारिज कर सकते हैं ? उसके बावजूद समर्पण भाव से हुए अनासक्त कर्म का ही सबसे बड़ा साथ होता है। इसलिए तो यहाँ मेरे जैसे अनेक को शान्ति का अनुभव होता है। पराजय ने आन्तरिक विनाश सृजित नहीं किया। बाहर का घाव धीरे-धीरे भरता जा रहा है।

विमल मन्त्री के द्वारा महाराज भीमदेव ने सन्देश भेजा है कि ज्योतिर्लिंग अक्षत रहा है, यह देखकर मंडोवर के जले भाग को बदलना सम्भव है या नहीं, इसकी जाँच के लिए राज्य के प्रधान सूत्रधार वहाँ पहुँचेंगे। श्रद्धेय युवाचार्य से मिलकर हमने आग बुझाई है इसलिए मंडोवर का शेष भाग टिका रहे। ऐसा हो तो टिकाने की ममता जा करती है.. .जबकि समग्र मन्दिर फिर बाँधना हो तो भी अणहिलवाड़ का राजकोष खुला है।

सदाशिव को सन्देश भेजकर विमल चौला से मिलकर कहते हैं, 'आपके दो स्वरूप हैं—एक महमूद को अनिद्रा की पीड़ा देनेवाली सिंहवाहिनी का, दूसरा महाराज भीमदेव के हृदय में स्नेह का संचार करनेवाली त्रिपुरसुन्दरी का।'

चौला नतनेत्र सस्मित सुन रही है।

'कुछ सन्देश ?'

'मन ही मन सन्देश का विनिमय होता रहता है। इस समय, बल्कि उस दिन से महाराज और यह दासी दोनों का लक्ष्य एक ही है—सोमेश्वर की प्रतिष्ठा, जगती पर और जगत में। वहाँ राजमहल में सुख और संवादिता प्रवर्तमान है न ?'

'महाराज की रणनीति से महारानी उदयमति व्यथित थीं। आप सबने जिस तरह शुद्धिसत्र का आयोजन कर विधर्मियों का बहुमान किया, इससे राजमाता लक्ष्मीदेवी के मन में अनेक प्रश्न उठे हैं। यह तो आक्रमण करनेवालों को, हमारे इष्टदेव को अपमानित करनेवालों को प्रोत्साहन देने जैसा हुआ। वर्णाश्रम की उच्चता तोड़कर आपने तो विधर्मियों का ही मान बढ़ाया।'

'मैं उससे अधिक समझती नहीं हूँ। मैं खुद ही अपना गोत्र जानती न होऊँ तो...' चौला ने नम्रता से कहा।

'आप ? आप तो उन सभी संसारी मानदंडों से मुक्त लगती हैं। इस युद्ध में आपने जो निर्भयता और साहस दिखाया...'

'आपके महाराज द्वारा दिखाए गए साहस ने मुझे बचाया, उन्होंने आपसे बात की ही होगी।'

'उन्होंने आपके ऊपर उपकार की कोई बात की नहीं, बल्कि वे आप से उपकृत होना चाहते हैं।' विमल ने मन्त्री के दायित्व से कहा।

'उससे राजमहल का वातावरण विक्षिप्त होगा...'

'महारानी उदयमति आपकी प्रशंसा सुनकर प्रसन्न लगती थीं, इससे लगता है कि वह आपका सम्मान करेंगी।'

'किन्तु उत्साह जगता नहीं। यहाँ पुनःप्रतिष्ठा हो तब तक तो मैं और वृन्दाबा दोनों कृतसंकल्प हैं। फिर महाराज नवघण और वृन्दाबा का लग्नोत्सव मनाएँगे। मुझे लगता है कि मेरे जीवन का लक्ष्य सुख नहीं, आनन्द है जो मुझे अणहिलवाड़ की अपेक्षा प्रभास में अधिक मिलता रहेगा।'

'यह सही है किन्तु आपके साहचर्य बिना महाराज भीमदेव बिना पार्वती के शिव जैसे हैं।'

'कामदहन कर सकें तो वे सच्चे शिव। मुझे प्रश्न होते रहते हैं मन्त्रीश्वर, गुप्तवेश में महाराज आए इसके स्थान पर सैन्य के साथ सुलतान के आक्रमण के पूर्व ठीक समय पर प्रभास आ गए होते तो ?'

'उस भूल के भागीदार अनेक हैं। फिर भी जो हुआ वह उचित नहीं लगता। हमें पराजय का अपयश मिला तो महमूद को जीवन-भर के उपकृत्यों का दंड। कुल मिलाकर नियति ने सही न्याय किया।'

'इससे मन का समाधान होता नहीं। हानिकर्ता को हानि हुई इससे सत्य और शिव की विजय सिद्ध नहीं होती। विश्वक्रम में यह विध्वंस अनिवार्य था ? समझ में नहीं आता। जिनसे हम पूछते वे आचार्यदेव ही रहे नहीं। युवाचार्य शास्त्रचर्चा में उलझने के स्थान पर आत्मनिरीक्षण करने को कहते हैं। चलें मन्त्रीश्वर, उन्होंने आपको अल्पाहार के लिए बुलाया है।'

सदाशिव विमल के सामने आए। भीमदेव के सन्देश पर उन्होंने विचार किया था कि मन्दिर का जला हुआ भाग काष्ठ से तैयार करा दें। वसन्तपंचमी को चौला के नृत्य के साथ पूजा आरम्भ होगी। वृन्दा और नवघण की सगाई होगी।

'यह सही, किन्तु यवनों से खंडित मन्दिर।'

'खंडित देहों को शुद्धिसत्र में क्या स्वीकारा नहीं ? शुद्ध हृदय की प्रार्थना मन्दिर की आत्मा है। तीर्थ को तीर्थ बनाते हैं कौन ? राजे और पुरोहित ? नहीं तीर्थ को तीर्थ बनाते हैं भक्त। इसके लिए चौला पर्याप्त थी जबकि यहाँ तो वृन्दाबा भी हैं।'

'महाराज भीमदेव को आप भक्त नहीं गिनते ?'

'वे भक्तों के भक्त हैं,' सदाशिव ने बिना व्यंग्य के सहज रूप से कहा, फिर भी चौला का मुख लज्जा से झुक गया। यह देख मन्त्रीश्वर को अपने महाराज की विवशता समझ में आई।

28

युवाचार्य की इच्छा थी कि वृन्दाबा और चौला दोनों का लग्नोत्सव प्रभास में मनाया जाए किन्तु अणहिलवाड़ से रथ पहले आ गया। चौला को विदा करते समय समग्र प्रभासपाटण ने कण्वऋषि का वात्सल्य दिखाया। 'शकुन्तला की तरह ही इस नगर को चौला मिल गई थी ! किन्तु वह तपस्वी का स्खलन नहीं, साधना का फल होगी। कश्मीरी आचार्य और उज्जयिनी की त्रिपुरसुन्दरी ने संकल्पपूर्वक सर्जन किया होगा तभी ऐसी सौन्दर्य-चेतना जग सकती है'—ऐसा कह धूर्जटि ने आशीष दिया।

सदाशिव प्राची के अन्तिम छोर तक इस सोमनाथ की प्रभा को विदा करने गए थे। उन्होंने गौरा को आज्ञा दी थी कि साथ जाओ और चौला-उदयमति दोनों के बीच सुमेल रहे यह देखो। चौला प्रतिवर्ष कार्तिक पूर्णिमा को आकर गीताजयन्ती तक रुकेगी।

और वसन्तपंचमी को आकर शिवरात्रि तक रुकेगी। वृन्दा शुक्ल पक्ष की प्रत्येक एकादशी को आएगी और पूर्णिमा तक रुकेगी।

वृन्दा और नवघण के लग्नोत्सव में भाग लेने उदयमति जूनागढ़ गई थीं इसलिए सपत्नी के रूप में चौला का स्वागत-सत्कार करने के लिए अन्तःपुर में वह उपस्थित न रह सकी थीं। राजमाता लक्ष्मीदेवी के महल से भेंट-सौगात आई थी किन्तु अस्वस्थ होने से वह आ नहीं सकी थीं। चौला ने महाराज से कहा था—माता के पूर्ण स्वस्थ होने पर हम उनके आशीर्वाद लेने आएँगे।

गौरा को अणहिलवाड़ की प्रजा की उद्यमशीलता पसन्द थी तो उनकी विलासप्रियता को भी लेकर आपत्ति नहीं थी। कभी चुभती थी उनकी वचनवक्रता। लोग गौरा को भक्तहृदय की माता के रूप में पहचानने के बदले पूर्वाश्रम की गणिका के रूप में ही पहचानना अधिक पसन्द करते थे। उसके अनस्त यौवन का रहस्य समझने के लिए उपवनों में विवाद करते। और उसका भक्तिसंगीत सुनने के बहाने उसका रूप देखने जाते। गौरा को संकेत मिल जाता और नाराज होती—शर्मनाक पराजय को भी प्रजाजन किस आसानी से पचा सकते हैं ! सोमनाथ चले जाने की उसकी तीव्र इच्छा हुई थी किन्तु चौला ने विवश स्वर में कहा था, 'मुझे अकेली छोड़कर जाना है ?'

चन्द्रावती नगरी और आबू पर्वत पर विमलमन्त्री ने चौला और भीमदेव के वनविहार की व्यवस्था की थी। श्रीस्थल सिद्धपुर में सरस्वती के किनारे मूलराजदेव द्वारा आरम्भ किए हुए रुद्रमहालय के अधूरे स्थापत्य का दर्शन कर चौला ने महाराज के सामने देखा। मौन से ही संवाद हुआ। प्रभास का दायित्व पूरा होने पर बात। रामेश्वर की यात्रा से वापस आते मूलराज ने ईलोरा में रुद्र का मन्दिर गुफा में अकेले प्रवेश कर देखा था। दर्शन के प्रभाव से वे विक्षिप्त थे। विद्वान तपस्वियों को आमन्त्रित कर महारुद्र करवाना था। गंगा-यमुना-सरयू के क्षेत्र से कान्यकुब्ज ब्राह्मण तथा नैमिषारण्य, कुरुक्षेत्र, पुष्कर क्षेत्र से अन्य ऋत्विज पधारे। उनकी संख्या 1037 थी। यज्ञ के अन्त में इन ऋत्विजों ने दान के विकल्प में मात्र पत्र-पुष्प स्वीकारा। किन्तु मूलराज की प्रार्थना ऋषिपत्नियों तक पहुँची। उनके आग्रह से एक हजार औदिच्य ब्राह्मणों ने दान ग्रहण किया। दान न लेनेवाले 37 टोलक ब्राह्मणों का एक वंशज मधुर स्वर में मन्त्रोच्चारण करता सरस्वती किनारे खड़ा था। वहाँ रुककर चौला उसका गान सुनने लगी और एक क्षण में खुद साथ देने लगी।

वनविहार को भीमदेव विलास के रूप में समझ रहे थे तो चौला विचरण के रूप में। सखी सरोवर में सज्जित नौका पड़ी रहती और चौला जलपरी की तरह नजर भुला खिसक जाती। अचलेश्वर महादेव के पास एक प्रचंड बाघ की धीमी गर्जना सुनकर चौला ने उसकी ओर देखा। दोनों हाथ जोड़ वन्दन करते हुए कहा, 'कोई शाम्भव योगी लगता है...'

गुरुशिखर पर गिरनार के एक योगी को धूनी जलाकर बैठा देखा। 'जय गिरनारी' कहकर चौला ने वन्दन किया। युवाचार्य को कहाँ से फेंका गया होगा ? नीचे बनास

के किनारे एक विश्रामस्थल बनाऊँगी। गुरुदेव दिवसों तक जहाँ समाधि में रहे होंगे वहाँ से चैतन्य का संचार हुआ होगा...'

भीमदेव सम्मतिसूचक स्मित करते। किन्तु मधुर वाणी सुनने की अपेक्षा प्रिया के अधरामृत में उन्हें अधिक आनन्द था। निबिड़ वन के सघन कुंज में सुरक्षा की चिन्ता कर भीमदेव चौला को उठा लेते। आलिंगन-चुम्बन के क्षण निमीलित नेत्र से पति का साथ देती चौला पीछे छूट गए नैसर्गिक सौन्दर्य को देखने के लिए खड़ी रहती।

भीमदेव मानो भूल गए थे कि स्वयं धनुर्धर हैं, शासक हैं, धर्मनिष्ठ हैं उनके नेत्र निरन्तर प्यासे थे चौला के अंग-अंग के...अनावृत काया के स्पर्श में स्वर्णकमल की ताजगी थी। धड़कते रूप के सामने धुँधले पड़ते कंकण और नूपुर अपनी मूल झंकार त्याग कर निर्झर का निनाद धारण करते।

'प्रिये, तुम विश्वरूपा हो, तुम त्रिपुरसुन्दरी हो। तुम सनातन संगीत हो, भावी प्रकाश हो। मुझे आश्रय दो अपने अन्तस्थल में...'

स्नेहार्द्र क्षण में चौला को शब्दों का कोलाहल सुनाई नहीं पड़ता, भावात्मक स्तर पर वह गहरे उतरती और एक क्षण में संवेदना के सीप में तेज ग्रहण होते, आकार धारण करते मोती का संचार हुआ।

वह आनन्द का सर्वोच्च शिखर था...

परितृप्ति चौला को, भीमदेव को नहीं...

चौला मिलन के विश्राम स्थल में पहुँची थी, भीमदेव के भीतर मानो यज्ञवेदी रची गई थी। चौला कभी प्रेमपूर्ण प्रतिकार करती भीमदेव उसमें लज्जा देखते।

संवादिता केवल चौला के संकल्प के कारण टिकी थी...

वह राज-काज का स्मरण कराती। विलास को संयत कर कर्तव्य की प्रेरणा देती।

महाराज के न्यायी कार्यों की प्रशंसा करती।

ग्रन्थालय से नए ग्रन्थ मँगाकर सारस्वतों का सम्मान करने का संकेत देती। वह सब महाराज भीमदेव निर्विरोध करते, क्योंकि उससे प्रिया को आनन्द होना था...

महाराज भीमदेव का निकट सान्निध्य प्राप्त करने के बावजूद आजकल चौला एकाकीपन अनुभव करती। उसकी वधूरूप काया का सौन्दर्य द्विगुणित हो उठा था। भीमदेव की भोगवृत्ति अविरत प्रदीप्त हो उठती। चौला कभी स्तब्ध रह जाती, जिनमें इष्टदेव का अंश देखा था, जिनके प्रति निःशेष समर्पण का संकल्प किया था वे महाराज ऐसे असंयमी निकलेंगे, इसकी कल्पना नहीं थी। यदि वे मुझे त्रिपुरसुन्दरी कहते थे तो उन्हें मेरी मनोदशा में पहुँचकर मुझे समझना नहीं चाहिए ? मेरी प्रसन्नता किसमें है यह जाने बिना ही केवल देहशोभा बखानकर उपभोग के लिए प्रेरित होना...?

संयम-निग्रह शैव-धर्म के प्राण हैं, उसे महाराज क्या भूल गए होंगे ?

मात्र एक ही ऐसा क्षण प्राप्त हुआ जब मिलन का आनन्द अध्यात्म की ऊँचाई को छू गया था। कैलास पर मानो वसन्त खिल उठा था। शायद वही क्षण था अद्वैत का...

किन्तु उसके बाद महाराज ग्रीष्म की तपन लेकर आने लगे। एक रात चाँदनी की गोष्ठी छोड़कर वे खड़े हुए। स्वर्णचषक में मदिरा भर लाए और कहा, 'प्रिये, तुम्हें मद्यपान नहीं करना है यह मैं जानता हूँ किन्तु तुम मेरा पात्र बनो ऐसी मेरी प्रार्थना है। काजू की इस मदिरा का एक घूँट भरो, मैं तुम्हारे अधरोष्ठ से वह पीना चाहता हूँ।'

'आप पहले मेरे अधरोष्ठ के अमृत का उल्लेख करते थे उसका क्या हुआ ?'

'उस अमृत के सामने यह मद्यघूँट फीका लगेगा। फिर भी मेरी जिद पूरी करो,' चौला ने देखा कि महाराज तृषातुर से अधिक कामातुर हुए हैं। अणहिलवाड़ के लीलाविहारी प्रेमीजनों में मुखगंडूष की यह रीति अति प्रचलित थी। शृंगार प्रसाधन की सेवा में रत दासी ऐसे-वैसे मनोविनोद की बातें करती तो चौला उसमें रुचि दिखा पाती, किन्तु आज धनुर्धर भीमदेव प्राकृतजन जैसा व्यवहार करने को प्रेरित हुए और चौला को लगा कि यथा प्रजा तथा राजा...

'महाराज ! मैं आपको महान मानती हूँ।'

'मानती हूँ या मानती थी ?'

चौला सम्मति से स्मित करने के बदले गम्भीर हो जाती है। मुँह पर कटुता न आ जाए, इसका खयाल रखती है। स्वर में आदर का भाव लाकर कहती है, 'इसके पूर्व रागावेग के क्षण भी मैंने आपकी आँखों से शाम्भव योगी की धृति देखी है। ज्वालाओं के बीच से मुझे बचाने के बाद भी आपने आसक्ति से मेरी ओर देखा नहीं था तो फिर इतना अधिक कायाराग क्यों ?'

'प्रिय ! हम लोगों का लग्न हुआ उससे पहले मैं आचारसंहिता से बँधा था, यह क्यों भूल जाती हो ? और यह भी क्यों भूल जाती हो कि 'कुमारसम्भव' का नृत्य-अभिनय करते आपने कालिदास के शृंगार को बाध्य नहीं माना था, फिर मेरे समक्ष आठवें सर्ग का पाठ करते रुक गई, यह ठीक है भला ?'

भीमदेव के पास उत्तर है। मानो शौर्य का स्थान वाक्चातुर्य ने लिया है। चौला के मन का समाधान होता नहीं। मेरे स्वामी ऐसे मांसल आवेगवाले, ऐसे पार्थिव हों ? वे तो तपस्यारत शंकर के समान निज में निमग्न हों, त्रिनेत्रेश्वर, पुष्पधन्वा कामदेव के प्रबलतम प्रभाव को पल-भर में मिटा देनेवाले महादेव समान हों।

वहाँ सोरठ के राजा-रानी, नवघण और वृन्दाबा के महल की ऊँची अटारी से दीखता आकाश भी छोटा पड़ता है और क्षितिज के बराबर आने के लिए वे पानीपन्थी अश्वों पर सवारी करते हैं। जलाशय में पानी पीने जाते सिंह इन दो असवारों को कौतूहल से देख रहे हैं, सारस की पंक्तियाँ छाया करती हैं; वृक्षों की प्रफुल्ल डालियाँ प्रमत्त बनकर

झूम उठती हैं और चारण मुक्तक रचते हैं। यह प्रेम सिंह का है, कपोत का नहीं। प्रेम से शौर्य संवर्धित होता है और शौर्य प्रेम को शालीनता देता है। अन्तःपुर का गुलाल सन्ध्या के रंगों में खिलता है।

जासल और सासतिया से मिलने जाना होता है तब नवघण और वृन्दा देवायत अहीर के सम्बन्धी की सादगी का व्यवहार करते हैं। इससे उनकी लोकचाहना बढ़ती है। श्रीधर भी वेरावल द्वारा देशावर व्यापार करते श्रेष्ठियों से कभी-कभार मिलकर राजसभा में उनका आदर-सत्कार कर निर्यात बढ़ाते हैं। सदाशिव कहते हैं कि समग्र आर्यावर्त में खेती और बागवानी की दृष्टि से प्रभास से माधवपुर और उसके पूर्व का क्षेत्र सबसे उर्वर है। यहाँ देखने को मिलता हरा रंग अनन्य है। यहाँ कुदरत की ऐसी कृपा उतरी है कि स्वेच्छा से उपवास करके ही भूखा रहा जा सकता है। यहाँ आजीविका के इतने अधिक साधन हैं कि संन्यासी ही बिना कर्म रह सकते हैं, वैसे मैं नहीं मानता कि संन्यासियों को निष्क्रिय होना चाहिए...

उनके अपने ध्यान-स्वाध्याय का समय भी प्रत्यक्ष कार्यों के पीछे बीत जाता है। पाठशाला में गजनवियों ने आग लगाई थी, ग्रन्थ-भंडार बच गया वह एक चमत्कार था। किन्तु उसका उपयोग करनेवाला रहा नहीं था। जो छात्र बचे थे वे भी अपने-अपने वतन जा रहे थे। उन्हें वापस बुलाने के लिए आवश्यक प्रबन्ध होते-होते वर्ष बीत गया। सदाशिव ने चौला को पत्र लिखकर पूछा कि पाठशाला के साथ त्र्यंबक का नाम जोड़ें तो कैसा रहेगा ? नामकरण विधि-प्रसंग में अणहिलवाड़ की महारानी उपस्थित हो या न हो, त्र्यंबक की बालसखी को अवश्य उपस्थित रहना पड़ेगा। सन्देश भेजेंगे।

गौरा ने चौला से कहा था कि प्रभास आने के पूर्व खजुराहो में स्थित चौसठ योगिनी के मन्दिर के दर्शनार्थ तुझे जाना है। उसने कन्दरिया महादेव के मन्दिर की भी महिमा बताई थी। अन्तिम सवा सौ वर्षों में वहाँ कितने ही शैवमन्दिर और वैष्णवमन्दिर बने हैं। मन्दिरों के नृत्याचार्य उन मन्दिरों के मंडोवर पर उत्कीर्ण नृत्यांगनाओं के शिल्प देखने के लिए देवदासियों को प्रेरित करते। रतिशिल्पों को देख रसराज शृंगार में लहराने के इच्छुक नवदम्पति भी वहाँ जाते जिनमें से कोई तो मन्दिर के गर्भगृह तक पहुँचकर भक्ति-भाव का अनुभव करते। काम को मिटाए बिना धर्म का अनुभव यहाँ सम्भव था। काम धर्मभाव जगा सकता है।

अणहिलवाड़ की महारानी चौला के लिए यात्री के रूप में खजुराहो जाना सुगम नहीं—मन्त्रियों का ऐसा अभिप्राय था। खजुराहो की राजनीति विश्वसनीय नहीं रह गई थी। एक समय था जबकि बुन्देलखंड के इस चन्देलवंश को सम्पूर्ण आर्यावर्त में नामवरी मिली थी। यशोवर्मा और उनके प्रतापी पुत्र धांग के शासनकाल में गत शताब्दी में शिल्प-स्थापत्य का ऐसा दुर्लभ वैभव सृजित हुआ था किन्तु उनके वंशज विजयपाल ने सन् 1022 में सत्ता सँभालने के बाद स्वाभिमान के बदले स्वार्थ की राजनीति खेली।

जंगी सैन्यशक्ति के साथ महमूद गजनवी ने अन्तिम आक्रमण किया और एक ही दिन में कन्नौज के गुर्जर-प्रतिहारों के सात किलों पर कब्जा किया। तब कन्नौज के पार्श्व में खड़ा रहने के बदले विजयपाल ने स्वतन्त्र हो जाने तक ही शीघ्रता दिखाई। महमूद को भेंट-सौगात देकर उसकी शर्त के अनुसार मैत्री की। इसके कारण मन्त्री विमल के हृदय में भारी अरुचि जगी थी। पहले खजुराहो के मन्दिरों की यात्रा करनेवाली सोमनाथ की देवदासियों को आघात लगा था। ऐसा हुआ ही क्यों ? चौला समझ नहीं पाई थी। किन्तु पूछे किससे ? उस समय सदाशिव सोमनाथ के प्रांगण में उपस्थित नहीं थे। भारतवर्ष की यात्रा पर थे।

आज अब गजनवी के साथ का सम्बन्ध चन्देलराजा तोड़ डालें इससे गँवाई कीर्ति वापस नहीं मिलती। उनका अतिथि बनकर उसे राजमहल का गौरव बढ़ाना नहीं है—ऐसा चौला का संकल्प था। मन्त्री ने समर्थन किया। यात्रा का आयोजन करने के लिए महाराज भीमदेव ने सहमति दी। वे स्वयं साथ आना चाहते हैं ऐसा कोई संकेत उन्होंने नहीं दिया।

खुदर नदी के किनारे चौलादेवी के लिए शिविर तैयार हुआ था। चारों तरफ दास-दासियों और अंगरक्षकों के शिविर थे। सूर्यास्त पूर्व महाराज भीमदेव मात्र दो अश्वारोहियों के साथ अचानक आ पहुँचे। आनन्द से अधिक आश्चर्य हुआ।

'महारानी उदयमति को कैसा लगेगा ? उनके स्नेह की उपेक्षा हो रही है उसके प्रति आप सचेत नहीं हैं महाराज।'

'उन्होंने आग्रह करके भेजा।'

'इस तीर्थस्थान में भी असत्य वचन उच्चारेंगे ?'

'मुझे असत्य वचन उच्चारना हो तो शायद उदयमति के समक्ष उच्चारूँ, चौला के समक्ष नहीं। महारानी ने ही कहा कि मुझे शीघ्रातिशीघ्र पहुँच जाना चाहिए। उन्होंने तो ऐसा अनुमान किया था कि हम लोग साथ ही निकलेंगे। फिर मुझे अकेला खड़ा देख वह अट्टालिका पर आईं। नदी किनारे एक सारस के पास उसका साथी उड़ आया, यह देख उन्होंने मेरा ध्यान खींचा और कहा, 'एक पल में कितना अधिक अन्तर पड़ गया समग्र परिस्थिति में। सारस अकेला था तो दृश्य भावशून्य था। उसके साथी के आते नदी का किनारा, सामने के वृक्ष, प्रवाह और पक्षी, रेत के मैदान—सब जीवन्त हो उठे।'

'जैसे आपके आगमन से यह अट्टालिका जीवन्त बनी।'

'ऐसा हो तो मैं धन्य हुई महाराज ! किन्तु मेरा सूचितार्थ यह नहीं था। आपने चौलादेवी को अकेले भेजा इसलिए मैं चिन्तित हूँ। हमारे मन्त्री भी कभी-कभी भारी उदासीनता दिखाते हैं।

'नहीं देवी, उन्होंने पूरा प्रबन्ध किया है। फिर भी, आपकी सपत्नी तीर्थस्थान में अकेली जाना चाहती थीं। मेरे संयम पर उनको विश्वास नहीं।'

'मुझे कितना अधिक विश्वास है महाराज !' ऐसा कह उदयमति ने भीमदेव के साथ आँख मिलाने का प्रयत्न किया। किन्तु वे तो दूर का कोई न दीखनेवाला दृश्य देखने

के लिए प्रयत्न कर रहे थे। कर्तव्य का भान होते महारानी के सम्मुख हो कहा, ''मैं आपका समादर करता हूँ देवी ! सारा अणहिलवाड़ जानता है।'

'मैं भी जानती हूँ। मैं भी कितनी भाग्यशाली निकली कि स्नेह के विकल्प में आदर पाई !!'

'यह व्यंग्य वचन—'

'इससे चौलादेवी का स्मरण ताजा हो तो मुझे यह इष्ट है। मेरी एक विनती स्वीकारें महाराज। गुप्तवेश में आप खजुराहो पहुँच जाएँ। भूलें नहीं कि वह हमारा मित्रराज्य नहीं।'

'विमल के कहने के अनुसार विजयपाल अब हमारी मैत्री के लिए आतुर हैं।'

'तो उसे यहाँ आने दीजिए। गजनवी की सत्ता के अस्त होने के बाद उसे भय होगा तो कन्नौज का, हमारा नहीं। फिर भी वह हमारी मैत्री चाहता है तो भले उसका राजदूत यहीं आवे,' उदयमति ने दृढ़ता से कहा।

'परन्तु मुझे वहाँ आया जानकर मेरा राजकीय सम्मान करे तो ?'

'आपका छद्मवेश में रहना हितकारक लगता है। वह भले ही चौलादेवी का सम्मान करे। वह कहती थीं कि विजयपाल की महारानी से मिलना होगा तो थोड़े चुनिन्दा शिल्पी सोमनाथ भेजने को मैं कहूँगी।'

'मुझसे भी उन्होंने यह बात की थी। वे हमारे प्रधान सूत्रधार को साथ ले गई हैं। उनकी कलाविद् सेविकाएँ तो साथ हैं ही।'

फिर भी मेरा हृदय कहता है कि आप उनके साथ हों तो बहुत अच्छा।'

'आपकी जैसी आज्ञा ! दूसरे प्रहर में निकलता हूँ। विमल से कहता हूँ कि अब चन्द्रावती न जाए और मेरे बाहर जाने की जानकारी किसी को न दे। मैं अपने महल में हूँ ऐसा मानकर कोई अमात्य या न्यायाधिकारी मुझसे मिलने का प्रयत्न न करे।'

'मन्त्रीश्वर मेरे साथ परामर्श करने आएँ तो ? मैं ऐसा ही कहूँ न कि महाराज के आने पर बात ? या अपना अभिप्राय दूँ ?' पटरानी के मुख पर स्मित था, सुरेख अधरोष्ठ पर दर्प की चमक थी। यह देख मनोभाव पर अंकुश रख भीमदेव ने कहा :

'क्यों नहीं ? आप निर्णय दीजिए, मुझे ऐसी आज्ञा देकर राज्य के बाहर भेज सकती हैं तो विमल को निर्णय देना आपके लिए अधिक सरल रहेगा। जो व्यक्ति मुझे बार-बार सुझाव देकर अपना अहंकार सन्तुष्ट करता रहता है, वह आपकी आज्ञा में रहकर नम्र बने ऐसा मैं अवश्य चाहूँगा।'

—यह सारा वृतान्त जानने के बाद ही चौला देवी को लगा कि महाराज आसक्ति से प्रेरित होकर नहीं, किन्तु उदयमति द्वारा कराए गए कर्तव्य के भान से आए हैं। उन्होंने अश्व द्वारा लम्बा सफर तय किया था इसलिए भोजन के बाद निद्राधीन हुए। स्वामी के व्यवहार पर तीर्थ का प्रभाव है यह देख चौलादेवी को आनन्द हुआ।

थोड़ी देर बाद प्रश्न हुआ—महाराज उदयमति से दूर रहते हैं या उदयमति इस रूप में महाराज का प्रत्याख्यान करती हैं ?

29

कन्देरिया महादेव और विश्वनाथ के मन्दिर में प्रातःकाल दर्शन करने के लिए चौलादेवी के साथ ही भीमदेव तैयार हो गए थे। आरम्भ के दो मंडप के बाद महामंडप, अन्तराल और गर्भगृह के स्थापत्य में तन्मय हो गए। पूजाविधि के बाद प्रदक्षिणा करती, बाँसुरी बजाती सुन्दरी का शिल्प देख महाराज रुक गए, पाँव से काँटा निकालती सुन्दरी की भावभंगिमा के विषय में उन्होंने चौलादेवी के साथ बात की। मिथुनशिल्प देखने में भीमदेव तन्मय थे तब चौलादेवी ने शिविर का मार्ग लिया।

अरे देवी ! यह सुपुष्ट स्तन और विपुल जघना युवती रेतिया पत्थर में भी कैसी जीवन्त हो उठी है। रतिराग में तल्लीन नर-नारी की मुद्राएँ कैसी लयात्मक हैं।

लज्जा-भार से झुके बदन से नतनेत्र चौलादेवी खड़ी हैं।

आसपास कोई यात्री नहीं था। स्वयं राजधानी से दूर थे। महाराज और महारानी के रूप में नहीं, केवल स्नेहमय नर-नारी के रूप में शिल्प-सौन्दर्य देखने में वे साथ चाहते थे। किन्तु चौलादेवी निकट नहीं आईं। महाराज की रसिकता उद्दीप्त हो चुकी थी। राजसभा में किसी कवि ने बृहत-संहिता की एक पंक्ति कही थी—ऐसा लगता है कि नवयौवना का सौन्दर्यपान करने के लिए शिव जैसे शिव भी एक मुख कम पड़ने से चार मुख धारण कर देख रहे हों तो फिर हमको कैसी लज्जा ! चौलादेवी को मूल पंक्ति का स्मरण हुआ—'व्रीडात्र का यत्र चतुर्मुखत्वम् ईशोऽपि लोभाद्गमितो युवत्याः' किन्तु इससे लज्जा घटने की बजाय बढ़ी।

'महाराज ! मुझे आज्ञा दें कि मैं अपने सखीवृन्द के साथ स्वतन्त्र रूप से देखूँ। आपके साथ यहाँ खड़े रहते मुझे संकोच होता है।'

'हाँ, यदि यात्री आ पहुँचेंगे तो वे शिल्पों के स्थान पर हमें देखने को प्रेरित होंगे, विशेषकर आपको। भले जाइए।'

'आप भी चलें। बाद में सूत्रधार के साथ आइए।'

'तब फिर से आऊँगा।'

भोगासन देखते हुए भीमदेव को प्रश्न हुआ, 'यहाँ के शिल्पी शास्त्रज्ञ भी होंगे ? सूत्रधार तो कामसूत्र का विद्वान अवश्य होगा। उसने शिल्पियों को कैसे सूक्ष्मतापूर्ण आलेख तैयार कर दिए होंगे ?'

चुम्बन-आलिंगन और सम्भोगरत मिथुनों की एक जीवन्त सृष्टि भीमदेव को तन्मय करती रही। वात्स्यायन द्वारा वर्णित भोगासनों के ये शिल्प उनसे अज्ञात नहीं थे किन्तु शब्द के स्थान पर पत्थर का माध्यम मिलने से प्रत्यक्षीकरण बढ़ गया था, शृंगारसृष्टि का आँख पर आक्रमण होता था। अतिपरिचय से अवज्ञा जगती है किन्तु वहाँ कौतूहल जगता था, तृषा जगती थी...

इन शिल्पों को सखियों और दासियों के साथ चौलादेवी ने भी देखा था। सौन्दर्य की अभिव्यक्ति में स्थूलता आते ही उस नृत्यविद् सुन्दरी की दृष्टि वहाँ से खिसक जाती

थी। कलात्मक अनुभूति की श्रेष्ठता के विषय में गोष्ठी होती थी।

सूत्रधार अपने कार्य में प्रवृत्त थे। वे सब रुकेंगे। फिर स्थानीय शिल्पियों का सम्पर्क साधेंगे। महाराज और चौलादेवी प्रातःकाल प्रस्थान करेंगे।

रात्रि का दूसरा प्रहर शुरू हुआ। शान्त वातावरण में शीतलता बढ़ाती नदी का कलनाद भीमदेव की निद्रा के लिए बाधा बन रहा था।

चौलादेवी का मन प्रसन्न था। शरीर स्वस्थ था। सोमतीर्थ की शोभा बढ़ाने में यह यात्रा सहायक सिद्ध होगी। सूत्रधार द्वारा तैयार किए हुए आलेखों को स्वयं देखेगी। सौन्दर्य की दृष्टि से उनमें से चुनकर गुरुदेव के समक्ष प्रस्तुत करेगी।

भीमदेव चौलादेवी की शैया के पास आते हैं।

'अरे ! आप अभी भी जागती हैं ?'

'हाँ, मन्दिर के मंडोवर पर देखे गए भोगासनों में हम दोनों हैं, ऐसा आभास होता है।' कहते भीमदेव निकट आए।

'इष्टदेव की प्रार्थना द्वारा ऐसे आभासों से मुक्त हुआ जा सकता है,' कहती चौलादेवी ने 'कुमारसम्भव' की प्रति दीपक के पास रखी।

'आपको तो याद है यह काव्य ! तो फिर—'

एक श्लोक की टीका पढ़ती थी। सन्दर्भ है—हिमालय के शिखरों पर दीखती अकाल सन्ध्या का। अप्सराएँ विभ्रमित होकर शीघ्रता में आभूषण पहनने लगती हैं क्योंकि पर्वत पर के लाल धातु अकाल-सन्ध्या का आभास कराते हैं। हिमालय की ऊँचाई सुविदित है। बादल उसकी कटिमेखला बन सकते हैं, उससे ऊँचे नहीं हो सकते। इससे सन्ध्या का रंग मेघखंडों में संक्रमित होता है। समय और स्थल का कैसा विलास ! प्रत्यक्ष होते हैं पर्वत पर के लाल धातु किन्तु वे काम करते हैं समय का, समय होने से पहले दीखती सन्ध्या का :

यथाप्सरो विभ्रम मंडनानां संपादयित्री शिखरैबिभर्ति
बलाहकच्छेदविभक्तरागामकालसन्ध्यामिवधातुमत्ताम्।

शृंगार करती अप्सरा का उल्लेख भीमदेव को प्रासंगिक लगा। सन्ध्या का भ्रम कराते लाल धातु, मेघखंड मेखला आदि द्वारा सूचित नैसर्गिक सौन्दर्य उन्हें स्पर्श नहीं कर सका। उन्होंने चौलादेवी के निकट बैठना चाहा कि प्रिया लता की तरह लिपट जाए। शिल्प में देखी गई आलिंगन-चुम्बन की मुद्रा की कामना प्रबल हो उठी थी।

वहाँ चौला बोल उठती है :

अन्य क्षेत्रे कृतं पापं तीर्थक्षेत्रे विनश्यति
तीर्थक्षेत्रे कृतं पापं वज्रलेपो भविष्यति...

—मिलन पाप नहीं, इसकी भीमदेव को दृढ़ प्रतीति थी फिर भी उद्गार बाधा बन उत्तप्त श्वास को शान्त करने में सफल हुआ।

काव्य में मन पिरोने के लिए महाराज ने प्रयत्न किया। चौलादेवी ने भूमि पर आसन लगाकर प्रार्थना आरम्भ की।

इस ओर कुमारसम्भव के आठवें सर्ग के शृंगारप्रधान श्लोक पढ़े जा रहे थे :

नाभिदेश पर धरे कपाली के हाथ को काँपती वह रोकती थी,
गाँठ, दुकूल और नीवि की हो जाती थी स्वतः ढीली।
शिव वस्त्र हरते, हथेलियों से नयन उनके ढाँकती थी,
भालनेत्र से देखने पर, यत्न व्यर्थ होता, शिथिल होती।
चुम्बन में अधरदान न मिलता, गाढ़ालिंगन शिव करते,
कामक्लेश, प्रतिदान न मिलता, तो भी उमा प्रियकर लगतीं।

प्रार्थना पूरी कर शैया की ओर जाने से पहले चौला ने स्वामी को प्रणाम किया। इसके साथ ही चरण भूमि पर से उठ गए। चौला के नकार को लज्जा मान भीमदेव ने वस्त्र के साथ छूट ली। आँचल की हवा से दीपक बुझाया और गौर काया स्वयं दीप्त हो उठी। अब बिना किसी दुविधा का समर्पण था, किन्तु वह प्रेम का प्रतिदान नहीं था।

शम्भु को समर्पित होने के निमित्त सृजित मानी जाती, योगिनी के लक्षण धारण करनेवाली, विद्या-कला की स्वामिनी, विरल वीरांगना चौला को प्रश्न हुआ—देवदासी होने के बदले महारानी होकर मैंने अपनी आत्मा के पंख कटवा डाले हैं ? शक्ति मिटाकर मैं मात्र भोग्या बन गई ! उन शिल्पों में व्यक्त कामलोलुप नारीरूप में महाराज ने मुझे देखा...वे मेरी रक्षा करने के लिए यहाँ आ गए थे किन्तु स्वयं के सामने वे मुझे रक्षण नहीं दे सके...

प्रेम मेरी भक्ति का पर्याय नहीं बन सका।

भीमदेव के निद्राधीन होने तक चौला के आँसू सूखे नहीं थे।

पति के प्रति पहले जो समर्पणभाव था उसमें कमी आ गई थी। यह समर्पण नहीं, दान है, अनिच्छा से होता दान।

शायद अरुचि जगी है
इसमें से उपेक्षा जगेगी ?
क्या नहीं जगी उपेक्षा ?

चौलादेवी व्यथित है। उपेक्षा की मनोदशा पैदा हो गई है। तिरस्कार करने से बचा जा सके इसके लिए क्या करना चाहिए ? पहले उँगलियों के पोरों का स्पर्श जल में तैरते हंसपिरच्छ के स्पर्श जैसे लगता था जबकि अन्त-अन्त में तो मानो पग पर मगर के जबड़े का दबाव, नाभि के पास बाघ के दाँत का दंश, पीठ पीछे से धेनुक का आक्रमण...

इस पुरुष में मैंने भगवान शम्भु का स्वरूप निहारा था ?

दोष गुरुदेव का है।

उन्हें मुझे रोकना चाहिए था किन्तु मोह और भक्ति के बीच प्रेम की सम्भावना उन्होंने प्रबोधित की। उन्होंने कहा कि दाम्पत्य जीवन तुम्हारे लिए बाधक नहीं बनेगा। शम्भु के प्रति तुम्हारे समर्पण और पति प्रेग के बीच विरोध नहीं रहेगा। तुम त्रिपुरसुन्दरी हो चौला, तुम्हारे साहचर्य में महाराज भीमदेव में निहित शिवतत्त्व जागृत होगा।

किन्तु हुआ क्या ?

शिखर का प्रकाश पाने के स्थान पर मैं घने जंगल में हिंस्र दहाड़ के बीच घिर गई। फरियाद करूँ भी तो किसे ?

पति के अतिशय विलास की बात करते मेरी जीभ उठे किस तरह ? और मेरे मुख से ऐसे शब्द सुनकर युवाचार्य को आघात नहीं लगेगा ?

मेरे दुःख से तो वे दुःखी होंगे ही।

तो फिर सारी शक्ति खर्च कर सुख का भ्रम क्यों न टिका रखूँ ?

नृत्य के साथ अभिनय सीखी हूँ। इसका प्रयोग अन्तःपुर में करूँगी। सब कुछ सह लूँगी...जैसे-जैसे अधिक सहने को मिलेगा, वैसे अधिक सुखी होने का अभिनय करूँगी।

अन्तःपुर में टिकाया हुआ रहस्य युवाचार्य के कुटीर के प्रांगण में वृन्दाबा के मुख से व्यक्त हो गया। गुरुदेव को प्रणाम कर वृन्दाबा और गौरा भूमि पर बिछे दर्भासन पर बैठी थीं। ध्यानावस्था में होने के बावजूद युवाचार्य को वृन्दाबा के ये शब्द सुनाई पड़े—कैसा व्युत्क्रम ! आज तपस्विनी लगती हैं उदयबा और चौला के मुख पर है सुख के अतिरेक की पीड़ा !

उदयमति चौलादेवी के साथ बड़ी बहन का व्यवहार करतीं। सखी के स्नेह और सेविका के समादर से इसकी परिचर्या करतीं। यह देख राजमहल में सभी को आश्चर्य होता, किन्तु राजमाता लक्ष्मीदेवी समझतीं कि उदयमति ने इस प्रकार आत्मगौरव बढ़ाया है। राजवंश के भविष्य का जतन करने का अवसर उदयमति को मिल गया है। चौलादेवी शुभ समाचार देंगी इसका संकेत राजमाता को स्वप्न में मिल गया था। उन्होंने उदयमति को सूचित किया। उदयमति के पूछने पर चौला ने कहा था 'सबसे पहले आपको ही बताऊँगी'। अतः दोनों ने धन्यता का द्विगुणित आनन्द प्राप्त किया था जो राजप्रासाद के उत्सव में व्यक्त हुआ था।

सोमनाथ के प्रांगण में जो-जो अधिकार एवं कर्तव्य चौलादेवी को अनायास प्राप्त होते रहते थे वे सब उदयमति ने पाटण में पा लिये थे। मन्त्रीश्वर विमल महारानी उदयमति की राजनीति विषयक सूझबूझ के प्रशंसक हो गए हैं। कर्तव्यपालन के लिए प्रजा के बीच जाने में उन्हें उत्साह का अनुभव होता। युद्ध में जिन परिवारों को क्षति हुई इसकी पूर्ति उदयमति ने अपनी निगरानी में की थी। इनकी स्फूर्ति अनन्य थी। अब काया पर घाव का कोई निशान नहीं था...

राजमाता लक्ष्मीदेवी के निमन्त्रण पर दोनों रानियाँ अपने-अपने रथों में बैठकर सिद्धपुर जा रही थीं। ब्रह्मभोज तथा गुरुकुल के छात्रों को दक्षिणा देने का आयोजन था। बीच में सरस्वती के किनारे विश्राम के बाद चौलादेवी उदयमति के रथ में जा बैठीं। इन्हें ध्यान से निहार, प्रसन्नता का अनुभव करती चौलादेवी बोली :

'युद्ध के बाद आप पहले से भी अधिक स्वस्थ और सुन्दर लगती हैं, मुझे ही नहीं, महाराज को भी।'

'उन्होंने मुझे कभी बताया नहीं,' कहते हुए महारानी हँस पड़ीं। इसमें विवशता नहीं, अस्मिता थी।

'एक बात कहूँ ? आप उन्हें अपने अन्तःपुर में निमन्त्रित क्यों नहीं करतीं ?'

'अन्तःपुर मेरा है या उनका ?'

'यदि आपका नहीं तो और किसी का नहीं...'

उदयमति स्तब्ध ! चौला क्या कह रही है ? इस तरह न्यौछावर होने का कारण ?

चौलादेवी आगे बोलती हैं :

'महाराज अब आपकी दूरदर्शिता की सराहना करते हैं। पश्चिम भारत के सभी राजा-महाराजाओं का सहयोग माँगकर हम गुर्जर भूमि में महमूद का प्रवेश रोकते तो अवश्य सफलता मिलती। हम महमूद को यहाँ रोके रहते तब तक महाराज नवघण प्रजाजनों को बड़े पैमाने पर संगठित कर पाते। हमें हराकर महमूद आगे बढ़ पाते उस स्थिति में भी उनकी शक्ति क्षीण हो चुकी होती...'

'अरे, हम नष्ट हो जाते तो भी क्या ? पाटण छोड़ कन्थकोट चले जाने में कूटनीति थी, शौर्य और स्वार्पण की राजनीति नहीं थी...परन्तु महाराज भी क्या करें ? वे केवल योद्धा हैं, इनकी राजनीति तय करते हैं विमल, दामोदर, चंड शर्मा मन्त्री...इन सबके अतिरिक्त आवश्यकता थी एक प्रज्ञ पुरुष की—युवाचार्य सदाशिव जानते हैं। महाराज भीमदेव बलराम का दायित्व सँभाल सकते हैं, श्रीकृष्ण का नहीं...'

'इस प्रकार की गोष्ठी के लिए भी आप महाराज को निमन्त्रित करें ऐसा मेरा अनुरोध है।'

'आप जिसे माँगने का दैन्य मानती हैं, वही देने का औदार्य भी हो सकता है, सोचिए।'

चौलादेवी के इन शब्दों पर गौर से सोचती उदयमति ने स्नेहादर से उसकी ओर देखा। नारी सहज असूया का एक अंश भी इसमें नहीं है...

30

चातुर्मास पूरा होने से पहले ही शरद पूर्णिमा के दिन युवाचार्य ने एक व्यापक विचरण आरम्भ किया था। जिन्होंने महमूद के आक्रमण से पहले उन्हें साथ दिया था, युद्ध में कुर्बानी दी थी, उन्हें शुभाशिष दी। जो राजे भय से साथ नहीं दे सके थे किन्तु शिवतत्त्व में श्रद्धा रखते थे उन्हें दोषग्रन्थि से मुक्त करने के लिए उनका आतिथ्य स्वीकारा। जहाँ प्रजाजनों ने मन्दिर पूर्णतः ध्वस्त होने के बारे में मिथ्या वृत्तान्त सुना था वहाँ कथाकीर्तन में भाग लेकर कहा कि महमूद गजनवी का आक्रमण धर्म पर नहीं, द्रव्य पर था। अपने सैनिकों को पर्याप्त हिस्सा देना न पड़े इसके लिए उन्होंने पहले से जुनून बाँटा था। मन्दिर लूटकर, उसे थोड़ी क्षति पहुँचाकर वह भाग पड़े थे। उन्होंने जो लूटा था उसमें

से बहुत कम उनके साथ गया। गया, वह भी टिका नहीं, वे भी नहीं टिके। चेतावनी का दृष्टान्त बन अतीत का हिस्सा बन गए—

आप स्वत्वरक्षा के लिए संगठित होने के बदले देवमन्दिर में द्रव्य रखकर धार्मिक कर्तव्य निभाने का सन्तोष मान लेते हैं। द्रव्य मन्दिर के लिए भारस्वरूप बनता है। धर्म आपके हृदय के पवित्र कोने को तलाशता है। शिव के साकार स्वरूप जैसा कैलास शिखर स्वयं शोभायमान होता है। हमारे तैयार किए हुए शृंगार की उसे अपेक्षा है भला ? तो सोमतीर्थ में से जो द्रव्य लूटा गया उसका अफसोस किसलिए ? मन्दिर का जीर्णोद्धार हो चुका है। त्रिपुरसुन्दरी चौलादेवी का संकल्प है कि काष्ठ के स्थान पर शिल्पमंडित पत्थर हों। इस संकल्प की पूर्ति के लिए महाराज भीमदेव और रा'नवघण के साथ महाराज भोज परमार ने राजकोष खुला छोड़ रखा है। उससे भी अधिक आनन्द की बात यह है कि दूर-सुदूर से सामान्य प्रजाजन पत्रपुष्प के रूप में श्रद्धा भेजते हैं। मुझे यह कहना है कि महमूद के आक्रमण के पूर्व इतनी जागृति थी ? उसके आक्रमण से हमारा धर्म नष्ट होने के बजाय पुष्ट हुआ। सोमतीर्थ की यात्रा पर निकलेंगे तो आपको ठौर-ठौर पर इसकी प्रतीति होगी।

सदाशिव स्वयं द्रव्य नहीं स्वीकारते किन्तु उन्होंने ऐसा प्रबन्ध कर रखा था कि श्रेष्ठियों और सार्थवाहों द्वारा समय-समय पर भेंट-सौगात प्रभास क्षेत्र में पहुँचे। कभी-कभी उनको अपने व्यवहार में विरोधाभास लगता। कितनी ही बार कैलासवासी व्योम वृहस्पति के साथ उन्होंने विवाद किया था। महमूद के आक्रमण पूर्व देवद्रव्य का लोकहित में खर्च होने का उन्होंने आग्रह रखा था। किन्तु आज वे स्वयं द्रव्यसंचय में प्रवृत हुए हैं। दूसरा उपाय लगता नहीं। जो गया है उसकी पूर्ति करनी ही रही। यह देखना है कि अतिरेक न हो। कभी-कभी कहते हैं—धर्म को द्रव्य का पर्याय नहीं बना देना। मन्दिर और मूर्ति भी अन्त में तो हमारी श्रद्धा के आसन हैं। महमूद रत्नों और स्वर्णमुहरों को लूट ले गए उसके साथ सारा मन्दिर उखाड़ ले गए होते तो भी शिवतत्त्व की क्षति नहीं होती। शिवतत्त्व तो सर्वव्याप्त है—मेरे में, आप में, समग्र सृष्टि में।

मार्ग में एकाएक वृन्दाबा के शब्दों की तीखाश का स्मरण होता है। उन्होंने उदयमति को तपस्विनी कहकर सुख का अभाव सूचित किया था, तो चौला के मुख पर सुख के अतिरेक की पीड़ा परख ली थी। तो क्या चौला के लिए भीमदेव के साथ का दाम्पत्य कष्टदायी सिद्ध हुआ ?

चौला युवाचार्य के लिए भगिनी थी, पुत्री थी, भक्ति के सौन्दर्य का प्रतिमान थी। देवदासी का जीवन अंगीकार करने के लिए वह तैयार थी ही किन्तु उसने मेरा निर्णय सिर चढ़ाकर संसार को स्वीकारा। पहले की वह दुविधा उसे पीड़ा देती थी या अब पति का रागावेग ? एक कलाविद् विदुषी को राजा भोग्या मानकर व्यवहार करे तो और क्या होगा ?

जीवन में पहली बार युवाचार्य को लगा कि चौला का कष्ट दूर करने में वे असमर्थ है...किन्तु शिवकृपा समर्थ है।

उन्होंने अणहिलवाड़ सन्देश भेजा। मन्त्री विमल ने उसके पालन के लिए महाराज को बाध्य किया। उसके अनुसार इस वर्ष की कार्तिक पूर्णिमा से वसन्तपंचमी तक चौलादेवी सोमतीर्थ रहेंगी। उदयमति राजमहल नहीं छोड़ेंगी। सबके श्रेष्ठ कल्याण का विचार कर गुरुदेव ने ऐसी सूचना दी है।

भीमदेव विचार में पड़ गए थे : शायद विदाई के समय प्रिया कुछ कहे। नगर की सीमा तक जाने की इच्छा उन्होंने व्यक्त की थी। चौलादेवी को लगा कि वह शोभा नहीं देगा। उन्होंने स्वामी से प्रार्थना की—यहीं से मुझे विदाई दें। भीमदेव व्यग्र थे। युवाचार्य की सूचना के सम्बन्ध में कुछ कहना नहीं था फिर भी प्रणाम कर रही चौला की मुखमुद्रा देख वे बोल उठे :

'इस तरह मुझे दंडित किया गया है।'

'गुरुदेव की आप पर अगाध कृपा है,' चौलादेवी ने कहा और उदयमति तथा राजमाता की अनुज्ञा लेने निकलीं।

भीमदेव को खजुराहो में सुने हुए श्लोक की दूसरी पंक्ति का स्मरण हुआ—'तीर्थक्षेत्रे कृतम् पापम्, वज्रलेपो भविष्यति।' तो क्या यह विनोद वचन नहीं था ? सावधान रहने का संकेत था ? उस विलासप्रहर के बाद चौलादेवी ने अपने नारीत्व का पूर्ण अवमूल्यन अनुभव करते हुए स्वगत कहा था, 'मेरा रक्षण करने के लिए वे यहाँ आए किन्तु स्वयं के सामने वे मुझे रक्षण नहीं दे सके।' इस अशब्द वाणी का अर्थ अनुगामी मिलनों के क्षण विरति द्वारा व्यक्त हुआ और आज विदाई के बाद द्विगुणित होकर सामने आया।

चौला के प्रस्थान के बाद उदयमति भी यहाँ न हों ऐसा मानकर भीमदेव एकाकीपन झेल रहे थे। पहले जिस दीवार को चौलादेवी ने तोड़कर उन दो के बीच भावना की धारा बहाई थी वह रुक गई थी। खजुराहो गए हुए भीमदेव उदयमति के महल में वापस आए ही नहीं थे...। सोमनाथ पहुँचने के बाद चौलादेवी ने उदयमति को सन्देश भेजा था—महाराज को मेरा वन्दन पहुँचाना। उनकी कुशलता की प्रार्थना करती हूँ। आजकल हृदय की धड़कन में शुभ संकेत दिखता है...मधुर पीड़ा और सीप में विकसते मोती का संचार. ..चौंसठ योगिनी के मन्दिर की ओर से लोरी सुनाई देती है।

'यह शुभ सन्देश चौला ने सर्वप्रथम मुझे दिया था महाराज या राजमाता को भी नहीं ! कैसा निर्व्याज प्रेम !' उदयमति अपने को धन्य अनुभव कर रही थी।

महाराज राजकाज से निपटाकर आ चुके हैं यह जानते ही उदयमति चौलादेवी के सन्देश के साथ पहुँच गईं। उनकी चाल में राजरानी के गौरव के स्थान पर स्नेहीजन का उत्साह था, वेग था, लय थी। पल-भर के लिए भीमदेव को आभास हुआ क्या चौला ?

और वे निखालिस हो उठे, 'मुझे लगा कि चौला आ पहुँची।'

'वह नहीं आएगी तो मैं आपको उसके पास पहुँचाऊँगी। उसने बड़ी उमंग से शुभ सन्देश भेजा है। उसके लक्षित शुभ के संकेत का अर्थ है—हम कुलदीपक पाएँगे।'

उसी क्षण भीमदेव उदयमति को दो बाँहों में उठा लेते हैं। सोरठी काया हलका फूल बन जाती है। मोढेरा की वीरांगना आश्लेष पाकर समर्पित चौला बन जाती है। पटरानी को हाथ में रखकर ही भीमदेव ने सुखासन ग्रहण किया और कहा, 'क्षमा कीजिए देवी, आपके गौरव की रक्षा न हो तो...थोड़ी-सी छूट ले बैठा।'

इस क्षण की प्रतीक्षा करती राजमहिषी की सुपुष्ट उत्तप्त काया काम्य हो उठी। ग्रीष्म की उष्ण भूमि को चक्रवात का भय नहीं था। वृष्टि के आरम्भ के साथ ही अव्यक्त सुगन्ध स्वामी की सभी इन्द्रियों में छा गई। श्वास का भी एक सघन स्पर्श था, स्पर्श की मादकता थी, उस मादकता में चेतना की लयलीला थी। पल-भर की लज्जा के बाद प्रेम का प्रतिदान प्राप्त हुआ।

चौलादेवी का पत्र मिलते राजमाता लक्ष्मीदेवी ने असीम सन्तोष पाया है।

उदयमति का महल शिल्पकला से मंडित होने के बावजूद अभेद्य किले की तरह भासित होता था। सेवकगण को अब ज्ञात हुआ था कि इस सुन्दर भवन में अन्तःपुर है। आज तक अतिथि की तरह अलग-अलग रही कलाएँ अब सभी आप्तजनों की बन गई थीं।

उदयमति के होंठ पर विजय की मुस्कान थी, आँख में प्राप्ति की विश्रान्ति।

राजमाता को वन्दन कर उदयमति ने चौलादेवी का पत्र उनकी अंजलि में रखा।

'आशिष दो माता।'

लक्ष्मीदेवी पटरानी के सामने देखती हैं। 'सच में ?'

'हाँ मातुश्री, यह धन्यता सत्त्वप्राप्ति की है। भगवान सोमनाथ का अनुग्रह प्राप्त हुआ हमें।'

कुछ क्षण आनन्दगोष्ठी में बीता। फिर राजमाता एकाएक बोल उठीं, 'चलो, हम लोग चौला को ले आएँ।'

'धीरे से बोलो माता, महाराज सुनेंगे तो हम लोगों को छोड़कर ही चल पड़ेंगे।'

'मुझे छोड़कर भले जाएँ, तुम्हें छोड़कर अब कदापि न जाएँगे। जितना आनन्द मुझे वंश के सातत्य का है उतना ही आनन्द आप दोनों के साहचर्य का है। सदा प्रसन्न रहो पुत्री। युवाचार्य का शुभाषित हमारे ऊपर उतरा है। उनसे पूछो, हम चौलादेवी को लेने जाएँगे या वे उन्हें भेजने का प्रबन्ध करेंगे ?'

'यात्रा से वे वापस आ गए होंगे। मैं मानती हूँ कि चौलादेवी स्वयं आपसे मिलने को अधीर होंगी।'

भीमदेव को उदयमति के साहचर्य का व्यसन हो गया है। आबू के दंडनायक के रूप में नियुक्त होने के बाद विमल ने चन्द्रावती को एक रमणीय नगरी के रूप में विकसित किया था। उनके अतिशय आग्रह के कारण महाराज चन्द्रावती जाने को सहमत हुए थे। तीन दिनों की यात्रा थी।

'पहले आपकी अनुपस्थिति सहने का अभ्यास था, अब यह तीन दिन तीन युग जैसे

लगेंगे,' पहले कभी कोई याचना नहीं करती उदयमति आज चंडी की जगह भीरु लगीं।

तीन दिनों का राजकाज दो दिनों में निबटाकर भीमदेव वापस आकर सीधे उदयमति के महल में पहुँचे थे।

रानी कलाकक्ष में थीं।

स्वरचित चित्रों और शिल्पों के आलेखों के बीच कार्यरत रानी महाराज के आगमन के विषय में जानकर बाहर आए उससे पूर्व महाराज स्वयं ही वहाँ पहुँच गए हैं।

'अरे ! यह कलासृष्टि आपने मुझसे छुपा रखी थी ! चित्रों और आलेखों को देखने में भीमदेव मग्न थे। स्वामी की इस रसिकता से उदयमति प्रसन्न हुई।'

'किसके द्वारा तैयार कराईं ये कलाकृतियाँ ?'

समझी न हों ऐसे उदयमति ताकती रहीं।

'मैं पूछता हूँ कि कौन है चित्रकार ?'

'दूसरा कौन होगा ? पराई कृतियों को मैं अपने कलाखंड में किसलिए रखूँ ? मैंने चौला का शुभ सन्देश राजमाता को दिया उस क्षण उनके मुख पर अनन्य प्रसन्नता देखी थी। लोकहित के लिए कुछ निर्माण-कार्य करने का मैंने संकल्प किया है। इसमें मेरे निजी द्रव्य का उपयोग होगा।'

'मन्दिर बनवाना है ?'

'मन्दिर तो आप बनवाते हैं। यहाँ से गिरनार और प्रभासक्षेत्र तक के मार्गों पर या तो विश्रामस्थल और पान्थशालाएँ बनवाऊँ या तो कुएँ-बावड़ी जहाँ यात्री की प्यास और सुरुचि दोनों सन्तुष्ट हों। यहाँ खजुराहो खड़ा करने में मुझे रुचि नहीं।'

उदयमति शिल्पों के आलेख उठाकर लाने झुकीं। भीमदेव ने सहायक होने को हाथ बढ़ाया। उदयमति ने सस्मित कहा :

'शस्त्रों का भार नहीं लगता तो चित्रों का भार लगेगा ?'

महाराज शिल्पों का पूर्वालेख देखकर भी कला की सूक्ष्मता न परख सके। मिलन-शृंगार के चित्रों में भोगासनों का उल्लेख नहीं था। पूछा, 'उसके बिना जीवन की समग्रता कहाँ से आएगी ? हमारी कला-परम्परा कामसूत्र से ब्रह्मसूत्र तक निरूपण करना जानती है।'

'मूल कलादृष्टि में ऐसी सम्पूर्णता होगी किन्तु वात्स्यायन तो कामसूत्र को ही ब्रह्मसूत्र मानने के पक्ष में हैं—'मैथुनात जायते सिद्धि ब्रह्मज्ञान सुदुर्लभम्।' शायद इसलिए ही खजुराहो की यात्रा से चौलादेवी की प्रसन्नता बढ़ी नहीं थी।'

प्रसन्नता घटने का कारण उदयमति जानती थी।

महाराज फिर से चित्रों और आलेखों को देखने लगते हैं।

'किन्तु आपने यह सब सर्जन कब किया ?'

'आपके विरह की सुदीर्घ अवधि में। चौलादेवी दासियों को समझाती थीं कि कला की उपासना अतृप्ति को विकृति से बचाती है। मेरे शौर्य की कदर करने के बाद आपने फिर मुझे भुला दिया तब मैंने यह मार्ग खोज निकाला। मेरे एकान्त को दिशा मिली।

राजमहल की विशाल शून्यता को एक सृष्टि बनाने का प्रयत्न किया। मेरी साधना के विषय में संकेत मिलते ही चौलादेवी परामर्श देने लगीं। व्रत के दिन वह राजमाता से मिलकर मेरे पास आतीं।'

'अब समझ में आता है कि आप उन्हें क्यों आदर देती हैं ? आज तक ऐसा लगता था कि मुझे खुश रखने के लिए आप सपत्नी की प्रशंसा करती हैं।'

'वह सपत्नी बाद में, सखी पहले हैं। उनको सपत्नी कहने में भी औचित्य नहीं। वे अनन्य हैं। वे मानसर की देवनौका हैं। नियति उन्हें खारे जल में खींच लाई किन्तु इसके चलते हमने ऊँचे देखना शुरू किया। मुझे लगता है कि आपने उन्हें न पाया होता तो कुंठित हो गए होते। मेरे बन्धु वृन्दाबा को एक बार कहते थे, 'ऐसी नारी हमारे बीच घूमती-फिरती हो यह मानना पड़ता है क्योंकि उसे प्रत्यक्ष देखते हैं। उसके साथ बात कर सकते हैं। उसके अपार्थिव प्रेम का अनुभव कर सकते हैं।'

'मुझे ऐसा विचार सदाशिव के बारे में आया। उनके स्थान पर दूसरा पुरुष होता तो वह चौलादेवी को देवदासी बनाने को विवश करता जबकि उन्होंने मेरे साथ विवाह के लिए उन्हें अनुमति दी, कहें कि प्रेरित किया।'

'समय उसका शुभ परिणाम देख रहा है।'

भोजन परोसने के लिए सम्मति हेतु दासी खड़ी थी। अब उसे बोलने का अवसर मिला।

भीमदेव को आज पटरानी का परिचय मिल रहा था। स्नेह से प्रतिदान में पहल करती यह नारी सब समझती है। उसने अपनी गुणसम्पदा छिपा रखी है, बावड़ी जैसी गहरी है यह नारी। अथाह है उसका स्नेह। विरह झेलने की उसकी क्षमता जैसी ही पटुता है सूरत-संग्राम में अविजेय रहने की। जानती हैं कि उनका मेरे ऊपर यह अबाध अधिकार चौला की अनुपस्थिति का आभारी है। फिर भी वह प्रतीक्षा करती हैं सन्देश की। चौला कब आएगी ताकि समारोहपूर्वक उसके स्वागत की तैयारी आरम्भ की जा सके।

चौला अणहिलवाड़ आईं, दो ऋतुएँ बीत गईं।

राजमाता ने अब चौला को आज्ञा दी थी—एकादशी और पूर्णिमा का उपवास बन्द ! किन्तु चौला ने उस आज्ञा के भाव का पालन कर फलाहार, उपवास और विशेष पूजापाठ जारी रखे। युवाचार्य द्वारा भेजे गए निमन्त्रण के बारे में महाराज को पता चले उसके पहले ही राजमाता के साथ बात हुई। सगर्भा स्त्रियों को अमुक स्थान पर जाना होता है; अमुक खुराक-पानी की इच्छा होती है। इस दोहद को सन्तुष्ट करने का प्रबन्ध किया जाता है। चौला के लिए पहले स्वर्णरंगी छालवाला हरा नारियल मँगाया गया था लेकिन आज तो नौका में खड़े-खड़े सूर्यदेव की स्तुति करने की इच्छा हुई थी। इस दोहद के बारे में जानकर राजमाता विचार में पड़ गई थीं।

निमन्त्रण भेजनेवाले सदाशिव जानते ही नहीं होंगे कि उनकी शिष्या आसन्न प्रसवा

है ? देवपाटण से उनको आए हुए कितने सप्ताह हुए हैं ? वहाँ ऐसी सुविधाएँ भी कहाँ हैं ? ना कह दूँ ?

प्रसूति के लिए प्रभास जाने की चौला की इच्छा जानकर महाराज भीमदेव स्तब्ध हो गए। इस स्थिति में उन्हें सैकड़ों योजन लम्बी यात्रा करनी है ? काम आ पड़ने पर वे कुछ उत्तर दिए बिना चले गए।

चौला को दुःख हुआ। मेरी इच्छा को समझने-स्वीकारने के लिए महाराज क्यों तैयार नहीं ? इसे माया कहा जाए या लोभ ? जैसे कोई कृपण अपनी महँगी वस्तु को मंजूषा से बाहर निकाले ही नहीं ऐसे। शाम को बात।

चाँदनी खिली है। महाराज हिंडोले पर झूल रहे हैं, चौला सुखासन पर बैठकर घी के दीये के प्रकाश में कुमार कार्तिकेय का वर्णन पढ़ रही हैं। चौला के साथ दृष्टि मिले, इसकी महाराज प्रतीक्षा कर रहे हैं। ऐसा होता नहीं।

'मैं राजवैद्य से पूछूँगा।'

चौला, मानो अनिच्छा से पारायण करना बन्द करती हैं।

'आप पूछेंगे या आज्ञा देंगे ?'

'ऐसी वक्रवाणी क्यों ?'

'तो क्या मैं अपने स्वास्थ्य के बारे में राजवैद्य की अपेक्षा कम सचेत होऊँगी ?'

'आप आयुर्वेद की विशेषज्ञा हैं, ऐसा मैंने सोचा नहीं था।'

'गुरुदेव की शिक्षा एकांगी नहीं होती। किन्तु आप निषेध करेंगे तो मैं नहीं जाऊँगी। आपकी आज्ञा शिरोधार्य, भले ही उसमें खग्रास ग्रहण की निष्ठुरता हो...'

'क्या बोलती हो चौला ! मुझे निष्ठुर कहती हो !'

'हाँ, इन महालयों में रहते एक व्यक्ति को आपकी निष्ठुरता का सतत अनुभव होता रहता है।'

'पटरानी की बात करती हो ? उदयमति पर दया करती हो ?'

'दया नहीं करती, उनकी एकलता को समझती हूँ। विरहिणी की पीड़ा को उसके पति से पहले एक सपत्नी परख लेती है।'

'मुझे तो पीड़ा नहीं, निरी अस्मिता दिखती है उनके व्यक्तित्व में।'

'क्योंकि वह क्षत्राणी हैं। आत्मगौरव विहीन गृहिणी और गणिका में अन्तर क्या महाराज ?'

'किन्तु वे तो आपको गणिकापुत्री के रूप में ही पहचानती थीं।'

'वे नहीं, उनकी दासियाँ। आपके यहाँ से पुरस्कार के बदले तिरस्कार प्राप्त करते राजपुरुष ऐसा प्रचार करते हैं। हमारे लग्नपूर्व उदयमति ने मन्त्रीश्वर को सम्मति देते समय क्या उत्तर दिया था ?'

'उन्होंने कहा था—मुझे क्या गँवाना है कि ना कहूँ ?'

'उसका अर्थ समझने के लिए आपने एक क्षण का भी समय दिया था ? मैं प्रभास गई तब आपने उनके ऊपर कृपा की थी। मेरे आने के साथ...'

भीमदेव सोच में पड़ गए। उदयमति का प्रबल रागावेग प्रिया को किस तरह समझाऊँ ? उसका चले तो आषाढ़ी बाढ़ की तरह मुझे खींच ले जाए, चौला से दूर– मेरे अपने से भी दूर...

'मुझसे उनको अपेक्षा हो यह स्वीकारता हूँ, किन्तु उन्होंने जो अधिकार दिखाया था, उसे उन्होंने स्वयं खड़ा किया था, मैंने दिया नहीं था।'

'आप देंगे नहीं तो वे माँगेगी भी नहीं। मेरी आपसे प्रार्थना है कि मैं प्रभास जाऊँ तभी नहीं, मैं यहाँ होऊँ तब भी आप पटरानी के महल में पधारें।'

'आपने तो स्वयं निर्णय ले लिया।'

'मुझे सोमनाथ के प्रति अदम्य आकर्षण है। आज तक मैं अपने मन को दृढ़ करती रही कि आप ही मेरे इष्टदेव हैं, परन्तु अब मैं पति को आगे रखकर परमेश्वर को पाना तरसती हूँ।'

'तो मुझे भी साथ ले जाएँगी ?'

'नहीं, महाराज। आपको पटरानी को सौंपती जाऊँगी। अब आप उनके स्नेह और योग्यता से अपरिचित नहीं, इसलिए...'

'और वहाँ से मैं वापस न मुड़ा तो ?'

'तो जो धन्य क्षण मुझे मिल चुके हैं उनसे ही आजीवन सन्तुष्ट रहूँगी।'

—यह उद्‌गार सुनकर भीमदेव की चित्तवृत्ति अवश बन उठी। चौला को सुखासन पर से उठाकर बाँहों में भर लिया। खुली अट्टालिका में आए। चौला के मुख पर चन्द्रिका का माधुर्य उतर रहा था।

'चौला, मुझे भय है कि आप मेरे लिए सदा रहस्यमयी रहेंगी। समय विशेष में सगर्भा स्त्रियों के मुख पर कान्तिहीनता उभर आती है जबकि आपकी मुखकान्ति तो पूरी वासन्ती बनी रहती है।'

'महाराज पुरुरवा को तो इतना भी संकेत नहीं मिला था। उर्वशी ने पुत्र को जन्म दिया और बिना पूछे उसके पालन की व्यवस्था की। पुरुरवा तो अपनी पार्थिव मनोदशा में ही मग्न थे...'

'मेरी चौला उर्वशी जैसी लता न बन जाए इसकी सावधानी मैं रखूँगा,' कहते भीमदेव ने चुम्बन-आलिंगन से स्नेह व्यक्त किया। उस क्षण चौला का चित्त सोमनाथ के सागर किनारे पद्मासन मारकर बैठ गया था। काया ने दबाव अनुभव किया। उन्हें प्रश्न हुआ— महाराज अपनी सन्तान का भी विचार नहीं करते होंगे ? इस अवस्था में उसे मुझे स्पर्श करते समय भी संयम बरतना चाहिए। उसके बदले प्राकृतजन की तरह...

'महाराज, आपके आराम का समय हुआ,' कटुता व्यक्त न हो जाए इसका ध्यान रखकर चौला ने छोटी बालिका की तरह महाराज की बाँहों से खिसकने का प्रयत्न किया। धनुर्धर ने अनिच्छा से चौला के पैर को स्थिर होने दिया।

गौरा के साथ चौला प्रभास आई हैं। उनके साथ 'त्र्यंबक पाठशाला' में नवचेतना प्रकट हुई है। नगरजनों की दृष्टि अब उस तरफ भी मुड़ी है। निजी द्रव्य से भी चौला ने त्रिवेणी तीर्थ पर त्र्यंबक की स्मृति में घाट बँधवाया। दरवेश के कुटीर में जाकर फरीद के कुटुम्बजनों को बुलाया। उनके योगक्षेम की कोई चिन्ता नहीं थी फिर भी पंचकुलिक वाजा ठाकुर से सिफारिश की।

एक सुबह चौला सोलह शृंगार करके नृत्यमंडप में आई। सदाशिव को आश्चर्य हुआ। यह पाटण की महारानी के बाद मुग्ध कन्या की मनोदशा धारण कर बैठी क्या ? उसे रोकना तो नहीं पड़ेगा ?

किन्तु उसने तो खड़े-खड़े ही कुमारसम्भव का भाववाही गान आरम्भ किया। स्वर और आँखों द्वारा नर्तन का मर्म व्यक्त करने में अकल्पनीय सफलता मिली। श्रोताओं पर प्रभाव था भक्ति का।

'प्रभु ! आपका अनुग्रह चौला की सन्तान पर उतरे,' सदाशिव की यह प्रार्थना गौरा के कान में पड़ी थी। उसके मुख पर आनन्द आसूँ से चमक उठा। उसने सर्वस्व का त्याग किया है, तब से उसके व्यक्तित्व में साध्वी की दीप्ति प्रकट होती है। पाठशाला के प्रधान आचार्य बने हुए धूर्जटि गौरा को विदुषी के रूप में ही पहचानते हैं।

एक शाम चौला गौरा के साथ श्रेष्ठी शीलभद्र के भवन जाती है। आगे वाजा ठाकुर पहुँचे थे। कोठारी को निमन्त्रण था। किन्तु गोष्ठी का हेतु जानकर वे रुक गए थे। नए आचार्य धर्मधुरा सँभालें उसके बाद वे निर्णय लेंगे। मैं जो मानता नहीं उसमें किस तरह साथ दे सकूँ ?

मन्दिर के गर्भगृह का अँधेरा चौला को चुभता था। महमूद की लूट-पाट और आग लगाने के पूर्व का रत्नजड़ित गर्भगृह एक छोटे दीपक की ज्योति से चमकता रहता था। भक्तजन उसमें दिव्य आभा के दर्शन करते थे। वह स्थिति पुनः सृजित नहीं हो सकती थी ? स्वयं जो आभूषण सजकर आई है वे सब सौंपकर बदले में गर्भगृह को प्रकाशित नहीं किया जा सकता ?

श्रेष्ठी शीलभद्र ने अणहिलवाड़ की महारानी का पूरी औपचारिकता के साथ स्वागत किया। सात थाल भरकर उपहार रखा तब चौला विचार में पड़ गईं। अपने अलंकारों से अधिक मूल्यवान तो यह उपहार है। किस तरह बात करे श्रेष्ठी से ? महाराज के नाम से प्रस्ताव रखूँ ? नहीं, उनसे पूछे बिना दान की घोषणा करने में औचित्य नहीं। पुत्री का संकोच समझ गौरा ने उसका भाव निवेदित किया, 'सभी अलंकारों और इन उपहारों के बदले में मन्दिर के गर्भगृह को रत्नों से जड़कर आभायुक्त किया जा सकता है ?'

'इनके बिना भी किया जा सकता है,' शीलभद्र बोले, 'किन्तु युवाचार्य कहते हैं कि रत्नज्योति के सामने धुँधली पड़ी आत्मज्योति को पहले प्रदीप्त करना पड़ेगा। मन्दिर की आकृति अखंड होकर पूजा आरम्भ हुई इसके साथ वह निश्चिन्त हुए हैं। अब जो कुछ द्रव्य मन्दिर को समर्पित होगा वह सर्वप्रथम उन लोगों पर खर्च होगा जिन्होंने अधिक सहन किया है। देवनगरी के खंडित होने और मनुष्य के असहाय होने तक देवमन्दिर

की भव्यता जीवन का उपहास करने लगेगी।'

चौला मानो खोई हुई स्मृति प्राप्त करती है—सदाशिव सच्चे हैं। अपने अलंकार और उपहार उन्हें सौंपती जाऊँगी। वृन्दा से कहती जाऊँगी कि जीवन का पुनरुद्धार होगा तो भवन स्वतः खड़े होंगे। मनुष्य की आँखों में तेज आएगा तभी रत्नज्योति की महिमा बढ़ेगी। मन्दिर के गर्भगृह का प्रकाश इतना अधिक जगमग करता न होना चाहिए कि दूसरे महमूद को खींच लाए।

प्रातःकाल समुद्र के किनारे सदाशिव की उपस्थिति में अपंगों और भयभ्रस्त लोगों को तरणविद्या सिखाई जा रही थी। सदाशिव को स्मरण था कि आज चौला को अणहिलवाड़ जाना है। इसलिए चौला को देखते ही वे सैन्धव से बात कर चौला की ओर आए। आशीर्वाद दिया। चौला ने चरणरज लिया।

'आप मेरे यहाँ कब पधारेंगे ?'

'तुम्हारी सन्तान के जन्मोत्सव में अवश्य आऊँगा। इन दिनों तुमने जो अनासक्ति अनुभव की है वह तुम्हारी सन्तान की प्रकृति में फलित होगी—मेरी शुभाशिष है।'

'जूनागढ़ होकर जाती हूँ।'

'इससे अच्छा क्या ? नवघण और वृन्दा को मेरा आशीर्वाद पहुँचाना। और हाँ, तुम गिरनार का आरोहण करने की अधीरता दिखाती नहीं ! तलहटी में भवनाथ हैं उनके दर्शन कर इस समग्र प्रदेश के कल्याण और शान्ति के लिए प्रार्थना करना।'

मन्त्री श्रीधर ने चौला और गौरा का भव्य स्वागत किया। गौरा की युवावस्था जूनागढ़ में बीती थी। संगीत-नृत्य और काव्यशास्त्र विनोद से श्रीमन्त सहृदयों का समाराधन किया था। वे उपकृत थे। गौरा की पालक पुत्री, कलाविद्, वीरांगना अणहिलवाड़ की महारानी बनने के बाद पहली बार सोरठ की राजधानी में आई थी। उपहार देने में उन सबने स्पर्धा की किन्तु सबसे बड़ा उपहार तो था वृन्दा-नवघण का स्नेह।

उदयमति के पीहर के रूप में यह चौला का भी पीहर ठहरा। सोना-चाँदी, हीरामाणिक के अलंकार रथ में रखे गए। वस्त्रादि तथा विशिष्ट खाद्य सामग्री की गाड़ी जोड़ी गई। चौला ने अणहिलवाड़ के नगरद्वार में प्रवेश किया, तब कोई गढ़ जीतकर आने का दृश्य सर्जित हुआ था। सोलंकी राजे जो स्नेहगढ़ जीत नहीं सके थे वह चौला को समर्पित हुआ था।

महाराज भीमदेव ने मन्त्रीश्वर विमल से कहा, 'अपने मित्र श्रीधर को बताएँ कि महारानी चौलादेवी का स्वागत-सम्मान करके आपने हमारा हृदय जीत लिया है। हमारे जीवनकाल तक का नजराना हमें पहुँच गया। आप सोरठ के स्वतन्त्र राजा हैं। हमारे साथ आपकी सगाई दो हृदयों की अटूट मैत्री है।'

दूसरा पत्र योग्य समय पर विमल ने स्वयं लिखा।

चौला देवी ने पुत्र को जन्म दिया था। वृन्दाबा और महाराज नवघण युवाचार्य

सदाशिव को लेकर अणहिलवाड़ पधारें। जैसे बलराम और श्रीकृष्ण के नामकरण के लिए गर्गाचार्य गए थे उसी तरह अणहिलवाड़ के राजकुमार के नामकरण के लिए युवाचार्य सदाशिव पधारें—ऐसी राजा-प्रजा दोनों की प्रार्थना है।

युवाचार्य ने कुमार का नाम रखा क्षेमराज।

31

गुरुपूर्णिमा को राजकुमार खेंगार को लेकर महारानी वृन्दाबा सोमनाथ पधारी थीं उनके पीछे रथ में राज्य के पुरोहित और एक विदेशी मेहमान थे। गिरनार की तलहटी में शिलालेख पढ़कर विदेशी के मन में उपजे प्रश्नों के सन्तोषजनक उत्तर पुरोहित नहीं दे सके थे। इसलिए प्रभास की पाठशाला के पंडितों के पास जाना आवश्यक बन गया था।

विदेशी मेहमान मन्दिर के सिंहद्वार के बाहर ही खड़े थे। सेवक को भेजकर सदाशिव ने उनका स्वागत किया। मेहमान ने झुककर एक हाथ से तसलीम किया।

'अरे ! अलबरूनी आप ! गजना वापस गए ही नहीं ?'

'गया था, मगर मन यहीं रखकर। सुलतान महमूद की मृत्यु के पहले मैं मथुरा आया था। हिन्द विषयक पुस्तक पूरी करने से पहले मुझे कुछ तथ्यों की जाँच करनी थी इसलिए फिर से आया।'

'फिर से आने में डर नहीं लगा ?'

'आप से कौन डरता है कि मैं डरूँ ? सदाशिव, आपके देश की सबसे बड़ी विशेषता है—अबाध सहिष्णुता और यही इसकी सीमा नहीं है क्या ?'

'नहीं, यह सीमा दूसरों की है, हमारी नहीं। तुम्हारे सुलतान का अवसान युद्धभूमि में हुआ या मृत्युशैया पर ?'

'यहाँ से गजना जाकर धन का ढेर बड़ा करने के बाद सुलतान ने जाट लोगों पर हमला किया था क्योंकि वापस जाते समय जाटों ने उन्हें बहुत परेशान किया था। लेकिन अगर सच कहूँ तो सुलतान की सारी शक्ति इस देवभूमि पर विजय पाने में ही खर्च हो गई थी। चौला के बाण द्वारा उनकी हरी पगड़ी का छोर उड़ाए जाने का दृश्य उन्हें अचानक याद आता रहा और उनकी कलाई पर त्रिशूल से चौला द्वारा किया गया प्रहार बहुत लम्बे समय तक रिसता व्रण बना रहा। उनकी नींद कम हो गई थी और जीर्ण शरीर ज्वर का ग्रास बन गया था। गुप्त रखी गई जानकारी भी उनके दो शाहजादों की बातचीत में बाहर आ गई। सुलतान को आँत का क्षय हो गया था। मैं वहाँ से निकला ऐसे में ही एक दिन सुलतान पालकी में बैठकर अपनी सम्पत्ति का ढेर देखने बाहर आए थे। 'सोना-रूपा, हीरा-माणिक और मोती के ढेर देखकर तुम्हें कौन सा विचार आता है बरूनी ?' मैंने कहा—नामदार मैं जानता हूँ कि आपके मन में मेरे विचार का कोई मूल्य नहीं मगर आज तो आपको खुद ही ऐसा विचार आया है कि यह धन विजेता का नहीं,

कृपण का है। अब इस धन के खातिर उत्तराधिकारी लड़ेंगे।

यह सुनकर सुलतान की आँखें भीग गई थीं।

मैं उनकी अनुमति लिये बिना ही गजना से निकला था। एक बार मैंने उन्हें कहा था—भारत के लोग इस तरह जीते हैं कि मानो उन्हें कुछ जानना आवश्यक नहीं।

मेंरा अभिप्राय युद्ध और कूटनीति के विषय में था। इतिहास, पुराण और दर्शनशास्त्र में यहाँ ज्ञानगोष्ठियाँ कभी रुकी नहीं। मैं अपना ज्ञान बढ़ाने यहाँ आया हूँ—जिसे सुलतान लूटकर नहीं ले जा सके। उसे पाने की साधना करने मैं आया हूँ। महारानी लाई न होती तो यहाँ आते मुझे संकोच होता। मैं आपको या मन्दिर को बचा नहीं सका।'

'जानता हूँ कि आप बचाना चाहते थे।'

'आपको झूठे पड़ने का कभी आनन्द हुआ है ? मुझे हुआ था। मेरे ज्योतिष ज्ञान के अनुसार आपकी अपमृत्यु निश्चित थी। आप वापस आए हैं यह जानकर पहले तो विश्वास नहीं हुआ किन्तु अपूर्व आनन्द हुआ। फिर तो आपने सुलतान के सैन्य का, यहाँ रह गए घायलों और अशक्तों का सम्मान किया और आपके पुनरागमन को उचित ठहराया। यह महान घटना मुझे फिर भारत खींच लाई है।'

मन्दिर के समग्र परिसर का मरम्मत-कार्य सम्पन्न देखकर बरूनी को आश्वासन मिला। मन्दिर के खंडित और ध्वस्त भाग पूर्ववत् हो गए थे किन्तु आग के कारण नए-पुराने का भेद रह गया था। यह देख बरूनी बोले :

'मैंने तो सुलतान से कहा था कि प्रभास के श्रेष्ठियों के पास से जो मिले उसे ले लेने में समझदारी है। इससे वापसी का प्रवास भी सुरक्षित रहेगा। मगर एक मूर्ति का माथा टूटते उसमें से अमूल्य रत्न गिर पड़े और सुलतान ने अन्त में निर्णय कर लिया कि यदि धन भी अधिक मिले और खलीफा की ओर से खिताब भी मिलता हो तो जीत पाने के बाद दोगुना लाभ क्यों जाने दें ?'

'खलीफा ने कैसा खिताब दिया ?'

'कारकुद दौला व अलू इस्लाम !' ऐसा खिताब देने के लिए खलीफा को क्या खर्च करना था ? सुलतान के तीसरे पुत्र सुलेमान की कोई कामगिरी न होने के बावजूद उसे भी खलीफा ने खिताब दिया था।'

'अन्त समय में वह खिताब भी अपर्याप्त नहीं लगा ?'

'कहाँ से लगे ? खुदा का नाम भुनाकर वह खुद से बहुत दूर गए थे। उन्होंने आपको पहाड़ी पर से फेंका, चौला को जलाया, फिर भी दोनों बच गए। इससे उन्हें खयाल आ गया था कि इनकी इच्छा और शक्ति दोनों की सीमा है। मेरा अनुमान है कि चौला के प्रति उनमें तीव्र आसक्ति थी जिसका संकेत सरदार तिलक को मिल गया था। तिलक का बस चला होता तो उसने सुलतान को चौला दिलाकर बहुत पहले खुश किया होता। हुआ इससे उलटा। चौला की स्मृति विद्युत के प्रहार के समान साबित हुई। मुझसे उन्होंने एक बार पूछा, 'सुन्दर और तिलक चौला को त्रिपुरसुन्दरी कहते थे। इसका

मतलब क्या ?' मैं उनको यह साधना-पद्धति नहीं समझा सका था। कह दिया, 'वह सब इस्लाम के विरुद्ध है। सुना है कि चौला भीमदेव से ब्याही गई है। माता भी बन गई है।' यह सुनकर सुलतान उठकर बैठ गए थे और मुझे झूठा कहकर वहाँ से निकाल दिया था। उनके मानने के अनुसार चौला मनुष्य के हाथ में आ ही नहीं सकती। सुगन्ध को मुट्ठी में नहीं पकड़ा जा सकता, बिजली को बाहु में जकड़ा नहीं जा सकता...'

सन् 1030 के अप्रैल की 30वीं तारीख की शाम को सुलतान महमूद चल बसे। जो जबर्दस्ती और चकमे से मिला था उसकी स्मृति का भार लेकर और सबसे समृद्ध सुलतान होने के बावजूद प्रजा का विश्वास न पा सकने की बेचैनी के साथ उन्होंने पेट की पीड़ा से पैर घसीटते-घसीटते अन्तिम श्वास अधूरा छोड़ दिया। उम्र का साठवाँ वर्ष पूरा नहीं हो सका।

राजकुमार वसहिका की अटारी में खेलते हैं। समुद्र दूर होने के बावजूद लहरों में पलटते रंग समीप लगते हैं। खेलते-खेलते क्षेमराज समुद्र और आकाश की नीलिमा की ओर देखते खड़े रह जाते हैं। खेंगार माँ वृन्दाबा के पास आने को निकलता है किन्तु चौला के कंकण में अपना प्रतिबिम्ब देखने को रुक जाता है।

जिमाने के लिए दासी दोनों कुमारों को मना रही है। उसका असर न पड़ने से नौकाविहार की लालच देकर मीठे स्पर्श से खींच ले जाती है।

सखियाँ अनुभव का आदान-प्रदान कर रही हैं।

वृन्दाबा ने नवघण को नजर के सामने विकसित होते देखा है। दृढ़प्रतिज्ञ हैं, पर जिद्दी नहीं, उदार हैं किन्तु अरसिक नहीं। जंगल में पले हैं किन्तु युवा होते ही जल से ढके रत्न की तरह आभिजात्य दीप्त हो उठा।

चौला का अनुभव सीधी रेखा में अंकित नहीं हुआ। भीमदेव के साथ दाम्पत्य के दो मोड़ हैं। मोह, निरा मोह, अंग-अंग की आसक्ति, तृषातुर आँखें, उपभोग की असंयमित वृत्ति से चौला के विमुख होने की स्थिति...। उसे चिन्ता हुई थी—मैं पतिदेव के प्रति आदर तो नहीं खो बैठूँगी ?

तभी क्षेमराज के जन्म ने राजमहल का वातावरण पलट दिया। राजमाता को मानो कवित्व प्राप्त हो गया था—कमलपत्र पर टिके जलबिन्दु की निर्मलता दौड़ती है कुमार की चंचल आँखों में। पटरानी उदयमति आमतौर पर चौला के साथ हास्यविनोद में नहीं उतरतीं किन्तु बाल कुमार को देख एक दिन चौला से पूछ बैठी—क्या महाराज शैशव में इतने निर्दोष रहे होंगे भला ?

'मैंने सोचा था कि सोमेश्वर का अंश महाराज में अवतरित हुआ है। वह धारणा असत् प्रतीत होने का भय जगा तब क्षेमराज ने प्रतीति कराई कि हमारे ऊपर महादेव शम्भु की कृपा है। कुमार को देखती हूँ तो उसके साथ इस पाटण और उस पाटण के बीच का अन्तर अदृश्य हो जाता है। यहाँ की हिरण्या वहाँ की सरस्वती में मिलती लगती

है। मंगला-आरती का नृत्य-संगीत मुझे सुनाई पड़ने लगता है। दासी के पास से कुमार को गोद में उठाकर मैं हिंडोले पर बैठती हूँ। मुझे मेरा सूर्याभिमुख नौकाविहार याद आता है।'

वृन्दाबा श्रवण का आनन्द ले रही हैं। उन्हें एकाएक स्मरण होता है सखी उदयमति के पत्र का। उन्होंने सांकेतिक रूप में लिखा था कि मुझे मेरी योग्यता का अभिमान था परन्तु महाराज का स्नेह तो मुझे चौला के हृदय में परावर्तन पाकर ही मिला। आषाढ़ी बाढ़ में चौला को खिंचने का अनुभव होगा। मुझे श्रावण के बरसते जल में लहराने का सुख मिला। एक दूसरे पत्र में लिखा था कि क्षेमराज ने राज्यपरिवार के सभी सदस्यों को इस तरह बाँध लिया है कि सब अपनी महत्ता के प्रति सजगता खो बैठे हैं।

चौला स्मृति में खो गई है। मुख पर दिव्य आभा उभर आती है। धीरे से बोलती है, 'माता यशोदा को श्रीकृष्ण के मुख में ब्रह्मांड के दर्शन हुए थे, मुझे क्षेमराज की आँखों में कालिदास द्वारा वर्णित कैलास की धवलोज्ज्वल पावनता देखने को मिलती है। दाम्पत्य ने मुझे स्वर्गीय अनुभूति दी है वृन्दाबा। त्रिपुरसुन्दरी होने के बदले में गृहिणी बनी तो प्रभु को बालस्वरूप में पा सकी...'

अलबरूनी को सदाशिव के साथ सत्संग करने का व्यसन हो गया है। दूर होकर भी वे दो-तीन महीनों में वापस आ जाते हैं। सौराष्ट्र और गुजरात के बन्दरगाहों में स्थायी हुए मुस्लिमों द्वारा निर्मित मस्जिदों को देखकर उनके रहन-सहन के विषय में विचार कर बरूनी इस निष्कर्ष पर पहुँचे थे कि मुसलमान इस भूमि के साथ आत्मीयता अनुभव कर रहे हैं। दरवेश तो बार-बार कह चुके हैं कि बुतशिकन होकर ही इस्लाम का आचरण हो ऐसा नहीं। जैसे हिन्दू धर्म के अनेक सम्प्रदाय निर्गुण-निराकार के रूप में ईश्वर की उपासना करते हैं उसी तरह मुसलमान और ईसाई भी धर्मस्थल तो बनाते ही हैं। यहाँ के योगी ऐसे धर्मस्थलों के बिना ही आध्यात्मिक सिद्धियाँ प्राप्त करते हैं। हिन्दू धर्म सदा से यह प्रतिपादित करता आया है कि मन्दिर तो साधन है, महत्त्व की चीज़ है—साधना। आप साधन-सम्पन्न भले न हों, साधना-सम्पन्न हो सकते हैं।

अन्तिम बार बरूनी आए तब नागेश के गाँव जाकर उसे साथ लेते आए थे। उसके पूर्व नागेश दो बार काशी में भाव वृहस्पति से मिले थे। पहली बार आचार्यदेव की अस्थि पहुँचाने गए थे। सदाशिव की बार-बार की प्रार्थना के बावजूद शारदादेवी प्रभास आने को राजी नहीं हुईं। वह एक ही उत्तर देती हैं—भाव सोलह वर्ष का होकर प्रभास आएगा। मैं मायामुक्त होकर गंगा किनारे तपस्या करूँगी।

भाव वृहस्पति को बरूनी ने अभी देखा नहीं। 'वह कब होगा सोलह वर्ष का ?' 'जिस दिन यहाँ पधारेंगे उस दिन—' सदाशिव ने उत्तर दिया। सामान्य रूप से सदाशिव तर्क की सीमा में रहकर बात करते हैं किन्तु आज क्यों ऐसे बोलते हैं ?

किसी की ग्रहणशक्ति अधिक सजग और तीव्र होती है। हम अपने पंचांग के

अनुसार उनको नापें यह ठीक नहीं। विश्वनाथ के दर्शन कर काशी से आनेवाले यात्री कहते हैं कि भाव वृहस्पति नन्दीश्वर के अवतार हैं। उनके पूर्व संस्कार से ही चौदह विधाओं में उन्हें प्रवीणता मिली है। वे इस समय अध्ययन करते-करते पाशुपत सम्प्रदाय के ग्रन्थ रच रहे हैं। यह लेखनकार्य पूरा करने तथा प्रभास में महामेरु प्रासाद के निर्माण हेतु पधारेंगे। उस भव्य देवालय में कैलासवासी शम्भु निरन्तर विराजेंगे।

'तो उसके पूर्व के दो मन्दिरों के सर्जन-विसर्जन की कथा मुझे कौन कहेगा ?'

—बरूनी नागेश के सामने देखते हैं। सदाशिव उत्तर देते हैं :

'प्रथम मन्दिर बनवाया सोमराजा ने। वे यदुवंशी थे। उनका बनवाया मन्दिर स्वर्णमंडित था। वह आज से लगभग सोलह सौ वर्ष पहले बना था। दूसरा मन्दिर आज से चार सौ वर्ष पहले कल्चुरी सम्राट कृष्णदेव ने वल्लभी सम्राट के सहयोग से बनवाया था। कृष्णदेव पाशुपत सम्प्रदाय के थे। मन्दिर उनके द्वारा निर्मित कहा जाता था। वह हिमधवल शिलाओं से बना था। उसे स्थापत्यशास्त्र में हिमवान भी कहते हैं। तीसरा मन्दिर बनवाया वल्लभी के मैत्रक राजा विजयसेन ने। उसकी दीवार उतनी पुरानी नहीं है।'

बरूनी पौराणिक कथाओं के विषय में पूछते हैं। सूर्यपत्नी संज्ञा और छाया की कथा में, रोहिणी के प्रति चन्द्र के पक्षपात की कथा में कल्पना और भूगोल का विरल सुयोग लगता है और यहाँ के त्रिवेणी-तीर्थ की शीतलता-पवित्रता का अनुभव तो हर कोई कर सकता है। हम लोग मानते हैं कि पहले यहाँ कपिला नदी भी थी। आज हिरण्या और सरस्वती गिर के जंगलों का जल अंजलि के रूप में समुद्र को अर्पित करती हैं। हिरण्या लक्ष्मी का नामा है। यहाँ होनेवाला, श्री और सरस्वती का संगम अन्यत्र दुर्लभ है। 'ज्ञानसंकालिनी तन्त्र' में ये नदियाँ नाड़ियों का संकेत करती हैं।

बरूनी ने उस श्लोक को समझने का प्रयत्न किया। नागेश पाठशाला से ग्रन्थ ले आए। लेखक ने इड़ा-पिंगला की गंगा-यमुना के साथ तुलना की है। बीच की सुषुम्ना नाड़ी को सरस्वती कहा है। इस अवबोध के साथ बरूनी ने अब त्रिवेणीतीर्थ जाने का संकल्प किया।

सन्ध्या समय सदाशिव बरूनी के साथ हिरण्या के किनारे गए। उन्होंने निवेदित किया, 'यहाँ विचरण कीजिए और अनुभव कीजिए। बीता समय कुछ कहता हो तो सुनिए।'

बरूनी किनारे-किनारे चलने लगे फिर पीछे मुड़े। सदाशिव के नजदीक आने पर विलक्षण दृश्य देखा :

यह क्या ? पद्मासन मारकर बैठे सदाशिव जल-स्थल से ऊँचे हैं ? दूसरी बार देखा तो सदाशिव के पग के पास प्रवाह गहरा उतर गया है। किसने विचलित कर डाला जल-स्थल को ? या फिर सदाशिव ने काया को फूल-सा हल्का कर डाला है ? क्या स्वयं यह स्थिति प्राप्त कर सकता हूँ ?

सांख्य और योगशास्त्र के खुद किए अनुवाद को अन्तिम रूप देने के लिए आजकल अलबरूनी दरवेश से भी मिलते थे। साथ-साथ हिन्द का सांस्कृतिक इतिहास लिखने के

लिए नागेश जैसे युवा मार्गदर्शक को खोज रहे थे। ग्रन्थ का नाम रखा है 'तहकीक माली अल हिन्द।'

त्रिवेणी से बरूनी को उनके निवासस्थान पर पहुँचाकर सदाशिव मन्दिर की ओर मुड़े, तब करीब सात वर्ष का एक बालक अपने वजन के बराबर पत्थर उठाकर सिंहद्वार की तरफ जा रहा था। उसकी टोपी से बरूनी को खयाल आया कि वह मुस्लिम है। सदाशिव को देख उस बालक ने एक हाथ से माथे पर के पत्थर को पकड़ रखा और दूसरे हाथ से उन्हें आदाब अर्ज किया। उसके पास जाकर एक हाथ से पत्थर उठाकर सदाशिव ने दूसरे हाथ से बालक को उठा लिया। छाती से लगाया। बालक की इच्छा के मुताबिक उसे नीचे उतारकर उसके सिर पर पत्थर रख दिया।

बरूनी देखते हैं कि सदाशिव की आँखें सजल हो गई हैं। अवश्य कुछ रहस्य है। कौतूहल से देखा। सदाशिव ने कहा :

'उस बालक का नाम अब्दुल है। उसका बाप फरीद इस धर्मस्थान के पक्ष में लड़ता हुआ शहीद हुआ। कुराने शरीफ का पाठ कर लेने के बाद अब्दुल की माँ एक पत्थर को गढ़कर बेटे के सिर पर चढ़ाती है। पत्थर जमा होते जाएँगे वैसे-वैसे अब्दुल बड़ा होता जाएगा। वह दुर्गनिर्माण के लिए पहल करेगा।' बरूनी मानते हैं कि रक्षण दीवार के बदले अभेद्य दुर्ग होता और सदाशिव यहाँ पहले से उपस्थित होते तो सुलतान को अपनी धनलिप्सा काबू में रखने के लिए मजबूर होना पड़ता।

नई वसाहत में अब्दुल चर्चा का विषय बना है। 'कौन सच्चा ? सुलतान महमूद या यह अब्दुल ?' दरवेश के पास जाते-आते रहते हैं तब लोग उसे देखने के लिए काम-काज छोड़ देते हैं। एक दिन सभी सदाशिव को घेर लेते हैं, 'जो छूट अब्दुल को आपने दी है वह हमें नहीं मिलेगी ?'

'आप अब्दुल से पूछना, उसे किसने छूट दी है,' कहते हुए वे आगे बढ़ जाते हैं।

बरूनी पूछते हैं, 'ब्रह्मदेव, भारत में विविध धर्मों को पालती इतनी-इतनी जातियाँ स्थिर हुईं किन्तु हूण क्यों नहीं टिके ?'

'क्योंकि उन्हें सामान्य होना नहीं आया। इस धरती की धूल माथे चढ़ा नहीं सके। हूण सम्राट तोरमाण और उनके पुत्र मिहिरगुल ने मगध और मालवा को कब्जे में किया था। उन्होंने जुल्म से ही प्रजा को जीता था। परिणामस्वरूप मालवा के यशोधर्मन् के नेतृत्व में समग्र आर्यावर्त संगठित हुआ। सन् 528 में उसे हराकर निकाल बाहर किया। उसे कश्मीर की घाटी में आश्रय मिला। हूण राजाओं ने शैव धर्म अंगीकार किया था फिर भी वे टिक नहीं सके। भक्ति उन्हें जोड़ सकी होती, भूखी सत्ता ने उन्हें उखाड़ फेंका।'

'यशोधर्मन् विक्रमादित्य कहलाते हैं फिर भी उन्होंने मगध की गद्‌दी पर स्वयं न बैठकर बालादित्य को बैठाया।'

'इस देश की परम्परा है लोकाश्रय पालना। आश्रयदाता से आश्रित बड़ा हो तो भी मर्यादा का पालन करता है। पिता के वचन की खातिर यहाँ राम वनवास स्वीकारते हैं और कंस को मारकर कृष्ण मथुरा की गद्दी पर नहीं बैठते, पिता वसुदेव को भी नहीं बैठाते, कंस के पिता उग्रसेन को बैठाते हैं। आपने यहाँ के इतिहास-पुराण का अध्ययन किया है इसलिए जानते होंगे कि वनवासी पांडव यहाँ प्रभास में आए तब द्वारका से श्रीकृष्ण-बलराम उनसे मिलने आए थे। कौरवों द्वारा पांडवों के प्रति किए गए अन्याय से बलराम और सात्यकि चौंक उठे थे। सात्यकि की तैयारी तो दुर्योधन को हराकर युधिष्ठिर को राज्य सौंपने तक की थी। उन्हें शान्त कर श्रीकृष्ण ने कहा था, 'अपने हाथ से नहीं जीती भूमि को वे नहीं स्वीकारेंगे।' इस बात के समर्थन में युधिष्ठिर ने कहा था, 'मेरा धर्म सत्य की रक्षा करना है, मात्र राज्य की नहीं।'

बरूनी आदर से सुन रहे हैं। मन ही मन अर्थ घोंटते हैं। मात्र राज्य की रक्षा करना नहीं किन्तु सत्य की रक्षा करने का धर्म युधिष्ठिर ने पाला, इसलिए वे धर्मराजा कहलाए।

धर्मराजा जैसे कितने ही महानुभावों ने इस सोमतीर्थ की यात्रा की है।

अलबरूनी नागेश के साथ मालवा जाने की तैयारी कर रहे थे। सदाशिव उनकी विदाई की शुभेच्छा देने आए थे।

'एक प्रश्न करूँ ब्रह्मदेव ! आप इतने वर्षों से मन्दिर के प्रत्येक कार्य में मार्गदर्शन देते हैं तो भी आचार्यदेव की व्यासपीठ पर क्यों नहीं विराजते ?'

'मुझे तो कुछ ही वर्षों से दायित्व सँभालने को मिला है। भरत ने तो चौदह वर्ष तक श्रीराम की पादुका सिंहासन पर स्थापित कर कर्तव्य का पालन किया था। जानते हैं न !'

बरूनी झुक पड़े। तपस्या के समक्ष विद्वता ने नम्रता धारण की।

अतिथि को विदा कर सदाशिव मन्दिर के बरामदे की ओर गए। जहाँ नगर के पंचकुलिक और श्रेष्ठी, पुरोहित और स्थपति एकत्रित हुए थे। वे सब कोई निवेदन करें उससे पहले उनका अभिवादन स्वीकार कर स्वयं वन्दन कर सदाशिव ने कहा, 'पहले गाँव बसता है—तब मन्दिर। मैं ऐसा चाहता था कि अकिंचन व्यक्ति भक्तिभाव से प्रेरित होकर मन्दिर का पुनर्निर्माण करें, उससे पहले वे अपना कुटीर बनावें। सुलतान महमूद के यहाँ घेरा डालने से पहले मैं पश्चिम भारत के योद्धाओं को यहाँ एकत्रित करने में सफल नहीं हुआ था, किन्तु आज वे सब जागृत हुए हैं। मन्दिर के पुनर्निर्माण के लिए कुछ भी कर गुजरने के लिए समग्र आर्यावर्त पर्युत्सुक है। तब, यह बताते हुए मैं धन्यता अनुभव कर रहा हूँ कि आचार्यदेव के पुत्र भाव वृहस्पति की शिक्षा-दीक्षा पूरी हुई है। मुझे आशा है कि आगामी गुरुपूर्णिमा से पहले वे यहाँ अवश्य पधारेंगे। माँ शारदादेवी को मैंने प्रार्थना-पत्र भेजा है, 'उम्र के शेष वर्ष गंगा के किनारे काशी विश्वनाथ के सान्निध्य में बिताना। किसे पसन्द न हो ? किन्तु क्या हम आपके वात्सल्य के अधिकारी नहीं ? वहाँ की शैत्य-पावनता यहाँ के त्रिवेणीतीर्थ में मिला जाएगी। आपके दिव्यकान्ति पुत्र पीठाधीश बनें तब वे सर्वप्रथम आपके आशीर्वाद के अधिकारी बनते हैं...इसलिए

एक बार तो आइए ही।'

धर्मसभा मिली थी सदाशिव से प्रार्थना करने—'पीठारूढ़ होकर पुनर्निर्माण के लिए आदेश दें।' सदाशिव द्वारा इसका उत्तर मिल गया।

अब किसी को कुछ कहना बाकी नहीं रहा। प्रतीक्षा का आनन्द उभर आया। कथा का आरम्भ हुआ।

सोमनाथ के भावी आचार्यश्री भाव वृहस्पति ने युवावस्था में प्रवेश किया था फिर भी उनकी आकृति आचार्यदेव व्योम वृहस्पति की भव्यता की झाँकी कराती थी। मुख पर माँ शारदादेवी की सुकुमारता थी। विदा लेना चाहती किशोरावस्था को मानो युवावस्था की सम्मति नहीं मिली थी।

बालक भाव को चौला ने कितना-कितना प्यार किया है ! एक बार उठाकर नृत्य करते समस्या पैदा की थी। भाव ने कहा था, 'मुझे नूपुर पहनाओ, मैं नृत्य करूँगा।' 'मात्र नूपुर पहनने से नृत्य नहीं आता बन्धु !' बन्धु त्र्यंबक ने कहा था।

'मुझे भाव के चलने में ही नृत्य दिखता है,' चौला को याद है अपना उद्गार।

दूसरे ही दिन भाव के लिए स्वर्णकार नूपुर लेकर आ पहुँचा था। दूसरी पूर्णिमा तक वह अलंकार शारदादेवी ने पुत्र के पादपद्म पर से उतारा नहीं था।

'कितने बड़े हुए हो बन्धुवर ! मानो देवों का सैन्य सँभालने के लिए निकले हुए कार्तिकेय...'

'किन्तु आप तो वैसी ही लगती हैं, मुझे पालने में झुलाती, गोद उठाती या तालबद्ध चलना सिखाती थीं वैसी ही।'

'और यह कौन है ?' चौला ने माँ शारदादेवी के चरण में बैठे व्यक्ति के बारे में पूछा।

'गौरा माँ हैं ? उन्हें साथ लेने के लिए तो मैंने यह मार्ग पसन्द किया है।'

वहाँ दोनों कुमार दौड़ आते हैं। बड़े कुमार झुककर शारदादेवी और भाव को वन्दन करते हैं। छोटे कुमार सबके सामने वक्रदृष्टि से देखते हुए बड़े का अनुसरण करते हैं।

'अब आपकी परीक्षा है। बोलिए ये कुमार कौन हैं ?'

श्री भाव वृहस्पति ने ध्यान से कुमारों का निरीक्षण किया। चौला की मुखमुद्रा पर दृष्टिपात किया। गौरा की स्मिति समझने का प्रयत्न किया। इतने में बड़ा गौरा के कन्धे पर हाथ देकर खड़ा रहा और छोटा चौलादेवी के पास खड़ा रहा। चौला ने उसे उठा लिया।

आपका वात्सल्य दोनों राजकुमारों के प्रति अबाध गति से बह रहा है। आप दोनों की माता बन सकती हैं, किन्तु जननी एक की ही हैं—कहते भाव ने क्षेमराज की ओर निर्देश किया। यह विधान छोटे कर्णराज की समझ में आया होता तो उसने विरोध किया होता।

श्री भाव वृहस्पति क्षेमराज के मुख पर की दीप्ति और कर्णदेव के मुख पर की मोहिनी की तुलना कर रहे थे, तब महाराज भीमदेव वहाँ पधारे। भावी धर्माचार्य को उन्होंने साष्टांग दंडवत् प्रणाम किया।

अतिथि के साथ चौलादेवी सरस्वती स्नान के लिए जा रही हैं यह देखते ही दोनों कुमार भीमदेव के साथ की क्रीड़ा छोड़कर रथ की तरफ दौड़ते हैं। क्षेमराज कर्णदेव को पहले चढ़ने देते हैं। सहारा देते हैं।

श्री भाव वृहस्पति आकाश और प्रकृति की ओर दृष्टि कर फिर जलप्रवाह देखते हैं। कैसी निर्मल शीतलता ! मानो आकाशगंगा उतर आई है।

उसी क्षण राजकुमार खेलते-खेलते किनारे की वनराजि का प्रतिबिम्ब देखते हैं। कुमार प्रवाह में उसकी लय देख पकड़ने दौड़ते हैं। धात्री साथ हैं फिर भी चौला का अनुसरण करती हैं। सूर्य को अंजलि देकर जल लेने को झुकते भाव वृहस्पति को प्रवाह में से किनारे की ओर जाते मणिधर नाग की गति का सौन्दर्य आकर्षित करता है। कुमार कर्णदेव रेत में से कंकड़ खोज लेते हैं। कारण जानकर क्षेमराज छोटे भाई का हाथ पकड़ लेते हैं। कर्णदेव चौला से फरियाद करने जाते हैं।

वहाँ विरल दृश्य सर्जित होता है :

नागराज के समक्ष चौलादेवी वन्दन की मुद्रा में खड़ी हैं। फन फैलाकर मणिधर डोल रहा है। श्री भाव वृहस्पति को लगता है कि नागराज त्रिपुरसुन्दरी के वन्दन का उत्तर दे रहे हैं...

32

कार्तिक पूर्णिमा को आचार्य भाव वृहस्पति का पदारूढ़ महोत्सव समाप्त हुआ। देवनगरी में भक्तजनों की वृद्धि कम नहीं हुई थी। राजवसहिकाओं से लेकर धर्मशालाओं तक मन्दिर का भाग होने का भाव अनुभव किया। प्रकृति, पृथ्वी और मनुष्य सब में शिव के कल्याणकारी स्वरूप ने अभिव्यक्ति पाई।

आचार्यदेव की आज्ञा से किलों और महालयों के विशेषज्ञ सूत्रधार रुके थे। जूनागढ़, अणहिलवाड़ और उज्जयिनी के व्ययकरण मन्त्रालय के अधिकारी व्यस्त थे। खर्च के विवरण, कारीगरों की संख्या, पत्थरों की निकटवर्ती खानों के विषय में परामर्श हुआ।

दो निर्णय लिये गए। मन्दिर के प्रांगण के चारों ओर अभेद्य किला बनवाना और वर्तमान मन्दिर में से काष्ठ का सारा अंश हटाकर पत्थर का समावेश करना। पुराने-नए पत्थरों के आसमानी रंग अलग न पड़ जाएँ—इसका शिल्पी ध्यान रखेंगे।

मन्दिर सम्पूर्ण पंचांगी होगा—गर्भगृह, प्रदक्षिणापथ, अन्तराल, गूढ़मंडप और शृंगार चौकी से विभूषित हो, इसके विषय में कोई मतभेद नहीं था, किन्तु शिल्पों में रत्न न जड़ने देने के आग्रह को अन्त में सदाशिव ने छोड़ दिया। मात्र चौला ने उसका पक्ष लिया, 'जिस तरह शकुन्तला का सौन्दर्य अलंकारों का आभारी नहीं था, उसी तरह यहाँ की कलाकृतियाँ भी स्वयंप्रभा हो सकती हैं।'

'किन्तु मूर्तियों में जड़ने के लिए श्रद्धालु जो रत्न भेंट धरेंगे उनका क्या करेंगे ?'

'सूत्रधारों और श्रमिकों को पारिश्रमिक रूप में देंगे।'

उदयमति और चौलादेवी के बीच तर्कों में विसंवाद न आ जाए इसलिए राजमाता लक्ष्मीदेवी को हस्तक्षेप करना पड़ा था। जबकि एक दूसरे के प्रति आदरभाव उनसे अज्ञात नहीं था। उदयमति को विश्वास था कि चौला भाग ले लेनेवाली नहीं, बलि देनेवाली नारी है।

काम शुरू होने पर अब्दुल को आगे करके एक बड़ा समुदाय आचार्य भाव वृहस्पति से मिलने आया और कहा, 'हमें मन्दिर में नहीं तो दुर्ग के निर्माण कार्य में लगाएँ। हम बिना पारिश्रमिक के काम करना चाहते हैं।'

श्री भाव वृहस्पति ने वाजा ठाकुर से पूछा, 'गुरुदेव कहाँ हैं ? जमा-उधार का तो उनसे पूछना पड़ेगा।' आचार्य द्वारा अनायास व्यक्त किया हुआ आदर सबको प्रियकर लगा।

आज से सदाशिव गुरु कहलाएँगे, ऐसा वाजा ठाकुर ने समझा। सदाशिव को बुला लाए।

'मात्र दुर्ग का काम किसलिए ? क्या दुर्ग का पत्थर हमारे इष्टदेव को वर्जित है ? नहीं, आप सब अपनी जानकारी के अनुसार मन्दिर या दुर्ग पर काम कर सकते हैं। इसका निर्णय प्रधान सूत्रधार करेंगे और आप सबको पारिश्रमिक स्वीकार कर काम करना रहेगा। सुलतान महमूद की भूलों की सजा आपको नहीं भोगनी होगी।'

मुहूर्त के अनुसार कार्य का प्रारम्भ हुआ। एक हजार के करीब कारीगर और श्रमिक प्रवृत्त हुए। सुदामापुरी और गिरिनगर की तरफ से पत्थर गाड़ियाँ भरकर लाया जाता, युद्धभूमि बना, सिंहद्वार के बाहर का प्रांगण पत्थर गढ़ने की विविध कार्यशालाओं में परिणत हो गया था। मन्दिर के अन्दर का प्रांगण यात्रियों के लिए छोटा न पड़े इसका ध्यान रखा गया था। महमूद के आक्रमण पूर्व आते यात्रियों की संख्या अब दोगुनी हो गई थी और पहले की तुलना में दान का परिमाण भी बढ़ गया था। श्री भाव वृहस्पति के चरण में अर्पित निजी द्रव्य भी शाम को कोठारी को सौंप दिया जाता।

माँ शारदादेवी ने काशी वापस जाने की इच्छा प्रकट की। भाव के लिए यह अनचीता नहीं था। फिर भी वे पूछे बिना नहीं रह सके, 'माँ, यह प्रभासतीर्थ वाराणसी की अपेक्षा छोटा है ?'

'नहीं वत्स, मेरे लिए तो यह सबसे बड़ा तीर्थ है। तुम्हारे पिताजी का यह समाधिस्थल है। यहाँ मैं उनकी सूक्ष्म उपस्थिति का अनुभव करती हूँ। प्रत्येक कार्तिक पूर्णिमा को मैं यहाँ अवश्य आऊँगी, किन्तु यहाँ रहकर मैं वैराग्य विकसित नहीं कर सकती और तुम्हें भी मेरे वात्सल्य की अपेक्षा रहेगी।'

'क्या यह मेरा अधिकार नहीं है माँ ?'

'है, किन्तु तुम अकेले इसके अधिकारी रहना चाहते हो वत्स ? जगत जननी की संवेदना मेरे हृदय में जगे, ऐसा नहीं चाहते ?'

भाव वृहस्पति अब निरुत्तर रहे।

माँ शारदादेवी के साथ गौरा ने भी प्रभास से विदा ली। कुछ दिनों से वे उद्विग्न लगती थीं। उदयमति क्षेमराज को आग्रहपूर्वक ले गई थीं। जिज्ञासु कुमार प्रभास में रहना चाहते थे। गुरुदेव सदाशिव पौराणिक पात्रों के विषय में बात करते। उसे सुनकर ही क्षेमराज राजवसहिका जाते। एक रात तो क्षेमराज ने सदाशिव के कुटीर में ही सोने का हठ किया था। यह सब याद आने पर उदयमति बोले बिना नहीं रह सकीं, 'गौरा माँ, अणहिलवाड़ के भावी युवराज को आप साधु बना देना चाहती हैं ?' 'क्या साधु बनना आसान है महारानी ?' गौरा ने पूछा। रानी के तर्क करने से पहले समाधान आ गया—गिरनार के रास्ते ले चलो तो आऊँ। क्षेमराज की इस शर्त के दो कारण थे—कुमार खेंगार के साथ खेलने को मिलेगा और उतना ही मीठा प्यार मिलेगा वृन्दाबा का।

कुमारों का प्राकृत जन जैसा व्यवहार उदयमति को अखरता था। उनके सगे पुत्र कर्णदेव को चौला ने प्यार के अतिरेक से बिगाड़ दिया है। अब यह प्रेम से नहीं मानता और आज्ञा देने पर प्रतिकार करता है। राजमाता लक्ष्मीदेवी के पास इसका खुलासा है—क्षेमराज में चौला की आध्यात्मिकता उतर आई है और कर्णदेव में उदयमति की जिद। पिता का सुदृढ़ गठन दोनों को प्राप्त हुआ है। दोनों अधिक समय तक अलग नहीं रह सकते।

क्षेमराज को उदयमति द्वारा साथ ले जाने के बाद गौरा की एकलता में विरति घुँटने लगी। गाँ शारदादेवी माया के तन्तु तोड़ सकती हों तो मेरे लिए तो यह अधिक सहज होना चाहिए। चौला मुझे प्रभुकृपा के रूप में मिली। मेरा कर्तव्य अब पूरा हुआ। संकल्प किया—चौला सम्मति देगी तो माँ शारदादेवी के साथ मैं भी काशी जाऊँगी।

शारदादेवी को विश्राम के लिए एक ही दिन राजधानी में रुकना था किन्तु प्रस्थान के लिए यजमान की अनुमति मिलती नहीं थी।

गौरा ने अस्पष्ट रूप में पुत्री से पूछा, 'मैं शारदादेवी को काशी पहुँचाने जाऊँ ?'

'तुम्हारी इच्छा वहाँ रुक जाने की लगती है,' कहती चौलादेवी हँस पड़ीं। 'माँ तुम्हें काशी नहीं, सोमनाथ रहना चाहिए जिससे तीर्थभूमि हम सबको पीहर जैसी लगे।'—ऐसी बात चलती थी, तब क्षेमराज ने साथ जाने का हठ ठाना।

शारदादेवी को विदा देने आईं पटरानी की भृकुटी तन गई, 'मैं ऐसा जानती होती तो जूनागढ़ अधिक न रुकती ?'

'अब तो एक ही उपाय है। आप भी साथ काशी जाएँ और वहाँ के साधु-सन्तों से शिष्टाचार का पाठ सीख आएँ,' महाराज भीमदेव ने कहा।

'इसलिए आप क्षेमराज को काशी जाने की अनुमति देंगे ?'

'यदि उसकी मातामही जाती हों तो हम रोकनेवाले कौन ?' महाराज ने क्या कहा है यह समझाती चौलादेवी क्षेमराज को बगल के कमरे में ले गईं। समझाया कि राज्य के उत्तराधिकारी कुँवर को सैनिकों को साथ लेकर ही प्रवास करना पड़ेगा। आप साथ जाएँगे तो मातामही निश्चिन्तता से यात्रा नहीं कर सकेंगी और हम वसन्तपंचमी को तो प्रभास वापस जाएँगे ही।'

क्षेमराज मान गए।

उदयमति ने हर्ष-शोक की मिश्रित अनुभूति की। कुमार रुके, किन्तु मेरे मानने से नहीं, चौला के मनाने से...

दक्षिण के यात्रियों का निमन्त्रण था। अब नहीं जाएँ तो उपेक्षा होगी। सदाशिव और धूर्जटि दक्षिणायन के लिए तैयार हुए। आचार्य की अनुमति माँगी। शुभेच्छा मिली। स्पष्ट था—'धर्मचक्रप्रवर्तन में गुरुदेव निमित्त बनेंगे।' किन्तु उस प्रश्न का उत्तर देने जाएँ तो अच्छा कि 'आचार्य संसारी हो या संन्यासी ?' धूर्जटि के पास तो स्पष्ट उत्तर होगा ही—'संसारी, संन्यासी के संयम के साथ संसारी।' परन्तु सदाशिव के मत से सर्वसामान्य नियम निकालना सरल नहीं। आचार्य भाव वृहस्पति के लिए क्या इष्ट है, यह कुछ वर्ष में जाना जा सकेगा। सम्प्रति दोनों दिशाएँ भले खुली रहें।'

निकलते-निकलते सदाशिव को याद आया कि अलबरूनी का पत्र अनुत्तरित रह गया है। वे जहाँ जाते हैं वहाँ मुस्लिमों के प्रति बड़ी हिकारत का भाव देखते हैं, जिसके मूल में है—महमूद का आक्रमण। बरूनी उनके साथ भारत आए थे इसलिए अपराध में वे भी भागीदार होंगे ऐसा मानकर हिन्दू विमुख हो जाते हैं। हकीकत यह है कि मात्र बरूनी ही नहीं, दूसरे अनेक मुस्लिम विद्वान भी महमूद की मानसिकता के प्रशंसक नहीं। मूर्तियों को तोड़कर, मन्दिरों को लूटकर, प्रजा की सम्पत्ति का नाश कर महमूद ने क्षणिक यश प्राप्त किया। उसके बदले में मुसलमानों ने लम्बा अपयश पाया। दरवेश जैसे अल्लाह के आदमी इस्लाम के आदर्शों का प्रचार अपने आचरण से करते थे। ऐसे सन्त फकीरों को भी लोग दहशत से देखने लगे हैं। ज्यों-ज्यों समय बीतेगा त्यों-त्यों महमूद जैसे हमलावरों के जीवन का उधार पक्ष अधिक उभर आएगा !

आचार्यदेव ने बरूनी को सिफारिश का पत्र भेजा जिससे उनके स्वाध्याय में विद्वानों और प्रजाजनों का साथ मिल सके। जगत के एक भाग की विशाल प्रजा का जिस धर्म द्वारा कल्याण हुआ हो उससे दूसरे भाग की प्रजा का अकल्याण किस तरह होगा ? जरूरी है भ्रम खड़ा करनेवालों के स्वार्थ को समझ लेना। शिवतत्त्व सर्वव्यापी है। यह समग्र सृष्टि उसका मन्दिर है। स्वार्थान्ध लोग उस नैसर्गिक ऐक्य पर प्रहार करते हैं। उसके घाव शीघ्रता से भर जाएँ यह हमें देखना है।

आचार्य भाव वृहस्पति ने तुरन्त पत्र लिखा। उसे पढ़कर सदाशिव का हृदय थिरक उठा। कैसा अर्थगौरव ! कैसा भाषिक सौन्दर्य। सदाशिव आश्वस्त हुए। आचार्य भाव वृहस्पति के धर्मासन में शिवतत्त्व का समुत्कर्ष होगा।

सदाशिव और धूर्जटि द्वारा आरम्भ की गई यात्रा पूरी हुई ही नहीं। बारह ज्योतिर्लिंग की यात्रा पर निकले भक्त अथवा चार धामों की यात्रा पर निकले सन्तों में से कोई

न कोई सदाशिव का सन्देश लाता। उनका स्नेह ही उनका आशीष था। उनकी करुणा ही उनका ज्ञान था।

श्री भाव वृहस्पति सदाशिव से मिलने के लिए आतुर थे। कहाँ होंगे गुरुदेव ? देश का जो भाग देखा नहीं था उसकी कल्पना कर सदाशिव को देखने के लिए प्रयत्न करते। उनके बारे में सत्संगियों से पूछते।

एक शाम आचार्यदेव सैन्धव को भस्म की महिमा समझा रहे थे। अन्तिम वेदकाल से आरम्भ किया। रुद्र रूपी तूफान के शान्त होने पर जो परमतत्त्व रहता है वह शिव संहारक होने पर भी सुखदायी बन सकता है। किस तरह ? जठर में बसकर वह कल्याणकारी बनता है। अतः अग्नि भी शिव। अग्निज्वाला ही शिवमूर्ति, वही ज्योतिर्लिंग। धूम्रसेर ही शिव की जटा, वेदी ही जलधारा, अग्नि में हवि होता घी ही अभिषेक। वेद की अग्निपूजा आगे जाकर पुराण की शिवपूजा बनती है। कल्याणकारी प्रज्वलन के परिणामस्वरूप भस्म प्राप्त होती है।

सैन्धव कहता है, 'गुरुदेव, सदाशिव ने मुझे मनुष्य बनाया था, आप भक्त बना रहे हैं।'

ठाकुर वीरसेन पूछते हैं, 'शास्त्रों ने जो पाँच महायज्ञ गिनाए हैं उनमें देवयज्ञ, पितृयज्ञ और ब्रह्मयज्ञ की महिमा तो सर्वत्र देखने को मिलती है। गुरुदेव कहते थे कि भूतयज्ञ और मनुष्ययज्ञ के बिना धर्मभाव अधूरा है। आपके अनुसार सर्वाधिक महिमा किस यज्ञ की है ?'

मनुष्य से चींटी तक सभी जीवों के लिए अग्नि समक्ष बलि दी जाती है। अकिंचन श्रमिक भी बाहर जाकर गाय, कुत्ता आदि को अन्नदान करता है। यही भूतयज्ञ—प्राणीमात्र का भला चाहना। मनुष्ययज्ञ अर्थात् अतिथि को देवतुल्य मानकर उसका सत्कार करना। रन्तिदेव राजा का दृष्टान्त विख्यात है। राजा ने यज्ञ में सर्वस्व दान किया था। उसके बाद भोजन पूर्व मुख्य द्वार पर आकर पूछा, 'कोई अभ्यागत है ? है कोई भूखा-प्यासा ?'

वहाँ एक चांडाल उठ बैठा, लड़खड़ाती चाल में राजा रन्तिदेव के पास आया। राजा के पास अपने लिए थोड़ा ही अन्न बचा था जो चांडाल को दे दिया। सोचा कि जो थोड़ा बचा हुआ पानी है उसे पीकर दिन बिताऊँगा। तब चांडाल ने भोजन कर पानी माँगा। अपने प्राण टिकाने की परवाह किए बिना रन्तिदेव ने पानी पीने के लिए दे दिया। और उसी क्षण चांडाल-भिखारी के वेश में से धर्मराज प्रकट हुए। वरदान माँगने को कहा—क्या वरदान माँगा राजा ने ? पाठशाला के छात्र इस श्लोक का गान करते हैं—मुझे नहीं चाहिए राज्य या स्वर्ग, नहीं चाहिए मोक्ष, दुःखी प्राणियों के अन्तर में रहकर उनकी पीड़ा भोग सकूँ ऐसा वरदान चाहिए :

न त्वहं कामये राज्यं, न स्वर्गम् नापुनर्भवम्।
कामये दुःखतप्तानाम् प्राणीनाम् आर्तिनाशनम्॥

ऋतु, वर्ष, दशक बीतते हैं।

कुमार क्षेमराज को जानने को मिला कि सिद्धपुर के पास दधिस्थली ग्राम में सदाशिव और धूर्जटि पवित्र श्रावण मास बितानेवाले हैं। चौलादेवी की अनुमति मिले तो पहुँच जाऊँ।

'माता, गुरुदेव निकट के ही दधिस्थली गाँव में हैं।'

—सुनते ही चौला की तक्षण वहाँ पहुँच जाने की इच्छा हुई। पहुँचने के साथ फटकारूँगी कि इतने निकट आकर भी दूर रहे ? चरणरज लेने का अवसर भी नहीं दिया ? लड़ूँगी उनके साथ...किन्तु पुत्र की बात सुनकर दुविधा में पड़ गई। वहाँ जाकर क्षेमराज दो सप्ताह तक गुरुदेव के साथ सत्संग करना चाहते थे। स्वयं अनुमति दूँगी तो उदयमति अप्रसन्न होंगी। उपालम्भ देंगी—अणहिलवाड़ के युवराज और बटुक ब्रह्मचारी में थोड़ा अन्तर तो करें महारानी !

'वत्स जाओ, मातामही और बड़ी माँ की अनुमति ले आओ। वह मिलने के बाद तुम्हारे पक्ष में मैं महाराज से विनती करूँगी,' कुमार ने तक्षण प्रस्थान किया, मलयानिल की तरह। मातामही का प्रासाद प्रफुल्लित बन गया, थोड़े समय के लिए ही। फिर गम्भीरता।

लक्ष्मीदेवी ने कहा, 'वत्स, मैं तो तुम्हारे साथ आने को भी राजी हूँ, यदि उदयमति की अनुज्ञा मिले।'

'क्यों न मिलेगी अनुज्ञा ?'

क्योंकि उदयमति राज्य के उत्तराधिकारी की रक्षा को लेकर चिन्तित रहती हैं।

'मैं उत्तराधिकारी किसलिए बनूँ ? उदयमाँ के अनुशासन में रहने के लिए ?'

'तुम्हें तो अनुशासन सहज है।'

मुझे वन और तपोवन का भ्रमण बहुत पसन्द है। मुझे राजधानी का उपवन उतना रुचिकर नहीं लगता। सरस्वती किनारे कुटियों में बसते साधु-सन्तों का सत्संग बहुत अच्छा लगता है। मुझे चाणक्य के अर्थशास्त्र की कूटनीति समझ में आती है किन्तु स्मृति में संगोपित करने जैसी नहीं लगती। एक बार आचार्य भाव वृहस्पति उस विदेशी विद्वान को षड्दर्शन का साम्य-वैषम्य समझाते थे। उसे प्रश्न हुआ ही करते थे। वहाँ मेरी माता ने दाहिना हाथ ऊँचा कर तर्जनी के संकेत से ध्यान खींचा—कोटि-कोटि ग्रन्थों में जो कहा है उसे मैं तुम्हें आधे श्लोक में ही कह दूँ कि अन्य पर उपकार करना पुण्य, दूसरे को पीड़ा देना पाप :

श्लोकार्धेन प्रवक्ष्यामि यदुक्तं ग्रन्थकोटिभिः।
परोपकाराय पुण्याय पापाय परपीडनम् ॥

मातामही लक्ष्मीदेवी की आँखों में हर्ष के आँसू हैं :

दासी द्वारा जानकारी मिलने पर उदयमति आ पहुँचती हैं। कहती हैं :

'वत्स, तुम्हारे सुकुमार मुख में यह सब गम्भीर बातें शोभा देती हैं सही, किन्तु हमारे हर्षोल्लास को सीमित करती हैं।'

'मैं अब छोटा नहीं हूँ माता।'

'छोटे ही हो वत्स।'

'तो फिर मुझे युवराज क्यों कहती हैं ?'

—सुनकर सभी हँस पड़े।

'तुम्हारे प्रति हमारा स्नेह हमें वैसा कहने को विवश करता है। योग्य समय में हम उस पद पर स्थापित करने के लिए भव्य उत्सव का आयोजन करेंगे।'

'मुझे भव्य उत्सवों के कोलाहल के बदले शान्त स्थल का सत्संग बहुत पसन्द है, इसलिए मुझे दधिस्थली जाने दीजिए।'

'जाओ भले जाओ। पीछे पीछे हम आते हैं।'

और मातामही तथा दोनों महारानियों ने सिद्धपुर जाने की तैयारी की। वहाँ से दधिस्थली जाएँगी। राजसेवक रवाना हुए।

निरन्तर यात्रा के कारण सदाशिव कृशकाय लगते थे किन्तु आँखों की तेजस्विता बढ़ी थी। उसमें हिमगिरि और रत्नाकर सागर के बीच का अन्तर समाया था और वाणी में मन्दाकिनी की आर्द्रता थी।

'आप अणहिलवाड़ क्यों नहीं पधारे गुरुदेव ?'

'पकड़े जाने के भय से। मुझे जकड़ रखने के लिए इस क्षेमराज के पास दैवी आयुध हैं। देवर्षि नारद भी उनके प्रश्नपाश से नहीं बच सकते तो हमारी सामर्थ्य क्या ? जब चौला छोटी थी तब हम उसे प्रभासतीर्थ की सीमा पार करने नहीं देते थे। क्षेमराज का वश चले तो हमें कथाकार बना दे। चौला की वृत्ति उसे उत्तराधिकार में मिली है।'

'वृत्ति या वैराग्य ?' राजमाता लक्ष्मीदेवी पूछती हैं।

सदाशिव चौला के सामने देखते हैं। चौला की पलकें झुकती हैं। मोती द्रवित होता है। 'माँ तुम रोती हो ?'—घुटनों के बल बैठकर क्षेमराज चौला की चिबुक उठाते हैं।

'नहीं वत्स, धन्यता अनुभव कर रही हूँ। तुमने माता-पिता को बड़ा किया।'

सोमतीर्थ आर्यावर्त का अपूर्व और अनन्य धर्मकेन्द्र बना है। धर्माश्रित कलाएँ विकसित हुई हैं। दार्शनिक वाद-विवाद होते हैं। उसी तरह नृत्य-नाट्य-संगीत के उत्सव आयोजित होते हैं। माँ शारदादेवी और गौरा कैलासवासी हुई हैं। कश्मीरी कवि बिल्हण तीसरी बार सोमनाथ आए हैं। यहाँ के प्रशिक्षित कलाकारों को देखकर उन्होंने आचार्यदेव के समक्ष प्रस्ताव रखा है—उनके द्वारा रचित नाटिका 'कर्णसुन्दरी' का प्रस्तुतीकरण हो और युवराज कर्णदेव उसका प्रथम प्रयोग देखने पधारें।

नाटिका में एक वास्तविक तथ्य के साथ कल्पना थी। कर्णदेव और मयणल्लादेवी के प्रणय के विषय में राजा-प्रजा सबको पता चल गया था। कर्णदेव और मीनल गजना नगर पर आक्रमण करते हैं, यह कल्पना आचार्य भाव वृहस्पति को उपकारक नहीं लगी। मसूद के किसी भी सूबा को भगाने से सिद्ध नहीं होता कि गजना पर विजय मिली।

विल्हण ने कहा कि आक्रमण और विजय के प्रसंग आपको अधिक स्वागत योग्य लगेंगे, ऐसा मेरा अनुमान था। प्रजा की सामूहिक स्मृति ऐसे प्रसंगों से आश्वासन पाती है।

समग्र प्रजा नहीं कविवर, जिनका रागद्वेष शान्त नहीं हुआ ऐसे कितने ही लोगों को प्रतिशोध की भावना पीड़ित करती है। गुरुदेव सदाशिव के उपदेश से हमने तो भूतकाल को चेतावनी के रूप में लेकर उसका उपकारी रूप ग्रहण कर पूर्वग्रह के अंकुरों को निर्मूल कर डाला है। आपका नाटक निर्हेतुक प्रेम की विजय का प्रतिदान करता होता तो हमने अवश्य अभिनीत किया होता। महादेवी को उसके कुछ अंश रुचिकर लगे हैं।

'नाटिका अभिनीत होती तो कर्णदेव प्रसन्न होते।'

'कर्णदेव ने प्रेम पाया हो तो वही उनकी प्रसन्नता का पर्याप्त कारण है। इस क्षण कैलास की ऊँचाई से मुझे गुरुदेव सदाशिव का अव्यक्त स्वर सुनाई पड़ता है—कवि की भक्ति स्वान्तः सुखाय होनी चाहिए। राजा की प्रसन्नता के लिए नहीं। कवि की अन्तरात्मा में परमात्मा का निवास होता है। अतः वह स्वान्तः सुखाय गान करता है तब समग्र सृष्टि संगीतमय बन उठती है। महाकवि कालिदास जब कहते हैं कि 'आश्चर्यदर्शनः खलु मनुष्यलोकः'—तब वे सृष्टि में व्याप्त कल्याणकारी सौन्दर्य अर्थात् शिवतत्त्व की प्रशस्ति करते हैं। हमें उनके जैसे शैव बनना है; जिनके नाटक में पृथ्वी स्वर्ग की सहायता के लिए दौड़ पड़ती है।

कवि विल्हण अहोभाव से भाव वृहस्पति को देख रहे हैं।

चौलादेवी ने श्री भाव वृहस्पति के लिए कन्या खोजी है ? नाम है—महादेवी। सदाशिव को आना ही होगा। कैलासशिखर पर वे ध्यानस्थ बैठे हों या कन्याकुमारी के समुद्र में स्नान करते हों, उन्हें यात्रा आरम्भ करनी होगी, क्योंकि उनके प्रभास आने के बाद ही सगाई और लग्न की तिथि निश्चित होगी।

महादेवी की लज्जा देख चौलादेवी नृत्यमुद्रा सिखाने को प्रेरित होती हैं। विनोदवार्ता आगे बढ़ती है। कैलास शैलोपम इस महामेरु प्रासाद की नर्तकियाँ चौला को घेर लेती हैं और अनुरोध करती हैं, 'हमें वह दृश्य अभिनीत कर बताएँ।' उत्सवजन्य उत्सव आरम्भ होता है। सदाशिव हिमालय के रूप में बैठे हैं। धूर्जटि नारद बने हैं। शंकर के साथ सगाई की बात चलती है। पार्वती के रूप में लज्जा अनुभव करती हैं चौला। वही रूप, वयःसन्धि का वही अभिनय। समय नहीं है। एकत्वसाधक सौन्दर्य की अभिव्यक्ति है। आनन्द, केवल आनन्द...

●●●